페일 블루 아이

The Pale Blue Eye
페일 블루 아이

루이스 베이어드 장편소설
이은선 옮김

orangeD

일러두기

1. 본문의 주는 모두 옮긴이 주다.

2. 원문에서 이탤릭체로 강조한 것은 진하게 표시했다.

3. 단행본과 정기간행물 등은 『 』, 시와 단편 등은 「 」, 노래 제목은 ' '로 구분했다.

A. J.에게 바친다.

우리가 유일하게 결별을 거부하는 슬픔은
망자를 향한 슬픔이다.

_워싱턴 어빙, 「시골 장례식」

차례

거스 랜도의 유언 · 1831년 4월 19일　　　　　　　　　　　　　　　　14

거스 랜도의 기록 1　　　　　　　　　　　　　　　　　　　　　　　19

거스 랜도의 기록 2　　　　　　　　　　　　　　　　　　　　　　　28

거스 랜도의 기록 3　　　　　　　　　　　　　　　　　　　　　　　45

거스 랜도의 기록 4 · 10월 27일　　　　　　　　　　　　　　　　　67

거스 랜도의 기록 5　　　　　　　　　　　　　　　　　　　　　　　82

거스 랜도의 기록 6 · 10월 28일　　　　　　　　　　　　　　　　　97

거스 랜도의 기록 7 · 10월 29일　　　　　　　　　　　　　　　　113

거스 랜도의 기록 8 · 10월 30일　　　　　　　　　　　　　　　　132

거스 랜도가 헨리 커크 리드에게 보낸 편지 · 1830년 10월 30일　　146

거스 랜도에게 배달된 편지 · 1830년 10월 30일　　　　　　　　　148

1학년 생도 에드거 A. 포에게 배달된 편지 · 1830년 10월 31일　　150

『포킵시 저널』의 「단신」 난에서 · 1830년 10월 31일　　　　　　152

거스 랜도의 기록 9 · 10월 31일　　　　　　　　　　　　　　　　153

거스 랜도의 기록 10 · 11월 1일　　　　　　　　　　　　　　　　171

거스 랜도의 기록 11 · 11월 1일에서 11월 2일　　　　　　　　　181

거스 랜도의 기록 12 ∘ 11월 3일   194

거스 랜도의 기록 13 ∘ 11월 3일에서 11월 6일   207

거스 랜도의 기록 14 ∘ 11월 7일   216

거스 랜도의 기록 15 ∘ 11월 7일에서 11일   234

에드거 A. 포가 오거스터스 랜도에게 제출한 보고서 ∘ 11월 11일   237

거스 랜도의 기록 16 ∘ 11월 11일에서 15일   254

에드거 A. 포가 오거스터스 랜도에게 제출한 보고서 ∘ 11월 14일   268

거스 랜도의 기록 17 ∘ 11월 15일과 16일   281

거스 랜도의 기록 18 ∘ 11월 16일   292

에드거 A. 포가 오거스터스 랜도에게 제출한 보고서 ∘ 11월 16일   306

거스 랜도의 기록 19 ∘ 11월 17일   316

에드거 A. 포가 오거스터스 랜도에게 제출한 보고서 ∘ 11월 17일   326

거스 랜도의 기록 20 ∘ 11월 21일   338

거스 랜도의 기록 21 ∘ 11월 22일에서 25일   347

에드거 A. 포가 오거스터스 랜도에게 제출한 보고서 ∘ 11월 27일   364

거스 랜도의 기록 22 ∘ 11월 28일에서 12월 4일   370

거스 랜도의 기록 23 · 12월 4일에서 5일   386

에드거 A. 포가 오거스터스 랜도에게 제출한 보고서 · 12월 5일   389

거스 랜도의 기록 24 · 12월 5일   397

거스 랜도의 기록 25   410

거스 랜도의 기록 26   420

거스 랜도의 기록 27 · 12월 6일   433

거스 랜도의 기록 28 · 12월 7일   448

에드거 A. 포가 오거스터스 랜도에게 제출한 보고서 · 12월 8일   461

거스 랜도의 기록 29 · 12월 8일   466

거스 랜도의 기록 30   480

거스 랜도의 기록 31 · 12월 8일에서 9일   497

거스 랜도의 기록 32 · 12월 10일   509

에드거 A. 포가 오거스터스 랜도에게 보낸 보고서 · 12월 11일   513

거스 랜도의 기록 33 · 12월 11일   515

거스 랜도의 기록 34 · 12월 12일   527

거스 랜도의 기록 35 · 12월 12일   538

거스 랜도의 기록 36   551

거스 랜도의 기록 37 ∘ 12월 13일   567

거스 랜도의 기록 38   579

거스 랜도의 기록 39   594

거스 랜도의 기록 40 ∘ 12월 14일에서 19일   607

거스 랜도의 기록 ∘ 41   619

거스 랜도의 기록 ∘ 42   628

거스 랜도의 기록 43 ∘ 1830년 12월에서 1831년 4월까지   652

에필로그 ∘ 1831년 4월 19일   659

감사의 글   661

"웅장한 시르카시아 숲 한복판에서

하늘로 검게 얼룩진 개울 안에서

하늘에 할퀴어 달빛이 산산이 부서진 개울 안에서

아테나의 나긋나긋한 처녀들은

살랑거리며 순종을 표하고

그곳에서 나는 외롭고 다정한 리어노어를 만났노니

구름을 찢어발기는 울부짖음의 손아귀 안에서

처절하게 괴로워하며 나는 굴복하는 수밖에 없었도다.

엷은 파란색 눈을 한 처녀에게

엷은 파란색 눈을 한 악귀에게."

거스 랜도의 유언
1831년 4월 19일

앞으로 두세 시간 뒤면⋯ 뭐, 정확하게는 알 수 없지만⋯ 세 시간 아니면 최대한 길게 잡아서 네 시간 뒤면⋯ 좋다, 네 시간이라고 하자. 나는 네 시간 안으로 죽을 것이다.

내가 이 사실을 언급하는 이유는 이로써 시야가 넓어지기 때문이다. 예컨대 나는 요즘 들어 내 손가락에 관심이 생겼다. 살짝 삐딱한, 베니션블라인드의 맨 아래 조각도 마찬가지다. 그리고 부러져 교수대처럼 흔들리는 창밖의 등나무 순도. 얼마 전까지만 해도 눈에 들어온 적 없는 것들이다. 그뿐만이 아니다. 지금 이 순간 현재처럼 맹렬하게 밀어닥치는 과거는 또 어떤가. 여태껏 내 안에 정주했던 사람들이 우르르 몰려오고 있지 않은가. 저러다 서로 머리를 부딪치지 싶은데 어쩌면 그렇게 잘들 피하는지. 벽난로 옆에는 허드슨파크의 시의회 의원이 있다. 그의 옆에서는 내 아내가 앞치마를 두르고 재를 퍼서 깡통에 담고 있고, 그런 그녀를 지켜보는 녀석은 내 늙은 뉴펀들랜드리트리버

14

가 아니면 누구일까. 복도 저편에서는 우리 어머니—내 나이 열두 살때 돌아가셨으니 이 집에 발을 들이신 적도 없건만—가 일요일에 입는 내 양복을 다리고 있다.

이 손님들에게는 희한한 점이 있다. 서로 한마디도 대화를 나누지 않는다는 것이다. 아주 엄격한 에티켓이 적용되고 있는데, 어떤 에티켓인지 나는 모르겠다.

모두가 에티켓을 챙기는 건 아니다. 나는 지난 한 시간 동안 클로디어스 풋이라는 남자 때문에 귀에 구멍이 뚫릴 뻔—귀가 거의 떨어져 나갈 뻔—했다. 그는 15년 전에 로체스터의 우편물을 훔친 죄로 나에게 체포됐다. 엄청나게 부당한 처사였던 것이, 그가 그 시각에 볼티모어의 우편물을 훔치고 있었다고 맹세한 증인이 세 명이었다. 그는 그걸 두고 노발대발했고, 보석금을 내고 빠져나갔다가 6개월 뒤에 콜레라 때문에 정신이 나간 상태로 돌아와 전세 마차 앞에 몸을 던졌다. 죽음의 문전에 다다를 때까지 나불거리더니 아직까지도 그러고 있다.

아, 분명한 건 손님들이 많다는 것이다. 나는 기분에 따라, 응접실 창문을 관통하는 햇빛의 각도에 따라 그들을 챙기기도 하고 방치하기도 한다. 솔직히 살아 있는 사람들과 좀 더 소통했으면 좋겠다는 생각이 들 때도 있지만, 요즘 그들의 얼굴을 보기가 전보다 어렵다. 패치는 더 이상 잠깐도 들르지 않고… 포포 교수는 머리 치수를 재러 아바나로 떠났고… **그**로 말할 것 같으면 흠, 그를 다시 부를 일이 있을까? 나는 그를 상상으로 소환할 수 있을 뿐이고 그를 소환하는 순간 그 옛날의 대화들이 재생된다. 예컨대 그날 밤에 벌어졌던 영혼에 대한 토론. 나는 영혼이 있다는 말에 설득당하지 않았다. 그는 설득당했다.

그가 그렇게 소름 끼치도록 진지하지만 않았다면 늘어놓는 이야기를 듣는 것이 재밌을 수도 있었을 텐데, 그는 너무 소름 끼칠 만큼 열심이었다. 하지만 따지고 보면 우리 아버지(순회 장로교 목회자로 신도들의 영혼을 챙기느라 내 영혼에는 씨앗 하나 심어 주지 못했다)는 물론이고 이 부분에 대해서 그렇게까지 강력하게 나를 압박한 사람이 없었다. 나는 똑같은 말을 몇 번이고 반복했다. "그래그래, 자네 말이 맞을지 모르지." 그럴수록 그는 점점 더 열을 냈다. 내게 경험을 통한 확증을 보류한 채 의문을 회피하고 있다고 했다. 그러면 나는 이렇게 물었다. "그런 확증이 없는데 '자네 말이 맞을지 모른다'는 것 말고 내가 또 무슨 말을 할 수 있겠나?" 이렇게 계속 제자리를 맴돌던 어느 날 그가 말했다. "랜도 씨, 선생님의 영혼이 몸을 돌리고 가장 실증적인 방식으로 선생님을 마주할 때가 올 겁니다. 선생님을 떠나는 바로 그 순간에요. 그때 그걸 붙잡으려 하겠지만 소용없을 거예요! 지금 보세요, 독수리 날개를 펼치고 아시아의 둥지로 날아가고 있잖아요."

뭐, 그는 그런 식으로 상상력이 풍부했다. 말하자면 기상천외했다. 나로 말할 것 같으면 항상 형이상학보다 사실을 선호한다. 적절하고 냉철하며 담백한 사실, 하루치 양식. 따라서 사실과 추론이 이 이야기의 근간을 이룰 것이다. 그것들이 내 삶의 근간을 이루었듯이.

은퇴하고 꼬박 1년이 지난 어느 날 밤, 딸아이가 내 잠꼬대를 듣고 방으로 들어와 보니 내가 죽은 지 20년이 지난 용의자를 심문하고 있더라고 했다. **앞뒤가 안 맞잖소.** 나는 계속 같은 말을 반복했다. **피어스 씨가 보기에도 그렇잖소.** 그는 아내의 시신을 토막 내어 배터리 창고를 지키는 경비견들에게 먹인 자였다. 내 꿈속에서 그의 눈은 수치

심으로 벌겠다. 내 시간을 잡아먹고 있다는 데 몹시 미안해했다. 나는 그에게 이렇게 얘기한 기억이 난다. **당신이 아니면 누가 그랬단 말이오.**

그 꿈을 꾸고 나서 나는 알았다. 직업의 굴레에서는 벗어날 수 없다는 것을. 허드슨하일랜드로 슬그머니 도망치거나 책과 암호와 지팡이 뒤로 몸을 숨기더라도… 하던 일이 따라와 내 등을 두드린다.

나는 도망칠 수도 있었다. 황야 속으로 좀 더 깊숙이 도망칠 수도 있었다. 그런데 무슨 꼬드김에 넘어가서 돌아왔는지 솔직히 잘 모르겠지만 가끔은 우리 둘, 그러니까 그와 내가 서로를 발견하도록 그 모든 일이 벌어진 게 아닌가 하는 생각이 들 때도 있다.

하지만 혼자 미루어 짐작한들 무슨 소용일까. 나에게는 해야 하는 이야기가, 설명해야 하는 삶들이 있다. 그리고 그 삶들이 여러모로 내게는 공개되지 않았기에 다른 화자, 특히 나의 젊은 친구가 필요한 부분에서는 자리를 내어 주려고 한다. 그는 이 사연 이면의 진정한 주인공일 뿐 아니라, 이 원고가 완성되면 가장 먼저 보여 줘야 할 대상이다. 원고의 오열을 훑는 **그의** 손가락과 내 흠집을 찾아내는 **그의** 시선이 떠오른다.

아, 나도 안다. 우리가 독자를 선택할 수 없다는 것을. 그렇다면 이 원고를 발견할 낯선 이—내가 알기로는 아직 태어나지도 않았다—를 생각하며 위안을 얻는 것 외에는 달리 방법이 없지 않을까. 그대, 나의 독자들에게 이 이야기를 바친다.

이렇게 해서 내가 나의 독자가 된다. 마지막으로. 장작 하나 더 넣어 주겠나, 헌트 의원?

이렇게 해서 다시 시작된다.

거스 랜도의 기록

1

내가 미육군사관학교 사건 수사에 관여하게 된 시점은 1830년 10월 26일 오전부터다. 그날 나는 평소처럼—평소보다 조금 늦은 시각이기는 했지만—버터밀크폴스 주변 언덕을 걷고 있었다. 날씨는 봄날처럼 화창했던 것으로 기억한다. 나뭇잎은 물론 떨어진 낙엽들에서 발산된 열기가 내 신발 밑창을 뚫고 올라왔고, 농가들을 빙 두른 엷은 안개를 금색으로 물들였다. 나는 굽이굽이 이어지는 언덕을 따라 혼자 걸었고… 들리는 소리라고는 신발이 바닥에 긁히는 소리, 돌프 밴코를리어의 개가 짖는 소리뿐이었고, 그날 꽤 높은 데까지 올라갔기 때문에 아마 내 숨소리도 들렸을 것이다. 목적지는 그 지역 주민들 사이에서 사드락의 발꿈치라고 불리는 화강암 곳이었는데, 내가 마지막 진격을 앞두고 포플러를 한 팔로 끌어안고 마음의 준비를 하고 있었을 때 북쪽으로 몇 킬로미터 멀리에서 프렌치호른 소리가 들렸다.

전에도 들은 적 있는 소리였지만—미육군사관학교 근처에 살면서

이 소리를 듣지 **않을** 수는 없었다―그날 아침에는 이상하게 귓속이 웅웅거렸다. 난생 처음으로 궁금해졌다. 프렌치호른 소리는 무슨 수로 그렇게 먼 데까지 들릴까?

원래 나는 이런 데 관심이 없는 사람이다. 이런 얘기로 독자 여러분을 괴롭힐 생각도 없다. 하지만 당시 내 심리 상태를 어느 정도 가늠할 수 있는 대목이라 하겠다. 평범한 날이었다면 호른에 대해 생각하지 않았을 것이다. 정상에 다다르기 직전에 몸을 돌리지도, 바퀴 자국을 그렇게 뒤늦게 알아차리지도 않았을 것이다.

바퀴 자국은 깊이 약 8센티미터, 길이 30센티미터였고 두 개였다. 나는 집으로 가던 길에 그 바퀴 자국을 보았지만 과꽃이나 V자 대형으로 날아가는 기러기 떼와 같은 다른 모든 것과 함께 뭉뚱그려져 버렸다. 경계가 뒤섞여서 (나답지 않게) 바퀴 자국을 보는 둥 마는 둥했고 그 인과관계를 추적하지 않았다. 따라서 언덕 꼭대기에 다다라 밤바다색 말이 끄는 사륜 쌍두마차가 내 집 앞마당에 서 있는 것을 보았을 때 내가 얼마나 놀랐겠는가.

말 위에 젊은 포병이 앉아 있었지만 계급장에 단련된 내 눈은 이미 마차에 기대어 선 남자에게로 향했다. 그는 초상화를 그리려고 단장한 사람처럼 제복을 완전히 갖추어 입고 있었다. 머리끝에서 발끝까지 금색이었다. 샤코*에는 도금한 단추와 줄이 달렸고, 칼자루도 도금한 놋쇠였다. 내 눈에는 태양을 압도하는 듯이 보였고, 내 심리 상태가 그렇다 보니 프렌치호른이 **빚어낸** 인간인가 하는 생각이 잠깐 들었다.

---

* 깃털 장식이 앞에 달린 군모.

어쨌거나 음악 소리와 함께 이 남자가 등장하지 않았던가. 주먹이 손가락과 손바닥으로 스르르 펼쳐지듯 내 몸의 일부분에서 그때부터 벌써 긴장이 풀리기 시작했다(그랬다는 것을 이제 알겠다).

적어도 나에게 유리한 부분이 하나 있었다. 그 장교는 내가 있는 줄 전혀 몰랐다. 한낮의 권태가 신경 속으로 슬금슬금 스며들었는지, 말에 기대 서서 고삐를 만지작거리며, 말이 꼬리를 흔드는 소리에 맞춰 그걸 좌우로 퉁겨 댔다. 눈은 반쯤 감고 고개를 끄덕이며.

나는 지켜보고 그는 지켜봄을 당하는 그런 상태가 한참 동안 계속될 수도 있었겠지만 제삼자가 등장했다. 바로 암소였다. 큼지막하고 지저분하며 속눈썹이 긴 암소가 몸에 문대어진 클로버를 핥으며 플라타너스 숲에서 걸어 나왔다. 이 암소가 남다른 요령을 발휘해 가며 곧바로 마차 주변을 돌기 시작했다. 젊은 장교가 자기 영역을 침범한 이유가 있을 거라고 생각하는 눈치였다. 그 젊은 장교는 돌격 준비를 하려는 듯 뒤로 한 발짝 물러났고 손을 벌벌 떨며 당장 칼자루를 쥐었다. 내가 마침내 몸을 움직여 이렇게 외치며 익살스럽게 성큼성큼 언덕을 걸어 내려간 것도 참사(피해자는 누가 될지 알 수 없었지만)가 벌어질 수 있겠다는 생각 때문이었을 것이다.

"그 아이는 이름이 헤이거요!"

이 장교는 내 말을 듣고 몸을 홱 돌릴 만큼 어수룩하지 않았다. 잠깐씩 고개를 돌려 내 쪽을 흘끗거리기만 할 뿐 그 외에는 지침을 따랐다.

내가 말했다.

"아무튼 헤이거라고 부르면 반응한다네. 내가 여기로 이사 오고 며

21

칠 뒤에 등장한 아이일세. 자기 이름을 가르쳐 주지 않아서 내가 하나 지어서 부르는 수밖에 없었지."

그가 어찌어찌 미소 비슷한 것을 지으며 말했다.

"건강한 녀석이네요."

"공화당 암소야. 오고 싶을 때 오고 가고 싶을 때 가거든. 올 때든 갈 때든 자기 마음이고."

"아. 듣고 보니… 어째…."

"**세상** 여자들이 그러면 좋겠다고? 그러게 말이지."

남자는 내가 생각했던 것보다 나이가 있었다. 마흔에서 두어 살 더된 것 같았다. 나보다 겨우 열 살가량 어린데 아직까지 심부름을 하고 있었다. 그런데 이번 심부름이 그에게는 막중한 임무인지 발가락에서부터 어깨까지 꼿꼿하게 힘이 들어갔다.

그가 물었다.

"오거스터스 랜도 선생님 되십니까?"

"그렇소만."

"저는 메도스 소위입니다."

"만나서 반갑네."

그는 헛기침을 두 번 했다.

"선생님, 제가 여길 찾은 이유는 세이어 교장님께서 선생님을 뵙고 싶어 한다는 말씀을 전하기 위해서입니다."

"교장이 나를 만나고 싶어 하는 이유가 뭔가?"

"그건 말씀드릴 수가 없습니다."

"그래, 그렇겠지. 공무 때문인가?"

"그건…."

"그럼 언제 만나겠다는 건지, 그건 물어봐도 되겠나?"

"지금 당장 모셔 오라셨습니다. 선생님께서 괜찮으시다면."

고백건대 아름다운 날씨가 그 순간만큼 또렷하게 느껴진 적이 없었다. 10월치고는 특이하게 훈연를 품은 공기. 전면의 허공에 둥둥 펼쳐진 **안개**. 딱따구리 한 마리가 넓은 잎 단풍을 쪼아 암호를 전달했다.

가지 마.

나는 지팡이로 내 집 문 쪽을 가리켰다.

"들어가서 커피 한잔 하겠나, 소위?"

"괜찮습니다."

"햄도 있는데. 혹시?"

"아뇨, 먹었습니다. 감사합니다."

나는 몸을 돌렸다. 집을 향해 한 걸음 내디뎠다.

"나는 건강 때문에 여기로 왔다네, 소위."

"네?"

"의사가 고령까지 장수하려면 이 방법밖에 없다고 했어. **올라**가라고. 하일랜드로. 도시를 뒤로하고."

"아."

그 밋밋한 갈색 눈. 그 밋밋하고 하얀 코.

나는 말을 이었다.

"그리고 이렇게 거듭났지. 건강의 화신으로."

그는 고개를 끄덕였다.

"나는 세상 사람들이 건강을 너무 중요하게 여긴다고 생각하는데,

자네도 내 의견에 동의하는지 궁금하구먼."

"잘 모르겠습니다. 선생님 생각이 맞으시겠죠."

"자네, 웨스트포인트를 졸업했나?"

"아닙니다."

"아, 그럼 여기까지 힘들게 왔겠구먼. 진급을 거듭해 가며."

"맞습니다."

"나는 대학을 가지 않았다네. 딱히 목회의 소명을 받은 것도 아닌데 학교를 더 다녀 봤자 무슨 소용이냐, 그게 우리 아버지의 사고방식이 었거든. 요즘 아버지들의 사고방식이기도 하지만."

"그렇군요."

알아 두면 좋은 것이, 심문의 원칙은 일반적인 대화에는 적용되지 않는다. 일반적인 대화에서는 얘기를 하는 쪽이 아니라 얘기를 하지 않는 쪽이 **주도권**을 잡는다. 하지만 나는 그때 흐름을 바꿀 능력이 되지 못했다. 그래서 마차 바퀴를 발로 한 번 찼다.

"사람 하나 데리러 오는데 아주 근사한 걸 몰고 왔군그래."

"이것밖에 없었습니다. 그리고 선생님 댁에 말이 있을지 없을지도 알 수 없었고요."

"내가 안 가겠다면 어쩔 건가, 소위?"

"가시건 안 가시건 그건 선생님께서 결정하실 일입니다. 선생님은 일반 시민이고 여긴 자유로운 나라니까요."

자유로운 나라. 그는 그렇게 말했다.

그게 바로 내 나라였다. 헤이거는 내 오른쪽으로 몇 걸음 옆에 있었다. 오두막집 문은 내가 나올 때 그대로 살짝 열려 있었다. 안에는 우체국에서 방금 받은 암호 한 세트, 식은 커피 한 잔, 기운이 없어 보이는 베니션블라인드와 말린 복숭아 한 줄이 있었고, 벽난로 구석에는 4구에서 향신료 장사를 하는 상인이 몇 년 전에 준 타조알이 있었다. 그리고 뒷마당에는 내가 타고 다니는 희끗희끗한 밤색의 늙은 말이 건초로 둘러싸인 채 끝이 뾰족한 말뚝에 묶여 있었다. 그 말의 이름은 호스*였다.

"말 타기에 좋은 날씨로군."

"그렇습니다."

나는 그를 쳐다보았다.

"그리고 인간은 여가를 마음껏 누려야지. 그건 명백한 사실이지. 그리고 세이어 대령이 기다리고 있다는 것도 명백한 사실이고. 세이어 대령을 명백한 사실로 간주해도 되겠나, 소위?"

"선생님의 말을 타고 가셔도 됩니다."

그는 이렇게 말하고 나서 조금 간절하게 덧붙였다.

"그러고 싶으시면요."

"아닐세."

그 단어가 정적 속에 맴돌았다. 우리는 그 단어를 에워싼 채 그 자리에 서 있었다. 헤이거는 마차 둘레를 계속 돌았다.

잠시 후에 나는 같은 말을 반복하며, 확인차 내 발을 쳐다보았다.

"아닐세. 자네와 같이 가도 괜찮네, 소위. 솔직히 동행이 있어서 다행이라고 생각하네."

---

*   Horse. 즉 말이라는 뜻.

이것이 그가 기다리던 대답이었다. 그리하여 그는 마차 안에서 조그만 사다리를 꺼냈다. 그걸 마차에 기대어 세우고 심지어 자기 팔까지 내밀었다. 연로하신 랜도 선생님, 제 팔을 잡고 올라가시지요! 나는 사다리 맨 아래 칸에 한 발을 얹고 몸을 위로 올려 보려고 했지만 아침 산책 때 너무 무리했는지 다리 힘이 풀리는 바람에 세게 넘어져 그가 나를 밀어서 마차 안으로 넣어 주어야 했다. 내가 딱딱한 나무 의자에 앉자 그가 뒤이어 올라탔고, 나는 **내게 맡겨진** 막중한 임무에 발동을 걸었다.

"소위, 돌아갈 때는 역마차 길로 가는 게 좋을 걸세. 요맘때 호스먼 농장 옆길은 마차를 타고 가기에 조금 울퉁불퉁하거든."

내가 바라던 반응이 나왔다. 그가 하던 일을 멈추고 머리를 갸우뚱했다.

"미안하네. 미리 설명했어야 하는 건데. 이 말의 마구에 아주 커다란 해바라기 꽃잎 세 장이 껴 있는 걸 자네도 보았겠지? 호스먼의 집 근처 해바라기보다 더 큰 해바라기가 있을까. 그 앞을 지나가면 사실상 공격을 당하는 느낌이니. 그리고 측판에 저렇게 노란색이 사선으로 묻지 않았나. 호스먼이 기르는 옥수수가 바로 그 색이거든. 그는 특별한 비료를 쓴다고 들었어. 주민들끼리 하는 말로는 닭뼈와 개나리꽃이라는데, 그 네덜란드 사람은 절대 알려 주지 않는다지? 그나저나 소위, 자네 가족은 아직도 휠링에서 사나?"

그는 절대 내 쪽으로 돌아보지 않았다. 어깨를 축 늘어뜨리고 마차 지붕을 탕탕 두드리는 것을 보고 내가 제대로 알아맞혔다는 것을 알수 있었을 따름이다. 말이 휘청거리며 언덕 위로 내달리자 내 몸이 뒤로 기울었고, 나를 막아 주는 뒷벽이 없었다면 내 몸이 어떤 식으로 계속 뒤로, 뒤로 기울어졌을지 머릿속에 선명하게 그려졌다. 언덕 꼭 대기에 다다르자 마차는 북쪽으로 방향을 돌렸고, 나는 옆 창문으로 내 집 앞마당과, 더 이상 설명을 기다리지 않고 이미 걸음을 옮기기 시작한 헤이거의 우아한 형체를 언뜻 볼 수 있었다. 녀석은 다시 돌아 오지 않았다.

거스 랜도의 기록
2

둥. 둥 두 두 둥. 둥. 둥 두 두 둥.

90분쯤 달려 아메리카 원주민 보호구역에서 1킬로미터쯤 지났을 때 드럼 소리가 들렸다. 처음에는 공기를 어지럽히는 떨림이었다가 천지를 울리는 **진동**으로 바뀌었다. 아래를 내려다보니 내가 아무 명령도 내리지 않았음에도 내 발이 드럼 장단에 맞춰 움직이고 있었다. 나는 생각했다. **저들은 이런 식으로 복종하게 만드는구나. 혈관 속으로 침투하는 거지.**

내 호위병에게는 그것이 분명 효과가 있었다. 메도스 소위는 계속 앞만 바라보았고, 내가 몇 가지 질문을 해도 형식적으로 대답할 뿐 마차가 바위를 타고 넘어 하마터면 뒤집힐 뻔했을 때조차 자세를 바꾸지 않았다. 처음부터 끝까지 사형집행인 같은 태도를 유지해 마차가 사형수 호송차처럼 느껴지고—내 정신 상태가 여전히 온전하지 않았다—앞에서 군중과 단두대가 기다리고 있는 것처럼 느껴질 때도 더러 있었다.

그러다 기나긴 오르막의 끝에 다다르자 동쪽 땅이 사라지며 허드슨강이 등장했다. 청회색의 거울 같은 강물이 수없이 굽이쳤다. 아침 안개가 이미 누르스름한 아지랑이로 바뀌었고, 하늘을 배경으로 저쪽 강가의 선명한 윤곽선이 이어졌고, 모든 산이 파란색 그림자로 한데 뭉뚱그려졌다.

메도스 소위가 말했다.

"거의 다 왔습니다."

이것이 허드슨강의 효력이다. 머릿속을 비워 준다. 덕분에 웨스트포인트 절벽을 향해 마지막 오르막길로 접어들었을 때, 사관학교가 장막 같은 숲 사이로 고개를 내밀기 시작했을 때—나는 앞으로 벌어질 일을 감당할 수 있을 듯한 자신감을 되찾고 관광객처럼 경치를 감상할 수 있게 됐다. 아! 저건 베란다를 벨트처럼 두른 코젠스 씨 호텔의 육중한 회색 석조 건물. 그리고 서쪽에는 우뚝한 포트퍼트넘의 잔재. 그리고 그보다 나무가 빽빽이 심긴 갈색 근육질의 언덕은 더 우뚝했고 그 위로는 하늘밖에 없었다.

3시 10분 전에 우리는 경계초소 앞에 도착했다.

보초병이 외쳤다.

"정지! 신원을 밝혀라."

마부가 대답했다.

"메도스 소위다. 랜도 씨를 모시고 오는 길이다."

"보초 앞으로."

보초병이 옆에서 다가왔다. 밖을 내다보니 놀랍게도 소년이 내 쪽

29

을 쳐다보고 있었다. 소년은 소위에게 경례했고, 나를 보고 멈칫멈칫 손을 들었다가 민간인이라는 것을 알아차리고는 벌벌 떨리는 손을 옆구리 쪽으로 다시 내렸다.

"저 아이는 생도인가 이병인가, 소위?"

"이병입니다."

"하지만 생도들도 보초를 서지 않나?"

"네, 수업을 듣지 않을 때는요."

"그럼 야간에 서겠군그래?"

그는 나를 쳐다보았다. 내 집을 떠난 이래 처음 있는 일이었다.

"네, 야간에 섭니다."

우리는 이제 사관학교 교내로 들어섰다. 원래는 교내로 '진입했다' 라고 하려고 했지만 사실상 장소를 '이동'한 게 아니기 때문에 진입했다는 말이 성립되지 않았다. 나무와 돌과 회반죽으로 이루어진 건물들이 있긴 했지만 모두 대자연의 묵인 아래 서 있어서 당장이라도 퇴장당할 수 있을 듯이 보였다. 드디어 대자연의 일부가 **아닌** 곳이 등장했다. 연병장이었다. 옅은 초록색과 금색으로 이루어진 5만여 평의 군데군데 구멍이 파인 땅과 듬성듬성한 풀밭이 북쪽으로 이어지다가 나무 뒤에 숨은 어느 지점에 다다르면 서쪽으로 쏜살같이 흐르는 허드슨강과 만났다.

마음씨 착한 소위가 소개해 주었다.

"여기가 플레인이라고 불리는 운동장입니다."

하지만 나는 인근 지역 주민이다 보니 그 이름은 물론이고 용도도 이미 알고 있었다. 이 풍상에 시달린 운동장에서 웨스트포인트 생도들은 군인이 되었다.

하지만 군인들이 어디 있단 말인가? 포좌에서 내려진 대포 한 쌍과 깃대, 흰색 방첨탑, 한낮의 태양이 밀어내지 못한 가장자리의 좁은 그늘 말고는 아무것도 보이지 않았다. 마차가 단단한 흙길을 지나는데 우리의 등장을 주변에 알리는 사람도 없었다. 심지어 드럼 소리마저 멈추었다. 웨스트포인트가 몸을 웅크리고 있었다.

"생도들이 전부 어디 있나, 소위?"

"오후 수업을 받고 있습니다."

"장교들은?"

그는 잠깐 멈칫거리다 장교들이 대부분 교관이라 각 교실에 있을 거라고 말했다.

"그 나머지는?"

"그건 제가 말씀드릴 수 있는 부분이 아닙니다, 랜도 씨."

"아, 나는 그냥 비상소집령이 내려졌는지 궁금해서 물어본 걸세."

"저는 말씀드릴 수가…."

"그럼 내가 교장과 단둘이 만나는 건지, 그건 얘기해 줄 수 있나?"

"아마 히치콕 대위님도 배석하실 겁니다."

"히치콕 대위라 하면…?"

"사관학교 생도대장이십니다. 서열상 세이어 대령님 다음이시죠."

그가 할 수 있는 얘기는 거기까지였다. 그는 자신에게 주어진 막중한 임무를 충실히 이행할 작정이었고 실제로 그렇게 했다. 나를 관리동으로 곧장 데려가 세이어의 비서가 기다리고 있는 응접실로 안내한 것이다. 비서의 이름은 패트릭 머피. (나도 나중에 알게 된 사실이지

31

만) 현재는 세이어의 1급 첩보원으로 활동 중인 퇴역 군인이었고 대부분의 첩보원들이 그렇듯 성격이 명랑했다.

"랜도 씨! 오시는 길이 날씨만큼 쾌적했길 바랍니다. 자, 이쪽으로 오시겠습니까?"

그는 이를 활짝 드러내 보였지만 절대 내게 눈길을 주지는 않았다. 앞장서서 계단을 내려가 교장실 문을 열고 하인처럼 내 이름을 밝혔는데, 고맙다는 인사를 하려고 몸을 돌려 보니 이미 사라지고 보이지 않았다.

나중에 알게 된 사실이지만 지하실에서 업무를 처리하는 것이 실베이너스 세이어에게는 자부심의 원천이었다. 다소 일반 시민 같은 연출이라고 할까. 내가 보기에 그 안은 그저 지독하게 어두웠다. 창문은 덤불에 가려졌고 촛불은 자기 몸뚱이만 비추는 것처럼 느껴졌다. 나와 세이어 교장의 첫 번째 공식적인 만남은 어둠 속에서 이루어졌다.

하지만 내가 너무 앞서 나가고 있다. 맨 처음 나를 맞이한 사람은 세이어에 이어 서열 두 번째인 이선 앨런 히치콕 생도대장이었다. 그는 날이면 날마다 생도 여단을 감독하는 궂은일을 도맡는 사람이다. 세이어가 의견을 내면 히치콕이 처리하는 식이라고 한다. 그리고 웨스트포인트와 관계를 맺으려는 사람은 먼저 히치콕을 거쳐야 한다. 세이어는 손에 물 한 방울 묻히지 않고 첫눈처럼 깨끗한 상태를 유지하도록, 물밀듯 밀려오는 인간들을 둑처럼 막아 주는 사람이 그다.

한마디로 말해서 히치콕은 그늘 속에 묻혀 있는 데 이골이 난 사람이다. 그가 맨 처음 내 앞에 등장한 것도 그런 식이었다. 손만 불빛에 비칠 뿐 그 나머지는 어슴푸레해서 가까이 다가온 다음에서야 인물이 얼마나 훤한지 알 수 있을 정도였다(외모가 그 유명한 조부와 비슷하다고 들었다). 이른바 제복 값을 하는 인물이었다. 복부는 단단하고 가슴은 납작하며 입술은 항상 조약돌이나 수박씨처럼 딱딱한 것을 단단히 물고 있는 것처럼 보였다. 갈색 눈에는 애수가 어려 있었다. 그는 내 손을 잡더니 병상을 찾은 문병객처럼 의외로 부드러운 목소리로 말했다.

"은퇴 생활이 잘 맞으시나 봅니다, 랜도 씨."

"폐에 좋네요, 감사합니다."

"교장선생님께 소개해드리겠습니다."

누르스름한 불빛 한 조각. 과수나무 책상 위로 숙인 머리. 밤색 머리칼, 둥근 턱, 높고 단단한 광대뼈. 사랑을 나누기 위한 용도로 만든 머리나 몸이 아니었다. 그 책상 앞에 앉아 있는 남자는 후대의 냉정한 평가에 대비해 자신을 설계했고, 옆구리에 퀼백 검을 가만히 차고 파란색 상의와 금색 견장과 금색 바지를 입고 있음에도 그렇게 호리호리한 것을 보면 얼마나 각고의 노력을 기울였는지 알 수 있었다.

하지만 이 모든 건 나중에 느낀 인상이었다. 그 어두컴컴한 방에서는 내 의자가 낮고 책상은 높다 보니 사실상 보이는 것이라고는 흔들림 없고 선명한 그 **머리**와, 벗겨지려는 가면처럼 이제 막 움직이기 시작한 얼굴 거죽뿐이었다. 이 머리가 그 높은 데서 나를 내려다보며 말했다.

"만나 뵙게 돼서 반갑습니다, 랜도 씨."

아니다, 내가 착각했다. 그 머리가 한 말은 "커피 한잔 드릴까요?"였다. 그렇다. 그리고 나는 "**맥주**면 좋겠는데요"라고 대답했다.

정적이 흘렀다. 불쾌하다는 반응이었을 것이다. **세이어 대령은 술을 마시지 않나?** 나는 궁금해졌다. 하지만 잠시 후에 히치콕이 패트릭을 불렀고 패트릭이 몰리를 부르자 그녀는 지하 포도주 저장실로 직행했다. 이 모든 게 실베이너스 세이어가 오른 손가락을 보일락 말락 하게 까딱하자 벌어진 일이었다.

그가 말했다.

"전에 한 번 뵌 적이 있는 걸로 기억하는데요."

"네, 콜드스프링에 있는 켐블 씨의 저택에서요."

"맞습니다. 켐블 씨가 선생을 극구 칭찬하더군요."

"아, 감사한 일이네요. 운 좋게 그의 형님을 도울 수 있었을 뿐입니다. 오래전에요."

히치콕이 말했다.

"그분께 말씀 들었습니다. 토지 투기꾼들과 연관이 있는 일이었다고요."

"네. 투기 중에서는 그게 최고죠. 가지고 있지도 않은 땅을 팔겠다는 사람들이 맨해튼에 얼마나 많은지 모릅니다. 요즘도 여전한지 모르겠네요."

히치콕은 자기 의자를 내 쪽으로 좀 더 바짝 옮기고 들고 있던 촛불을 세이어의 책상 위, 빨간색 가죽 서류함 옆으로 내려놓았다.

"켐블 씨 말을 듣자 하니 선생이 뉴욕 경찰들 사이에서는 전설 비슷한 존재였던 것 같던데요."

"어떤 전설이었을까요?"

"우선 강직한 분이었다고요. 뉴욕 경찰계에서 그거 하나면 누구든 전설이 되기에 충분하다고 봅니다만."

세이어가 속눈썹을 차양처럼 내리는 것이 내 눈에 보였다. **잘했네, 히치콕.**

"아, 전설이 되려면 아무리 강직해도 부족하겠죠."

그리고 나는 아주 서글서글하게 말을 덧붙였다.

"하지만 강직하기로 유명한 사람이 있다면 대위님과 세이어 대령님이 아닐까 싶습니다만."

히치콕이 눈을 가늘게 떴다. 이게 칭찬이 맞는지 자문하고 있는 것이리라.

세이어가 말을 이었다.

"그간 여러 가지 업적을 거두셨지만 데이브레이크 보이스*의 우두머리를 검거하는 데 결정적인 역할을 하셨더군요. 정직한 상인들의 골칫거리였는데 말이죠."

"아마 골치깨나 아팠을 겁니다."

"그리고 셔츠테일스** 조직을 와해하는 데에도 일조하셨고요."

"일시적이었죠. 다시 부활했으니까요."

"그리고 제 기억이 맞는다면, 다들 포기한 거나 다름없었던, 아주 소름 끼치는 살인 사건을 해결한 주인공이셨죠. 엘리시안필즈의 젊은 윤락녀. 랜도 씨의 관할구역은 아니었던 걸로 압니다만?"

---

* 19세기 중반에 뉴욕을 주름잡았던 조직폭력배.

** 19세기 중반에 뉴욕에서 활동했던 조직폭력배로 셔츠 자락을 바지 허리춤 밖으로 꺼내 입었다.

"피해자의 주소지가 제 관할구역이었습니다. 알고 보니 범인의 주소지도 그랬고요."

"그리고 아버님이 목사님이셨다고 들었습니다, 랜도 씨. 피츠버그 출신이시라고요?"

"거기 외에도 여러 곳을 전전했죠."

"십 대 때 뉴욕으로 건너왔고, 태머니홀*에 발을 담갔고. 맞습니까? 하지만 파벌 싸움에 관심이 없으셨겠죠. **정치적인** 동물이 아니다 보니."

나는 맞는다는 뜻에서 묵례를 했다. 이제 세이어의 눈에 시선을 고정하기가 점점 수월해졌다.

그가 계속 말을 이었다.

"그 밖에도 여러 재능이 있으시죠. 암호 해독, 폭동 진압, 가톨릭 유권자들과 관계 회복, 그리고! 가차 없는 심문."

바로 이때, 그가 눈을 살짝 움직였다. 내가 계속 기다리고 있지 않았다면 보지 못했을 정도로 미미한 움직임이라 그 스스로도 거의 느끼지 못했을 것이다.

"뭐 하나만 여쭤봐도 되겠습니까, 세이어 대령님?"

"말씀하시죠."

"서류함입니까? 거기에 파일을 숨겨 두시나요?"

"무슨 말씀인지 모르겠군요, 랜도 씨."

---

* 18세기 말부터 뉴욕시의 행정을 주도했던 민주당의 한 파벌. 이민자, 특히 아일랜드계를 대표했고, 보스정치와 부패정치의 대명사다.

36

"아니, 왜 이러십니까. 영문을 모르겠는 쪽은 **접니다**. 제가 이 학교 생도가 된 느낌이에요. 생도들이 여기로 찾아오면—이미 살짝 겁에 질려 있겠죠—대령님은 거기 앉아서 그들의 정확한 등수, 지금까지 쌓인 벌점을 읊으시겠죠. 아, 한 걸음 더 나아가면 그들의 빚이 얼마나 되는지 그것까지도요. 그러면 생도들이 여기서 나갈 때 대령님을 신에 버금가는 존재처럼 느끼겠죠."

나는 몸을 앞으로 기울여 마호가니로 된 그의 책상 상판에 손을 대고 눌렀다.

"이러지 마십시오. 그 깜찍한 파일에 또 뭐라고 적혀 있습니까, 대령님? **저**에 대해서 말입니다. 제가 상처했다는 것도 적혀 있을지 모르겠네요. 뭐, 그거야 너무 확연하죠. 5년 동안 산 옷이 한 벌도 없으니까요. 그리고 교회에 출입한 지도 한참 됐고요. 아, 저한테 딸이 있다는 얘기도 적혀 있나요? 오래전에 떠나 버렸다고? 그래서 외로운 밤을 보내지만 아주 멋진 암소 친구가 있어요. 거기에 **암소**에 대해서도 적혀 있나요, 대령님?"

바로 그때 문이 열리면서 비서가 내 맥주가 담긴 쟁반을 들고 들어왔다. 거품이 많고 거의 검은색에 가까운 고급 맥주였다. 깊숙이 저장되어 있었는지 한 모금 마시자 차가운 전율이 내 몸을 관통했다.

세이어와 히치콕의 달래는 목소리가 내 위로 쏟아졌다.

"정말 죄송합니다, 랜도 씨…."

"첫 단추부터 잘못 꿰서…."

"기분 상하게 할 생각은…."

"송구스럽지만…."

나는 손을 들었다.

"아뇨. 사과해야 하는 쪽은 접니다."

나는 차가운 유리잔을 관자놀이에 대고 눌렀다.

"사과드립니다. 그러니 하던 말씀 계속하시죠."

"괜찮으시겠습니까, 랜도 씨?"

"두 분이 보시기에는 제가 오늘 조금 지친 것 같겠지만 기분 좋습니다. 그러니 용건을 말씀하세요. 저도 최선을 다해…."

"혹시 불편하시면…."

"아뇨, 괜찮습니다."

히치콕이 이제 자리에서 일어났다. 그와 면담할 시간으로 다시금 넘어간 것이었다.

"지금부터는 아주 조심스럽게 논의를 진행해야 합니다, 랜도 씨. 저희가 선생님의 분별력을 믿어도 되겠습니까?"

"물론입니다."

"먼저 선생님의 이력을 검토한 목적은 오로지 선생님이 저희 의도에 알맞은 분인지 확인하기 위해서였다는 것부터 말씀을 드리겠습니다."

"그럼 의도가 뭘 말하는 건지 그것부터 물어봐야겠군요."

"저희는 사람을 찾고 있습니다. 저희 학교를 대신해 예민한 성격의 수사를 수행할 수 있는, 관련 경험과 노하우가 풍부한 일반 시민을요."

그의 태도에는 변화가 없었지만 **뭔가**가 달라졌다. 그들이 민간인에게, 그러니까 **나에게** 도움을 청하려 한다는 사실을, 맥주를 첫 모금 마셨을 때처럼 갑작스럽게 깨달았기 때문일까.

나는 조심스럽게 논의를 진전시켰다.

"글쎄요. 그건 상황에 따라 달라지겠는데요. 어떤 성격의 수사인지. 제 능력으로 감당할 수…."

히치콕이 말했다.

"선생님의 능력에 대해서는 전혀 걱정하지 않습니다. 저희가 걱정하는 부분은 수사입니다. 상당히 복잡한 데다 덧붙이자면 상당히 **예민한** 문제라서요. 그래서 이 자리에서 오간 대화가 이 학교 밖으로 절대 유출되지 않는다는 것을 다시 한 번 확인하고 넘어가야겠습니다."

"대위님, 내가 어떻게 사는지 아시잖습니까. 내 대화 상대는 호스뿐이고, 녀석은 분별력의 상징이라고 장담할 수 있어요."

그는 이걸 엄숙한 확언으로 받아들였는지 다시 자리에 앉았고, 자기 무릎을 쳐다보다가 내 쪽으로 고개를 들고는 말했다.

"저희 학교 생도에 관련된 문제입니다."

"그건 저도 짐작한 바입니다."

"켄터키 출신의 2학년생이고 이름은 프라이입니다."

"**리로이** 프라이요."

세이어가 덧붙였다. 그는 다시금 침착한 눈빛으로 나를 보았다. 프라이에 대해 빼곡히 적힌 파일이 **세 개의** 서류함 안에 가득 담겨 있기라도 한 것 같았다.

히치콕은 다시 자리에서 벌떡 일어나 촛불 사이를 들락거렸다. 내 눈이 드디어 그를 찾았을 때 그는 세이어의 책상 뒤편 벽에 기대어 서 있었다.

히치콕이 말했다.

"아, 빙빙 돌려서 얘기해 봐야 아무 의미 없겠죠? 어젯밤에 리로이 프라이가 목을 맸습니다."

나는 그 순간 엄청난 농담이 끝나거나 시작되려는 시점에 그 방 안에 들어온 것 같은 기분을 느꼈다. 장단을 맞추는 것이 안전한 선택이었다.

"아주 유감스러운 소식이로군요. 진심으로 애도를 전합니다."

"선생님의 말씀은 마치⋯."

"끔찍한 사건이에요."

히치콕이 앞으로 한 걸음 나오며 말했다.

"모든 당사자들 입장에서 그렇죠. 그 젊은 친구 입장에서도 그렇고. **유족** 입장에서도⋯."

실베이너스 세이어가 말했다.

"나는 프라이 학생의 부모님을 만나 뵙는 영예를 누린 바 있습니다. 이 자리에서 단언하건대 그분들께 아들의 사망 소식을 전하는 것이야말로 내가 지금까지 수행한 임무 중에서 가장 슬픈 임무가 될 겁니다."

"아무렴요."

"이런 말씀을 덧붙일 필요도 없겠습니다만, 학교 입장에서도 끔찍한 사건입니다."

히치콕이 하던 얘기를 계속했고, 이때 나는 뭔가가 정점에 달한 것을 느꼈다.

다시 세이어가 말했다.

"이런 사태는 지금까지 한 번도 벌어진 적이 없었으니까요."

히치콕이 말을 덧붙였다.

"여부가 있겠습니까. 두 번 다시 있어서는 안 될 사건이기도 하고요."

"글쎄요. 외람된 말씀이지만 우리 중 어느 누구도 거기에 대해서는 발언권이 없지 않겠습니까? 아니, 젊은 친구들이 날마다 무슨 생각을 하며 지내는지 누가 알 수 있겠습니까? **내일이었다면**…."

나는 머리를 긁적이며 말을 이었다.

"내일이었다면 그 딱한 청년이 그런 짓을 저지르지 않았겠죠. 내일이었다면 살아 있었을지 몰라요. 하지만 오늘은… **죽었죠**, 그렇지 않습니까?"

히치콕이 이제는 앞으로 나와서 자기가 앉았던 윈저 의자의 등받이에 몸을 기댔다.

"저희 입장을 이해해 주셔야 합니다. 랜도 씨. 저희는 이 청년들을 관리하는 구체적인 임무를 수행하고 있습니다. 부모 대신이라는 말씀이죠. 아이들을 신사와 군인으로 길러 내는 것이 저희의 역할이고 저희는 그 목표를 향해 아이들을 몰아갑니다. 그 부분에 대해서는 변명하지 않겠습니다. 아이들을 **몰아간다**는 것에 대해서는요. 하지만 저희는 **멈춰야** 하는 때도 알고 있다고 믿고 싶습니다."

실베이너스 세이어가 말문을 열었다.

"그리고… 생도들이 심신에 문제가 생기면 **언제라도** 우리를, 그러니까 저나 히치콕 대위나 교관이나 병과장교를 찾아올 거라고 믿고 싶고요."

"그러니까 전조가 전혀 없었다는 말씀이로군요."

"전혀요."

"아, 됐습니다. 두 분은 최선을 다하셨을 테니까요. 어느 누구도 그 이상을 바랄 수 없을 만큼."(내가 너무 무심하게 얘기했다는 것을 알았다.)

두 사람은 내가 한 말에 대해 곰곰이 생각했다.

"짐작건대, 내가 틀릴 수도 있겠지만 **짐작건대** 이제 두 분이 저를 부른 이유를 밝힐 때도 되지 않았나 싶은데요. 왜냐하면 저는 아직도 이해가 안 되거든요. 학생 하나가 목을 맸다. 이건 검시관을 불러야 하는 일이잖습니까? 폐에 문제가 있고 혈액순환이 잘 안되는 퇴직 형사가 아니라."

히치콕의 가슴이 위로 올라갔다가 내려가는 것이 보였다.

"안타깝게도 그게 다가 아닙니다, 랜도 씨."

그 뒤로 또다시 긴 침묵이 이어졌다. 좀 전보다 더 조심스러운 침묵이었다. 나는 두 사람을 번갈아 쳐다보며 누구라도 어서 설명을 이어주길 기다렸다. 이윽고 히치콕이 다시 긴 한숨을 토하고는 말했다.

"그날 밤, 새벽 2시 30분에서 3시 사이에 프라이 생도의 시신이 옮겨졌습니다."

나는 그 순간 알아차렸어야 했다. 그 **고동** 소리. 그건 드럼 소리가 아니라 내 심장이 뛰는 소리였다.

"'옮겨졌다'고요?"

히치콕이 시인했다.

"의례에 혼선이 있었던 모양입니다. 시신을 지키는 임무를 부여받

42

은 이병이 누군가가 자기를 부른 줄 알고 자리를 떴습니다. 그가 자신의 실수를 인지하고 자리로 돌아가 보니 시신이 사라지고 없었습니다."

나는 아주 조심스럽게 잔을 바닥에 내려놓았다. 눈이 저절로 감기도록 내버려 두었다가 특이한 소리를 듣고 얼른 떠 보니 내가 손을 마주 비비고 있었다.

"누가 옮겼습니까?"

히치콕 대위의 따뜻했던 저음의 목소리가 처음으로 냉혹한 기미를 드러냈다. 그가 쏘아붙였다.

"그걸 알면 선생님을 소환할 필요도 없었겠죠."

"그럼 시신을 찾았는지, 그건 알려 주실 수 있습니까?"

"네."

우리의 히치콕은 다시 벽 앞으로 돌아가 스스로 부여한 보초 임무를 재개했다. 또다시 긴 정적이 흘렀다.

나는 캐물었다.

"교내에서요?"

히치콕이 대답했다.

"얼음창고 옆에서요."

"그래서 다시 원래 있던 자리로 옮겨 놓았습니까?"

"네."

그는 뭐라고 더 말을 하려다 자제했다. 내가 말했다.

"흠. 이 학교에도 나름 장난꾸러기들이 있겠죠. 그리고 젊은 친구들이 시신을 가지고 장난치는 건 아주 특이한 현상도 아니고요. 무덤을 파헤치지 않으면 다행이라고 할까요."

"이건 장난이라고 하기에는 도가 지나치지 않습니까, 랜도 씨."

이 노련한 장교는 세이어의 책상 가장자리 쪽으로 몸을 숙이더니 허공에 대고 더듬더듬 말을 토하기 시작했다.

"프라이 생도의 시신을 옮긴 사람이 누가 됐든, 한 명이든 여러 명이든 유례없는 짓을 저지른 겁니다. 유례없이 **끔찍한** 신성모독을요. 이건 도저히…."

딱한 인간. 그는 계속 그렇게 변죽을 울리며 한도 끝도 없이 더듬거릴 수도 있었다. 본론은 실베이너스 세이어에게 들어야겠다. 그는 한쪽 손은 서류함에 얹고 다른 쪽 손은 체스의 룩을 쥔 채 자리에 꼿꼿하게 앉아서 고개를 한쪽으로 기울이고는 학급 등수를 읽듯 이 소식을 전했다.

"누가 프라이 생도의 심장을 시신에서 도려냈지 뭡니까."

거스 랜도의 기록

3

내가 어렸을 때만 해도 사람들은 죽을 작정이거나 죽어도 상관이 없을 만큼 가난한 경우가 아닌 이상 절대 병원을 찾지 않았다. 우리 아버지도 병원에 가느니 차라리 침례교로 개종했겠지만 웨스트포인트의 병원을 보았다면 생각이 달라졌을지 모른다. 내가 처음으로 방문했을 때 이 병원은 지어진 지 6개월이 지났을까 말까 했다. 벽에는 이제 막 백도제를 발랐고 바닥과 목조 부분은 잘 닦였으며 모든 침대와 의자는 황산과 염산에 담가 소독했고 이끼로 정화된 공기가 복도를 휘감고 있었다.

평소 같았으면 소독을 마친 수간호사 한 쌍이 우리를 맞아 환기 시스템이나 수술실을 보여 주었을지 모르지만 오늘은 아니었다. 수간호사 중 한 명은 실신 후 조퇴를 했고, 나머지 한 명은 정신적인 충격이 너무 심해서 우리가 찾아갔을 때 아무 말도 하지 못했다. 1개 연대가 뒤따라오고 있기라도 한 것처럼 우리를 지나 뒤편을 쳐다보더니 고개를 젓고는 B-3호 병실로 앞장서서 계단을 올라갔다. 덮개가 없는 벽난로를 지나 철제 침대 앞으로 우리를 안내했다. 잠깐 머뭇거리다 리넨 시트를 걷어 올리자 리로이 프라이의 시신이 드러났다. "그럼 저는 이만." 그녀는 이렇게 말하고, 남자 손님들이 담배를 피울 수 있도록 자리를 비키는 안주인처럼 등 뒤로 문을 닫았다.

내가 100세까지 산다 한들, 100만 개의 단어를 쓴다 한들 그 광경을 제대로 설명할 길이 있을까.

그러므로 조금씩 천천히 설명을 시도해 보도록 하겠다.

리로이 프라이는 쇠고리로 고정된 깃털 매트리스에 차디찬 시신으로 누워 있었다.

한쪽 손은 사타구니 위에 놓여 있고, 다른 쪽 손은 주먹을 쥐고 있었다.

드럼 소리가 방금 기상 신호로 바뀐 듯 눈을 반쯤 뜨고 있었다.

입술은 뻐딱하게 뒤틀렸다. 누르스름한 앞니 두 개가 윗입술 밖으로 튀어나왔다.

목은 붉은색과 자주색이었고 거기에 검은색으로 기다란 자국이 여러 개 남았다.

가슴은….

가슴은 남은 부분이 붉은색이었다. 찢겼는지, 그냥 **벌려졌는지**에 따라 부위별로 붉기가 달랐다. 맨 처음 보았을 때 든 생각은 거대한 물건과 부딪쳐서 그렇게 된 것처럼 보인다는 것이었다. 쓰러진 소나무? 아니다. 그건 너무 작다. 구름 사이로 떨어진 **유성** 정도는 되어야….

하지만 그의 가슴이 완전히 뻥 뚫리지는 않았다. 만약 그랬다면 차라리 나았을 것이다. 민둥민둥한 가슴의 거죽은 돌돌 말려 젖혀졌고, 뼈는 끝이 부스러졌고, 안쪽 깊숙한 곳에서는 끈적끈적한 뭔가가 포개져 비밀을 덮고 있었다. 쪼그라든 폐와 끈 모양의 횡격막과 짙고 따뜻한 갈색의 불룩한 간이 보였다. 그 밖의… **모든 것**이 보였다. 거기 없는 기관, 가장 선명하게 눈에 띄는, 그 **사라진** 기관만 보이지 않았다.

고백하기 민망하지만 나는 이 순간 어떤 결론에 휩싸였다. 평소 같으면 이런 얘기까지 시시콜콜 늘어놓지 않겠지만 내가 보기에 리로이 프라이에게 남은 것은 **물음표** 하나밖에 없는 듯했다. 뒤틀린 팔과 다리, 온통 시퍼렇게 변한, 핏기 없이 민둥민둥한 살가죽이 던지는 질문.

누구일까?

그리고 내 안의 두근거림이 말해 주듯이 나는 그 질문의 해답을 찾아야 했다. **내** 신변이 위험해지든 말든 누가 리로이 프라이의 심장을 가져갔는지 알아내야 했다.

그래서 나는 평소 하던 대로 이 물음표에 대처했다. 질문을 던졌다. 허공에 대고서가 아니라 나와 1미터 거리를 두고 서 있는 사람, 웨스트포인트의 군의관 대니얼 마퀴스 선생에게. 그는 우리를 따라 방으로 들어왔고, 두려움과 열의가 공존하는 핏발이 선 눈으로 나를 응시하고 있었다. 내가 보기에는 자문을 구해 주길 기다리는 눈빛이었다.

나는 침대 위의 시신을 가리켰다.

"마퀴스 선생님, 어떻게 하면… **이렇게** 만들 수 있습니까?"

의사는 손으로 얼굴을 쓸어내렸다. 나는 피곤해서 그러는 줄 오해했지만 사실 그는 흥분을 감추는 것이었다.

"먼저 절개를 해야죠. 그건 그다지 어렵지 않습니다. 메스나 잘 드는 칼만 있으면 가능해요."

이제 의욕이 발동한 그는 리로이 프라이의 시신을 내려다보며, 허공에 대고 보이지 않는 칼을 그었다.

"심장에 접근하기, 그게 까다로운 부분이죠. 늑골과 흉골을 치워야 하는데, 그 뼈들이 척추처럼 빽빽하지는 않지만 그래도 상당히 단단하거든요. 그걸 때리거나 **부술** 수는 없어요. 그랬다가는 심장이 손상될 수 있으니까."

그는 구멍이 뚫린 리로이 프라이의 가슴 속을 들여다보았다.

"이제 남은 문제는 딱 하나, 어느 부위를 절개하는가, 입니다. 흉골을 바로 공격하는 것이 맨 처음 선택지가 되겠지만…."

획, 하고 마퀴스 선생의 칼이 허공을 갈랐다.

"아, 하지만 그러면 여전히 늑골이 남고 그건 쇠지렛대를 동원해도 힘든 작업이거든요. 그러니까 어떻게 해야 하는가 하면—범인도 그렇게 했는데요—동그랗게 절개해야 합니다. 먼저 늑골을 자르고 그런 다음 흉골을 가로로 두 군데."

그러고서 그는 뒤로 한 걸음 물러나 결과를 살폈다.

"보아하니 범인은 톱을 쓴 것 같습니다."

"톱이요?"

"외과의사가 팔이나 다리를 절단할 때 쓰는 그런 톱이요. 제 진료실에도 있습니다. 그게 아니면 대신 쇠톱을 썼을 수도 있겠네요. 하지만 그걸로는 많이 힘들었을 겁니다. 날을 움직이며 흉강을 건드리지 말

아야 했을 테니까요. 아니, 여기 이 폐를 보세요. 베인 상처가 보이시
죠? 길이가 3센티미터쯤 되는. 간에는 상처가 더 많아요. 부수적인 파
열이 아닐까 싶습니다. 심장을 건드리지 않으려고 날을 **바깥으로** 기울
였기 때문에 생긴 상처죠."

"아, 정말이지 도움이 많이 됐습니다, 선생님. 그 이후에는 어떻게
하면 됩니까? 늑골과 흉골을 절단한 이후에는요."

"뭐, 그 뒤로는 상당히 간단하죠. 먼저 심낭을 자릅니다. 심낭은 외
심막을 에워싼 조직으로 심장을 고정하는 역할을 합니다."

"네…."

"그런 다음에는 아, 대동맥을 절단해야겠죠. 폐동맥을요. 대정맥을
뚫고 지나야겠지만 그건 몇 분이면 간단하게 될 겁니다. 잘 드는 칼만
있으면 돼요."

"피가 쏟아질까요?"

"죽은 지 몇 시간이 지난 뒤에는 그렇지 않습니다. 범인이 얼마나
신속하게 처리했는지 모르겠지만 그 안에 혈액이 소량 남아 있었을 수
도 있어요. 하지만 범인의 손으로 넘어갔을 무렵 저 심장은…."

그는 누가 들어도 흡족해하는 투로 말을 이었다.

"저 심장은 완전히 끝난 상태였을 겁니다."

"그다음은요?"

"아, 이제 거의 다 끝난 셈이에요. 심장이 통째로, 아주 깔끔하게
나왔을 겁니다. 대부분의 사람들은 잘 모르지만 아주 가벼웠을 거예
요. 주먹보다 조금 큰 정도고 무게가 300그램도 안 되거든요. 안이 비
어 있으니."

그는 강조하는 뜻에서 자기 가슴을 손끝으로 두드렸다.

"그런데 선생님, 제가 이런 질문을 해도 괜찮으십니까?"

"물론입니다."

"그럼 범인에 대해 좀 더 정보를 얻었으면 합니다. 그에게 도구 말고 또 뭐가 필요했을까요?"

그는 살짝 당황하며 시신에서 시선을 뗐다.

"흠, 생각해 보겠습니다. 범인은… **힘이 세야** 했겠네요. 앞서 말씀드린 그런 이유에서요."

"그럼 여자는 아니겠네요?"

그는 코웃음을 쳤다.

"저는 지금까지 그 정도로 힘이 센 여자를 만난 적이 없습니다, 한 번도."

"또 뭐가 필요했을까요?"

"상당히 밝은 불빛이요. 칠흑 같은 어둠 속에서 그런 수술을 거행했으니 **불빛**이 필요했을 겁니다. 몸속에 촛농이 잔뜩 떨어져 있다 한들 저는 놀라지 않겠어요."

그는 굶주린 눈빛으로 다시 침대 위에 놓인 시신을 향해 시선을 돌렸다. 그의 소매를 조금 당겨서 그의 관심을 돌렸다.

"범인의 의학적인 수준은 어떤가요, 선생님? 혹시…."

나는 그의 면전에 대고 미소를 지으며 말했다.

"혹시, 선생님처럼 지식이 풍부하고 남다르게 경험이 많아야 할까요?"

그는 전에 없이 쑥스러워하며 대답했다.

"아, 그렇지는 않습니다. 아마… 뭘 찾아야 하는지, 뭘 예상해야 하는지, 그 정도는 알아야 할 겁니다. 어딜 절단해야 하는지. 해부학적인 지식이 약간 있어야 하는 건 맞지만 외과의사일 필요는 없을 겁니다. 의사일 필요도요."

"미치광이!"

히치콕이 불쑥 끼어들었다. 나는 화들짝 놀랐다. 그 방에 마퀴스 선생과 (리로이 프라이와) 나밖에 없는 것으로 착각하고 있었던 것이다.

"미치광이가 아니고서야 누구겠습니까? 게다가 또 다른 잔인무도한 짓을 저지를 궁리를 하며 활개를 치고 다니고 있어요. 저 말고는… 그자를 생각하며 원통해하는 분이 없습니까? **여전히** 활개를 치고 다니고 있다는 것에 대해서요."

우리의 히치콕은 섬세한 사람이었다. 그토록 냉철한 성격에도 불구하고 마음 아파할 줄 알았다. 그리고 위로를 받을 줄도 알았다. 세이어 대령이 어깨 뒤편을 아주 살짝 토닥여 주자 그의 몸에서 모든 긴장이 풀렸다.

세이어가 말했다.

"자, 자, 이선."

그들의 관계가 부부 비슷하다는 생각을, 그때를 기점으로 이후에도 여러 번 했다. 그 말인즉, 이 두 독신남은 아주 유동적이고 암묵적인 계약 비슷한 것을 맺은 관계였다. (나중에 알게 된 사실이지만) 그들이 서로 갈라선 적은 한 번, 정말 딱 한 번뿐이었다. 3년 전에 웨스트포인트의 사문위원회가 군법을 위반했는지 여부를 두고서였다. 걱정할 건 없다. 1년 뒤에 세이어가 히치콕을 다시 불렀고 균열은 봉합됐으니까. 이 모든 게 한 번의 토닥임으로 전달됐다. 그리고 최고 결정 권자는 항상 세이어라는 사실도.

"우리 모두 히치콕 대위와 같은 심정일 거라고 봅니다. 그렇지 않습 니까, 여러분?"

내가 말했다.

"그리고 그걸 말로 표현했다는 점에서 대위님이 대단하신 거고요."

"범인을 잡는 데 좀 더 유리한 위치를 선점하고자 지금 우리가 이러 는 거 아니겠습니까. 그렇지 않습니까, 랜도 씨?"

"물론입니다, 대령님."

완전히 진정이 되지 않은 히치콕은 남는 침대에 앉아서 북쪽으로 나 있는 창밖을 내다보았다. 우리는 그에게 잠깐 시간을 주었다. 나는 시간을 쟀던 기억이 난다. 1초, 2초….

나는 웃으며 말했다.

"의사선생님. 이런 수술을 하려면 시간이 얼마나 걸리는지 알 수 있 을까요?"

"잘 모르겠습니다, 랜도 씨. 제가 시신을 해부한 지 오래된 데다 이 런… 이런 **수준**으로까지 한 적은 없어서요. 굳이 의견을 내야 한다면 어려운 조건을 감안했을 때 1시간은 넘게 걸릴 거라고 하겠습니다. 어 쩌면 1시간 반도 걸릴 수 있겠고요."

"대부분의 시간이 톱질에 쓰이겠죠?"

"네."

"만약 범인이 두 명이라면요?"

"뭐, 그렇다면 한쪽씩 나눠서 할 수 있을 테니 절반의 시간에 끝낼 수 있겠죠. 하지만 **세 명**이라면 그건 너무 많습니다. 세 번째 인물은 별 도움이 되지 못할 겁니다. 등불을 들고 있는 거라면 모를까."

등불, 그렇다. 리로이 프라이를 보며 설명할 수 없었던 부분 가운데 하나가 그거였다. 누군가가 그의 앞에 대고 불을 들고 있었던 것 같다는 생각이 들었던 것이다. 그의 눈이 내 쪽을 향해, 내리깐 눈꺼풀 사이로 나를 **쳐다보고** 있었기 때문이었다. 동공은 블라인드처럼 위로 말려 올라갔고 흰자위는 실낱 정도밖에 남지 않았으니 쳐다본다고 표현해도 될지 모르겠지만.

나는 침대 옆으로 다가가 양쪽 엄지손가락 끝으로 눈을 감겼다. 눈꺼풀은 아주 잠깐 동안 그 자리에 머물다 다시 위로 올라갔다. 나는 그런 줄도 거의 알아차리지 못한 채 리로이 프라이의 목에 난 열상을 손으로 더듬었다. 애초에 짐작했던 것과 달리 한 줄로 죽 찢어진 게 아니라 어지럽게 **엮인** 모양으로 상처가 남아 있었다. 올가미가 이 생도의 기도를 막아 버리기 한참 전에 밧줄에 파이고 쓸린 데다 숨통이 끊긴 뒤에는 여기에 체중까지 온전히 실렸을 것이다.

나는 말했다.

"히치콕 대위님. 지금 다들 말을 타고 주변을 수색 중인 건 압니다만, 그들이 찾고 있는 게 정확히 뭡니까? 범인인가요? 아니면 심장인가요?"

"현재 말씀드릴 수 있는 건, 주변을 샅샅이 뒤졌지만 아무것도 찾지 못했다는 것뿐입니다."

"그렇군요."

리로이 프라이의 머리는 붉은기가 도는 금발이었다. 속눈썹은 하얗

고 길었다. 오른손에는 머스킷총 때문에 굳은살이 박였고 손끝에는 선
명하게 물집이 잡혔다. 그리고 두 발가락 사이에 점이 있었다. 전날까
지만 해도 그는 살아 있었다.

나는 물었다.

"아무라도 다시 한 번 알려 주시겠습니까? 시신이 어디서 발견됐다
고 하셨죠? 심장이 없어진 뒤에요."

"얼음창고 옆이요."

"그럼 마퀴스 선생님, 선생님께서 전문 지식을 다시 한 번 발휘해
주셔야겠습니다. 만약 선생님께서… 만약 선생님께서 심장을 **보관할**
작정이라면 어떻게 하시겠습니까?"

"글쎄요, 용기 비슷한 걸 찾겠죠. 별로 크지는 않은 걸로요."

"그런 다음에는요?"

"그런 다음에는 심장을 뭘로 감쌀 겁니다. 모슬린이 좋겠죠. 돈이
없으면 신문지라도."

"그다음은요?"

"그런 다음에는, 그걸…."

그는 말을 하다 멈추었다. 그의 손가락이 목을 향해 움직였다.

"**얼음** 속에 넣을 겁니다."

히치콕이 침대에서 몸을 일으켰다.

"그럼 이런 결론이 내려지는군요. 그 미치광이가 리로이의 심장을
그냥 가져간 게 아니라 얼음에 넣어서 보관하고 있다!"

나는 어깨를 으쓱했다. 그에게 손바닥을 들어 보였다.

"그럴 수도 있다, 그뿐입니다."

"도대체 어떤 천벌을 받아 마땅할 의도에서 그랬을까요?"

이 무렵 격무에 시달린 가엾은 수간호사가 마퀴스 선생을 부르러 다시 찾아왔는데, 어떤 일 때문이었는지는 기억이 나지 않는다. 아쉬워하던 마퀴스 선생의 표정만 기억할 뿐이다. 그는 가기가 싫었던 것이다.

이렇게 해서 나와 세이어와 히치콕만 남았다. 그리고 리로이 프라이도. 잠시 후에 드럼 소리가 들렸다. 생도들의 저녁 열병식 시간이 된 것이었다.

나는 또다시 양쪽 손을 맞대고 비볐다.

"자, 여러분. 아닌 척해 봐야 소용없겠죠. 정말이지 난감한 사건이네요. 저로서도 조금 당황스럽습니다. 그런데 가장 이해가 안 되는 부분이 하나 있는데요. 왜 군 당국에 연락하지 않으셨습니까?"

한참 동안 정적이 이어졌다.

"이건 누가 봐도 **그쪽**에서 관여할 일이잖습니까. 제가 아니라."

세이어가 대답했다.

"랜도 씨, 저랑 같이 좀 걸으시겠습니까?"

우리는 멀리 가지는 않았다. 복도를 저 끝까지 걸어갔다가 돌아왔다. 한 번 더. 다시 한 번 더. 마치 군사작전을 짜는 느낌이었다. 세이어는 나보다 키가 10센티미터쯤 작았지만 자세가 훨씬 꼿꼿했고 움직임에 좀 더 자신감이 있었다.

"저희가 지금 미묘한 상황입니다, 랜도 씨."

"그래 보입니다."

"이 학교는."

55

그는 말문을 열었다가 너무 고음으로 목소리가 나오자 한두 단계 낮추었다.

"이 학교는, 선생도 아실지 모르겠지만, 건립된 지 30년도 안 됩니다. 나는 그중 거의 절반을 교장으로 재직 중이고요. 그러니까 이 학교도 나도 아직 두드러진 성과를 거두지 못했다고 보는 편이 맞을 겁니다."

"그래도 시간이 지나면 해결될 문제가 아닐까 싶습니다만."

"뭐, 모든 신설 기관이 그렇겠지만 존경할 만한 동지를 몇 명 확보하긴 했습니다. 어마어마한 반대파도 생겼고요."

나는 바닥을 쳐다보며 과감하게 물었다.

"잭슨 대통령은 두 번째 진영에 해당하지요?"

세이어는 얼른 곁눈질을 했다.

"그 진영에 누가 있는지 아는 척하지는 않겠습니다. 제가 아는 게 있다면 이 학교는 독특한 부담을 짊어지고 있다는 겁니다. 아무리 많은 장교를 배출하고 아무리 열심히 조국에 봉사해도 항상 궁색한 변명을 해야 하는 느낌이에요."

"뭐에 대한 변명을요, 세이어 대령님?"

그는 천장을 살폈다.

"아! 엘리트주의, 대개는 그거죠. 우리를 비판하는 사람들은 우리가 부유층의 자제를 선호한다고 주장합니다. **농촌** 출신 생도들이, 아버지가 정비공이나 제조업자인 생도들이 얼마나 많은지 모르고서 하는 얘기죠. 이 학교는 미국의 축소판입니다, 랜도 씨."

그의 말이 낭랑하게 복도에 울려퍼졌다. **미국의 축소판입니다.**

"비판하는 사람들이 또 뭐라고 합니까, 대령님?"

"군인이 아니라 엔지니어 교육에 너무 많은 시간을 할애한다고요. 내부 승진자에게 돌아가야 할 장교직을 우리 생도들이 독차지하고 있다고요."

메도스 소위 말이로군. 나는 생각했다.

세이어는 밖에서 들리는 드럼 소리에 맞춰 계속 전진했다.

"그리고 마지막 그룹에 속하는 반대파에 대해서는 설명할 필요도 없겠죠. 이 나라에 상비군이 주둔하는 것을 반대하는 사람들에 대해서는요."

"그들에게 대안은 있는지 모르겠군요."

"그 옛날 민병대죠. 마을 공터에 모인 오합지졸. 가짜 병정들."

그는 이렇게 말했지만 씁쓸해하는 기미는 전혀 없었다.

"마지막 전쟁을 승리로 이끈 주인공은 잭슨 장군 같은 위인들이었지, 민병대가 아니었잖습니까."

"저희 둘이 같은 생각이라는 걸 알게 돼서 얼마나 기쁜지 모르겠습니다, 랜도 씨. 제복을 입은 사람을 보면 움찔하는 미국인이 어마어마하게 많다는 사실에는 변함이 없지만."

나는 나지막이 말했다.

"저희가 제복을 입지 않는 이유가 그 때문이죠."

"'저희'요?"

"죄송합니다, **경찰**이요. 주위를 둘러보세요, 옷으로 자기 신분을 드러내는 경관이 있는지. 생각해 보면 뉴욕에서는 **그 어떤** 법 집행관도 제복을 입지 않네요. 제복은 사람들의 반감을 유발하지 않습니까?"

우습게도 의도했던 바는 아니지만 이로써 우리 둘 사이에 동지애 같은 것이 생겼다. 내 말을 듣고 실베이너스 세이어가 웃었다거나 그런 건 아니지만—그의 미소는 내 평생 한 번도 본 적이 없다—그에게서 풍기는 분위기가 부드러워진 건 사실이었다.

"이쯤에서 말씀드리자면 랜도 씨, 저야말로 얼마나 집중적인 공격에 시달렸는지 모릅니다. 사람들은 저더러 독재자라고 했습니다. 폭군이라고 했고요. **야만인**, 그 단어도 여러 번 들었죠."

그는 이 말과 함께 걸음을 멈추었다. 그 단어가 그의 주변에 맴돌았다.

나는 반문했다.

"이제 이것 참 난감하게 되지 않았습니까, 대령님? 대령님의 관점에서 보자면 말이죠. 우리 생도들이 대령님의 이 잔인한 체제 아래에서 스스로 **목숨**을 끊을 만큼 망가져 가고 있다는 소문이 외부로 유출되면…"

그는 얼음장처럼 차가운 목소리로 말했다. (동지애는 이제 사라지고 없었다.)

"리로이에 대한 소문은 이미 외부로 유출됐습니다. 제 힘으로는 막을 수 없는 일이죠. 사람들이 그걸 자기들 마음대로 해석하는 것도 막을 수 없고요. 지금 현재로서는 이 수사가 어떤 측의 손에 넘어가지 않도록 막는 것이 저의 유일한 관심사입니다."

나는 그를 쳐다보며 넌지시 물었다.

"**워싱턴**의 어떤 측이겠군요."

"맞습니다."

"이 학교의 존재 자체에 반감을 품고 있을지 모르는 측이요. 그래서 이 학교를 완전히 무너뜨릴 핑계를 찾고 있는."

"맞습니다."

"하지만 대령님께서 상황을 제대로 통제하고 있다는 걸 보여 주면, 누군가에게 그 일을 맡기면 사냥개들을 당분간 물리칠 수 있죠."

"네, **잠깐** 동안은요."

"그런데 제가 아무것도 발견하지 못하면요, 대령님?"

"그러면 제가 공병감에게 보고할 테고 그는 결국 이턴 장군과 상의할 겁니다. 저희는 그들의 단체 판결을 기다려야 할 테고요."

우리는 이 무렵 B-3호 병실 문 앞에서 걸음을 멈춘 참이었다. 아래에서 수간호사가 안달하는 소리와 의사가 느릿느릿 움직이는 소리가 들렸다. 밖에서는 파이프 연주 소리가 귀청을 찢었다. 그리고 B-3호 병실 안에서는 아무 소리도 들리지 않았다.

"어느 누가 짐작이나 했을까요? 한 사람의 죽음이 이렇게 많은 파장을 미칠 줄. 심지어 대령님의 이력까지 걸려 있잖습니까."

"랜도 씨, 내가 다른 건 몰라도 이거 하나만큼은 장담할 수 있습니다. 내 이력은 전혀 중요하지 않아요. 이 학교가 명맥을 유지할 수만 있다면 나는 내일 당장 뒤도 돌아보지 않고 떠날 수 있습니다."

그는 나를 향해 둘도 없이 상냥하게 고개를 끄덕이고는 이렇게 덧붙였다.

"랜도 씨는 신뢰를 조성하는 데 재능이 있으시군요. 쓸모가 많겠습니다."

"아, 그야 상황에 따라 다르죠, 대령님. 이제 대답해 보시죠. 솔직히 제가 대령님의 편이라고 생각하십니까?"

"그렇게 생각하지 않았다면 우리가 지금 이렇게 대화를 나누고 있지도 않았겠죠."

"그리고 대령님은 이 사건을 파헤칠 작정이십니까? 끝까지?"

"필요하다면 그 너머까지도요."

나는 웃으며 복도를 지나 둥근 창을 바라보았다. 햇빛이 둥실둥실 이어지는 먼지 사슬을 소환하고 있었다.

세이어가 실눈을 뜨며 물었다.

"랜도 씨의 침묵을 수락으로 해석해야겠습니까, 아니면 거절로 해석해야겠습니까?"

"둘 다 아닙니다, 대령님."

"돈 때문이라면…."

"돈은 쓸 만큼 있습니다."

"그럼 다른 문제로군요."

"대령님께서 도와주실 수 있는 문제는 아닙니다."

나는 최대한 따뜻하게 말했다.

세이어는 헛기침을 했다. 살짝 거친 소리가 났을 뿐이지만 나는 분명 그의 안에 뭔가 쌓인 게 있다는 인상을 받았다.

"랜도 씨, 생도가 그렇게 젊은 나이에 스스로 목숨을 끊었다는 것만으로도 감당하기 힘든 일이잖습니까. 그런데 아무 힘없는 그의 시신을 상대로 그와 같은 범죄가 자행됐으니 견딜 수가 없습니다. 이건 인류에 역행하는 범행이고 나로서는 이 학교의 심장이…."

그는 말을 하다 말고 멈추었지만 이미 그 단어를 내뱉은 뒤였다.

"**심장**이 공격당한 심정이에요. 지나가던 광신도의 짓이라면 어쩔 수 없겠죠. 그건 신의 소관이니까요. 하지만 우리 **내부**에 범인이 있다면 웨스트포인트에서 그자를 제거하기 전까지는 내가 **편히** 쉬지 못할 겁니다. 족쇄를 채우건 제 발로 걸어가게 하건 어떻게든 바로 다음번 증기선에 태워 내보내야 해요. 이 학교를 위해서."

그는 이렇게 심금을 토로하고는 나지막이 숨을 뱉으며 고개를 숙였다.

"그 일을 랜도 씨에게 맡기려고 합니다, 랜도 씨가 수락한다면요. 이런 짓을 저지른 사람을 찾는 것. 그리고 같은 일이 두 번 다시 반복되지 않도록 저희를 도와주시는 것도요."

나는 그를 한참 동안 쳐다보았다. 그러다 주머니에서 시계를 꺼내 유리 케이스를 한 번 두드렸다.

"5시 10분 전이네요. 여기서 6시에 다시 만나면 어떨까요? 그러면 너무 번거로우실까요?"

"전혀 번거롭지 않습니다."

"좋습니다. 그때 답변을 하겠습니다."

나는 혼자 걷고 싶었지만—그것이 내 평소 습관이었다—웨스트포인트에서는 그게 가능하지 않았다. 반드시 호위병을 대동해야 했다. 이렇게 해서 또다시 메도스 소위가 차출됐다. 이 일을 맡게 된 것 때문에 어두웠던 그의 표정을 누군가가 바로잡아 주었는지, 그는 좀 전에 둘이서 여기로 이동했을 때보다 분위기가 훨씬 밝았다. 아무래도 리로이 프라이를 보지 못했기 때문인 듯했다.

"어디로 가고 싶으십니까, 랜도 씨?"

나는 강이 있는 쪽으로 손을 움직였다.

"동쪽. 동쪽이 좋겠네."

그쪽으로 가려면 운동장을 지나야 했고 그곳은 아까처럼 텅 비어 있지 않았다. 그와 정반대였다. 오후 열병식이 시작됐다. 미육군사관 학교 생도들이 네 개의 버글버글한 중대로 흩어져 있었다. 술 달린 봉을 들고 머리에 빨간색 푸딩 주머니를 매단 남자가 지휘하는 악단이 마지막 곡을 연주하고 있었고, 석포가 발포됐고, 국기가 예쁘장한 아가씨의 손수건처럼 운동장으로 나부꼈다.

"받…어총!"

부관이 외쳤다. 곧바로 200정의 총이 쨍그랑거렸고, 2초도 안 돼 모든 생도가 자기 총열을 쳐다보는 자세를 취했다. 책임장교가 검을 거두고 발뒤꿈치를 서로 부딪치며 외쳤다.

"우…걸어총!"

그 뒤로 (내 귀에는) **"우양…프로!"**처럼 들리는 구호가 이어졌다. 이제 모든 생도들이 오른쪽으로 몸을 90도 돌려서 적을 찌를 준비를 했다.

아, 정말 장관이었다. 옅은 초록색 잔디에서 뜯겨져 나오는 떼장, 총검에 걸려 흩어지는 마지막 햇살. 그리고 옷깃으로 목을 조이고, 끝으로 갈수록 가늘어지는 제복을 입고, 머리에는 우뚝한 깃털을 꽂은 청년들.

"우…걸어총! 세워총!"

사실과 풍문이 섞인 리로이 프라이의 소식이 지금쯤 이 생도들 사이에서는 주지의 사실이 되었을 것이다. 그리고 그런 충격을 아무 동

62

요 없이 감당하고 있다는 것이 세이어가 구축한 시스템을 평가하는 잣대였다. 평소에 리로이 프라이가 차지했던 자리가 이제는 다른 사람에게 넘어가—틈이 메워졌다—대형에서 한 명이 빠졌다는 걸 아무도 알아차릴 수 없었다. 아, 좀 더 경험이 풍부한 사람의 눈에는 이쪽에서 누가 박자를 놓치고 저쪽에서 누가 발을 살짝 끄는 것이 보일 수도 있었다. 심지어 발을 헛디디는 것이 보일 수도 있었다. 하지만 그건 각 중대에 배치된 20여 명의 신입생 탓으로 돌릴 수 있었다. 몇 개월 전까지 쟁기질을 했던 터라 아직 자기만의 리듬을 찾지 못했지만… 그럼에도 좀 더 장엄한 음악에 몸을 실은 앳된 청년들.

"대열 맨 앞으로!"

그렇다. 해는 뉘엿뉘엿 지고, 언덕은 파란색과 회색의 제복과 어우러지며, 어디에선가 흉내지빠귀가 투덜대는… 그럴 듯한 10월의 어느 날, 하루가 저물어 가는 시간에 펼쳐진 장관이었다. 대체로 비슷하게 시간을 보내고 있는 다른 사람들도 있었다. 떼거리로 병장교실 옆을 지나가는 관광객들. 소맷부리가 좁은 퍼프소매 옷을 입은 숙녀들, 파란색 프록코트와 베이지색 조끼를 입은 남자들…. 이 모두가 경쾌한 휴일 분위기를 풍겼다. 그들은 아마 그날 아침에 맨해튼에서 작은 보트를 타고 왔거나 북부 여행에 나선 영국인들일 수도 있었다. 그들도 장관을 구성하는 일부분으로 손색이 없었다.

"미육군사관학교, 웨스트포인트, 뉴욕, 10월 26 그리고 30! 행진 대형 제2번!"

그리고 실베이너스 세이어 아니면 누가 그 구경꾼들 틈바구니에 섞여 있을까? 시신도 그의 순찰을 막을 수는 없었다. 사실 그는 하루 종일 **이 자리**를 지키고 있었던 사람처럼 보였다. 놀라운 평정심이었다. 그는 필요하면 이야기를 했고, 그게 맞겠다 싶으면 침묵을 지켰고, 어떤 남자든 질문을 하면 귀를 기울였고, 어쩌다 한 번씩 소소한 부분을 여자들에게 가리켜 보이되 단 한 번도 거들먹거리지 않았다. 내 귀에 그의 음성이 들리는 **것만도** 같았다.

"브레부어트 부인, 이 훈련에서 유럽의 정신 비슷한 걸 느끼셨는지 모르겠네요. 프리드리히대왕이 만들었고 후대에 나폴레옹이 나일강 전투 때 다듬은 것으로⋯ 아, 그리고 B 중대의 맨 앞에 선 청년을 알아보셨을까요? 바로 헨리 클레이 2세입니다. 네, 네, 그분의 아드님이죠. 버몬트 농부의 아들에게 져서 동기 대표가 되지 못했어요. 여긴 미국의 축소판이랍니다, 브레부어트 부인⋯."

그리고 이제 생도 중대는 선임하사관의 인도 아래 구보 행진을 시작했고, 군악대는 언덕 너머로 사라졌고, 구경꾼들은 점점 드문드문해졌다. 메도스 소위가 그 자리에 있고 싶은지 아니면 계속 걷고 싶은지 묻자 나는 걷자고 했고, 그렇게 해서 우리는 러브바위까지 걸어갔다.

거기서 30미터 아래에 강이 기다리고 있었다. 온갖 배와 함께 **굽이치며** 기다리고 있었다. 이리운하행 화물선과 뉴욕행 정기선, 소형 보트와 카누와 통나무배, 이 모두가 선홍색 햇빛과 함께 이글거렸다. 멀지 않은 훈련장에서 쩌렁쩌렁한 대포 소리가 들렸다. 쾅 하는 굵직한 소리에 이어 긴 메아리가 언덕배기를 타고 올라왔다. 서쪽으로는 강이 흘렀고 동쪽으로도 다시 강이 흘렀고 남쪽으로도 강이 흘렀다. 나는 그 구심점에 서 있었다. 내가 좀 더 역사적인 성향이 강했다면 한때 이 자리에 섰던 인디언들이나 베니딕트 아널드*, 아니면 영국 해군이 남쪽으로 침범하지 못하게 거대한 사슬로 허드슨강을 막은 사람들과 교감했을지 모른다.

또는, 내가 좀 더 심오한 영혼의 소유자였다면 운명이나 신에 대해 생각했을지 모른다. 내가 영원히 접겠다고 맹세한 일을 다시 맡음으로써 미육군사관학교의 명예가 내 손에 걸리다니 좀 더 거대한 패턴이 작동 중인 게 분명했다. 신의 섭리라고 하지는 않겠지만 **개입** 정도는 되지 않을까.

하지만 내 영혼은 그리 깊지 않기에 다른 생각을 했다. 암소 헤이거 생각을 했다. 솔직히 고백하자면 그 녀석이 지금쯤 어디로 갔을지 궁금했다. 강가로 갔을까? 산 쪽으로 올라갔을까? 폭포 뒤편의 그 동굴로 갔을까? 녀석만 아는 은밀한 곳으로 갔을까?

그렇다. 나는 녀석이 어디로 갔을지, 뭘 동원해야 녀석을 다시 불러낼 수 있을지 고민했다.

정확히 6시 10분 전에 강을 보다 말고 고개를 돌려 보니 메도스 소위가 그 자리를 계속 지키고 있었다. 등 뒤로 손깍지를 끼고 눈을 감고 모든 시름을 잊은 모습이었다.

"이제 됐네, 소위."

5분 뒤에 나는 B-3호 병실로 돌아갔다. 리로이 프라이의 시신이 여전히 그곳에서 오돌토돌한 리넨 시트를 덮고 누워 있었다. 세이어

---

* 미국독립전쟁 초기에는 대륙군으로 참전했다가 배신하고 영국군으로 참전한 군인. 웨스트포인트 사령관이었다.

와 히치콕은 열중쉬어 비슷한 자세로 서 있었고, 나는 안으로 들어가서 "대령님 그리고 대위님, 제게 수사를 맡겨주십시오"라고 말하려고 했다.

그런데 다른 말을 하고 말았다. 내 머리로 이해하기도 전에 그 말이 불쑥 튀어나와 버렸다.

"제가 리로이 프라이의 심장을 가져간 범인을 찾길 바라십니까? 아니면 애초에 그를 교수형에 처한 범인을 찾길 바라십니까?"

거스 랜도의 기록
4
10월 27일

그건 아카시아나무였다. 위치는 남쪽 선착장에서 100미터가 조금 안 되는 곳이었다. **까맣고** 늘씬하며 수도승처럼 생겼고, 골이 깊게 지고 적갈색의 길쭉한 꼬투리가 달려 있었다. 하일랜드에 군생하는 여느 아카시아나무와 다를 바 없었다. 가지에서 제멋대로 뻗어 나온 덩굴이 있다는 것 말고는.

나는 바보처럼 그게 덩굴인 줄 알았다. 변명을 하자면 문제의 그 사건이 벌어진 지 32시간이 넘게 지나서 밧줄이 이미 주변 풍경 속으로 서서히 녹아 들어가기 시작했기 때문이었다. 나는 그때쯤이면 누군가가 그걸 치웠겠거니 생각했던 것 같다. 하지만 그들은 좀 더 빠른 코스를 선택했다. 시신을 발견했을 때 죽은 생도의 머리 바로 위에서 밧줄을 자르고 나머지는 그냥 내버려 두어 아침 이슬에 얼룩덜룩해진 잔근육질의 밧줄이 남아 있었다. 그리고 히치콕 대위가 그걸 양손에 감고 있었다. 시험 삼아 가볍게 당겨 보더니, 다른 쪽 끝에 교회 종이 매달려 있기라도 한 것처럼 **세게** 잡아당겼다. 그의 체중으로 밧줄이 늘어졌을 때 무릎이 살짝 구부러지는 것을 보고 나는 그가 얼마나 피곤에 절었는지 알아차렸다.

그럴 만도 했다. 하루 낮과 밤을 꼬박 새우고 6시 30분에 실베이너스 세이어의 공관에서 조찬을 겸한 소집이 있었으니. 나는 코젠스 씨의 호텔에서 묵은 터라 그보다 아주 조금 나았다.

웨스트포인트의 수많은 것들이 그렇듯 호텔도 세이어가 낸 아이디어였다. 배를 타고 으리으리한 사관학교를 구경하러 온 관광객들이 하룻밤 쉬었다 갈 만한 곳이 있어야 한다는 것이었다. 그리하여 슬기로운 미국 정부에서 학교 부지에 고급 호텔을 만들기로 했다. 성수기 때면 날마다 세계 각지의 관광객들이 산속에 건설된 세이어 왕국의 위용에 말문을 잃고, 푹신하게 부풀린 깃털 매트리스에 몸을 눕힐 수 있도록.

나는 관광객은 아니었지만 집이 너무 멀다 보니 편하게 오갈 수가 없었다. 그래서 콘스티튜션아일랜드가 내려다보이는 객실에서 무기한 지내기로 했다. 덧문을 닫으면 별빛과 달빛이 거의 완벽하게 차단돼 잠이 들 때면 시커먼 구덩이 속으로 뛰어내리는 느낌이었고, 기상 신호는 머나먼 별에서 들리는 것 같았다. 나는 가만히 누워서 붉은 햇살이 덧문 하단을 뚫고 슬금슬금 기어 들어오는 것을 지켜보았다. 어둠이 달콤하게 느껴졌다. 내 진짜 적성을 모르고 산 건 아닐까 하는 생각이 들었다.

나는 10분 더 침대에서 꾸물대는 군입답지 못한 짓을 저지른 뒤에 느긋하게 옷을 갈아입었고, 아침점호를 받으러 총알같이 튀어나가는 대신 담요를 두르고 선착장으로 걸어갔다. 세이어의 공관에 도착해 보니 교장은 목욕을 하고 옷을 갈아입고, 나와 히치콕이 그걸 알맞게 처리해 주길 바라며 비프스테이크 접시를 앞에 두고 4개 일간지의 뉴스를 파악하고 있었다.

우리 셋은 말없이 식사를 하고 몰리가 끓인 맛있는 커피를 마셨다. 접시가 치워지고 우리 모두 의자에 느긋하게 기대고 앉았을 때 내가 조건을 제시했다.

"먼저, 괜찮으시다면 말을 한 마리 주셨으면 합니다. 당분간 여기 호텔에서 신세를 지게 됐으니까요."

히치콕이 말했다.

"너무 오래 계시지는 않길 바랍니다."

"네, 너무 오래 있지는 않을 겁니다. 그래도 어찌 됐건 간에 말을 타고 다니면 좋겠습니다."

그들은 말을 한 마리 조달하고 마구간에 자리를 마련해 주겠다고 약속했다. 그리고 내가 매주 일요일에는 집에 다녀오고 싶다고 하자 그들은 행선지만 밝히면 민간인으로서 언제든 임지를 이탈해도 된다고 했다.

"그리고 마지막으로, 여기 머무는 동안 제게 무제한의 자유를 허락해 주셨으면 합니다."

"그 말을 저희가 어떤 식으로 해석하면 되겠습니까, 랜도 씨?"

"무장한 경호원을 사양합니다. 메도스 소위도 사양합니다. 주여, 그를 축복하소서. 3시간마다 한 번씩 화장실까지 누가 저를 데려다주지 않아도 되고, 잘 자라고 뽀뽀를 해 주지 않아도 됩니다. 그러지 마세요. 저는 혼자 움직이는 성격이라 옆에 사람들이 너무 붙어 있으면 거추장스럽습니다."

그들은 내게 그건 불가능하다고 했다. 웨스트포인트는 다른 군사시설처럼 철저한 순찰이 이루어져야 한다고 했다. 모든 방문객의 안전을 보장하되 훈련에 지장을 초래하지 않도록 제도적으로 장치가 마련돼 있고 어쩌고저쩌고….

우리는 합의점을 찾았다. 구내 외곽은 나 혼자 다니되—이제 허드슨강을 독차지할 수 있었다—보초병이 간간이 나를 가로막을 경우에 대비해 암호와 군호를 숙지하기로 했다. 하지만 주요 구역을 호위병 없이 드나들거나 학교 측 대리인 없이 생도에게 말을 거는 건 자제하기로 했다.

대체로 순조롭게 대화가 끝났다고 말할 수도 있었겠지만… 그들이 슬그머니 조건을 추가하기 시작했다. 예상했어야 하는 부분이겠지만 내가 아직 얘기하지 않았던가? 내가 최상의 상태가 아니었다고?

랜도 씨, 이번 수사에 대해 이 학교 안팎의 어느 누구에게든 한마디도 발설하면 안 됩니다.

여기까지는….

랜도 씨, 하루 단위로 히치콕 대위에게 보고를 해야 합니다.

…좋았는데….

랜도 씨, 수사 결과와 결론을 바탕으로 매주 상세한 보고서를 작성하고 군장교의 요청이 있을 경우 언제든 수사에 대해 설명할 수 있어야 합니다.

기꺼이 그러지요. 나는 말했다.

그러자 이선 앨런 히치콕이 자기 입을 거칠게 한번 훔치고 헛기침을 하더니 엄숙한 표정으로 테이블 쪽을 턱으로 가리켰다.

"마지막 조건이 있습니다, 랜도 씨."

그는 누가 봐도 불편해하는 기색이 역력했다. 나는 그걸 보고 딱하다는 생각을 했지만 그의 얘기를 들은 뒤에는 두 번 다시 그런 생각을 하지 않았다.

"수사를 하는 동안에는 음주를 자제해 주십사…."

"**온당치 못한** 음주 말입니다."

세이어가 아까보다 침착한 목소리로 말했다.

"부탁드리고 싶습니다."

그 말과 함께 모든 것이 내 눈 앞에서 확장돼 시간의 문제로 전환됐다. 그들이 **그 부분**에 대해서 알고 있다면 이웃과 동료, 베니 해이븐스의 직원들을 붙잡고 조사를 하고 다녔다는 뜻이었고, 그건 하루아침의 수준을 넘어 며칠이 걸리는 일이었다. 여기에서 내릴 수 있는 결론은 하나였다. 실베이너스 세이어가 오래전부터 나를 주시하고 있었다는 것. 나를 쓸 일이 생기기 전부터 정찰병을 보내 나에 대한 모든 정보를 수집했다는 것. 그런데 나는 여기 이렇게 앉아서 그가 차린 음식을 먹고 그의 조건을 수락하고 있었다. 그의 손에 놀아나고 있었다.

내가 싸우기로 마음먹었다면 딱 잡아뗐을지 모른다. 3일 동안 술한 방울 입에 댄 적 없다고—하늘에 맹세코 진짜였다—말했을지 모른다. 하지만 가닛살롱 옆에서 노숙하던 인간들이 툭하면 하던 말이 그거였다. 그들은 항상 '3일'이라고 했다. '3일 동안 술 한 방울 입에 대지도 않았다'고. 죽었다 부활한 예수처럼 금세 마음을 고쳐먹었다고.

71

나는 그 말을 듣고 어떤 식으로 미소를 짓곤 했던가.

"대령님 그리고 대위님, 수사 기간 동안에는 감리교 신자만큼 술을 멀리하겠습니다."

그들은 집요하게 물고 늘어지지 않았다. 이제 와 생각해 보면 그들은 음주의 묘미를 차단당한 생도들에게 내가 어떻게 보일지 그걸 더 걱정한 게 아닐까 싶다. 잠자리와 카드테이블의 묘미, 체스, 담배, 음악, 소설. 가끔 그들에게 금지된 그 모든 걸 생각하면 나는 머리가 아팠다.

히치콕 대위가 말했다.

"하지만 아직 수임료 얘기를 하지 않았는데요."

"그건 필요 없습니다."

"그래도… 모종의 보상을…."

세이어가 말을 이었다.

"당연히 받으셔야죠. 예전에 일을 하셨을 때는…."

그렇다, 경찰은 수수료를 받고 일을 한다. 시 정부나 가족에게 돈을 받지 않으면 수사에 착수하지 않는다. 하지만 가끔 원칙을 무시할 때도 있다. 나도 그런 적이 한 번인가 두 번 있었다. 가끔 이제 와 생각하면 후회가 되지만.

나는 셔츠에 꽂았던 냅킨을 풀었다.

"대령님 그리고 대위님. 오해하지는 말아 주셨으면 좋겠습니다, 두 분 다 훌륭한 분인 것 같지만, 수사가 끝났을 때 저를 더는 찾지 말아 주시면 감사하겠습니다. 가끔 어떻게 지내는지 전갈이나 보내 주시고요."

나는 아무런 악의가 없다는 뜻에서 옅은 웃음을 지어 보였고, 그들은 비용을 상당히 아낄 수 있게 됐다는 데 미소를 지었다. 그들은 나를 가리켜 훌륭한 미국인이라고 했고 또 뭐라고 했는지 잊어버렸지만 '원칙'이라는 단어가 동원됐던 것만큼은 기억이 난다. 그리고 '귀감'도. 잠시 후에 세이어는 업무를 시작했고 히치콕과 나는 우리의 아카시아나무를 찾아갔다. 그리고 피곤에 전 대위가 그 잘린 밧줄에 몸을 실었다.

히치콕의 생도 하나가 3미터쯤 되는 곳에 서 있었다. 에파프라스 헌툰이었다. 조지아에서 양복점 견습생으로 일하다 온 3학년생이었다. 키가 크고 어깨가 떡 벌어졌는데, 아직도 자기 덩치가 부담스러운지 몽환적인 표정과 알랑거리는 고음으로 그걸 계속 누르는 눈치였다. 그가 바로 리로이 프라이의 시신을 발견하는 운명을 맞이한 생도였다.

"헌툰 군. 먼저 심심한 위로를 전하겠네. 무척 충격적이었을 텐데."

그는 밀담을 나누다 내가 부르는 소리를 듣기라도 한 듯 짜증을 섞어서 고개를 휙 돌렸다. 그러고 나서 미소를 지으며 뭐라고 말을 꺼내려고 했지만 벙어리가 되어 버렸다.

"자, 자. 어떻게 된 일인지 하나씩 들어 보세. 수요일 밤에 보초 근무를 섰다고?"

차근차근 접근하기. 이 방법이 성공을 거두었다. 그가 말했다.

"네, 선생님. 9시 30분에 근무를 하러 갔습니다. 자정에 어리 군에게 넘겨주었고요."

"그러고 나서 어떻게 했나?"

"위병소로 돌아갔습니다."

"위병소가 어디 있지?"

"북쪽 막사예요."

"그리고… 보초를 섰던 초소는?"

"4번 초소였습니다. 포트클린턴 쪽이요."

나는 웃으며 좌우를 두리번거렸다.

"그렇다면… 내가 구내 지리를 아주 잘 아는 건 아니지만 헌툰 군, 지금 우리가 서 있는 이곳은 포트클린턴에서 북쪽 막사로 가는 노선상에 있지 않은 것 같은데."

"맞습니다."

"그럼 어째서 경로를 이탈했지?"

그가 히치콕 대위를 흘끗 훔쳐보자 대위는 잠깐 마주 응시하다 음산한 목소리로 말했다.

"두려워할 것 없다, 헌툰 군. 상부에 보고될 일 없으니."

이런 걱정에서 벗어나자 청년은 큼지막한 어깨를 한 번 흔들고 보일락 말락 씩 웃으며 나를 쳐다보았다.

"그게 말입니다. 가끔… 보초를 서는 날… 강을 느껴 보고 싶을 때가 있어서요."

"강을 느낀다?"

"손이나 발가락을 담급니다. 그러면 잠이 잘 와요. 뭐라 설명은 못하겠지만."

"설명할 필요 없네, 헌툰 군. 하지만 어떤 길로 강까지 갔는지는 궁금한데."

"남쪽 선착장으로 가는 길을 따라갔습니다. 내려갈 때는 5분, 올라

올 때는 10분이 걸렸고요."

"그리고 강에 도착했을 때 무슨 일이 벌어졌나?"

"아, 강까지 가지 못했습니다."

"어째서?"

"무슨 소리가 들려서요."

이 지점에서 히치콕 대위는 몸을 한 번 흔들더니 전혀 피곤하게 들리지 않는 목소리로 말했다.

"무슨 소리가 들렸나?"

그가 아는 건 어떤 **소리**가 들렸다는 것뿐이었다. 나뭇가지가 삐걱거리거나 갑자기 바람이 부는 소리였을 수도 있었다. 아무것도 아니었을 수도 있었다. 결론을 내리려고 할 때마다 생각이 바뀌었다.

나는 그의 어깨에 손을 얹었다.

"이보게. 부탁일세, 흥분을 좀 가라앉히게. 잘 모를 수도 있어. 그렇게 흥분한 데다 그렇게 뛰어다녔으니 머릿속이 어지러울 만도 하지. 자네가 그 소리를 **따라간** 이유가 뭔지 물어보는 편이 나을까?"

이 말이 마음을 진정하는 데 도움이 된 눈치였다. 그는 잠깐 동안 미동조차 하지 않았다.

"저는 동물일지 모른다고 생각했습니다."

"어떤 동물?"

"지금은 잘 모르겠는데… 동물이 덫에 갇혔을 수도 있지 않을까 싶어서… 제가 동물을 끔찍하게 좋아합니다. 특히 사냥개요."

"그래서 그리스도교도다운 태도를 보였군, 헌툰 군. 신의 피조물을 도우러 갔으니 말일세."

"아마 그럴 작정이었을 겁니다. 언덕이 상당히 가파르다 보니 조금만 올라가 보기로 하고 몸을 돌리려고 했을 때…."

그는 말을 멈추었다.

"그때 뭐가 보이던가?"

"아뇨. 아무것도 보이지 않았습니다."

그는 다시 숨을 헐떡였다.

"아무것도 보이지 않아서…."

"그게, 누군가가 옆에 있는 것처럼 느껴졌습니다. 아니면 **뭔가가** 있거나요. 그래서 "거기 누구냐?" 하고 물었죠. 배운 대로 말입니다. 아무 대답이 없길래 머스킷총을 '돌격 자세'로 들고 "나와서 암호를 대라"" 하고 말했습니다."

"그래도 계속 대답이 없었겠군."

"맞습니다."

"그래서 어떻게 했나?"

"앞으로 몇 걸음 계속 걸어갔습니다. 하지만 그 친구를 보지는 못했습니다."

"그 친구라니?"

"프라이 생도 말입니다."

"흠, 그럼 무슨 수로 그를 발견했나?"

그는 목소리가 떨리지 않도록 몇 초 동안 숨을 골랐다.

"그 친구를 스치고 지나갔습니다."

"아. 아주 놀랐겠군그래. 헌툰 군."

나는 가만히 헛기침을 했다.

"처음에는 놀라지 않았습니다. 몰랐으니까요. 하지만 알고 난 뒤에는… 네, 네, 놀랐습니다."

나는 에파프라스 헌툰이 북쪽으로 아니면 남쪽으로 1미터만 다른 길로 갔어도 리로이 프라이를 발견하지 못했을 거라는 생각을 그 뒤로 종종했다. 그날 밤은 구름 사이로 달이 손톱만큼 보이는 칠흑같이 어두웠던 밤이라 헌툰의 손에 들린 등불이 유일한 빛이었다. 그렇다, 그가 이쪽으로든 저쪽으로는 1미터만 비껴갔다면 리로이 프라이 바로 옆을 지나더라도 전혀 몰랐을 것이다.

"그래서 어떻게 했나, 헌툰 군?"

"음, 뒤로 펄쩍 뛰었습니다."

"아주 자연스러운 반응이지."

"그러자 들고 있던 등불이 떨어졌습니다. 바닥으로."

"떨어졌다고? 자네가 떨어뜨린 게 아니고?"

"음… 떨어뜨렸겠죠? 잘 모르겠습니다."

"그래서 그 이후에는?"

그의 입이 닫혔다. 적어도 목구멍이 닫힌 것만큼은 분명했다. 대신 다른 부분이 미친 듯이 말을 했다. 위아랫니가 춤을 추었고 발가락이 움직거렸다. 한쪽 손은 자기 재킷을, 다른 쪽 손은 바지 옆면에 주르륵 달린 단추를 만지작거렸다.

"헌툰 군?"

"어떻게 하면 좋을지 알 수가 없었습니다. 임지에서 이탈했으니 소리를 지른다 한들 들릴까 싶었고요. 그래서 도망쳤던 것 같습니다."

그는 이제 시선을 떨어뜨렸고 이로써 내 머릿속에 그림이 각인됐다. 망토 아래에서는 황동과 쇠가 덜거덕거리고 탄약상자는 마구 흔들리는 상태에서 얼굴로 달려드는 나뭇가지를 헤쳐 가며 무작정 달리는 에파프라스 헌툰.

그는 조용히 말했다.

"북쪽 막사로 곧장 도망쳤습니다."

"그리고 이걸 누구에게 보고했나?"

"보초병을 관리하는 병과장교에게요. 그가 그날 당직장교였던 킨즐리 소위님을 모셔 왔어요. 제가 가서 히치콕 대위님을 모셔 왔고 다 같이 달려가서…."

그는 누가 봐도 애원하는 표정으로 이제 히치콕을 쳐다보았다. **말씀해 주세요, 대위님.**

"헌툰 군. 자네만 괜찮다면 한 발 뒤로 돌아가고 싶은데. 자네가 **맨 처음** 시신을 발견했던 때로 말이지. 괜찮겠나?"

그는 눈썹을 험상궂게 찡그리고 턱에 단단히 힘을 주며 고개를 끄덕였다.

"네."

"역시 사관학교 생도로군. 자, 이걸 묻고 싶은데 말이지. 그 당시에 다른 소리 들은 거 있나?"

"특이한 소리는 없었습니다. 올빼미 한두 마리가 울었습니다. 그리고… 황소개구리 소리도 들은 것 같고…."

"다른 사람은 없었고?"

"네. 하지만 제가 보지 못했을 수도 있습니다."

"맨 처음 접촉한 이후에 시신을 다시 건드리지는 않았겠지?"

그는 고개를 실룩이며 나무 쪽으로 돌렸다.

"건드릴 수가 없었습니다. 그게 뭔지 알고 난 뒤에는요."

"아주 잘했네, 헌툰 군. 그럼 이제…."

나는 말을 멈추고 그의 표정을 잠시 살폈다.

"그럼 이제 리로이 프라이가 어때 보였는지 얘기해 줄 수 있겠나?"

"상태가 안 좋아 보였습니다."

나는 이때 처음으로 히치콕 대위의 웃음소리를 들었다. **쥐어짠 듯한** 명랑한 소리가 그의 배 속에서 후벼져 나왔다. 그 자신도 그 소리를 듣고 아마 놀랐을 것이다. 여기에는 또 다른 효과가 하나 있었으니, 덕분에 나는 웃음을 참을 수 있었다.

나는 최대한 부드럽게 말했다.

"그랬겠지. 어느 누가 그런 상황에서 아주 멀끔해 보이겠나? 내가 궁금한 건… 자네가 기억할지 모르겠지만 시신의 자세이네만."

그는 이제 몸을 돌리고 나무를 똑바로 마주했다. 그날 이후로 처음 있는 일이지 않을까? 그는 그런 채로 기억이 떠오르길 기다렸다. 그가 천천히 말했다.

"머리… 머리가 한쪽으로 비틀려 있었습니다."

"그리고?"

"그리고 그 나머지 부분은… 누가 뒤로 **밀친** 것처럼 보였습니다."

"어떤 식으로?"

"그게… 똑바로 매달려 있지 않았습니다. **엉덩이가**… 어디 앉으려고 했던 것 같았어요. 의자나 해먹이나 그런 데요."

그는 눈꺼풀을 떨며 입술을 씹었다.

"자네와 부딪쳤기 때문에 그렇게 됐을까?"

"아뇨! 아닙니다. 저는 맹세코 그냥 스치기만 했습니다. 그 친구는 꿈쩍하지도 않았습니다."

그가 이 점에 대해서는 상당히 단언했던 기억이 난다.

"그럼 계속해 보게. 또 기억나는 게 뭐가 있나?"

그는 자신의 한쪽 다리를 내밀며 답했다.

"다리요. 양쪽으로 쫙 벌려져 있었던 것 같습니다. 그리고 다리가⋯ 다리가 앞쪽에 있었습니다."

"무슨 말인지 잘 모르겠군그래, 헌툰 군. 다리가 그의 몸보다 **앞쪽**에 있었다는 건가?"

"다리는 땅을 디디고 있었거든요."

나는 나무 앞으로 다가갔다. 대롱대롱 매달린 밧줄 아래로 가서 쇄골을 간질이는 밧줄을 느끼며 섰다. 나는 말했다.

"히치콕 대위님. 리로이 프라이의 키가 얼마나 됐는지 아십니까?"

"아, 평균이었거나 아니면 그보다 컸습니다. 랜도 씨보다 5센티미터가량 작았을 겁니다."

내가 그의 곁으로 다시 돌아갔을 때까지 에파프라스 헌툰은 계속 눈을 감고 있었다. 내가 그에게 말했다.

"흠. 아주 흥미로운 사실이군그래. 그의 발이, 어쩌면 **뒤꿈치**가⋯."

"네."

"땅바닥 위에 놓여 있었단 말이지. 내가 제대로 이해한 게 맞나?"

"네."

히치콕이 말했다.

"그건 제가 증명할 수 있습니다. 제가 봤을 때도 그런 자세였으니까요."

"자네가 시신을 처음 보고 두 번째로 보기 전까지 시간이 얼마나 지났나, 헌튼 군?"

"20분 정도밖에 안 됐을 겁니다. 기껏해야 30분이요."

"그런데 시신의 자세가 그동안 전혀 바뀌지 않았다?"

"네. 제가 보기에는 그랬습니다. 워낙 어두컴컴하기는 했지만요."

"하나 더 물어보고 더는 귀찮게 하지 않겠네, 헌튼 군. 시신을 보았을 때 리로이 프라이라는 걸 알아차렸나?"

"네."

"무슨 수로?"

그의 두 뺨이 확 붉어졌다. 그의 입이 오른쪽으로 삐딱해졌다.

"음, 처음에 부딪혔을 때 등불로 비춰봤거든요. 이렇게요. 보니까 그였습니다."

"프라이를 한눈에 알아보았나?"

그는 다시 씩 웃었다.

"네. 제가 예전에 신입생이었을 때 프라이 생도가 제 머리 절반을 밀어 버린 적이 있거든요. 석식 도열 직전에요. 어휴, 제가 그것 때문에 얼마나 혼이 났는지 모릅니다."

거스 랜도의 기록

5

나사로[*]도 며칠 뒤부터 고약한 냄새를 풍기기 시작했다. 리로이 프라이라고 다를 이유가 없었다. 어느 누구도 **그를** 조만간 부활시킬 계획이 없었고 그의 부모님은 3주 뒤에나 올 수 있었기 때문에 학교 측으로서는 난감한 문제에 봉착한 셈이었다. 그를 바로 묻고 유족의 분노에 용감하게 대처하든지 혹사당한 그의 시신이 썩어 가도록 지상에 그냥 두든지 양단간에 결정을 내려야 했다. 그들은 논의 끝에 후자를 선택했지만 얼음이 많이 필요했기 때문에 마퀴스 선생이 오래전에 에든버러 의과대학생 시절에 보았던 방법을 동원하는 수밖에 없었다. 그러니까 리로이 프라이를 알코올에 담근 것이다.

히치콕 대위와 내가 찾아갔을 때 그가 그런 상태였다. 알몸으로 에틸알코올이 가득 담긴 떡갈나무 상자에 누워 있었다. 입이 벌어지지

---

[*]   성서에 따르면 죽은 지 사흘된 나사로를 예수가 부활시켰다고 한다.

않도록 흉골과 턱 사이에 막대를 끼워 넣었고 떠오르지 않도록 가슴속 구멍 안에 숯을 잔뜩 넣었지만, 코가 자꾸 수면 위로 부상했고 눈꺼풀은 계속 닫히길 거부했다. 그는 그렇게 다음번 파도에 실려 우리 곁으로 돌아온 것처럼 그 어느 때보다 생생한 모습으로 둥둥 떠 있었다.

상자 틈새를 막기는 했지만 완전히 막지는 못했는지 가대 위로 알코올이 똑똑 떨어지는 소리가 들렸다. 서늘하고 지독한 술 냄새가 한데 뒤엉켜 온 사방을 덮었고, 나는 이 정도로 알코올에 취할 일은 당분간 없을 거라는 생각이 들었다. 내가 입을 열었다.

"대위님. 바다에 나가 보셨겠지요?"

히치콕은 그렇다고, 여러 번 나가 봤다고 했다. 다시 내가 말했다.

"저는 딱 한 번 나가 봤습니다. 여덟 살쯤 되어 보이는 여자아이가 모래사장에서 대성당을 만들고 있었던 기억이 납니다. 엄청난 작품이었죠. 수도원, 종탑… 세세한 부분들까지 말로 다 설명하지 못할 정도였답니다. 아이는 모든 걸 계획했지만 밀물까지 계산하지는 못했죠. 아이가 열심히 만들수록 밀물이 덮치는 속도도 더 빨라졌어요. 한 시간도 지나지 않았을 때 그 아이가 만든 아름다운 작품은 그냥 모래 더미가 되어 버리고 말았죠."

나는 한쪽 손을 바닥과 수평하게 움직였다.

"현명한 아이였어요. 눈물 한 방울 흘리지 않더군요. 저는 어떤 단순한 사실 위로 뭘 쌓으려고 할 때 가끔 그 아이를 떠올립니다. 근사한 작품을 만들더라도 파도가 한번 치면 남는 건 모래 더미뿐일 수 있어요. 기본 토대만 남는 거죠. 그걸 잊어버리는 사람은 부끄러운 줄 알아야 할 겁니다."

히치콕이 물었다.

"그래서 우리의 기본 토대는 뭡니까?"

"아, 어디 봅시다. 우리에게는 아주 그럴 듯해 보이는 기본 전제가 있죠, 대위님. 리로이 프라이는 죽고 싶어 했던 것 같다. 그런 마음이 있지 않고서야 뭐 하러 젊은 남자가 나무에 목을 매겠습니까? 그는 구타를 당했어요. 그건 흔해 빠진 얘기죠. 구타를 당한 사람은 어떻게 할까요? 유서를 남기겠죠. 친구와 가족들에게 자신이 왜 그런 짓을 저지르고 있는지 설명하는 유서를. 살아 있었을 때는 허락받지 못한 발언권을 누리기 위해. 그렇다면…."

나는 손바닥을 내밀었다.

"편지가 어디 있습니까, 대위님?"

"편지는 찾지 못했습니다."

"흠. 뭐, 상관없습니다. 모든 자살자가 편지를 남기는 건 아니니까요. 저도 그냥 다리에서 뛰어내린 사람을 여럿 보았습니다. 좋습니다, 리로이 프라이는 가장 가까운 낭떠러지로 달려가… 아, 아니죠, 잠깐. 그는 목을 매달기로 하죠. 아무도 자기를 쉽게 **찾을 수** 없는 곳에서. 하지만 어쩌면 누를 끼치지 않으려고…."

나는 잠깐 말을 멈추었다가 다시 시작했다.

"좋습니다. 그는 튼튼한 나무를 찾아서 가지에 밧줄을 묶고… 아, 하지만 그는 너무 심란한 나머지 밧줄의 길이를 미리 **살피지** 못했고, 그로 인해…."

나는 먼저 한쪽 다리를, 그런 다음 다른 쪽 다리를 내밀었다.

"이 교수대로는 자기 몸을 들어 올릴 수 없다는 사실을 발견합니다.

좋아요, 그래서 그는 밧줄을 다시 묶는데… 아니, 아니, 아닙니다. 그게 아니라 리로이 프라이는 죽고 싶은 생각뿐이기에 계속… 발길질을 합니다."

나는 한쪽 다리를 열심히 흔든다.

"밧줄이 주어진 역할을 다할 때까지."

나는 바닥을 쳐다보며 미간을 찌푸린다.

"흠, 그래요, 그런 식으로 죽으려면 **아주 한참** 걸리겠어요. 목이 부러지지 않으면 그보다 더 오래 걸릴 테고…."

히치콕이 이의를 제기하고 나섰다.

"그 친구가 제정신이 아니었다고 선생님도 말씀하셨잖습니까. 그런데 이성적으로 행동했을 리가 없지 않을까요?"

"아, 글쎄요. 제 경험상 자살하려고 작정한 사람보다 이성적인 사람은 없습니다. 어떤 식으로 자살할지 확실히 정하거든요. 저는 예전에 자살한 **여자**를 만난 적이 있습니다. 과정을 머릿속에 아주 생생하게 그려 놓았더군요. 그녀가 마침내 실천에 옮겼을 때는 기억을 **재생한** 거라고 장담할 수 있을 정도였답니다. 이미 머릿속에서 수없이 돌려본 광경이었으니까요."

그러자 히치콕 대위가 물었다.

"말씀하신 이 여자분이 혹시…?"

아니다. 아니다, 그는 그렇게 묻지 않았다. 그는 잠깐 동안 아무 말이 없었다. 그저 신발로 밀랍을 문대 리로이 프라이의 관 주변에 길을 만들었을 뿐이다. 그가 말했다.

"한번 시험해 보려다 일이 잘못된 것일 수도 있죠."

"우리 증인을 믿는다면 그게 일이 잘못된 것일 가능성은 없습니다. 발이 땅에 닿아 있었고 팔은 뻗으면 그만이었으니까요. 만약 리로이 프라이가 전부 취소하고 싶었으면 아주 쉽게 그럴 수 있었어요."

그럼에도 히치콕은 계속 바닥을 긁었다. 그가 말했다.

"밧줄. 그가 목을 맨 이후에 밧줄이 풀린 것일 수도 있잖습니까. 헌 툰 생도가 생각보다 강하게 그와 부딪쳤을 수도 있고요. 얼마든지 여러 가지 경우가…."

그는 열심히 싸우는 중이었다. 그것이 그의 천성이었다. 다른 때 같았으면 존경스럽게 여겨졌겠지만 지금은 그로 인해 눈이 아프기 시작했다. 나는 말했다.

"여길 보세요."

나는 모직 재킷을 벗고 셔츠 소매를 걷은 뒤 알코올 용액 속에 손을 담갔다. 아찔한 냉기에 이어 아찔한 가짜 열기가 느껴졌다. 그리고 내 살갗이 녹는 동시에 딱딱해지는 듯한 묘한 기분도 느껴졌다. 하지만 사실 내 손에는 변화가 없었고 그 손으로 리로이 프라이의 머리를 수면 쪽으로 끌어올렸다. 상자를 받친 가대만큼 딱딱하고 곧은 몸의 나머지 부분이 머리와 함께 딸려 올라왔다. 다시 가라앉지 않도록 다른 손까지 동원해 깍지를 끼고 시신을 아래에서 받쳐야 했다. 나는 말했다.

"목이요. 맨 처음 눈에 띈 부분이 거기였습니다. 보이십니까? 전혀 깨끗하지가 않죠? 밧줄이 그를 **할퀴**었어요. 목을 위아래로 훑으며 잡아챌 만한 곳을 찾았어요."

"마치…."

"마치 그가 반항한 것처럼 말이죠. 그리고 보세요. 손가락을요."

내가 턱으로 가리키자 히치콕 대위는 잠깐 머뭇거리다 셔츠 소매를 걷고 시신 위로 허리를 숙였다. 내가 물었다.

"보이십니까? **오른**손. 손가락 제일 끝이요."

"물집이 잡혔군요."

"그렇습니다. 보아하니 **얼마 전에** 생긴 물집이에요. 그가… 밧줄을 **움켜쥐고** 거기에서 벗어나려고 했던 게 아닌가 싶습니다."

우리는 굳게 잠긴 리로이 프라이의 입술을 내려다보았다. 그렇게 하면 봉인이 해제되기라도 하는 듯이 **열심히** 내려다보았다. 묘한 우연의 일치로 누군가의 목소리가—내 목소리도 히치콕의 목소리도 아니었다—방 안을 쩌렁쩌렁 울렸다. 우리는 놀라서 손을 뒤로 뺐고 리로이 프라이는 공기 빠지는 소리, 거품 소리와 함께 다시 가라앉았다.

"여기서 뭐하시는 건지 여쭤봐도 되겠습니까?"

셔츠 소매를 걷고 관 위로 허리를 숙이고 있었으니 마퀴스 선생이 보기에는 황당한 광경이었을 것이다. 이 상황만 놓고 보면 대낮의 도굴범이었다. 내가 외쳤다.

"선생님! 와 주셔서 감사합니다. 안 그래도 의학계의 권위자가 필요하던 참입니다."

그는 식식대며 말했다.

"여러분, 이건 다소 비정상적이잖습니까."

"맞는 말씀입니다. 저는 선생님께 프라이 군의 뒤통수를 만져 봐 주실 수 있느냐고 여쭤보려던 참입니다."

그는 그 행동이 적절한지 여부를 두고 잠깐 고민하다가 우리가 하라는 대로 했다. 뒤통수에 손이 다다랐을 때, 끙끙대느라 일그러졌던 그의 얼굴이 평온 비슷한 것으로 덮였다. 편안한 표정이 되었다.

"뭐가 있습니까, 선생님?"

"아직… 음. 음, 네. 타박상 비슷한 게 있네요."

"혹 말씀이시죠?"

"네."

"어떤 혹인지 설명해 주실 수 있을까요?"

"두정 부위인 것 같고… 반경은 8센티미터쯤 되겠네요."

"높이는 대략 어느 정도일까요?"

"두개골 위로… 6밀리미터 정도 튀어나왔네요."

"그럼, 그런 혹이 생긴 이유로는 어떤 게 있을까요, 선생님?"

"다른 모든 혹과 마찬가지겠죠. 뭔가 단단한 것과 부딪힌 겁니다. 육안으로 확인하지 않은 이상 그 이상은 뭐라 얘기할 수가 없겠습니다만."

"사망 이후에 생긴 타박상일 수도 있을까요?"

"그랬을 가능성은 거의 없습니다. 타박상은 어혈 때문에 생깁니다. 혈관에서 새어 나온 피 때문에 말이죠. 혈액순환이 끊기면… 그야말로 **심장이** 없으면…."

그는 웃다 말고 자제하는 분별력을 발휘했다.

"타박상도 생길 수가 없죠."

우리는 천천히, 거의 부끄러워하며 다시 문명인으로 돌아왔다. 셔츠 소매를 내리고 재킷을 다시 입었다. 나는 손마디를 꺾으며 말했다.

"자, 그럼. 우리가 **알게 된** 사실은 정확히 어떤 걸까요?"

아무도 대답을 하지 않는 바람에 자문자답하는 수밖에 없었다.

"여기, 죽고 싶다는 얘기를 아무에게도 하지 않은 청년이 있습니다. 유서를 남기지도 않았고요. 그리고 발로 땅을 디딘 채 죽은 걸로 보입니다. 뒤통수에서는 마퀴스 선생이 **타박상**으로 추정하는 것이 발견됐습니다. 손가락에는 물집이 잡혔고 밧줄 때문에 목이 여기저기 쓸렸죠. 이제 두 분께 묻겠습니다. 이 모든 게 그가 자발적으로 조물주의 품으로 돌아갔다는 증거일까요?"

히치콕이 자기 계급을 상기하려는 사람처럼 파란색의 짧은 웃옷에 달린 두 개의 막대를 쓰다듬고 있었던 기억이 난다. 잠시 후에 그가 물었다.

"**선생님께서는** 어떻게 된 거라고 생각하십니까?"

"아, 나는 가설을 하나 세웠어요. 그뿐입니다. 리로이 프라이는 10시에서 대략 11시 30분 사이에 막사를 나섰습니다. 들키면 큰일 난다는 걸 당연히 알고 있었는데요… 죄송하지만 들키면 어떻게 됩니까, 히치콕 대위님?"

"근무 외 시간에 막사를 이탈하면요? 벌점 10점입니다."

"10점이요? 아, 그럼 들키면 큰일 나는 게 맞는군요. 왜 그랬을까요? 우리의 매력적인 헌툰 군처럼 허드슨강을 보고 싶어서였을까요? 그랬을 수도 있습니다. 이 학교에는 남몰래 자연을 사랑하는 생도들이 한 분대 있을지도 모를 일이죠. 하지만 프라이 군의 경우에는 특별한 일이 있어서였을 거라고 봅니다. 그를 기다리는 사람이 있었기 때문이라고요."

"그럼 그 사람이…?"

마퀴스 선생은 질문의 끝을 흐렸다.

"일단은 그 사람이 그의 뒤통수를 강타했다고 칩시다. 그런 다음 올가미를 그의 목에 걸고 **세게** 당겼다고요."

나는 한 걸음 물러나 벽을 보며 미소를 지었다가 다시 그들을 향해 미소를 지으며 말했다.

"물론 가설일 뿐입니다."

"저희 앞에서 말을 너무 아끼시는 거 아닙니까? 신빙성도 없는 가설을 저희에게 제시하실 리는 없다고 보는데요."

히치콕 대위가 격앙된 목소리로 말했고, 나는 대답했다.

"아, 그렇죠. 하지만 내일이 되면 바닷물에 쓸려 가겠죠. **휘익** 하고."

이윽고 정적이 흘렀다. 관을 얹은 가대에서 액체가 똑똑 떨어지는 소리와 히치콕의 부츠가 천천히 바닥을 쓰는 소리만 이어지다… 마침내 히치콕이 뒤로 갈수록 점점 긴장하는 목소리로 말했다.

"그나저나 원래는 하나였던 수수께끼가 랜도 씨 덕분에 두 개가 됐네요. 선생님의 가설에 따르면 리로이 프라이의 시신을 훼손한 범인과 살인범을 각각 찾아야겠군요."

"다만, 그것이 **하나의** 수수께끼일 경우는 예외겠죠."

마퀴스 선생이 소심한 눈빛으로 우리 둘을 동시에 흘끗거리며 말했다.

그가 이런 의견을 제시하다니 뜻밖이었고, 그 뒤로 흐른 정적은 좀 전과 질이 달랐다. 우리 모두 다른 길을 걷고 있다가 고도의 변화를 동시에 감지한 느낌이었다. 내가 말했다.

"글쎄요, 선생님. 그걸 알려 줄 수 있는 사람은 저기 누워 있는 딱

한 청년뿐이네요."

리로이 프라이는 알코올 용액 안에서 아주 미미하게 흔들리고 있었다. 눈은 계속 뜨고 있었고 몸은 여전히 뻣뻣했다. 조만간 사후 강직이 끝나면서 관절이 풀릴 테고… **그때가 되면** 이 시신에서 뭔가가 나올지 몰랐다.

바로 그때 단단히 주먹을 쥐고 있는 그의 왼손이 내 눈에 들어왔다. 아니, 내 눈에 **다시** 들어왔다고 해야 할까?

"잠시만요, 잠깐 실례하겠습니다."

내가 이렇게 말한 것 같긴 하지만 내가 좀 더 의식한 것은 말이 아니라 행동이었다. 리로이 프라이의 손 앞으로 가야 한다는 생각뿐이었다.

손을 불빛에 비춰보려면 몸 전체를 들어 올려야 했기에 나는 수면 바로 아래에서 소기의 목적을 달성하는 데 만족하기로 했다. 두 사람은 내가 뭘 하려는 건지 알지 못했고, 내가 리로이 프라이의 엄지손가락을 손바닥에서 떼어 내자 쩍 하는 소리가 났다. 알코올에 담겨 있는데도 닭목을 비트는 소리처럼 잔인하게 들렸다.

"랜도 씨!"

"도대체 뭘 하시는 겁니까?"

다른 손가락들은 좀 더 빨리 떼어 낼 수 있었다. 이제는 내가 어느 정도 힘을 주어야 하는지 터득했기 때문일 수도 있겠지만.

뚝. 뚝. 뚝. 뚝.

리로이 프라이의 손바닥이 펼쳐졌고 그 안에서 누르스름하고 물에 젖어 너덜너덜한, 아주 조그만 뭉치가 등장했다. 종이 쪼가리였다.

내가 그걸 들고 불빛이 비추는 쪽으로 움직였을 무렵에는 히치콕과 마퀴스도 내 옆에 와 있었다. 우리 셋은 칠판에 적히는 라틴어 문장을 지켜보는 학생처럼 입술을 조용히 움직이며 뭐라고 적혔는지 같이 읽었다.

NG

HEIR A

T BE L

ME S

"흠, 아무것도 아닐 수도 있겠네요."

나는 종이를 원래 모양대로 접어 내 셔츠 주머니에 넣으며 말했다. 길게 휘파람을 불고 두 사람의 얼굴을 응시하며 물었다.

"손가락을 원래 위치대로 되돌려 놓아야 할까요?"

나는 웨스트포인트에서 완전히 포로처럼 지내지는 않았다. 몇 주 지내는 동안 잠깐 멀찌감치 물러나거나 정해진 경로에서 살짝 이탈하더라도 호위병이 별말을 하지 않는 경우가 종종 있었다. 가끔 족쇄가 1분 심지어 2분간 느슨해졌을 때 웨스트포인트의 심장부에 홀로 서 있노라면 내 몸의 감각이 다시금 느껴졌다. 이마를 덮은 앞머리, 거친 소리를 내는 왼쪽 허파, 찌릿찌릿한 고관절… 그리고 그 모든 것을 관통하는 두근거림. 세이어의 방에서 느꼈던, **쿵 쿵 쿵** 심장이 뛰는 소리. 나는 이 모든 증상에 기뻐했다. 아직 나의 일부는 웨스트포인트와 별개로 존재한다는 뜻이기 때문이었는데, 나처럼 생각하는 생도나 장교가 과연 몇이나 되겠는가?

다시 본론으로 돌아가자면 히치콕 대위와 내가 (손상된 리로이 프라이의 시신을 복구하는 작업은 마퀴스 선생에게 맡겨 두고서) 교장의 공관으로 걸어가고 있었을 때 처치 교수라는 사람이 우리 앞을 가로막았다. 그는 히치콕에게 전하고 싶은 불만 사항이 있다고 했다. 두 사람이 멀찌감치 자리를 옮기자 나는 슬금슬금 옆걸음을 쳐서 교장 공관 앞뜰로 들어갔다. 조그맣고 쾌적한 공간이었다. 진달래, 과꽃, 덩굴장미가 거미줄처럼 엉킨 떡갈나무가 있었다. 나는 눈을 감고 구리로 만든 벤치에 내 몸을 앉혔다. 혼자라 좋았다.

하지만 그건 나의 착각이었다. 뒤에서 무척 조심스럽게 말을 건네는 목소리가 들렸다.

"실례합니다."

나는 고개를 돌렸는데, 그때 그를 처음 만났다. 그는 성 미카엘의 배나무 뒤로 몸을 반쯤 숨기고 있었다. 내게는 요정만큼이나 비현실적으로 느껴졌던 것이, 내가 일상적으로 보고 들었다시피 웨스트포인트 생도들은 항상 행진 대형으로 아침, 점심, 저녁을 먹으러 이동했다. 교실로, 연병장으로, 막사로 이동할 때도, 잠을 자러 들어갈 때도, 잠을 자고 나올 때도 마찬가지였다. 그래서 이 생도들을 수동태로 생각하기에 이르렀는데, 그중 한 명이 대열에서 이탈해 (허드슨강에 발가락을 담그는 것보다 더 긴급한) 임무를 수행하러 나섰다니 내 입장에서는 돌에서 발이 자라난 것처럼 있을 법하지 않은 얘기였다.

"실례합니다. 오거스터스 랜도 선생님 되십니까?"

"그렇네만."

"저는 1학년 생도 포입니다."

일단 그는 나이가 너무 많았다. 적어도 다른 동급생들과 비교하면 그랬다. 생도들은 턱에 아직 여드름이 만발했고, 손은 큼지막하고 가슴은 움츠렸고, 교사의 회초리 소리가 계속 귓가에서 맴돌고 있기라도 한 것처럼 툭하면 깜짝깜짝 놀랐다. 그런데 이 생도는 달랐다. 여드름은 이미 흉터로 바뀌었고 요양 중인 장교처럼 자세가 꼿꼿했다.

"만나서 반갑네, 포 군."

우스꽝스러운 가죽 모자 밖으로 검은 머리 두 가닥이 삐져나와 눈과 선명한 대조를 이루었다. 적갈색이 섞인 회색 눈은 얼굴에 비해 너무 컸다. 치아는 그와 반대로, 야만족 족장이 거는 목걸이에서 볼 수 있음 직하게 작고 정교했다. 나뭇가지처럼 비쩍 마른 그에게 잘 어울리는 **섬세한** 치아였다. 전체적으로 **가냘픈** 그의 체형 중에 이마만 예외라 모자로도 가려지지 않았다. 핏기 없이 큼지막한 이마가 아나콘다의 목에 걸려서 내려가지 않는 먹이처럼 모자 밖으로 불룩 튀어나와 있었다. 그가 말했다.

"선생님. 제가 알고 있는 게 맞는다면 리로이 프라이를 둘러싼 의문의 사건을 해결하는 일을 맡고 계시죠?"

"그렇네만."

그 소식이 공식화되지는 않았지만 부인할 필요가 없어 보였다. 그리고 사실 이 청년도 내가 부인할 거라고 생각하지 않는 눈치였는데, 그가 이후로 한참 동안 뜸을 들이며 머뭇거리자 내 쪽에서 이렇게 물을 수밖에 없었다.

"무슨 일로 그러나, 포 군?"

"랜도 선생님, 이 학교의 명예를 감안했을 때 저에게는 제가 도출한 결론을 일부 공개할 의무가 있다고 생각합니다."

"결론이라면…."

"프라이 **아페르***와 관련해서요."

그는 이렇게 말하며 고개를 뒤로 젖혔다. 나는 '프라이 **아페르**' 같은 단어를 쓰는 사람이라면 바로 그렇게 고개를 뒤로 젖혀야 할지 모른다고 생각했다.

"어떤 결론인지 몹시 듣고 싶군그래, 포 군."

그는 이야기를 시작하려는 것처럼 하다 멈추고 눈을 좌우로 잽싸게 돌렸다. 우리 쪽을 보는 사람이 없는지, 아니면 내가 그에게 최대한 집중하고 있는지 확인하기 위해서였을 것이다. 그는 마침내 나무 뒤편에서 걸어 나와 처음으로 내게 완전히 모습을 드러냈다가… 내 쪽으로 몸을 숙이고는(이때 미안해하는 기미가 살짝 느껴졌다) 내 귀에 대고 속삭였다.

"선생님이 찾는 사람은 시인입니다."

이 말을 끝으로 그는 자기 모자를 건드리고 허리를 깊게 숙여 인사를 하더니 성큼성큼 멀어졌다. 잠시 후에 보니 그는 생도들의 대열에 아무렇지 않게 섞여 들어 식당을 향해 가고 있었다.

우리의 만남은 대부분 안개로 덮여 있다. 누군가가 중요해지면 우

---

*　프랑스어로 '사건'이라는 뜻.

리는 첫 만남에 의미를 부여하지만… 솔직히 당시 그 사람은 하나의 얼굴 또는 배경에 불과하지 않은가. 하지만 이 경우에 그는 어느 모로 보나 나중 못지않게 깊은 첫인상을 남겼다. 이유는 단순했다. 그에 대한 모든 것이 비정상적이었다. 그리고 그 사실은 앞으로도 영영 바뀌지 않을 것이었다.

거스 랜도의 기록
6
10월 28일

바로 다음 날에 나는 금주의 맹세를 어겼다. 모든 엄청난 실수가 그렇듯 처음에는 좋은 의도였다. 소지품을 몇 개 챙기러 집으로 가던 길에 베니 해이븐스 술집으로 가는 계단이 내 앞에 떡하니 등장하는 것이 아닌가. 운명이 나를 이 길로 인도한 거라는 결론을 내리는 수밖에 없었다. 왜 그런 결론을 내렸는가 하면 내 입 안이 사막처럼 바짝 말라 있었다. 술집 뒤편에 말에게 먹일 건초가 잔뜩 쌓여 있었다. 안에 **민간인들**이 있었다.

그리고 나는 베니의 빨간 가게 문을 열고 들어갔을 때만 해도 술을 마실 생각이 전혀 없었다. 해이븐스 부인의 메밀 케이크나 하나 먹을까 했다. 레몬주스와 얼음물과 함께. 하지만 베니가 그 유명한 플립을 만들어 놓았고—달걀을 섞은 에일 맥주에 뜨거운 인두를 담가 놓았다—허공에 캐러멜 냄새가 작렬했고, 벽난로에서는 장작불이 넘실거렸고, 나는 나도 모르는 새 카운터에 앉았고, 부인은 구운 칠면조

를 잘랐고, 베니는 플립을 백랍 잔에 따랐고, 나는 예전의 나로 돌아
갔다.

내 오른쪽에는 『뉴욕 이브닝 포스트』에서 보조편집자로 일했던 재
스퍼 머군이 있었다. 그는 (나처럼) 건강 때문에 뉴욕을 떠난 지 겨우
5년 만에 반 귀머거리에 맹인이 되어 왼쪽 귀에 대고 최신 뉴스를 읽
어 달라고 사람들에게 애걸하는 신세로 전락했다. '프리메이슨홀에서
열린 박람회… 한 주 간의 부고… 망개 열매를 섞어서 만든 시럽….'

저쪽 구석에는 애셔 리파드가 앉아 있었다. 몰타 인근 바다에 빠
져 죽을 뻔했다가 불끈 개심하고는 미국 금주장려회 설립 회원이 되었
다가… 다시 불끈 개심한 영국성공회 목사였다. 그는 이제 독실한 애
주가가 되었다. 사제가 몸에 성유를 바르듯 진지한 자세로 음주에 임
했다.

그다음 테이블에는 자기가 풀턴보다 먼저 증기선을 개발했다며 소
송을 걸어 길고 긴 싸움 중인 잭 디윈트가 앉아 있었다. 그는 두 가
지 이유에서 이 일대의 전설적인 인물이었다. 어딜 가든 러시아 코펙
으로 계산을 한다는 것과 낙선될 후보만 지지한다는 것 때문이었다.
1817년에는 포터, 1824년에는 영, 1926년에는 로체스터였다. 주변 어
디에선가 침몰 중인 배가 있다면 디윈트가 그 위치를 알 수 있을 거라
고들 할 정도였다. 하지만 그는 아주 유쾌했고 풀턴이라는 작자에게
응당한 보상금을 받으면 북서항로를 찾아 나설 거라고 했다. 심지어
지금 동행할 개를 찾는 중이었다.

그런가 하면 털을 깎인 양처럼 순한 가게 주인 베니도 있었다. 그는
30대 후반의 땅딸막한 사내로 노인의 입과 젊은이의 눈을 가졌고 숱

이 많은 검은색 머리는 땀에 젖어서 엉망이었다. 자부심이 강해서 뱃사공과 놈팡이들에게 술을 팔고 있을지언정 항상 흰색 와이셔츠에 나비넥타이를 고수했다. 그리고 다들 입을 모아 증언하길 평생을 허드슨 강 유역에서 살았음에도 모음에서 종종 사투리가 들렸다.

"랜도 씨, 내가 짐 도니건의 아버지 얘기 들려준 적 있어요? 우리 마을 교회지기였거든요. 장례식을 치를 때 시신에게 제일 좋은 옷을 입히고 넥타이를 매 주는 그런 일을 했어요. 그런데 내 친구 짐이 넥타이를 매 달라고 하면 그 아버지가 이렇게 얘기했지 뭐예요. '짐, 여기 이 침대에 누워 줘야겠다. 그리고 눈을 감아 주겠니? 그리고 그래, 그렇게 가슴 위로 팔짱을 껴라.' 그 양반은 아들들이 그런 자세로 있어야 옷을 갈아입힐 수 있었어요. 자기도 누워야 옷을 갈아입을 수 있었고요. 그리고 뒤태는 전혀 신경 쓰지 않았어요. 누가 죽은 남자의 궁둥이를 보겠냔 말이죠."

베니 해이븐스에서는 맨해튼의 고급 술집에서 파는 칵테일을 찾아볼 수 없었다. 그냥 위스키 아니면 버번, 럼 아니면 맥주였고 살짝 맛이 간 사람은 버번인 줄 알고 루트비어를 마실 수도 있었다. 하지만 그대들이여, 착각하지 말진대 우리의 베니는 주변 환경처럼 평범한 사람이 아니다. (그들 쪽에서 먼저 자부심을 담아서 떨리는 목소리로 밝히겠지만) 그와 그의 부인은 웨스트포인트 출입을 법으로 금지당한 **유일한** 미국 시민이다. 몇 년 전에 그곳으로 위스키 반입을 시도하다 들켰기 때문이다. 베니 해이븐스는 이렇게 주장한다.

"아니, 의회에서 우리한테 훈장을 줘야 하는 거 아니에요? 병사들에게 포도탄만큼이나 필요한 게 술인데."

생도들도 베니와 비슷하게 생각하는 경향이 있기에 너무 목이 마르면 위험을 무릅쓰고 헤이븐스로 달려온다. 만약 달려올 수 없는 상황이면 베니 밑에서 일하는 바텐더 패치가 어둠을 틈타 가져다준다. 대다수의 생도들은 이 편을 더 선호하는데, 그들의 표현을 빌리자면 패치의 콧대가 그다지 높지 않아서 술값에 자기를 얹어서 넘길 가능성도 있기 때문이다. 패치의 인도 아래 여체의 신비를 경험한 생도의 숫자가 20명이 넘을 수도 있다(우리끼리 이걸 두고 내기를 한 적도 있다). 하지만 어느 누가 장담할 수 있을까? 패치는 그 행위 자체에 대해서만큼은 함구하는데, 그녀가 사람들이 생각하는 여자 바텐더의 이미지에 자신을 끼워 맞추고 있는 것에 불과할 수도 있다. 어떤 타입을 연기하는 동시에 아주 멀리서 이 타입을 관찰한다고 할까. 사실 나는 그녀가 한 남자에게만 자신을 허락하고 있고, 그 남자가 아무에게도 그걸 떠벌이지 않을 공산이 크다고 단언할 수 있다.

이제 그녀가 등장했다. 부엌방에서 나오는데, 눈 주변이 시커멓고 속바지를 입고 있었다. 보닛은 너무 작았고 골반은 (취향에 따라 다르겠지만) 조금 넓었다.

"나의 천사."

내가 외쳤다. 말짱 거짓말은 아니었다. 그녀가 말했다.

"거스."

목소리에 힘이 하나도 없었지만 그래도 잭 디윈트는 아랑곳하지 않고 앓는 소리를 냈다.

"아아. 나 배고파서 죽을 것 같아, 미스 패치."

"아."

그녀는 두 손으로 눈을 훔치고 부엌으로 사라졌다. 내가 물었다.

"왜 저렇게 슬퍼하고 있지?"

앞 못 보는 재스퍼가 음울하게 고개를 저었다.

"음, 이해해 주게, 랜도. 애인 하나가 죽었거든."

"그래?"

베니가 말했다.

"랜도 씨도 소문 들었을 텐데요. 프라이라는 친구예요. 예전에 나한테 위스키 두 잔에 매킨토시 담요를 넘겼는데. 물론 자기 담요는 아니었겠지만요. 아무튼 그 딱한 친구가 요전 날 밤에 목을 매달았다는데…."

그는 눈알을 좌우로 굴리며 내 쪽으로 몸을 숙이고서는 그보다 우렁찰 수 없는 목소리로 내게 속삭였다.

"근데 **내가** 어떤 소문을 들었는지 알아요? 늑대들이 그 친구 몸에서 간을 뜯어냈대요."

그는 다시 허리를 펴고 커다란 맥주잔을 아주 조심스럽게 닦았다.

"에후, 내가 뭐 하러 랜도 씨한테 이런 얘기를 하나 모르겠네요. 랜도 씨가 웨스트포인트에 직접 다녀왔는데."

"그 소문을 어디서 들었나, 베니?"

"쏙독새한테 들은 것 같은데요."

마을이 작을수록 소문은 더 금세 번진다. 그리고 버터밀크폴스는 작디작은 마을이다. 심지어 주민들조차 평균에 비해 조금 작다. 1년에 두 번 불쑥 찾아와 양철 그릇을 파는 거인 같은 행상을 제하면 내 키가 아마 가장 클 것이다.

앞 못 보는 재스퍼가 뚱하니 고개를 끄덕이며 말했다.

"쏙독새는 말이 많은 동물이지."

내가 말했다.

"저기, 베니. 프라이하고 실제로 대화를 나눠 본 적 있나?"

"한두 번이요. 자기 은밀한 부위를 어쩔 줄 몰라 하던 딱한 청년이었죠."

잭이 말했다.

"아, 그 친구가 해결하고 싶어 했던 건 **자기** 은밀한 부위가 아니었을 것 같은데?"

그가 그 비슷한 맥락의 말을 좀 더 늘어놓을 수도 있었겠지만 패치가 배넉*이 담긴 접시를 들고 다시 나왔다. 우리는 몸 둘 바를 몰라 하며 입을 다물었다. 그녀가 내 바로 옆을 지나갈 때에야 나는 용기를 내서 위로의 말을 건넸다.

"뭐라고 위로를 하면 좋을지 모르겠네, 패치. 이 프라이라는 친구가 애인이었을 줄은…."

그녀가 대답했다.

"애인 아니었어요. 사람들이 생각하는 그런 식의 애인은요. 하지만 애인이 **되고 싶어** 했으니까 그게 중요한 거 아니겠어요?"

재스퍼가 반쯤 숨을 헐떡이며 말했다.

"궁금하구먼. 그 친구의 어디가 마음에 안 들었나, 패치?"

"그가 어쩔 수 있는 부분이 아니었어요. 제가 까무잡잡한 남자를 좋

---

*   오트밀이나 보릿가루를 개서 구운 빵.

아하거든요. 머리가 빨간색인 건 상관없지만 아래가 빨간색인 건 안돼요. 그게 제 원칙이에요."

그녀는 접시를 내려놓고 바닥을 보며 미간을 찌푸렸다.

"걔가 도대체 무슨 정신으로 그런 짓을 저질렀는지 모르겠어요. 제대로 저지를 수도 없을 만큼 어린 나이에."

"그게 무슨 말이야, '제대로'라니?"

"아니, 랜도 씨, 걔가 밧줄 길이도 제대로 계산하지 못했다잖아요. 그 사람들 말로는 죽기까지 세 시간이 걸렸대요."

"**그 사람들**이라고, 패치? '그 사람들'이 누군데?"

그녀는 잠깐 생각하다가 말을 바꾸었다. 그 사람들이 아니라 **그 사람**이라며 저쪽 구석을 고개로 가리켰다.

이 특별한 날, 베니의 난로가 있는 데서 가장 먼 쪽 구석에 젊은 생도가 앉아 있었다. 머스킷총은 뒤쪽 벽에 기대어 세워 놓았다. 가죽 모자는 테이블 맨 가장자리에 두었다. 검은 머리는 땀으로 떡이 졌고, 툭 튀어나온 창백한 머리는 어중간한 그림자 안에서 까닥거렸다.

규칙을 몇 개나 어겨 가며 여기까지 왔는지 모를 일이었다. 허락 없이 웨스트포인트를 이탈해… 알코올성 음료를 판매하는 곳을 방문하다니. 그것도 상기의 그곳에서 상기의 그 음료를 마시기 위해! 지금까지 같은 학칙을 어긴 생도가 한두 명이 아니었겠지만 그들은 파수꾼이 잠든 야밤을 틈탔다. 내가 대낮에 베니의 술집이 뚫린 것을 본 것은 이번이 처음이었다.

1학년 생도 포는 내가 다가가는 것을 보지 못했다. 몽상에 잠겨서 그랬는지 아니면 인사불성이라 그랬는지 잘 모르겠지만 나는 족히

30초는 서서 그가 고개를 들길 기다리다가 포기하려던 찰나 그의 근처 어딘가에서 흘러나오는 희미한 소리를 들었다. 중얼거림 아니면 주문이었다. 내가 말했다.

"여기서 또 만나는군."

그는 고개를 홱 들었다. 커다란 회색 눈을 내 쪽으로 돌리며 외쳤다.

"아, 선생님이시로군요!"

그는 의자를 넘어뜨리다시피 해 가며 일어나 내 손을 잡고 위아래로 흔들었다.

"아, 이런. 앉으세요. 네, 여기 앉아 주세요. 해이브스 씨! 여기 이분께 술 한 잔 더 부탁드립니다."

"돈은 누가 낼 건가?"

나는 베니가 중얼거리는 소리를 들었지만 젊은 생도는 듣지 못했는지 나를 보고 자기 쪽으로 손짓하며 나지막이 속삭였다.

"저기, 해이브스 씨는…."

"그 친구가 저를 두고 뭐랍니까, 랜도 씨?"

포는 두 손으로 자기 입을 막으며 웃음을 터뜨렸다.

"우울한 이 사막 안에서 저를 알아주시는 딱 한 분이 해이브스 씨죠."

"그런 칭찬을 듣다니 감동적이로군그래."

베니가 하는 모든 말은 복합적이라는 사실을 짚고 넘어가야겠다. 오랜 단골이라야 간파할 수 있지만, 어떤 것에 대한 언급과 언급한 것에 대한 평가가 동시에 이루어졌다. 포는 오랜 단골이 아니었기에 충동적으로 했던 말을 한 번 더, 이번에는 더 우렁찬 목소리로 반복했다.

"이 **미개하고 우울한**… 탐욕스러운 **속물**들의 소굴에서… 저를 알아주시는 **단 한 분**. 이게 거짓말이면 저는 벼락을 맞아도 좋습니다!"

"이러다 나 울겠구먼. 계속해 보게, 포 군."

"그리고 사랑스러운 사모님. 그리고 패치. 신의 축복을 받은… 하일랜드의 헤베!*"

그는 자신이 만들어 낸 이 표현에 즐거워하며 영감의 원천이 된 여자를 향해 잔을 들었다. 나는 실베이너스 세이어처럼 언짢게 들리는 투로 물었다.

"이게 몇 잔째인가?"

"기억이 안 납니다."

그의 오른쪽 팔꿈치를 따라 네 개의 빈 잔이 대형을 이루고 있었다. 그는 내가 그걸 세고 있는 것을 보았다.

"제가 마신 게 아닙니다, 랜도 씨. 진짜예요. 패치가 평소와 다르게 빨리빨리 치우질 않네요. 상심해서 그렇겠지만."

"조금… 취한 것 같은데, 포 군."

"제가 워낙 체질적으로 예민하다 보니 한 잔만 마셔도 이성을 잃습니다. 두 잔 마시면 권투선수처럼 비틀거리고요. 여러 저명한 의사들에 의해 입증된 일종의 병증입니다."

---

*   제우스와 헤라의 딸이자 헤라클레스의 아내. 청춘과 봄의 여신이다. '술집 여급'이라는 뜻도 있다.

"그것 참 유감스러운 일이로군그래, 포 군."

그는 내 위로를 듣고 아주 무뚝뚝하게 고개를 끄덕였다. 나는 말을 이었다.

"그렇다면. 자네가 비틀거리기 전에 묻고 싶은 게 하나 있네만."

"뭐든 말씀만 하십시오."

"리로이 프라이의 시신이 어떤 자세였는지 무슨 수로 알았나?"

그는 이 질문을 모욕적으로 받아들였다.

"당연히 헌툰에게 들었지요. 관청의 포고를 알리는 관원이라도 되는 것처럼 떠벌리고 다니고 있으니까요. 조만간 그 친구도 교수형을 당할지 모릅니다."

"교수형을 **당한다.**"

나는 그가 한 말을 따라 했다.

"프라이 군이 교수형을 당했다는 뜻을 담아서 한 말은 아니겠지?"

"저는 아무 뜻도 담지 않았습니다."

"그럼 이건 어떤가? 리로이 프라이의 심장을 가져간 자가 시인이라고 생각한 이유는 뭔가?"

이건 종류가 다른 취조였는지 그가 갑자기 바쁜 척했다. 잔을 치우고, 짧은 윗도리의 소매를 바로잡았다.

"랜도 씨. 심장은 상징입니다. 상징을 빼앗기면 뭐가 남습니까? 심미적인 측면에서 방광만큼이나 가치가 없는 한 움큼 근육만 남겠죠. 어떤 인간에게서 심장을 제거하는 것은 상징적인 소통 행위입니다. 그런 일에 시인보다 더 풍부한 자질을 갖춘 자가 어디 있겠습니까?"

"그렇다면 무척 상상력이 부족한 시인이겠군."

"아, 왜 이러십니까, 랜도 씨. 이 잔인한 행각으로 선생님의 머릿속 모든 틈새에서 문학적 울림이 느껴졌을 텐데, **아닌 척**하시면 안 되죠. 제 머릿속에서는 어떤 연상 작용이 일어났는지 말씀드릴까요? 맨 처음에는 차일드 해럴드가 생각났습니다. '심장이 무너지겠지만 무너진 채로 살아가리.'* 그다음은 서클링 경의 멋진 노래가 생각났죠. '부디 내 심장을 돌려주오 / 나는 그대의 심장을 가질 수 없으니.' 정통 그리스도교의 신념이 저에게는 하등의 쓸모가 없는데 성경을 종종 소환하게 되는 걸 보면 놀랍단 말이죠. '하나님이여 내 속에 정한 마음을 창조하시고.'** '하나님이여 상하고 통회하는 마음을 주께서 멸시하지 아니하시리이다.'***"

"그럼 간단하게 광신도를 찾으면 되겠군그래, 포 군."

그는 주먹으로 테이블을 내리쳤다.

"아! 이것이 신앙고백이라는 말씀이십니까? 그럼 라틴어 원어로 돌아가서 살펴보겠습니다. '믿는다'는 뜻의 동사 '크레데레'는 '마음'이라는 뜻의 명사 '카르디아'에서 유래가 되었죠. 그런데 영어에는 '마음'의 서술형이 없잖습니까? 그래서 '크레도'를 '믿는다'로 번역하지만 직역하면 '마음을 놓는다' 또는 '마음을 **둔다**'입니다. 그러니까 다른 말로 하자면 육신을 부인하거나 초월하는 문제가 아니라 오히려 육신을 **도용**하는 문제라는 거죠. 세속적인 믿음의 궤적."

---

* 조지 고든 바이런의 장시, 『차일드 해럴드의 순례』의 일부.

** 시편 51장 10절.

*** 시편 51장 17절.

그는 음울하게 웃으며 의자에 다시 몸을 기댔다.

"다른 말로 하자면 시."

그는 내가 입가를 오므리는 것을 보았는지 문득 자신 없어하는 듯한 표정을 짓더니… 또다시 갑자기 웃음을 터뜨리며 자신의 관자놀이를 때렸다.

"미처 말씀을 드리지 못했네요, 랜도 씨! 제가 시인입니다. 그렇다 보니 시인처럼 생각하는 성향이 있죠. 저도 모르게 그렇게 됩니다."

"그것 역시 병증인가, 포 군?"

"네. 제 시신을 과학계에 기증해야 할까 봅니다."

그는 눈 하나 깜빡이지 않고 말했다. 나는 그때 처음으로 그가 카드 게임의 고수일지도 모르겠다는 생각을 했다. 허세를 끝까지 밀고 나갈 줄 아니 말이다.

"나는 시를 접할 기회가 별로 없어서 말일세."

"당연하죠. 선생님은 미국 분이시잖습니까."

"그럼 자네는 어느 나라 사람인가, 포 군?"

"저는 예술가죠. 그러니까 무국적이라는 말씀입니다."

그는 그 표현이 마음에 드는지 스페인 금화처럼 허공에서 빙글빙글 맴돌게 했다. 나는 자리에서 일어나며 말했다.

"자, 아무튼. 고맙네, 포 군. 도움이 많이 됐어."

"아!"

그는 내 팔을 잡고 자리에 앉혔다. (호리호리한 체구에 비해 힘이 아주 셌다.)

"러프버러라는 생도를 한 번 눈여겨보시기 바랍니다."

"왜 그래야 하나, 포 군?"

"어제 오후에 열병식을 하다가 우연히 그가 자꾸 틀리는 걸 보았거든요. '좌향좌'와 '뒤로돌아'를 계속 혼동하더군요. 딴 데 정신이 팔려 있다는 증거로 보였습니다. 게다가 오늘 아침 식사 때는 태도가 바뀌었고요."

"그건 무얼 의미할까?"

"그와 안면이 있는 사람이라면 그가 카산드라*보다 더 말이 많고, 카산드라와 비슷한 대접을 받는다는 걸 알 겁니다. 아무도 그의 말에 귀를 기울이지 않아요. 심지어 가장 친한 친구들마저. 그런데 오늘은 자기 얘기를 들어 줄 사람을 찾지 않더군요."

그는 그 광경을 재연이라도 하는 듯 보이지 않는 베일로 자기 얼굴을 덮고 러프버러처럼 생각에 잠긴 표정을 지었다. 하지만 한 가지 차이점이 있었다. 포는 누가 불이라도 붙인 것처럼 금세 표정이 밝아졌다.

"제가 말씀을 안 드린 것 같습니다만. 러프버러는 예전에 리로이 프라이의 룸메이트였습니다. 그러다 둘 사이가 틀어졌는데, 이유는 밝혀지지 않았습니다."

"자네가 이런 걸 알고 있다니 희한하군그래, 포 군."

그는 느른하게 어깨를 으쓱했다.

"누군가에게 들었겠죠. 그게 아니면 제가 무슨 수로 알겠습니까?

---

* 트로이의 공주. 앞날을 예언하는 능력과 아무도 그 예언을 믿지 않는 저주를 동시에 부여받았다.

사람들은 제게 비밀을 잘 털어놓습니다, 랜도 씨. 저는 프랑크족장의 까마득한 후손이에요. 문명의 새벽부터 저희는 엄청난 신뢰의 대상이 었죠. 이런 신뢰는 **엉뚱한** 사람에게 부여된 적이 없었고요."

그는 또다시 반항조로 고개를 뒤로 젖혔다. 교장 공관 앞뜰에서도 본 기억이 나는 제스처였다. 어떤 경멸도 무시하겠다는 식이었다.

"포 군, 흥을 깨서 미안하네. 그런데 내가 아직 웨스트포인트의 출입 방침에 적응하는 중이기는 하지만 자네 지금 여기 있으면 안 되는 거 아닌가?"

그는 열에 들뜬 꿈을 꾸다 나로 인해 번쩍 눈을 뜬 것처럼 거친 눈빛으로 나를 쳐다보았다. 잔을 옆으로 밀치며 벌떡 일어나 숨을 헐떡이며 물었다.

"지금 몇 시인가요?"

나는 주머니에서 시계를 꺼냈다.

"글쎄에, 어디 보자. 20분… 아니, 3시 22분이로군."

아무 대답이 없었다. 나는 덧붙였다.

"오후."

그 회색 눈 뒤편에서 뭔가가 불타오르기 시작했다. 그가 외쳤다.

"해이븐스 씨. 제가 다음에 와서 계산을 해야겠습니다."

"그래, 항상 다음이 있기 마련이지, 포 군."

그는 최대한 침착하게 가죽 모자를 다시 쓰고 황동색 놋쇠 단추를 다시 채우고 머스킷총을 집었다. 여기까지는 아무 문제가 없었다. 5개월 동안의 규칙적인 생도 생활의 흔적이었다. 하지만 걷는 건 다른 차원의 문제였다. 그는 개울을 건너듯 아주 조심스럽게 술집을 가로질렀고, 문 앞에 다다르자 상인방에 기대 몸을 가누고는 웃으며 말했다.

"신사 숙녀 여러분. 좋은 하루 보내시길 바랍니다."

그러고는 열린 문밖으로 뛰쳐나갔다.

내가 무슨 생각으로 그를 쫓아 나갔는지 모르겠다. 그의 안위가 걱정돼서였다고 말하고 싶지만 그보다는 그의 얘기가 아직 끝나지 않았기 때문이었다. 이렇게 해서 나는 그를 바짝 뒤쫓게 되었는데⋯ 돌계단을 올라가는 동안 남쪽에서부터 빠른 속도로 우리를 향해 수렴되는 침착한 발소리가 들렸다.

포는 이미 그 소리가 들리는 곳을 향해 달려가고 있었다. 꼭대기 칸에 다다랐을 때 그는 몸을 돌려 나를 보며 깨진 미소를 짓고 자기 입술에 한 손가락을 갖다 대더니 느릅나무 밖으로 고개를 내밀고 길을 따라오는 게 무엇인지 살폈다.

귀에 익은 드럼 소리에 이어 나무들 사이로 실루엣이 등장했다. 생도들이 2열로 긴 언덕을 올라가고 있는데, 보아하니 주간 행군이 이미 반쯤 끝난 모양이었다. 그들은 배낭을 짊어진 어깨를 웅크리고 몸을 앞으로 기울인 채 천천히 다가왔다. 다들 진이 빠져서 우리 옆을 지날 때 곁눈질조차 하지 않고 그냥 계속 걸음을 옮겼다. 그들이 거의 시야에서 사라졌을 무렵에서야 포는 추격에 나서 그들과의 간격을 조금씩 줄였다. 5미터⋯ 3미터⋯ 그러다 마침내 대열의 맨 끝줄과 나란해지자 안전하게 그 속으로 섞여 들어가 언덕 꼭대기를 넘고, 쏟아지는 적갈색 낙엽 사이로 멀어졌다. 그와 동급생들 간의 차이점이라고는 살짝 뻣뻣한 움직임과 점점 멀어지면서 잠깐 손을 흔들어 내게 작별 인사를 했다는 것뿐이었다.

　나는 그와의 추억을 계속 음미하고 싶은 마음에 잠깐 동안 더 지켜보았다. 그러다 몸을 돌려 술집으로 다시 들어갔고 때마침 리파드 목사가 이렇게 말하는 소리를 들었다.

　"저렇게 자주 술을 마실 수 있는 줄 알았더라면 나도 군에 입대할걸 그랬어."

거스 랜도의 기록
7
10월 29일

　일의 다음 순서는 리로이 프라이와 가깝게 지낸 사람들을 면담하는 것이었다. 저녁 식사 때문에 입술이 번들거리는 굳은 표정의 청년들이 장교 식당 앞에 줄을 섰다. 그들이 들어오면 히치콕이 경례를 받아주며 "쉬어"라고 했다. 그러면 그들은 그게 '쉬는' 자세라도 되는 듯이 등 뒤로 손깍지를 끼고 턱을 앞으로 내밀었다. 그들은 어느 정도 시간이 지난 다음에서야 질문을 하는 사람이 나라는 사실을 파악했는데, 그런 다음에도 여전히 생도대장에게 시선을 고정했고, 면담이 끝나면 계속 히치콕을 쳐다보며 "이제 끝났습니까?" 하고 물었다. 생도대장이 끝났다고 하면 그들은 경례를 하고 뚜벅뚜벅 걸어 나갔다. 이런 식으로 한 시간 만에 10여 명의 생도들이 우리 수하를 거쳐갔다. 마지막 한 명이 나가자 히치콕이 나를 돌아보며 말했다.

　"괜히 선생님 시간만 낭비한 것 같네요."

　"왜 그렇게 생각하십니까, 대위님?"

"프라이의 마지막 행보에 대해 아는 사람이 아무도 없잖습니까. 그가 막사에서 나가는 걸 봤다는 사람도 없고요. 소득이 하나도 없네요."

"흠. 누가 가서 스토더드 군을 다시 불러다 주겠나?"

스토더드가 청어처럼 꿈틀거리며 다시 들어왔다. 그는 3학년 생도였고 사우스캐롤라이나 출신이었다. 사탕수수 농장 아들이었다. 뺨에 자주색과 검은색이 섞인 점이 있었고 딱하게도 전적이 화려했다. 학년이 끝나려면 아직 두 달이 남았는데 벌점이 120점이었다. 퇴학의 소지가 다분했다. 나는 말했다.

"히치콕 대위님. 어떤 생도가 리로이 프라이의 마지막 행보에 대해 어떤 정보를 제공한다면 뭐랄까, **혹여** 그가 저지른 잘못이 있더라도 눈감아 줄 수 있지 않을까요?"

그는 약간 망설인 끝에 그렇다고 했고, 내가 다시 말을 이었다.

"자, 스토더드 군. 아까 자네가 모든 걸 숨김없이 털어놓았는지 궁금하네만."

아니었다. 10월 25일 밤에 이 스토더드라는 생도는 친구의 방에서 늦게 돌아온 모양이었다. 취침 신호가 울리고 족히 1시간이 지났을 때 북쪽 막사의 계단을 살금살금 올라가는데 계단을 내려오는 발소리가 들렸다. 야간 순찰을 돌려고 나오는 로크 하사인가 보다는 생각이 들었다. 그는 벽 쪽으로 최대한 몸을 붙이고 다가오는 발소리에 귀를 기울였는데….

괜한 걱정이었다. 리로이 프라이였다.

나는 물었다.

"그가 누군지 어떻게 알았나?"

처음에는 스토더드도 그가 누군지 몰랐다. 하지만 프라이가 내려오던 길에 팔꿈치로 스토더드의 어깨를 스치고는 비명을 질렀다.

거기 누구야?

나야, 리로이.

줄리어스? 근처에 장교 없어?

응, 아무도 없어.

프라이는 다시 계단을 내려갔고 스토더드는 그것이 친구 얼굴을 보는 마지막 순간임을 알지 못한 채 침대로 직행해 기상 신호가 울릴 때까지 잤다.

"아, 정말 도움이 많이 됐네, 스토더드 군. 그리고 또 무슨 얘기를 들려줄 수 있을지 궁금하네만. 예컨대 프라이 군이 어때 보였나 하는 거라든지."

그는 계단이 너무 어두컴컴했기 때문에 그 부분에 관한 한 자신의 판단을 신뢰할 수 없다고 했다.

"그 친구가 뭘 들고 있는지 본 게 있나, 스토더드 군? 길쭉한 밧줄이라든지, 그 비슷한?"

그는 아무것도 보지 못했다고 했다. 아주아주… 어두컴컴했기 때문에….

아니, 잠깐만요. 그가 말했다. 뭔가가 있었다. 프라이가 다시 걸음을 옮겼을 때 스토더드가 뒤에서 그를 불렀다.

지금 이 시각에 어디 가는 거야?

그러자 리로이 프라이가 이렇게 대답했다.

처리해야 하는 일이 있어서.

일종의 농담이었다. 생도들은 밤에 볼일을 보고 싶은데 요강을 쓰기 싫으면 야외 변소로 달려가고, 그 길에 장교를 만나더라도 "처리해야 하는 일이 있습니다"라고 하면 나갈 수 있다(금방 다시 들어와야 하지만). 하지만 이번 같은 경우에 스토더드는 프라이가 앞부분을 강조한 것처럼 느껴졌다.

처리해야 하는. 처리해야 하는 일.

"자네가 듣기에는 그게 무슨 뜻 같았나, 스토더드 군?"

그건 알 수 없었다. 프라이가 살짝 헉헉대며 속삭이다시피 내뱉은 말이었다.

"그럼 그 친구가 다급해하는 것 같았단 말이지?"

그가 다급해했을 수도 있었다. 아니면 그냥 장난을 친 것일 수도 있었다.

"그럼 그 친구가 기분이 좋아 보였나?"

아주 기분이 좋아 보였다. 스스로 숨통을 끊으려는 사람처럼 보이지 않았다. 하지만 절대 모를 일이었다. 예전에 스토더드의 삼촌은 방금 전까지만 해도 얼굴에 비누 거품을 칠하며 휘파람으로 '헤이, 베티마틴'을 부르다 면도칼로 자기 목을 그은 적이 있었다. 그는 그 길로 영영 면도를 마치지 못했다.

줄리어스 스토더드가 할 말은 그게 전부였다. 그렇게 그는 그날 오후에 약간의 후회와 수줍은 자부심이 깃든 표정으로 우리 앞에서 나갔다. 나는 다른 생도들에게서도 그런 표정을 목격했다. 그들은 리로이 프라이와 잘 아는 사이였다고 선뜻 시인했다. 그가 대단한 인물이었다기보다 죽었기 때문이었다.

히치콕은 나가는 그를 지켜보다 문에 시선을 고정한 채 가장 궁금해하던 것을 물었다.

"어떻게 아셨습니까, 랜도 씨?"

"스토더드에 대해서요? 어깨가 단서였을 겁니다. 대위님도 알고 계시겠지만 생도들은 장교가 있는 데서 면담을 하면 긴장하기 마련이죠. 비정상적인 수준으로요."

"그야 저도 잘 알죠. 저희는 그걸 긴장성 곱사등이라고 부릅니다."

"그리고 수난이 끝나면 어깨가 자연스럽게 원래 위치로 돌아가죠. 그런데 스토더드 군은 그렇지가 않았습니다. 들어왔을 때 자세 그대로 나갔죠."

히치콕은 잘생긴 갈색 눈으로 나를 잠깐 물끄러미 응시했다. 입가에 희미하게 미소가 감도는 것도 같았다. 잠시 후에 그가 너무 진지하다 싶은 목소리로 말했다.

"다시 불러야 할 생도가 더 있습니까, 랜도 씨?"

"아뇨, 다시 부를 생도는 없습니다. 하지만 괜찮으시면 러프버러 생도와 대화를 좀 나누고 싶은데요."

이번에는 절차가 좀 더 복잡했다. 저녁 식사가 끝난 뒤였고 러프버러는 자연철학과 실험과학 수업을 받느라 칠판 앞에 서 있다가 상부에서 집행유예 명령이 떨어지기라도 한 것처럼 호출을 받았다. 하지만 그 방에 들어와 팔짱을 끼고 테이블 앞에 앉아 있는 생도대장을 맞닥뜨렸을 때 더는 집행유예처럼 느끼지 않았을 것이다. 그리고 **나를** 보고는 무슨 생각이 들었을까? 그는 델라웨어 출신으로 팔다리가 짧았고, 볼에 경단을 물고 있었고, 반짝이는 흑요석 같은 눈은 밖이 아니라 **안을** 쳐다보는 느낌이었다. 나는 말했다.

"러프버러 군. 예전에 프라이 군의 룸메이트였다고 들었네만."

"네, 맞습니다. 신입생 시절에요."

"그러다 나중에 사이가 틀어졌다고?"

"아. 글쎄요. 그 부분에 대해서라면 사이가 틀어졌다기보다 다른 길로 갈라섰다고 하는 쪽이 더 진실에 가깝다고 생각합니다."

"다른 길로 갈라선 이유가 뭐였나?"

그는 이마를 찡그렸다.

"아, 뭐 그리… 중요한 일은 아니었습니다."

"러프버러 군. 프라이 군과 관련해서 아는 게 있으면 공개하기 바라네. 지금 당장!"

히치콕 대위의 목소리가 쩌렁쩌렁하게 울리자 그는 움찔했다.

솔직히 나는 그 청년이 안쓰러웠다. 만약 그가 정말 포가 얘기한 것처럼 수다쟁이였다면 말문이 막혔을 때 얼마나 괴로웠을까.

"사실은… 프라이 생도의 소식을 들은 이후로 계속 생각나는 사건이 하나 있긴 합니다."

"언제 벌어진 사건인가?"

"오래전입니다. 2년 전이요."

"그리 오래전도 아니로군. 계속하게."

그러자 그가 "얘기하지 않겠어, 이 빌어먹을 놈아"라고 말했다.

아니다. 그는 사실 이렇게 말했다.

"5월의 어느 저녁이었습니다."

"1828년 5월?"

"네. 제가 그때를 기억하는 이유는 누나가 게이브리얼 길드와 결혼한다고 편지를 보냈는데 그 편지가 결혼식 일주일 전에서야 도착해서 도버에 사는 삼촌에게로 답장을 보낼 수밖에 없었기 때문입니다. 누나가 결혼 다음 주, 그러니까 6월 첫 주에 거기 들른다는 걸 알았기에…."

"알겠네, 러프버러 군. 이제 그 사건으로 넘어가면 어떻겠나? 그날 저녁에 무슨 일이 있었는지 얘기해 주게나, 간단하게."

그는 말문이 트였고, 이제 임무가 주어졌다. 그는 눈썹을 찡그려가며 임무에 집중했다.

"리로이가 탈영을 했습니다."

"어디에 다녀오느라?"

"저도 모릅니다. 그냥 저더러 최대한 잘 막아 달라고만 했습니다."

"그러고는 다음 날 아침에 돌아왔다?"

"네. 기상 점호를 빼먹은 죄로 벌을 받긴 했지만요."

"어디 다녀왔는지는 절대 얘기하지 않던가?"

그는 히치콕을 흘끗 쳐다보았다.

"네, 근데 제가 보기에는 이후로 조금 불안해하는 것 같았습니다."

"불안했다?"

"제가 그렇게 말씀드리는 이유는, 그 친구가 처음에는 낯을 가리지만 친해지면 스스럼없이 대화를 잘 나누는데 **그 이후로** 아예 대화를 차단했기 때문입니다. 그런가 보다고 넘길 수도 없었던 것이, 제 쪽을 잘 **쳐다보지도** 못하는 겁니다. 저 때문에 기분 상한 일이 있느냐고 계속 물어도 저 때문이 아니라고만 했고요. 저는 그럼 **누구** 때문이냐고 물었죠. 저희가 단짝 비슷한 사이였고 하니까요."

"그 친구가 얘기를 하지 않았겠군."

"한마디로 요약하자면 그렇습니다. 하지만 7월이 됐을 무렵, 어느 날 밤에 그 친구가 털어놓더군요. 질이 안 좋은 무리와 엮이게 됐다고요."

나는 히치콕이 앉은 자리에서 아주 살짝 앞으로 몸을 숙이는 것을 곁눈으로 확인했다.

"질이 안 좋은 **무리**? 그가 정확히 그렇게 말했나?"

"네."

"**어떤** 무리인지는 얘기하지 않았겠지?"

"네. 저는 당연히 불법이 자행되고 있으면 보고해야 한다고 그에게 얘기했습니다."

이 3학년 생도는 칭찬을 기다리며 히치콕을 향해 미소를 지어 보였지만 언감생심이었다.

"'무리'라면 다른 생도들을 지칭한 거였을까, 러프버러 군?"

"그 친구는 끝까지 밝히지 않았습니다만 저는 생도들일 거라고 짐작했습니다. 여기서 만나는 사람이 생도들밖에 없으니까요. 물론 리로이가 포수들과 엮였을 수도 있지만요."

나는 그 무렵 웨스트포인트에서 지낸 기간이 어느 정도 됐기 때문에 '포수'가 생도들과 한 공간을 쓰는 포병대를 지칭하는 용어라는 것을 알았다. 생도들은 포병대를, 농부의 예쁜 딸이 늙은 노새 대하듯 했다. 그런가 하면 포병대는 생도들을 맹탕으로 여겼다.

120

"그렇다면 러프버러 군, 자네의 갖은 노력에도 불구하고 자네 친구는 그 문제에 대해 입을 열지 않았다는 거로군. 그리고 시간이 지나면서 자네 둘은… 아까 다른 길로 **갈라섰다**는 표현을 썼지?"

"네, 그랬던 것 같습니다. 그 친구는 더 이상 방 안에서 노닥거리거나 같이 수영을 하러 나가지 않았습니다. 생도들을 위한 무도회에도 참석하지 않았고요. 그러더니 기도회를 찾아가 가입하더군요."

히치콕의 양손이 스르르 떨어져 서로 점점 더 멀어졌다. 내가 말했다.

"흠, 신기한 일이로군. 신앙을 찾은 건가?"

"글쎄요… 애초에 잃을 신앙이 있었는지도 잘 모르겠어서요. 하지만 그쪽 생활을 오래 하지는 않았을 겁니다. 교회에 불만이 많았던 친구니까요. 하지만 그 무렵 그는 이미 새로운 친구들과 어울리기 시작했고 저는 예전 친구였으니… 그렇게 된 겁니다."

"새로운 친구들? 누군지 이름을 알고 있나?"

그는 생각나는 생도가 **다섯 명**이라고 했고, 모두 우리가 방금 전에 면담한 그룹 안에 있었다. 그런데도 러프버러가 들은 소문을 주워섬겨 가며 같은 이름들을 반복해서 거론하고 또 거론하자 히치콕이 손을 들고 물었다.

"왜 진작 이런 얘기를 하지 않았나?"

젊은 생도는 말을 하던 도중 허를 찔리자 입을 떡 벌렸다.

"아, 연관이 있을 줄 몰라서 그랬습니다. 하도 오래전에 벌어진 일이라서요."

내가 말했다.

"어쨌거나 고맙네. 러프버러 군. 그리고 도움이 될 만한 정보가 생각나거든 언제든 알려 주길 바라네."

3학년 생도는 내게는 묵례를, 히치콕에게는 경례를 하고 문 앞으로 걸어가다 말고 걸음을 멈추었다. 그러자 히치콕이 물었다.

"또 뭐가 있나?"

러프버러는 맨 처음 방 안으로 돌아왔을 때의 모습으로 되돌아갔다.

"선생님. 사실… 계속 고민해 온 문제가 하나 있습니다. 윤리적인 측면과 관련해서요."

"뭔가?"

"만약 어떤 사람이 자기 친구가 어떤 문제로 괴로워하고 있고 이 친구가 뭔가… 온당치 못한 짓을 저지르고 있다는 걸 안다면… 음, 그러니까 저의 딜레마는 이런 겁니다. 그 사람은 책임감을 느껴야 할까요? 자기가 좀 더 좋은 친구였다면 문제의 그 친구는 죽지 않았을지 모르고, 모든 게 대체로 지금보다 나았을 테니까요?"

히치콕은 자기 귀를 꼬집었다.

"러프버러 군, 자네가 제시한 가설 속의 그 주인공은 양심의 가책을 느낄 필요가 없다고 생각하네. 최선을 다했으니까."

"감사합니다."

"더 할 얘기 없나?"

"네."

러프버러가 문밖으로 거의 나갔을 때 히치콕이 그의 뒤통수에 대고 외쳤다.

"다음번에는 장교의 호출을 받거든 재킷 단추를 끝까지 다 채우기 바라네, 러프버러 군. 벌점 1점."

나는 웨스트포인트와 맺은 계약상 히치콕과 정기적으로 만나야 했다. 그와 만날 때가 되면 세이어가 자기도 동석해도 되느냐고 물었다.

우리는 그의 응접실에 모였다. 몰리가 옥수수 팬케이크와 쇠고기 핫도그를 내왔다. 세이어가 차를 따랐다. 복도에서는 괘종시계가 일정한 간격을 두고 째깍거렸다. 암적색 커튼이 햇빛을 차단했다. 끔찍, 그 자체였다.

꼬박 20분이 지난 다음에서야 그날의 주제가 화제로 등장했고, 그렇다 한들 진척 상황에 대해 전반적으로 물어보는 데 그쳤다. 그러다 정확히 5시 13분 전 세이어 교장은 찻잔을 테이블에 내려놓더니 무릎 위로 손깍지를 꼈다.

"랜도 씨, 아직도 리로이 프라이가 살해당했다고 생각하십니까?"

"그렇습니다."

"범인의 정체를 밝히는 데에는 진척이 있고요?"

"그건 나중이 돼 봐야 알 수 있을 겁니다."

그는 내가 한 말에 대해 곰곰이 생각했다. 잠시 후에 그가 옥수수 팬케이크를 10센트짜리 동전만큼 뜯어 먹으며 물었다.

"아직도 그 두 범죄가 서로 연관성이 있다고 생각하십니까? 살인과 시신 훼손이?"

"음, 그 부분에 대해서라면 이렇게 말씀드리겠습니다. 누군가에게서 심장을 꺼내려면 그자가 심장을 내줄 만한 상태가 된 다음이라야

123

가능하지 않겠는가."

"그 말인즉?"

"대령님, 두 사람이 시월의 같은 날 밤에 리로이 프라이를 상대로 사악한 계획을 세웠을 가능성이 얼마나 되겠습니까?"

보아하니 세이어도 그 점에 대해 이미 자문한 적이 있었다. 하지만 남에게 말로 직접 듣는 건 또 달랐다. 그의 입 둘레 주름살이 더 깊어졌다. 그가 아까보다 조용하게 말했다.

"그렇다면. 양쪽 사건의 범인이 한 명이라는 가정 아래 움직이고 계시군요."

"한 명의 범인에 한 명의 공범일 수도 있고요. 하지만 일단은 한 명이라고 하겠습니다. 출발점으로 삼기에 좋으니까요."

"그리고 범인이 그 자리에서 리로이 프라이의 심장을 제거하지 못한 건 단지 헌툰 군이 방해했기 때문이다?"

"일단은 그렇다고 하겠습니다."

"그럼 문제의 범인은, 우리 내부 인물일까요?"

히치콕이 벌떡 일어나더니 내 도주를 막으려는 사람처럼 나를 정면으로 마주 보았다.

"세이어 대령님과 제가 알고 싶은 건 다른 생도들도 이 미치광이 때문에 위험할 수 있는지 여부입니다."

"그건 제가 단언할 수 없는 부분입니다. 매우 유감스럽게 생각합니다만."

그들은 최대한 침착하게 대응했다. 그들이 무지몽매한 나를 안쓰럽게 여기는 것 같은 예감이 들었다. 그들은 차를 좀 더 따르고 좀 더 지엽적인 문제에 대해 열심히 캐물었다. 예컨대 내가 리로이 프라이의 손에서 꺼낸 종이 쪼가리는 뭔지(나는 아직 알아보는 중이라고 했다), 교직원을 면담하고 싶은지(나는 리로이 프라이를 가르친 사람은 누구든 만나 보고 싶다고 했다), 다른 생도들도 면담할 예정인지(리로이 프라이와 알고 지냈던 생도라면 누구든 만나 볼 예정이었다) 궁금해했다.

시계가 꾸물꾸물 움직이는 소리를 배경으로 세이어 대령의 응접실 안에서 차분하고 지루한 시간이 흘러갔다. 이윽고 모두 침묵을 지키는 가운데 내 심장이 뿌리에서부터 흔들리는 소리가 정적을 갈랐다. **쿵 쾅. 쿵쾅.**

"괜찮으십니까, 랜도 씨?"

나는 관자놀이에 동그랗게 맺힌 땀을 닦아 냈다.

"괜찮으시다면 제가 두 분께 한 가지 부탁을 드리고 싶은 게 있는데요."

"말씀하시죠."

그들은 내가 찬물에 적신 수건을 달라거나 바람을 쏘이고 오겠다고 할 줄 알았을 것이다. 하지만 내가 한 말은 이거였다.

"생도 한 명을 제 조수로 쓰고 싶습니다."

나도 그게 월권이라는 걸 알았다. 세이어와 히치콕은 처음 만난 순간부터 군과 민간인의 경계를 지키는 데 심혈을 기울였다. 그런데 내가 이렇게 그들의 수고를 무위로 돌리려고 나섰으니 아, 얼마나 성이 났을까. 그들은 찻잔을 내려놓고, 고개를 홱 들고, 침착하고 논리 정연하게 정당한 이유를 열거했다. 나는 그들을 저지하느라 손으로 귀를 막는 수밖에 없었다.

"제발! 두 분은 제 의중을 이해하지 못하시는군요. 이 직책은 법적 효력이 있는 게 아닙니다. 생도들 사이에서 제 눈과 귀가 되어 줄 사람을 찾고 있을 따름이죠. 그러니까 **첩보원**이요. 그리고 제가 생각하기에 그걸 아는 사람이 적을수록 좋겠고요."

히치콕은 잠깐 이글거리는 눈빛으로 나를 쳐다보다가 특유의 부드러운 목소리로 물었다.

"같은 생도들을 염탐할 사람을 찾으신다는 겁니까?"

"네, **우리를 위해** 염탐해 줄 친구요. 그 정도면 군의 명예가 크게 손상되는 건 아니지 않겠습니까?"

그럼에도 그들은 저항했다. 히치콕은 찻잔에 극도로 주의를 기울였다. 세이어는 파란색 소매에 묻은 보푸라기를 계속 털었다.

나는 자리에서 일어나 응접실 저쪽 구석으로 성큼성큼 걸어갔다.

"대령님 그리고 대위님. 두 분은 계속 제 손을 묶고 계십니다. 생도들 사이를 자유롭게 드나들지도 못하고, 두 분 허락 없이는 말도 섞지 못하고, 이것도 하지 말라, 저것도 하지 말라. 이런 것들이 허용이 **된다** 한들…."

나는 손을 들어 세이어의 반론을 사전에 차단했다.

"자, 이런 것들이 허용이 **된다** 한들 무슨 소용이 있겠습니까? 젊은 친구들은 다른 건 몰라도 비밀 하나는 잘 지킵니다. 외람된 말씀이지만 세이어 대령님, 이곳 시스템은 비밀을 강요하는 시스템입니다. 그러니 생도들 간 비밀은 같은 생도에게만 공유될 겁니다."

내가 진심으로 그렇게 생각했을까? 모르겠다. 하지만 나도 깨달았다시피 뭔가를 믿는다고 하면 가끔 진심인 것처럼 포장될 때도 있다. 어쨌거나 세이어와 히치콕은 내 말을 듣고 입을 다물었다.

그러고는 천천히 생각을 바꾸었다. 누가 먼저였는지는 기억이 나지 않지만 아무튼 둘 중 하나가 아주 살짝 마음을 움직였다. 나는 소중한 생도 하나가 내 조수로 임명되더라도 수업과 훈련에 참석하고, 모든 임무를 완수하고, 학급 석차를 유지하는 데 아무 문제없을 거라고 그들을 안심시켰다. 정보 수집 면에서 엄청난 경험을 쌓게 될 테고, 그것이 향후 직업에 도움이 될 거라고 덧붙였다. 훈장, 상장… 찬란한 미래….

그렇다, 그들은 생각을 바꾸었다. 그렇다고 적극적으로 찬성한 건 아니었지만 이내 자기들끼리 크로케 공처럼 이 이름, 저 이름을 주고받았다. 클레이 2세는 어떨까? 듀폰은 어떨까? 키비는 신중함의 대명사고 리질리는 조용하지만 기지가 뛰어나고….

나는 이제 자리에 앉아서 옥수수 팬케이크를 손바닥 위에 얹고 부드럽게 미소를 지으며 그들 쪽으로 몸을 기울였다.

"포 생도라면 어떨까요?"

나는 처음에 그들의 침묵을 포가 누군지 모른다는 뜻으로 해석했다. 하지만 그게 아니었다.

"포요?"

반대의 이유가 너무 많았다. 일단 포는 아직 시험조차 치러 보지 않은 1학년생이었다. 게다가 웨스트포인트에서 보낸 기간이 얼마 되지 않았는데도, 그는 벌써부터 규율상의 문제가 있었다. (오, 놀라워라.)

오후 열병식, 반별 열병식, 위병 교대식을 빼먹어서 벌점을 받았다. 여러 차례 살짝 오만한 태도를 보이기도 했다. 지난달에는 교칙 최고 위반자 명단에 이름이 적혔다. 현재 석차는…. 세이어가 곧바로 말했다.

"71등이죠. 80명 중에서."

그보다 학년과 석차, 행실 면에서 우월한 다른 생도들을 젖히고 파란만장하고 검증을 거치지 않은 일개 신입생을 발탁했다가는 훌륭한 본을 보이지 못할 테고… 전례 없는 전례로서….

나는 그들 얘기를 끝까지 들었고—그들이 군인이다 보니 어쩔 수 없는 측면이 있었다—그들 얘기가 끝나자 내 의견을 밝혔다.

"대령님 그리고 대위님, 제가 두 분께 상기시켜드릴까요? 이 일은 성격상 상급생에게 맡길 수가 없습니다. 병과장교들은 **두 분께** 보고를 하게 되어 있지 않습니까? **제가** 만약 숨기고 싶은 비밀이 있다면 병과장교에게는 절대 알리지 않겠습니다. 포 같은 친구에게 알리지."

그러자 세이어가 이상한 짓을 저질렀다. 양쪽 눈가를 잡아서 아래 빨간 막이 보이도록 눈꺼풀을 늘린 것이다. 그가 말했다.

"랜도 씨. 이건 아주 변칙적인 요구입니다."

나도 약간 거칠게 응수했다.

"이 모든 사태가 조금 변칙적이지 않습니까? 저에게 러프버러라는 친구에 대해 알려 준 생도가 포였습니다. 관찰력이 뛰어나더군요. 그 관찰력이 건방진 태도 속에 감추어져 있다는 건 저도 인정하는 바입니다. 하지만 저는 거르는 재주가 있는 사람입니다."

놀라서 숨을 죽인 히치콕의 목소리가 내 오른쪽에서 들렸다.

"진심으로 포가 이 일에 적합하다고 생각하십니까?"

"글쎄요, 모르겠습니다. 하지만 자질이 보이기는 합니다."

세이어가 고개를 젓는 것을 보고 나는 이렇게 덧붙였다.

"만약 그 친구가 적합하지 않은 것으로 밝혀지면 두 분이 말씀하신 클레이나 듀폰에게 이 일을 맡기기로 하죠."

히치콕은 두 손을 오므려 입을 덮고 있었기 때문에 말소리가 자신 없게 들렸다.

"엄밀하게 학업적인 면만 따지면 포가 다소 강점이 **있긴** 합니다. 심지어 베라르도 그가 똑똑하다는 건 인정하는 수밖에 없을 겁니다."

"로스도."

세이어가 음울하게 맞장구쳤다.

"다른 신입생들과 비교했을 때 성숙한 면모도 있다고 볼 수 있고요. 과거에 복무를 하면서 바른 태도를 익혔을지도 모르죠."

이로써 나는 그날 오후 들어 처음으로 새로운 사실을 알게 됐다. 나는 물었다.

"포가 군에 복무한 적이 있다고요?"

"3년간 사병으로 복무하다가 이 학교에 입학한 걸로 압니다."

"그렇다니 놀랍군요. 저한테는 자기가 시인이라고 했거든요."

그러자 히치콕이 서글픈 미소를 지으며 말했다.

"아, 시인 맞습니다. 제가 포 생도의 작품을 두 권 선물 받았죠."

"재능이 있나요?"

"네, 조금은요. **논리**는 거의 없습니다. 적어도 이 학교의 딱한 교직원들이 이해할 수 있을 만한 논리는요. 젊은 나이에 셰리를 너무 많이 마신 것 같더군요."

"어디 그것만 마셨을까."

세이어가 중얼거렸다.

내가 이 말을 듣고 얼굴에서 핏기가 가셨다고 해도 이해해 주기 바란다. 포 생도가 비틀거리며 베니 해이븐스에서 나가는 것을 목격한지 24시간도 되지 않은 터라 세이어가 모든 나무와 덩굴에 안구를 매달았다 한들 이보다 더 충격을 받지는 않았을 것이다. 나는 전보다 **빠른** 속도로 말했다.

"흠. 시인으로 활동 중이라니 다행이로군요. 이야기 만드는 걸 좋아하는 부류인 것 같던데. 주목받고 싶어서 그런 걸지도 모르겠습니다."

"흥미로운 이야기도 잘 지어내죠. 자기가 베니딕트 아널드의 손자라고, 적어도 세 명한테 얘기를 했답니다."

히치콕의 말을 듣고, 너무 황당한 이야기라 나는 복부를 한 대 얻어맞은 것처럼 웃음을 터뜨렸다. 내 웃음소리가 서늘하고 답답하며 졸린 응접실을 빙글빙글 돌았다. 웨스트포인트에서 그런 허풍을 치다니―아널드 장군은 이곳을 영국의 조지왕에게 넘기려 했고 앙드레 소령이 체포되지 않았더라면 작전에 성공했을 수도 있었다―무모함의 극치였다.

세이어가 좋게 여길 만한 허풍이 아니었다. 이제 보니 그의 입술이 평소와 다르게 얇았고 눈은 서슬이 퍼렜다. 그가 히치콕을 돌아보며 말했다.

"포가 지어낸 **가장** 흥미진진한 이야기를 깜빡한 모양이로군. 자기가 범인이라고 하는 것 말이지."

이후로 다소 긴 정적이 흘렀다. 히치콕은 고개를 젓고 바닥을 쳐다보며 인상을 찡그렸다. 내가 말했다.

"음. 그런 얘기를 믿으시는 건 아니겠죠. 제가 만났던 청년은 그런 짓을 저지를 만한…."

그러자 세이어가 쏘아붙였다.

"내가 그 말을 믿었다면 그가 미육군사관학교 생도로 남아 있을 일은 없었을 겁니다. 그것만큼은 장담해도 됩니다."

그는 찻잔을 다시 들고 남아 있던 쑵쓸한 차를 마저 마셨다.

"문제는 뭔가 하면 랜도 씨는 그 말을 믿는지 여부죠."

잔이 그의 무릎 위에서 흔들리며 미끄러졌지만 세이어는 이미 그걸 잡으려고 손을 뻗고 있었다. 그가 하품 비슷한 것을 하며 말했다.

"이 포라는 친구를 그렇게 쓰고 싶으면 먼저 그 친구의 의사를 물어보시는 게 좋겠군요."

거스 랜도의 기록
8
10월 30일

모든 분란이 해결되자 남은 문제는 단 하나, 이 포라는 친구에게 어떤 식으로 이야기를 꺼내는 것이 최선이겠느냐는 것이었다. 히치콕은 그를 지붕 아래 다락방으로 불러 비밀리에 만나는 것이 좋겠다고 했다. 나는 대놓고 접근해야 우리의 의도를 숨기는 데 더 유리하다고 생각하는 쪽이었다. 그래서 수요일 오전에 히치콕과 나는 클로디어스 베라르가 가르치는 포의 오전 조별 수업에 예고 없이 찾아갔다.

무슈 베라르는 병역의 의무를 회피한 전적이 있는 프랑스 본토박이였다. 나폴레옹 시대에 대리인을 고용하는 세련된 방식으로 병역을 기피했다. 이 기발한 작전은 대리인이 스페인에서 지각없이 포탄을 맞는 바람에 막을 내렸고 무슈 베라르는 다시 징집 대상이 되었다. 하지만 그는 약삭빠르게 주변을 정리하고 해외로 도주해 처음에는 디킨스 대학에서, 그다음에는 미육군사관학교로 옮겨 다니며 프랑스어를 가르쳤다. 하지만 아무리 멀리 도망쳐도 **군대**를 피할 수는 없는 법. 그렇다면 무슈 베라르는 허드슨하일랜드에서 미국 청년들이 프랑스어를 갈아 마시는 소리를 들으며 편하게 군 복무를 대신하는 것이 낫다고 생각했을 것이다. 하지만 그가 고국에서 겪을 뻔했던 고초와 비교했을 때 이것 역시 그 못지않은 고문이라고 이제쯤 깨닫지 않았을까? 무슈 베라르에게는 자문할 이유가 있었고, 이런 회의적인 시각이 까만 점처럼 눈동자 정중앙에 박혀 가만히 있어도 끊임없이 움직이며 그를 괴롭혔다.

하지만 생도대장이 등장하자 그는 당장 벌떡 일어났고 생도들도 마찬가지로 등받이가 없는 긴 의자에서 일어섰다. 히치콕은 그들에게 자리에 앉으라는 수신호를 보내고 내게 문 바로 안쪽의 의자를 가리켰다.

무슈 베라르는 다시 자기 자리에 앉아 파란 핏줄이 보이는 눈꺼풀을 움직여, 무방비 상태로 교실 한복판에 서서 실눈을 뜨고 빨간 가죽 장정의 4절판 책을 들여다보고 있는 1학년 생도를 물끄러미 응시했다. 무슈 베라르가 말했다.

"계속하게, 플런킷 군."

이 가엾은 생도는 수사가 지나치게 심한 문장을 다시 한 번 낑낑대며 해부했다.

"그는 여인숙에 도착해 말을 마구간에 넣었다. 그런 다음 빵과… 독약으로 푸짐한 저녁 식사를 했다."

"아, 플런킷 군. 아무리 생도라 해도 그런 메뉴는 맛있게 먹을 수 없을 것 같은데. 여기 쓰인 단어는 독약이라는 뜻의 푸아종이 아니라 생선이라는 뜻의 푸아송이라네."

133

실수를 지적받은 생도는 계속 읽으려다 무슈 베라르의 하얗고 통통한 손에 저지당했다.

"됐네. 자리에 앉아도 좋아. 앞으로는 전치사에 좀 더 유의하도록. 자네 점수는 1.3점일세."

세 명의 생도가 추가로 같은 책에 도전했고 각각 2.5점, 1.9점, 2.1점을 받았다. 또 다른 한 쌍은 칠판 앞에서 동사를 활용하느라 끙끙댔지만 결과는 비슷했다. 다들 프랑스어는 한마디도 하지 않았다. 이 언어를 배우는 목적이 오로지 군 문서를 번역하는 것이라 대부분의 생도들이 조미니 장군의 지형 이론을 해석하고 있어야 할 시간에 왜 빵과 독약을 운운해야 하는지 자문하고 있을 것이었다. 볼테르와 르사주를 변호하는 것이 무슈 베라르의 몫이었지만 너무 피곤해서 그럴 겨를이 없었다. 그는 수업이 끝나기 10분 전에서야 딱 한 번 분발하는 편이 좋겠다는 생각을 했는지 두 손을 맞대고 누르며 목소리를 아주 살짝 띄웠다.

"그럼 포 군."

교실 저쪽 끝에서 누군가가 고개를 번쩍 들고 몸을 앞으로 홱 움직였다.

"포 군. 『질 블라스 이야기』* 2장의 다음 구절을 해석해 보겠나?"

포 생도는 세 걸음 만에 교실 중앙으로 이동했다. 앞은 베라르, 좌우는 동급생들에게 둘러싸였고 생도대장이 지켜보고 있었으니 난처한 상황이었고 그도 그렇다는 걸 알았다. 그는 책을 펼치며 헛기침을 두

---

* 르사주의 대표작. 이 작품을 통해 풍속소설의 창시자가 됐다.

번 하고는 읽기 시작했다.

"그들이 내가 먹을 달걀을 준비하는 동안 나는 초면인 여주인과의 대화에 동참했다. 그녀는 내가 느끼기에 상당히 예쁜 편이었고…."

두 가지 사실이 당장 확연해졌다. 첫째로 그는 다른 생도들에 비해 프랑스어를 잘했다. 그리고 둘째로 그는 이『질 블라스 이야기』번역이 향후 몇 세대 동안 회자되길 바랐다.

"그가 친근한 분위기를 풍기며 내게 다가왔다. "방금 전에 들었습니다, 선생이"… 아, 이렇게 번역해야 할까요? "그 유명한 산티야나의 질 블라스라고요. 오비에도의 보석이자 횃불"… 죄송합니다. "철학계의 등불"."

나는 턱으로 찌르고 손으로 베는 동작을 하는 그의 연기에 넋이 팔려서 베라르의 표정이 달라진 것을 뒤늦게 알아차렸다. 그는 웃고 있었지만 표독하고 냉랭한 눈빛으로 보아하니 덫을 놓았음을 알 수 있었다. 얼마 안 있어 앉아 있던 생도들이 킥킥거리기 시작했으니 내 짐작이 맞았다는 이보다 확실한 증거가 없었다.

""그대들의 앞에 있는 이 사람이""

여기서 그대들이란 방 안에 있는 다른 사람들을 지칭하는 듯했다.

""그런 천재, 그 명성이 온 나라에 자자할 정도로 위대한 재사라니 과연 가능한 일이겠소?"" 그는 계속해서 주인 부부에게 말을 걸었다. "그대들의 여인숙에 어떤 사람이 묵게 되었는지 모르겠단 말이오?""

키득거리는 소리가 점점 커졌다. 표정들이 점점 대담해졌다.

""아니, 그대들의 여인숙에 진정한 보석이 유하게 되었단 말이오!""

한 생도가 옆자리 친구를 팔꿈치로 찔렀다. 또 어떤 생도는 팔뚝으로 자기 입을 틀어막았다.

""그대들 앞에 있는 이 사람이 세계 여덟 번째 불가사의란 말이오!""

여기저기서 숨을 헉헉대고 깔깔거렸지만 그래도 포는 그 소리에 맞춰 언성을 높여 가며 계속 낭독했다.

"그러고는 내 쪽으로 몸을 돌리고 두 팔로 나를 와락 안으며 말했다. "나의 흥분한 횡설수설을 용서해주기 바라네." 그는 이렇게 덧붙였다. "내 어찌 참을 수 있겠는가.""

마침내 그는 낭독을 멈췄지만 오로지 마지막 몇 마디에 온몸을 불사르기 위해서였다.

""자네라는 존재가 내게 주는 이 완전한 기쁨을.""

생도들은 꽥꽥 소리를 지르고 아우성쳤지만 베라르는 가만히 미소지으며 그 자리에 앉아 있었다. 생도들의 난리법석으로 사관학교 지붕이 박살 날 수도 있었지만 히치콕 대위가 헛기침을 했다. 내 귀에 간신히 들릴 정도의 음량이었고 한마디에 불과했지만 교실이 당장 조용해졌다. 베라르가 말했다.

"고맙네, 포 군. 늘 그렇듯 직역의 범주에 연연하지 않는군. 앞으로 윤색은 스몰렛 씨*에게 맡겨 주기 바라네. 그래도 이 부분의 느낌은 제대로 살렸어. 자네 점수는 2.7점일세."

포는 아무 말도 하지 않았다. 움직이지도 않고, 눈을 이글거리며 턱

---

* 『질 블라스 이야기』를 영어로 번역한 스코틀랜드의 시인 겸 작가 토비아스 스몰렛을 말한다.

을 내민 채 교실 한복판에 그대로 서 있었다.

"자리에 앉아도 좋네. 포 군."

그제야 그는 다른 어느 누구도 쳐다보지 않고 천천히, 뻣뻣하게 자기 자리로 돌아갔다.

잠시 후 석식 도열을 알리는 드럼 소리가 들렸다. 생도들이 석판을 치우고 샤코를 쓰며 자리에서 일어났다. 히치콕은 생도들이 일렬로 교실을 빠져나갈 때까지 기다렸다가 외쳤다.

"포 군, 잠깐만."

포가 너무 갑작스럽게 걸음을 멈추는 바람에 뒤에서 가던 생도가 부딪히지 않으려고 몸을 빙글 돌려야 했다.

"네?"

그는 눈을 가늘게 뜨고 우리에게 초점을 맞췄다. 분필 가루를 뒤집어쓴 두 손으로 가죽 챙을 만지작거렸다.

"잠깐 할 얘기가 있네만."

마지막 동급생이 교실에서 나가는 동안 그는 입을 굳게 다물고 고개를 홱 돌려서 우리 쪽으로 걸어왔다.

"자리에 앉아도 좋네. 포 군."

긴 의자를 손으로 가리키는 히치콕의 목소리는 평소보다 훨씬 부드러웠다. 시집을 두 권 선물한 사람을 딱딱하게 대할 수는 없을 것이다.

"여기 이 랜도 씨가 자네와 잠깐 대화를 나누고 싶다는데. 석식 도열에는 빠진다고 미리 양해를 구했으니 이야기가 끝나면 식당으로 바로 오도록. 또 필요한 게 있으십니까, 랜도 씨?"

"아뇨, 감사합니다."

"그럼, 저는 이만 가보겠습니다."

이건 내가 예상하지 하지 못한 전개였다. 히치콕이 그림에서 빠지고 베라르가 그를 뒤따라 나가자 무미건조한 이 조그만 교실에 우리 둘만 남았다. 우리는 각자 긴 의자에 앉아서 회의에 참석한 퀘이커교도처럼 앞만 똑바로 쳐다보고 있었다. 마침내 내가 입을 열었다.

"좀 전의 그 연기는 과감하더군."

"과감했다고요? 저는 무슈 베라르가 시킨 대로 했을 뿐인데요."

"자네가 전에도 『질 블라스 이야기』를 읽어봤다는 데 거금을 걸겠어."

곁눈으로 본 것이긴 해도 그의 입가가 옆으로 천천히 길어졌다.

"재밌어하는군, 포 군."

"아버지 생각이 나서요."

"포 씨 말인가?"

"**앨런** 씨요. 돈밖에 모르는 인간이에요. 응접실에서 『질 블라스 이야기』를 읽고 있는 저를 보더니… 아, 몇 년 전 일입니다, 그런 쓰레기에 시간을 낭비하는 이유가 뭐냐고 따져 묻더군요. 그런데 여기이…."

그는 팔을 뻗어 온 교실을 가리켰다.

"이 기관수들의 세상에서는 질 블라스가 왕이죠."

그는 잠깐 미소를 지으며 얇은 손가락을 덜거덕거렸다.

"물론 스몰렛의 번역에도 매력은 있지만 윤색이 너무 심하지 않습니까? 올겨울에 시간이 되면 제가 한번 우리말로 옮기고 싶어요. 첫

권은 앨런 씨에게 선물하고요."

나는 담뱃잎을 꺼내 입 안에 넣었다. 달짝지근하고 자극적인 담뱃진이 뺨 안쪽 살에 닿으며 터지자 어금니가 아렸다.

"혹시 물어보는 동급생이 있거든 일상적인 면담이었다고 대답해 주기 바라네. 자네와 리로이 프라이가 어떤 식으로 알고 지냈는지 얘기를 나누고 끝이었다고."

"알고 지낸 적이 없었는데요. 저와 그는 모르던 사이였습니다."

"그렇다면 아쉽게도 내가 오해를 했던 걸로. 둘이서 즐겁게 웃고 좋게 자리를 파했다고 하세."

"이게 면담이 아니면 그럼 뭡니까?"

"제안일세. 자네를 쓰고 싶다는."

그는 나를 똑바로 쳐다보며 아무 말도 하지 않았다.

"논의를 전개하기 전에 짚고 넘어가자면… 어디 보자, '이 지위는 생도로서의 의무를 성실히 수행해야 한다는 조건 아래 부여된다'네. 아, 그리고 '의무 수행에 실패하거나 흔들림이 있을 경우에는 언제라도 지위가 박탈될 것'이고."

나는 그를 흘끗 쳐다본 다음 덧붙였다.

"세이어 대령과 히치콕 대위가 자네에게 일러두고자 하는 부분일세."

두 이름이 의도한 효과를 낳았다. 대부분의 신입생들은, 심지어 목소리가 큰 이 친구라도 상급자의 관심을 남의 일로만 여긴다. 그렇지 않다는 걸 깨닫는 순간 그들은 기대에 걸맞은 인물이 되고자 애쓰기 시작한다. 나는 하던 얘기를 계속했다.

"보수는 없네. 그건 알고 있어야 할 거야. 그리고 남들 앞에서 자랑할 수도 없고. 자네 동급생들은 자네 임무가 끝나고 한참 뒤에까지 모르는 채 지낼 테고, 자네가 어떤 일을 했는지 알고 나면 악담을 퍼붓겠지."

그는 나를 보며 느긋하게 미소를 지었다. 회색 눈을 반짝거렸다.

"거부할 수 없는 제안인데요, 랜도 씨. 좀 더 얘기를 듣고 싶습니다."

"포 군, 나는 얼마 전까지 뉴욕시의 서장으로 근무하는 동안 인정하기는 싫지만 **새로운 소식**에 많이 의존했다네. 신문에 실리는 기사가 아니라 사람들에게서 얻는 정보 말일세. 그런데 이런 소식을 물어다 주는 사람들은 거의 번듯하다고 할 수가 없었어. 같이 저녁을 먹거나 연주회를 보러 갈 수도 없고, 사실상 어디든 공개적인 자리에 같이 있는 걸 보이고 싶지 않은 사람들. 대부분 뼛속까지 범죄자들이었지. 절도범, 장물아비, 위조범, 기타 등등. 동전 두 닢에 아이를 넘기고 어머니를 팔고, 있지도 않은 어머니를 만들어 내는 자들. 내가 알기로 그런 사람들 없이 수사할 수 있는 경찰관은 한 명도 없다네."

포는 이 말이 머릿속으로 흡수되는 동안 두 손 위로 고개를 숙이고 있었다. 잠시 뒤 그가 메아리치길 기다리기라도 하는 듯이 한 음절씩 아주 천천히 이렇게 말했다.

"제가 첩보원이 되어 주길 바라시는군요."

"**관찰자**가 돼 주길 바라는 걸세. 어떻게 보면 자네가 이미 하고 있는 일을 계속해 주길 바라는 거라고 볼 수도 있어."

"제가 뭘 관찰해야 하는 겁니까?"

"그건 알려 줄 수 없네."

"어째서요?"

"아직은 나도 잘 모르겠으니까."

나는 벌떡 일어나 칠판으로 직행했다.

"내가 이야기 하나 들려줘도 되겠나, 포 군? 나는 어렸을 때 인디애나에서 한밤중에 열리는 전도 집회에 아버지를 따라간 적이 있다네. 아버지가 정보를 수집하던 중이었거든. 우리는 거기서 예쁜 아가씨들이 흐느껴 울고, 끙끙거리며 신음하고, 얼굴이 파래지도록 비명을 지르는 걸 보았지. 어쩌나 시끄럽던지! 전도사는 반듯하고 꼿꼿한 남자였는데 그 아가씨들을 어쩌나 흥분시켰던지 잠시 후에 다들 정신을 잃고 쓰러졌지 뭔가. 베인 나무처럼 한 명씩. 옆에서 잡아 주려고 기다리는 사람이 있어서 다행이라는 생각을 했던 게 아직까지 기억이 나. 다들 주변을 살피지도 않고 그냥 쓰러졌거든. 딱 한 명만 달랐어. 그 아가씨는 쓰러지기 전에 고개를… **살짝** 돌리더군. 누가 자기를 잡아 줄지 확인하려고. 그 행운아가 누구였을까? 바로 전도사였지! 전도사가 그 아가씨를 하느님의 왕국으로 맞이했다네."

나는 칠판을 손으로 훑으며 손바닥으로 거친 질감을 느꼈다.

"6개월 뒤에 전도사는 그 아가씨와 도주했다네. 먼저 자기 아내를 죽인 뒤에. 중혼을 할 수는 없었으니까. 두 사람은 캐나다 국경에서 남쪽으로 불과 몇 킬로미터 안 되는 곳에서 체포되었지. 두 사람이 연인 사이라는 것을 아무도 눈치채지 못했다네. **나만** 예외였지만, 심지어 나조차도… 나조차도 그런 줄 몰랐지. 그저 보았을 뿐. 그걸 나중에서야 알아차렸다네."

내가 몸을 돌려 보니 그가 둘도 없이 건조한 미소를 지으며 나를 유심히 바라보고 있었다.

"바로 그 순간 천직을 찾으셨군요."

이건 흥미로운 현상이었다. 나와 개인적으로 대화를 나눈 다른 생도들은 생도대장을 대할 때와 거의 마찬가지로 나를 어려워했다. 하지만 포는 절대 그렇지 않았다. 처음부터 우리는 왠지 모르게… 친근한 건 아니었고 **가족 같았다**고나 할까?

"뭐 하나만 물어보세. 요전 날에 자네가 대열에 다시 합류했을 때…."

"네."

"맨 끝줄에서 혼자 행진하고 있던 학생이 있었는데. 자네 친구인가? 혹여 룸메이트?"

다소 긴 정적이 이어졌다. 포가 조심스럽게 말했다.

"룸메이트입니다."

"나도 그럴 거라고 생각했네. 자네가 대열로 들어오자 그 생도가 고개를 **돌렸지만** 움찔하지는 않았거든. 그 말인즉 자네가 올 줄 알았다는 건데. 그 생도는 친구인가, 포 군? 아니면 빚쟁이인가?"

포는 고개를 뒤로 젖히고 천장을 올려다보았고, 한숨을 쉬며 대답했다.

"둘 다입니다. 제가 그 친구의 편지를 대신 써 주니까요."

"편지를?"

"노스캐롤라이나의 황무지에 재러드의 애인이 있거든요. 졸업하면 결혼하기로 약속한. 애인의 존재가 알려지면 그 자체로 제적감이에

142

요."

"그런데 왜 편지를 대신 써 주고 있나?"

"아, 그 친구는 기껏해야 문맹을 벗어난 수준이에요. 간접목적어가 자기 눈앞에 있어도 모를 겁니다. 그런데 무슨 재주가 있는가 하면, 글씨를 잘 씁니다. 그래서 제가 **연서**를 좀 읊으면 그 친구가 받아 적죠."

"그럼 애인은 그걸 그 친구가 쓴 편지인 줄 안다?"

"항상 어색한 문장을, 투박한 오자를 군데군데 넣거든요. 문체상의 모험으로 간주하고."

나는 그의 바로 맞은편 의자에 자리를 잡고 앉았다.

"자, 이것 보게, 포 군. 나는 오늘 아주 흥미진진한 사실을 알게 됐지. 한 친구가 고개를 돌리는 것을 우연히 본 덕분에. 러프버러 생도가 열병식 중에 박자를 놓친 것을 **자네가** 우연히 본 것처럼."

그는 코웃음 치며 자기 군화를 내려다보았다. 혼잣말처럼 중얼거렸다.

"생도로 생도를 잡는 작전이로군요."

"글쎄, 아직은 생도의 소행인지 아닌지 알 수가 없지. 하지만 내부에 사람이 있으면 상당히 도움이 될 걸세. 그리고 지금 당장으로서는 자네보다 더 훌륭한 적임자가 있을지 모르겠고. 거기에 따르는 **긴장감**을 자네보다 더 재밌게 즐길 사람이 말일세."

"그럼 제가 할 일이 그겁니까? 관찰하기?"

"수사가 진행되면 무엇을 해야 하는지 좀 더 제대로 알게 될 테니 그때 가서 자네 시선을 조절할 수 있겠지. 그때까지 자네가 살펴봐 주길 바라는 게 있는데. 어떤 쪽지의 일부분일세. 판독을 시도해 보겠나? 물론 최대한 은밀하게 작업해야 하네. 그리고 최대한 정확해야 하고. 정확성은 아무리 강조해도 지나치지 않지."

"알겠습니다."

"첫째도 정확, 둘째도 정확이야."

"알겠습니다."

"자, 포 군. **이제** 가부간의 결정을 내려야 할 때가 된 것 같군."

그는 우리의 대화가 시작된 이래 처음으로 자리에서 일어났다. 창가로 가서 밖을 내다보았다. 그의 내부에서 어떤 감정들이 서로 충돌하고 있는지 짐작할 수는 없겠지만 이 한마디는 할 수 있겠다. 그는 그 자리에 오래 서 있으면 서 있을수록 효과가 증폭된다는 것을 알았다. 마침내 그가 말했다.

"하겠습니다."

나를 돌아보았을 때 그는 삐딱한 웃음을 머금고 있었다.

"랜도 씨의 첩보원이 될 수 있어서 영광입니다. 도착적인 발언이지만."

"자네의 **첩보지휘관**이 될 수 있어서 나도 그 못지않게 영광일세."

우리는 서로의 동의 아래 악수했다. 더 이상 깍듯할 수 없게 손을 잡았다. 그러고는 이미 어떤 법규를 위반하기라도 한 것처럼 휙하니 손을 거두었다.

"자, 이제 자네는 저녁 식사를 하러 가야겠지? 일요일에 예배 마치고 만나면 어떻겠나? 아무도 모르게 코젠스 씨의 호텔로 올 수 있겠나?"

그는 고개를 두 번 끄덕이고는 더 이상 아무 말 없이 나갈 준비를 했다. 짧은 재킷을 다시 빳빳하게 바로잡았다. 머리에 가죽 모자를 썼다. 문을 향해 성큼성큼 걸어갔다.

"뭐 하나만 물어도 되겠나, 포 군?"

그는 뒤로 한 발 물러났다.

"물론입니다."

"자네가 범인이라는 게 사실인가?"

내가 그때까지 본 적 없을 만큼 환한 미소가 그의 얼굴 위로 번졌다. 독자들이여, 보석처럼 보기 좋고 일렬로 가지런한 치아가 자기 자리에서 일제히 춤을 추고 있다고 상상해 보라.

"**정확성**에 훨씬 더 신중을 기하셔야 되겠는데요, 랜도 씨."

거스 랜도가 헨리 커크 리드에게 보낸 편지
1830년 10월 30일

뉴욕주, 뉴욕

그래시스트리트 712

리드 인쿼리스사 전교

친애하는 헨리에게

내가 아주 오랫동안 격조했군그래. 미안하네. 자네와 둘이서 버터밀
크폴스에 다녀온 이후에 다시 한 번 다녀와야겠다고 생각하고 있었건
만, 시간이 지나고 배는 왔다가 가도록 랜도는 그냥 그 자리에 머물러
있다네. 나중에 가야 할까 봐.

그나저나 그전에 자네에게 부탁할 일이 있는데. 걱정은 하지 말게,
보수는 두둑하게 줄 테니. 시간이 관건이라 매우 두둑하게 지급할 생각
일세.

혹시 생각이 있다면 에드거 A. 포라는 자에 대해 있는 대로 정보를 수집해 주겠나? 최근까지 리치먼드에서 지냈고 현재는 미육군사관학교 1학년생일세. 그전에는 군에서 복무했고. 그리고 아무도 모르는 시집을 두 권 출간했다네. 그것 말고는 단편적인 정보뿐일세. 가족 관계, 양육 환경, 과거에 근무했던 곳, 현재 엮여 있는 관계 등 모든 부분에 대해 알아봐 주었으면 하네. 그가 이 세상 어디에든 남긴 자국이 있으면 자네가 찾아내 주었으면 좋겠네.

그리고 그가 예를 들면 살인죄 등으로 기소된 전적이 있는지도 궁금하다네.

앞서 얘기했다시피 시급한 문제라네. 자네가 수집한 모든 정보를 4주 안으로 내게 전달해 준다면 나는 자네의 영원한 충복이 되고 천국의 문 앞에서 자네의 진가를 보증하겠네. (자네가 내 진가를 보증할 필요는 없고.)

늘 그랬듯 발생한 비용은 내게 청구해 주기 바라네.

아, 레이철에게 안부 전해 주길! 그리고 답장에서 도시의 길거리를 위협하는 이 버스라는 괴물에 대해서도 소개해 주길. 나는 단편적으로밖에 듣지 못했지만 역마차와 문명의 종말이라고 하더군. 그 말이 맞는지 자네가 알려 주길 바라네. 나는 문명 없이는 살 수 있어도 역마차 없이는 안 되거든.

자네의 벗
거스 랜도

거스 랜도에게 배달된 편지
1830년 10월 30일

친애하는 랜도 씨께

다음번 만남에 앞서 선생님이 계신 호텔에 이 편지를 맡기고 갑니다.

모든 것에 정확성을 기하라는 선생님의 말씀에 제가 쓴 소네트* 중에 선생님께서도 정곡을 찌른다고 여기실 만한 작품이 있다는 것이 생각이 났습니다. (물론 선생님은 시를 읽을 '짬'이 없다고 하셨지만요. 네, 그렇게 말씀하신 것을 기억하고 있습니다.)

과학이여! 너는 과연 해묵은 시간의 딸이로구나!

그 노려보는 눈으로 모든 것을 바꿔 버리는구나.

너는 왜 그리 시인의 가슴을 파먹는 것이냐?

지루한 현실의 날개를 가진 독수리여,

---

* 10개의 음절로 구성되는 시행 14개가 일정한 운율로 이어지는 14행시.

어찌 시인이 너를 사랑하겠느냐? 어찌 너를 영리하다 여기겠느냐?

보석 깔린 하늘에서 보물을 찾아

시인이 불굴의 날개를 달고 솟구친다 한들

그 방랑조차 허락하지 않는 너를?

너는 달의 여신을 차에서 끌어내리고

나무의 요정을 숲에서 쫓아내어

더 행복한 별로 피난처를 찾아가게 하지 않았느냐?

너는 물의 요정을 강으로부터 떼어 내고

꼬마 요정을 푸른 풀밭에서 떼어 내고, 내게서

타마린드나무 아래의 여름 꿈을 빼앗아가지 않았느냐?

저는 구면기하학과 라크루아 대수가 제 숨통을 조일 때면 때때로 이 구절을 떠올립니다. (훗날 개작한다면 끝에서 두 번째 행의 '푸른'을 과거분사 형용사로 바꿀까 합니다.)

경고의 말씀을 한마디 드립니다, 랜도 씨. 아직 미완성이긴 하지만 선생님에게 보여드릴 새로운 작품이 있어요. 이 작품만큼은 읽으실 '짬'이 생길 테고 우리의 수사와 연관성이 적지 않다고 여기시게 될 겁니다.

선생님의 충실한 종복

E. P. 드림

1학년 생도 에드거 A. 포에게 배달된 편지
1830년 10월 31일

포 군에게

자네 시를 아주 즐겁게, 그리고—이런 표현을 이해해 주기 바라네만—당혹스러워하며 읽었다네. 나이아데스*와 하마드리아데스**의 세계를 내 식견으로는 이해할 수 없는지라. 철저한 낭만주의자이자 밀턴을 이쪽저쪽으로 속속들이 아는 딸아이에게 해석을 부탁하고 싶은 마음이 굴뚝같더군.

하지만 당면 과제와 관계가 있건 없건 상관없으니 나의 무지에 상심하지 말고 시를 계속 보내 주기 바라네. 나는 발전을 바라는 것 같지도 않고, 누가 발전을 주도하는지 전혀 관심이 없긴 하네만.

그리고 과학에 대해 한마디 하자면 내가 하는 일을 과학과 혼동하지

---

*   그리스신화에서 물의 요정.

**   그리스신화에서 나무의 정령.

는 말기 바라네.

G. L.

추신. 노파심에: 일요일 오후에 예배 시간이 끝난 뒤에 내 호텔에서 만나기로 한 것 잊지 않았겠지? 나는 12호실에 묵고 있다네.

『포킵시 저널』의 「단신」 난에서
1830년 10월 31일

여학생들을 위한 학교. E. H. 퍼트넘 부인이 8월 30일부터 화이트스트리트 20번지에서 학교를 운영 중이다. 영문학과 수업은 학생 수가 30명으로 제한되며 퍼트넘 부인이 전담한다. 영어, 음악, 회화, 습자 수업은 일류 교사들이 가르친다.

끔찍한 사건. 해버스트로에 사는 일라이어스 험프리스 씨 소유의 암소와 양이 금요일에 끔찍한 상태로 발견됐다. 목을 베여서 도살당한 것이다. 험프리스 씨의 전언에 따르면, 사체가 잔인하게 난도질당했고 양쪽 모두 심장이 제거됐다. 제거된 심장들은 흔적조차 남지 않았다. 이와 같은 범행을 저지른 악당의 신원은 밝혀지지 않았다. 험프리스 씨의 이웃인 조지프 L. 로이 씨의 암소도 이와 비슷하게 학살됐다는 소문이 자사로 접수됐지만 사실 여부를 입증하는 증거는 없다.

운하 통행 요금. 9월 1일까지 시에서 징수한 운하 통행 요금이 514,000달러에 달한다. 지난해 같은 기간보다 100,000달러가 증액된 액수로….

거스 랜도의 기록

9

10월 31일

"소와 양이라니!"

히치콕 대위가 신문을 단검처럼 휘두르며 외쳤다.

"이제는 **가축**이 제물로 바쳐지고 있군요. 이 미치광이의 소행으로부터 안전한 피조물이 있을까요?"

"글쎄요. 생도보다는 암소가 낫죠."

그는 내 말을 듣고 황소처럼 콧구멍을 벌름거렸다. 나는 생도의 삶이 어떤 건지 다시금 깨달았다.

"대위님, 제발 흥분하지 마십시오. 이자가 동일인인지 아닌지 아직 모르잖습니까."

"동일인이 아니라면 엄청난 우연의 일치일 겁니다."

"그렇다면 그자의 관심이 사관학교에서 다른 데로 옮아갔다는 것을 위안으로 삼을 수 있겠군요."

히치콕은 미간을 찌푸리며 예복용 칼에 달린 깃털을 손가락으로 훑었다.

"해버스트로는 여기서 그리 멀지도 않습니다. 1시간 남짓이면 생도가 갈 수 있는 거리예요. 말을 빌릴 수 있다면 그보다 훨씬 빨리 갈 수 있고요."

"맞습니다. 생도라면 그 정도 거리는 감당하고도 남지요."

그런데 나는 훌륭한 군인이자 모범 시민인 이자를 도발하고 싶었을까? 그렇지 않고서야 이렇게 덧붙인 이유를 뭐라고 설명할 수 있을까?

"장교도 마찬가지고요."

괜한 사족이었다. 그는 싸늘한 눈빛으로 나를 노려보며 고개를 저었다. 뒤를 이어 딱딱한 심문이 이어졌다. 얼음창고는 살펴보셨습니까? 네. 거기에 뭐가 있던가요? 얼음이 아주 많던데요. 그것 말고는요? 심장도, 단서라고 할 만한 것도 없었습니다.

그렇군요, 그럼 교관들하고는 만나보셨습니까? 네. 그들은 뭐라고 하던가요? 리로이 프라이가 광물학과 구적법에서 성적이 좋았다고 칭찬했고 히커리 칩을 좋아했다고 전했습니다. 그리고 동굴을 채우고도 남을 만큼 많은 견해를 제시하더군요. 킨즐리 소위는 별의 위치를 참고하라고 했습니다. 처치 교수는 드루이드교의 극단적인 훈련에 대해 들어본 적 있느냐고 했고요. 병참장교 이니어스 매케이 대위는 (아직까지 존재하는) 일부 세미놀 부족 내에서는 심장을 훔치는 것이 성인식의 절차라고 했고요.

히치콕은 입을 단단히 오므리고 듣다가 쉿소리를 내며 천천히 숨을 내뱉었다.

"랜도 씨, 감히 말씀드리자면 이렇게 불안했던 적이 없습니다. 한 명의 청년과 말 못 하는 짐승 한 쌍. 둘 사이에 연관성이 있을 수밖에 없는데 전혀 모르겠으니 말이죠. 그리고 그걸 가져다 어디에 쓰려는 건지도 도저히 모르겠고."

"**심장** 말씀이지요. 맞습니다, 기이하기 짝이 없습니다. 우리 포 군 은 시인의 소행으로 보더군요."

히치콕이 재킷 소매를 세게 털며 말했다.

"그렇다면, 플라톤이 충고한 대로 우리 사회에서 시인을 모두 추방 해야겠군요. 먼저 선생의 친구 포 군부터."

그 주 일요일은 시원하고 창대했다. 나는 호텔 객실에 혼자 앉아 있 었던 기억이 난다. 창문을 위로 열어 놓아서 고개를 기울이면 멀리 뉴 버그와 그 너머의 샤완겅크산맥까지 보였다. 구름은 옷깃처럼 너덜너 덜했고, 태양은 허드슨강을 따라 빛의 통로를 드리웠고, 진저리치며 협곡에서 불어온 돌풍이 수면 한복판에 소용돌이를 일으켰다.

그리고 바로 그때! 네 시간 전에 뉴욕시를 출발해 허드슨강 하류를 따라 올라온 펠리세이도 증기선이 정시에 웨스트포인트 선착장으로 들어섰다. 갑판마다 승객들이 애인보다 더 다닥다닥 붙어서 난간 위로 몸을 내밀거나 차양 아래에 몸을 웅크리고 있었다. 분홍색 모자와 청 록색 양산과 짙은 보라색 타조 깃털이라니. 조물주라도 생각하지 못했 을 색상의 조합이었다.

호각 소리와 함께 증기가 장막처럼 뿜어져 나오자 잡역부들이 건널 판자를 따라 자리를 잡았고, 승객과 수화물에 짓눌린 조그만 보트가 사시나무처럼 흔들리며 물 위로 내려지는 것이 보였다. 실베이너스 세이어의 왕국으로 우르르 몰려가려는 관광객들이었다. 나는 그쪽으로 몸을 내밀고 그들을 눈에 담으려 했다가….

그들이 **나를** 쳐다보고 있다는 것을 알게 됐다.

그들이 고개를 들어 오페라글라스와 쌍안경으로 **내** 객실 창문을 겨냥하고 있었던 것이다. 나는 의자에서 일어나 그들이 시야에서 거의 사라질 때까지 뒤로, 뒤로 물러났지만, 따라오는 그들의 시선을 느꼈다. 나는 창문을 내리고 덧문까지 닫으려다가 상인방을 부여잡고 있는 손을 보았다. 인간의 손이었다.

나는 비명을 지르지 않았다. 심지어 움찔하지도 않았던 것 같다. 공공연한 호기심을 느꼈던 것만 기억이 난다. 보병이 조만간 자기 머리를 강타하게 생긴 포탄을 응시할 때 느낌 직한 호기심이었다. 나는 객실 한복판에 가만히 서서, 첫 번째 손과 똑같이 생긴 또 다른 손이 상인방을 잡는 것을 지켜보았다. 조그맣고 나지막하게 끙끙대는 소리를 듣고, 살짝 삐딱하게 위아래가 뒤집힌 가죽 모자가 창틀 안으로 등장하는 것을 지켜보며 기다렸다. 그 뒤를 이어 축축하게 젖은 검은색 앞머리와, 안간힘을 쓰며 앞을 응시하는 두 개의 커다란 회색 눈과, 힘들어서 커진 콧구멍이 등장했다. 그리고 서로 악물고 있는 두 줄의 가지런한 치열도 등장했다.

1학년 생도 포가 내 앞에 대령했다.

그는 한마디 말도 없이 열린 창문 안으로 상반신을 넣고… 잠깐 숨을 고른 다음… 다리를 끌어올리고 팔을 딛고 앞으로 기어서 바닥으로 털썩 떨어졌다. 곧바로 벌떡 일어나 모자를 들어서 머리를 한 번 쓸어

올리고 다시 한 번 내게 그 유럽식 인사를 했다. 그가 숨을 헐떡이며 말했다.

"늦어서 죄송합니다. 너무 오래 기다리신 건 아니겠죠?"

나는 그를 빤히 쳐다봤다. 다시 그가 말했다.

"만나자고 하셨잖습니까. 예배가 끝난 직후에."

나는 창문 앞으로 다가가 아래를 내려다보았다. 3층 높이였고 30미터 비탈길을 지나면 바위와 강이었다. 내가 말했다.

"이런 바보 같으니라고. 이런 천하의 바보 같으니라고."

"대낮에 만나자고 한 건 랜도 씨였는데요. 이 방법이 아니면 무슨 수로 이목을 피할 수 있겠습니까?"

나는 창문을 탁 닫았다.

"이목을 피해? 그 배를 타고 온 모든 승객이 자네를 보지 않았을까? **호텔**을 기어서 올라오는데? 보초가 이미 출동하지 않았으면 다행이지."

나는 문 앞으로 성큼성큼 걸어가 당장이라도 포병들이 들이닥칠 듯이 거기서 기다렸다. 아무도 들이닥치지 않자 (약간의 실망감과 함께) 분노가 갈가리 흩어지는 것을 느꼈다. 나는 이렇게 중얼거리는 수밖에 없었다.

"그러다 죽을 수도 있어."

"아, 떨어졌다 한들 뭐 그리 위험하지는 않았을 겁니다."

이제 완전히 사무적인 투로 변신한 그가 말했다.

"그리고 제 자랑처럼 들릴 수도 있겠습니다만 제가 수영이라면 선숩니다. 열다섯 살 때 뜨거운 유월의 태양과 시속 5킬로미터의 조류에

157

맞서 가며 제임스강에서 12킬로미터 헤엄친 전적이 있어요. 거기에 비하면 바이런이 헬레스폰투스 해협을 건넌 건 어린애 장난이죠."

그는 이마를 훔치며 창가의 등받이살 흔들의자에 앉아 손마디에서 우두둑하는 소리가 날 때까지 손가락을 하나씩 꺾었다. 내 손에 리로이 프라이의 손가락이 부러졌을 때 났던 소리와 비슷했다. 나는 침대 끝 쪽에 걸터앉으며 말했다.

"궁금하구먼. 내 방을 어떻게 알았나?"

"아래에서 선생님을 봤습니다. 선생님의 눈길을 끌려고 했는데 딴데 정신이 팔려 계시더군요. 아무튼 선생님이 맡기신 메시지를 해독하는 데 성공했다고 말씀드릴 수 있게 돼서 기쁩니다."

그는 재킷 안주머니에서 알코올에 담겨 있었던 터라 아직까지 빳빳한 종이 쪼가리를 꺼냈다. 그걸 침대 위로 조심스럽게 펼친 뒤 무릎을 꿇고 주저앉아서 집게손가락으로 글자를 훑었다.

NG

HEIR A

T BE L

ME S

"어떤 단계를 거쳐 추론했는지 그것부터 설명할까요, 랜도 씨?"

그는 동의가 떨어질 때까지 기다리지 않았다.

"먼저 이 쪽지 자체부터 살펴보겠습니다. 이걸 뭐라고 할 수 있을까요? 친필 쪽지니 분명히 사적으로 주고받은 겁니다. 리로이 프라이가 사망 당시 이 쪽지를 지니고 있었으니 문제의 그날 밤에 그를 막사에서 불러낼 만한 내용이었을 거라고 추정할 수 있겠고요. 그의 손에서 나머지 부분이 뜯긴 것으로 보았을 때 보낸 사람이 **누구인지** 알 수 있을 만한 힌트가 담겼을 테죠. 다소 투박한 블록체 대문자로 쓰인 것도 쪽지를 보낸 사람이 자신의 정체를 감추고 싶어 했다는 증거일 겁니다. 여기서 어떤 사실을 유추할 수 있을까요? 이 쪽지가 일종의 초대장이었을까요? 좀 더 정확히 말하자면 덫이었을까요?"

그는 마지막 단어를 말하기 전에 잠깐 말을 멈췄다. 이 순간을 얼마나 즐기고 있는지 느낄 수 있을 만큼의 시간 동안 숨을 골랐다.

"그 사실을 염두에 두고 이 알 수 없는 종이 쪼가리의 **세 번째** 줄에 집중해 보겠습니다. 이 줄에서 우리는 완전하다고 단언할 수 있는 한 단어를 맞닥뜨리는데요, 바로 be입니다. 영어사전에서 이보다 더 단순하고 이보다 더 단정적인 단어는 거의 없습니다. 랜도 씨. Be. 이로써 우리는 곧바로 명령형의 영역에 놓입니다. 쪽지를 보낸 사람은 리로이 프라이에게 어떻게 **되라**고 했을 겁니다. 어떻게 '되라'고 했을까요? l로 시작하는 단어일 텐데요. 작다는 뜻의 'little'? 운이 좋다는 뜻의 'lucky'? 도발적이라는 뜻의 'lascivious'? 이 셋 다 초대장이라는 이 쪽지의 성격과 어울리지 않습니다. 헤매다는 뜻의 'Be lost'? 이건 구조상 어색하죠. 사람이 길을 잃으면 gets lost라고 하니까요. 리로이 프라이를 몇 시에 어디로 부르려는 거였다면 여기에 걸맞은 단어는 하나밖에 없습니다. 늦는다는 뜻의 late."

그는 그 단어가 손바닥에 얹혀 있기라도 한 것처럼 손을 내밀었다.

"그럼 두 단어가 해결됐습니다, 랜도 씨. be late(늦다). 초대장에

첨부하기에는 특이한 요청이죠. 쪽지를 보낸 쪽에서는 리로이 프라이가 늦는 것만큼은 피하고 싶었을 테니까요. 그러므로 이 세 번째 줄은 부정문의 중간 부분이라는 결론을 내릴 수 있겠습니다. 이로써 첫 단어의 정체가 모욕적인 수준으로 간단하게 밝혀집니다. don't. Don't be late(늦지 마시오)."

이제 그는 일어나 침대 주변을 왔다 갔다 하며 걷기 시작했다.

"한마디로 시간 엄수가 중요했던 겁니다. 우리가 아는 선에서는 마지막 문장인 네 번째 줄로 이걸 부연하는 것보다 더 확실한 방법이 어디 있을까요? 여기서 앞줄의 메시지를 강조하는 거죠. me로 시작하는 이 뭔지 모를 단어로. 앞서 언급된 be처럼 이 자체로 완성된 단어일까요? 아니면 더 긴 단어의 뒷부분일까요? 저는 적힌 위치상 이쪽이 맞는다고 봅니다. 후자의 경우라면 멀리까지 헤집지 않아도 알맞은 후보를 찾을 수 있습니다. 리로이 프라이는 사전에 정해진 그 장소로 **찾아갔을지** 몰라도 쪽지를 보낸 사람의 입장에서는 프라이가… 제가 뭐라고 할지 아시겠습니까, 랜도 씨? 그쪽으로 오는 거였겠죠."

그는 손을 내밀어 누군가를 부르는 흉내를 냈다.

"Come(오시오), 프라이 군. 그걸 맞추면 그다음 단어를 유추하는 것은 간단의 극치죠. soon(속히) 말고 뭐겠습니까? 그 단어를 넣으면, 짜잔! 드디어 이 두 줄의 내용이 밝혀집니다. Don't be late, come soon(늦지 말고 속히 오시오). 어느 정도로 다급한가에 따라 come soonest(아주 속히 오시오)였을 수도 있겠습니다."

그는 손뼉을 치고 고개를 숙였다.

"자, 여기까지입니다, 랜도 씨. 이 깜찍한 수수께끼의 정답을 삼가 제출하는 바입니다."

그는 뭔가를 기대하고 있었다. 칭찬이었을까? 아니면 사례금? 아니면 축포? 하지만 나는 종이 쪼가리를 집어 들고 살짝 웃었을 뿐이다.

"아, 솜씨가 제법이로군, 포 군. 아주 제법이야. 고맙네."

"제가 감사하죠. 이렇게 즐거운 소일거리를 주셔서. 금세 끝나 버리기는 했지만."

그는 다시 흔들의자에 편히 앉더니 부츠 신은 한쪽 다리를 창턱에 올려놓았다.

"아닐세, 내가 고마웠네. 정말이지 이건…. 아, 그런데 묻고 싶은 게 한 가지 있네만, 포 군."

"네?"

"처음 두 줄은 소득이 없었나?"

그는 나를 보며 손을 흔들었다.

"그건 전혀 감을 잡지 못했습니다. 첫 줄은 두 글자뿐이고. 두 번째 줄은 가능성 있는 후보가 their(그들의)밖에 없어서요. 선행사가 반드시 있어야 하는 단어인데, 안타깝게도 알 수가 없으니 말이죠. 처음 두 줄은 전혀 모르겠다고 선언하는 수밖에 없습니다."

나는 침대 옆 탁자로 가서 크림색 메모지와 펜을 꺼냈다.

"포 군, 자네는 철자를 잘 아는가?"

그는 살짝 몸을 일으켰다.

"무려 스토크뉴잉턴의 존 브랜즈비 목사님께* 철자에 관한 한 흠잡을 데 없다고 인정받은 몸입니다."

보다시피 그는 간단하게 네, 아니오로 대답하는 법이 없었다. 모든 말에 암시를 넣고 권위를 들먹였다. 그런데 이번에는 누구인가? 존 브랜즈비? 스토크뉴잉턴?

"그러니까 자네는 우리 같은 실수를 절대 하지 않는다는 얘기로군."

"실수라 하면…?"

"발음이 비슷한 단어의 철자를 헷갈리는 것 말일세. 그러니까 예를 들면, their의 경우."

나는 말하며 단어를 적어서 그에게 보여 주었다.

"they're(그들은)일 수도 있고 아, 또 there(거기)일 수도 있지."

그는 고개를 숙여 메모지를 보고 어깨를 으쓱했다.

"지독히 흔한 실수죠, 랜도 씨. 제 룸메이트는 하루에도 열 번씩 그런 실수를 저지릅니다. 아니, 자기 손으로 직접 편지를 쓰면 그럴 테죠."

"자, 그럼 이 쪽지를 쓴 사람이 자네보다 자네 룸메이트와 더 비슷하다면? 그럼 무슨 단어일까?"

나는 their에 X표를 긋고 there에 동그라미를 그렸다.

"초대장이라고 하지 않았나, 응, 포 군? 거기서(there) 만나세. 아, 그런데 여기서 또 다른 단어가 나오지. a로 시작하는."

그는 실눈을 뜨고 다시 내려다보며 그 글자를 읽느라 입술을 달싹

---

* 실제로 작가 에드거 앨런 포는 1820년경 런던 스토크뉴잉턴의 존 브랜즈비 목사의 학교에서 학업을 이수한 것으로 알려져 있다. 존 브랜즈비 목사는 그의 단편소설 「윌리엄 윌슨」에도 목사이자 교장으로 등장한다.

였다. 잠시 뒤 그가 감탄하는 투로 외쳤다.

"At(…에서)."

"그렇지, At일 수밖에! 그 뒤를 이어서 곧바로 시간이 명시됐대도 나는 놀라지 않겠네. Meet me there at eleven P.M.(거기서 11시에 만나세). 뭐 이런 식으로 말이지. 그러면 아주 명확하지 않겠나? 하지만 쪽지를 보낸 사람이 시간을 명시했다면 네 번째 줄에서 프라이에게 come soon(속히 오라)이라고 했을까? 앞뒤가 안 맞지 않은가? 어쩌면 come see me(나를 만나러 와 달라)가 더 알맞을지도 모르겠네만."

포는 멍하니 메모지를 응시했다. 말은 한마디도 하지 않았다.

"그런데 딱 한 가지 문제가 있다네. 그들이 만나기로 한 **장소**는 여전히 알 수가 없다는 거지. 그리고 남은 건 n과 g, 두 글자뿐이고. 그 두 글자의 조합은 특이한 면이 있지. 자네도 알아차렸을 거라고 보네만, 주로 단어의 **끝**에 쓰인다는 것일세. 사관학교 교내에 ng로 끝나는 장소가 있나?"

그는 정답이 거기에 있기라도 한 듯 창밖을 내다보았고 마침내 알아냈다.

"landing(선착장)이요."

"선착장! 훌륭한 선택일세, 포 군. I'll meet you at the landing(선착장에서 만나세). 아, 하지만 선착장이 두 군데 아닌가? 그리고 양쪽 다 제2포병대가 그곳을 감시하는 걸로 아네만. 그러니 프라이버시를 별로 기대할 수 없지 않을까?"

그는 곰곰이 생각했다. 나를 한 번인가 두 번 쳐다보다가 조심스럽게 말을 꺼냈다.

"후미가 있습니다. 북쪽 선착장에서 멀지 않은 곳에. 해이븐스 씨가 거기로 자기 물건을 들고 오죠."

"그러니까, **패치**가 거기로 자기 물건을 들고 온단 말이지. 아, 그렇다면 다소 외진 곳이겠군. 생도들이 잘 아는 곳인가?"

그는 어깨를 으쓱했다.

"맥주나 위스키를 몰래 반입해 본 생도라면 누구든 알 겁니다."

"흠, 그렇다면 일단은 수수께끼의 정답을 알아낸 셈이로군. I'll be at the cove by the landing. Meet me there at eleven P.M. Don't be late. Come see me(선착장 근처 후미에 있겠네. 거기서 밤 11시에 만나세. 늦지 말게. 나를 만나러 와 주게). 그래, 현재로서는 상당히 그럴듯하구먼. 리로이 프라이는 이런 내용의 쪽지를 받았고, 이 사람이 시키는 대로 할 수밖에 없었어. 그리고 스토더드 군의 증언이 사실이라면 가벼운 마음으로 수락했지. 심지어 **기쁜** 마음으로 수락했을 가능성도 있고. 그 친구가 어둠 속에서 눈을 찡긋거리며 '처리해야 하는 일'이라고 했다는데, 그게 무슨 뜻이었을지 짐작이 가나, 포 군?"

그의 입술이 묘하게 꿈틀거렸다. 한쪽 눈썹이 연처럼 위로 휙 올라갔다.

"제 생각에는 여자일 수도 있겠는데요."

"아, 여자라, 그래. 아주 흥미로운 가설이로군. 그리고 편지가 그런 식으로, 자네 말마따나 블록체 대문자로 쓰였으니 보낸 사람의 성별도 알 도리가 없지 않은가. 그러니까 리로이 프라이는 그날 밤에 여자가 선착장 옆 후미에서 자기를 기다리고 있을 거라고 생각하며 막사를 나섰을 테지. 그리고 **실제로** 여자가 기다리고 있었을 테고."

나는 침대에 앉아서 뒤에 베개를 받치고 헤드보드에 기댔다. 여기 저기가 긁힌 부츠를 빤히 들여다보았다.

"뭐, 그건 나중에 고민해 보기로 하고. 그나저나 포 군, 내가…. 아닐세, 이렇게 도와줘서 정말 고맙게 생각하네."

그가 내 인사를 접수하고 조용히 일어나 주길 기대했다면… 아니다, 나는 그걸 기대하지 않았던 것 같다. 그가 조용히 말했다.

"**알고** 계셨군요."

"알고 있었다니 뭘 말인가, 포 군?"

"수수께끼의 해답이요. 선생님은 처음부터 알고 계셨어요."

"어렴풋이 짐작만 했을 뿐이라네."

그는 한참 동안 아무 말도 하지 않았고 나는 이대로 그와는 작별인가 싶었다. 속았다는 생각에 그가 발끈할 수 있었다. 자기를 재미 삼아 건드렸다고 나를 비난할 수도 있었다(그럴 의도는 없었나, 랜도?). 심지어 인연을 아예 끊어버릴 수도 있었다.

하지만 그는 그러지 않았다. 호텔 벽을 타고 올라오느라 내심 힘들었는지 의자를 단 한 번도 흔들지 않고 그냥 가만히 앉아 있었고 내가 말을 건네면 악감정 없이, 꾸밀 생각도 없이 덤덤하게 대답했다. 우리는 그런 식으로 한 시간을 보냈다. 처음에는 대화가 거의 없었지만 기운이 돌아오자 그가 리로이 프라이 얘기를 점점 더 많이 하기 시작했다.

내가 항상 안타깝게 여기는 부분이지만 죽은 이에 대해 고주알미주알 늘어놓을 가능성이 가장 높은 사람은 그에 대해 가장 잘 모르는 사람이다. 그러니까 생애 마지막 몇 달 동안 그와 알고 지낸 사람이다.

나는 한 남자의 비밀을 파헤치려면 학교 여선생님 앞에서 오줌을 쌌던 여섯 살 때로, 아니면 자신의 은밀한 부위에 맨 처음 손이 닿았던 때로 거슬러 올라가야 한다고 생각한다. 엄청난 치욕을 향해 우리를 몰고 간 사소한 치욕의 현장으로 말이다.

어쨌거나 사관학교에 다닌 친구들이 리로이 프라이에 대해 동의한 딱 한 가지를 꼽자면, 그는 옆에서 말을 시키지 않으면 목소리를 들을 수 없을 만큼 말수가 없었다는 것이었다. 나는 프라이가 '질이 안 좋은 무리'와 어울렸다가 나중에는 종교에서 위안을 얻었던 것에 대해 러프버러가 뭐라고 했는지 포에게 알려 주었고, 10월 25일 밤에 그가 어떤 종류의 위안을 찾아 나섰을지 각자 자문해 보았다.

그러고 나서 우리의 대화는 이런저런 잡다한 것으로 화제가 바뀌었는데… 어떤 내용이었는지 독자 여러분에게 알려 줄 수 없는 것이, 오후 2시쯤에 내가 잠이 들고 말았다. 정말 이상하기 짝이 없었다. 방금 전까지만 해도 말을 하고 있었는데—정신이 조금 몽롱하기는 했지만 그래도 말을 하고 있었다—다음 순간에 정신을 차려 보니 내가 어두컴컴한 방 안에 있었다. 한 번도 와본 적 없는 공간이었다. 박쥐인지 새인지가 커튼 뒤에서 퍼드덕거렸다. 어떤 여자의 속치마가 내 팔을 쓸고 지나갔다. 손마디로 느껴지는 공기가 몹시 차가웠고, 뭔가가 콧구멍을 간질였고, 천장에 매달린 덩굴이 흔들거리며 내 정수리의 벗어진 부분을 스치고 지나가자 손가락 같은 느낌이 들었다.

내가 숨을 벌컥 마시며 눈을 떠 보니… 그가 나를 계속 쳐다보고 있었다. 1학년 생도 포가 내 앞에 대령해 있었다. 내가 재밌는 농담이나 어떤 얘기를 들려주고 있기라도 했던 것처럼 다음 이야기를 기다리는

166

표정을 짓고 있었다. 나는 중얼거렸다.

"정말 미안하네."

"괜찮습니다."

"이게 무슨 일인지…."

"신경 쓰지 마십시오, 랜도 씨. 저는 하루에 겨우 네 시간 자나 봅니다. 그래서 가끔 끔찍한 사태가 벌어질 때가 있어요. 한번은 밤에 보초를 서다가 꼬박 한 시간 동안 몽유병 환자처럼 반수면 상태가 돼서 다른 생도를 쏠 뻔한 적도 있었죠."

나는 일어서며 말했다.

"자, 이러다 생도를 쏘기 전에 출발해야겠군. 해 지기 전에 집으로 돌아가고 싶네."

"나중에 한번 볼 수 있으면 좋겠습니다. 선생님 댁이요."

그는 대수롭지 않은 투로 말했고 내 쪽을 절대 쳐다보지 않았다. 내가 자기 부탁을 들어주거나 말거나 별 차이가 없음을 강조하려는 듯이 그랬다.

"그럼. 나도 대환영일세."

내 말에 그의 표정이 환해졌다.

"이제 포 군, 문으로 나가서 계단으로 내려가 주겠나? 그럼 이 늙은 이가 불필요한 걱정을 할 필요가 없겠네만."

그는 의자를 흔들며 일어나 몇 단계를 거쳐 몸을 일으켜 세웠다.

"별로 나이가 많지도 않으신데요."

이제 내 표정이 환해질 차례였다. 뺨에 아주 희미하게 홍조마저 돌았다. 내가 그렇게 아부에 약한 인간일 줄 어느 누가 짐작이나 했을까?

"정이 많은 성격이로군, 포 군."

"아닙니다."

이제 그만 가겠거니 했던 내 짐작과는 다르게 그는 다른 계획이 있었다. 재킷 안주머니에서 다른 종이를 꺼내—이번에는 좀 더 고상한 재질이었고, 한 번 접혀 있었다—반듯하니 보기 좋은 필기체를 펼쳐 보이더니 떨림을 거의 감추지 못한 목소리로 말했다.

"만약 저희가 어떤 여자를 찾고 있다면 제가 그 여자를 봤을 수도 있겠습니다, 랜도 씨."

"그런가?"

나도 조만간 알게 될 테지만, 흥분할수록 목소리가 작아져 무슨 말인지 알아들을 수 없는 웅얼거림으로 전락하는 것이 그의 습관 중 하나였다. 하지만 이때는 내가 모든 단어를 알아들었다.

"리로이 프라이가 사망한 다음 날, 무슨 일이 벌어졌는지 아직 모르는 상태에서 제가 눈을 뜨자마자 당장 써내려가기 시작한 시의 도입부가 있습니다. 정체 모를 여인과 미묘하지만 심오한 고통을 이야기하는 구절인데요, 그 결과물을 보시겠습니까?"

이 자리에서 실토하건대 처음에 나는 거부했다. 그의 시라면 읽을 만큼 읽었으니 이제는 사양하고 싶다고 생각했다. 하지만 어쩌겠나, 그는 순순히 물러나지 않았다. 그래서 나는 그가 내민 종이를 받아서 읽어 보았다.

"웅장한 시르카시아 숲 한복판에서

하늘로 검게 얼룩진 개울 안에서
하늘에 할퀴어 달빛이 산산이 부서진 개울 안에서
아테나의 나긋나긋한 처녀들은
살랑거리며 순종을 표하고
그곳에서 나는 외롭고 다정한 리어노어를 만났노니
구름을 찢어발기는 울부짖음의 손아귀 안에서
처절하게 괴로워하며 나는 굴복하는 수밖에 없었도다.
옅은 파란색 눈을 한 처녀에게
옅은 파란색 눈을 한 악귀에게."

"물론 미완성입니다. 아직은요."

나는 종이를 그에게 돌려주었다.

"그렇군. 이 시가 리로이 프라이와 연관이 있다고 생각하는 이유가 뭔가?"

"감추어진 폭력의 뉘앙스, 그리고… 이루 다 말할 수 없는 폭압에의 암시. 미지의 여인. 그 **타이밍**이 절대 우연일 수는 없겠지요, 랜도 씨."

"하지만 자네가 어느 날 아침에라도 일어나 이 시를 썼을 수 있지 않나."

"아, 그렇죠. 하지만 이 시는 **제가** 쓴 게 아닙니다."

"좀 전에 자네가…."

"제가 **받아쓴** 겁니다."

"누가 불러 준 것을?"

"저희 어머니요."

나는 웃음기가 거품처럼 올라오는 목소리로 말했다.

"뭐, 그렇다면. 좋네, 자네 어머니께 여쭤보기로 하세. 어머님께서 분명 리로이 프라이의 죽음에 한없는 혜안을 보여 주시겠지."

그 말을 듣고 그가 지은 표정을 나는 영원히 잊지 못할 것이다. 내가 내 이름만큼 당연히 알고 있어야 하는 것을 잊어버리기라도 한 듯 몹시 놀란 표정을 지었던 것이다.

"저희 어머님은 돌아가셨습니다, 랜도 씨. 거의 17년 전에요."

거스 랜도의 기록
10
11월 1일

"아니, 여기… 맞아요, 거기… 좀 더… 아, 좋아요, 거스… 음…."

여자를 둘러싼 미스터리 중에서 으뜸은 지시를 내리는 방식이다. 나는 이 부분에 관한 한, 생각하면 미소가 절로 지어지는 여자와 20여 년을 부부로 지냈다. 물론 요즘 남자들에게 그런 미소가 필요하기는 하지만. 반면에 패치는 뭐랄까, 48세인 나를 그녀에게서 시선을 뗄 줄 모르는 생도들과 비슷한 처지로 만든다. 내 손을 잡고 데려간다. 마부가 노새 위에 올라타듯 거침없이 내 위로 올라타 나를 통째로 삼킨다. 그녀의 몸짓에는 썰물과 밀물 같은 느낌이 있다. 끝없이 이어지는 듯한 그런 느낌 말이다. 그런가 하면 육신은 철저하게 세속적이라 팔에는 검은 털이 삐죽삐죽 돋았고, 둔부는 튼실하며, 젖가슴과 엉덩이는 묵직하고, 다리는 짧은, 다 큰 처녀다. 그녀를 손으로 감싸는 순간 이 허벅지, 밀가루 반죽처럼 말랑말랑한 이 배는 **내 것**이고 아무에게도 빼앗길 수 없다는 생각이 든다. 다만 커다랗고 사랑스러운 버터스카치

사탕색의 그 눈으로 보기에는 그보다 더 엄청난 착각도 없겠지만.

독자 여러분을 향해 이 자리에서 고백하자면 내가 그 일요일에 포
와 황급히 헤어진 이유는 패치 때문이었다. 그녀와 6시에 내 집에서
만나기로 되어 있었고, 그녀는 기분에 따라 그냥 갈 수도 자고 갈 수
도 있었다. 그날 밤에 그녀는 자고 가겠다고 했다. 하지만 새벽 3시쯤
에 눈을 떠 보니 옆에 아무도 없었다. 나는 어두침침한 야간등 불빛
아래 누워 짚단이 내 무게에 눌려 단단해지는 것을 느끼며 **기다렸고**…
이내 그 소리를 들었다.

벅벅. 쓱쓱.

내가 침대에서 일어났을 무렵에 그녀는 벽난로 재를 모두 긁어내
깨끗하게 치우고, X자 모양의 다리가 달린 부엌 식탁에 앉아 무쇠 냄
비를 열심히 문지르고 있었다. 아무거나 손에 잡히는 대로 걸쳐 입
고—내 잠옷 셔츠였다—파란색 불빛 아래 앉아 있는 그녀의 크림색 젖
가슴은, 벌어진 앞섶 사이로 출렁이는 그것은 별에 가까웠다. 그리고
땀으로 후광을 내비치는 한밤중의 태양이었다. 그녀가 말했다.

"땔감 다 떨어졌어요. 솔도 마찬가지고."

"그만해 주겠소?"

"그리고 놋쇠는 포기했어요. 너무 심해서. 그건 돈 주고 맡겨야겠어
요."

"그만해요. 그만."

그녀는 말총으로 만든 솔을 흔들며 노래하듯 언성을 높였다.

"거스, 당신이 좀 시끄럽게 코를 골았어야죠. 집으로 가든지 여길
치우든지 둘 중 하나였다고요. 당신도 알다시피 여기 꼴이 말이 아니

잖아요. 하지만 걱정 말아요. 내가 들어와서 살 일은 없으니까."

그것이 그녀가 툭하면 중얼거리는 후렴구였다. **내가 들어와서 살 일은 없어요, 거스.** 누가 들으면 내가 세상에서 제일 두려워하는 일이 그것인 줄 알겠지만, 사실은 그보다 더 끔찍한 일도 많았다.

그녀가 말했다.

"**당신이야** 집 안에서 거미와 쥐를 키워도 상관없을지 모르지만 대부분의 사람들은 걔네들이 밖에서 살아 줬으면 하거든요. 만약 어밀리아가 여길 봤다면…."

이것이 **또 다른** 후렴구였다.

"만약 어밀리아가 여길 봤다면 똑같이 했을 거예요. 장담하지만."

그녀와 아내가 하나의 목표를 위해 고군분투하는 오랜 동지라도 되는 듯 패치가 이런 식으로 말하는 걸 듣고 있으면 기분이 참 묘했다. 어밀리아의 이름이 들먹여지고 그녀의 역할이 강탈당하는 걸 보며(한두 주마다 한두 시간씩이기는 해도) 나는 분개해야 마땅했다. 하지만 어밀리아가 이 젊은 여자를 보았다면 좋아했겠다는 생각이 드는 건 어쩔 수 없었다. 성실하고 차분하며 도덕적으로 까다롭지 않은가. 패치는 주제넘은 발상을 하지 않았다. 그녀가 내게 얼마나 잘 맞추어 주는지 하늘도 알고 땅도 알았다.

나는 다시 방으로 들어가 코담배 통을 찾아서 부엌으로 들고 나왔다. 그녀는 나를 보고 눈썹을 추어올리며 물었다.

"그거 얼마나 남았어요?"

그녀는 담배 가루를 한 번 들이마셨다. 가루가 콧속을 관통하는 동안 잠깐 고개를 젖히고서 숨을 들이마셨다가 길게 내뱉었다.

"거스, 내가 그 얘기했어요? 시가 다 떨어졌다는 거. 그리고 굴뚝에서 다시 연기가 난다는 거. 그리고 지하 저장실에 다람쥐가 들어왔다는 거."

나는 벽에 등을 대고 엉덩이가 석조 타일에 닿을 때까지 몸을 낮췄다. 호수 속으로 뛰어든 것과 똑같은 효과가 나타났다. 짜릿한 냉기가 꼬리뼈를 지나 척추를 달궜다.

"패치, 이왕 잠이 깼으니 말인데…."

"네?"

"리로이 프라이 얘기 좀 들어 봅시다."

그녀는 팔로 이마를 훔쳤다. 그녀의 턱을 타고 흘러내린 땀줄기가 쇄골을 감싸고도는 것이 촛불에 언뜻 비쳤다. 그리고 젖가슴의 파란 핏줄도….

"아니, 내가 전에 얘기하지 않았어요? 그때 다 들었잖아요."

"내가 당신 애인을 어찌 다 구분하겠소."

그녀는 얼굴을 살짝 찡그렸다.

"흠. 얘기하고 말고 할 것도 없어요. 그 친구는 나한테 말 한마디 건넨 적도 없었고 내 몸에 손을 댄 적도 없었어요. 나를 거의 쳐다보지도 못했어요. 그 정도로 낯가림이 심했어요. 대개 모지스와 텐치와 함께 밤에 왔고, 그 둘이 똑같은 농담을 늘어놓으면 그 친구는 똑같이 웃곤 했어요. 그게 그 친구의 역할이었어요, 웃어 주는 거. 꼭 굴뚝새처럼 짹짹거리며 웃는 거. 술은 맥주만 마셨어요. 내가 어쩌다 한 번씩 그쪽을 흘끗거리면 나를 쳐다보고 있다가도 얼른 고개를 돌렸죠. 이런 식으로요. 누가 그의 목에 올가미를 걸기라도 한 것처럼."

그녀는 뒤늦게 하던 말을 갑자기 멈췄다. 동시에 그녀의 솔도 그 자리에서 얼어붙은 듯이 멈췄다. 입술이 안으로 오므라들었다. 다시 그녀가 말했다.

"미안해요. 무슨 말을 하려던 건지 알죠?"

"알다마다요."

"나는 그렇게 금세 얼굴이 빨개지는 사람은 처음 봤어요. 얼굴이 워낙 하얘서 그랬는지 몰라도."

"숫총각이었나?"

아, 그 말을 듣고 그녀가 어떤 눈빛으로 나를 노려보았는지 모른다.

"내가 그걸 어찌 알겠어요? 남자는 그걸 알아볼 방법이 없잖아요?"

그녀의 말소리가 점점 작아졌다.

"그 친구가 **암소**랑 같이 있는 걸 봤다고 해도 놀라지 않겠네. 덩치가 크고 엄마 같고 좀 **밀어붙이기** 좋아하는 그런 암소. 젖통이 투실투실하고."

"그만해요. 헤이거가 보고 싶어지려고 하니까."

그녀는 면 행주로 냄비 물기를 닦기 시작했다. 그녀의 팔이 둥글게, 둥글게 움직였고 나는 비누 거품과 마찰 때문에 살짝 거칠어진 그녀의 손을 나도 모르게 빤히 쳐다봤다. 젊은 여자의 튼실한 맨팔에 나이든 여자의 손이 달려 있었다. 내가 말했다.

"프라이가 죽은 그날 누굴 만나려고 했던 것 같단 말이죠."

"누굴요?"

"남자인지 여자인지도 몰라요."

그녀는 고개를 들지 않고 물었다.

175

"나한테 묻는 건가요? 거스?"

"묻다니 뭘…?"

"내가 그날 밤에 어디 있었는지… 그날이 며칠이었죠?"

"25일."

"25일이라."

그녀는 긴장한 눈빛으로 나를 쳐다봤다.

"아니, 물어볼 생각 없었어요."

"뭐, 그럼 됐어요."

그녀는 시선을 떨어뜨렸다. 행주를 냄비 가운데로 가져가 빙글빙글 돌리며 힘주어 닦더니 다시 한 번 더 얼굴을 훔치고 나서 말했다.

"나는 그날 밤에 언니네 집에 있었어요. 언니가 끔찍한 두통이 도져서 열이 난 갓난쟁이를 봐줄 사람이 있어야 했지요. 남편들은 도통 쓸모가 없으니… 내가 거기 가 있었어요."

그녀는 화를 내며 고개를 저었다.

"**지금도** 거기 갔어야 하는데."

하지만 그녀가 거기 갔다면 지금 **여기** 없었을 테고 그럼… 어떻게 되는 걸까? 그럼 어떻게 되는 건지 내가 말해 주길 바라는 걸까?

나는 담배 가루를 한 번 더 들이마셨다. 상쾌한 느낌이 머릿속을 관통했다. 인간이 그런 심리 상태일 때는 이런저런 선언을 하게 되지 않을까? 어느 가을밤, 2미터도 안 되는 거리에 서 있는 젊은 여자에게? 하지만 단단하게 뭉친 뭔가가 내 머릿속에 똬리를 틀고 있었다. 나는 그것의 정체를 알 수 없었지만 잠시 후에 어떤 이미지가 떠올랐다. 코젠스 호텔의 창틀 상인방을 쥐고 있었던 두 손.

"패치. 포라는 친구에 대해서는 아는 게 있소?"

"에디요?"

이건 반전이었다. 그가 그런 깜찍한 애칭으로 불리다니. 전에도 그를 그렇게 부른 사람이 있을지 궁금해졌다. 그녀가 말을 이었다.

"안쓰러운 청년이죠. 하는 짓이 예쁘고. **손가락도** 예쁘고, 그 손가락 본 적 있어요? 말은 청산유수지만 술은 구멍 난 들통처럼 흘리고. 누가 물으면 당신이 좋아하는 숫총각이 **여기 있다**고 하겠어요."

"특이한 구석이 있는 것만큼은 분명한데."

"숫총각이라서요?"

"아뇨."

"술을 마셔서요?"

"아뇨! 머릿속이… 머릿속이 둘도 없이 얼토당토않은 상상과… **미신들**로 가득하단 말이죠. 그거 알아요, 패치? 그 친구가 나한테 시를 보여 주더니 리로이 프라이의 죽음과 연관이 있다고 주장하지 뭐예요. 꿈속에서 돌아가신 자기 어머니가 불러 주었다고 하면서."

"돌아가신 어머니요?"

"저승이라는 게 있다면, 거기서 자는 아들의 귀에 대고 형편없는 시를 속삭이는 것보다 할 일이 더 많지 않겠어요?"

잠시 후에 그녀는 몸을 일으켰다. 냄비를 나무 상판이 달린 조리대에 내려놓았다. 젖가슴을 내 잠옷 셔츠 안으로 다시 당당하게 집어넣었다.

"그 시가 형편없다는 걸 알았다면 아들 귀에 대고 절대 속삭이지 않았을 거예요."

표정이 어찌나 진지하던지 그녀가 나를 놀리는 줄 알았다. 그런데 아니었다.

"아, 패치. 그러지 말아요. 부탁할게요. 제발."

"나는 날마다 엄마랑 말을 해요, 거스. 엄마가 살아 계셨을 때보다 더 자주. 사실 여기로 오는 동안에도 엄마랑 재밌게 수다를 떨었어요."

"맙소사."

"엄마가 나더러 당신은 어떤 사람이냐고 물었어요. 나는 뭐, 나이가 많은 편이고, 헛소리를 많이 늘어놓고, 손이 크고 예쁘고, 또 갈비뼈가 끝내준다고 했죠. 그 갈비뼈 만지는 게 좋다고."

"그럼 어머님은 어떻게 해요? 잠자코 들어요? 대꾸를 해요?"

"가끔요. 내가 엄마가 뭐라는지 듣고 싶으면."

나는 벌떡 일어났다. 이제는 냉기가 턱까지 올라와서 부엌을 몇 바퀴 걷고 팔을 문질러 다시 피가 통하게 해야 했다. 그녀가 조용히 말했다.

"우리가 사랑하는 사람들은 항상 우리 곁에 있어요. 알 만한 사람이 왜…."

"여기서는 아무도 안 보이는데. 안 그래요? 내가 아는 한 이 집에는 우리 둘뿐이에요."

"아, 그걸 누가 알아요, 거스? 거기 그렇게 서서 **그녀는** 여기 없다고 하면 그걸로 끝이에요?"

그날 밤 하늘은 많이 구워진 자주색이었고, 돌프 밴코틀리의 농가에서 반짝이는 불빛 말고는 언덕에는 아무것도 보이지 않았다. 그리고 어딘가에서 너무 일찍 일어난 수탉이 뒤로 갈수록 점점 소리를 죽여가며 길게 울었다. 나는 말했다.

"신기한 게 나는 다른 사람이랑 한 침대에서 같이 자는 게 어색했거든요. 팔꿈치에 얼굴을 맞고, 자다 깨 보면 다른 사람의 머리칼이 입속에 들어가 있고 그런 게. 그런데 오랜 시간이 지난 지금은 혼자 자는 게 어색하네요. 심지어 침대를 독차지하고서 눕지도 못하겠어요. 내 쪽에 가만히 누워서 이불을 너무 많이 덮지 않으려고 애를 쓰게 돼요."

나는 유리창에 손을 대고 눌렀다.

"뭐, 그녀가 떠난 지도 이제는 하도 오래 돼 놔서."

"나는 어밀리아 얘기를 한 게 아니었어요, 거스."

"그 아이도 떠났죠."

"그야 당신 생각이고요."

왈가왈부할 필요조차 없었다. 내 딸도 떠났다는 건 누가 봐도 분명한 사실이었다. 알 만한 사람은 알다시피 딸아이는 애초부터 내 옆에 없었고 심지어 나도 그 시절에는 뭘 기억하더라도 그녀를 빠뜨리곤 했다. 예컨대 아내가 아들을 낳아 주지 못해서 미안하다고 입버릇처럼 얘기했던 것. 그러면 나는 딸이 더 좋다고 달랬던 것. 어느 누가 딸보다 침묵을 더 잘 채울 수 있겠느냐며. 오늘처럼 고요한 저녁, 평소처럼 수사에 정신을 팔고 있다가—매티는 "홀아비 분위기로 돌입했다"라고 했다—문득 고개를 들어 보면… 방 저쪽 끝에 그 아이가 있었다. 딸아이가. 늘씬하고 꼿꼿하게, 불가에 너무 바짝 붙어 앉아서 뺨이 발

그레한 얼굴로. 그러고는 이렇게 말했다. 아, 소매 깁고 있었어요, 아니면, 이모한테 편지 쓰고 있었어요, 아니면, 포프 씨가 예전에 쓴 글을 보면서 웃고 있었어요. 내 시선은 딸아이에게 한번 꽂히면 떠날 줄 몰랐다.

보고 있으면 있을수록 내가 벌써부터 그 아이를 잃어 가고 있는 것처럼 느껴졌기 때문에 억장이 무너졌다. 나는 악을 쓰며 울어 대던 핏덩이를 맨 처음 품에 안았던 그날부터 그 아이를 잃어 가고 있었고, 결국에는 그 아이를 잃지 않도록 막을 방법이 없었다. 사랑으로도 못 막았다. 어떤 것으로도 되지 않았다. 나는 패치에게 말했다.

"내가 지금 보고 싶은 건 헤이거뿐이에요. 아, 내 커피에는 크림을 살짝 넣어도 돼요."

그녀는 무슨 증서를 검토하는 사람처럼 나를 아주 골똘히 쳐다봤다.

"거스, 당신은 커피에 크림 넣지 않잖아요."

거스 랜도의 기록

11

11월 1일에서 11월 2일

웨스트포인트에서 마법의 시간에 가장 가까운 때는 4시다. 오후 수업이 끝나고 오후 열병식은 아직 소집되기 전, 하루의 기나긴 행군 사이 잠깐 짬이 나는 때. 이때 생도들은 대부분 아가씨들의 아성을 습격한다. 4시 정각이 되면 분홍색과 빨간색과 파란색으로 화려하게 단장한 젊은 여자들이 이미 플러테이션워크*를 왔다 갔다 하며 걷고 있었다. 그로부터 몇 분 만에 '회색' 군단이 들이닥쳐 저마다 분홍색 아니면 파란색에게 팔을 내밀고, 예컨대 하루나 이틀에 걸쳐 일이 아주 풀리면 회색이 자기 심장에서 제일 가까운 데 달린 단추를 떼서 분홍색의 머리칼과 바꾼다. 영원의 맹세가 이루어진다. 눈물이 떨구어진다. 이 모든 게 30분만에 끝난다. 효율성 면에서 세상 최고다.

이날에는 이런 문화가 다른 유용한 결과를 낳았다. 연병장에서 생

---

* 웨스트포인트의 유서 깊은 산책로.

181

도들이 모조리 사라져 나 혼자 아무도 없는 운동장을 마주 보고 얼음 창고로 들어가는 북문 옆에 서 있게 된 것이었다. 나뭇잎이 한들한들 끊임없이 떨어졌고, 오늘까지 대놓고 노려보는 것 같았던 햇빛은 정점을 찍은 안개로 덮여 부드럽고 잔잔해졌다. 나는 혼자였다.

잠시 후에 부스럭거리는 소리에 이어… 나뭇가지 부러지는 소리와… 이보다 더 적나라할 수 없는 발소리가 들렸다. 나는 몸을 돌리며 말했다.

"아, 그래! 내 쪽지가 자네에게 전달된 모양이로군."

1학년 생도 포는 걸음을 멈추지도 않은 채 얼음창고 옆벽을 한들한들 돌아가 문을 비틀어 열고 안으로 사라졌다. 그의 뒤로 냉기가 훅 하고 쏟아졌다.

"포 군?"

어둠 속 어딘가에서 껵껵대는 속삭임이 들렸다.

"제 뒤를 밟은 사람이 있습니까?"

"음, 어디 보자… 없네만."

"확실한가요?"

"그렇네."

그는 그제야 입구 쪽으로 좀 더 가까이 다가와 얼굴을 다시 햇빛이 비치는 곳으로 내밀었다. 코. 턱. 빙하 같은 이마.

"선생님 때문에 제가 얼마나 당황했는지 아십니까? 절대 비밀을 **요 구**하면서 벌건 대낮에 여기로 저를 부르시다니요."

"어쩔 수가 없었다네. 미안하네."

"하지만 저를 본 사람이 있다면요?"

"아주 좋은 지적이로군, 포 군. 그러니까 이제 다시 벽 타기를 시작하는 게 어떨까 하네만."

나는 하늘을 등지고 눌린 화살촉 모양으로 서 있는 얼음창고의 돔형 초가지붕을 가리켰다. 포는 고개만 돌리고 내 손가락이 가리키는 방향을 확인하다가 결국에는 햇빛 아래에 똑바로 서서 실눈을 뜨고 해가 비치는 쪽을 쳐다보았다. 내가 말했다.

"별로 높진 않아. 5미터 정도? 그리고 자네는 벽 타기를 워낙 잘하니까."

"하지만… 뭘 위해서요?"

그가 조그맣게 속삭였다.

"이번에는 내가 좀 도와줘야겠지? 문틀 꼭대기를 붙잡아 보면 어떻겠나? 저기, 보이지? 거기서 처마 돌림띠로 올라가는 건 문제가 없을 텐데…."

그는 거꾸로 말하는 사람 대하는 표정으로 나를 쳐다봤다.

"지난번 그 일로 피곤이 덜 풀렸다면 어쩔 수 없지만. 그렇다고 하면 충분히 이해하겠네."

그에게 무슨 선택의 여지가 있겠는가? 그는 모자를 벗어 땅바닥에 내려놓고 손을 마주 비비더니 찡그린 얼굴로 나를 보며 고개를 끄덕였다.

"준비됐습니다."

체구가 작다 보니 그는 얼음창고의 돌벽에 비교적 제대로 달라붙었고, 처마 돌림띠까지 올라가는 동안 미끄러진 적은 딱 한 번뿐이었다. 미끄러져도 오른발이 금세 디딜 곳을 찾았고 그는 이내 처마 돌림띠를 넘었다. 그러고는 30초 뒤에 가고일처럼 지붕 꼭대기에 웅크리고 앉았다. 나는 위를 향해 외쳤다.

"거기서 내가 보이나?"

크으으으.

"미안. 뭐라는지 안 들리는군, 포 군."

"네."

그가 조그맣게 쏘아붙였다.

"걱정할 필요 없네. 당분간 우리 둘뿐일 테고 누가 내 목소리를 듣더라도 헛소리로 간주할 테니. 미안, 뭐라고 했나, 포 군?"

"제가 여기 올라와 있는 이유를 알고 싶다고요."

"아, 그렇지! 지금 자네가 보고 있는 것이 범죄 현장이라네."

나는 발로 대충 17제곱미터짜리 정사각형을 그렸다.

"두 번째 범죄 현장."

나는 고쳐 말했다.

"여기서 리로이 프라이의 심장이 제거됐거든."

나는 얼음창고 입구에서 정북쪽과 살짝 북동쪽 사이에 서 있었다. 여기서 북서쪽은 장교 숙소, 서쪽은 생도들 막사, 남쪽은 학교, 동쪽은 포트클린턴 초소였다. 우리 범인은 장소를 아주 현명하게 선택했다. 아무에게도 들키지 않고 범행을 저지를 수 있을 만한 곳을 말이다.

"아니, 내가 얼음창고 주변을 사방으로 뒤졌거든. 기어다니느라 바지를 최소 두 벌은 버렸을 텐데 방금 전에 문득 생각이 났지 뭔가. 관점을 **바꿔 보자**는 생각이."

그러니까 **그의** 관점으로 말이다. 리로이 프라이의 살과 **뼈**를 가르고 한때 숨이 붙어 있었던 시신의 체액과 악취 속에 손을 담근 남자.

"포 군, 내 말 들리나?"

"**네.**"

"좋아. 이제 내가 서 있는 곳을 내려다보며 땅바닥에 한 군데라도, 한 군데라도 **틈새**가 보이는지 알려 주게나. 그러니까 풀이나 흙이 끊긴 것처럼 보이는 곳. 돌이나 막대가 꽂혔을 수도 있겠다 싶은 곳."

한참 동안 정적이 흘렀다. 다시 알려 줘야 하나 싶을 정도로 긴 정적이 흘렀을 때 긴 쉿소리가 들렸다.

"미안하지만 포 군, 무슨 소린지…."

"**선생님의 왼발 옆이요.**"

"내 왼발… 왼발… 그래. 그래, 보이는군."

지름이 8센티미터쯤 될까? 동그랗고 조그맣게 움푹 들어간 자국이었다. 나는 주머니에서 반질반질한 흰색 돌을 꺼내—그날 아침에 강가에서 잔뜩 주워 왔다—거기에 얹고는 뒤로 물러났다.

"자, 포 군. 이제 신의 위치에서 내려다보는 것이 얼마나 유용한지 알겠지? 내게 주어진 이 **인간의** 눈으로는 그 혜택을 누릴 수 없을 테지. **또** 어디 이런 자국이 있는지 찾아봐주겠나? 크기와 모양이 대충 비슷한 것으로."

작업은 간헐적으로 이어졌다. 그는 최소 5분은 흘려보낸 다음에서야 열심을 냈다. 흔적을 발견하는 데에는 이보다 더 긴 시간이 소요됐고, 그가 생각을 바꿔 내가 표지물 삼아 얹어 놓은 돌을 치우라고 할 때도 있었다. 그리고 그가 계속 속삭임을 고집했기 때문에 그의 방향

지시대로 움직이는 것이 반딧불이를 유일한 길잡이 삼아 골목길을 더 듬더듬 걸어가는 것과 닮은 구석이 있었다.

그가 다시 침묵했다. 그러다 잠시 후 내가 발로 그린 구역에서 3미터쯤 멀찍이 떨어진, 보이지 않는 방향으로 나를 종종걸음 치게 했다.

"범죄 현장에서 벗어나고 있네만, 포 군."

하지만 그는 거기다 돌을 얹으라고 고집을 부렸다. 더 이상 아무 맥락도 알 수 없는 지경에 이를 때까지 계속 반경을 넓혔다. 돌을 담았던 주머니가 점점 가벼워졌고, 내가 머릿속에 깔끔하게 그려 놓았던 지형이 펑 하고 터지자 암울한 예감이 나를 강타했다. 나는 피곤해하며 큰 소리로 물었다.

"더 있나, 포 군?"

30분은 족히 지났을 무렵, 내 깜찍한 가고일이 **하나 더** 있다고 선언했다. 희한한 이유들로 인해 가장 찾기 힘들었던 지점이었다. **북쪽으로 세 걸음… 동쪽으로 다섯 걸음… 아니, 동쪽으로 여섯 걸음… 아니, 지나갔어요… 거기… 아니, 거기 말고 거기요!** 귀를 할퀴는 그의 속삭임이 각다귀처럼 나를 계속 따라다녔고… 마침내 흔적을 찾아서 돌을 얹었을 때 나는 이렇게 얘기하는 내 목소리에서 안도의 기미를 느꼈다.

"이제 바닥으로 내려와도 좋네, 포 군."

그는 재빨리 내려와서 마지막 2미터 정도는 그대로 뛰어내려 무릎으로 풀밭에 착지했다. 그러고는 또다시 얼음창고 안쪽의 어둠 속으로 몸을 숨겼다.

"요전 날에 이 사건, 그러니까 리로이 프라이의 심장이 사라진 사건의 성격상 성경을 떠올리게 됐다고 한 적이 있었지, 포 군. 솔직히 고백하자면 나는 전부터 그쪽 방향을 염두에 두고 있었다네. 성경을 들췄다는 게 아니라, 나에게 성경을 들추게 할 일은 많지 않지, 이 사건에 **종교적인** 냄새를 풍기는 부분은 없는지 고민을 하지 않을 수 없더란 말이지."

그는 어둠 속에서 손을 흔들었다. 나는 하던 얘기를 계속했다.

"뭐, 사실, **전체적으로** 종교적인 냄새를 풍기긴 하지. 리로이 프라이는 두어 해 전 여름에 '질이 안 좋은 무리'와 어울리고서는 어찌했나? 당장 기도회를 찾았지. 세이어는 프라이의 시신을 보았을 때 무슨 생각을 했나? 광신도의 소행이라고 생각했지. 그러니까 종교를 출발점으로 삼고 자문해 보세. 그 첫 소행의 흔적이 남아 있지 않을까? 어떤 **의식**을 치른 흔적이. 돌멩이나 촛불이나 그런 걸 의도적으로 배치하지 않았을까?"

포는 이제 손을 한데 포개고 있었다. 손이 성직자의 손처럼 매끈했다.

나는 말을 이었다.

"자. 만약 그런 물건이 쓰였다면 범인은 의식이 끝나자마자 그걸 치웠겠지. 증거를 남겨 둘 이유가 없으니까. 하지만 그 물건들이 남긴 **흔적**은 어떨까? 그것들을 지우려면 시간이 훨씬 많이 걸릴 텐데, 수색이 이미 시작됐기 때문에 시간이 금쪽같았을 거란 말이지. 두말하면 잔소리지만 **심장**도 처리해야 했고. 그래, 좋아. 그렇다면 범인은 그 물건은 치우더라도 그것 때문에 생긴 구멍까지 메우지는 않았을 가능성이 커."

나는 얼음창고 안쪽의 손을 향해 미소를 지었다.

"오늘 우리가 하고 있는 작업이 그걸세, 포 군. 남겨진 자국 찾기."

나는 옅은 초록색 풀밭 사이로 조그만 묘비처럼 점점이 박힌 흰색 돌을 훑어보았다. 외투 주머니에서 연필과 메모지를 꺼냈다. 물결 모양으로 움직여 가며 돌과 돌 사이의 간격을 측정해 종이에 점을 찍었다.

"뭐가 나왔습니까?"

얼음창고 깊숙한 데서 포가 조그맣게 물었다.

나는 메모지를 그에게 건넨 다음에서야 그것의 **정체**를 알아차렸던 것 같다.

"동그라미로군요."

과연 동그라미였다. 짐작건대 지름이 3미터는 족히 됐다. 리로이 프라이의 시신이 차지했을 공간보다 상당히 넓었다. 리로이 프라이 여섯은 눕힐 수 있을 정도였다. 포가 종이 위로 얼굴을 들이대며 말했다.

"하지만 동그라미 안쪽의 패턴은… 그건 전혀 이해를 하지 못하겠는데요."

우리는 그림을 좀 더 들여다보며 안쪽과 바깥쪽의 점들을 서로 연결해 보려고 했다. 그 어떤 것도 맞아떨어지지 않았다. 들여다보면 볼수록 점들이 점점 더 뿔뿔이 흩어졌다. 나는 결국 돌에 시선을 고정했다.

"흠. 충분히 그럴 수 있지."

"네?"

"우리가 원의 테두리에 해당하는 점을 몇 개 **빠뜨렸다면**. 이렇게 말일세. 원의 **안쪽**에서도 몇 군데 **빠뜨렸을** 게 분명하지 않은가. 그렇다면⋯."

나는 종이를 메모지 위에 얹고 가장 가까운 점들끼리 연결했다. 아무런 확신도 없이 계속 연결하고 있었을 때 포의 목소리가 들렸다.

"삼각형이로군요."

"그렇지. 그리고 내가 들은 목격담으로 짐작하건대 리로이 프라이는 그 삼각형 안에 누워 있었을 거야. 그리고 범인은, 범인은⋯."

어디에 있었을까?

오래전에 파이브포인츠에 사는 어느 편자공의 가족이 그의 사망 사건을 조사해 달라고 (몇 대에 걸쳐 평생 모아야 됨 직한 액수의 돈을 들고) 나를 찾아온 적이 있었다. 그는 곤봉으로 맞고 자기가 쓰던 다리미로 낙인이 찍혔다. 말이 밟고 지나가기라도 한 것처럼 이마에 U자 모양으로 살이 부풀어 올라 있었다. 나는 그 흉터를 더듬으며 그런 짓을 저지른 사람에 대해 궁금해하다가 고개를 들고, 아직까지 연기를 뿜는 다리미를 들고 서 있는 범인을 보았던 기억이 난다. 아니, **상상해** 보았던 기억이 난다. 나는 그의 눈빛에서 분노와 공포를 읽었고, 자신이 내게 주목을 받을 만한 사람인지 의심하는 것처럼 주춤거리는 기미도 느꼈다. 뭐, **실제** 범인을 찾고 보니 내가 상상했던 것과 전혀 달랐지만 **눈빛**만큼은 같았다. 그 눈빛은 교수대로 향하는 순간까지 변함없었다.

나는 그 사건을 통해 **심상** 신봉자가 되었다. 하지만 그날 오후 얼음 창고 옆에서는 떠오르는 심상이 없었다. 아무도 나를 돌아보지 않았다. 아니, 누가 거기 있었건 간에 자세가 계속 바뀌었고 형체가 다변화됐다고 할까.

"음, 아주 도움이 많이 되었네. 포 군. 자네는 이제 열병식을 하러 가야 할 테고 나는 히치콕 대위를 만나기로 했으니 이제 그만."

내가 고개를 돌려 보니 그가 풀밭에 무릎을 꿇고 앉아 있었다. 머리를 숙이고 까마귀처럼 중얼거리고 있었다.

"왜 그러나, 포 군?"

"제가 지붕에서 봤잖습니까. 맞아떨어지지가 않았어요. 그래서…."

그는 말끝을 흐리고 다시 중얼거렸다.

"그게 무슨 소린지 잘 모르겠네만."

포가 외쳤다.

"그슬린 자국! 얼른 주세요!"

그는 내 메모지를 한 장 뜯어 풀밭 위에 펼치고 연필을 빠르게 놀려가며 칠하기 시작했다. 이내 종이가 연필자국으로 가득 찼다. 아니, **거의** 가득 찼다. 그가 종이를 들어 햇빛에 비추자 김이 서린 창문 위에 적은 메시지처럼 이런 글씨가 드러났다.

SHJ

"이건… SHJ 같은데요. 무슨 무슨 '회(Society)'로 시작되는 단체 이름 중에…."

우리는 S자로 시작되는 단체 이름을 생각나는 대로 모조리 대보았다. 온갖 여학생회(Sorority). 학교(School), 스패니얼(spaniel). 풀밭 위에 무릎을 꿇고 앉아서 머릿속을 샅샅이 헤집으며 괴로운 시간을 보냈다. 포가 갑자기 외쳤다.

"잠깐만요!"

그는 실눈으로 종이를 쳐다보더니 나지막이 말했다.

"각각의 글자가 뒤집혔다면 메시지 **전체가** 뒤집힌 거 아닐까요?"

나는 당장 메모지를 새로 뜯어서 이 끝에서 저 끝까지 꽉 차게 이 세 글자를 큼지막한 활자체로 적었다.

JHS

포가 말했다.

"예수 그리스도(Jesus Christ)."

나는 몸을 들어서 앉는 자세로 바꾸고 무릎을 문질렀다. 그런 다음 담배를 꺼냈다.

"예전에는 흔히 쓰이던 문구지. 거꾸로 뒤집어서 쓰인 경우는 본 적 없는 것 같지만."

"그리스도 아닌 **다른** 존재를 소환하는 중이었다면 말이 되죠. 그리스도와 정면으로 **대치**되는 존재."

나는 풀밭에 앉아서 담배를 씹었다. 포는 지나가는 구름을 들여다보았다. 찌르레기 한 마리가 휘파람 소리를 냈고 청개구리가 개굴거렸다. 모든 게 달랐다.

한참 만에 내가 말을 꺼냈다.

"내 친구 중에 도움이 될 만한 사람이 있네만."

포는 나를 흘끗 쳐다보는 둥 마는 둥했다.

"그렇습니까?"

"그렇다니까. 상징과… **의식**, 기타 등등의 전문가야. 관련 서적도 광범위하게 보유하고 있고. 뭘 다룬 서적인가 하면 그… 그…."

"비술이요."

나는 좀 더 담배를 씹은 뒤에 어쩌면 **주술**이 맞는 단어일지 모른다는 결론을 내렸다.

"아주 흥미진진한 위인이라네. 내 친구 말일세. 이름하여 포포 교수."

"이름 한번 특이하네요!"

나는 포포가 태생은 인디언이라고, 아니 인디언의 피가 절반이고 프랑스인의 피가 4분의 1이고 또 뭐가 섞여 있을지 아무도 모른다고 설명했다. 그러자 포는 그가 진짜 교수냐고 물었다. 나는 사교계 여성들 사이에서 인기가 많은 **학자**인 건 분명하다고 말했다. 예전에 리빙스턴 부인은 그와 딱 한 시간을 보내기 위해 은화로 12달러를 지불한 적이 있었다.

포는 무심하게 어깨를 으쓱했다.

"그럼 선생님께서 비용을 마련할 방법을 찾으셔야겠네요. 저는 빚이 있고 앨런 씨는 제도 기구를 사야 된다고 해도 돈을 보내 줄 리 없으니까요."

나는 그에게 걱정 말라고, 내가 알아서 하겠다고 했다. 그런 다음 작별 인사를 하고 그가 호리호리한 몸을 움직여 운동장을 (한가하게) 걸어가는 모습을 지켜보았다.

내가 그에게 절대 하지 않은 얘기가 있다면 이거였다(호텔로 걸어가는 동안 그 생각을 하며 얼마나 웃었는지 모른다). 포포 교수에게 더할 나위 없이 훌륭한 보상을 이미 찾아 놓았다는 것. 그건 바로 에드거 A. 포의 머리였다.

거스 랜도의 기록

12

11월 3일

포포 교수의 집은 내 집에서 내륙 쪽으로 5킬로미터 정도 떨어져 있었지만, 가파른 언덕 꼭대기에 있었고, 가는 길은 무성한 잡초로 덮여서 50미터쯤 남은 지점에서 말을 버리고 삼나무를 헤치며 가야 한다. 그러고 나면 재스민과 향기로운 인동을 두른 광장이 보상으로 주어진다. 아, 그리고 능소화꽃을 긴 망토처럼 걸쳤고 가지마다 고리버들 새장이 달린 죽은 배나무도 있다. 그 안에서 흉내지빠귀, 꾀꼬리, 쌀먹이새, 카나리아 들이 동 틀 녘에서부터 해 질 녘까지 쉴 새 없이 울어 댄다. 확실한 화음은 없지만 한참 듣다 보면 그 불협화음에서 어떤 패턴을 느끼든지 아니면 (포포처럼) 패턴을 아예 포기하게 된다.

만약 포가 고집을 꺾지 않았다면 우리는 바로 그날 밤에 여길 찾아왔을 것이다. 하지만 내 쪽에서 해가 진 뒤에는 길을 찾을 수가 없다고 그를 설득했다. 게다가 교수에게 사전에 기별을 주고 싶었다. 나는 바로 그날 밤에 웨스트포인트의 전령 편에 편지를 전했다.

다음 날 아침, 포는 분필을 씹어서 하얘진 혀를 마퀴스 선생에게 보여 감홍 가루와 일과 면제 허가증을 받았다. 그는 목재 작업장의 울타리 널 사이로 빠져나와 초소 남쪽에서 나를 만났고, 우리는 호스를 타고 버터밀크폴스에서 큰길로 나섰다.

쌀쌀하고 구름이 낀 아침이었다. 회백색 화강암 바위 시렁에서 분연히 고개를 내민 나무와 물웅덩이, 협곡, 스펀지 같은 이끼층에서 반짝이는 낙엽 말고는 어디에서도 온기가 느껴지지 않았다. 울뚝불뚝한 돌부리를 조심스럽게 돌아가는 동안 경사가 급격히 가팔라졌고, 포는 내 귀에 대고 틴턴 수도원과 버크의 숭고론에 대해 지껄여 댔다. **미국의 가장 진정한 시인은 자연이지요, 랜도 씨.** 그가 떠들면 떠들수록 불안이 나를 엄습했다. 나는 지금 히치콕과 장교들이 막사를 날마다 사열한다는 걸 뻔히 알면서 생도 하나를 몰래 빼내 학교 밖으로 데려가고 있었다. '병결'을 내놓고 문을 두 번 두드려도 묵묵부답인 생도에게 화 있을진저!

뭐, 나는 이런 후폭풍을 생각하기보다 내가 아는 포포의 모든 정보를 포에게 전달하는 데 집중했다.

그의 어머니는 휴런족이고 아버지는 프랑스계 캐나다인 무기중개상이었다. 그가 어린 나이에 와이언도트족의 일원으로 받아들여지자마자 이 부족이 작정하고 덤빈 이로쿼이족에게 대량 학살됐다. 유일하게 목숨을 건진 포포는 유티카의 중고거래상에게 구조돼 세례명으로 개명하고 엄격한 교육을 받았다. 하루에 두 번 예배, 잠자기 전에 교리문답과 찬송, 매주 성경 구절 70개씩 낭송. (포포는 카드게임이 허락됐다는 것만 다를 뿐 모든 면에서 나와 같은 환경에서 자랐다.) 6년 뒤에 중고거래상이 연주창에 걸렸다. 포포는 자비가 넘치는 피륙거상의 집에 의탁하게 됐고, 얼마 안 있어 세상을 떠난 거상은 포포 앞으로 해마다 6,000달러의 유산을 남겼다. 포포는 당장 인디언 시절에 쓰던 이름을 되찾고 뉴저지 연석으로 만든 워런스트리트의 주택으로 거처를 옮겨 알코올중독, 노예해방, 사리풀 그리고 인간의 두개골 해석을 주제로 논문을 썼다. 명성이 정점에 달했을 때 이번에는 하일랜드로 다시 거처를 옮겼다. 이제는 대개 우편으로 사람들과 만나고 1년에 두 번 목욕을 하며 자신의 과거를 냉소적으로 대한다. 한번은 고결한 야만인이라고 불리자 포포는 이렇게 대꾸했다고 한다.

"왜 고결하다는 단어를 붙여서 찬물을 끼얹습니까?"

그는 주일학교를 그렇게 다녔기에 사람들에게 충격을 선사하지 않고서는 못 배긴다. 우리를 환영하는 뜻에서 문 위에 죽은 방울뱀을 걸어 놓고 집 앞길에 개구리 뼈를 흩뿌려 놓은 것도 그래서였을 것이다. 우리 발에 밟혀서 으스러진 뼈가 신발 밑창 사이에 끼었기 때문에 포포가 등장했을 때 우리는 그 뼈를 끄집어내고 있었다. 체구가 다부지고 가슴이 두툼한 그는 날씨가 어떤지 보러 나온 사람처럼 멍하니 문 앞에 서 있었다. 우리는 그를 빤히 쳐다봤다. 포포는 워낙 시선을 모으는 스타일이었다. 그것이 그의 인과법칙이었다. 내가 맨 처음 이 집을 찾았을 때 그는 인디언 예복을 완벽하게 갖추어 입고 부싯돌 화살촉을 흔들었다. 오늘은 이유가 뭔지 모르겠지만 나이 많은 네덜란드 농부 복장을 하고 있었다. 홈스펀 외투와 반바지에 백랍 버클을 차고 내가 그때까지 본 적 없을 정도로 큼지막한 신발을 신고 있었다. 사람 하나가 들어갈 수 있을 만한 크기였다. 딱 하나 어울리지 않는 게 있다면 목에 걸린 독수리 발톱과 오른쪽 관자놀이에서 코끝으로 이어지는 얇은 남색 선이었다(이건 새로운 시도였다).

그의 잘생긴 적갈색 눈이 우리를 알아보고 천천히 반짝이기 시작했다.

"오오! 자네가 얘기한 게 맞는구먼!"

그는 포에게로 곧장 달려들어 팔을 붙잡고 문지방 너머로 끌어당기다 말고 나를 돌아보며 외쳤다.

"이 청년은 정말 이례적이야. 이렇게 거대하다니!"

이 무렵 그와 포는 응접실을 향해 달려가다시피 하고 있었다. 덕분에 나는 바닥에 깔린 들소 가죽과 박제된 소쩍새, 박물관 유물처럼 벽에 걸린 도리깨와 마구를 다시 한번 구경하며 천천히 현관홀을 지나갔다. 내가 응접실에 도착했을 무렵에는 난로 안에 일렬로 놓인 사과가 지글지글 익어 가고 있었고, 은구리색 얼굴에 감자 코가 달린 포포는 포를 덩컨 파이프 안락의자에 앉혀 놓고 마주 댄 손끝을 비벼가며 환영주 대신 사이가 벌어진 누런 치열을 보여 주고 있었다. 그가 말했다.

"젊은이, 나를 위해 모자를 좀 벗어 주겠나?"

포는 살짝 머뭇거리며 가죽 모자를 벗어 브뤼셀 카펫 위에 내려놓았다.

"전혀 아플 일은 없을 걸세."

만약 내가 포포를 전에 만난 적이 없었다면 그 말을 의심했을지 모른다. 그는 페티코트를 처음 벗기는 남자처럼 손을 떨어 가며 포의 두 개골이 가장 튀어나온 부분을 실로 감았다.

"60센티미터라. 생각했던 것보다 크지 않군. 비율 때문에 충격적으로 느껴졌던 모양이야. 포 군, 체중이 어떻게 되나?"

"69킬로그램입니다."

"키는?"

"174센티미터 더하기 0.5센티미터요."

"아, 0.5센티미터? 자, 젊은이, 이제 자네 머리를 좀 만져 보고 싶은데. 그런 표정 지을 것 없네. 손가락을 통해 자네 영혼을 감지하는데 고통이 따르지 않는 한 아플 일 없으니. 가만히 있기만 하면 되는데, 그래 줄 수 있겠나?"

포는 겁에 질려서 고개도 끄덕이지 못하고 눈만 깜빡였다. 포포 교수는 숨을 두 모금 마시고 끙끙대며 씰룩이는 손가락을 그 순결한 두 개골에 갖다 댔다. 그의 회색 입술에서 들릴락 말락 한 한숨이 새어 나왔다. 포포가 읊조렸다.

"호색, 중간."

그는 손가락으로 떡이 진 검은 머리를 헤집으며 땅다람쥐 소리를 들으려는 농부처럼 포의 두개골에 귀를 갖다 댔다. 포포 교수가 아까 보다 큰 목소리로 말했다.

"자제력 낮음. 집착성 높음. 지적 능력 큼. 아니, **상당히** 큼."

그 말에 포는 살짝 웃었다.

"인정 욕구, 높음."

이번에는 내가 웃을 차례였다.

"자식욕, 매우 낮음."

이런 식이었다. 조심성, 자비심, 기대감. 그의 두개골은 하나씩 그 비밀을 공개하는 수밖에 없었다. 포포 교수가 경매라도 진행하는 듯 매번 **우렁차게** 외쳤으니 **만천하에** 공개됐다고 해야 할 것이다. 그의 비밀스러운 바리톤 음성이 점점 조용해지기 시작하자 나는 거의 끝나가고 있음을 알 수 있었다.

"포 군, 자네는 한곳에 정착하지 못하는 기질을 타고났군그래. 두개골에서도 동물적인 성향을 전담하는 부분, 그러니까 하후부와 하측부가 어째 발달이 덜 됐어. 반면에 내향성과 호전성은 고도로 발달했고. 자네 성격에서 폭력적이고 거의 **치명적**이라 할 수 있는 부분이 감지된다네."

포가 살짝 겁을 먹은 투로 말했다.

"랜도 씨, 이 교수님이 예언자라는 말씀은 하지 않으셨잖습니까."

그러자 포포가 빽 고함을 질렀다.

"그 말을 다시 한 번 해 보겠나!"

"이… 이 교수님이….”

"좋아, 좋아."

"예언자라는 말씀은."

포포가 외쳤다.

"리치먼드!"

포는 의자에 못 박힌 채 말을 더듬기 시작했다.

"맞… 맞습니다, 제가….”

이번엔 내가 끼어들었다.

"그리고 제 짐작이 맞는다면, 영국에서도 몇 년 살았을 겁니다."

포의 눈이 동그래졌다. 나는 설명했다.

"스토크뉴잉턴의 존 브랜즈비 목사님. 그 철자의 권위자."

포포는 손깍지를 꼈다.

"아, 아주 좋아. **훌륭하네,** 랜도! 영국식 울림이 남부 삼림지대의 어조와 아주 잘 어우러지는군. 어디 보자, 이 청년에 대해 또 무슨 얘길 할 수 있을까? 이 청년은 예술가야. 저런 손을 하고 있으니 다른 직업일 수 없지."

포가 얼굴을 붉히며 말했다.

"일종의 예술가이긴 합니다."

"그런가 하면⋯."

포포는 일시 정지했다가 집게손가락으로 포의 얼굴을 가리키며 외쳤다.

"고아로군!"

"그 또한 맞습니다. 제 부모님, 그러니까 **친**부모님은 화재로 돌아가셨어요. 1811년에 벌어진 리치먼드극장 화재 사건 때요."

"두 분이 어인 일로 극장에는 가셨는가?"

포포가 으르렁거리듯 물었다.

"제 부모님은 **배우**셨어요. 명배우요. 유명한."

"아, 유명한."

포포 교수는 혐오스러워하는 표정을 지으며 고개를 돌렸다.

이후로 분위기가 약간 어색해졌다. 포는 자리에 앉은 채 분해서 어쩔 줄 몰라 했다. 포포 교수는 성큼성큼 걸어다니며 모든 비애감을 날려 버리려고 했다. 그리고 나는 기다렸다. 정적이 너무 길어져 더는 기다릴 수 없는 지경에 이르자 내가 말했다.

"교수님, 이제 저희가 찾아온 목적을 말씀드려도 될까요?"

"그러시게."

그가 인상을 쓰며 답했다.

그는 먼저 차를 대접했다. 차는 찌그러진 은주전자에 담겨 나왔고 맛은 꼭 타르 같았다. 혀를 톡 쏘았고 목구멍에 끈적하게 들러붙었다. 나는 위스키를 원샷하듯 세 잔을 연거푸 마셨다. 달리 선택의 여지가 없었다. 포포의 집에는 술이 없었다. 내가 먼저 입을 열었다.

"자, 그럼, 교수님. 이걸 어떻게 해석하면 될까요?"

나는 포와 둘이서 완성한, 동그라미 안에 삼각형이 있는 그림을 꺼내 포포의 테이블을 올려놓았다. 찌그러뜨린 깡통 위에 납작한 트렁크를 얹은 것이 그의 테이블이었다.

"글쎄. 그야 보는 사람에 따라 다르겠지. 고대 그리스의 연금술사에게 보여 주면 동그라미는 **우로보로스**, 영원한 통합의 상징이라고 할 걸세. **중세 시대의** 사상가에게 보여 주면…."

그의 시선이 위로 휙 움직였다.

"이것은 창조인 동시에 창조가 항상 해결해야 하는 공허라고 할 테고."

그의 시선이 다시 종이 위로 돌아왔다.

"하지만 **이건** 마법의 동그라미일 수밖에 없어."

포와 나는 서로 흘끗 쳐다봤다. 포포는 하던 얘기를 계속했다.

"맞아, 맞아. 『진정한 붉은 용』*에서 본 기억이 난다네. 내 기억이

---

* 19세기 프랑스에서 선풍적인 인기를 끌었던 악명 높은 흑마술서.

맞는다면 마술사가 서는 곳이… **저기 저**… 삼각형 안이야."

"마술사 혼자요?"

"아, 조수 여럿을 거느리고 다 같이 삼각형 안에 설 수도 있지. 좌우에 촛불을 켜고 앞쪽, 그러니까 **저기**에는 화로를 놓고. 사방을 불로 밝히지, 빛의 축제처럼."

나는 눈을 감고 상상해 보았다. 이번엔 포가 물었다.

"이런 의식을 행하는 사람들은 그리스도교도일까요?"

"그런 경우가 많지. 마술이 어둠의 영역이기만 한 건 아니거든. 자네가 들고 온 그림을 봐도 그리스도교의 문구가…."

그는 이제 거꾸로 뒤집힌 JHS 위에 한 손가락을 얹어 놓고 있었는데, 그 글자들이 그의 피부에 대고 직접 말이라도 하는 듯 손을 홱 치우더니 펄떡 일어나 뒤로 두 발 물러났다. 언짢아서 냉랭해진 표정이 그의 얼굴 위로 번졌다.

"맙소사, 랜도, 왜 나를 계속 이러도록 내버려 둔 건가? 내가 무슨 시간이 남아도는 사람인 줄 아나? 가세!"

포포 교수의 서재를 와본 적 없는 사람에게 말로 설명하기는 어렵다. 창문도 없고 작아서 어느 방향으로든 4미터를 넘지 않는데, **모두** 책으로 덮였다. 2절판, 4절판, 양피지로 표지를 만든 12절판 책들이 가로세로로 쌓여 있고, 책꽂이에 아슬아슬 매달려 있고, 바닥에 흩뿌려져 있었다. 대부분 포포 교수가 마지막으로 읽던 부분이 펼쳐져 있었다.

포포는 벌써 책꽂이를 올라가고 있었다. 그는 30초 만에 수색을 마치고 찾던 책을 들고 바닥으로 내려왔다. 검은색 가죽 장정에 은색 걸

쇠가 달린 큼지막한 책이었다. 포포 교수가 책을 토닥이자 그의 손가락 사이로 먼지기둥이 일었다. 그가 말했다.

"드랑크르. 『타락 천사와 악마의 변덕스러움에 대한 묘사』. 프랑스어를 읽을 줄 아나, 포 군?"

"비앙쉬르*."

포는 양피지 첫 장을 조심스럽게 펼쳤다. 헛기침을 하고 가슴을 내밀었다. 낭송할 준비를 하는 것이었다. 포포가 말했다.

"됐네. 나는 누가 책 읽어 주는 걸 질색하는 사람일세. 책을 들고 구석 자리로 가서 조용히 읽게나."

두말하면 잔소리지만 구석은 물론 그 어디에도 가구는 없었다. 포는 소심하게 미소를 지으며 양단 쿠션 위에 털썩 앉았고 포포 교수는 엄숙한 표정으로 내게 바닥을 가리켰다. 나는 책꽂이에 기대고 서서 담배를 꺼내는 쪽을 선택했다. 내가 물었다.

"이 드랑크르라는 자는 어떤 사람입니까?"

포포는 팔로 발목을 감싸고 턱을 무릎에 얹었다.

"이름은 **피에르.** 가공할 만한 마녀사냥꾼. 4개월 동안 바스크 지방에서 마녀 600명을 찾아내 처형했고 지금 포 군이 정독하고 있는 저 엄청난 저서를 남겼지. 참으로 흥미진진한 작품이라네. 아, 그런데 잠깐! 내가 손님 대접이 엉망이로군."

그는 일어나 밖으로 나가더니 5분 뒤에 사과가 담긴 접시를 들고 왔다. 갖고 온 사과들은 정체불명의 어떤 것이었다. 부풀어 터져서 즙

---

* 프랑스어로 '당연하다'라는 뜻.

이 흘러내리고 있었다. 내가 사양하자 포포는 약간 언짢아하는 표정을 지었다.

"정 그렇다면야."

그는 코를 벌름거리며 하나를 집어 자기 입 안에 욱여넣었다.

"무슨 얘기를 하고 있었더라? 그렇지, 그렇지, 드랑크르. 내가 랜도, 자네에게 보여 주고 싶은 책은 『악마론』이라네. 저자는 **700명**의 마녀를 처단한 앙리 르클레르. 이 책이 어떤 점에서 특별한가 하면 그가 중년에 개종을 했거든. 사울이 다메섹으로 가던 길에 그랬듯이. 다른 점이 있다면 르클레르는 **반대 방향**으로 갔다는 거야. 어둠의 편으로."

사과즙이 그의 턱을 타고 흘렀다. 그는 손가락으로 그걸 닦았다.

"르클레르 자신이 1603년에 체포돼 캉에서 말뚝에 박혀 화형을 당했지. 아까 내가 말한 그 책을 늑대 가죽에 싸서 품에 안고 있었다더군. 화염이 솟구치자 자기가 섬기는 **주인**에게 기도하고 그 책을 불 속으로 던졌다고. 목격자들이 맹세한 바에 따르면 눈 깜짝할 새 사라졌다고 해. 누가 용광로 한가운데서 낚아채기라도 한 듯이."

"뭐, 왜 그랬는지 이유야 뻔…."

"내 얘기 아직 안 끝났네, 랜도. 르클레르가 불에 탄 것과 똑같은 책을 두세 권 남겼다는 소문이 삽시간에 번졌다네. 그것이라고 확실히 결론이 난 책은 없지만 이 사라진 책을 찾는 것이 그동안 수많은 주술서 수집가들의 **이데 픽스**[*]가 되었지."

---

[*] 프랑스어로 '고정관념', '강박관념'이라는 뜻.

"교수님도 그중 한 사람이신가요?"

그는 인상을 썼다.

"나는 특별히 욕심은 없다네. 남들이 욕심을 내는 이유는 알겠지만. 르클레르가 불치병을 치료하는 방법, 심지어 불멸을 이루는 방법을 적어 두었다고 하거든."

바로 그때 내 손 위로 부는 아주 미세한 바람이 느껴졌다. 내려다보니 개미 한 마리가 손마디 위를 기어가고 있었다.

"아무래도 사과를 하나 **먹어 봐야**겠네요."

이럴 수가, 맛있었다. 시커먼 껍데기는 종이처럼 갈라졌고 달콤하고 끈적끈적하게 녹은 속살은 감탄 그 자체였다. 포포가 **그러게 내가 뭐랬나,** 하고 말하는 듯이 나를 보며 웃는 걸 느꼈다. 그가 말했다.

"우리 젊은 친구가 어디까지 읽었는지 한번 볼까?"

포를 구석자리에 방치한 지 몇 분밖에 지나지 않았건만 어찌나 꼼짝 않고 앉아 있었는지 벌써부터 어깨에 먼지가 잎사귀 모양으로 내려앉았을 정도였다. 심지어 우리가 다가가도 그는 고개를 들지 않았다. 나는 그가 뭘 읽고 있는지 어깨 너머로 확인해야 했다.

양쪽 면에 걸쳐 소개된 판화였다. 어떤 집회의 풍경이었다. 젖가슴을 늘어뜨린 늙은 마녀들이 다리를 벌리고 털이 북슬북슬한 숫양 위에 앉아 있었다. 날개 달린 악마들이 아직 살아 있는 아기들을 하늘로 끌고 갔다. 보닛을 쓴 해골과 춤을 추는 악귀, 그리고 정중앙의 높은 곳에는 이 집회의 주인이 황금 의자에 앉아 있었다. 뿔에서 불을 뿜어내는 예의 바른 염소였다. 포가 물었다.

"대단하지 않습니까? 눈을 뗄 수가 없어요. 아, 교수님, 제가 한 부분만 낭독하면 안 되겠습니까?"

"꼭 그래야겠다면."

"드랑크르가 안식일 의식을 묘사한 부분인데요, 제가 번역해 가며 읽는 거라 더듬거려도 양해해 주시기 바랍니다. **타락한 천사회 회원들 사이에서는 널리 알려졌다시피… 마녀들의 잔치*****는 다음과 같은 몇 가지 요소로 이루어진다. 상술하자면 그리스도교도들이 절대 먹지 않는 부정한 동물….**"

나는 나도 모르게 그에게로 가까이 다가가고 있었다.

"…그리고 세례를 받지 않은 아이의 심장…."

포는 여기에서 멈추더니 처음에는 교수를, 그다음에는 나를 바라보며 씩 웃기 시작했다.

"…그리고 목을 맨 남자의 심장."

---

*   1년에 한 번 마녀나 마법사가 심야에 악마에게 충성을 맹세하고 마구 마시고 난무하는 대 주연을 베푸는 집회.

거스 랜도의 기록
13
11월 3일에서 11월 6일

포와 나는 웨스트포인트로 돌아가는 내내 침묵을 지켰다. 그는 초소를 400미터쯤 앞두고 말에서 내렸을 때에서야 이제 다시 말을 해도 되겠다는 결론을 내린 듯했다.

"랜도 씨, 다음 조사는 어떤 방향이 되어야 할지 고민해 보았습니다. 저희가 비밀 본거지…."

그는 망설였지만 잠깐에 불과했다.

"사탄 숭배자들이 모이는 비밀 본거지의 위치를 파악할 작정이라면 그런 본거지의 존재에 가장 민감한 반응을 보일 사람들에게 접근해야 하지 않을까 싶은데요. 그러니까 그들의 **대척점**에 있는 사람들이요."

나는 곰곰이 생각해 보았다. 그리고 신중하게 말했다.

"그리스도교도 말이로군."

"맞습니다, 그리스도교도요. 그중에서도 가장 독실한 쪽으로."

"설마 잰칭거 목사?"

"맙소사, 그건 절대 아니죠! 잰칭거는 악마가 자기 사제복에 대고 재채기를 해도 모를 위인인걸요. 아뇨, 기도회를 염두에 두고 한 얘기였습니다."

듣고 보니 일리가 있다는 것을 단박에 알았다. 리로이 프라이도 잠깐 발을 담근 적 있는 기도회는 웨스트포인트 예배당이 너무 성공회 분위기라 하느님과 좀 더 직접 만날 수 있는 길을 찾는 생도들이 자발적으로 결성한 모임이었다.

물론 이날까지도 포는 이 모임이라면 경멸하고 보았지만.

"이제 그들을 적절히 활용할 수도 있을 것 같습니다. 랜도 씨가 허락만 내려 주신다면요."

"그야 당연하지. 하지만 무슨 수로."

"아, 그건 제게 맡겨주십시오."

그는 남부 사람처럼 모음을 길게 빼며 느릿느릿 말했다.

"그나저나 저희 둘이 좀 더 효과적으로 연락을 주고받을 방편을 마련해야겠는데요. 제 쪽에서는 비교적 간단합니다. 선생님의 호텔로 슬그머니 들어가 방문 아래로 쪽지를 넣으면 되니까요. 하지만 선생님은 제 막사에 쪽지 같은 걸 남기시면 안 됩니다. 제 룸메이트들이 지독한 참견 대장이거든요. 대신 코시치우슈코 정원이 어떨까 하는데요, 어딘지 아십니까? 거기에 천연샘이 있는데 샘 북단에 덜렁거리는 바위가 있습니다. 화성암이 아닐까 싶은데요, 크기가 제법 돼서 잘 접기만 하면 어떤 쪽지든 그 아래에 숨길 수 있습니다. 서신을 거기에 두시면 제가 일과 중간에 수고를 마다하지 않고 거기까지 가서… 왜요? 왜 그렇게 빙그레 웃고 계십니까, 랜도 씨?"

사실 나는 안목을 조금 인정받은 느낌이었다. 지금까지 내 주변에서 이 정도로 재간을 보인 첩보원이 없었기에 아무라도 붙잡고 그에 대한 찬사를 늘어놓고 싶어서 입이 근질거릴 지경이었다. 그 아무나가 히치콕밖에 없을지라도 말이다. 그와 나는 약속한 대로 다음 날 느지막이 세이어의 응접실에서 만나 (세이어는 고맙게도 불참했다) 덩어리진 크림을 듬뿍 넣은 커피를 마시고 도저 케이크와 절인 굴을 먹었다. 몰리의 고기찜 냄새가 허공을 간질였고 히치콕은 읽고 있는 책 얘기를 하며—몽톨롱이 쓴 『나폴레옹 회고록』이었던 것 같다—아주 가볍지만 세련미가 넘친다고 했다. 엄청난 압축에서 기인하는 세련미였지만. 공병같이 수사 진척 상황을 하나부터 열까지 알려 달라고 한 데다 보고가 육군장관에게 전달될 텐데, 대통령까지 이 사건에 관심이 생겼다는 소문이 있었다. 대통령이 관심을 보인다는 것은 일이 삐걱대고 있으니 적절한 조치를 통해 바로 잡아야 한다는 뜻이라고 보아도 무방할 것이었다. 우리가 유쾌하게 주고받은 모든 대화의 밑바탕에 깔려 있는 기본 전제가 그것이었다. 그 기본 전제가 세이어의 1층 서재에 있는 시계처럼 도드라지게 **째깍**거렸다. 마침 5시가 되자 시간을 알리는 종소리가 바닥을 뚫고 들렸다.

나는 히치콕이 안쓰러웠기에 내 선에서 최선을 다했다. 내가 무엇을 알고 무엇을 모르며 어떤 식으로 추측하는지 모두 밝혔다. 심지어 포포에 대해서도 얘기했다. 군인 입장에서는 그의 기행에 호감을 느끼지 못하겠지만. 나는 약속대로 모든 걸 이행했다고 생각했다가, 히치콕이 자리에서 일어나 전쟁 토템이 가득 담긴 유리 진열장을 응시하는 것을 보고 내가 해야 하는 일이 이제야 시작됐음을 깨달았다.

"그러니까 랜도 씨, 땅에 파인 **구멍** 몇 개 보았다고 이제 어떤 사악한… 그걸 뭐라고 해야 할까요, **단체?** 사악한 단체의 존재를 믿게 되신 겁니까?"

"그렇다고 볼 수 있겠습니다."

"단체 또는… 광신도 집단이 웨스트포인트 인근에서 활동 중이다. 사관학교의 담벼락 안에서 활동 중일 가능성도 매우 높다?"

"네, 그럴 가능성도 있죠."

"그뿐 아니라 이자가…."

"아니면 조직일 수도 있습니다."

"또는 여러 명으로 이루어진 **조직**이 중세의… 저는 그걸 헛소리라고 표현하려고 했습니다만…."

"계속하십시오, 대위님."

"그것의 영향을 받은 결과 리로이 프라이를 살해하고 심장을 꺼냈다, 오로지 기괴한 종교의식의 조건을 충족하기 위해. 지금 이렇게 말씀하시려는 겁니까, 랜도 씨?"

나는 가볍게 웃으며 답했다.

"대위님. 저를 잘 아시잖습니까. 제가 언제 뭐든 단언한 적이 있던가요? 제가 드릴 수 있는 말씀은 일련의 가능성이 생겼다는 게 전부입니다. 비술적인 의미가 담겨 있을지 모르고, 우리의 사건과 관련해서 아주 구체적인 방향… 음, **비술** 쪽으로 말입니다, 그 방향을 가리키는 표식이 범죄 현장에 남겨져 있다는 것."

"그걸 근거로 추론하자면…?"

"저는 아무것도 추론하지 않겠습니다. 리로이 프라이가 특정 종교의 숭배자들에게 심장이 **유용하게** 쓰일 수 있는 방향으로 살해됐다, 여기까지만 말씀드릴 수 있을 뿐."

"'특정 종교의 숭배자들', '유용하게'라. 포장을 참 잘하십니다, 랜도 씨."

"그들을 피에 굶주린 악마라고 표현하고 싶으면 그렇게 하세요, 대위님. 그런다고 한들 그들의 정체를 파악하는 데 전혀 도움이 되지는 않겠습니다만. 그들이 노리는 좀 더 큰 목표가 있는지 여부를 파악하는 데에도요."

"하지만 선생이 제시한 그 '일련의 가능성'을 인정하면 양쪽 범죄의 배후가 **한 집단**이었을 가능성이 확연하게 커지지 않습니까?"

"마퀴스 선생이 맨 처음 그랬을 가능성을 제시했던 걸로 기억합니다만."

어떤 이유에서였는지 모르겠지만—심심해서였을까? 절박해서였을까?—나는 동맹원을 만들어야 할 것 같았다. 그리고 사실 히치콕은 마퀴스 선생에게는 관심이 터럭만큼도 없었다. 그는 내 가설에 구멍을 내는 데에만 관심이 있었다. 나는 그에게 **콕콕콕** 계속 쪼이다 못해 결국 이렇게 얘기하고 말았다.

"얼음창고에 직접 한번 가보세요, 대위님. 그런 다음 제 생각이 틀렸다고 하세요. 그런 다음 구멍도 없고, 글자도 없더라고 하세요. 그들이 제가 얘기한 그런 패턴을 만든 적 없더라고. 그럼 더는 제 가설로 대위님을 괴롭히지 않겠습니다. 그리고 대위님은 희생양을 다시 찾으세요."

이런 식으로 결별하겠다는 협박을 동원한 다음에서야 그를 진정시키고 나도 진정할 수 있었다. 다시 말문을 열었을 때 내 말투는 훨씬 부드러워졌다.

"저한테 기대하신 게 뭔지 잘 모르겠네요, 대위님. 리로이 프라이의 심장을 가져간 범인이 누군지 몰라도 **뭔가**에 아주 열심이었던 건 분명하잖습니까. 왜 그쪽은 아니라고 생각하십니까?"

결국에는 이거였다. 히치콕은 보고서를 제출해야 했고, 이 보고서에 뭐라도 적어야 했다. 우리는 '부연 설명'을 위해 몇 가지 질문을 해결하고 알맞은 단어를 고민한 끝에, 공병감에게 제출할 만한 보고서를 금세 완성할 수 있었다. 지금 당장은 그거면 됐다. 그리고 그것이 우리가 만난 실질적인 목적이었으니 나는 도망칠 수 있게 된 데 자축하며 나올 준비를 하다가… 내 젊은 친구를 언급하는 실수를 저지르고 말았다.

"포요?"

히치콕이 외쳤다.

그는 포를 수사에 동참시킨다는 발상에 이제 막 적응한 참이었다. 그런데 그 포가 적극적인 파트너가 되었다니, 최근에 입수한 단서를 감안해 그를 계속 쓰겠다고 하다니, 여기까지는 히치콕이 미처 예상치 못한 부분이었다. 그는 다시 벌떡 일어나 부모의 입장에서 어쩌고, 의회 규정 저쩌고, 법적으로 어쩌고 하며 또다시 나를 쪼기 시작했다. 나는 그 와중에 어찌어찌 그가 하는 얘기의 핵심을 간파하고 깨달음을 얻었다. 히치콕은 불안해하고 있었다.

"대위님. 다 잘될 겁니다."

생각해 보니 딸아이가 최악의 상황일 때 내게 자주 했던 말이었다.

내가 해도 이 말이 설득력 있게 들릴지 궁금해졌다. (입술 주변을 잔뜩 일그러뜨리며) 히치콕이 말했다.

"하지만 말입니다. 그런… 그런 **단체**가 존재한다면 거기에 속한 회원들은 함부로 건드리면 안 되지 않겠습니까?"

"그럼요. 그래서 포 군에게 정보 수집만 맡기는 겁니다. 그 친구가 하는 일은 그게 시작이자 끝이에요. 다른 위험한 일은 제가 전담하고 있고요."

아, 이 뻣뻣한 군인들이란! 그들은 어지간하면 민간인의 충고를 듣지 않았다. 상대가 대통령이라도 (**특히** 대통령인 경우 더욱) 그랬다. 게다가 어찌나 쪼고 또 쪼는지 결국 나는 이렇게 말하는 수밖에 없었다.

"진정하세요, 대위님. 위험한 일은 건드리지 말라고, 근처에도 가지 말라고 포 군에게 분명하게 못을 박았으니까요."

사실 포 생도에게도 진작 그렇게 얘기했어야 하는데, 그럴 생각이 충분했음에도 잊어버리고 말았다. 나는 대화 도중에 만든 틈새를 활용해 이렇게 덧붙였다.

"늘 그렇듯 그 친구는 학습적인 부분을 최우선 과제로 삼고 있습니다."

"건강이 허락하는 한도 내에서요."

방 안 공기가 누가 봐도 냉랭해졌다. 나는 히치콕에게 되물었다.

"건강이요?"

"선생은 포 군이 최근 앓은 병에서 쾌유하길 바라셔야겠습니다."

"제가 알기로는 이미 차도를 보이고 있습니다."

"듣던 중 다행이로군요."

"대위님이 안부를 묻더라고 전하겠습니다."

"그래 주십시오. 제가 안부를 묻더라고 꼭 전해 주십시오."

같이 교장실에서 나오려는데 히치콕이 나와 악수를 하다 말고 의구심이 극에 달한 표정으로 나를 쳐다봤다.

"랜도 씨, 내가 알기로는 우리 교직원 중에 어느 누구도, 사관후보생과 병사들 중에 어느 누구도 웨스트포인트에서 사탄 숭배의 증거를 발견한 적이 없습니다. 모두의 시선을 피한 것을 포 군은 무슨 수로 찾을 수 있을 거라 보십니까?"

"지금까지는 아무도 제대로 살핀 적이 없으니까요. 그리고 포와 같은 시각으로 살필 수 있는 사람도 없고요."

나는 히치콕과의 면담이 끝나면 항상 습관적으로 사관학교 병원에 안치된 리로이 프라이의 시신을 찾아갔다. 이유는 잘 모르겠다. 이제와 생각해 보면 내 비위를 시험해 보기 위해서였던 것 같다. 왜냐하면 마퀴스 선생이 이 무렵 햄과 소시지의 방부제로 쓰이는 질산칼륨을 시신에 주입하기 시작했다. 그 결과는 분명했다. 시신이 날이 갈수록 퍼레졌고 고기 썩은 내가 코를 찔렀다. 그리고 파리가 탐욕스럽게 날개를 흔들며 온 사방을 날아다녔다.

하지만 그날 밤에 내가 꿈에서 본 리로이 프라이는 상태가 훨씬 괜찮았다. 올가미를 계속 목에 감고 있긴 했지만 가슴의 구멍은 사라졌고 생도들이 입는 회색이 아니라 장교들이 입는 파란색 제복을 입고 있었다. 한 손에는 숯덩이를, 다른 손에는 눈이 파란 새들이 담긴 새장을 들었고 말을 할 때마다 그 새들 소리를 냈다. "나는 얘기하지 않겠어요." 그 새들은 이 말을 외치고 또 외쳤다. 그리고 뒤편 어딘가에서 다른 소리가 들렸다. 여자가 제일 높은 음역대의 고음을 내는 쉰 목소리로 부르는 노랫소리였다. 그 사이로 웨스트포인트의 드럼 연주가 박자에 맞춰 계속 이어졌고 눈을 떠 보니 드럼은 내 가슴속에서 쿵쾅거렸고, 꿈의 잔상은 어둠 속에 반쯤 남아 있었다.

뭐, 상상일 뿐 그 이상은 아니었다. 내가 이 얘기를 꺼내는 이유는 오로지 숙면을 가로막는 어떤 어려움이 있었는지 보여 주기 위해서다. 그 당시에는 잠을 쉽게 이루지 못하고 금세 깼고, 지금까지도 웨스트포인트에서 보낸 시간은 모두 하나의 연속된 과정이 아니었을까 싶을 때가 있다. 막간 없이 꿈이 깸으로, 깸이 꿈으로. 그리고 종점이 없었다. 아직은.

다음 날 아침에 일어나 보니 쪽지가 나를 기다리고 있었다. 문 아래에 끼워져 있었다. 인사도 이름도 없었지만… 누가 보낸 건지 단박에 알 수 있었다. 그가 왼손으로 썼대도 나는 알아보았을 것이다.

랜도 씨. 제가 아주 중요한 사실을 발견했습니다.

그리고 5센티미터 아래에 그보다 글씨가 작지만 다급하기로는 마찬가지인 문구가 있었다.

제가 댁으로 찾아갈까요? 내일?

거스 랜도의 기록

14

11월 7일

나도 한때는 신참이었다. 그래서 그 주 일요일 오후에 포가 이 오두막집으로 오는 첫걸음이 어땠을지 상상이 된다. 먼저 개울을 두 번 건넌다. 그러고 나면 튤립나무 차양 아래로 네덜란드 벽돌로 만든 홀쭉하고 네모반듯한 굴뚝이 보이고, 그 아래로 옛날식 널을 깐 회색 지붕이 양옆 박공 위로 고개를 내민다. 집 자체는 멀리서 봤을 때에 비하면 그렇게 크진 않다. 길이 약 7미터, 너비 약 5미터, 옆에 딸린 부속 건물은 없다. 포도 덩굴이 거의 지붕에 닿는다. 초인종은 없어서 문을 두드려야 한다. 아무도 대답을 하지 않으면 안에 들어가 편히 기다리면 된다.

포가 그랬다. 마치 내가 집을 비우기라도 한 듯 어슬렁어슬렁 안으로 들어왔다. 예의가 없어서라기보다 마음이 급해서였다. 왜 여기가 그에게 그토록 크게 다가왔는지 모르겠지만, 생도가 일주일을 통틀어 유일하게 마음대로 쓸 수 있는 일요일 오후를 내게 할애하겠다고 하면 이유를 따지지 말아야 한다.

그는 베니션블라인드와 말린 복숭아가 달린 줄을 손으로 만지고 굴뚝이 있는 쪽 구석에 매달려 있는 타조알 앞에서 잠깐 걸음을 멈춰 가며 일직선으로 이동했다. 뭔가를 물어보려다 예상치 못했던, 설명이 필요한 다른 물건이 보이면 정신이 팔리길 되풀이했다.

이곳은 전부터 손님이 귀하긴 했지만 그렇게 꼼꼼하게 살핀 사람은 내 기억에는 없었다. 나는 불편해졌다. 내 무심함을 사과하거나 모든 물건마다 알맞은 맥락을 부여해야 할 것만 같았다.

'포 군, 원래는 이 화분에 꽃이 가득 심겨 있었다네. 아내가 제라늄과 팬지를 아주 잘 키웠거든. 그리고 그 양면 카펫? 내 신발이 닿기 전에는 예뻤는데. 창문에는 전부 얇고 하얀 무명 커튼이 달려 있었고, 그래, 그 젖빛 유리 램프에는 이탈리아산 전등갓이 달려 있었는데 갓은 찢어졌고 내가 깜빡하는 바람에….'

포는 동그랗게 돌고 또 돌며 더는 볼 게 없을 때까지 구경했다. 그러고는 창가로 다가가 손가락으로 블라인드 사이를 벌리고 동쪽으로 호스가 묶인 말뚝, 그 너머의 바위 시렁 그리고 거기서 더 나아가 허드슨강의 협곡, 초목이 무성한 슈거로프와 노스리다우트를 내다보았다. 그가 유리창에 대고 중얼거렸다.

"멋지네요."

"고맙네."

"그리고 제가 생각했던 것보다 깨끗하고요."

"가끔 오다가다 들르는 사람이 있거든."

내가 듣기에도 우스꽝스러운 표현이었다. 오다가다 들르는 사람.

한밤중에 이 집 부엌에서 냄비를 닦던 패치와 땀으로 얼룩졌던 새하얀 젖가슴이 언뜻 내 머릿속을 스치고 지나갔다.

포는 이제 난로 옆에 무릎을 꿇고 앉아서 대리석 꽃병을 들여다보고 있었다. 그 안에 뭐가 들어 있을 거라고 생각했을까? 나뭇가지? 꽃? 유골? 분명 **이걸** 예상하지는 못했을 것이다. 그는 그걸 꺼내며 휘파람을 불었다. 25센티미터짜리 활강 총신이 달린 54구경 19모델 화승총이었다.

그가 모래처럼 건조한 투로 물었다.

"비료인가요?"

"기념품일 뿐일세. 마지막으로 쓰인 게 먼로가 대통령이던 시절이야. 탄알은 없지만 화약은 아직 있으니까 시끄러운 소리를 내고 싶으면 쏴 보든지."

그가 의문을 제기했을 수도 있겠지만 다른 것이 그의 시야에 들어왔다.

"**책이** 있네요, 랜도 씨!"

"맞아. 나도 책을 읽는다네."

기껏해야 세 줄이라 서재라고 할 정도는 아니었지만 내 책이었다. 포는 손끝으로 표지를 훑었다.

"스위프트라니 어느 누가 이보다 더 어울릴까요? 통탄할 쿠퍼. 『니커보커의 역사』, 그렇죠, 모든 서재에 갖추어야 할… 갖추어야 할… 오, 그리고 『웨이벌리』! 제가 저걸 다시 읽을 수 있으려나 모르겠군요."

그는 몸을 앞으로 숙였다.

"흠, 흥미롭네요. 존 데이비스가 쓴『암호 해독 기술에 대한 소론』이라니. 그뿐만 아니라 윌리스 교수와 트리테미우스도 있네요. 한 줄이 몽땅 암호 연구예요."

"은퇴 후 취미 생활이라네. 별 뜻 없는 취미 생활."

"제가 랜도 씨를 지칭할 때 절대 쓰지 않을 단어가 별 뜻 없다는 단어일 겁니다. 어디 보자. 음성학, 언어학, 이건 말이 돼요.『아일랜드의 자연사』,『그린란드의 지형』. 극지탐험가이신가… 아하!"

그는 제일 꼭대기 칸에서 파란색 책을 집더니 눈을 반짝이며 내 쪽으로 몸을 획 돌렸다.

"들통나셨습니다, 랜도 씨."

"그래?"

"제 앞에서는 시를 읽지 않는 척하시더니."

"읽지 않는 것 맞네만."

"바이런!"

그는 외치며 천장을 향해 손가락으로 그 책을 곧장 찔렀다.

"그리고 이런 표현을 쓰더라도 양해해 주시길 바랍니다만, 상당히 **손때가** 묻은 것 같아 보이는데요, 랜도 씨. 저희 둘의 공통점이, 제가 생각했던 것보다 많은 모양입니다. 어떤 작품을 가장 좋아하십니까?「돈 후안」아니면「맨프레드」?「해적」, 저는 특히 그 **보이시한** 매력을…."

"다시 꽂아 주게. 딸아이 거라네."

나는 담담하게 얘기하려고 갖은 노력을 기울였지만 어떤 기색이 비쳤는지, 그가 당황스러움에 얼굴을 시뻘겋게 붉히며 책을 떨어뜨렸다.

그 순간 책장 사이에서 놋쇠 체인이 튕겨져 나왔고 그가 낚아챌 겨를
도 없이 **핑** 하는 소리와 함께 나무 바닥에 부딪쳤다. 공기가 그 소리
를 포착해 다시 들려주었다.

포는 얼굴을 일그러뜨리며 무릎을 꿇고 앉아서 체인을 집었다. 오
므린 손바닥 위에 그걸 얹어서 내게 내밀었다.

"이건…."

"그것도 딸아이 것이지."

그는 침을 꿀꺽 삼켰다. 체인을 책 속에 다시 넣고 책을 다시 책꽂
이에 꽂았다. 손에 묻은 먼지를 털었다. 단풍나무로 만든 긴 의자로
가서 라탄 좌석에 앉았다.

"따님이 이제는 여기 안 사시나요?"

"그렇다네."

"그럼…."

"도망쳤다네. 어느 정도 됐지."

그의 손이 매듭처럼 풀렸다가 뭉쳐졌다가 풀렸다가 뭉쳐지기를 반
복했다. 나는 말했다.

"딸아이가 어떤 사람과 **함께**. 도망쳤는지, 그게 궁금하지? 그렇다
네."

그는 어깨를 으쓱하고 바닥을 쳐다봤다. 어느 정도 시간이 지난 뒤
에 그가 물었다.

"선생님이 아는 사람이었나요?"

"잘 아는 사이는 아니고."

"그리고 따님은 돌아올 가능성이 없고요?"

"아마도."

"그럼 저희 둘 다 이 세상에 아무도 없는 외톨이로군요."

그는 누군가에게 들은 재밌는 이야기를 생각해 내려고 애를 쓰는 사람처럼 희미하게 미소를 지으며 이렇게 말했다.

"**자네**는 외톨이가 아니지. 자네에게는 리치먼드에 사는 앨런 씨가 있으니."

"음, 앨런 씨는 다른 데 정신이 팔려 있어요. 사실 얼마 전에 쌍둥이의 아버지가 됐거든요. 그리고 재혼을 앞두고 있기도 하고요. 안타깝게도 쌍둥이의 엄마가 아닌 **다른** 여자하고요. 상관없습니다. 이제 저는 그에게 거의 아무것도 아니니까요."

"그리고 어머니. 자네에게는 그래도 **어머니가** 계시잖나?"

나는 가시 돋친 말투를 쓰지 않으려고 애를 썼지만 잘되지 않았다.

"요즘도 자네에게 **말씀을** 하시겠지?"

"가끔요. 네, 저는 그렇게 믿습니다. 하지만 **직접적으로** 하신 적은 없어요."

포는 손을 펼쳐 보였다.

"저는 사실 어머니에 대한 기억도 없습니다, 랜도 씨. 제가 세 살이 되기도 전에 돌아가셨거든요. 하지만 형은 그때 네 살이었기 때문에 **형이** 어머니에 얽힌 이런저런 얘기를 들려주었죠. 어머니가 어떤 식으로 처신하셨는지. 아, 그리고 **체취**도요. 항상 흰붓꽃 향이 났다고 했습니다."

이 시점에서 이상한 현상이 벌어지기 시작했다. 기압이 달라졌다고 해야 할까. 마치 내 머리 바로 위에서 폭풍이 생성되는 듯한 느낌이었다. 몸이 오싹해지고 눈이 펄떡거리고 코털이 곤두섰다. 나는 희미하게 물었다.

"어머님이 배우셨다고 했지?"

"네."

"노래도 하셨겠지?"

"아, 그렇죠."

"성함이 어떻게 되셨나?"

"일라이자. 일라이자 포셨습니다."

기분이 묘했다! 관자놀이가 점점 무지근해졌다. 아프지는 않았다. 심지어 불쾌하지도 않았다. 다만 곧이어 벌어질 일에 대비하라는 경고였다. 그 일에 대한 **기대**였다.

"어머니에 대해 좀 더 들려주겠나?"

그의 시선이 방 안을 한 바퀴 훑었다.

"어디에서부터 시작해야 할지…. **영국인**이셨어요. 먼저 그것부터 말씀드려야 하지 않을까 싶습니다. 1796년에, 아직 어린 나이였을 때 어머니와 함께 미국으로 건너오셨고요. 당시 성함은 일라이자 아널드. 처음에는 아역을 하다 순진한 처녀를 거쳐 여자 주인공으로 바뀌었죠. 아, 어머니는 여기저기서 공연을 하셨답니다. 랜도 씨. 보스턴, 뉴욕, 필라델피아… 어디에서든 **열광적인** 인기를 누리셨고요. 돌아가시기 전에 오필리아 역을 맡으셨어요. 줄리엣, 데스데모나도. 소극, 신파극, 활인화[*]…. 어머니가 하지 못할 연극은 없었죠."

---

[*]   분장한 배우가 정지된 모습으로 명화나 역사적 장면 등을 연출하는 작품.

"생김새는 어떠셨나?"

"사람들 말로는 고우셨다고 하더군요. 카메오가 있으니 나중에 보여드릴게요. 아담하지만 몸매가 예뻤고… **검은** 머리셨습니다."

그는 자기 머리칼을 만지작거렸다.

"그리고 눈이 컸고요."

그는 자기 눈을 동그랗게 뜨다 말고 장난꾸러기처럼 씩 웃었다.

"죄송합니다. 어머니 얘기를 할 때마다 웃음이 나요. 아마도 육체적으로나 정신적으로나 좋은 건 뭐가 됐건 어머니에게 물려받은 거라 그런가 봅니다. 저는 그렇게 믿고 있거든요."

"그리고 성함이 **일라이자** 포였다고?"

묘한 표정이 그의 얼굴을 스치고 지나갔다.

"네. 뭔지 몰라도 마음에 걸리는 게 있으시군요, 랜도 씨."

"그건 아닐세. 자네 어머님의 연기를 한 번 본 적이 있어. 아주 오래전에."

고백을 하나 하자면 나는 명작을 읽은 게 별로 없다. 오페라 공연이나 교향악 연주회나 문화회관에도 간 적이 거의 없다. 메이슨 · 딕슨선 [*] 이남으로는 가본 적이 없다. 하지만 극장은 뻔질나게 드나들었다. 아버지가 하지 못하게 했던 온갖 죄를 골라서 저지를 수 있게 된 순간부터 나의 선택을 가장 많이 받은 것이 연극이었다. 나중에는 아내가

---

[*] 메릴랜드주와 펜실베이니아주의 경계선으로 미국 남부와 북부의 경계. 과거 노예제도 찬성 주와 반대 주의 경계이기도 하다.

그걸 두고 자기를 걱정시킨 애인은 연극밖에 없다고 했을 정도였다. 나는 요부의 부채라도 되는 듯이 연극 프로그램을 집으로 들고 들어가, 코를 골며 자는 어밀리아를 옆에 두고 불덩이 저글링에서부터 눈썹을 시커멓게 그린 코미디언을 거쳐 비극의 여왕에 이르기까지 프로그램을 처음부터 끝까지 머릿속에서 재생하곤 했다. 나는 살아생전에 에드윈 포러스트와 다리 세 개로 춤을 추는 말, 알렉산더 드레이크 부인과 히타이트의 주지나라고 불린 통속 희가극 댄서, 존 하워드 페인과 다리로 머리를 감싸고 발가락으로 코를 긁는 여자아이의 공연을 직접 관람하는 영예를 누렸다. 그들과 동네 술집에서 친하게 지내는 사이라도 되는 듯 이름을 모두 꿰고 있었다. 지금도 그중 한 사람의 이름만 들으면 전체적인 분위기가 꼬리에 꼬리를 물고 떠오른다. 사운드, 무대 그리고… 그 **냄새**까지. 촛농 냄새가 서까래의 먼지, 침이 엉겨 붙은 땅콩 껍데기, 땀에 전 털옷 냄새와 한데 어우러져 그 어떤 약물 못지않은 순도를 자랑하는 11월 오후 뉴욕의 극장 냄새는 어디에도 비할 수 없으니까.

일라이자 포라는 이름을 들었을 때 벌어진 현상이 그거였다. 나는 순식간에 21년을 거슬러 올라가 파크스트리트극장 오케스트라석 8열, 50센트짜리 그 자리에 착석했다. 때는 겨울이었고 극장 안은 구빈원처럼 추웠다. 맨 위층 갤러리석에 앉은 매춘부들은 숄만 걸친 채 벌벌 떨었다. 그날 저녁 공연 때는 쥐 두 마리가 내 신발 위로 지나갔고, 10열 뒤에서 어떤 여자가 빽빽 울어 대는 아이에게 젖을 물렸고, 뒤편 벤치석에서 소소한 화재가 발생했다. 나는 공연을 관람하느라 그런 줄도 거의 몰랐다. 그날 상연된 작품은 〈테켈리: 혹은 몬트가트츠 포위

224

작전〉이었다. 헝가리의 애국지사를 다룬 신파극이었다. 줄거리는 거의 기억이 나지 않는다. 튀르키예의 봉신과 운명이 엇갈린 연인, 이름이… 아, 게오르기와 보그단이었던 털모자 쓴 남자들 그리고 마자르족 조끼를 입고, 땋은 머리 가발로 빗자루처럼 바닥을 쓸며 터벅터벅 걷던 여자들. 하지만 테켈리 백작의 딸을 연기했던 배우는 똑똑히 기억한다.

맨 처음 관객의 시선을 사로잡은 것은 아담하기 짝이 없는 체구였다. 금방이라도 부러질 것 같은 어깨와 손목, 피리 같은 목소리…. 너무 가냘파서 그런 중노동을 무슨 수로 감당할까 싶었다. 나는 그녀가 무대를 가로지르며 달려가 애인 역을 맡은 약간 뚱뚱한 중년 배우에게 몸을 던지던 것을 기억한다. 그녀는 그야말로 그에게 **삼켜졌다**. 무대가 그보다 더 위압적으로 느껴진 적이 없었다.

하지만 공연이 이어지는 동안 그녀에게서 뿜어져 나오는 당찬 기운으로 그녀가 더 커 보이고, 그것이 주변의 다른 배우들에게까지 확장돼 투실투실한 애인이 그녀의 눈에 사랑스러운 모습으로 서서히 변모해가는 것을 느낄 수 있었고, 억지스러운 설정과 죽는 장면이 난무했던 이 작품에마저 그녀의 기운이 반영됐다. 그녀의 확신이 작품을 끌고 나갔고 나는 더 이상 그녀를 걱정하지 않고 그녀를 그리워하기 시작했다. 그녀가 무대에서 내려가자마자 다시 돌아오길 바라게 됐다. 그녀가 등장할 때마다 환호성이 파문처럼 일었고 그녀가 죽음을 맞이하자 (줄리엣처럼 애인의 시신 위로 쓰러졌다) 두어 명은 대놓고 통곡했으니 나만 그런 게 아니었다. 가엾은 테켈리가 독립한 헝가리를 상대로 저지른 자신의 만행을 슬퍼하며 막이 내려졌을 때 앙코르 요청을 받은 유일한 배우가 그녀였던 것은 어찌 보면 당연한 일이었다.

누런색 조명이 머리와 손을 비추는 가운데 그녀가 커튼 앞에 서서 옅게 웃었다. 그제야 나는 그녀가 생각보다 젊지 않다는 것을 알아차렸다. 수척한 얼굴은 잔주름으로 덮였고, 손은 쪼글쪼글했고, 팔꿈치는 습진으로 얼룩덜룩했다. 앙코르 요청을 받아들이기가 무리일 정도로 피곤해 보였고 거기가 어디인지 잊어버린 사람처럼 눈빛이 멍했다. 하지만 잠시 뒤 그녀는 오케스트라박스 안의 지휘자를 향해 고개를 끄덕였고, 단 두 소절 만에 목을 풀고 노래를 부르기 시작했다.

그녀의 목소리는 체구만큼이나 작았다. 누가 들어도 너무 가냘파서 파크극장처럼 넓은 곳에 어울리지 않았다. 하지만 이것이 그녀에게는 유리하게 작용했으니 다들 집중해서 듣느라 심지어 갤러리석의 매춘부들마저 재잘거림을 멈추었고, 목소리가 워낙 맑고 깨끗해서 굵은 목소리보다 더 멀리까지 들렸다. 그녀는 꼼짝 않고 서 있다가 노래가 끝나자 한쪽 다리를 뒤로 빼고 무릎을 살짝 굽혀 절을 하며 다시 미소를 지었고, 두 번째 앙코르는 사양한다는 몸짓을 했다. 그러고는 퇴장할 준비를 하다 말고, 갑작스럽게 불어온 바람이 페티코트를 잡아당기기라도 한 것처럼 뒤로 한 발 휘청거렸다. 하지만 그것이 작별 인사의 일부였던 듯이 얼른 다시 자세를 가다듬고 조심스럽게 무대 옆쪽을 향해 걸었고, 손을 한 번 흔드는 것을 끝으로 사라졌다.

나는 그때 알았어야 했다. 그녀가 죽음을 앞두고 있었다는 것을.

뭐, 젊은 친구에게 이런 사연을 **전부** 공개하지는 않고 괜찮은 부분만 들려주었다. 객석의 흐느낌과 환호만. 그렇게 공연에 몰입한 관객은 내 평생 전무후무했다. 그는 넋을 잃은 채 내 발치에 앉아서 내 입에서 쏟아져 나오는 단어들을 그야말로 눈에 담았다. 그러고 나서는 종교재판소장처럼 예리하게 질문을 퍼부었다. 이야기를 다시 한 번 반복하고, 내가 기억하지 못하는 세세한 부분들까지 기억해 내길 바랐다. 그녀가 어떤 색깔의 의상을 입었는지, 다른 배우들의 이름은 뭐였는지, 오케스트라 규모가 어땠는지.

그가 숨을 거칠게 몰아쉬며 말했다.

"어머니가 부르셨다는 노래요. 지금 불러 주실 수 있겠습니까?"

나는 안 될 것 같다고 했다. 20년도 넘게 지난 일이었다. 정말 미안하지만 내 능력 밖이었다.

그래도 상관없었다. 포가 내 집 응접실 바닥에서 직접 부르기 시작했으니 말이다.

간밤에 개들이 짖기에

무슨 일인가 대문 앞으로 나가 보니

모든 처녀들에게 애인이 있건만

날 찾는 이는 아무도 없어.

아! 나는 어떻게 되려나

아! 나는 어찌해야 되려나

내 짝은 어디 있을까

내게 청혼하는 이 아무도 없어

내게 청혼하는 이 아무도 없어.

5도 위 딸림음으로 음이 점점 높아지다가 마지막 순간에 으뜸음으로 잦아드는, 지극히 구슬픈 종결부에 이르자 나도 비로소 기억이 났다. 포도 그 종결부의 효과를 아는지 마지막 세 음을 길게 늘였다. 그는 서정적이고 듣기 좋은 바리톤 음색이었고 말할 때와는 다르게 그걸로 멋을 부리지 않았다. 불러 가며 음을 맞추는 눈치였고, 마지막 음이 끝나자 그가 고개를 들고 말했다.

"어머니 키가 아니라 제 키로 불렀습니다."

그러고는 좀 더 감정이 실린 목소리로 이렇게 말했다.

"그걸 직접 들으셨다니 정말 영광이셨겠습니다, 랜도 씨."

정말 영광이었기에 나는 그렇다고 했다. 그렇지 않았다 한들 그렇게 대답했을 것이다. 한 남자와 돌아가신 그의 어머니 사이에는 끼어들지 말자는 것이 나의 좌우명이다.

"무대에서 어머님이 어떠시던가요?"

"매력적이었지."

"그냥 하시는 말씀이?"

"아닐세, 그럴 리가. 유쾌한 배우였어. 천진난만하고… **투명**했지, 아주 좋은 방향으로."

"저도 그렇게 들었습니다. 저도 어머니의 공연을 직접 볼 수 있었다면 얼마나 좋았을까요."

그는 두 손으로 턱을 감쌌다.

"운명이 랜도 씨와 저를 이런 식으로 연결하다니 신기하기 그지없습니다. 선생님께서 어머니 공연을 보신 이유가 나중에 이렇게 저에게 알려 주기 위해서가 아닌가 싶을 정도예요."

"그리고 이렇게 내가 알려 주었지."

"그러게요. 참으로… 참으로 엄청난 축복이지 뭡니까."

그는 고개를 숙이고 한데 맞잡은 손을 꿈틀거려 손가락끼리 맞부딪치는 감각을 느꼈다.

"랜도 씨는 이해하실 거라고 봅니다, 엄청난 상실감이 어떤 건지. 목숨보다 소중한 사람을 잃는다는 게 어떤 건지 말입니다."

나는 덤덤하게 말했다.

"음, 아마 그렇겠지."

그가 회유하는 미소를 지으며 나를 흘끗 올려다보았다.

"혹시 말입니다. **그분**에 대한 얘기도 들을 수 있을까요?"

"그분이라니?"

"따님이요. 이견이 없으시다면 어떤 분이었는지 듣고 싶은데요."

훌륭한 질문이었다. 이견이 있을까?

누군가가 그렇게 물은 게 하도 오랜만의 일이라 예전에는 이견이 있었다 한들 뭐였는지 기억이 나지 않았다. 그래서 그가 워낙 정중하게 물은 데다 그 자리에는 우리 둘뿐이었고, 장작불이 나지막이 잦아들어 공기가 가장자리에서부터 서서히 차가워지기 시작했기에 나는 이야기를 시작했다. 아마도 딸아이가 가장 살갑게 느껴졌던 일요일 오후였다는 점까지 더해졌을 것이다.

특별한 순서는 없었다. 지난 세월을 왔다 갔다 하며 추억을 끄집어냈다. 그린우드 공동묘지 느릅나무에 올라갔다가 떨어졌던 것. 풀턴 시장 한복판에 앉혀 놓았던 것. 딸아이는 아주 어렸을 때부터 아무리 정신없는 장터라도 한번 앉혀 놓으면 꼼짝도 하지 않았고 칭얼거리지도 않았다. 자기를 다시 데리러 오는 사람이 있다는 걸 알았기 때문이었다. 열세 번째 생일을 앞두고 아널드 컨스터블에서 드레스를 샀던 것. 아, 그리고 콘토이트에서 아이스크림을 먹고 메트로폴리탄 호텔 바텐더 제리 토머스를 안아 주었던 것.

딸아이가 입은 페티코트에서는 항상 특유의 소리가 났다. 개울물이 둑에 부딪쳐 휘몰아치는 것 같은 소리였다. 딸아이는 신발끈이 잘 묶였는지 확인하는 사람처럼 항상 고개를 살짝 숙이고 걸었다. 오직 시인만 그 아이의 울음보를 터뜨릴 수 있었다. 평범한 인간은 거의 가망 없었다. 누가 심술궂게 말을 하면 뭣 때문에 그렇게 형편없는 인간으로 전락해 버렸는지 파악하려는 것처럼 상대방을 **빤히** 쳐다봤다.

그리고 사투리를 쓸 줄 알았다. 아일랜드어, 이탈리아어 그리고 독일어는 최소 세 군데. 어디서 그걸 다 배웠는지 모를 일이었다. 뉴욕의 길거리였을까? 극단에서 일을 해도 좋았을 텐데 성격이 너무 **내성적**이었다. 아, 펜을 쥐는 법이 특이해서 물고기 사냥을 하는 사람처럼 펜대를 잡고 주먹을 쥐었다. 손에서 쥐가 나도 계속 그렇게 잡았다.

웃음소리에 대해서도 내가 얘기했던가? 콧구멍에서 바람이 나오는 정도의 **은밀한** 소리에 이어 턱이 떨리거나 목이 뻣뻣해지거나. 정신 바짝 차리고 있지 않으면 웃는지도 모르고 그냥 넘어가기 십상이었다. 포가 물었다.

"이름은 알려 주질 않으셨네요."

"딸아이 이름?"

"네."

"매티라네."

내 목소리에서 뭔가가 떨어져 나왔다. 그때 이야기를 접었어야 하는데 나는 비틀비틀 계속 이어 나갔다.

"이름이 **매티**지."

나는 눈물이 쏟아지는 두 눈을 팔로 덮고 웃음을 터뜨렸다.

"내가 주책이로군그래, 이해해 주기 바라네…."

포가 상냥하게 말했다.

"이제 얘기 그만하고 싶으시면 그만하셔도 됩니다."

"잠깐 끊는 게 좋겠네."

분위기가 어색했다. 아무 일도 없었던 척할 수도 있었겠지만 포가 그럴 필요를 없게 만들었다. 그는 내게 들은 얘기를 흡수해 다른 데 저장하고는 아주 오래전부터 알고 지낸 사이인 듯 다정하게 말했다.

"정말 감사합니다, 랜도 씨."

이보다 더 달콤할 수 없는 사죄가 담긴 듯한 말투였다. 나는 말을 끊고 내가 뭘 사죄받는 건지 자문하지 않았다. 내가 느꼈던 당황스러움이 벌써부터 스르르 사라지고 있음을 알 수 있었다.

"**내가** 더 고맙네, 포 군."

나는 그를 향해 고개를 숙여 인사했다. 벌떡 일어나 코담배를 찾으러 갔다. 나는 큰 소리로 외쳤다.

"자! 이런저런 얘기를 나누느라 우리가 맡은 임무를 까맣게 잊고 있었군그래. 아까 뭔가를 찾았다고?"

"그 정도가 아닙니다, 랜도 씨. **누군가를** 찾았어요."

포는 (예상했던 대로) 금요일 오후, 오후 열병식이 끝나고 석식 도열을 알리는 나팔 소리가 울리기 전에 행동을 감행했다. 이 시간에 기도회 임원 가운데 한 명인 루엘린 리라는 2학년 생도에게 접근해, 일요일 예배 때까지 너무 한참 남았으니 다음번 집회 때 자기도 참석해도 되느냐고 애원하는 투로 나지막이 물은 것이다. 리는 회원 몇 명을 얼른 소집해 총기 거치대 옆에서 즉석 회의를 열었다.

"얼마나 따분한 집단이었는지 모릅니다, 랜도 씨. 제가 실은 어떤 종교적인 원칙을 따르는지 밝혔다면 거기서 당장 쫓겨났겠죠. 그렇다 보니 제 평소 성격과는 전혀 다르게 온순하고 공손한 척했습니다."

"고맙게 생각하네, 포 군."

"그런데 행운이 저희 편이었습니다. 그들은 광신도이다 보니 기본적으로 모든 면에서 남의 말을 잘 믿거든요. 그래서 아무 거리낌 없이 저를 다음번 집회에 초대하더군요. 게다가 제가 최근에 동료 생도와 엮인 어떤 일 때문에 영적인 조언이 간절하다고 했으니… 그들의 귀가 얼마나 쫑긋해졌겠습니까? 무슨 일인지 설명해 보라고 하더군요. 그래서 저는 벌벌 떠는 목소리로 이 생도가 어떤 **제안**을 했다고 선포했습니다. 다소 사악하고 제가 보기에는 비기독교적인 제안을요. 좀 더 자세히 얘기해 달라기에 제 믿음의 근간을 뒤흔드는 제안이라고… 고대에서 유래된 신비롭고 불가사의한 의식을 배워 보지 않겠느냐는 설득에 시달리고 있다고 설명했습니다."

(그가 실제로 이렇게 표현했던가? 그건 아닌 것 같다.)

"그들은 발끈했습니다, 랜도 씨. 이 끈질긴 생도가 누군지 정체를 밝히라고 요구하더군요. 물론 저는 이 친구가 은밀하게 제안한 거라 제 명예를 걸고 그의 이름은 비밀에 붙일 의무가 있다고 했죠. 그들은 **그래, 우리도 이해하네**, 했다가 곧바로 다시 따져 묻더군요. **누구인**

가? 누가 그런 제안을 했어?"

그때 기억을 떠올리며 그는 눈을 반짝거렸다.

"아, 그래도 저는 꿋꿋하게 버텼습니다. 주님이 번개로 내리치겠다고 협박해도 밝힐 수 없다면서. 그러면 안 되는 거 아니냐고. 장교와 신사의 도리에 어긋나는 거라고. 이런 식으로 계속 옥신각신하는데, 참을 수 없을 정도로 흥분한 한 생도가 드디어 이렇게 묻더군요. **마퀴스인가?**"

이제 그는 잔인한 미소를 짓고 있었다. 누가 봐도 뿌듯해하는 표정이었는데, 왜 아니겠는가. 신입생이 상급생을 이겨 먹는 건 날이면 날마다 오는 기회가 아니다.

"**에 알로르***, 랜도 씨! 제 깜찍한 계략과 그들의 어수룩한 감성 덕분에 이름을 하나 입수하게 되었지 뭡니까."

"그게 단가? 이름 하나가?"

"감히 거기서 어찌 더 나가겠습니까? 실수로 그 이름을 흘린 생도도 당장 입을 꾹 다물었죠."

"하지만 이해가 안 되는군. 자네는 생도라고 공표했는데 어째서 마퀴스 선생이냐고 물었을까?"

"마퀴스 선생이 아니라… **아티머스** 마퀴스요."

"아티머스?"

함박웃음이 더 커졌다. 진주처럼 완벽한 이가 한껏 드러났다.

"마퀴스 선생의 외아들이요. 4학년 생도입니다. 취미가 흑마술이라고 소문이 났고요."

---

* 프랑스어로 '그래서'라는 뜻.

거스 랜도의 기록
15
11월 7일에서 11일

그 순간 포에게 새로운 임무가 부여됐다. 아티머스 마퀴스와 가까워질 방법을 찾아 최대한 많은 정보를 알아내고 내게 정확한 간격으로 보고하는 것. 다음번 모험의 목전에서 내 젊은 첩보원의 얼굴이 하얘졌다.

"랜도 씨, 송구스럽지만 그건 불가능합니다."

"어째서?"

"아, 제가… 제가 이 동네에서 조금 유명하긴 합니다만, 마퀴스 군도 제 존재를 **알 거라고** 생각할 근거가 없습니다. 저희가 같은 중대에서 행진하긴 하지만 저희 둘 모두를 아는 지인도 없고, 제가 신입생이다 보니 사회생활을 할 만한 기회도 **거의** 없는지라…."

그는 장담했다, 이건 가망 없는 계획이라고. 기도회에서 이름을 하나 알아내는 것과, 4학년 생도와 속을 털어놓을 수 있는 사이가 되는 건 차원이 다른 문제라고.

"자네는 분명 방법을 찾을 거라고 보네. 자네는 마음만 먹으면 아주 매력적인 인물이 될 수 있거든."

"하지만 제가 정확히 어떤 정보를 찾아야 합니까?"

"글쎄. 나도 아직은 잘 모르겠네, 포 군. 마퀴스 군의 신임을 얻는 게 첫 번째 과제인 것 같은데. 일단 거기에 성공하면 눈을 크게 뜨고 귀를 쫑긋 세우기만 하면 되지 않을까?"

그래도 그가 구시렁거리자 나는 그의 어깨에 손을 얹었다.

"포 군, 이걸 할 수 있는 사람이 딱 한 명 있다면 바로 자넬세."

나는 진심으로 그렇게 믿었던 것 같다. 그렇지 않고서야 내가 어떻게 그에게서 소식 한 장 없이 일주일을 그냥 흘려보낼 수 있었겠는가? 그래도 목요일 밤이 찾아오자 우리 계획이 성공할 수 있을 거라는 희망을 접기 시작하기는 했다. 히치콕 앞에서 뭐라고 변호할지 고민하고 있었을 때 호텔 방문을 두드리는 소리가 들렸다.

문을 열어 보니 복도에 아무도 없었다. 하지만 아무 무늬 없는 갈색 종이로 싼 꾸러미가 나를 기다리고 있었다.

내가 기대했던 건 정보 쪼가리, 아주 간단한 보고서였다. 그런데 포가 제출한 건 완벽한 원고였다. 넘겨도 넘겨도 끝이 없었다! 언제 그걸 다 적었는지 아무도 모를 일이었다. 세이어는 혹독하기로 명성이 자자한 교장이다. 새벽에 울리는 기상 신호, 오전 기동훈련, 식사, 수업, 교육, 열병식, 9시 30분에 귀영. 어느 날이든 생도들은 7시간 이상 잘 수가 없다. 지난 일주일 동안 포가 남긴 기록을 보니 4시간이라던 평소 수면 시간보다 덜 자고 버틴 모양이었다.

나는 그 보고서를 앉은 자리에서 단숨에 읽었다. 읽는 동안 적지 않은 즐거움을 느낄 수 있었는데, 모든 이야기가 그렇듯 저자의 많은 면모가 드러나기 때문이었다. 물론 당사자는 그렇게 생각하지 않겠지만.

에드거 A. 포가 오거스터스 랜도에게
제출한 보고서
11월 11일

오늘자까지 실시한 수사의 간략한 내력을 동봉합니다.

최대한 사실에 입각해 기술하고자 각고의 노력을 기울였습니다. 정확하게요, 랜도 씨! 서정적인 표현은 진저리만 유발할 테니까요. 제가 공상이라는 실수를 범하거든 특권 남용이 아니라 천직과 영혼을 분리하지 못하는 시인의 **반사작용**으로 이해해 주시기 바랍니다.

아티머스 마퀴스와 친분을 쌓는 게 얼마나 불가능에 가까운 과제인지는 선생님께 충분히 강조했다고 생각합니다. 사실 저는 일요일 밤과 월요일 새벽 내내 고민에 고민을 거듭한 끝에 마침내 결론을 내렸습니다. 마퀴스 생도의 환심을 사려면 그의 가장 깊고, 가장 비밀스러운 부분—제가 너무 앞서 나가는 건 아닌지 모르겠습니다만—을 건드릴 수 있을 만한 행동을 공개적인 자리에서 보여야 하겠다고요.

그래서 월요일 기상 신호가 그치자마자 지체 없이 병원으로 달려가 마퀴스 선생을 찾았습니다. 이 선량한 신사분은 제게 어디가 불편하냐

고 묻더군요. 저는 배가 아프다고 했습니다. "현기증도 있고?" 마퀴스
선생은 외쳤습니다. "맥을 짚어 보겠네. 몹시 빠르군. 알겠네, 포 군,
오늘은 실내에서 건강을 살피도록 하게. 양호교사가 소금을 조금 줄
걸세. 내일은 이리저리 돌아다니고 훈련도 받고 하면서 몸을 좀 움직
이기 바라네. 그보다 좋은 게 없으니." 저는 소금과 일과 면제 허가증
을 들고, 지휘근무생도들과 함께 조식 도열을 감독 중인 조지프 로크
하사를 찾아갔습니다. 다른 중대원들과 함께 서 있는 아티머스 마퀴스
군에게 시선이 향하는 것을 어쩔 수가 없더군요.

그의 외모를 잠깐 설명하겠습니다. 랜도 씨. 그는 키가 180센티미
터쯤 되고, 호리호리하고 탄탄하며, 눈은 녹갈색이 섞인 초록색이고
밤색 머리칼은 사관학교 이발사들이 그걸 누르느라 애를 먹을 정도로
심한 곱슬입니다. 4학년 생도에게 주어지는 특권을 염두에 두고 콧수
염을 기르기 시작해 아주 꼼꼼하게 다듬고 있죠. 도톰하고 온화한 입
술은 항상 미소를 머금고 있습니다. 제가 알기로는 아주 잘생긴 미남
으로 간주되며, 감수성이 풍부한 사람이라면 그의 준수한 외모에서 바
이런이 환생했나 하는 생각을 할 수도 있겠습니다.

로크 하사는 의사가 써 준 허가증을 읽더니 험악하게 인상을 쓰더
군요. 이제 청중이 생겼음을 간파한 저는—그중 한 명이 마퀴스 생도
였죠—그 기회를 놓치지 않고 현기증뿐 아니라 그보다 더 심각한 **그랑
앙뉘**[*] 발작이라는 병까지 걸렸다고 선포했죠. 하사는 반문했습니다.
"그랑 앙뉘?"

---

[*]   프랑스어로 '엄청난 권태'라는 뜻.

"그것도 증상이 가장 고약한 것으로요."

이 말을 듣고 몇몇 영민한 생도들은 자기들끼리 키득거리기 시작했죠. 다른 생도들은 일과가 지체되는 데 짜증을 내며 대놓고 불만을 표출하기 시작했고요. "그것 참 어지간히 시간을 잡아먹네! 어이, 얼른 좀 끝내, 아버님!"(유감스럽지만 이 별명에 대해서는 제가 설명을 해야겠습니다. 동급생들과 견주었을 때 저는 나이 들어 보이는 축에 속합니다. 그도 그럴 것이, 대부분의 동급생들보다 나이가 한참 많으니까요. 반면에 저와 한 방을 쓰는 깁슨 군은 기껏해야 열다섯 살로 보이죠. 원래 제 아들이 이 학교에 입학하기로 되어 있었는데 요절하는 바람에 제가 대신 들어왔다는 악의적인 소문까지 돈 적이 있습니다.) 이런 어처구니없는 행동은 부관생도에게 당장 저지당했고, 저희 중대원들은 대부분 군소리 없이 이 과정을 지켜보았다고 기쁘게 보고하는 바입니다. 아티머스 마퀴스도 그중 한 명이었고요.

이 무렵 로크 하사는 점점 짜증을 내기 시작했습니다. 제가 제 증상이 실제로 심각하다고 설명하려 했음에도 그는 아랑곳하지 않고 말조심하지 않으면 상부에 보고하겠다고 하더군요. 저는 결백을 주장하며 정 그러면 의사선생님께 직접 물어보라고 외쳤습니다. 저는 이렇게 외치는 와중에도 아주 무모한 짓을 저질렀습니다. 랜도 씨. 중대원들 사이에서 아티머스 마퀴스를 골라내 눈을 맞추고, 몰래 하지만 누가 봐도 분명하게 **윙크**를 했다는 거 아니겠습니까.

마퀴스가 자기 아버지에 대한 효심이 지극했다면 그걸 엄청난 모욕으로 간주했을 테고, 그랬다면 제가 그와 가까워질 수 있는 가능성은 그 자리에서 당장 날아가 버렸겠죠. 그런데도 왜 제가 그런 위험을 감수했느냐고요? 종교적인 통념에 흔쾌히 반기를 드는 남자는 가족적인 통념에도 얼마든지 반기를 들 수 있다는 결론을 내렸기 때문입니다. 따라서 그렇다고 짐작할 선험적인 이유는 없음을 인정합니다만, 그 청년이 재밌어하며 만면을 찡그렸으니 저의 추론은 맞는 것으로 입증이 된 셈입니다. "사실입니다. 저희 아버지도 이런 증상은 처음 본다고 말씀하셨어요."

이런 사태 전환에 즐거워진 저는 또 다른 교칙 위반을 시도했습니다. 로크 하사가 불손하다고 주의를 주려고 아티머스를 돌아보았을 때, 제 증상이 예배시 가장 심각해진다고 누구라도 들을 수 있게 큰소리로 외친 겁니다. "그래서 예배를 건너뛰어야 할 것 같습니다." 저는 아주 콕 집어서 외쳤죠. "최소한 앞으로 3주 동안은요."

아티머스가 손으로 자기 입을 가리는 것이 보였지만 재밌어하는 표정과 경악하는 표정, 둘 중에서 뭘 가리기 위해서였는지는 알 수 없었습니다. 로크 하사가 저를 똑바로 쳐다보고 "가당치 않게 뻔뻔한 발언"을 일삼는다며 초소 근무를 한두 번 추가하면 "그걸 고칠 수 있겠다"고 평소답지 않게 낮은 목소리로 힐난했기 때문입니다. 그는 도처에 휴대하고 다니는 공책을 꺼내 제게 벌점 3점을 주고 구두를 제대로 닦지 않았다며 또 1점을 추가했습니다.

(랜도 씨, 이쯤에서 이야기를 잠시 중단하고 히치콕 대위님께 잘 말씀드려 주십사 간청하는 바입니다. 사관학교의 안위가 제 최대의 관심사가 아니었다면 그런 식으로 뻔뻔하게 교칙 위반을 자초했을 리 있겠습니까. 벌점을 걱정하는 것이 아니라 초소 근무를 서면 저희가 진

행 중인 수사에 엄청난 지장을 초래할 것이기에 드리는 말씀입니다. 제 건강에도 그렇고요.)

로크 하사는 제게 지체 없이 막사로 돌아가되 장교들이 오전 시찰을 시작할 때 자리를 비우지 않는 편이 좋을 거라고 했습니다. 제가 그 명령대로 남쪽 22번 막사를 충실히 지키고 있었을 때 10시 직후에 문을 두드리는 소리가 들리더군요. 다름 아닌 생도대장님이 제 막사로 들어왔을 때 제가 얼마나 놀랐겠습니까, 랜도 씨. 저는 당장 일어나 차렷 자세를 취했습니다. 모자와 제복 재킷이 벽에 제대로 걸려 있고 침구가 반듯하게 개어져 있는 걸 보고 안도하면서요. 무슨 이유에서인지 히치콕 대위님은 평소보다 길게 저희 전실과 취침실을 시찰하셨고 웬일로 시커메져가고 있는 제 솔까지 짚고 넘어가시더군요. 마침내 시찰이 종료됐을 때에는 아주 신랄하달 수 있는 투로 현기증은 좀 어떠냐고 물으셨고요. 저는 애매하게 답변하는 수밖에 없었습니다. 그러자 히치콕 대위님은 향후에는 로크 하사의 반감을 사는 행위는 자제하라고 명령하시더군요. 저는 그럴 의도는 없었다고 말씀드렸습니다. 대위님은 제 설명을 마뜩찮아 하면서도 그냥 나가셨죠.

그날의 남은 시간은 무소득하기 짝이 없는 공부를 하며 흘려보냈습니다. 대수학과 구면기하학, 양쪽 모두 조예를 다지는 데에는 별반 도움이 되지 않고 볼테르가 쓴 『샤를 12세의 역사』의 평범한 문장을 우리말로 옮기는 것도 그러하니까요. 오후로 접어들자 머리를 식히고 싶은 마음이 어찌나 갈급하던지 저에게 운문 집필의 시간을 허락했을 정도입니다. 안타깝게도 **다른** 시가 머릿속에서 계속 아른거리다 보니 몇

241

구절밖에 쓰지는 못했습니다. 제가 일전에 언급했던, 그 보이지 않는 **존재**가 구술한 시 말입니다.

저의 암울한 반추는 오후 중반 무렵, 돌멩이가 제 창문에 부딪히는 소리에 깨어졌습니다. 저는 자리에서 벌떡 일어나 여닫이창을 벌컥 열었지요. 놀랍게도 아래 보이는 집합소에 아티머스 마퀴스가 있지 뭡니까! 그가 외치더군요.

"포, 맞나?"

"네."

"오늘 밤에 모임이 있어. 11시에. 북쪽 18번 막사에서."

그는 제 대답을 기다리지 않고 어슬렁어슬렁 사라지더군요.

제가 가장 놀란 부분은 그의 성량이었습니다. 이러니저러니 해도 상급생이 불법적인 방과 후 활동에 신입생을 초대하는 거 아닙니까. 그런데 그렇게 **아 고르주 데플로예이***하게 외치다니. 웨스트포인트 교직원의 아들에게는 처벌 면제권이 부여되는 모양이라고 (적어도 자기 스스로 생각하기에는요) 짐작할 수밖에요.

취침 신호가 울린 직후에 제가 어떤 복잡한 계책을 동원해 막사에서 빠져나갔는지 시시콜콜 늘어놓지는 않겠습니다. 저와 한 방을 쓰는 두 생도가 눕자마자 코를 고는 스타일이라 덕분에 정해진 시간보다 몇 분 일찍 북쪽 18번 막사로 찾아갈 수 있었다고 하면 충분하겠죠.

안에 들어가 보니 창문을 이불로 덮어놓았더군요. 식당에서 **빵**과 버터를, 장교 식당에서 감자를, 어느 집 마당에서 닭고기를, 카이퍼의

---

* 프랑스어로 '목청껏'이라는 뜻.

농부의 과수원에서 땄다는 얼룩덜룩한 빨간 사과 한 광주리를 후무려 차려 놓았고요.

제가 이례적으로 선택을 받은 신입생이다 보니 자연스럽게 저에게 관심이 집중됐죠. 하지만 참석자 중 한 명이 대놓고 자기는 승인을 보류하겠다고 하지 뭡니까. 펜실베이니아에서 온 4학년 생도 랜돌프 밸린저였고, 저를 놀릴 수 있는 기회를 놓치지 않더군요. "아, 아버지! 프랑스어 좀 더 들려주세요." "에디 보이, 잘 시간 지나지 않았냐?" "이제 **포 드 샹브르**⃰ 쓸 시간이 된 것 같은데." (프랑스어로 요강이 제성과 동음이의어라는 걸 굳이 말씀드릴 필요는 없겠죠.) 아무도 그의 미끼를 물 생각이 없는 것 같아 보였기에 처음에는 저를 괴롭히는 이유를 이해할 수가 없었는데— 다양한 힌트를 종합해 보니 그가 아티머스의 룸메이트인 것 같더군요. 아티머스가 결정한 사조직의 수호자를 자처하고, 이 직무를 케르베로스⃰⃰처럼 열심히 수행하고요.

제가 제 본모습으로 그 자리에 참석했다면 이 밸린저에게 저를 모욕한 대가를 치르게 했겠죠. 하지만 선생님과 사관학교를 향한 저의 책무를 명심하고 있었기에 혀를 깨물기로 결심했습니다. 다행히 다른 참석자들은 밸린저의 무례한 행동을 보상하려고 애를 쓰는 듯해 보이더군요. 상당 부분 저의 보잘것없는 이력에 진심으로 궁금해한 아티머스 덕분이었다고 봅니다. 제가 등단한 시인이라는 얘기를 듣더니—제가 자진해서 밝힌 건 아닙니다(세라 조세파 헤일 부인이 제 시의 일부

⃰ 프랑스어로 '요강'이라는 뜻.

⃰⃰ 그리스신화에서 하데스의 지옥을 지키는 개.

를 탁월한 재능의 증거로 삼아 찬송가 가사로 적합하다고 생각했다는 것도 엄청난 압력이 없었던들 제 입으로 밝히지 않았을 겁니다—그러니까 제 천직이 뭔지 듣더니 당장 자작시를 낭독해 보라고 하지 뭡니까. 저로서는 요구에 응하는 수밖에 없지 않았겠습니까, 랜도 씨? 사실 어려운 점은 딱 하나, 그 자리에 어울리는 시를 찾는 것이었죠. 「알 아라프」는 비전문가들에게는 조금 난해한 데다 미완성이었고, 「타메를란」의 마지막 연은 호평을 받긴 했지만 이 분위기에는 누가 봐도 뭔가 좀 더 가벼운 것이 필요했으니까요. 저는 시흥이 일어서 로크 하사에게 바치는 헌시를 쓴 적이 있다고 말했습니다. 알고 보니 아티머스를 비롯해 그 방 안에 있던 생도들 중 여럿이 사관학교 생활을 하는 동안 도끼눈을 뜨고 다니는 이 장교에게 고자질을 당했더군요. 그렇기에 그들은 저의 엉터리 시(제 자랑처럼 들릴 수도 있겠습니다만 즉석에서 생각해 낸 시였죠)를 즐길 준비가 되어 있었습니다.

존 로크는 유명한 위인, 하지만
조 로크는 그보다 더 유명해, 예컨대
전자는 철학자로 유명했고
후자는 '고자질쟁이'로 유명하고.

이걸 듣고 다들 한바탕 껄껄대며 웃고 박수를 치더군요. 입에 침이 마르도록 칭찬하며 **다른** 장교와 교관들로도 풍자시를 써 달라고 간곡히 요청했고요. 저는 최대한 그들의 요청에 응했고, 좀 더 다채로운 인물들의 성대모사라는 무리수까지 감행했습니다. 특히 데이비스 교수님 따라 하기가 백미였다는 것이 중론이었고—"'달리는 송곳니'를 생생하게 살렸다"라고 하더군요—제가 교수님의 습관을 흉내 내 몸을 앞으로 숙이고 "어째선가, 마퀴스 군?"이라고 외치자… 그런 박장대소는 선생님도 본 적 없으실 겁니다.

이렇게 다들 웃고 떠드는데 딱 한 명 예외가 있었습니다. 제가 앞서 언급한 빌런저요. 그가 정확히 뭐라고 했는지는 기억이 나지 않지만 대충 이런 데서 그 귀한 재능을 낭비할 게 아니라 새러토가의 아낙네들에게 웃음을 선사하는 데 썼으면 훨씬 좋을 뻔했다는 게 요지였죠. 다행히 제 쪽에서 굳이 응수할 필요가 없었습니다. 아티머스가 어깨를 으쓱하며 "포뿐만이 아니야. 우리 모두 여기에서 재능을 낭비하고 있지"라고 했거든요.

이 말에 한 익살꾼이 사관학교생이라 좋은 게 딱 하나 있다면 "여자들을 많이 만날 수 있는 거"라고 너스레를 떨었죠. 그러자 그날 밤들어 가장 격하고 요란한 폭소가 터져 나왔습니다. 랜도 씨도 남자라 익히 짐작하시겠습니다만, 대화는 이내 최근 몇 주 동안 확보한 여체 목격담으로 수렴됐습니다. 시시콜콜한 부분 하나까지 어찌나 세세하게 음미하던지, 누가 보면 이 딱한 친구들이 마지막으로 여자를 본 지 20년이라도 된 줄 알았을 겁니다.

한참 만에 참석자 중 한 명이 아티머스에게 "망원경을 꺼내"라고 하더군요. 처음에는 한탄스러운 비유인 줄 알았더니 아티머스가 벽난로 선반에서 슬쩍한, 적절한 배율의 실제 망원경을 꺼내 삼각대에 얹더니 남쪽과 남동쪽 중간 방향으로 창밖을 겨누더군요. 알고 보니 아티머스가 신입생 시절 야간 정찰을 하던 도중에 어떤 원거리 거주지를 망원경으로 잡은 적이 있는데, 반라의 젊은 여자가 창문 앞을 지나갔다지 뭡니까. 그 당시 아티머스와 밸린저 말고는 아무도 본 사람이 없고 이후에도 본 사람이 없다지만 '여자'를 훔쳐볼 수 있을지 모른다는 **가능성** 하나만으로도 남자들이 한 명씩 차례대로 망원경에 눈을 갖다 대기 충분했죠.

저 혼자 사양하는 바람에 밸린저에게 호되게 놀림을 당했습니다. 이번에는 한두 명 더 가세했고요. 저는 그들의 황당한 논리에 대꾸할 필요성을 느끼지 못했고, 그들은 기를 써봐야 제가 계속 얼굴만 붉힐 뿐 아무 소득이 없다는 걸 알고 나더니 차츰 잠잠해지더군요. 제가 얼굴을 붉히는 것이 그날의 행사 주최자에게는 귀엽게 보였는지 신나게 웃고 떠들던 자리를 마무리할 때가 되자 아티머스가 수요일 밤에 카드 게임을 하는 자리에 저를 지목해서 초대하더군요.

"올 거지, 포?"

어떤 불만도 싹수부터 자를 수 있을 만한 어조로요. 그 뒤로 막간의 침묵이 이어졌고, 아티머스가 왕관을 비뚤어지게 쓰더라도 이들 사이에서는 대적할 자 없는 군주라는 사실이 이론의 여지없이 명백해지더군요.

제가 마퀴스 생도의 초대를 수락하는 데 따르는 딱 한 가지 문제점이 있다면 보유한 현금이 부족하다는 것이었습니다. 나열하기에는 너무 복잡한 이유로 28달러의 월급을 거의 소진해 버렸으니 말입니다. 랜도 씨에게 자금 융통을 부탁할까 잠깐 고민도 했습니다만, 결국에는 노스캐롤라이나에서 온 룸메이트가 **오 모망 크리티크**[*]에 등장해 비

---

[*]   프랑스어로 '결정적인 순간'이라는 뜻.

축한 돈에서 2달러를 빌려준 덕분에(10월에 빌려준 3달러까지 합하면 5달러라고 조심스럽게 알려 주더군요) 살았지 뭡니까. 이렇게 해서 저는 수요일 밤에 돈을 들고 투지를 불태우며 계단을 올라가 북쪽 18번 막사를 찾아갔죠. 아티머스는 와 줘서 기쁘다고 공언했고, 기분 좋은 소유욕을 드러내며 이틀 전날 밤에 없었던 생도들에게 저를 소개했습니다. 제가 지은 **베르 드 소시에테***가 이미 식당과 연병장에서 소문이 자자했기 때문에 소개의 필요성이 거의 없긴 했죠. 그 자리에 없었던 생도들은 자기들이 가장 싫어하는 위인을 풍자한 시를 듣고 싶어서 안달했지 뭡니까(유감스럽지만 히치콕 대위님도 그중 한 명이었습니다. 대위님을 주제로 지은 4행시는 운이 '부엌 시계'였다는 것 말고는 잘 생각이 나지 않네요). 이번 모임은 적어도 한 가지 점에서 지난번과 달랐습니다. 생도 하나가 도수 높은 펜실베이니아 위스키를 한 병 밀반입(신성한 패치가 제공했지요)해서 들고 왔거든요. 그걸 보기만 해도 제 피가 데워지더군요.

　게임 종목은 에카르테였습니다, 랜도 씨. 예전부터 제가 가장 좋아했고 버지니아 대학교 재학 시절에도 즐겨 쳤던 에카르테. 두 바퀴가 돌기도 전에 저는 승기를 잡았습니다. 술이 들어가자 자기에게 클럽 킹이 있다고 선언하는 걸 놓치는 바람에 그걸 마크할 권리를 박탈당한 밸린저 덕분이었죠. 저는 그날 밤새도록 그의 동전을 쓸어 담으며 희희낙락 즐길 수도 있었겠지만, 제 농간의 의도치 않은 피해자가 한 명 더 있었으니 바로 아티머스였습니다. 짜증 섞인 발언을 하는 횟수가

---

*　프랑스어로 '사교시'라는 뜻.

점점 느는 것으로 보았을 때 그가 손해를 본 게 이번이 처음이 아니고 마지막도 아니겠더군요. 그의 짜증이 늘수록 저도 점점 더 몸을 사렸습니다. 그의 은애를 누리고자 엄청난 노력을 기울였는데, 카드처럼 쓸데없는 것으로 인해 그 노력이 수포로 돌아가서야 되겠습니까. 그래서 저는 자존심의 길을 버리고 거국적인 친목의 길을 선택했습니다. 일부러 아티머스에게 승운을 몰아주고 3달러 20센트의 빚을 지며 그날 밤의 막을 내렸죠.

(랜도 씨, 이쯤에서 잠깐 설명을 멈추고 그 빚을 대납해 주십사 진지하게 요청을 드립니다. 전적으로 업무 중에 발생한 것이니까요. 앨런 씨가 약속을 지켰더라면 제가 선생님께 간청할 필요도 없었겠습니다만, 제 재정 상황상 달리 기댈 데가 없습니다.)

세속적인 물건은 아무리 소소한 것이더라도 바로 옆에 있으면 외면하기가 쉽지 않은 법입니다. 하지만 저의 '손실'(아마추어들의 눈에는 그렇게 보일 겁니다)은 특히 아티머스를 비롯해 다른 생도들의 동정을 유발했고, 그들은 전보다 더 우호적으로 저를 대하게 되었습니다. 제가 보기에는 지금이 저희 계획을 발전시킬 적기였습니다. 그래서 저는 극도로 주의를 기울여 가며 요령껏 대화 중에 리로이 프라이 얘기를 꺼냈습니다.

저는 저를 프라이의 친한 친구로 착각한 랜도 씨에게 불려가 심문을 받았다고 그들에게 밝혔습니다. 그러자 선생님이라는 흥미진진한 인물을 주제로 논의가 끝도 없이 이어지더군요. 자세한 내용은 굳이 밝히지 않겠습니다만, 선생님은 이제 나폴레옹이나 워싱턴에 버금가는 전설적인 인물이 되셨습니다. 어떤 생도는 선생님이 헛기침 한 번으로 흉악범의 자백을 받아 냈다고 하고, 또 어떤 생도는 선생님이 촛대에 남은 엄지손가락 지문의 냄새로 살인범의 정체를 알아냈다고 하더군요. 아티머스는—이 부분은 보고드려야 할 것 같아서요—선생님이 악당보다 가리비를 잡는 데 더 익숙한 **온화한** 신사 같아 보인다고 했고요. (그의 비유가 너무 유치하게 느껴지신다면 선생님이 그 정도로 실체를 잘 숨겼다는 걸로 위안을 삼으시기 바랍니다.)

이어서 화제는 가엾은 프라이로 바뀌었습니다. 그 자리에 참석한 한 생도의 증언에 따르면 그 딱한 이는 뭐 하나 특출한 항목이 없었던 친구라—심지어 경위기*도 제대로 다루지 못했다는군요—죽음으로 남들과 구분되는 한 가지 업적을 이룬 셈이라고 하더군요. 프라이가 사관학교의 창공에서 차지하는 위치가 워낙 미미했기에 그런 식으로 어마어마하고 끔찍한 자기 소멸의 길을 선택할 줄은 몰랐다는 것이 다수의 의견이었습니다.

맞습니다, 랜도 씨. 아직까지도 다들 리로이 프라이가 스스로 죽음을 선택했다고 생각합니다. 그런가 하면 신기하게도 다들 그가 그날 밤에 밀회를 시도하던 중이었다고 믿고 있단 말씀이죠. 어떻게 그 둘이 공존할 수 있는지 제 우둔한 머리로는 도무지 이해가 되지 않습니다. 자기를 만나러 오겠다고 맹세한 여자에게 버림받고 그 좌절감에 목을 맨 거 아니냐는 설을 제기한 3학년 생도도 있긴 했습니다만. 한

---

*   지구 표면의 물체나 천체의 고도와 방위각을 재는 장치.

생도가 이렇게 외쳤죠.

"어떤 여자가 **그를** 만나러 오겠다고 맹세했겠어?"

이 말에 폭소가 터진 와중에 밸린저가 웃으며 이렇게 얘기하더군요.

"네 누이는, 아티머스? 네 누이가 리로이를 현혹시킨 건 아닐까?"

방 안이 불길하게 고요해졌습니다. 그 혐오스러운 밸린저가 한 숙녀의 명예를 훼손하려 들었으니 자기 이름값을 하는 신사라면 누구라도 벌떡 일어나 설명을 요구할 사안이었죠. 제가 그러려던 찰나 아티머스가 제 소맷부리를 붙잡더군요. 환한 얼굴로 묘하게 평온한 표정을 짓고 있었고, 저는 엄청난 불안을 달래며 그의 이야기에 귀를 기울였습니다. "왜 이래, 랜디. 이 방 안에서 프라이와 가장 가까웠던 사람이 너잖아." 밸린저는 침착한 목소리로 이렇게 대답했습니다. "아티머스, **너만큼** 근접하지는 않았다고 보는데."

마퀴스가 아무런 반격도 하지 않자 방 안은 다시 고요해졌습니다. 워낙 깊고 긴장감 넘치는 정적이라 어느 누구도 감히 입도 벙긋할 수가 없었죠. 잠시 후에 아티머스가 박장대소를 터뜨려 모두를 놀라게 하더니 이내 밸린저도 동참하더군요. 하지만 듣는 사람의 마음을 기쁘게 하는 명랑한 울림이 아니었습니다. 아뇨, 랜도 씨, 그건 신경줄이 팽팽하게 당겨져 한계치에 다다랐음을 보여 주는, 좀 더 히스테릭한 쪽에 가까운 폭소였습니다. 오로지 아티머스의 노력 아래, 그날 밤이 시작될 무렵의 신나게 웃고 떠드는 분위기가 재개됐습니다. 하지만 어느 누구도 감히 리로이 프라이의 유령을 소환하는 객기를 부리지 않았고, 밤이 깊어 자정을 지나자 저희는 피곤해진 사람들끼리 안전하게 주고받을 수 있는 진부한 이야기 속으로 빠져들었죠.

1시가 되기 직전에 정신을 차리고 보니 한 명씩 빠져나가서 그 자리에 모두 네 명밖에 남지 않았더군요. 그래서 저도 그만 작별을 고하기로 마음먹었습니다. 아티머스가 따라서 일어나더니 막사 밖까지 바래다주겠다고 하더군요. 제안이 아니라 명령조로. 케이스 중위가 요즘 들어 생고무 덧신을 신고 복도를 순찰하기 시작했다면서요. 그런 수법으로 일주일 동안 다섯 명의 생도를 혼쭐내고 대마초 세 대를 분지르고, 해포석 담배 파이프 여섯 개를 몰수했다고요. 호위병이 없으면 저도 '인정사정없이' 혼쭐이 날 수 있다고요.

저는 고맙다고 재차, 삼차 인사하며 무슨 일이 생기든 제가 책임을 지겠다고 그를 안심시켰습니다.

"뭐, 그렇다면 잘 가게, 포." 그는 제 손을 움켜쥐고는 이렇게 덧붙였습니다. "이번 주 일요일에 우리 아버지의 집으로 와서 같이 차를 들겠나? 다른 생도들도 몇 명 참석할 예정인데."

이후에 벌어진 일은 아티머스와 연관이 있다 한들 간접적이지 않을까 싶습니다. 그렇기에 랜도 씨에게 말씀드리는 것이 적절한지 여부를 고민하다가 제게 맡겨진 책무가 **모든 것**을 상술하는 것임을 기억하고 얘기를 잇습니다.

북쪽 막사의 계단은 앞이 거의 보이지 않을 정도로 짙은 어둠에 휩싸여 있었습니다. 저는 더듬어 가며 1층으로 내려가다가 뒤꿈치가 계단의 수직면에 걸리는 바람에 하마터면 바닥으로 굴러떨어질 뻔했지만 머리 위에 달린 촛대를 붙잡은 덕분에 그런 신세는 면했습니다.

난간을 단단히 붙잡고 더 이상 아무 사고 없이 남은 계단을 내려가 문에 손이 닿았을 때 저는 섬뜩한 예감에 사로잡혔습니다. 밤소경이 되었지만 칠흑 같은 어둠 속에 **누군가가 숨어 있는 것처럼** 느껴지더란 말이죠.

등불이 있었다면 불안을 잠재울 수 있었을지 모르지만 아아, 앞을 완전히 못 보게 되었으니 **다른** 감각을 믿을 수밖에 없었는데, 보상작용으로 지나치게 예민해진 저의 귀에 무명으로 감싸인 시계에서 들림직한 낮고 둔탁하고 빠른 소리가 들리지 뭡니까. 바로 그 순간 정글의 가장 깊은 반그늘 안에서 맹수가 먹잇감을 평가하듯 누군가가 저를 **지켜보고** 있다는, **조준하고** 있다는 확실하고 근절할 수 없는 느낌이 저를 덮쳤습니다.

그자가 나를 죽일 거야. 그 순간 저를 덮친 근거 없는 생각이었습니다. 하지만 제가 누구 앞에서 떨고 있으며 그자가 저를 해코지하려는 이유는 알 수가 없었죠. 저는 칠흑 같은 어둠 속에서 오도 가도 못하게 된 채로 운명을 기다리는 수밖에 없었습니다. 운이 다한 사람의 특징이랄 수 있는 절망을 달래면서요.

한참 동안 완강한 정적이 이어졌습니다. 그러다 제가 문에 대고 다시금 제 체중을 실었을 때 누군가가 한 손으로는 제 앞 목을, 다른 손으로는 제 뒷덜미를 감싸는 것을 느낄 수 있었습니다. 완벽하게 숨통을 조일 수 있게 된 것이죠.

이쯤에서 부연 설명하자면 제가 제대로 반항도 하지 못했던 이유는 상대방의 기운이 세서였다기보다 **놀라서**였습니다. 저는 몸부림쳤지만 헛수고였고 그 손이 나타났을 때처럼 홀연히 사라지자 저는 날카로운 비명을 지르며 바닥으로 쓰러졌습니다.

저는 반듯하게 누워, 지옥 같은 어둠 속에서 저세상 존재처럼 창백하게 번뜩이는 맨발을 응시했습니다. 위에서 은근히 으르렁거리는 소리가 들리더군요.

"뭐야, 계집애처럼."

그 목소리는! **그 혐오스러운 밸린저가** 위에서 으스대고 있는 거였습니다!

그는 숨을 헐떡이며 조금 더 서 있다가 다시 계단을 올라갔고, 저혼자 남아 거의 완벽에 가까운 흥분과—고백하건대—모든 걸 뒤흔드는 분노에 사로잡혔죠. 아무리 더 고차원적인 정의를 찾아 나선 길이라 하더라도 그런 상처, 그런 치욕은 감당할 수 없는 것 아니겠습니까, 랜도 씨. 저를 표적으로 삼다니! 언젠가 사자가 어린 양에게 잡아먹히는 날이 올 겁니다. 사냥꾼이 **사냥당하는** 날이 올 겁니다!

이쯤에서 아리스토텔레스가 얘기한 삼일치의 법칙[*]을 위반해야겠습니다. 이제 보니 아티머스가 제게 마지막으로 한 말을 깜빡했지 뭡니까. 제가 복도로 나갔을 때 그가 자기 누이를 제게 소개해 주고 싶다고 했거든요.

---

*   시간, 장소, 행동이 한 편의 연극 안에서 일치해야 한다는 법칙.

거스 랜도의 기록
16
11월 11일에서 15일

여기까지가 포의 진술이다. 물론 제삼자에게 들은 이야기는 전적으로 신뢰할 수 없는 법이다. 그렇지 않은가? 그와 로크 하사가 서로 충돌한 사건만 해도 그렇다. 나는 그가 그렇게 침착하게 대처하지 않았을 거라는 데 돈을 걸 용의가 있다. 그리고 에카르테에서 아티머스에게 승운을 몰아주었다는 것도 그렇다. 내 경험상 젊은 친구들은 카드 게임의 주체가 아니라 객체다. 내 생각이 틀린 것으로 밝혀지면 좋겠지만.

내가 보기에 포의 진술에서 내레이터의 윤색으로부터 가장 자유로운 부분은, 어쨌거나 내가 계속 들추어 보는 부분은 아티머스와 밸린저가 주고받은 수수께끼 같은 대화다.

이 방 안에서 프라이와 가장 가까웠던 사람이 너잖아.

아티머스, 너만큼 근접하지는 않았다고 보는데.

가깝다. 근접하다. 이 두 단어. 유쾌한 이 두 청년이 **실질적인** 거리를 언급한 거였다면 어떻게 되는 걸까? 그들이 리로이 프라이의 시신과 얼마나 가까이 있었는지를 두고 그들만 아는 농담을 주고받은 거라면?

지푸라기에 불과하긴 하지만 나는 그거라도 잡고 싶은 심정이었다. 그랬기에 저녁을 먹기 전에 학생 식당에 들렀다.

독자 여러분은 족쇄에서 풀려난 오랑우탄을 본 적 있는지 모르겠다. 식당 안으로 들어섰을 때 우리가 맞닥뜨린 광경이 그와 비슷했다고 보면 된다. 주린 배를 안고 아무 말 없이 자기들 자리로 행진하는 수백 명의 청년들. 의자 뒤에 차렷 자세로 서서 "착석!"이 한 마디만 기다리는 그들. 그들이 백랍 쟁반에 담긴 진수성찬으로 달려들 때 들리는 함성. 아직 뜨거운 차가 꿀꺽꿀꺽 목젖을 넘어가고, 빵은 통째로 삼켜지며, 삶은 감자는 썩은 고기처럼 뜯기고, 두툼한 소고기는 눈 깜빡할 새 사라진다. 오랑우탄들의 아비규환이 이후 20분 동안 계속되니 다른 데도 아닌 이곳에서 고작 돼지고기나 시럽을 둘러싸고 싸움이 벌어지는 것도 놀랄 일은 아니다. 짐승들이 테이블과 자기들이 앉아 있는 의자까지 먹어 치우고 급사와 급사장을 사냥하러 나서지 않는 것이 용할 따름이다.

그 말인즉슨 내가 식당으로 들어섰을 때 사실상 아무도 내게 관심을 보이지 않았다는 뜻이다. 덕분에 나는 급사 한 명과 대화를 나눌 수 있었는데, 10년을 여기서 근무하는 동안 많은 것을 보고 배운 아주 영리한 흑인이었다. 그는 어느 생도가 빵을 아껴 먹고 어느 생도가 고기를 아껴 먹으며, 누가 고기를 제일 깨끗하게 썰고 누구 매너가 가장 지저분하며, 누가 톰프슨 부인의 하숙집에서 식사를 하고 누가 간이식당에서 산 쿠키와 피클로 끼니를 때우는지 알았다. 그의 식견은 식성에만 국한된 것이 아니라 어떤 생도들이 실제로 졸업하겠고(많지 않았다) 그중에서 누가 소위로 명예 진급해 반평생 그 계급을 유지하겠는지 느낌으로 알았다.

"시저, 내가 얼굴을 확인하고 싶은 생도가 몇 명 있는데 자네가 지목해 주겠나. 무례한 인간은 되고 싶지 않으니 눈에 띄지 않게."

나는 그의 실력을 확인하기 위해 맨 처음 포를 찾아 달라고 했다. 시저는 당장 그를 찾아냈다. 양고기 접시 앞에 웅크리고 앉아 질색하며 순무 더미를 헤집고 있었다. 나는 얘기를 들었지만 직접 대화는 나눠본 적 없는 생도들의 이름을 마구잡이로 던졌다. 그런 다음 애써 가벼운 말투를 유지하며 이렇게 물었다.

"그럼 이번에는 마퀴스 선생의 아들. 그 친구는 어디 있나?"

"아, 그는 테이블 선임 생도라 저기 저 남서쪽 구석 자리에 앉아 있죠."

이렇게 해서 나는 테이블 상석에 앉아 찐 푸딩을 한 입 떠서 삼키고 있는 아티머스 마퀴스를 처음으로 언뜻 대면할 수 있었다. 그의 자세는 규율이 엄격한 프로이센 군인 같았고, 옆모습은 동전 모델로 써도 될 만큼 깔끔했고, 체형은 제복과 맞춤이었다. 벌떡 일어나거나 뺙 하고 소리를 지르는 일부 테이블 선임 생도들과 다르게 그는 포도 이미 언급한 방식으로 굶주린 생도들을 다스렸다. 전혀 다스리는 티가 나지 않게 다스렸다. 그의 생도 둘 사이에서 누가 차를 따라야 하는지를 두고 언쟁이 벌어졌다. 아티머스는 관여하기는커녕 허리의 힘을 풀고 구

256

부정하니 의자에 기대고 앉아서 느른함을 살짝 넘어선 표정으로 **지켜보았다.** 그들이 멋대로 날뛰도록 내버려 두었다가 아무 소리도 신호도 없이 그들에게 묶여 있던 사슬을 홱 잡아당겼다. 그러자 그들은 시작했을 때처럼 갑자기 말다툼을 멈췄다. 얼른 아티머스의 눈치를 살피고 다시 제 할 일을 했다.

아티머스는 왼쪽 바로 옆자리에 앉은 친구하고만 대화를 주고받았다. 그는 뺨이 불룩해지도록 음식을 입에 담은 채 말을 하는, 기운이 넘치고 수다스러운 금발이었고 목이 하도 굵어서 머리를 잡아먹는 것처럼 보일 정도였다. (우리의 위대한 시저가 이내 알려 주었다시피) 그의 이름은 랜돌프 밸린저였다.

어느 누구든 그 둘을 처음부터 끝까지 지켜보았더라도, 그 이후로 수도 없이 식당에서 지켜보았더라도 수상한 기미는 전혀 느끼지 못했을 것이다. 그들은 누가 들어도 남성적인 말투를 썼다. 미소는 솔직했고 태도는 스스럼없었다. 위협적인 분위기는 어디에서도 풍기지 않았다. 서로 농담을 주고받으며 웃었고, 일어서야 할 때가 되면 일어서고 행진해야 할 때가 되면 행진했다. 그 둘과 다른 동급생들과의 차별점은 아무것도 없었다. 아티머스의 준수한 외모 말고는 아무것도 없었다.

그런데도 차별점이 있다는 것을 느낌상으로 알 수 있었다. 그들을 머릿속에서 계속 떠올리자 느낄 수 있었다.

아티머스, 그래. 아티머스, 충분하지. 리로이 프라이의 심장을 도려냈을 가능성이.

너무 완벽하게 앞뒤가 맞아서 거의 믿기지가 않을 정도였다. 아버지의 도구와 전공서를 손에 넣을 수 있는, 아버지의 **머리**를 물려받은 의사의 아들. 그렇게 열악한 환경에서 그렇게 까다로운 작업을 이보다 더 잘 수행할 수 있는 사람이 어디 있을까?

깜빡하고 언급하지 않은 것이 있다. 식당에서 식사를 하던 도중에 아티머스 마퀴스가 아주 천천히 고개를 돌리다 나와 눈이 마주친 적이 있었다. 그는 당황한 기색이 전혀 없어 보였다. 나쁜 아니라 어느 누구의 비위도 맞출 생각이 전혀 없어 보였다. 녹갈색이 섞인 초록색 눈이 깨끗하게 닦인 석판과도 같았다.

바로 그 순간 그가 나를 상대로 결의를 다지고 있다는 것을, 나를 도발하고 있다는 것을 느낄 수 있었다.

나는 이런 생각으로 심란해하며 식당을 나섰다. 햇살이 어찌나 환한지 얇은 머리카락으로 내 망막을 할퀴는 느낌이었다. 포병창에서 한 포병이 8킬로그램 포의 황동 포신을 닦고 있었다. 또 다른 포병은 외바퀴 손수레에 소나무 장작을 싣고 목재 작업장으로 나르고 있었다. 말 한 마리가 선착장에서 빈 수레를 끌고 가파른 언덕을 오르는데, 수레가 완두콩이 담긴 광주리처럼 덜커덩거렸다.

내 주머니 안에는 포에게 전할 쪽지가 들어 있었다. **잘했네! 밸린저에 대해 최대한 많은 정보를 듣고 싶네만. 수사의 반경을 넓히도록.**

나는 그걸 코시치우슈코 정원의 그 약속한 곳으로 들고 가고 있었다. 이 정원에는 볼거리가 별로 없다. 바위로 덮인 허드슨강둑에서 도려내진 계단식 땅에 불과하다. 돌더미도 있고 화초도 조금 있고 추위에 잘 견디는 국화도 두어 그루 있고… 그리고 포가 얘기한 대로 석조 수반에 담긴 맑은 샘물이 있었고… 웨스트포인트 요새 건설을 감독한 폴란드의 위대한 장군의 이름이 새겨져 있었다. 그는 일과가 끝나면 이 후미진 곳으로 도피했다고 한다. 요즘은 도피처의 역할을 제대로 하지 못하지만—따뜻한 계절에는 관광객들이 득시글거린다—11월 오후에는 타이밍을 잘 맞추면 코시치우슈코 장군과 같은 용도로 이곳을 활용할 수 있다.

지금 석조 벤치에 앉아 있는 두 사람의 의도가 그것이었다. 남자와 여자. 여자는 뼈대가 가늘어서 허리가 소녀처럼 한줌이었고, 얼굴도 턱살만 아주 살짝 늘어졌을 뿐 거의 소녀의 얼굴이나 진배없었다. 입이 귀에 걸리도록 웃는 얼굴로—**무서워 보일** 정도였다—용케 동행에게 뭐라 뭐라 말을 하고 있었다. 바로 마쿼스 선생에게.

나는 처음에는 그를 알아보지 못했지만 그건 그가—그뿐 아니라 어느 누구도—그런 태도로 있는 것을 한 번도 본 적이 없기 때문이었다. 그 묘한 광경을 제대로 설명할 방법이 있을지 모르겠다. 그는 엄지손가락으로 귀를 막고 있었다. 끔찍한 소음을 차단하려는 게 아니라 모자를 쓰려는 것처럼 그러고 있었다. 마치 수달의 거죽처럼 손가락을 옆통수에 느슨하게 걸치고서는 좀 더 나은 위치를 찾으려는 것처럼 가끔 손가락을 꼼지락거렸다. 그가 눈을 동그랗게 뜨고 내 눈을 빤히 들여다보았다. 핏발이 선 그 눈은 변명을 목전에 두고 흔들리는 것처럼 보였다. 그가 나를 부르며 자리에서 일어났다.

"랜도 씨. 저의 멋진 아내를 소개하겠습니다."

독자 여러분도 이런 경험을 한 적이 있을 것이다. 연상 작용으로 인해 어떤 사람이 단 1초 만에 몇 배로 확대되는 경험을. 내가 관심이 점점 가시는 표정으로 함박웃음을 짓고 있는 이 여자를 쳐다보자 그 남편과 아들과 한 보따리의 비밀이 갑자기 그녀의 안에 담겼다. 그 모든 것이 새처럼 아담한 그 체구 안으로 가라앉았다. 그녀가 가볍게 비음이 섞인 목소리로 말했다.

"어머나, 랜도 씨. 말씀 많이 들었어요. 만나 봬서 정말 반가워요!"

"저야말로요. 저야말로 반갑습니다."

"남편에게 들었는데 상처하셨다면서요."

너무 순식간에 날아든 기습 공격이라 나는 말문이 막혔다.

"맞습니다."

나는 가까스로 대답하고 마퀴스 선생을 쳐다보며… 뭘 기대했을까? 그가 얼굴을 붉혀 주길? 흘끗 곁눈질하길? 하지만 그는 호기심으로 눈을 반짝였고, 그 타락한 입술은 벌써부터 할 말을 연습하고 있었다. 그가 말했다.

"삼가 조의를 전합니다. 삼가 조의를… 물론 그야, 그야… 그런데 랜도 씨, 얼마 되지 않으셨나요?"

"뭐가요?"

"부인께서 소천하신 것이요. 그게…."

"3년 됐습니다. 하일랜드로 이사한 지 몇 개월 만에요."

"그럼 갑작스럽게 병환을 얻으신 모양이로군요."

"더 갑작스러웠으면 좋았을 뻔했죠."

그는 놀라서 눈을 깜빡였다.

"아, 저는… 저는…."

"말미에 고통이 아주 심했거든요. 저는 하루라도 더 일찍 편안한 곳으로 보내 주고 싶었죠."

이 정도로 깊은 대화를 원하지는 않았을 것이다. 그는 강 쪽으로 고개를 돌리고 거기에 대고 위로의 말을 중얼거렸다.

"아무래도… 무척 외롭고 그러시겠죠… 만약 그러시다면…."

마퀴스 부인이 태양처럼 환하게 미소를 지으며 말했다.

"제 남편이 하고 싶은 말이 뭔가 하면요, 선생님을 저희 집으로 모시고 싶다는 거예요. 존경하는 손님으로."

"초대해 주신다면 저야 감사하죠. 사실 저도 똑같은 프러포즈를 하려던 참이었습니다."

내가 어떤 반응을 예상했는지는 모르겠지만 그녀의 반응은 내 예상을 뛰어넘었다. 그녀의 얼굴이, 얼굴의 모든 부분이 지뢰선에 붙들려 있었던 것처럼 펑 하고 터진 것이다. 그러고는 비명을 질렀는데─그렇다, **비명**이라는 표현이 정확하다고 본다─그 와중에도 자기 입술을 손바닥으로 때려 가며 그 소리를 다시 집어넣으려 하고 있었다.

"**프러포즈**요? 어머, 엉큼하셔라. 이렇게 짓궂으실 줄이야."

그러더니 언성을 낮추고 이렇게 덧붙였다.

"선생님이 프라이 군의 사건을 수사하고 계시다고 들었는데, 맞죠?"

"그렇습니다."

"신기해라. 남편이랑 제가 방금 그 사건에 대해서 얘기하던 중이었거든요. 사실 이이가 그렇게…."

그녀는 남편의 팔을 꼬집었다.

"그렇게 **각고의** 노력을 기울였는데도 그 딱한 프라이 군의 시신이 너무 오랫동안 노출되어 있었다는 결론이 내려졌고, 결국 알맞은 절차에 따라 입관되었다는 소식을 이제 막 전해 들은 참이에요."

이건 나도 이미 아는 소식이었다. 프라이의 사망 소식이 그의 부모에게 전달되는 것이 지연되다 보니 이제 그만 6면으로 이루어진 소나무 상자 안에 영구 안치하자는 결론이 내려졌다. 히치콕 대위가 뚜껑을 닫기 전에 마지막으로 한번 살펴보겠느냐고 내게 의사를 타진했다.

나는 그렇게 했다. 하지만 왜 그랬는지 이유는 도무지 모르겠다.

퉁퉁 부었던 리로이 프라이의 시신은 원래 크기대로 돌아갔다. 그는 끈적끈적한 자기 체액 위에 둥둥 떠 있었고, 팔다리는 시커머니 물컹했고, 구더기들은 배를 충분히 채웠는지 살가죽 아래에서 새롭게 부화해 근육처럼 꿈틀거리는 딱정벌레들에게 남은 걸 내주고 모든 구멍에서 쪼르르 기어 나왔다.

관 뚜껑이 닫히기 전에 내가 알아차린 부분이 하나 더 있었다. 마지막까지 남아 있던 체액으로 리로이 프라이의 눈꺼풀이 부어 노란 눈이 18일 만에 감겼다는 것이었다.

이제 나는 코시치우슈코 정원에 서서 한껏 동그랗게 뜬 마퀴스 부인의 밝은 갈색 눈을 들여다보고 있었다. 그녀가 말했다.

"아, 랜도 씨. 이 사건 때문에 제 남편이 조금 충격을 받았어요. 이이가 그렇게 처참한 광경을 목격한 것이 오랜만이거든요. 전쟁 이후로 처음인 것 같은데. 안 그래요, 여보?"

그는 엄숙하게 고개를 끄덕이고 이 **트로피**가, 이 굴뚝새 같은 여자가 자기 것임을 다시 한 번 분명히 하려는 듯 한쪽 팔로 천천히 그녀의 가는 허리를 감싸 안았다. 주름이 자글자글한 갈색 눈은 주눅이 든 눈빛을 하고 있고 옥양목 주머니가 달린 옷을 입은 그녀.

내가 이제 그만 가봐야겠다고 중얼거리자 두 사람이 호텔까지 바래다주겠다고 나섰다. 이렇게 해서 나는 포에게 전하는 메시지를 남기지 못하고 코젠스 씨의 호텔까지 끌려가는 신세로 전락했다. 의사는 뒤에서 따라왔고 그의 아내는 내 팔짱을 끼고 옆에서 같이 걸었다.

"제가 살짝 기대도 괜찮겠죠, 랜도 씨? 이 신발 때문에 발이 너무 아파서요. 여자들이 패션이라는 미명 아래 자기 몸을 이런 식으로 고문한답니다."

마치 무도회에 처음으로 참석한 미녀 아가씨 같은 말투였다. 내가 그 무도회에 참석한 젊은 생도라면… 뭐라고 할까….

"부인의 희생을 귀히 여기겠습니다."

그녀는 세상 둘도 없이 독창적인 대답을 들은 것 같은 표정으로 나를 쳐다봤다. 기억을 더듬어 보면 젊은 여자가 젊은 남자를 쳐다볼 때 짓는 표정이었다. 잠시 후에 그녀의 입에서 내가 지금까지 들어 본 적 없을 만큼 희한한 웃음소리가 터져 나왔다. 거대한 동굴 안에서 종유석이 떨어지는 것처럼 높고 균일한 조각들로 분해돼 쩌렁쩌렁 울렸다.

"어머, 랜도 씨, **글쎄요.** 여기까지만 얘기할게요, **글쎄요**라고만."

토요일 저녁에 집으로 돌아가 보니 패치가 기다리고 있었다. 그녀가 보장하는 즐거움 중에서 내가 가장 기대했던 것은 **숙면**의 가능성이었던 것 같다. 한바탕 사랑을 나누고 나면 반각성 상태에서 금세 벗어날 수 있을 거라고 생각했던 것이다. 그녀가 의식이 없는 상태에서도 얼마나 나를 잘 **깨우는지**를 깜빡하고서 한 착각이었다. 나와의 정사가 끝나면 그녀는… 스르르 꿈나라로 떠났지만… 내 흉골 위에 머리를 얹고서였다. 그러면 나는? 계속 꺼지지 않는 흥분을 달래며 누워서 숱이 많고 선박용 밧줄처럼 튼튼한 그녀의 까만 머리를 보며 감탄하곤 했다.

패치에게서 관심을 거두더라도 다시 자연스럽게 웨스트포인트가 생각났다. 석식을 앞두고 대열을 소집하는 드럼 소리가 이미 울려 퍼졌겠군, 달이 도처에 자기 자국을 남겼겠군, 이런 생각을 했다. 그리고 올해의 마지막 남행 증기선이 남긴 반짝이는 항적이 호텔 창밖으로 보였겠다는 생각도. 얼룩덜룩한 그림자로 덮인 산비탈… 시가 꽁무니처럼 연기를 피우는 포트클린턴의 잔재….

잠에 취해 혀가 꼬인 패치의 말소리가 들렸다.

"나한테 얘기해 줄 거예요, 거스?"

"뭐를요?"

"사건 수사가 어떻게 되고 있는지. 나한테 얘기해 줄 거예요 아니면 내가…?"

그녀는 다리 한쪽을 내 위로 걸치는 기습 공격을 감행했다. 아주 살그머니 자극하고 내가 반응하길 기다렸다. 내가 말했다.

"내가 깜빡하고 얘기를 안 한 모양인데, 나 이제 늙었어요."

"뭐 그 정도로 나이가 많지는 않아요."

포도 똑같은 얘기를 했던 게 기억이 났다. **별로 나이가 많지도 않으신데요.**

"이번에는 뭘 발견했어요, 거스?"

그녀는 다시 옆으로 누워서 배를 시원하게 긁었다.

엄밀히 따지면 나는 그녀에게 아무것도 공개하지 말아야 했다. 철저하게 비밀을 지키겠다고 세이어와 히치콕에게 맹세하지 않았던가. 하지만 금주의 맹세를 이미 깼으니 여기에 하나를 더 추가한들. 나는 그녀가 더 이상 옆구리를 찌르지 않아도 얼음창고 근처에 남은 흔적, 포포 교수와의 만남, 포와 정체 모를 마퀴스 생도와의 대면식을 술술 털어놓았다.

"아티머스라."

그녀는 중얼거렸다.

"그 친구를 알아요?"

"아, 그럼요. 얼굴에서 빛이 나잖아요. 요절할 수밖에 없는 운명이에요, 안 그래요? 단 하루라도 더는 나이를 먹지 않길 바라게 되잖아요."

"아직 그 친구하고는…."

그녀는 나를 째려보았다.

"자기 스스로 민망해질 얘기를 하려는 건 아니겠죠, 거스?"

"아니에요."

그녀는 단호하게 고개를 끄덕였다.

"다행이네. 나라면 그 아이를 폭력적인 부류로 분류하지 않았을 거예요. 늘 엄청 침착해 보이거든요."

"아, 글쎄요. 그 아이가 우리가 찾는 사람은 아닐 거예요. 그냥… 어떤 **특징**이 있다는 거지. 그 가족 모두에게."

"무슨 말인지 설명해 봐요."

"어제 그 아이의 어머니와 아버지가 아주 사적인 대화를 나누던 도중에 나를 맞닥뜨렸거든요. 그랬더니, 아, 유치한 소리처럼 들릴지 모르겠지만 무슨 **죄를 지은** 사람처럼 굴더라고요."

"모든 집마다 죄가 있죠."

그 순간 내 아버지가 생각났다. 좀 더 정확히 말하면 아버지가 주기적으로 나를 때릴 때 썼던 회초리가 생각났다. 한 번에 다섯 대를 넘은 적은 없었다. 그 이상 때릴 필요가 없었다. 그 소리면 충분했다. 실제 매질보다 날카로운 휘파람 소리가 더 충격적이었다. 이날까지도 그 기억을 떠올리면 진땀이 나기도 한다.

나는 그날 밤에 어찌어찌 휴식을 좀 취했다. 그리고 다음 날 저녁에 코젠스 씨의 호텔로 복귀했을 때 머리가 베개에 닿자마자 잠이 들었다가 자정 10분 전에 누군가가 방문을 나지막이 두드리는 소리를 듣고 다시 잠에서 깼다. 나는 외쳤다.

"들어오게, 포 군."

그일 수밖에 없었다. 그는 조심스럽게 문을 열고 방 안으로 한 발짝도 들어오지 않은 채 어둠을 등지고 그 자리에 서 있었다. 그가 풀스캡판 종이 뭉치를 바닥에 내려놓으며 말했다.

"여기 두고 가겠습니다. 제가 이번에 쓴 보고서입니다."

"고맙네. 기대되는군."

그가 고개를 끄덕였을지 모르지만 그는 촛불 없이 왔고 내 방 등불은 꺼져 있었으니 알 길이 없었다.

"포 군, 모쪼록… 내가 좀 걱정이 돼서 말일세, 자네가 학업을 소홀히 하는 건 아닌가 싶어서."

"아닙니다. 이제 막 시작이라서요."

긴 정적이 흘렀고 한참 만에 그가 물었다.

"주무시는 건 좀 어떻습니까?"

"좀 괜찮아졌다네. 고맙네."

"아, 그럼 행복하신 겁니다. 저는 도통 잠을 이루지 못하겠거든요."

"그렇다니 유감이로군."

다시 아까보다 더 긴 정적이 흘렀다.

"그럼 안녕히 주무십시오, 랜도 씨."

"잘 가게."

어둠 속에서도 나는 그게 어떤 증상인지 알 수 있었다. 사랑. 사랑
이 1학년 생도 에드거 A. 포의 심장을 도려낸 것이었다.

에드거 A. 포가 오거스터스 랜도에게
제출한 보고서
11월 14일

제가 일요일 오후에 마퀴스의 집으로 차를 마시러 가는 시간을 얼마나 손꼽아 기다렸는지 랜도 씨는 상상이 잘 안 되실 겁니다. 아티머스와 마지막으로 대화를 나누었을 때 저는 집과 가족이라는 편안한 환경 속에서 그의 모습을 관찰하는 것이 그의 유죄와 무죄를 결정하는 데 어떤 재판보다 도움이 되겠다고 생각했습니다. 그리고 그가 어린 시절을 보낸 보금자리에서 죄를 자복하지 않는다 하더라도 가까운 사람들이 부지불식간에 흘린 말들이 그들도 모르는 풍성한 결실을 맺을 수도 있으니까요.

그 가족의 집은 플레인의 서쪽 가장자리를 따라 일렬로 이어지는 석조 주택 가운데 한 곳이었습니다. '교수마을'이라는 목가적인 별명으로 불리는 지역이죠. 마퀴스의 집과 주변의 다른 집들을 구분하는 차별점은 없었습니다. '컬럼비아의 아들들을 환영합니다'라고 수놓아진 스티치 샘플러가 현관에 걸려 있는 것 말고는요. 제 예상과는 달리

하인이 아니라 마퀴스 선생이 직접 문을 열어 주었습니다. 최근에 제가 그의 이름을 어떤 식으로 이용했는지 아는지 모르는지 저로서는 판단할 도리가 없지만, 제가 그의 불그스레한 얼굴을 보고 양심의 가책을 느꼈을지언정 그가 전처럼 걱정하며 현기증은 좀 어떠냐고 물어 준 덕분에 당장에 해소되었습니다. 제가 완전히 나았다고 하자 그는 세상 둘도 없이 너그럽게 미소를 지으며 이렇게 나무라더군요. "아! 그러게, 포 군, 산책의 효과가 얼마나 좋은지 이제 알겠나?"

마퀴스 부인은 초면이었지만 성격이 몹시 불안정하고 예민하다는 풍문은 들어서 알고 있었습니다. 하지만 제가 경험한 바로는 신경질적이기는커녕 매혹적이더군요. 저와 처음으로 인사를 나누는 순간부터 미소로 만면을 장식하지 뭡니까. 신입생이 그토록 환한 치열 개방을 유도할 수 있다니 저로서는 놀라울 따름이었고, 아티머스가 저를 천재 중의 천재로 꼽더라는 얘기를 부인으로부터 전해 듣고서는 가일층 놀라움을 금할 수가 없었습니다.

아티머스의 다른 동급생도 두 명 더 초대를 받았더군요. 한 명은 조지 워싱턴 업턴으로 버지니아에서 온 유명한 여단장 생도였습니다. 다른 한 명은 그 싸우기 좋아하는 밸런저였고요. 그를 보고 제가 얼마나 실망했는지 모릅니다! 하지만 하느님과 조국을 향한 의무를 되새기며 그가 저를 부당하게 대하고 비겁하게 공격했던 기억은 머릿속에서 지워 버리고 오로지 동지 대 동지로서 인사를 건넸습니다. 그러자 놀라운 일이 벌어졌습니다! 이 밸런저가 현저한 심경의 변화를 일으켰거나 저에게 좀 더 걸맞은 경의를 표하도록 지시를 받았거나 둘 중 하나였죠. 그와 편안하고 예의 바르게, 신사의 품격에 걸맞은 대화를 나눌 수 있었다고만 말씀드리겠습니다.

코젠스 씨가 관리하는 생도 식당의 음식이 참담한 수준이기 때문에 저는 마퀴스의 집에서 어떤 음식이 나올지 한껏 기대하고 있었습니다. 역시 실망할 일이 없더군요. 맨 먼저 옥수수빵과 와플 케이크가 나왔고 배는 브랜디에 푹 적셔진 걸 보고 얼마나 기뻤는지 모릅니다. 마퀴스 선생은 그보다 마음이 잘 통할 수 없는 집주인이었고 갈레노스* 흉상을 보여 주며 여흥을 제공하더군요. 그의 저자 인장이 찍힌 논문들은 그보다 좀 더 재밌고 흥미진진했고요. 마퀴스 양, 그러니까 아티머스의 누이인 **리** 마퀴스 양은 예상대로 유려한 솜씨로 피아노를 치며 감상적인 소곡을 몇 곡 불렀습니다. 그런 노래들이 이 나라의 근대 문화를 파괴하고 있지만 그래도 그녀가 부르는 노래는 감미로웠습니다. (솔직히 그녀는 타고난 음역대가 알토인데 노래마다 키가 좀 높더군요. 예컨대 '그린란드의 눈 덮인 산으로부터' 같은 경우 키를 4도, 심지어 5도 낮췄으면 훨씬 완벽했을 겁니다.) 아티머스는 누이의 연주회 동안 저를 자기 옆자리에 앉혔고 아주 규칙적으로 제 쪽을 흘끗 쳐다보며 제가 감탄하고 있는지 예리하게 확인했습니다. 사실 그의 끊임없는 논평에 귀를 기울이느라 제대로 집중할 수가 없었는데 말이죠. "정말 잘하지?… 음악적인 재능을 타고났거든. 세 살 때부터 피아노를 쳤지… 아, 정말 아름다운 연주 아닌가?" 저보다 눈과 귀가 어두운 사람이라도 이 청년이 자기 누이를 얼마나 사랑하는지 알 수 있겠더군요. 그리고 연주 막간에 그녀가 보내는 어떤 신호, 그만을 위한 어떤 미소

---

*　고대 그리스의 의사.

를 보면 쌍방 간의 애정이고 그들 사이에 어떤 공감대가, 남매간의 어떤 **라포르**가 형성돼 있다는 걸 알 수 있었습니다. 저는 형과 여동생과 떨어져 서로 다른 집에서 양육되다 보니 그런 관계의 축복을 누리지 못했는데 말입니다.

선생님도 이런 오후 시간을 충분히 경험하셨으니 아시겠지만 한 사람의 장기 자랑이 끝나면 다른 사람이 호출돼 그 빈자리를 메우게 되지 않습니까. 그리하여 마퀴스 양의 연주가 끝나자 그녀의 어머니와 남동생의 적극적인 요청으로 제가 모인 사람들 앞에서 변변찮은 자작시를 일부 낭송하게 되었습니다. 솔직히 저도 어느 정도 예상했던 터라 사전에 짧은 것으로 하나 골라 놓았죠. 지난여름 야영 때 작시한 「헬레네에게」라는 작품을요. 이 자리에서 전문을 소개하는 건 월권행위일 테고 시에 비우호적인 선생님께서 원하는 바도 아닐 테지요. 하지만 한마디만 하고 넘어가자면 이것은 제가 쓴 서정시 중에서도 가장 아끼는 작품으로 제목의 여인은 니카이아*의 돛배, 그리스, 로마, 나이아데스 기타 등등에 비유되는데, 마지막 부분—"아! 프시케, 그 성스러운 땅에서 온 여인이여!"—에 이르자 거의 타악기 음에 가까운 만연한 한숨소리가 노고에 대한 보답으로 저에게 주어졌습니다.

아티머스가 외쳤죠. "보세요! 이 친구는 천재라니까요?"

그의 누이는 훨씬 덤덤한 반응을 보이더군요. 저는 아티머스로 인해 벌써부터 그녀의 심기를 살피고 있었기에 따로 자리를 마련해 저의 시낭송이 혹시라도 불편했느냐고 물어보았습니다. 그녀는 당장 미소

---

* 튀르키예 아나톨리아 지방에 위치했던 고대 그리스 도시 이름.

271

를 지으며 분명하게 고개를 젓더군요.

"아니에요, 포 씨. 인상적이었어요. 다만 딱한 헬레네를 생각하면
조금 슬퍼서요."

저는 메아리처럼 반문했습니다. "딱한 헬레네요? 딱하다니 어째서
요?"

"아니, 밤낮으로 그 창문 달린 벽감 앞에 서 있잖아요. 당신의 표현
에 따르면 **조각상처럼. 얼마나 피곤하겠어요. 아, 어쩜 좋아, 이제는 내
가 당신**의 심기를 건드리고 말았네요. 사과할게요. 헬레네처럼 건강한
아가씨는 가끔 거기서 나오고 싶지 않을까 싶었어요. 숲속도 걷고 친
구들과 수다도 떨고 내키면 무도회장에도 가고 그러면서."

헬레네는, 그러니까 제가 그린 헬레네는 그보다 훨씬 귀한 걸 받았
기 때문에, 에로스에게 불멸을 부여받았기 때문에 지상을 걷거나 춤을
출 필요가 없다고 저는 대답했죠.

그녀가 다정하게 웃더군요. "아, 불멸을 원하는 여자가 과연 있을까
요. 헬레네가 바라는 건 재밌는 이야기가 전부였을지 몰라요. 아니면
한 번의 손길이라든지…." 그 말이 떨어지자마자 대리석 같던 그녀의
얼굴이 붉은색으로 살짝 물들었습니다. 그녀는 입술을 깨물며 좀 더
무난한 쪽으로 얼른 화제를 돌리다 마침내 저에 대해 묻기에 이르렀습
니다, 랜도 씨. 그녀는 제가 "향기로운 바다", "피로에 지치고 지친 방
랑자"를 운운한 것에 조금 궁금해하며 곳곳을 여행하며 보고 들은 게
많아서 탄생된 구절로 봐도 되겠느냐고 묻더군요. 저는 난공불락의 추
론이라고 대답하고, 그간의 여행담을 대충 들려주었습니다. 배를 타고
바다에도 여러 번 나갔고, 유럽 대륙 장기 횡단 여행 끝에 상트페테르

부르크에 이르러 공개할 수 없는 복잡한 사태에 휘말렸다가 최후의 순간에 미국 영사의 도움으로 탈출할 수 있었다고 말입니다. (이 시점에 저희 옆을 지나가던 밸린저가 예카테리나 여제가 제 변호인이었느냐고 묻더군요. 저는 그 빈정거리는 말투를 듣고, 좀 전의 저를 대하는 태도는 단편적인 변화에 불과했다는 결론을 내리게 되었습니다.) 마퀴스 양은 완벽하게 열린 마음으로 아낌없이 추임새를 넣어 가며 제 이야기를 들었습니다. 이런저런 부분에 대해 추가적으로 물어볼 때 아니면 말허리를 자르지도 않았고, 저의 보잘것없는 경험담에 순수하고 변함없는 관심을 공공연하게 드러냈습니다. 랜도 씨, 저는 젊은 여자 앞에서 무용담을 펼치는 것이 얼마나 신비로운 일인지 깜빡하고 있었지 뭡니까. 세상에서 가장 저평가된 경이로운 경험이 아닐까 싶습니다.

그런데 이제 보니 제가 아직 마퀴스 양에 대해 설명을 하지 않았네요. 베룰럼 남작이라 불렸던 베이컨이 이런 말을 했던가요? "절묘한 아름다움에는 비율의 **낯섦**이 있다." 이 금언의 증거가 바로 마퀴스 양입니다. 입술을 예로 들자면, 윗입술은 짧고 아랫입술은 말랑말랑하고 육감적이라 형태가 변칙적인데 귀여워 보이는 위업을 달성하고 있으니 말입니다. 코로 말할 것 같으면 너무 티가 나게 매부리코지만 관능적으로 매끈하고 둥그스름한 콧구멍과 잘 어울려서 히브리인들이 만든 우아한 메달과 견주어도 손색이 없습니다. 뺨이 너무 불그스름하긴 하지만 이마는 새하야니 우뚝하고 갈색 머릿단은 윤기가 흐르고 풍성하며 천연 곱슬입니다.

선생님이 모든 면에서 철저하고 꼼꼼하며 솔직한 기술을 명하신 바, 대다수의 사람들이 그녀를 보며 한창때가 지났다고 생각한다는 것을 첨언해야 하겠습니다. 그뿐만 아니라 (제가 너무 확대해석한 게 아니라면) 꺾인 희망과 시들어 버린 가능성을 의미하는 **서글픈** 분위기를 풍깁니다. 그럼에도 이 서글픔이 얼마나 어울리는지요! 저라면 이른바 훌륭한 신붓감들의 전문이랄 수 있는 경박한 천 마디의 말과도 맞바꾸지 않을 겁니다. 아무도 이해하지 못하겠지만, 저는 솔직히 수많은 진부한 여자들이 아버지의 저택에서 결혼 제단으로 곧장 끌려가는 요즘 같은 때에 이와 같은 진주는 나고 자란 집이라는 바닷속 깊은 곳, 어느 누구의 손길도 닿지 않는 그곳에 머물러 있어야 한다고 생각합니다. 시인의 이 말은 얼마나 맞습니까. "수많은 꽃들이 봐 주는 이 없이 혼자 얼굴을 붉히고 / 그 향기를 아무도 없는 허공에 헛되이 날린다."*

저와 마퀴스 양이 대화를 나눈 시간은 10분에서 15분을 넘지 않았지만 둘이서 얼마나 다양한 주제를 넘나들었는지 모릅니다! 그것을 모두 일일이 나열할 시간은 없지만(전부 기억하지도 못하겠고요) 그녀의 나지막이 노래를 부르는 듯한 달변에는 단순한 논쟁을 뛰어넘는 매력이 있었습니다. 여자다 보니 남자만큼 윤리학, 자연과학, 수학에 조예가 깊지는 않지만 프랑스어는 저만큼 유창하고 놀랍게도 고전어에 어느 정도 능통했습니다. 아티머스의 망원경을 종종 빌려서 들여다

---

* 토머스 그레이 「시골 묘지에서 읊은 만가」의 일부.

보았기 때문에 거문고자리의 큰 별 근처에서 발견된 6등성에 대해서도 상당히 심도 있게 대화를 나눌 수 있었고요.

하지만 그녀가 습득한 그 어떤 지식보다 더 놀랍고 매력적이었던 것이 **타고난** 지능이었습니다. 아무리 난해한 주제라도 핵심을 간파하는 능력! 그녀가 얼마나 명석하게 저의 우주론 강의를 끝까지 경청했는지 모릅니다. 그녀가 생각을 들려 달라기에 제가 보기에 우주는 물질적인 무에서 충만으로 영원히 회귀하는 '망령'이라고, 존재로 팽창했다가 비존재로 침강하는 사이클이 무한정 반복되는 곳이라고 답을 했거든요. 영혼도 마찬가지라고, 분산된 신성의 잔재로 우주적인 소멸과 부활을 영원히 반복하고 있다고요.

다른 여자 같으면 저의 주장에 철저하게 반발했을 겁니다. 하지만 마퀴스 양은 반감은커녕 재밌어하는 눈치를 보이더군요. 그녀의 찡그린 표정 자체가 제가 방금 세상에서 가장 복잡하고 위험한 체조 동작을, 그것도 옆에서 **부추겼다는** 이유 하나만으로 선보였다는 방증인 것 같았습니다.

"이제 조심하셔야겠어요, 포 씨. 그 분산이 결국에는 **당신**의 분산으로 끝이 날 테니까요. 그리고 아까⋯ 물질적인 무라고 하셨나요?⋯ 그걸 희롱하실 생각이면 정신적인 무에 대해서도 희롱하셔야죠."

"아, 포 이병은 절대 희롱하지 않아!"

아티머스가 무뚝뚝하게 이렇게 외친 다음에서야 그의 존재를 알아차렸으니 저희가 서로에게 얼마나 정신이 팔려 있는지 알 수 있겠죠. 하지만 다시 생각해 보면 아티머스가 저희를 놀랠 생각으로 고양이처럼 살금살금 다가왔을 가능성이 더 큰 것 같습니다. 왜냐하면 그런 농담을 하고 난 뒤에 리를 생포하는 것처럼 그녀의 두 팔을 뒤로 돌려서 잡고 턱 끝으로 그녀의 어깨를 가볍게 찔렀으니 말입니다.

"얘기해 봐, 누나. 내 후배 어때?"

그녀는 미간을 찌푸리며 몸을 비틀어 그에게서 빠져나왔습니다. "내가 보기에 포 씨는 누군가의 후배로 지낼 분이 아닌데?" 아티머스는 너무 당황해서 표정 관리를 하지 못했지만—책망을 당할 줄은 몰랐으니까요—마퀴스 양은 상처 주는 것을 혐오하는 섬세한 성격답게 낭랑하게 웃음을 터뜨림으로써 그의 죄를 사해 주었지요.

"너 같은 인간에게 오염될 분은 분명 아니야." 그녀는 불쑥 내뱉었습니다.

이 발언은 두 사람 **모두**의 손발에 폭소의 족쇄를 채우는 효과를 낳았습니다. 그들의 폭소가 워낙 유쾌하고 격했기 때문에 나는 내가 원인 제공자 아닌가 하는 의심을 버리고 조용히 따라 웃었죠. 하지만 탈리아*의 계략에 너무 흥분할 정도로 취하지는 않았고, 리가 남동생보다 훨씬 먼저 웃음을 멈추고 예리하기 그지없는 눈빛으로 노려보는 것도 놓치지 않았습니다. 희극 때문에 탈진한 아티머스는 전혀 알아차리지 못했지만, 그 순간 그녀는 아티머스의 영혼을 꿰뚫어 보고 그 캔버스에 어떤 그림이 그려져 있는지 알아차린 게 아닐까 싶습니다. 거기서 그녀가 어떤 위안 또는 쓸쓸함을 발견했는지 형이상학자가 아닌 이상 아무도 모를 겁니다. 제가 드릴 수 있는 말씀이 있다면 그녀의 명랑함의 정도가 전처럼 다시 풍요로워지지는 않았다는 겁니다.

---

*   그리스신화에서 목가, 희극의 여신.

운명의 여신은 제게 마퀴스 양과 대화를 나눌 기회를 두 번 다시 허락하지 않았습니다. 아티머스가 제게 체스로 도전장을 내밀었고(평소 사관학교에서는 금지된 활동입니다) 마퀴스 양은 밸린저와 업턴의 설득에 넘어가 그들만의 콘서트를 열었는데, 그 둘이 음악적 소양이 없는 목소리로 열심히 따라 부르니 이내 막을 내렸죠. 마퀴스 선생은 파이프 담배를 물고 흔들의자라는 성곽에서 인자하게 우리를 바라보았고, 마퀴스 부인은 다소 두서없이 수를 놓다가 역정을 내며 이내 중단하고는 무시무시한 편두통 때문에 방에 들어가서 누워야겠다고 양해를 구했습니다. 남편이 그 말에 아주 가볍게 불평하자 부인은 "당신이 왜 상관하는지 모르겠네요. **아무도** 상관할 이유가 없다고 봐요, 나는."이라고 하고는 당장 방에서 나가 버렸습니다.

안주인이 그렇듯 갑작스럽게 작별을 고하니 손님들도 중얼중얼 위로의 말을 전하며 그만 일어설 준비를 하기 시작했죠. 하지만 아티머스가 작별 인사차 저와 악수를 하고는 밸린저와 업턴에게 막사까지 자기와 함께 가 달라고 외치는 바람에 이 준비는 짧게 끝나고 말았습니다. 그의 황망한 조치에 저 혼자 당황했던 것이, 예의를 갖춰서 그 집에서 나올 방법이 없어져 버렸지 뭡니까. 마퀴스 선생도 괴로워하는 아내를 달래러 들어가 버렸으니 그냥 알아서 나올 수밖에요. 현관에서 하녀가 제 망토와 샤코를 가져다주길 기다리다가 제 쪽을 흘끗 쳐다보는 밸린저와 어쩌다 눈이 마주쳤습니다. 어찌나 대놓고 악의를 드러내는지 그야말로 아무 말도 못 하고 그 앞에 서 있기만 했죠. 다행히 제 인지능력이 완전히 마비되지는 않아서 그 눈빛이 **저만을** 겨냥한 것이 아님을 직감할 수 있었습니다. 잠시 후에 응접실 쪽으로 다시 눈을 돌려 보니 마퀴스 양이 피아노 앞에 앉아서 멍하니 단순한 멜로디를 가장 높은 음역으로 치고 있더군요.

밸린저는 아티머스를 따라 밖으로 나갔지만 그의 표정은 강렬하게 남아 있었고, 오래지 않아 그 눈빛의 의미가 제 머릿속에 퍼뜩 떠올랐습니다. 이 친구는 저와 마퀴스 양이 단둘이 남게 됐다는 데 질투하고 있었던 겁니다. 네, 질투하고 있었어요! 서슬 퍼런 분노로 어쩔 줄 몰라 하고 있었어요! 여기에서 내릴 수 있는 결론은 오직 하나, 그는 저를, 말하기도 쑥스럽지만, 연적으로 간주하고 있었다는 거죠.

아, 밸린저가 저를 숙적으로 간주한 덕분에 난생 처음 저 역시 그런 관점에서 저를 바라볼 용기가 생겼으니 이 얼마나 달콤하고 시의적절한 아이러니입니까, 랜도 씨. 그랬지 않았다면 그 순간 제가 무슨 배짱으로 마퀴스 양에게 말을 걸 수 있었겠습니까. 그러느니 차라리 돌진해 오는 세미놀족 부대를 물리치거나 나이아가라의 우레 같은 심연 속으로 몸을 던지는 편이 낫다고 생각했겠지요. 하지만 오로지 밸린저의 비뚤어진 시선 속에서이긴 하지만 제가 어떤 **위협적인 존재**가 될 수 있는지 자신이 생기자 어찌어찌 말을 꺼낼 수가 있었습니다.

"마퀴스 양, 내일 오후에 시간을 내주십사 청하면 당신의 선의를 너무나 무례하게 악용하는 걸까요? 저에게는 그보다 더한 영광이 없겠습니다만."

이 말이 제 입에서 떨어진 순간 자책이 발작처럼 저를 찾아오더군요. 신입생 주제에(애송이는 아니었지만요) 이토록 형언할 수 없이 우아한 여인에게 일말의 소유권을 주장하려 하다니, 그야말로 후안무치 아니겠습니까? 하지만 저를 격려하는 **선생님**을 느낄 수 있었습니다.

어느 누구보다도 **선생님**을요. 수수께끼 같은 아티머스를 속속들이 파헤치기로 작정한 저희에게 사랑하는 누이보다 더 훌륭한 다림줄이 어디 있겠습니까? 그녀에게 존경을 받는지 여부에 따라 그가 침몰할 수도 승승장구할 수도 있는 것을요. 하지만 저는 저의 실수를 뼈저리게 인식하며 그녀의 정당한 책망이 들리길 기다리고 있었습니다.

그러나 그녀의 얼굴은 전혀 결이 다른 감정을 표현하고 있었습니다. 특유의 떨떠름한 미소를 짓고—저는 이미 그 미소에 어지간히 적응한 상태였습니다—눈을 반짝이며 어디에서 만나면 되는지 알려 달라고 하지 뭡니까. 플러테이션워크인지 지스포인트인지 아니면 다른 호색적인 생도들이 사랑해 마지않는 호젓한 곳인지.

"다 아닙니다." 저는 더듬더듬 말했죠.

"그럼 어디요, 포 씨?"

"저는 공동묘지를 생각하고 있었는데요."

그녀는 상당히 놀란 눈치였지만 금세 평정심을 되찾고 어찌나 준엄한 표정으로 저를 바라보는지 제 얼굴에서 거의 핏기가 가실 정도였습니다.

그녀가 말문을 열었습니다. "내일은 선약이 있고 목요일 오후 4시 30분에 만날 수 있어요. 15분 줄게요. 그 이상은 아무것도 약속할 수 없어요."

15분도 저로서는 언감생심이었기에 그 이상의 어떤 약속도 필요가 없었습니다. 48시간이 지나기 전에 그녀를 다시 만날 수 있는 것만으로 충분했습니다.

위 문장을 정독해 보니 제가 마퀴스 양의 다양한 매력에 압도당한 듯한 인상을 풍길 수 있겠다는 생각이 드는군요. 그건 전혀 아닙니다. 제가 그녀의 장점을 알 수 있을 만큼 분별력이 있다면 이번 수사를 성공적으로 마무리해야 하는 필요성에 대해서는 더욱 잘 알고 있을 테니까요. 따라서 제가 그녀와 친분을 확대하려는 이유는 오로지 그녀를 통해 그 남동생의 됨됨이와 성향을 좀 더 심층적으로 파악하고 그럼으로써 정의 구현을 앞당기기 위해서입니다.

아! 하마터면 리 마퀴스 양의 가장 흥미진진한 특징을 깜빡하고 언급하지 않을 뻔했네요. 눈이요, 랜도 씨! 눈이 오묘하고 분명한 옅은 파란색입니다.

거스 랜도의 기록

17

11월 15일과 16일

맨 처음 공조를 시작했을 때 히치콕 대위와 나는 다양한 경우의 수를 상정했다. 범인이 생도나 병사면 어떻게 할지 대화를 나누었다. 심지어 리로이 프라이의 살해범이 교직원일 경우에 대해서까지 의논했다. 하지만 **이럴** 가능성, 그러니까 교직원의 **아들**일 가능성은 우리가 상상한 범위 밖에 있었다.

"아티머스 마퀴스요?"

우리는 생도대장의 방에 앉아 있었다. 철저하게 독신남의 거처였고 군대임을 감안하더라도 허름하기 그지없었다. 깃펜은 말랐고 대리석 시계에는 금이 갔고 양단 커튼마다 정감이 가는 군내를 풍겼다.

"아티머스라."

히치콕이 했던 말을 반복했다.

"맙소사, 오래전부터 보아 온 아이인데요."

"그렇다면 그 아이의 됨됨이를 보증할 수 있으시겠습니까?"

내가 그때까지 한 질문 중에서 가장 경우 없는 질문이었다. 아티머스는 이 학교 생도니 이미 보증을 **받은** 셈이었다. 미국을 대표하는 사람의 손에 선임됐으니 그렇지 않은가? 그는 입학시험을 통과해 거의 4년 동안 실베이너스 세이어에게 담금질당했고, 별일 없으면 돌아오는 여름에 임관될 예정이었다. 이런 행적 자체가 원래 설계상 됨됨이를 보증하는 서류와 같았다.

그런데 희한하게도 히치콕은 아티머스가 아니라 그 아버지의 됨됨이를 황급히 변호하고 나섰다. 마퀴스 선생은 레이콜 밀스 전투 때 머스킷총에 맞았고, 부상병을 성실히 돌본 공로를 파이크 대령에게 개인적으로 인정받았으며, 사관학교에서 오랜 세월 근무하는 동안 불미스러운 소문 한 번 없이….

나는 그가 나를 가로막고 자기 얘기만 하려고 할 때 느껴지는 짜증을 누르며 말했다.

"대위님, 제가 그 의사선생 얘기는 꺼낸 적이 없는 걸로 아는데요. 제가 그 의사선생 얘기를 꺼냈던가요?"

그는 아티머스 마퀴스가 훌륭한 집안, **남다른** 집안 출신이고 그가 그런 상상조차 할 수 없는 범죄를 공모했다는 발상 자체가 **상상조차 할 수 없는** 일임을 강조하고 싶은 거라고 했다. 그는 했던 말을 다시 하기 시작했다가 뭔가가 머릿속에서 슬금슬금 고개를 들자 잠시 할 말을 잊었다. 그가 마침내 말했다.

"어떤 사건이 있긴 했습니다."

나는 의자에 앉은 채 미동도 하지 않았다.

"어떤 사건이었는데요, 대위님?"

"기억이 나요. 좀 된 일이에요. 아티머스가 사관학교에 입학하기도 한참 전. 파울러 양의 고양이와 연관이 있었고요."

그는 좀 더 기억을 더듬었다.

"이 고양이가 어쩌다 없어졌는지 기억이 나지 않지만 엽기적인 결말을 맞이했던 건 기억이 납니다."

나는 넘겨짚었다.

"해부를 당했나요?"

그가 놀라워하며 눈을 반짝였다.

"생체 해부를 당했어요. 네, 제가 그걸 까맣게 잊고 있었네요. 그리고 고양이가 **그전에**… 그러니까 사지를 절단당하기 전에 이미 죽어 있었다고 말하며 파울러 양을 달랜 사람이 마퀴스 선생이었어요. 그가 그 사건으로 얼마나 충격을 받았는지 기억이 납니다."

"아티머스가 범행을 자백했나요?"

"아뇨, 그럴 리가요."

"그런데 그를 의심할 만한 이유가 있었습니까?"

"그 아이가 영리하다는 걸 알았거든요. 그뿐입니다. 절대 못되지는 않았지만 **장난이** 심했죠."

"그리고 아버지가 의사고요."

"그렇죠. 아버지가 의사고요."

히치콕 대위는 새롭게 심란해하며 촛불이 비치지 않는 곳으로 몸을 움직였다. 그가 손에 뭔가를 쥐고─구슬일까? 동그랗게 뭉친 찰흙일까?─굴리는 것이 보였다.

"랜도 씨. 누군가를 여기서 더 의심하기 전에 아티머스를 리로이 프라이와 연관 지을 만한 단서를 발견하신 게 있는지 알고 싶은데요."

"현재로서는 거의 없습니다. 아티머스가 프라이보다 한 학년 위였다는 건 대위님도 아실 테고요. 어떤 식으로든 친하게 지낸 기미는 없습니다. 식당에서 한 테이블에 앉은 적도 없고 한 반에 소속된 적도 없고. 제가 알기로는 함께 행군하거나 나란히 앉아서 예배를 드린 적도 없습니다. 지금까지 생도들을 수십 명 면담했지만 프라이와의 연장선상에서 아티머스의 이름을 언급한 생도는 한 명도 없었습니다."

"밸린저라는 아이는요?"

"그쪽이 좀 더 가능성 있습니다. 밸린저와 프라이가 예전에 가깝게 지냈다는 증거가 있거든요. 두어 해 전에 같이 어울려 다니면서 신입생들을 괴롭혔다더군요. 그리고 잠깐이나마 두 학생 모두 같은 클럽 활동을 했는데 이름이 음, 젠장, 뭐였더라⋯ 아모, 아모⋯."

"아모소픽 소사이어티요."

"맞아요, 그거. 프라이는 원래 말이 없는 성격이라 밸린저와 다르게 토론이 체질상 맞지 않았기 때문에 이내 탈퇴했다더군요. 이후로는 둘이 같이 어울려 다니는 걸 아무도 본 적이 없다고 했습니다."

"그게 답니까?"

나는 거기서 멈추려고 했지만 도피하려는 듯한 그의 말투가 나를 자극했다.

"연결 고리가 하나 더 있습니다. 짐작에 불과하긴 하지만, 밸린저와 프라이가 둘 다 아티머스의 누이를 마음에 두고 있었던 눈치더군요. 저는 사실상 밸린저가 자신을 가장 유력한 신랑 후보로 여긴다고 들었습니다."

히치콕은 반문하며 한쪽 눈썹을 쫑긋 세웠다.

"마퀴스 양이요? 그건 아닐 겁니다."

"어째서요?"

"교직원 부인 아무나 붙잡고 물어보세요. 마퀴스 양은 아주 끈질기게 접근하는 생도들마저 차단하기로 유명하거든요."

한 명은 예외지. 나는 생각하며 속으로 씩 웃었다. 내가 선택한 왜소한 당닭이 다른 장닭들은 무서워서 가지도 못하는 곳으로 질주하게 될 줄 어느 누가 짐작이나 했을까.

나는 외쳤다.

"아하! 자존심이 센 성격인가 보군요."

"정반대입니다. 너무 겸손해서 거울에 비친 자기 얼굴을 본 적 있나 싶을 정도죠."

대위의 뺨이 살짝 붉어졌다. 그도 육체적인 매력에 전혀 무덤덤하지는 **않았던** 것이다. 나는 물었다.

"그럼 그 아가씨가 세상과 거리를 두는 이유가 뭡니까? 낯을 아주 많이 가리는 성격인가요?"

"낯을 가린다고요! 몽테스키외를 주제로 대화를 한번 나눠 보면 그녀가 얼마나 낯을 가리는 성격인지 알 수 있으실 겁니다. 아뇨, 마퀴스 양은 알 수 없는 수수께끼 같은 인물, 어떤 그룹에서는 심지어 일과 외 시간 전부를 바치게 하는 대상이었죠. 이제는 스물셋이라는 고령에 다다랐으니 화제에 오르는 일이 별로 없습니다. 이런 얘기는 조심스럽지만 별명으로 불리면 모를까요."

그는 평소 같았으면 예의상 거기서 말을 그쳤겠지만 궁금해하는 내 표정을 보고 궁금증을 해소해 주러 나섰다.

"별명이 슬픈 노처녀예요."

"슬프다고 불리는 이유가 뭡니까?"

"그건 제가 말씀드릴 수가 없겠습니다."

나는 미소를 지으며 팔짱을 꼈다.

"대위님이 단어 선택에 얼마나 신중을 기하는지 아는 사람으로서 얘기하지 **않겠다**는 뜻에서 얘기할 수 **없다**고 하신 건 아니라고 보는데, 맞습니까?"

"맞아요, 나는 단어 선택에 신중을 기합니다, 랜도 씨."

나는 명랑하게 외쳤다.

"뭐, 그렇다면. 다시 당면한 문제로 돌아갈까요? 대위님께서 반대하지 않으신다면 다음 단계는 아티머스의 숙소인데요."

아, 그 순간 그가 얼마나 준엄한 표정을 지었는지 모른다. 그도 이미 똑같은 생각을 하고 있었던 것이다. 나는 제안했다.

"내일 당장 살펴볼까요? 10시면 어떻겠습니까? 아, 그리고 대위님, 이 일은 저희 둘만 알고 있는 걸로 하면…."

살을 에는 듯 추웠던 기억이 난다. 낮게 깔린 구름은 고드름처럼 조각조각 나뉘었고, 석조 건물인 북쪽과 남쪽 막사는 서로 직각으로 서서, 서쪽에서 일편단심으로 단호하게 불어오는 거센 바람을 버리는 숫돌 역할을 했다. L자 모양의 그 집합소에 서서 낚싯줄에 걸린 물고기처럼 벌벌 떨며 둘이서 소규모 급습 준비를 하는 동안 그걸 느낄 수 있었다.

"대위님. 괜찮으시면 포 생도의 숙소부터 보고 싶은데요."

그는 이유를 묻지 않았다. 일일이 토를 다는 것도 피곤해진 걸까? 아니면 자신을 자유자재로 그럴 듯하게 포장하는 나의 젊은 친구에게 그 나름대로 의심을 품었을 수도 있었다. 아니면 단순히 추위를 피하고 싶었을 수도 있고.

아니 그런데 1학년 생도 포와 두 명의 룸메이트가 밤낮으로 함께 지내는 방은 그렇게 작을 수가 없었다. 이건 방이 아니라 **판지 상자**였다. 4미터 곱하기 3미터였고 파티션에 의해 반으로 나뉘었다. 몸이 마비될 정도로 춥고 매캐하고 답답하며 고래 배 속 같은 냄새가 났다. 촛대 한 쌍과, 장작 통, 테이블, 등받이가 곧은 의자, 램프, 거울이 각하나씩 있었다. 세이어의 수도원에 침대는 없었다. 바닥에 좁은 돗짚자리를 깔고 잤다가 아침마다 이불과 함께 돌돌 말아서 치워야 했다. 정말이지 휑뎅그렁하고 칙칙하며 누추한 공간이었다. 주인 없는 공간이었다. 남쪽 22번 막사에는 예전에 제임스강에서 수영을 했고 시를 썼고 스토크뉴잉턴에 다녀온 적 있는 사람이 여기서 살고 있다는 단서가 없었다. 사관학교에서 남자로 키우고자 각고의 노력 중인 다른 200여 명의 남학생들과 그를 구분할 방법이 없었다.

뭐, 하지만 이렇듯 어려운 환경에서도 영혼은 밝게 빛나지 않을까. 내가 방 안을 대충 둘러본 뒤에 포의 트렁크를 열어 보니 뚜껑 안쪽에 바이런의 판화가 있었던 걸 보면 말이다. 그야말로 연서만큼 상징적이고 불온한 소지품이었다.

다른 주머니에는 검은색 주름 종이로 감싸인 조그만 꾸러미가 있었다. 주름 종이를 헤치자 엠파이어 스타일의 드레스를 입고 리본 달린 보닛을 쓴 젊은 여자의 카메오 초상화가 드러났다. 커다랗고 귀여운 눈과 가녀린 어깨가 가슴 시릴 정도로 어려 보였다. 그 오래전에 파크 스트리트극장에서 '내게 청혼하는 이 아무도 없어'를 불렀을 때와 거의 흡사한 모습이었다.

그녀를 보자마자 목이 메었다. 익숙한 느낌이었다. 생각해 보니 딸아이를 너무 오랫동안 떠올릴 때마다 든 느낌이었다. 내 집 응접실 바닥에 앉아서 포가 뭐라고 했는지 기억이 났다.

저희 둘 다 이 세상에 아무도 없는 외톨이로군요.

나는 숨을 토하며 트렁크 뚜껑을 닫고 걸쇠를 채웠다.

"방을 깨끗하게 쓰는군요."

히치콕이 떨떠름한 투로 말했다.

맞는 말이었다. 1학년 생도 포는 마음만 먹으면 앞으로 3년 반 동안 방을 깨끗하게 쓸 수 있었다. 돗짚자리를 말고 단추로 답답하게 옷깃을 여미고 군화의 광을 내 가며. 그리고 거기에 대한 대가로 무엇을 얻을 수 있을까? 서부전선에 배치돼 인디언을 사냥하는 틈틈이 군인들과 신경쇠약증에 걸린 그들의 아내와 허송세월하는 그들의 딸들에게 시를 낭송해 주는 것? 아, 응접실을 빙자한 그 조그맣고 환한 무덤에서 그가 얼마나 동떨어져 보일까.

"대위님, 더는 여기 있고 싶지가 않네요."

북쪽 막사는 방들이 7미터 곱하기 4미터로 그나마 더 넓었다. 상급생들을 달래기 위한 작은 선물이었다. 내가 보기에는 **유일한** 선물이었다. 아티머스의 방은 포의 방보다 따뜻하기는 해도 더 우울했다. 돗짚자리는 여기저기 때웠고, 요는 닳디 닳았고, 공기는 재채기를 유발했고, 벽지는 군데군데 처진 데다 줄줄이 검댕이 묻었다. 서향이라 산을 넘어서 비추는 햇빛으로 버티다 보니 오전인데도 너무 어두컴컴해서 깊숙한 구석은 성냥불을 켜고서 들여다보아야 했다. 이렇게 들여다보았을 때 물 양동이와 요강 사이에 쑤셔 넣어진 아티머스의 휴대용 망원경을 찾을 수 있었다. 신나게 웃고 떠들었던 다른 흔적은 없었다. 카드도 닭고기도 담배 파이프도, 심지어 어쩌다 남은 담배 냄새도 나지 않았다(창턱에는 담배 가루가 흩뿌려져 있었지만). 히치콕이 말했다.

"장작 통. 저는 항상 거기부터 들여다보죠."

"그럼 부탁드리겠습니다, 대위님."

오, 놀라워라! 처음에는 장작밖에 없었다. 아, 그리고 커밍스 트롤리 럭키에서 오래전에 산 복권과 모슬린 손수건 쪼가리와 브라질 설탕 반 봉지. 그가 하나씩 밖으로 끄집어내는 것을 보고 내가 설탕을 주머니에 넣으려고 했을 때 뒤에서 어떤 소리가 들렸다.

걸쇠가 딸깍 하고 제자리를 찾아가는 소리였다. **그 뒤를** 이어서 그보다 좀 더 희미한 다른 소리도 들렸다.

"대위님, 누군가가 저희를 기다리고 있었던 모양인데요."

이 무렵 태양은 이제 막 서쪽으로 파란 바위산 비탈을 넘어가기 시작했고 그날 오전 들어 처음으로 누르스름한 햇빛이 파도처럼 밀려들어 그 눅눅한 방 안을 눈부시게 비췄다. 사태를 파악하는 데 가장 큰 단서를 제공한 것이 그 **햇빛**이었다. 히치콕 대위가 외쳤다.

"왜 그러십니까?"

그가 장작통에서 갈색 종이로 감싼 조그만 꾸러미를 꺼내 무슨 공물처럼 내게 내밀고 있었지만 나는 이미 문을 향해 몸을 던진 뒤였다.

"열리지 않아요."

그가 고함을 질렀다.

"비키세요!"

그가 꾸러미를 내려놓고 달려와 문을 두 번 힘껏 발로 찼다. 문이 부르르 떨렸지만 넘어가지는 않았다. 그가 다시 두 번 찼지만 마찬가지였다. 이제는 우리 **둘이서** 신발 바닥으로 나무 문을 걸어찼다. 주고받으며 완벽한 소음을 연출했다. 하지만 그렇게 시끄러운 와중에도 문 **저편에서** 나는 소리를 들을 수 있었다.

그 어떤 것과도 비슷하지 않은 소리였다. 반쯤 꺼진 촛불처럼 섬뜩하고 축축하게 탁탁거리는 소리였다.

그리고 이제 다른 것이 등장했다. 문 아래 틈새로 **불빛**이 깜빡거렸다.

먼저 반응을 보인 쪽은 히치콕이었다. 그는 한 생도의 트렁크를 집어서 문으로 던졌다. 나무가 살짝 꺼졌다. 우리에게 희망을 심어 주기에 충분했다. 다음번에는 우리 둘이서 트렁크를 들고 같이 체중을 실어서 던지자 이번에는 문이 문짝에서 떨어져 나가며 8센티미터 정도 틈이 생겼다. 한쪽 팔을 그 사이로 내밀 수 있을 만한 공간이었다. 히치콕이 다시 한 번 발길질을 하자 저편에 달린 걸쇠가 마침내 떨어져 나갔고, 문짝이 신음 소리와 함께 열리자 우리는 복도로 나가서 멜론 크기의 시커먼 공을 내려다보았다. 거기에 달린 긴 실 같은 도화선을 따라 불똥이 점점 다가오고 있었다.

히치콕이 폭탄을 들고 가장 가까운 창문까지 성큼성큼 세 발짝 걸어갔다. 창문을 홱 하니 열고 아무도 없는 것을 확인한 다음 아무런 말도 없이 아래 집합소로 그 시커먼 공을 던졌다.

폭탄은 풀밭에 박힌 채 계속 칙칙거리며 연기를 내뿜었다.

"뒤로 물러나세요, 랜도 씨."

하지만 나는 뒤로 물러날 수 없었고 그도 마찬가지였다. 우리는 그 뻣뻣한 도화선이 타서 짧아지고 또 짧아지는 것을 지켜보았다. 그렇게 많은 시간이 남았을 줄 어느 누가 짐작이나 했을까? 마치 어떤 사람의 어깨 너머로 책을 훔쳐보며 책장을 넘겨 주길 바라는 심정이었다.

마침내 도화선이 다 탔지만 클라이맥스는 없었다. 불똥이 천천히 잦아들기만 할 뿐… 아무 일도 벌어지지 않았다. 펑 하고 터지거나 유황이 구름처럼 뿜어져 나오지도 않고 그저 정적만 흘렀다. 연기가 몇 가닥 꾸물꾸물 일자 눈치 없는 내 심장이 쿵 하고 내려앉았다. 그리고 누군가가 또다시 우리를 앞질러 농간을 부리고 있다는, 상처처럼 쓰라린 통증을 동반한 생각이 머릿속을 스치고 지나갔다.

잠시 후에 연기가 모두 꺼진 뒤에도 폭탄은 집합소에서 깨어날 줄 몰랐다. 히치콕 대위는 장작 통 앞으로 돌아가 내려놓았던 꾸러미를 집어서 파라오 미라의 붕대를 푸는 사람처럼 천천히, 조심스럽게 갈색 봉지를 벗겼다.

심장이었다. 적갈색으로 축축했다. 살아 있는 심장처럼 날것이었다.

거스 랜도의 기록

18

11월 16일

우리가 마퀴스 선생에게 심장을 들고 가 확인을 요청했을 때 그가 그걸 어디서 찾았느냐고 물어볼 생각조차 하지 못했던 건 다행스러운 일일 것이다. 다른 것도 아닌 **심장**이 아직까지 종이로 둘둘 말린 채 예전에 리로이 프라이가 그랬던 것처럼 B-3호 병실의 철제 테이블 위에 놓여 있다니, 그걸 보는 것만으로도 그에게는 전율이었다. 마퀴스 선생이 어찌나 조심스럽게 손을 뻗는지, 누가 보면 파크애비뉴에 사는 귀부인의 티눈을 살피는 줄 알았을 것이다. 그는 혀를 차고 헛기침을 하더니… 마침내 이렇게 자기 소견을 밝혔다.

"아주 심하게 부패하지는 않았네요. 차가운 곳에 보관되어 있었나 봅니다."

"네, 차가웠죠."

나는 냉기가 흐르던 아티머스의 숙소를 떠올리며 말했다.

마퀴스 선생은 턱을 긁고 열심히 실눈을 뜨며 천천히 테이블을 한 바퀴 돌았다.

"네, 그러게요. 두 분이 이걸 왜 인간의 심장이라고 생각했는지 알겠습니다. 거의 똑같게 생기지 않았습니까? 심방과 심실, 판막과 동맥이 모두 있어야 할 자리에 있죠."

"그런데요?"

그는 우리와 시선을 맞추며 눈을 반짝였다.

"크기요. 거기서 정체가 탄로 나죠. 이 녀석은."

그는 꾸러미 아래로 손을 넣어 들어 보았다.

"무게가 2킬로그램이 넘습니다. 내기를 걸어도 좋아요. 반면에 **인간의** 심장은 250그램에서 350그램 정도지요."

"크기도 주먹만 하고요."

나는 이 병실에서 그와 마지막으로 나누었던 대화를 떠올렸다. 그는 활짝 웃으며 답했다.

"그렇죠."

그러자 히치콕이 말했다.

"그럼 궁금합니다. 이게 인간의 심장이 아니라면 출처가 어디일까요?"

마퀴스 선생은 양쪽 눈썹을 추어올렸다.

"흠, 네, 그게 수수께끼이긴 하죠. 양의 심장이라고 하기에는 너무 크고. 짐작건대 **소**가 아닐까 싶네요. 네, 거의 확실합니다."

그의 얼굴이 잠깐 환하게 빛났다.

"그러고 보니 젊었을 때 이걸로 실습을 했던 생각이 납니다. 에든버러에서 소 심장을 여러 번 해부했죠. 헌터 선생님은 입버릇처럼 이렇게 말씀하셨어요. "**소** 심장도 제대로 이해하지 못하면 인간의 심장은 건드릴 생각도 하지 마라.'"

히치콕 대위는 양손으로 눈을 덮고 지친 목소리로 멍하니 말했다.

"해버스트로. 심장의 출처는 해버스트로인 게 분명합니다."

내가 얼른 대답을 하지 않자 그는 손을 치우고 위에서 나를 노려보았다.

"기억 안 나십니까? 2주 전에 가축 두 마리가 도살당했다는 신문 기사가 있었잖습니다. 그중 한 마리가 소였죠."

"기억합니다. 그리고 대위님 짐작이 맞을 가능성이 크다고 보고요."

그는 턱에 힘을 준 채 천천히 숨을 내뱉었다.

"랜도 씨, 단 한 번만이라도 단언하면 안 됩니까? 단 한 번만이라도 **긍정적인** 측면에 초점을 맞추면 안 됩니까?"

사실 나는 그의 심정에 공감했다. 우리는 멀리서 울리는 드럼 소리를 들으며 그의 퀴퀴한 집무실에 앉아 있었다. 과거 그 어느 때보다 확실한 증거를 입수했지만 출발점에서 한 발도 더 나아가지 못했고 어쩌면 멀찌감치 후퇴했을 수도 있었다.

여러분은 **심장**이 있지 않으냐고 물을 수도 있겠다. 증거는 그걸로도 충분하지 않으냐고. 하지만 우리가 아는 한 아티머스가 그걸 장작통에 넣는 것을 본 사람이 아무도 없었다. 히치콕이 나보다도 먼저 지적했다시피 **아무라도** 그걸 그 안에 넣을 수 있었다. 생도들의 방은 항상 열려 있었다. 바꿔 말하면 아무라도 나와 히치콕이 거기서 나오지 못하도록 장작 쪼가리로 빗장을 지를 수 있었다는 뜻이었다.

하지만 폭탄은 어떻게 된 거냐고? 그건 구하기 어렵지 않느냐고? 뭐, 그건 아니다. 탄약고는 경비가 삼엄하기는커녕 밤에는 거의 방치되다시피 했고 폭탄에는 화약이 들어 있지 않았다.

하지만 **누군가가** 도화선에 불을 붙였다. 히치콕 대위와 내가 아티머스의 방에 있는 동안, 10시 30분에서 35분 사이에 누군가가 그 방 앞 복도에 서 있었다.

그리고 가장 넨장맞을 부분은 이거였다. 아티머스에게는 알리바이가 있다는 것. 그는 9시부터 정오까지 수업이 있었다. 밸린저와 나란히 앉아서 포병과 기병 병법을 열심히 들었다. 교수 말로는 두 생도 모두 0.5초도 자리를 뜬 적이 없었다.

그러니까 우리는 정말 출발점으로 돌아온 셈이었지만 한 가지 소득은 있었다. 그 5분 새 **외부인**이 아티머스의 막사로 들어오는 건 거의 불가능에 가까웠다. 보초병들도 그날 오전과 전날 저녁에 외부에서 교내로 진입한 사람을 보지 못했다고 했다. 이방인이 경계초소는 몰래 통과할 수 있었을지 몰라도, 훤한 대낮에 그것도 교내에서 사람들의 왕래가 잦은 곳에 그런 사람이 있었다면 분명 눈에 띄었을 것이다.

따라서 정리되지 않은 끄트머리와 꼬투리, 난무하는 속임수와 조롱 사이에서 도출할 수 있는 확실한 추론이 딱 하나 있다면 이거였다. 범인은—혹은 범인들은—내부인이라는 것.

그러니까 내가 히치콕 대위를 위해 눈물을 흘릴 준비가 되어 있었던 이유를 독자 여러분도 이제 짐작할 수 있을 것이다. 그는 희망을 품고 있었다. 아직까지는 희생당한 생도가 한 명뿐이었다. 가축이 도살당했다는 기사가 더는 지역신문에 실리지 않았다. 리로이 프라이를 살해한 미치광이가 공격 무대를 **다른** 곳으로 옮겼다고 믿을 만한 이유가 충분했다. 당연히 그곳 사람들을 측은하게 여겨야겠지만, 그곳은 이선 앨런 히치콕의 영역 밖이었다.

그런데 그가 폭탄을 들고 창문 앞까지 걸어간 10초 동안 이 모든 것이 달라졌다. 그가 말했다.

"제가 이해가 되지 않는 부분이 있다면… 아티머스가 범인이라면 왜 심장을 장작 통에 방치하는 어리석은 선택을 했느냐는 겁니다. 우리가 막사를 정기적으로 살핀다는 것을 알면서 말이죠. 그보다 더 괜찮은 은닉처가 있었을 텐데."

"그렇다면…."

"그렇다면?"

"그렇다면 다른 사람의 소행일 수 있지 않을까요?"

"어쩔 목적으로요?"

"그야 당연히 아티머스에게 죄를 뒤집어씌우기 위해서죠."

히치콕은 한참 동안 나를 쳐다봤다.

"그렇군요. 그렇다면 누군가가 폭탄을, **화약** 없는 폭탄을 아티머스의 문 앞에 설치한 이유는 뭘까요? 아티머스는 수업을 듣고 있었을 시간에."

"그야 그에게 알리바이를 제공하기 위해서죠."

히치콕의 입가에 초승달 모양의 깊은 주름이 생겼다.

"그러니까 랜도 씨 말씀은, 아티머스의 결백을 증명하고 싶어 하는 **동료**가 있는가 하면 그가 처형당하길 바라는 **동료**도 있다는 거로군요."

그는 두 손으로 머리를 감싸고 눌렀다.

"그럼 여기에서 아티머스의 역할은 뭡니까? 맙소사, 이렇게, 이렇게 극악무도하고 고약한 혼돈은 난생 처음입니다…"

독자 여러분이여, 히치콕 대위를 골똘한 사고를 질색하는 사람으로 오해하지는 말았으면 좋겠다. 아무라도 붙잡고 물어보면 알겠지만 그는 지식인이었다. 칸트와 베이컨을 자유자재로 언급했다. 믿길지 모르겠지만 스베덴보리*를 신봉했고 연금술사였다. 하지만 내가 생각하기에 그는 조용한 자기 거처에서 자기 방식대로 사색하는 편을 좋아했던 것 같다. 사관학교와 관련된 일들은 물레방아를 통과하는 물 같길 바랐다. 인간이나 다른 그 무엇의 개입 없이 정해진 법칙에 따라 물 흐르듯 흘러가길 바랐다. 그가 다시 말했다.

"알겠습니다. 이쪽이든 저쪽이든 확실하게 단언할 수 없다는 걸 인정하겠습니다. 그럼 이제 뭘 어떻게 하면 좋겠습니까?"

"뭘 어떻게 해야 하느냐고요? 그야 아무것도 하지 말아야죠, 대위님."

그는 부아가 너무 치밀어서 아무 대꾸도 할 수 없는 사람처럼 나를 빤히 쳐다봤다. 그러고는 짐짓 차분한 목소리로 말했다.

"랜도 씨. 생도들의 숙소에서 **심장**이 발견됐습니다. 미육군장교와 민간인이 폭탄으로 협박을 당했고요. 그런데도 아무것도 하지 말라는 말씀입니까?"

"뭐, 아티머스를 체포할 수 없다는 것만큼은 분명하지 않습니까. 다

---

* 스웨덴의 신비주의자, 철학자.

른 어느 누구도 마찬가지고요. 따라서 병참장교에게 아티머스의 방문을 교체해 달라고 요청하는 것 말고는 딱히 **할 수 있는 일**이 없어 보이는데요."

그는 잉크가 마른 깃펜으로 조심스럽게 책상 가장자리를 긁었고 나는 그의 시선이 조금씩 창문 쪽으로 움직이는 것을 지켜보았다. 그 순간 늦은 오후의 햇살이 그의 옆얼굴을 따라 너울지자 그를 짓누르고 있는 무게가 **느껴질 것만도** 같았다.

"조만간 프라이 군의 부모님이 오실 겁니다. 두 분께 내가 위안이나 위로를 드릴 수 있을 거라는 착각은 하지 않아요. 하지만 두 분의 눈을 똑바로 쳐다보며 다른 생도는 이런 일을 겪지 않도록 하겠다고 엄숙하게 맹세는 하고 싶습니다. 적어도 내가 생도대장으로 있는 동안에는 그렇게 하겠다고요."

그는 두 손을 책상 위에 올려놓고 나를 빤히 내려다보았다.

"내가 두 분께 그런 약속을 해도 되겠습니까, 랜도 씨?"

어떤 액체가, 케케묵은 담뱃진 같은 것이 내 입가에 고였다. 나는 그것을 손으로 훔쳤다.

"글쎄요, 대위님. 원하면 하셔도 됩니다. 하지만 약속을 하더라도 만일의 경우에 대비해서 두 분의 눈을 쳐다보지는 마시길 권합니다."

뒷다리로 서 있는 그레이하운드를 상상하면 허레이쇼 코크런 이병의 키와 체중을 대충 짐작할 수 있다. 그는 미간이 좁고 눈꼬리가 처졌으며 살결은 애기 같았고 셔츠로 덮여 있어도 척추가 드러나고 시위를 놓지 않은 활처럼 몸이 살짝 굽었다. 나는 그가 그해 들어 아마도

열 번째쯤 오른쪽 군화를 수리하려고 구둣방을 찾았을 때 거기에서 그를 면담했다. 군화의 발가락 부분과 밑창 사이에 이빨 없는 입처럼 생긴 엄청난 구멍이 있어서 코크런 이병이 말을 하면 같이 말을 하고 그가 아무 말도 하지 않으면 역시 아무 말도 하지 않았다. 사실상 그의 모든 곳을 통틀어 신발이 가장 감정 표현이 분명했다. 그 소년 같은 평평한 얼굴은 아무 표정도 짓지 않았다.

"이병. 리로이 프라이가 목을 맸던 날 밤에 보초를 선 사람이 자네였다고 들었는데. 맞나?"

"네, 그렇습니다."

나는 조용히 피식 웃었다.

"아주 이상한 일이 있어서 말일세. 이 빌어먹을 **서류**들을, 그러니까 온갖 진술서와 10월 25일 밤에 작성된 자술서를 전부 살펴보다가 고민이 생겨서 자네의 도움을 좀 받을까 싶었다네."

"제가 도울 수 있는 일이라면 기꺼이 돕겠습니다."

"정말 고맙네, 진심으로. 그렇다면 문제의 그 사건을 자세히 되짚어 보는 데서 시작해 볼까? 프라이 군의 시신이 병원으로 옮겨졌을 때 자네는 그 병실로 파견됐지… B-3호로 말일세."

"네, 그렇습니다."

"그리고 정확히 어떤 지시를 받았나?"

"그 시신을 지키고 있으라고 했습니다, 손상이 가해지지 않도록."

"그렇군. 그럼 거기 자네와 프라이 군, 이렇게 둘뿐이었나?"

"네, 그렇습니다."

"시신은 뭘 덮고 있었나? 담요 같은 걸?"

"네, 그렇습니다."

"그때가 몇 시였나?"

잠깐 정적이 흘렀다.

"제가 맨 처음 파견됐을 때가 1시쯤이었을 겁니다."

"그리고 자네가 보초를 서는 동안 아무 일도 없었고?"

"네. 대략… 2시 30분까지요. 제가 그때 교대됐거든요."

나는 그를 보며 미소를 지었다. 그의 신발을 보고도 미소를 짓자 신
발도 같이 미소를 지었다.

"'교대'됐단 말이지. 그것 때문에 내가 좀 전에 얘기한 **고민**을 하게
됐는데. 이병, 자네는 진술서를 두 개 작성했어. 첫 번째 진술서는…
아, 내가 들고 오지 않은 것 같지만 프라이 군의 시신이 사라진 직후
에 작성된 걸로 기억하는데, 자네는 킨즐리 소위가 와서 교대 지시를
내렸다고 했단 말이지."

바로 그때 처음으로 생명의 징후가 등장했다. 그의 턱 주변 근육이
살짝 꿈틀거렸다.

"네, 그렇습니다."

"그렇다면 정말 희한하달 수밖에 없는 것이, 킨즐리 소위는 그날 밤
새도록 히치콕 대위를 수행했거든. 문제의 두 장교 모두 그렇다고 했
다네. 짐작건대 이병, 자네는 뒤늦게 자네의 착각을 **깨달**았는지 하루
뒤에 작성한 진술서에서는, 이번에도 내가 잘못 기억했다면 용서해 주
기 바라네만, 그냥 '소위님'이 와서 교대 지시를 내렸다고 했더군. '소
위님이 오셔서 교대 지시를 내렸습니다'라고."

그의 후골이 조금 흔들렸다.

"네, 그렇습니다."

"그럼 이제 자네도 내가 왜 당혹스러웠는지 이해하겠군. 자네에게 교대 지시를 내린 사람이 **누구**였는지 알 수가 없어서 말일세."

나는 그를 보며 미소를 지었다.

"그 부분을 확실하게 정리해 주겠나, 이병?"

그의 콧구멍이 실룩거렸다.

"그건 안 될 것 같습니다."

"아, 왜 이러나. 자네에게 들은 얘기는 모두 비밀에 부치겠다고 약속하겠네. 자네가 어떤 행동을 하든 그로 인해 대가를 치를 일은 없을 거라고."

"알겠습니다."

"그리고 내가 이번 수사와 관련해서 세이어 대령에게 전권을 위임받았다는 사실은 자네도 알고 있겠지?"

"네, 그렇습니다."

"자, 그럼 다시 한 번 묻겠네. 자네에게 교대 지시를 내린 사람이 **누구**였나, 이병?"

헤어라인을 따라 조그만 땀방울이 맺혔다.

"말씀드릴 수 없습니다."

"어째서?"

"왜냐하면… 왜냐하면 그분 성함을 모르기 때문입니다."

나는 그를 잠깐 유심히 들여다보았다.

"그러니까 그 장교의 이름 말인가?"

"네, 그렇습니다."

이제 그는 고개를 숙였다. 한참 동안 미뤄 놓았던 질책이 이제 쏟아지려 하고 있었다.

나는 최대한 다정하게 말했다.

"그렇군. 그럼 이 장교가 뭐라고 했는지 알려 줄 수 있겠나?"

""고맙네, 이병, 여기는 이제 그만 지켜도 되겠네. 메도스 소위의 숙소로 가서 업무 지시를 받도록"이라고 했습니다."

"지시 사항이 좀 이상한 거 아닌가?"

"네, 그렇습니다. 하지만 아주 확실하게 말씀하셨습니다. "나가 보게"라고요."

"흠, 그것 참 흥미롭군그래. 그리고 메도스 소위의 숙소에 대해서도 재밌는 부분이 있는데, 병원의 정남쪽에 있는 걸로 아네만."

"맞습니다."

그리고 내가 기억하기로는 얼음창고에서 멀었다. 몇백 미터 거리였다.

"그러고 나서 어떻게 했나, 이병?"

"지체 없이 소위님의 숙소로 달려갔습니다. 거기까지 가는 데 5분도 안 걸렸을 겁니다. 메도스 소위님이 취침 중이라 문을 두드렸더니 소위님이 나와서 저를 부른 적이 없다고 하셨습니다."

"자네를 부른 적이 없다고 했다?"

"네, 그렇습니다."

"그래서 자네는…."

"다시 병원으로 갔습니다. 지시 사항을 좀 더 분명하게 확인하려고요."

"B-3호 병실로 다시 갔더니 뭐가 있던가?"

"아무것도 없었습니다. 그러니까 시신이 사라졌더라는 말씀입니다."

"자네가 시신 옆을 비운 게 얼마나 됐다고 할 수 있지?"

"아, 30분도 안 됐을 겁니다."

"시신이 사라졌다는 걸 알게 됐을 때 어떻게 했나?"

"곧장 북쪽 막사의 위병소로 달려가 당직장교에게 보고했습니다. 당직장교가 히치콕 대위님에게 보고했고요."

옆방에서 구두수선공의 망치질 소리가 들리기 시작했다. 기상 드럼 소리처럼 느리고 일정하게 쿵쾅거렸다. 나는 아무 생각 없이 자리에서 일어났다.

"자네 수고를 더할 생각은 없네만, 임무 해제를 지시한 장교에 대해서 좀 더 듣고 싶은데. 자네가 모르는 장교였나?"

"네, 그렇습니다. 하지만 저는 부임한 지 두 달밖에 되지 않아서…."

"생김새가 어땠는지 설명할 수 있겠나?"

"아, 병실 안이 지독하게 어두웠습니다. 저는 촛불이 하나밖에 없었는데 그것도 프라이 군의 옆에 두었고… 이 장교도 촛불을 들고 있었지만 얼굴까지 촛불이 비치지 않았습니다."

"그래서 얼굴을 보지 못했다?"

"네, 그렇습니다."

"그럼 그자가 장교인 건 어찌 알았나?"

"계급장이요. 어깨에 달린 계급장이 잘 보이도록 촛불을 들고 있었거든요."

"아주 세심하게 배려를 했군그래. 그것 말고 다른 방식으로는 자신의 신원을 밝히지 않았다?"

"네, 그렇습니다. 하지만 원래 장교님들은 신원을 밝히지 않으니까요."

그 순간 내 눈앞에 선명한 그림이 떠올랐다. 담요를 덮고 있는 리로이 프라이의 시신. 겁먹은 이병. 장교의 등장. 촛불이 비추는 어깨의 계급장. 긴 그림자 속에서 들리는 목소리.

"장교의 **목소리**는 어떻던가?"

"음, 하신 말씀이 별로 없으셨는데요."

"목소리가 높던가? 낮던가?"

"높았습니다. 중간에서 높은 쪽에 가까웠습니다."

"체형은? 체구는? 키가 크던가?"

"별로 크지 않았던 것 같습니다. 저보다 5센티미터쯤 작았을 겁니다."

"그리고 체구는? 호리호리했나? 육중했나?"

"호리호리했던 것 같은데, 잘 모르겠습니다."

"환한 데서 그를 다시 만나면 알아볼 수 있을 것 같나?"

"자신 없습니다."

"목소리는?"

그는 들어 버린 목소리를 긁어내기라도 하려는 듯 자기 귀를 긁었다.

"그건 가능할 것 같습니다. 아, 그냥 가능하다는 말씀입니다. 한번 시도해 볼 수는 있겠다고요."

"음, 그렇다면 내가 그쪽으로 방법을 알아보겠네."

내가 이제 그만 가려고 일어섰을 때 코크런의 뒤편 벽에 옷이 두 무더기 쌓여 있는 것이 보였다. 속바지와 블라우스와 판탈롱*이 땀과 곰팡이와 풀 냄새를 풍기며 켜켜이 쌓여 있었다.

"흠, 이병. 이제 보니 자네 옷이 아주 많군그래."

그는 고개를 모로 꼬았다.

"아! 저건 브래디 생도의 옷입니다. 그리고 저건 휘트먼 생도의 것이고요. 일주일에 한 번씩 돈을 받고 제가 세탁을 대신해 줍니다."

내가 무슨 말인지 못 알아듣는 표정을 짓고 있었는지 그가 얼른 설명을 덧붙였다.

"먹고살 수가 없어서요. 나라에서 주는 이병 봉급으로는."

다사다난한 하루가 저무는 동안 나는 포 생각을 한 번도 하지 못했다. 교정을 한참 동안 걷고 밤늦게 호텔로 돌아갔을 때 문 옆에 갈색 종이 꾸러미가 있는 것을 보았을 때까지.

미소가 절로 지어졌다. 내가 선택한 왜소한 당닭이 지금껏 열심히 일을 하고 있었다! 사건의 핵심을 향해 다가가고 있다는 것을 그도 모르고 **나도** 모르는 채로.

---

*   과거에 남자들이 입던 몸에 딱 붙는 바지.

에드거 A. 포가 오거스터스 랜도에게
제출한 보고서
11월 16일

선생님은 어스름이 얼마나 일찍, 그리고 얼마나 빠르게 이 하일 랜드를 찾아오는지 느낀 적 있으십니까? 제 느낌상으로는 태양이 왕좌에 앉자마자 갑자기 종적을 감추고 어둠이 최후의 심판처럼 엄습하는 것 같습니다. 이윽고 밤의 잔인한 폭정이 시작되지만 죄수는 여기저기서 감형을 받을 수 있을 겁니다. 그리고 눈을 들면, 완벽한 구체로 후퇴하는 태양이 스톰킹과 크로네스트의 포탑 달린 협곡에서 그를 향해 찬란한 광채를 떨구는 것을 보고 희열을 느낄 수 있을 겁니다. 다른 때도 아닌 바로 지금, 허드슨의 넓은 줄기가 그 찬란함 속에서 모습을 드러냅니다. 우레와 같은 흐름을 통해 모든 골짜기와 그늘 속으로 상상의 날개를 잡아끄는, 이 깊고 거센 물줄기가요.

그리고 이 신성한 광경을 가장 완전하게 감상할 수 있는 곳이 웨스트포인트 공동묘지입니다. 선생님은 거기에 가보셨는지요? 사관학교에서 800미터 정도 가면 나오는 울타리로 둘러싸인 조그만 곳인데, 아주 우뚝한 강가에 자리 잡았고 나무와 관목에 가려서 거의 보이지 않습니다. 묻히는 사람의 입장에서는 이 정도면 아주 훌륭하죠. 동쪽에는 사관학교의 멋들어진 풍경을 감상할 수 있는 그늘진 산책로가 있습니다. 북쪽에는 험준한 산과 맞닿은 충적토 언덕이 있죠. 그 뒤편에는 더치스와 퍼트넘이라는 비옥한 계곡이 있고요.

따라서 이 공동묘지는 이중으로 성화된 곳이고—한 번은 신에 의해, 또 한 번은 자연에 의해—제아무리 경건한 사람일지라도 발을 들이기 전에 고민하게 될 정도로 고요하게 유폐된 곳입니다. 하지만 **제** 머릿속은 온통 아직 살아 있는 어떤 사람의 생각뿐이었습니다. **그녀**가 저의 잠든 시간과 깨어 있는 시간을 독차지하고 있었습니다. **그녀**가 조만간 도착한다는 사실에 저의 모든 정신적인 에너지가 소진되고 있었습니다.

4시가 됐습니다, 랜도 씨. **그녀**는 오지 않았습니다. 5분, 10분이 지나도 오지 않았습니다. 신의가 부족한 종복이었다면 단념했을지 모르지만, 저는 선생님과 저희의 공조수사에 헌신을 맹세했기에 필요하다면 밤새 기다리기로 결심했습니다. 제 시계에 따르면 4시에서 정확히 32분이 지났을 때, 비단옷이 사각대는 소리와 언뜻언뜻 보이는 옅은 노란색 보닛으로 저의 기다림은 마침내 보상을 받았습니다.

랜도 씨, 얼마 전까지만 해도 인간의 혀로 내뱉을 수 없는 생각이 인간의 머릿속에 떠오를 수 있다고 말하는 사람이 있었다면 제가 제일 먼저 반박하고 나섰을 겁니다. 하지만 마퀴스 양은! 그 위풍당당하고 느긋한 몸가짐. 도저히 이해할 수 없을 만큼 가볍고 탄력 있는 발걸음. 데모크리토스*의 우물보다 더 심오하게 빛나는 눈빛. 이 모든 것이 언어의 영역 밖에 있었습니다. 부들부들 떨리는 제 손에서 펜이 힘없이 떨어졌습니다. 그녀는 언덕길을 올라오느라 숨을 조금 헐떡거렸습니다. 인도 숄을 쓰고 있었고, 곱슬머리는 아폴로노트**로 빗었습니다. 집게손가락으로 레티큘***에 달린 끈을 멍하니 감았고요. 이런 것들이 **의미하는** 바가 무엇일까요, 랜도 씨? 이런 것들이 제 심장의 저 밑바닥에서 솟아난, 생각 같지 않은 생각들을 무슨 수로 전달할 수 있을까요?

저는 이 상황을 넉넉히 담을 수 있는 말을 찾으려고 애를 썼지만 이런 변변찮은 인사가 고작이었습니다.

"추워서 못 오시면 어쩌나 걱정하고 있었습니다."

그녀는 딱 떨어지게 대답을 하더군요.

"안 그랬어요. 보시다시피."

그녀가 저를 대하는 태도가 지난번에 만났을 때와 많이 다르다는 것을 단박에 알았습니다. 건조하고 냉랭한 말투, 불만스러운 분위기를 풍기는 석고처럼 매끈한 턱, 저와 눈을 맞추며 의도적으로 거부하는 눈빛을 짓는 그 눈—어찌나 아름답던지요!—을 모르려야 모를 수가

---

* 소크라테스와 동시대에 활동한 고대 그리스의 철학자. "우리는 진실에 대해 아무것도 모른다. 진실은 우물(심연) 속에 있기에"라는 말을 남겼다.

** 머리를 높이 올려 큰 빗으로 고정시키고 꽃, 깃털 등으로 장식한 헤어스타일.

*** 여성용 지갑. 보통 천으로 만들어 끈을 당겨 여미게 되어 있다.

없었지요. 모든 움직임, 모든 억양에서 제가 강요한 수고로 인해 부아가 났음을 느낄 수 있었습니다.

음, 고백하건대 저는 여자를 다루는 데 조예가 얕은 편입니다. 그렇기에 그녀가 그토록 혐오한 저와의 약속을 엄수하는 이유도, 저희 둘 사이에 생긴 정체 모를 난국을 타개할 방법도 알 수가 없었습니다. 한편 그녀는 그녀대로 레티큘 끈을 손가락에 감으며 생도기념비 주변을 계속 돌기만 했습니다.

이 기념비를 보자 (리로이 프라이처럼) 쓸모 있는 인재가 되려던 찰나에 유명을 달리한 그 불운했던 생도들에게로 생각의 방향이 바뀌더군요. 저는 이 죽음의 야영지를 보초처럼 지키고 있는 짙은 초록색 향나무를 응시했습니다. 남성미가 절정에 달한 순간 삶의 일일 훈련으로부터 부름을 받은 망자들의 천막이 되어 주는, 눈처럼 하얀 묘비를 응시했습니다. 잠시 이런 사건에 취해, 혹시 대화의 물꼬를 틀 수 있을까 하는 마음에 잠시도 가만히 있지 못하는 동행에게 만용도 부려보았습니다만 그녀는 고개를 홱 하니 돌리고는 이렇게 얘기하더군요.

"글쎄요, 죽음에는 시적인 면이 없지 않은가요? 그보다 더 진부한 것도 없다고 보는데요."

저는 정반대로 죽음이야말로, 특히 아리따운 여인의 죽음이야말로 시의 가장 장엄하고 가장 숭고한 주제라고 생각한다고 대답했습니다. 그녀는 등장한 이래 처음으로 저에게 온전히 관심을 기울이는 은혜를 하사하더니 좀 전의 냉랭한 분위기보다 훨씬 더 심란하게 느껴지는 발작성 폭소를 터뜨리더군요. 아티머스와 같이 있었을 때 터뜨렸던 것과 흡사한 웃음을요. 그녀는 온몸을 흔들어 가며 웃다가 눈물을 닦으며 이렇게 중얼거렸습니다. "당신에게는 정말 잘 어울리지 뭐예요."

"뭐가 말입니까?" 저는 물었습니다.

"**사망**. 그것이 제복보다 더 잘 어울려요. 보세요, 지금 당신은 뺨에 홍조를 띠고 즐겁게 눈을 반짝거리고 있잖아요!" 그녀는 대단하다는 듯이 고개를 저으며 이렇게 덧붙였습니다. "당신과 비견할 수 있는 사람은 아티머스뿐이에요."

저는 고백건대 그와 알고 지낸 그 짧은 기간 동안 그가 애수의 세계에 거하는 줄은 꿈에도 몰랐노라고 대답했습니다.

그녀는 생각에 잠긴 투로 중얼거렸습니다. "그 아이는 우리 세계를 아주 띄엄띄엄 방문하는 데 그치기는 하죠. 하지만 포 씨, 깨진 유리 위에서 얼마 동안은 춤을 출 수 있을지 몰라도 영원히는 불가능하다고 생각해요."

저는 깨진 유리밖에 모르는 사람에게는, 그러니까 젖먹이 시절부터 그걸 밟으며 살아온 사람에게는 그것이 잔디밭보다 나쁠 것 없을지도 모른다고 받아넘겼습니다. 뿌듯하게도 그녀는 제 말을 한참 동안 곱씹는 것 같더니 막판에 이르러 아까보다 낮아진 목소리로 이렇게 대답하더군요. "맞아요. 둘이 비슷한 구석이 많다는 걸 알겠어요."

저는 그녀의 태도가 점점 부드러워지고 있는 틈을 타서, 찾는 사람의 눈에만 보이는 다양한 볼거리로 그녀의 관심을 돌리는 데 주력했습니다. 선착장과 공성포대, 코젠스 씨의 호텔, 반세기 동안 거센 비바람과 삭풍에 깎인 포트클린턴의 잔해. 그녀는 이런 장관을 보고도 어깨 한번 으쓱하지 않더군요. (이제 와 생각해 보면 그럴 만도 한 것이, 마퀴스 양처럼 이런 환경에서 성장한 사람은 평생 으리으리한 왕궁에서 지낸 요정과 같아서 그들에게는 이런 보물이 가시금작화 덤불이나 다름없겠죠.) 저는 우리의 어긋난 만남에서 환희를 도출할 가망이 보이지 않기에 저에게 닥친 고난에 의연하게 대처하기로 굳게 다짐했습니다. **한담.** 그처럼 비우호적인 분위기에서 한담을 유도하려면 얼마나 많은 용기가 필요한지요! 저는 마퀴스 양의 건강 상태를 물었습니다. 그녀의 패션 감각을 칭찬했습니다. 파란색이 잘 어울리는 것 같다는 저의 생각을 피력했습니다. 최근 들어 디너파티에 참석한 적 있느냐고 물었습니다. 이러다 한파가─네!─영영 여기 눌러앉는 건 아닌지 모르겠다고 했습니다. 제가 생각하기에도 진부함의 극치이자 속없음의 절정인 이 마지막 말을 듣고 그녀는 놀랍게도 이를 악물고 몸을 휙 돌리더니 찌를 듯한 눈빛으로 저를 노려보았습니다.

"아, **제발**… 아니 포 씨, 내가 **날씨** 얘기나 하자고 여기까지 올라왔겠어요? 그런 얘기라면 이제 지긋지긋해요. 나는 오랫동안, **너무** 오랫동안 플러테이션워크에서 기다리던 '4시의 아가씨들' 중 한 명이었어요. 당신도 그 아가씨들을 본 적 있죠? 그중 한두 명과 같이 산책도 했을 테고요. 날씨 얘기가 숱하게 오갔던 걸로 기억해요. 뱃놀이, 댄스파티, 디너파티도. 그러다 이내─시간이 관건이다 보니까요─한쪽에서 영원한 사랑을 맹세하죠. **누군지는** 절대 상관없어요. 전부 소득 없이 끝나니까. 생도들은 떠나고─항상 그렇지 않은가요, 포 씨?─그들을 대체할 사람들이 항상 등장하죠."

저는 그런 격한 발언은 이내 흥분이 가라앉았든지 적어도 화자의 분노를 조금이나마 해소하는 효과가 있을 줄 알았습니다. 그런데 정반대더군요. 말이 길어지면 길어질수록 그녀가 느끼는 분노의 불길은 점점 더 높이 혓바닥을 날름거렸습니다.

"아, 그래도 포 씨는 아직까지 단추를 모두 달고 있군요! 머리칼과 맞바꾸자며 단추를 뜯어 소중한 정부에게 내민 적이 한 번도 없는 모양이죠? 나는 옛날에 머리칼을 하도 많이 줘서 지금 민머리가 아닌 게 신기할 정도예요. 청혼을 하도 많이 받아서 그게 다 이루어졌다면 지금 내 남편이 솔로몬의 아내만큼 많았을 테고요. 좋아요, 그럼 얼른 해요. 영원한 사랑을 맹세해요, 더 나빠지기 전에 우리 둘 다 각자의 집으로 돌아갈 수 있게."

마침내 그녀의 분노가 서서히 잦아들기 시작했습니다. 손으로 이마를 쓸며 고개를 돌리고는 세상에 둘도 없이 기운 없는 목소리로 이렇게 중얼거렸습니다.

"미안해요. 내가 왜 이렇게 패악을 부리고 있는지 모르겠네요."

저는 미안해할 것 없다고, 저의 관심사는 오로지 그녀의 평안일 뿐이라고 안심시켰습니다. 그 말이 위안이 됐을지 어쨌을지 모르겠지만, 그녀는 더 이상 저에게 하소연하지 않았습니다. 며칠 같은 몇 분이 지났습니다. 아, 그렇습니다, 랜도 씨. 그걸 해소하겠다는 엄두조차 내지 못할 만큼 불편한 분위기였는데, 마퀴스 양의 태도에서 눈에 띄는 변화가 느껴지더군요. 그녀가 저를 만나러 나온 이래 처음으로 몸을 부들부들 떨고 있었습니다.

"추우신가 보군요, 마퀴스 양."

그녀는 고개를 저으며 아니라고 했지만, 그래도 몸을 부들부들 떨었습니다. 저는 제 망토를 덮겠느냐고 물었습니다. 그녀는 아무 대답도 하지 않았습니다. 저는 다시 한 번 물었지만 여전히 대답이 없었습니다. 그 무렵 그녀의 몸서리는 열 배로 심해졌고, 말로 표현할 수 없는 공포와 두려움의 표정이 그 아름다운 얼굴 위에 낙인처럼 찍혀 있었습니다.

"마퀴스 양!" 저는 외쳤습니다.

그녀 자신의 어수선한 몽상이 달뜬 목소리로 고함을 지르고 있었으니 저의 애처롭고 카랑카랑한 외침은 머나먼 동굴 속에서 들리는 것처럼 느껴졌겠죠. 그녀는 제가 안중에도 없었고 자기만의 공포, 손에 만져질 듯한 그 공포에 잠겨 넋을 잃었습니다. 공황은 그 나름대로 나병처럼 전염성이 있는지라 이내 **제** 심장이 쿵쾅거리고 **제** 팔다리가 뻣뻣해졌고 마침내 저는 공포로 물든 마퀴스 양의 표정 하나만으로 **누군가가 거기 있다**고, 사악하게 타락한 그자 앞에서 우리의 영혼은 생사의 위기에 놓였다고 설득당하기에 이르렀습니다.

저는 몸을 돌려, 저의 사랑스러운 동행을 이토록 압박하는 이 인간, **이 악한**이 어디 있는지 원근의 지평선을 샅샅이 뒤졌습니다. 편집증 환자처럼 씩씩대며 바위를 일일이 뒤지고, 향나무 뒤편을 일일이 들여다보고, 기념비를 세 바퀴 더 돌았습니다. 그런데 **아무도** 없지 뭡니까!

마음이 평온해지기까지는 아니어도 흥분이 가라앉아 동행 쪽으로 다시 고개를 돌리고 보니 그녀가 서 있던 자리에 이제는 아무도 없었습니다. **마퀴스 양이 사라져 버린 것입니다.**

극도로 다급하다 보니 사라진 사람과 저를 더는 별개의 독립적인 존재로 간주할 수가 없었습니다. 오후 열병식에 늦겠다는 생각도 아예 하지를 못했고요. 그녀의 천사 같은 모습을 한 번만 더 얼핏 볼 수 있다면 **모든** 열병식, **모든** 일과를 기꺼이 포기할 수 있었습니다. 저는 이 나무에서 저 나무로, 이 바위에서 저 바위로 달리고, 그늘진 산책로를 따라 질주하고, 모든 통나무와 그루터기를 뒤지고, 잔디와 이끼, 벌판과 개울을 헤집으며 그녀를 찾았습니다. 청개구리와 울새를 향해 그녀의 이름을 외쳤습니다. 서풍과 지는 해와 산에 대고 외쳤습니다. 아무런 대답도 들리지 않더군요. 저는 번뇌의 구렁텅이를 헤매다 심지어 묘지 옆 낭떠러지에까지 가서, 부러져 숨이 끊긴 그녀의 시신이 저 아래 바위에 누워 있는 건 아닌지 시시각각으로 불안을 달래며 그 험준한 비탈에 대고 그녀의 이름을 외쳤습니다.

거의 포기하고 진달래 덤불 앞을 지나는데—그녀를 마지막으로 본 데서 50미터도 안 되는 곳이었습니다—이럴 수가, 거의 벌거벗다시피한 가지들이 한데 뒤엉킨 곳에서 숙녀용 신발을 신은 발 한쪽이 보이지 뭡니까. 눈을 가늘게 뜨고 우거진 덤불 사이를 들여다보니 그 발은 다리에, 그 다리는 몸통에, 그 몸통은 머리에 연결돼 거칠고 단단하며 울퉁불퉁한 땅바닥에 엎드려져 움직일 줄 모르는 리 마퀴스 양의 창백한 형체를 이루고 있었습니다.

그 옆에 무릎을 꿇고 앉았을 때 저는 잠깐 동안 숨을 쉴 수도 몸을 움직일 수도 없었습니다. 그녀는 파란 눈을 치뜨고 있는데 동공이 눈꺼풀 뒤로 넘어가 거의 보이지 않을 정도였습니다. 그 보드랍고 육감적인 입가에 침 한 줄기가 흘렀고, 온몸으로 번진 경련이 너무나 확연하고 총체적이라 저러다 목숨이 위험해지는 건 아닌가 싶어 어찌나 걱정이 되던지요!

그녀는 아무 말도 하지 않았고 저도 아무리 애를 써도 한마디도 내뱉을 수 없었지만 드디어—드디어!—발작적인 오한이 가라앉기 시작했습니다. 그래도 저는 가만히 기다렸고 그녀의 가슴이 불룩해지고, 보일락 말락 하게 눈꺼풀이 떨리고, 콧구멍이 가만히 확장되었을 때 곁을 지킨 보상을 받았습니다. 그녀는 죽지 않았습니다. 그녀는 죽지 않을 것이었습니다.

하지만 얼굴이 죽은 사람처럼 창백하더군요. 묶었던 머리가 풀려서 긴 곱슬머리가 제멋대로 이마 위로 쏟아졌고요. 그런데 그 **눈**이요, 랜도 씨. 그 옅은 파란색 눈이 방종하고 음탕하게, 너무나 너무나 황홀한 눈빛으로 **제 눈을** 빤히 쳐다보는 게 아니겠습니까. 이런 외관상의 변화는 자연스러운 것이었으니 그 자체로는 걱정할 만한 부분이 아니었습니다. 하지만 그녀의 인간적이고 외적인 부분이 흐트러진 것만큼은 부인할 수 없는 사실이었습니다. 드레스는 어깨 윗부분이 뜯겼습니다, 랜도 씨. 야수의 손톱에 손목을 할퀴어 계속 피가 났고요. 야수의 주먹 때문에 오른쪽 관자놀이에 멍이 들어 고결한 이마라는 영적인 평화에 신성모독이 자행됐고요.

"마퀴스 양!" 저는 외쳤습니다.

저는 천년이 지나고 셀 수 없이 많은 단어를 알게 된다 한들, 만신창이가 된 그녀의 사랑스러운 얼굴이 쓰고 있던 미소 짓는 가면을 묘사할 도리가 없을 겁니다.

그녀가 말했습니다. "번거롭게 해서 정말 미안해요. 혹시 저를 집까지 바래다주실 수 있을까요? 외출이 너무 길어지면 어머니가 걱정을 하시거든요."

거스 랜도의 기록

19

11월 17일

그게 무슨 증상인지 알아차리지 못한 포를 나무랄 수는 없다. 이런 병은 성직자에게 고침을 받아야 하는데, 그의 집안에는 성직자가 없지 않은가. 영혼을 치유하기보다 겁을 주는 편이었던 우리 아버지조차 뜻하지 않게 자주 불려갔었다. 특히 생각나는 한 가족이 있다. 옆 동네에 사는 농부 가족이었다. 그들은 아들이 간질 발작을 일으킬 때마다 몸을 동그랗게 말고 몸부림치는 아이를 데리고 우리 집으로 급히 달려와 기적을 보여 달라고 했다. 마가복음 9장 17절에서부터 30절까지를 보면 예수님이 그 아이에게 그러셨잖아요. 랜도 목사님도 그렇게 해주실 수 없나요?

그러면 아버지는 항상 시도했다. 경련을 일으키는 아이의 몸에 손을 얹고 귀신에게 나오라고 명령했다. 그러면 겉보기에는 귀신이 나온 것처럼 느껴졌지만 다음 날이나 다음 주가 되면 똑같아졌다. 어느 정도 시간이 지나자 그 가족은 더 이상 우리를 괴롭히지 않았다.

아이의 아버지가 **씌었다**는 표현을 썼던 기억이 난다. 하지만 나는 뭘 쓰고 있다는 건지 궁금했다. 내게 보이는 건 빈 공간뿐이었다. 거기에 살았던 인간은 사라지고 껍데기만 남았다.

물론 내 판단의 근거는 포의 보고서뿐이었다. 하지만 내 짐작이 맞는다면 리 마퀴스가 슬픈 노처녀라고 불릴 수밖에 없는 **이유**를 알 수 있었다. 그리고 나는 아직 그녀를 만나 보지 못했지만 솔직히 안타까웠다. 그런 천형을 얼마나 더 견딜 수 있겠는가.

포가 한 말이 차가운 한 줄기 바람에 실려 되살아났다. **아리따운 여인의 죽음이야말로 시의 가장 장엄하고 가장 숭고한 주제라고…**.

흠, 나는 거기에 동의할 수 없었다. 하긴 장례식 참석차 나선 길이었으니 그럴 수밖에 없었지만.

오늘은 리로이 프라이의 시신이 흙으로 돌아가는 날이었다. 여섯 명의 포병이 영구차에서 운구해 하관하고 그 위로 흙이 덮이는 순간까지 관 뚜껑이 열린 적 없었으니 그가 어떤 수의를 입고 있었는지는 나도 모르겠다.

적어도 여기에 대해서 포가 한 말은 맞았다. 웨스트포인트 공동묘지만큼 훌륭한 장지는 흔치 않았다. 그리고 안개가 파도처럼 정강이를 감싸고, 바위와 검은딸기나무 사이로 바람이 불며, 한 해의 마지막 낙엽이 비처럼 쏟아져 하얀 십자가 주변을 다홍색으로 색칠하는 11월의 아침만큼 훌륭한 시기도 흔치 않았다.

나는 봉분에서 3미터도 안 되는 곳에 서서 숨죽인 드럼 소리를 들으며 교기와 검은 깃털로 이루어진 행렬을 구경했다. 관이 놓이자 상여가 삐걱거렸던 것과, 하관하는 동안 밧줄에서 끽끽거리는 소리가 들렸던 것이 기억이 난다. 그리고 맞다, 그 황량한 소나무 상자 위로 흙덩어리가 쏟아졌을 때 난 소리도. 마치 흙을 뚫고, 뾰족뾰족한 잔디밭을 뚫고 들리는 소리 같았다. 그 나머지는 이제 기억이 가물가물하다. 리로이 프라이의 아버지만 해도 분명 얼굴을 봤을 텐데 잘 모르겠다. 프라이 **부인**은 기억이 난다. 주근깨가 많고 자세가 구부정했으며 검은색 주름 옷을 입었고 눈과 귀가 암사슴을 닮았고 팔과 어깨가 수척했고 발그스름하게 부은 뺨만 통통했다. 침방울을 튀기며 기침을 했고 흘리지 않은 눈물을 닦았고—덕분에 코 옆으로 벌건 자국만 남았다—그 어떤 소리에도 귀를 기울이지 않는 표정이었다. 특히 잰칭거 목사의 설교에도, 기합을 외치는 기마병과 지축을 흔드는 말발굽 소리로 이루어진 긴 행진에도.

리로이 프라이가 땅에 묻히면 나는 두 번 다시 그의 꿈을 꾸지 않을 것이다. 아니면 내가 지금 밤낮으로 이어지는 꿈을 꾸고 있는 걸까? 빈 영구차를 몰고 가는 말들이 평소의 반밖에 안 되는 속도로 움직이고 있지 않은가. 그리고 목사도 소매에 묻은 먼지 한 톨 터는 데 한 시간 넘게 쓰고 있지 않은가. 그리고 포병들이 리로이 프라이의 무덤 위로 쏜 조포의 포성을 품은 산은 왜 놓아주지 않는 걸까? 마치 정체된 폭풍 전선처럼 점점 크게 메아리치고 있으니 말이다.

그리고 **이건** 어떤 식으로 설명해야 할까? 리로이 프라이의 어머니가 내 앞에 서 있는 건. 볕에 그을고 아들을 여읜 슬픔에 괴로워하는 얼굴로.

"랜도 씨 맞으시죠?"

그 질문에 대답을 피할 방법은 없었다. 네… 네, 그렇습니다만….

318

그녀는 한참을 머뭇거렸다. 평소에는 지금처럼 남자에게 먼저 다가 갈 일이 없었을 테니 알맞은 에티켓을 고민하느라 그런 것이었다.

"선생님께서 수사를⋯."

"네, 맞습니다."

그녀는 내 눈을 피하며 힘차게 고개를 끄덕였다. 나도 마주 고개를 끄덕였다. 정말 안타깝게 생각합니다… 어머님에게도 저희에게도 이 얼마나 아까운 죽음입니까… 이런 식의 뻔한 말을 차마 할 수 없었기 때문이었다. 다행히 그녀도 말을 포기하고 레티큘을 뒤적이더니 가장 자리에 금박이 둘러진 천으로 장정한 조그만 책을 꺼냈다.

"선생님께 드리고 싶은 게 있어서요."

그녀는 말하며 그 책을 내 손에 쥐어 주었다.

"이게 뭡니까, 부인?"

"리로이의 일기장이에요."

나는 그 책을 세게 쥐었다가 손에서 힘을 풀었다.

"일기장이요?"

"네. 최소한 3년 전부터 쓰기 시작한 거예요."

"저는⋯."

나는 말을 하려다 말고 멈췄다.

"죄송하지만 유품 중에 일기장이 있었던 기억은 나지 않습니다만."

"아, 맞아요. 밸린저 군이 준 거예요."

그녀는 이때 처음으로 나와 눈을 맞추고 피하지 않았다. 나는 언성 을 높이지 않고 조용히 물었다.

"밸린저 군이요?"

"네, 믿어지세요?"

미소가 그녀의 입가에 번졌다.

"그 아이가 리로이하고 가깝게 지낸 친구였는데, 무슨 일이 벌어졌는지 소식을 듣자마자 할 수 있는 일이 뭐 없을까 싶어서 리로이의 숙소로 갔다가 이 일기장을 발견했다고. 리로이의 어머니 말고는 아무도 그런 걸 보면 안 된다는 걸 알았기에 저한테 전한다면서 이렇게 얘기하더라고요. "어머님, 켄터키 집으로 돌아갈 때 이걸 들고 가시고, 태워 버리고 싶으면 태우셔도 되지만, 다른 사람에게 보여 주는 건 옳지 않다고 생각합니다.""

이렇듯 한 단어, 한 단어가 꼬리에 꼬리를 물고 이어지는 하나의 긴 문장으로 나왔다.

"아, 어쩜 그렇게 생각이 깊을까요. 하지만 저는 고민을 해 보았어요. 랜도 씨가 이 사건을 수사하고 있고 온 부대가 그야말로 선생님만 바라보고 있으니 선생님께 이걸 드려야 하지 않을까 싶더라고요. 게다가 제가 이걸 가져다가 어디에 쓰겠어요? 거의 **읽지도** 못하겠는데. 보세요, 이렇게 글씨가 꼬불꼬불 울퉁불퉁하잖아요. 봐도 무슨 말인지 모르겠더라고요."

솔직히 누가 봐도 그랬다. 리로이 프라이는 누가 몰래 들여다보더라도 무슨 뜻인지 모르게 십자로, 그러니까 가로로 글을 쓴 위에 세로로 겹쳐 쓰는 예방 조치를 취했다. 그래서 본인도 알아볼 수 있을까 싶게 글자들이 서로 뒤죽박죽으로 엉켰다. 그런 데 단련이 된 사람, 그러니까 나 같은 사람이나 읽을 수 있었다.

사실상 내 눈이 먼저 달려들고 내 머리가 곧바로 따라서 투입돼 이미 암호의 패턴을 파악하고 있었을 때 프라이 부인의 음성이 들렸다. 아니, 내 두피 위로 우박이 떨어지듯 **느껴졌다**고 하는 편이 더 맞을지 모르겠다.

"잡아 주세요."

나는 일기장을 읽다 말고 고개를 들어 그녀의 눈을 들여다보았을 때 자기 아들 얘기를 하는 게 아니라는 것을 알아차렸다. 그녀는 좀 더 언성을 높여서 다시 한 번 강조했다.

"잡아 주세요. 리로이가 자기 목숨을 그렇게 한 건 어쩔 수 없다 치더라도 그 딱한 아이에게 그러면 안 되는 거잖아요. 그건 범죄죠, 아직 아니라면 범죄로 지정되어야 하고요."

맞장구를 치는 것 말고 무슨 도리가 있을까? 맞습니다, 맞습니다, 끔찍한 범죄죠. 나는 더듬더듬 말하며 그녀의 손을 잡고 어디 다른 데로 데려가야 하는 건가 하는 생각을 했다.

"감사합니다, 프라이 부인. 많은 도움이 되었습니다."

그녀는 멍하니 고개를 끄덕였다. 그러고는 고개를 반쯤 돌려 막내아들의 관이 마지막 한 삽의 흙속으로 사라지는 것을 지켜보았다. 이제 학교 측에서는 붉은색과 황금색 낙엽 사이에서 눈이 부시도록 하얗게 빛나는, 얼룩 한 점 없이 깨끗한 십자가로 묘소를 표시하는 것 말고는 아무것도 할 수 있는 게 없었다. 프라이 부인이 말했다.

"참 근사한 장례식이었어요. 그렇지 않던가요? 저는 리로이한테 항상 강조했거든요. "리로이, 군대에서 **알아서** 해 줄 거야." 보세요, 제 말이 맞죠?"

일기장을 찾았다고 칭찬을 들을 줄 알았다면 나는 생각을 고쳐먹어야 한다. 그의 앞에서 일기장을 들고 흔들어 보이자 히치콕은 아주 본격적으로 인상을 쓰며 쳐다보았다. 그걸 믿지도 심지어 건드리지도 않으려 했다. 총검을 교차하듯 팔짱을 끼고 이게 프라이의 일기장이라는 걸 무슨 수로 장담하느냐고 내게 물었다.

"글쎄요, 대위님. 어머니라면 자기 아들의 필체를 알아보지 않을까요?"

그는 밸린저가 결정적인 단서가 담긴 페이지를 찢어 버렸을지도 모르지 않느냐고 물었다. 나는 그런 단서가 어디에 적혔는지 그가 몰랐을 가능성이 크다고 했다. 프라이는 깨알같이 작은 글씨로 가로와 세로로 겹쳐서 썼을 뿐 아니라 히브리어처럼 역순으로도 썼기 때문에 해독 난이도가 설형문자에 버금갔다.

하지만 히치콕 대위가 진심으로 궁금해하는 건 이거였다. 밸린저가 이걸 그냥 내다 버리지 않은 이유가 뭐였을까? 일기장이 단서로서 쓸모가 있다면 왜 굳이 제삼자에게 보게 했을까?

거기에 대해서는 나도 그럴 듯하게 답변할 방법이 없었다. 어쩌면 밸린저는 여기 적힌 내용을 두려워할 이유가 없었던 것 아닐까요? 나는 이렇게 반문해 보았다. 아, 그렇다면 애초에 왜 무리수를 두었을까요? 학교 차원에서 진행하는 수사를 방해하는 건 퇴학이나 그보다 더 무거운 처벌을 받을 수 있는 심각한 행위인데. (그를 당장 혼쭐내겠다는 히치콕을 말리느라 얼마나 진땀을 뺐는지 모른다.) 내가 생각해 낼 수 있는 유일한 이유는 가장 가능성이 적은 이유였다. 히치콕 대위가 물었다.

"그래서 그게 뭔데요?"

"밸린저는 그 안에 어떤 내용이 들어 있건 그것이 공개되길 바라는 겁니다. 언젠가는. 누군가에 의해."

"그 말인즉?"

"그 말인즉 그에게도 양심이 있을지 모른다는 거죠."

히치콕은 콧방귀를 꿰었고, 내가 뭐라고 그 젊은 친구를 변호하겠는가? 나는 그를 잘 알지 못했고, 알고 있는 몇 개 안 되는 정보도 그에게 불리했다. 하지만 나는 누구나 내면에는 가장 추악한 귀퉁이일망정 남들에게 드러내고 싶은 마음이 존재한다고 믿는다. 그렇지 않고서야—나만 해도 그렇다—종이에 굳이 기록을 남기는 이유가 어디 있을까?

6월 16일. 오늘부터 엄청난 모험이 시작된다.

리로이가 쓴 일기장의 첫 구절이다. 모험이 맞긴 하지만, 내 입장에서는, 적어도 처음에는 그렇지 않았다. 그저 고역이었다. 나는 한 손에는 펜을 다른 손에는 돋보기를 들고, 왼쪽에는 일기를 오른쪽에는 옮겨 적을 공책을 두고, 점점 짧아져가는 초의 불에 비춰 가며 꾸준히 해독해 나갔다. 글자들이 위아래로 앞뒤로 떼를 지어 나를 덮쳤다. 어쩌다 한 번씩은 고개를 들어서 눈을 깜빡이거나 아예 감고 있어야 했다.

아, 얼마나 더디고… 미치겠고… 괴로웠는지 모른다. 겨우 두 쪽을 마쳤을 때 노크 소리가 들렸다. 하도 가만히 두드려서 하마터면 못 들을 뻔했다. 문이 감질나게 열렸고, 추레한 군화에 어깨가 새로 뜯긴 망토를 걸친 포가 갈색 종이로 싼 꾸러미를 또 하나 들고서 등장했다.

글. 나는 생각했다. **이러다 글에 빠져 죽겠어**.

"포 군, 오늘 저녁에는 그렇게 서두를 필요가 없었지 뭔가. 보다시 피 내가 하는 일이 있다 보니."

그가 어둠 속에서 조용히 말했다.

"별로 어려운 일도 아니었습니다."

"그래도… 그래도 그렇게 많은 분량을 쓰고 있으니 그러다 도중에 나가떨어지겠어."

"상관없습니다."

그는 바닥에 털썩 주저앉았고 펄럭이는 촛불에 비춰보니 잔뜩 기대 하는 눈빛으로 나를 올려다보고 있었다.

"왜 그러나, 포 군?"

"읽어 주시길 기다리는 중입니다."

"지금?"

"아무렴요."

그는 내 무릎에 얹혀 있는 그 문서가 뭐냐고 묻지 않았다. 자신이 보고서를 제출할 때까지 내가 그냥 시간을 때우고 있었나 보다고 생각 하는 눈치였다. 어쩌면 그게 사실일 수도 있었다.

나는 그에게서 보고서를 건네받아 내 무릎 위에 가볍게 올려놓 았다.

"뭐, 그렇다면. 지난번 보고서보다는 짧은 것 같구먼."

"아마 그럴 겁니다."

"뭐 마실 거라도 줄까? 술이라도 한잔…."

"아뇨, 괜찮습니다. 선생님이 다 읽으실 때까지 그냥 기다리겠습니다."

그는 자기가 말한 대로 했다. 썰렁한 바닥에 앉아서 종이에 적힌 낱말 하나하나가 내 눈 속으로 들어가는 것을 지켜보았다. 내가 그쪽을 흘끗 쳐다볼 때마다 그는 같은 자세로 앉아서 계속 **지켜보고** 있었다.

에드거 A. 포가 오거스터스 랜도에게
제출한 보고서
11월 17일

 지난번 마퀴스 양과의 만남이 워낙 유야무야 끝났기 때문에 그녀를 다시 만나도 되는 건지 의구심이 생겼습니다. 제게 그녀는 여전히 수수께끼 같은 사람이었지만 그녀와 영원히 평행선을 그리는 것은 견딜 수 없는 일이었기에 저는 평소보다 한층 무거운 마음으로, 시시포스처럼 다시 수학과 프랑스어 수업을 들으러 갔습니다. 르사주의 피카레스크 소극과, 아르키메데스와 피타고라스의 논리의 향연이 어찌나 보잘것없게 느껴지던지요. 햇빛과 자양분이 결핍된 사람들은 꼬박 3일 동안 잠을 자더라도 토막잠을 잔 것처럼 여겨진다던데, 그들과 운명을 바꿀 수 있다면 기꺼이 바꾸고 싶습니다! 새로운 날이 시작돼도 끝없이 이어지는 수많은 날들 중 하루일 뿐이었습니다. 몇 초가 몇 분처럼, 몇 분은 몇 시간처럼 흘러갔습니다. 몇 시간은요? 영겁이지 않았을까요?
 석식 시간이 찾아왔고 저는 여전히 살아 있었습니다. 하지만 무슨 소용이 있었을까요? 모든 정신적인 에너지가 마비 상태였습니다. 짙디짙은 애수가 제 앞길에 그늘을 드리웠고요. 수요일 밤에 취침 신호를 듣는데, 제 영혼에 만연한 견딜 수 없는 우울이 저를 통째로 삼켜 침구와 머리 위 벽에 걸려 있는 머스킷총—어찌나 쓸쓸해 보이던지요!—말고는 아무것도 남지 않을까 봐 두려워졌습니다.

새벽이 찾아왔고 기상 신호가 이어졌습니다. 잠의 거미줄을 흔들어 떼어 내는데, 룸메이트인 깁슨 군이 비열하게 히죽거리며 제 돗짚자리 앞에 서 있지 뭡니까. 그가 외쳤습니다.

"편지가 왔어. 그것도 여자가 쓴 편지가!"

과연 뒷면에 제 이름이 적힌 쪽지가 한 장 있더군요. 그리고 글씨체가 대개의 여성과 결부되는 우아한 아라베스크 무늬와 소용돌이 모양이었고요. 문제의 글씨체가 **그녀**의 것일지 모른다고 섣부르게 단정하지는 않았지만 심장이 살을 에는 새벽 공기에 대고 곤봉 소리를 내며 외쳤습니다. 그녀야! 그녀야!

친애하는 포 씨에게.

오늘 오전에 저를 만나 주실 수 있을까요? 제 짐작이 맞는다면 조식과 오전 첫 수업 사이에 잠깐 쉬는 시간이 있을 거예요. 제 청을 들어주실 마음이 있다면 포트퍼트넘에서 기다리고 있을게요. 잠깐이면 돼요.

L. A. M.

선생님께 여쭙겠습니다. 이런 호출을 **어느 누가** 거절할 수 있을까요? 살짝 집요하게 간청하는 말투, 꾸밈없이 우아한 필체, 편지지에서 아주 은은하게 풍기는 향수 냄새까지….

변덕스러운 시간의 여왕이 이번에는 남은 시간을 꿈처럼 빠르게 지나가게 하는 것이 좋겠다고 보았던 모양입니다. 저는 지저분하고 답답한 식당에서 풀려나자마자 회색의 동료들에게서 말없이 벗어나 생각하고 말고 할 것도 없이 인디펜던스산으로 올라가기 시작했습니다. 저는 이제 혼자였습니다. 혼자였고, 네, 그리고 **행복**했습니다. **그녀**가 이 덤불이 뒤엉킨 숲길을 저보다 앞서 걸은 게 분명했으니까요. 그렇다면 반짝거리는 푹신한 이끼와 깨진 바위를 넘고, 불운했던 앙드레 소령이 지상에서의 마지막 며칠을 보낸 요새의 무너진 성벽을 오르는 것이 전혀 어려울 일 없었습니다. **그녀**의 앙증맞은 신발이 그 길을 환히 비추었을 테니까요.

웃자란 덩굴로 덮인 아치 모양의 포대 아래를 지나 삼나무 숲 경계에 다다랐을 때 넓고 반듯한 화강암 위에 반쯤 누워 있는 리 마퀴스 양이 한눈에 들어왔습니다. 제가 다가가자 그녀는 고개를 돌리고는 세상에 둘도 없이 자연스럽고 전염성이 강한 열의를 담아서 미소를 지었습니다. 지난번 만났을 때 그녀의 자태를 훼손했던 짜증은, 첫 번째 만남에서 아주 좋은 인상을 남겼던 그 태생적인 열정과 우아함으로 완전히 대체되고 없었습니다. 그녀가 말했습니다.

"포 씨. 와 줘서 정말 고마워요."

그녀는 우아하게 살짝 자기 옆자리를 가리켰고 저는 냉큼 그 자리를 차지하고 앉았지요. 그녀는 난처했던 순간에 자신을 돌봐 준 것에 대해 고맙다는 인사를 하려고, 오로지 그럴 생각으로 만나자고 한 거라고 제게 알렸습니다. 저는 남다르게 기사도 정신을 발휘한 기억이 전혀 없었지만, 그녀를 집까지 안전하게 바래다준 **선한 행동**이 충분한 보상을 받고도 남았음을 이내 알 수 있었습니다. 제가 그 때문에 오후 열병식을 빼먹은 걸 (그래서 로크라는 머리 세 개짜리 개가 적법한 절차에 따라 상부에 보고한 걸) 알게 된 마퀴스 양이 당장 자기 아버지를 찾아가 저의 친절한 개입이 없었다면 자신이 다쳤을 수도 있다고 알린 겁니다.

우리의 마퀴스 선생은 사랑하는 외동딸에게 이 소식을 듣자마자 지체 없이 히치콕 대위님을 찾아가 제가 어떤 식으로 숭고한 행동을 했는지 전말을 고하며 저를 대신해 진정을 제기했습니다. 영원히 존경받아 마땅한 생도대장님은 그 얘기를 듣고 제 벌점을 취소해 주셨을 뿐만 아니라 로크가 추가로 부여한 초소 근무를 면제해 주셨고, 저의 행동이 모든 미육군장교의 귀감이 된다는 말로 끝을 맺으셨죠.

인정 많은 마퀴스 선생은 이 한 번의 자비로운 알선에 그치지 않고 저에게 직접 감사의 뜻을 전하고 싶다며, 가까운 시일 내에 저를 온 가족의 특별 손님으로 다시 한 번 초대하는 것이 가장 바람직한 방법이겠다는 얘기를 넌지시 꺼냈다고 하더군요.

무슨 이런 운명의 반전이 있을까요! 마퀴스 양을 다시 볼 수 있을지 전전긍긍하던 제가 그녀를 애지중지 아끼는 사람들의 인자하고 긍정적인 감독 아래 그녀와 시간을 보내는 기쁨을 다시 누릴 수 있게 됐다니…. 하지만 그들이 그녀를 아무리 아낀들 저만 할까요?

이전에도 말씀드렸다시피 이 이른 시각에는 공기가 찬데, 마퀴스 양은 모피로 안을 댄 외투와 망토를 입고 그리 힘든 티를 내지 않았습니다. 오히려 우뚝한 불힐과 크로네스트와 험준한 브레이크넥 산등성이 등 우리 앞에 펼쳐진 풍경만 열심히 들여다보다가 어쩌다 한 번씩 신발에 달린 리본을 만지작거릴 뿐이었죠.

한참 만에 그녀가 말문을 열었습니다. "윽. 지금은 너무 황량하네요. 새 생명이 자라나고 있다고 **확신**할 수 있는 삼월이 되면 얼마나 더 근사할까요?"

나는 오히려 하일랜드의 절경을 제대로 감상하려면 낙엽이 떨어진 직후라야 한다고, 그래야 여름의 신록이나 겨울의 서리 때문에 어느 사소한 것 하나라도 놓치는 불상사를 피할 수 있다고 대답했습니다. 초목은 신의 원래 의도를 개선하는 것이 아니라 방해한다고요.

제 말을 듣고 그녀가 얼마나 재밌어했는지 모릅니다, 랜도 씨. 저는 그럴 의도가 조금도 없었으니 더욱 재밌어했죠.

"그렇군요. 낭만파시네요." 그러더니 그녀는 활짝 웃으며 이렇게 덧붙였습니다. "포 씨는 신에 대해 얘기하는 걸 좋아하나 봐요."

저는 인간과 자연의 기원을 그보다 더 적절하게 설명할 수 있는 존재를 찾지 못하겠다고 말하고, 그녀에게 좀 더 알맞은 권위자를 아느냐고 물었습니다.

"아. 그냥 너무…." 그녀는 말끝을 흐리더니 이 주제를 불어오는 동풍에 실어 날려 보내기라도 하려는 듯 손으로 부채질을 하더군요. 안면을 익힌 지 얼마 되지는 않았지만 그동안 그녀가 뭐가 됐든 그렇게 애매한 태도를 보인 것은, 그렇게 대화를 이어 나가기 싫어한 것은 처음이었습니다. 하지만 저는 좀 더 결연한 추궁으로 의심을 사고 싶지 않았기에 그 문제는 뒤로하고 앞서 말씀드린 풍경을 감상하는 데 만족했습니다. 옆 동무를 가끔 곁눈질해 가면서요. 양심적으로 고백하자면 훔쳐보았다고 해야겠습니다만.

그 순간만큼은 그녀의 이모저모가 얼마나 사랑스럽게 느껴졌는지 모릅니다! 포근하고 귀여운 초록색 보닛, 풍성하게 너풀거리는 치맛단과 그 아래의 페티코트. 매혹적인 소매의 곡선과 하얀색의 봉긋한 안소매, 거기서 고개를 내민 그 하얗고 건강한 손가락. 체취는 또 어떻고요, 랜도 씨! 그 편지지에 남아 있던, 흙내가 섞인 그 달콤하고 살짝 톡 쏘는 향기. 앉아 있으면 있을수록 그것이 제 의식 속으로 점점 더 파고들어서 거의 정신착란의 지경에 이르렀기에 저는 무슨 향수인지 알려 줄 수 있겠느냐고 그녀에게 물었답니다. **오드로즈입니까?** 하고요. 아니면 **블랑드네주? 윌앙브레?**

"그렇게 근사한 거 아니에요. 그냥 흰붓꽃 뿌리예요."

그 말을 듣고 저는 잠시 말문이 막혀 버렸습니다. 몇 분 동안 가장 기본적인 말조차 꺼낼 수가 없었습니다. 결국 점점 걱정이 되기 시작한 마퀴스 양이 왜 그러는지 알려 달라고 애원하기에 이르렀죠.

"제가 결례를 저질렀네요. 흰붓꽃 뿌리는 저희 어머니가 좋아하셨던 향이거든요. 어머니가 돌아가시고 한참 뒤에도 옷에서 그 향이 풍기곤 했어요."

저는 그냥 지나가는 말처럼 이렇게 얘기하고 끝내려 했습니다. 저희 어머니에 대해서 그보다 더 자세하게 얘기할 생각은 절대 없었으니까요. 하지만 그에 맞서는 마퀴스 양의 호기심이 얼마나 어마어마할지 모르고서 한 생각이었습니다. 그녀는 당장 제 '속내'를 끄집어냈고 결국 제한된 여건이 허락하는 한도 안에서 가장 상세한 사연을 듣고야 말았지요. 저희 어머니가 전국적으로 유명했다고, 남다른 예술가라는 증거가 많았다고, 남편과 아이들에게 기쁘게, 비굴할 정도로 헌신했다고… 그러다 배우로서 많은 업적을 남긴 E극장의 깊은 화염 속에서 때 아닌 비극적인 죽음을 맞이했다고 말입니다.

어떤 사건을 언급할 때는 제 목소리가 떨렸고, 마퀴스 양이라는 놀라운 공감 능력을 갖춘 청중이 없었다면 이야기를 끝까지 이어 나가지 못했을 겁니다. 저는 그녀에게 모든 걸 얘기했습니다, 랜도 씨. 10분이라는 시간 안에 최대한 압축을 해서요. 고아가 된 저를 딱하게 여겨서 자신의 후계자로 삼고 저희 어머니가 보기에도 손색이 없을 만한 신사로 키운 앨런 씨 얘기도 했습니다. 얼마 전에 세상을 떠나기 전까지 **제2의** 어머니나 다름없었던 앨런 부인 얘기도 했고요. 영국에서 보낸 시간, 유럽 장기 여행, 포병대 복무 시절, 그리고 여기에서 한 걸음 더 나아가 제 생각과 꿈과 바람에 대해서도 이야기했습니다. 마퀴스 양은 거의 성직자에 가깝도록 침착하게 이 모든 기쁜 이야기, 슬픈 이야기에 귀를 기울였습니다. 테렌티우스*가 말한 '호모 숨 후마니 닐 아 메 알리에눔 푸토**'가 이건가 싶더군요. 그녀가 이렇듯 온화하게 들어주니 대담해진 저는 자는 동안에도 깨어 있는 동안에도 어머니의 혼령이 함께한다고 고백하기에 이르렀습니다. 어머니가 남긴 살아생전의 기억은 없지만, 그럼에도 혼령의 기억으로 불가사의하도록 꿋꿋하게 존재하신다고요.

---

* 고대 로마 시대의 극작가 겸 시인.

** '나는 인간이다, 따라서 모든 인간사가 나의 관심사다.'

이 말을 듣더니 마퀴스 양은 무척 집중하는 눈빛으로 저를 바라보 았습니다. "그러니까 어머님이 당신에게 **말씀도** 하신다는 거예요? 뭐 라고 하시는데요?"

그날 오전 들어 처음으로 저는 과묵해졌습니다. 그 신비로운 시구 에 대해 얘기하고 싶은 마음이 굴뚝같았지만 할 수가 없더군요. 그녀 도 좀 더 자세히 캐물을 생각은 없어 보였습니다. 그렇게 묻자마자 곧 바로 단념하고는 이렇게 중얼거리더군요.

"그들은 우리 곁을 절대 떠나지 않아요, 그렇지 않은가요? 우리보 다 먼저 이 세상을 살았던 사람들 말이에요. 왜 그러는지 이유가 궁금 해요."

저는 머뭇거리며 제가 정립한 가설을 제기했습니다.

"망자들이 우리 곁을 떠나지 않는 이유는 그들을 향한 우리의 사랑 이 너무 부족하기 때문이지 않을까 하는 생각이 들 때가 있어요. 우리 는 그들을 **잊어버리**잖아요. 의도적으로는 아니더라도 아무튼. 어느 정 도 시간이 지나면 슬픔과 연민이 모두 잦아드는데, 그러기까지 얼마나 시간이 걸릴지 몰라도 그들은 그 기간 동안 버림받은 기분을 가장 뼈 저리게 느끼겠죠. 그래서 우리를 향해 외치는 거예요. 자기들을 기억 해 달라고. 두 번 죽이지 말아 달라고. 또 가끔은 그들을 향한 우리의 사랑이 너무 넘치기 때문이라는 생각이 들 때도 있어요. 우리가 너무 나 사랑했던 사람들을 마음속에 담고 지내기 때문에 그들이 마음대로 떠나지 못하는 거라고요. 절대 죽지도 못하고 입을 다물지도 못하고 넋이 달래지지도 않은 채로."

"저승에서 돌아온 망령들." 그녀가 저를 유심히 쳐다보며 이렇게 중얼거렸습니다.

"맞아요. 하지만 그들은 애초에 떠난 적이 없는데 어떻게 **돌아왔다**고 할 수 있겠어요?"

그녀가 손을 들어 자기 입 앞에 갖다 댔습니다. 저로서는 왜 그러는지 알 수가 없었는데, 이윽고 그녀의 입에서 명랑한 웃음소리가 터져 나오더군요.

"이유가 뭘까요, 포 씨? 남들 같으면 드레스며 보석이며 그런 대화를 나누며 즐거워할 텐데 저는 그렇게 1분을 보내느니 당신과 1시간 동안 세상 둘도 없이…." 그녀는 이쯤에서 다시 웃음을 터뜨렸습니다. "**음울한** 사색에 잠기는 편이 훨씬 좋아요."

이 무렵 어슴푸레한 한 줄기 햇빛이, 우리가 바라보고 있던 산기슭을 비췄습니다. 하지만 마퀴스 양은 시선을 돌리더니 뭉툭한 나뭇가지로 평평한 화강암 위에 하릴없이 추상적인 형체를 그리기 시작했습니다.

한참 만에 그녀가 말문을 열었습니다.

"요전 날 공동묘지에서요…."

"그때 얘기는 하지 않아도 됩니다, 마퀴스 양."

"하지만 하고 싶은걸요. 당신에게 하고 싶은 얘기가 있어요."

"아…."

"고마웠어요. 눈을 떠 보니 당신이 내 앞에 있었을 때." 그녀는 흘끗 제 쪽을 쳐다보았다가 얼른 시선을 거두었습니다. "당신의 얼굴을 들여다보니 뜻밖의 것이 있었어요. 절대 예상하지 못했던 것이."

"그게 뭐였는데요, 마퀴스 양?"

"사랑이요."

아, 랜도 씨! 제가 그때 그 순간까지 마퀴스 양을 **사랑한다**는 생각을 한 번도 한 적 없다고 하면 선생님은 안 믿으시겠죠. 제가 그녀를 숭배했던 것만큼은, 그것도 **무척** 숭배했던 것만큼은 논란의 여지가 없습니다. 그녀에게 호기심을 느꼈던 것, 아니 매료됐던 것도요. 하지만 랜도 씨, 제 감정을 감히 그보다 더 고양할 수는 없었습니다.

하지만 이 성스러운 **단어**가 그녀의 입술을 통과하자마자 그 안에 갇혀 있던 진실을 더는 부인할 수 없었습니다. 그녀가 이제 우아하고 온화하게 그 좁은 감옥을 박차고 나왔다는 것을요.

저는 **사랑하고** 있었습니다, 랜도 씨. 그간의 온갖 항변에도 불구하고 **사랑하고** 있었습니다.

그리고 그와 더불어 모든 것이 달라졌습니다. 철갑상어가 요란하게 철썩이며 허드슨의 수면을 뚫고 나왔고, 그 수심 가득했던 강물 한복판에서 아이올로스[*]의 하프보다 더 신성한 선율이 조금씩 흘러나왔습니다. 저는 활짝 열린 꿈의 황금빛 문턱 위에 가만히 앉아서 저 멀리 미래의 종점을 물끄러미 응시하다가 종점이 **그녀**의 안에 있음을 깨달았습니다.

"저 때문에 당황하신 모양이네요." 그녀가 말했습니다. "당황하실 것 없어요. 당신도…." 그녀는 목이 메어 하면서도 하던 얘기를 계속했습니다. "당신도 **내** 가슴속에 담긴 사랑을 느꼈을 테니까요."

---

[*]　그리스신화에서 바람의 신.

사랑이라는 축복은 이렇듯 갑작스럽게 찾아오지요! 그리고 탄생된 순간 우리에게서 빠져나가지요! 우리 인간은 그것을 붙잡기 위해 천상까지 올라갈지 몰라도 절대 그것을 움켜쥐지는 못합니다. 네, 네, 그것은 항상 우리를 피해 달아납니다. 우리는 실패하고 추락할 수밖에 없는 운명입니다.

한마디로 요약하자면 제가 까무룩 기절을 했습니다. 저는 오전 열병식을 빼먹게 됐다 한들 전혀 아무런 가책도 느끼지 못했을 겁니다. 그 순간 너무 행복해서—턱도 없이, **비인간적일** 정도로 행복해서—오전 열병식을 더 많이 빼먹게 됐다 한들, 그래서 아트로포스(테미스의 그 잔인한 딸 말입니다!)*의 손에 생명의 실이 끊겼다 한들 전혀 아무렇지 않았을 겁니다.

다시 정신을 차렸을 때 눈앞에 보인 것은 그녀의 얼굴, 성스러운 빛을 발산하는 **그녀**의 천사 같은 얼굴이었습니다. 그녀가 말했습니다.

"포 씨. 다음번에 만날 때는 우리 둘 다 처음부터 끝까지 정신을 똑바로 차리고 있기로 해요."

저는 그 말에 진심으로 찬성했고, 그녀가 그러라고 하면 눈도 감지 않겠다고 맹세했습니다. 그리고 우리의 서약을 확증하는 뜻에서 지금 이 순간부터 당장 제 이름을 불러달라고 했죠.

"에드거, 맞지요? 아, 좋아요, 에드거. 그걸 원하신다면. 그럼 저는

---

* 그리스신화에서 운명의 세 여신 중 한 명으로 생명의 실을 끊는 역할을 한다.

리라고 불러 주셔야겠네요."

리, 리! 이 이름을 속삭이노라면 제 귓가에 황홀한 잔향이 남습니다. 느낌이 좋은 이 한 단어 안에 세상 모든 행복이 담겨 있습니다.

리. **리.**

거스 랜도의 기록

20

11월 21일

가장 이상했던 부분은 뭔가 하면 포가 그 뒤로 아무것도 추가하지 않았다는 것이었다. 나는 보고서를 다 읽자마자 다음 이야기를 기다렸다. 그가 또 다른 라틴어를 인용하거나 어원 강의를 늘어놓으며 존속 불가능한 사랑의 속성에 대해 상술하기를 기다렸다.

하지만 그는 내게 안녕히 주무시라고 하고는 그만이었다. 그러고는 기회가 닿으면 다시 보고서를 제출하겠다는 약속과 함께 유령처럼 객실을 빠져나갔다.

나는 다음 날 밤이 되어서야 그를 다시 볼 수 있었고 그것도 우연이었다. 포는 그것을 좀 더 근사하게 포장하려 하겠지만 나는 현재로서는 내가 선택한 단어를 고수하겠다. 내가 리로이 프라이의 일기장을 가지고 씨름하던 도중에 갑자기 바람을 쐬고 싶어진 것은, 그리하여 문을 열고 칠흑 같은 어둠 속으로 나서 실족하지 않도록 등불로 천천히 포물선을 그려 가며 걷게 된 것은 **우연**이었다고 말이다.

솔향기가 풍기는 건조한 밤이었다. 강물 소리는 평소보다 요란했고, 달은 쳐다보기만 해도 베일 듯했고, 바닥에서는 걸음을 내디딜 때마다 척척 갈라지는 듯한 소리가 났기에 나는 범행을 저지르려는 사람처럼 살금살금 걸었다. 폐허가 된 예전 포병대 기지 옆에서 걸음을 멈추고 플레인에서 엎어지면 코 닿을 데 서서, 풀이 자주색으로 물든 기나긴 비탈을 따라 시선을 옮겼다.

그러다 멈추었다.

뭔가가 움직이고 있었다. 처형장이라고 불리는 곳 근처에서.

등불을 높이 들고 좀 더 가까이 다가가 보니 그 형체가 이상하게 느껴졌던 이유가, 실루엣이 어째 눈에 거슬렸던 이유가 드러났다. 어떤 남자가 네 발로 엎드리고 있었던 것이다.

멀리서 보면 자세가 끔찍하고 비정상적이었다. 완전히 엎드려지기 직전이었다. 하지만 좀 더 가까이 다가가서 보니 **이유**가 있었다. 첫 번째 인물 바로 아래에 또 다른 인물이 있었던 것이다.

위에 올라탄 사람은 한눈에 알아볼 수 있었다. 식당에서 농장 일꾼처럼 **덩치** 좋은 그 금발을 한두 번 본 게 아니었다. 그는 바로 랜돌프 밸린저. 그가 **다리를 벌리고** 상대방의 위에 걸터앉아 그 무거운 다리로 상대방의 팔을 고정하고, 그 장대한 팔뚝에 온 체중을 실어 상대방의 목을 누르고 있었다.

이런 공격을 당하고 있는 사람은 누구였을까? 나는 빙 돌아서 시야를 확보한 다음에서야 비정상적으로 큰 머리와 금방이라도 부러질 듯 여리여리한 체구와 어깨가 찢어진 망토를 보고 확신할 수 있었다.

나는 바로 달리기 시작했다. 이것이 얼마나 불공평한 싸움인지 직감했다. 밸린저는 포보다 키가 족히 15센티미터는 크고 체중은 20킬로그램이 더 나갔고, 무엇보다 움직임을 보면 확신에 찬 **의도**가 있었다. 그는 물러서지 않을 작정이었다.

"중단하게, 밸린저 군!"

나는 바위처럼 든든한 내 목소리에 그들과 나 사이의 거리가 좁혀지는 것을 느꼈다.

그가 고개를 홱 들었다. 등불에 새하얗게 반사된 그의 눈과 내 눈이 만났다. 그는 포의 목에서 조금도 몸을 일으키지 않은 채 호수처럼 잔잔한 목소리로 말했다.

"사적인 일입니다."

바로 그 순간 리로이 프라이의 목소리가 내 귀에 들렸다. 그가 층계참에서 만난 동급생에게 명랑하게 속삭였다. **처리해야 하는 일이 있어서…**.

핏줄 하나 불거지지 않은 밸린저의 평온한 이마와 학구적으로 집중한 분위기를 보면 처리해야 하는 일을 할 뿐이라는 **당위성**이 느껴졌다. 그는 길을 정했으니 그대로 따를 작정이었다. 다른 설명 없이 실행에 옮길 작정이었다. 실제로 포의 목에서 축축하게 꾸르륵거리는 소리가 불규칙하게 나는 것 말고는 아무 소리도 들리지 않았다. 그것이 비명 소리보다 더 끔찍했다. 나는 다시 외쳤다.

"중단하게, 밸린저 군!"

그럼에도 그는 그 무겁디무거운 팔로 포를 눌러 허파에서 마지막 남은 한 방울의 숨까지 쥐어짜려고 했다. 포의 기도가 항복하길 기다렸다.

나는 구둣발을 날려 밸린저의 관자놀이를 정확히 맞췄다. 그는 아파서 끙끙거리고 고개를 저으면서도… 팔을 풀지 않았다.

두 번째 구둣발이 정강이를 가격하자 그는 뒤로 벌러덩 넘어졌다.

"지금 그만두고 가면 퇴학은 면할 수 있을 거다. 계속 고집을 부리면 이번 주말 안으로 군법회의를 각오해야 할 테고."

그는 일어나 앉아 턱을 문질렀다. 나는 있지도 않은 사람인 것처럼 앞만 똑바로 쳐다봤다.

"자네는 세이어 대령이 살인미수를 어떻게 생각하는지 잘 모를 수도 있겠네만."

내 말을 한마디로 요약하자면 이거였다. 이제 더는 여기가 그의 놀이터가 아니라는 것. 약자를 괴롭히는 인간들이 대개 그렇듯 그 역시 일정한 공간 안에서 제멋대로 날뛰었을지 모르지만 이제 더는 아니라는 것. 그는 8번 테이블에서 고기 써는 사람의 오른팔로서 자기보다 먼저 로스트비프를 달라는 생도가 있으면 노려볼 수 있었다. 하지만 8번 테이블과 북쪽 18번 막사 밖에서는 그의 뒷배가 없었다.

그랬기 때문에 그는 자리를 떠났다. 그는 최대한 아무렇지 않은 척하려고 했지만 자기가 저지당했다는 사실을 알았고 그것이 꼬리표처럼 그의 꽁무니에 매달려 있었다.

나는 손을 내밀어 포를 일으켜 세웠다. 그는 이제 아까처럼 숨을 헐떡이지 않았지만 등불에 비춰보니 피부가 적갈색으로 얼룩덜룩했다.

"괜찮겠나?"

그는 시험 삼아 침을 삼켜 보았다가 움찔했다. 그는 쌔근거리며 말했다.

"아주 괜찮습니다. 비겁하고… 비열한 공격으로… 포에게 겁을 주려 하다니. 저의 조상님으로 말할 것 같으면…."

"프랑크족장이었지, 나도 아네. 어떻게 된 일인지 얘기할 수 있겠나?"

그는 휘청거리며 한 걸음 내디뎠다.

"드릴 말씀도 거의 없습니다. 선생님께 가려고 방에서 몰래 빠져나와… 평소처럼 예방 조치를 취했는데… 여느 때처럼 조심스럽게 움직였는데… 어찌 된 건지 모르겠습니다… 기습 공격을 당해서요."

"그가 뭐라고 말을 하던가?"

"**똑같은** 말을 몇 번이고 반복했습니다. 들릴락 말락 하게."

"무슨 말을?"

"**이 쪼끄만 새끼가… 자기 주제를 모르고.**"

"그게 단가?"

"그게 답니다."

"그걸 어떻게 해석하면 좋겠나, 포 군?"

그는 어깨를 으쓱했다. 이 작은 동작에도 목을 타고 다시금 통증이 올라오는 눈치였다.

"극단적인 질투요. 리가 자기를 두고 저를 선택했다는 데 완전히 뚜껑이 열려 버린 거죠. 저를 협박해 그녀에게서 떼어 내려는 수작입니다."

어딘지 모를 그의 몸속 깊은 곳에서 다람쥐 같은 날카로운 웃음소리가 터져 나왔다.

"이 문제에 관한 한 제가 얼마나 확고한지… **제대로** 알지도 못하면서 말이죠. 저는 **물러서지** 않을 겁니다."

"그러니까 자네를 겁주려고 했을 뿐이다, 이건가?"

"그게 아니면요?"

나는 처형장을 다시 한 번 흘끗 쳐다봤다.

"글쎄. 내가 봤을 때는 자네를 죽이려고 작정한 것 같던데."

"설마요. 그럴 만한 용기도 없고 상상력도 없는 인간입니다."

아, 내가 현역 시절에 어떤 살인범들을 만났는지 들려주고 싶다는 생각이 살짝 들었다. 그중에 상상력이라고는 전혀 없는 인간들도 있었다는 것을. 그래서 그들이 무서운 것이건만.

나는 주머니에 손을 찔러넣고 잔디를 살짝 한 번 찼다.

"그래도 포 군, 내 생각에는… 내가 자네에게 **기대는** 부분이 다소 생겼는데 아무리 예뻐도 그렇지, 젊은 아가씨 때문에 자네가 목숨을 잃을 수도 있다는 건 생각조차 하기 싫네만."

"그 일로 목숨을 잃은 사람이 제가 되지는 않을 겁니다. 그 점에 대해서는 안심하셔도 됩니다."

"그럼 누구란 말인가?"

그는 딱 잘라 대답했다.

"밸런저요. 그가 저와 제 마음으로부터 바라는 것 사이에 끼어들려고 하면 제가 죽여 버릴 테니까요. 네, 그건 제 평생 가장 순수하게 기쁘고 그리고… 가장 **도덕적인** 행동이 될 겁니다."

나는 그의 팔꿈치를 잡고 호텔로 향하는 비탈길로 가만히 데려갔다. 어느 정도 시간이 지난 다음에서야 다시 말문을 열 수 있었다. 나는 최대한 가볍게 말했다.

"아, 그래. 도덕적인 부분은 선뜻 이해가 되네. 하지만 포 군, 자네가 거기서 기쁨을 느낀다는 건 상상이 안 되네만."

"그럼 저를 잘 모르시는 거네요, 랜도 씨."

맞는 말이었다. 나는 그를 잘 몰랐다. 일이 저질러지기 전에는 그의 능력이 어디까지인지 알 수 없었다.

마침내 돌기둥 앞에 다다랐다. 이제는 포의 숨소리가 일정해졌고 얼굴이 평소처럼 다시 창백해졌다. 그 하얀 얼굴이 이렇게 **건강해 보인** 적이 없었다.

"내가 마침 그 앞을 지나갔기 망정이지."

"뭐, 결국에는 제가 해결책을 찾았을 겁니다. 그래도 선생님이 만일에 대비해 옆에 계셔 주셨던 건 감사합니다."

"자네가 어딜 가려던 참이었는지 밸린저가 알아차렸을 거라고 보나?"

"밸린저가 무슨 수로 알 수 있었겠습니까? 호텔은 시야 안에 있지도 않았는걸요."

"그럼 우리의 합의 사항이 들통나지 않았을 거다, 이거로군."

"그게 들통날 일은 없을 겁니다, 랜도 씨. 어느 누구에게도, 심지어…."

그는 말을 잠깐 멈추고 고조되는 감정의 물결을 맞이했다.

"심지어 **그녀**에게도요."

그는 다시 정신을 차리며 밝은 목소리로 선포했다.

"애초에 제가 선생님을 찾아가려던 이유가 뭐였는지 묻지 않으시네요."

"내게 전할 새로운 소식이 있나 보다 했지."

"맞습니다."

이제 그는 주머니를 사방팔방으로 뒤지기 시작했다. 그는 1분이 지난 다음에서야 원하던 것을 찾았다. 종이 한 장이었다. 그는 성배라도 대하는 듯 경건하게 그 종이를 펼쳤다.

진작 알아차렸어야 하는 건데. 번뜩이는 그의 눈빛을 보고 알아차렸어야 하는 건데. 하지만 나는 아무것도 모르는 채 종이를 받아 들었고 전혀 준비가 되지 않은 상황에서 안에 적힌 글을 읽었다.

그 꿈의 그늘이 진 강둑의 그림자 안에서
나는 밤의 염증 나는 솔 아래에서 떨었도다.
"리어노어, 어찌하여 그대가 이곳에 왔는가.
이 황량하고 영문 모를 여울에
이 눅눅하고 마땅치 않은 여울에."
"제가 감히 대답하리이까?" 그녀는 두려움으로 떨며 외쳤도다.
"제가 감히 지옥의 끔찍한 대가를 속삭이리이까?
새날이 밝을 때마다 그 기억은 더 음울해져
내 영혼을 능욕한 악마들의 기억
내 영혼을 유린한 악령들의 기억."

이 단어들이 등불 아래에서 빙글빙글 돌아갔고, 나는 뭐라고 답을 하면 좋을지 알 수가 없었다. 몇 번이고 머릿속을 헤집었지만 번번이 빈손이었다. 결국 나는 이렇게 말하는 수밖에 없었다.

"훌륭하군그래. 진심일세, 포 군. 아주 훌륭해."

잠시 후에 그의 웃음소리가 내 귓전을 때렸다. 소리가 크고 아름답고 낭랑했다.

"고맙습니다, 랜도 씨. 어머니께 그렇게 전하겠습니다."

거스 랜도의 기록
21
11월 22일에서 25일

그날 밤이 더욱 깊었을 때 내 호텔 방문을 두드리는 소리가 들렸다. 포의 트레이드마크인 소심한 노크가 아니라 좀 더 다급한 호출이라 나는 하느님의 심판을 예상하며—아무도 모를 일이지 않은가—침대에서 벌떡 일어났다.

패치였다. 모직 숄로 몸을 두 번 감싸고 차가운 복도에서 입김을 뿜어내고 있었다.

"나 좀 들어갈게요."

나는 그녀의 환영이 사라지길 기다렸다. 그런데 그녀는 아주 멀쩡한 모습으로 내 방에 들어왔다.

"학생들 마실 술 좀 갖다 주고 오는 길이에요."

"내 몫으로 남은 건 없고요?"

이런 유혹 앞에서 내가 최대한 무심하게 행세할 수 있는 건 여기까지였다. 나는 그녀에게 달려들다시피 했고… 천사 같은 그녀는 나를 그냥 받아 주었다. 내가 자기 옷을 벗기는 동안 더없이 재미있어하는 표정으로 가만히 누워 있었다. 그 모든 과정 중에 내가 가장 좋아하는 부분이 여기다. 스타킹, 신발, 페티코트, 이렇게 한 겹씩 벗다 보면 점점 더 긴장감이 고조된다. 마지막까지 그녀가 가만히 있을까? 이것이 영원한 쟁점이다. 떨리는 손으로 마지막 단추를 풀면….

새하얗고 은은하게 빛나며 풍만한 그녀가 드러난다. 그녀는 끝까지 지시를 내렸다.

"음. 그래요. 바로 거기."

평소보다 긴 시간이 할애됐고—이 호텔 침대가 그렇게 구석구석 삐걱거린 적은 없었을 것이다—모두 끝났을 때 우리는 나란히 누웠다. 그녀는 내 팔에 고개를 얹고 있다가 평소처럼 잠이 들었고, 나는 폭포 같은 그녀의 숨소리를 잠깐 듣고 있다가 조심스럽게 그녀의 머리를 들어서 내리고 침대 밖으로 빠져나왔다.

리로이 프라이의 일기장이 창가에서 나를 기다리고 있었다. 나는 양초에 불을 붙이고 무릎 위에 올려놓은 일기장을 펼치고 공책을 테이블 위에 올려놓고 다시 단어로 이루어진 긴 실타래를 풀어 나가기 시작했다. 한 시간 반 넘게 일을 하고 있었을 때 그녀가 내 어깨 위에 손을 얹는 게 느껴졌다.

"거기 뭐가 적혀 있어요, 거스?"

나는 펜을 내려놓고 얼굴을 세게 문질렀다.

"아, 글이요."

그녀는 단단하게 뭉친 내 쇄골 위쪽을 자기 손마디로 눌렀다.

"**좋은** 글이에요?"

"그렇지는 않아요. 사격 이론과 콩그리브 로켓과 하느님에 대해서 많이 배워 나가고 있긴 하지만, 뼈에 사무치는 추위가 못 견디겠으면 켄터키의 고향 집으로 돌아가는 게 좋지 않을까요? 일기장이 이렇게 재미없을 수가 있다니 놀라울 정도예요."

"내 일기장은 안 그래요."

내 눈이 번쩍 뜨였다.

"당신이… 당신이 일기를 쓴다고요?"

그녀는 한동안 아무 말도 하지 않다가 고개를 저었다.

"내가 쓰면 그럴 거라고요."

그래, 안 될 것도 없지. 나는 생각했다. 이미 온 사방이 글로 넘쳐 나지 않는가. 포의 시와 산문, 포포 교수의 공책, 로크 하사와 **그의** 공책… 심지어 히치콕 대위마저 일기를 쓴다는 소문이 있었다. 나는 리로이 프라이가 쥐고 있었던 똘똘 뭉쳐진 종잇조각과 악마의 안식일을 그린 판화, 세이어의 아침 식탁에 올려져 있던 신문, 맹인 재스퍼의 팔꿈치 옆에 놓여 있던 신문을 떠올렸다. 이것들이 모두 **글**이었다. 모아서 의미를 파악할 것이 아니라 이 단어와 저 단어의 차이가 없을 때까지 하나씩 **지워 나가며** 내려가다 보면, 포포 교수가 기르는 새들처럼 왱그랑댕그랑 깍깍대며 이 **낱말**의 토끼 굴 속으로 들어가다 보면….

뭐 어때. 나는 생각했다. 그래요, 패치. 일기를 써요.

그녀가 내 귀에 대고 속삭였다.

"다시 침대로 올 거예요?"

"으음."

나는 살짝 고민했다고, 내 체면을 생각해서 그렇게 얘기하겠다. 진지하게 고민했다고 말이다. 그리고 나는 바보였으니 계속 바보처럼 살기로 했다.

"곧 갈게요."

그런데 나는 약속과 달리 의자에서 잠이 들고 말았다. 눈을 떠 보니 아침이었고 그녀는 없었고 내 공책에 이렇게 끼적여져 있었다. **단단히 챙겨 입어요, 거스. 밖에 추워요.**

과연 그랬다. 화요일과 화요일 밤까지 내내 추웠다.

수요일 오전, 초소 근무가 끝났는데도 4학년 생도 랜돌프 밸린저가 귀대하지 않았다.

당장 수색대가 꾸려졌지만 얼음 폭풍이 하일랜드를 쓸고 지나갔기 때문에 20분이 지난 다음에서야 출발할 수 있었다. 날이 극도로 춥고 습해서 앞이 거의 보이지 않았고 어느 정도 지나자 말과 노새들이 더는 전진할 수 없어 날이 괜찮아지는 대로 수색을 재개하기로 했다.

하지만 날이 괜찮아지지 않았다. 오전과 오후 내내 우박이 쏟아졌다. 우박이 지붕을 간질이고, 납 창틀을 씌운 여닫이창을 두드리고, 처마와 벽에 대고 미친 듯이 재잘거렸다. 끊임없이, 변함없이 내리고 또 내렸다. 나는 오전 내내 그것이 배고픈 똥개처럼 홈통을 긁어 대는 소리를 듣고 있다가 외투를 걸치고 밖으로 나가서 좀 걷지 않으면 미쳐버릴 수도 있겠다는 생각이 들었다.

때는 이른 오후였고 온 땅이 포로 신세였다. 우박이 캡틴우드의 오벨리스크와 포병창에 설치된 8킬로그램짜리 포와 남쪽 막사 뒤편의

350

양수기와 교수마을의 석조 주택에 달린 홈통 위로 두툼하고 딱딱하게 쌓였다. 보도의 자갈을 뒤덮고, 바위의 이끼를 박제하고, 널따란 눈밭을 석영처럼 단단하게 다졌다. 그 무게에 활처럼 휜 삼나무 가지들은 바람이 입을 맞출 때마다 부르르 떨었다. 파란색과 회색 위로 똑같이 내려 건드리는 모든 것을 침묵하게 만들었으니 참으로 민주적이었다. 나만 예외였다. 내 부츠가 갑옷처럼 쩽그랑거리며 눈밭을 헤치는 소리가 웨스트포인트 이쪽 끝에서 저쪽 끝까지 울려 퍼지는 듯했다.

나는 지친 몸을 끌고 호텔로 돌아가 오후 내내 중간 지대를 끝없이 넘나들며 자다 깨다 했다. 5시쯤 됐을 때 나는 움찔하며 일어나 창가로 달려갔다. 폭풍이 그치고 이제 고요해졌고, 맨팔의 키잡이를 태운 통나무배 하나가 강을 따라 느릿느릿 움직이는 것이 목화솜 같은 안개 사이로 희미하게 보였다. 나는 얼른 바지와 셔츠와 외투를 입고 조용히 문을 닫으며 나왔다.

생도들이 숙소에서 나와 벌써 도열하고 있었다. 갈라지는 얼음 때문에 발소리가 천배는 크게 울렸고, 나는 그 소음을 무사히 통과해 지스포인트로 향했다. 내가 뭣 때문에 거길 갔는지는 모르겠다. 이곳에 도착한 첫날 그랬던 것처럼 나라도, 아니 내가 아니면 다른 **누구**라도 계속 뭔가를 하고 있어야 한다는 생각 때문이었을 것이다. 저 강을 따라, 그가 간 적 없는 곳까지 가보아야 한다는 생각 때문이었을 것이다.

뒤에서 으드득으드득 길을 밟는 발소리가 들렸다. 그리고 부드럽고 공손한 목소리.

"랜도 씨?"

메도스 소위였다. 그러고 보니 내가 마지막으로 여기 왔을 때도 안내를 맡은 장교가 그였다. 그는 예전에도 그랬듯이 내 3미터 뒤에 자리를 잡고서 해자를 뛰어넘으려는 사람처럼 **마음의 준비**를 하고 있었다. 나는 말했다.

"안녕하신가. 잘 지내고 있겠지?"

그의 말투는 깃펜처럼 뻣뻣했다.

"히치콕 대위님께서 선생님을 모셔 오라고 하십니다. 행방불명이 된 생도 문제로요."

"밸린저를 찾았나?"

메도스는 처음에는 아무 대답도 하지 않았다. 말을 아끼라는 지시를 받은 모양인데, 나는 그의 침묵에 모종의 의미가 있다고 해석했다. 나는 들릴락 말락 하게 그가 내뱉을 수 없는 말을 내뱉었다.

"죽었군."

그는 오직 침묵으로 긍정했다. 나는 물었다.

"목을 맸나?"

이번에는 메도스가 고개를 끄덕였다.

"심장. 심장은⋯."

그는 구운 고기라도 저미는 듯이 단칼에 내 말허리를 잘랐다.

"네, 없어졌습니다."

그가 몸서리를 치며 양발로 펄쩍펄쩍 뛴 이유는 추위 때문이거나 아니면 시신을 봤기 때문이었을 것이다. 브레이크넥 언덕 위로 이제 막 고개를 내민 달이 그의 뺨과 이마를 부드럽고 엷게 비추고 눈을 금빛으로 물들였다.

"또 다른 게 있군. 자네가 아직 얘기하지 않은 뭔가가."

평소 같았으면 그는 입버릇처럼 **그건 말씀드릴 수가 없습니다**를 되풀이했을 것이다. 하지만 그의 안의 뭔가가 그 말을 꺼내게 만들었다. 그는 말을 하려다 말고, 하려다 만 뒤에 무척 어려워하며 실토했다.

"밸린저 군의 시신에는 추가로 만행이 자행됐습니다."

너무 격식을 차린 공허한 단어 선택이긴 했지만 그것이 그의 유일한 방패인 듯했다. 결국에는 그 방패도 제 역할을 하지 못했지만.

"밸린저 군은 거세를 당했습니다."

정적이 우리를 덮었다. 저 멀리서 생도들이 으드득으드득 얼음을 밟는 소리만 들릴 따름이었다.

"현장으로 안내하게."

"히치콕 대위님께서는 **내일** 거기서 만나자고 하십니다. 날이 많이 저물어서 어둡다 보니… 어둡다 보니…."

"현장을 조사할 수 없을 거란 말이지. 밸린저 군의 시신은 어디 안치돼 있나?"

"병원이요."

"보초가 단단히 지키고 있겠지?"

"네."

"대위님은 내일 몇 시에 만나길 원하시나?"

"오전 9시요."

"알겠네. 이제 남은 건 장소로군. **어디로** 가면 될까?"

그는 잠시 머뭇거렸다. 지명에 제대로 의미를 부여하기 위해서였을 것이다.

"스토니론섬이요."

사실 웨스트포인트에는 돌도 많고 외진 곳도 많다.[*] 하지만 코젠스 씨의 호텔에서 창밖을 내다보거나 서면, 강과 강이 약속하는 모든 자유가 한눈에 보인다. 좀 더 호기롭게 스토니론섬으로 나서면 모든 문명사회의 흔적이 멀어지고 친구라고는 나무와 골짜기와 어쩌면 개울물이 나지막이 쉬쉬거리며 흐르는 소리와… 그리고 두말하면 잔소리지만 햇빛을 밀어내는 산등성이들만 남는다. 여기가 감옥처럼 느껴지는 이유가 그 산등성이 때문이다. 여기서 두 시간 동안 보초를 서고 나면 스토니론섬을 절대 떠날 수 없을 거라는 착각에 휩싸이는 생도들이 많다고 한다.

랜돌프 밸린저도 그중 한 명이었다면 그의 짐작은 맞아떨어졌다.

폭풍이 그치자마자 수색이 재개됐다. 우박이 내린 기세 그대로 금세 녹을 거라고는 아무도 생각하지 않았다. 우박이 한동안 왕겨처럼 날리다 4시 몇 분이 됐을 때 보고차 생도대장의 숙소로 줄지어 가던 이병 둘이 경첩 천 개가 합쳐지는 듯한 소리를 듣고 걸음을 멈추었다. 근처에 있던 자작나무가 서리 망토를 벗고 불쑥 속살을 공개하자 백합의 암술처럼 그 속에 웅크리고 있던 랜돌프 밸린저의 알몸이 드러났다.

얼음 막이 그를 감싸고 두 팔을 옆구리에 붙여 놓았지만 불어오는 바람에 그가 아주 미미하게나마 빙글빙글 도는 것까지 막지는 못했다.

메도스 소위가 나를 그곳으로 안내했을 무렵 밸린저는 내려졌고 그

---

[*]   '스토니 론섬'이 돌이 많고(stony) 외진(lonesome) 곳이라는 뜻.

를 감싸고 있던 나뭇가지들은 다시 제 높이로 돌아가 남은 거라고는 내 가슴 정도까지 내려오는 밧줄밖에 없었다. 밧줄은 뻣뻣하고 까칠까칠했고, 자석이 잡아당기고 있기라도 한 듯 살짝 삐딱했다.

온 사방에서 녹은 우박이 돌멩이나 우둘투둘한 조각처럼 떨어지고 태양은 땅을 눈부시게 비추고 있어서, 어느 정도 시간이 지나자 볼 수 있는 것이라고는 아직까지 이파리가 온전하게 달려서 유일하게 햇빛을 반사하지 않는 진달래밖에 남지 않았다.

내가 물었다.

"왜 자작나무였을까요?"

히치콕은 나를 빤히 쳐다봤다.

"미안합니다, 대위님. 왜 그렇게 **잘 휘는** 나무를 선택해서 그를 매달았는지 궁금해서요. 떡갈나무나 밤나무처럼 가지가 굵지도 않은데."

"지면과 가까워서였겠죠."

"네, 그러면 일이 수월해질 테니까요."

"그렇죠."

히치콕도 맞장구쳤다.

그는 새로운 차원의 피곤한 상태로 진입했다. 눈을 붓게 하고 귀를 아래로 잡아당기는, 그런 피로였다. 아주 똑바로 서 있거나 주저앉거나 둘 중 하나밖에 할 수 없어서 걸음을 옮길 수 없게 하는, 그런 피로였다.

나는 그날 아침에 그를 친절하게 대했다고 생각하고 싶다. 숙소로 돌아가 조용히 생각을 정리할 수 있는 기회를 여러 번 주었다. 그리고 같은 질문을 누차 반복하게 해도 몇 번이든 개의치 않았다. 내가 랜돌프 밸린저와 리로이 프라이의 시신의 차이점이 뭐냐고 물었을 때 그가 자기한테 묻는 게 맞느냐는 눈빛으로 나를 똑바로 쳐다봤던 기억이 난다.

"양쪽 모두 시신이 발견됐을 때 대위님이 그 자리에 계셨으니까요. **이 시신**은 외관상 어떤 점이 달랐는지 궁금했을 따름입니다."

그가 마침내 말했다.

"아, 아니지. 이번에는…."

그는 나뭇가지를 올려다보았다.

"음, 가장 먼저 눈에 띈 부분은 그가 훨씬 높이 매달려 있다는 것이었습니다. 프라이와 비교했을 때요."

"그러니까 발이 바닥에 닿지 않았다?"

그는 모자를 벗었다가 다시 썼다.

"네, 이번에는 얕은꾀가 없었습니다. 밸린저는 발견됐을 때 몸에 상처가 모두 다 있었어요. 그러니까 살해되고 심장을 제거당한 **뒤에** 매달렸다는 거죠."

"그럼 상처가 그 이후에 생겼을 가능성은…."

그는 이제 점점 활기를 띠어 가고 있었다.

"그 이후에요? 아뇨. 그 높이에서는 거의 불가능했을 겁니다. 시신을 가만히 붙잡아 놓는 것조차 불가능했을 거예요."

그는 엄지손가락으로 눈을 비볐다.

"인간이 그런 부상을 입고 나무에 스스로 목을 매는 건 누가 봐도 가능하지가 않으니 자살인 척 위장할 필요가 전혀 없었죠."

그는 입을 살짝 벌리고 한동안 나무를 쳐다보았다. 그러다 정신을 차리고는 이렇게 덧붙였다.

"여기는 밸린저의 경비 초소에서 300미터쯤 됩니다. 그가 제 발로 여기까지 왔는지 또는 여기 왔을 때 살아 있었는지, 그것조차 알 수가 없어요. 그냥 걸어왔을 수도 있고 끌려왔을 수도 있어요. 눈보라 때문에 보시다시피…."

그는 고개를 저었다.

"모든 게 곤죽이 되어 버렸어요. 온 사방이 진창과 눈으로 덮였고 수십 명의 병사들이 그걸 밟고 지나갔으니 말이죠. 발자국이 여기저기 찍혀서 누가 누구 건지 구분할 방법이 없습니다."

그는 자작나무 몸통에 한쪽 팔을 얹고 몸을 30센티미터 정도 기울였다. 다시 내가 말했다.

"대위님. 정말 안타깝게 생각합니다. 충격이 얼마나 크실지 압니다."

왜 그랬는지 모르겠지만 나는 그의 어깨를 살짝 토닥였다. 독자 여러분도 어떤 식인지 알 거라고 본다. 남자들끼리 서로 위로할 때 가끔 하는 **유일한** 스킨십. 히치콕은 그걸 그렇게 받아들이지 않았다. 움찔하며 어깨를 치우고 화가 나서 하얗게 질린 얼굴로 나를 홱 돌아보았다.

"아뇨! 랜도 씨는 모를 겁니다. 내 휘하에서 생도 둘이 살해되고 시신이 잔인하게 **毁손**당했는데, 우리는 그 이유조차 모릅니다. 그리고 한 달 전과 비교했을 때 범인 색출에 진전도 없고요."

나는 여전히 달래는 투로 말했다.

"글쎄요, 대위님. 제가 보기에는 진전이 **있는**데요. 범위를 좁혔고 빠른 속도로 전진하고 있습니다. 네, 제가 보기에는 단순히 시간문제예요."

그는 인상을 쓰고 고개를 수그렸다. 입술을 굳게 다물고 나지막하지만 알아들을 수 있는 말을 중얼거렸다.

"**선생은** 그렇게 생각하다니 다행이로군요."

나는 미소를 지었다. 두 팔을 가슴에 대고 꼭 눌렀다.

"어째서 그런 말씀을 하시는지 설명을 부탁드려도 될까요, 대위님?"

그는 조금도 주눅 들지 않고 내 얼굴을 똑바로 쳐다봤다.

"랜도 씨, 감히 말씀드리지만 세이어 대령님과 저는 선생의 수사 진행 상황에 대해 상당한 의구심을 품고 있습니다."

"그렇습니까?"

"제 생각이 틀린 것으로 밝혀지면 기쁘기 한량없겠습니다. 솔직히 선생이 자기변호를 할 수 있는 황금 같은 기회가 바로 지금이라고 보는데요. 사탄 숭배 의식이 치러진 증거가 추가로 발견됐으면 말씀해주시죠. 교내 어디에서든 발견된 게 있습니까?"

"아뇨, 없습니다."

"코크런 이병에게 리로이 프라이의 시신을 두고 나가게 했다는 장교라는 자가 누구였는지는 찾아내셨습니까?"

"아직이요."

"그럼 프라이 군의 일기장을 입수한 지 이제 거의 일주일이 지났는데 수사에 도움이 될 만한 단서를 하나라도 찾으신 게 있습니까?"

내 눈가의 근육에 힘이 들어가는 것을 느낄 수 있었다.

"글쎄요, 어디 봅시다. 리로이 프라이가 특정한 날에 몇 번 수음을 했는지는 압니다. 엉덩이가 큰 여자를 좋아했다는 것도 알고요. 기상 신호와 해석기하학과… **대위님을** 얼마나 싫어했는지도 알고요. 그거면 대답이 되겠습니까?"

"제가 하고 싶은 말은…."

"대위님이 하고 싶은 말씀은 제가 이번 수사를 맡을 만한 능력이 안 된다는 거겠죠. 어쩌면 예전부터 그랬을지 모른다는."

"제가 의심하는 건 선생의 능력이 아닙니다. 충성심이죠."

이게 어디서 나는 건가 싶은 아주 나지막한 소리가 들렸다. 알고 보니 내가 이를 가는 소리였다.

"그게 무슨 말씀인지 설명을 부탁드려야 하겠는데요, 대위님."

그는 한참 동안 나를 쳐다봤다. 어디까지 얘기할지 고민했을 것이다.

"아무래도 제가 보기에는 랜도 씨가…."

"네."

"어떤 사람을 보호하려는 것 같습니다."

폭소가 터졌다. 처음에 내가 보일 수 있는 반응이 그것뿐이었다. 아니, 너무 웃기지 않은가. 나는 반문했다.

"어떤 사람을 보호하려는 것 같다고요?"

"네."

나는 두 팔을 위로 던지며 큰 소리로 외쳤다.

"**누굴요?**"

내 목소리가 바로 옆 느릅나무를 울리고 가지를 흔들었다.

"이 머나먼 땅에서 내가 도대체 누굴 보호하려 들겠습니까?"

"이제 포 군에 대해 의논할 때도 되지 않았나 싶습니다만."

뱃속이 손톱만큼 뒤틀렸다. 나는 무슨 말인지 모르는 척 어깨를 으쓱했다.

"왜 그래야 합니까, 대위님?"

그는 자기 발치를 흘끗 내려다보며 말했다.

"일단, 제가 알기로는 밸린저 군의 목숨을 두고 협박한 적 있는 생도가 포 군뿐이니까요."

그는 마침 알맞게 시선을 들어 놀란 표정이 내 만면으로 번지는 것을 보았다. 나는 이렇게 얘기하겠다. 그때 그가 나를 보며 지은 미소가 잔인하다고 볼 수는 없었다고. 오히려 비뚤어진 연민에 가까웠다고.

"그가 랜도 씨에게만 속마음을 털어놓았을 거라고 생각하셨습니까? 바로 어제 석식 시간에 한 테이블에서 식사하는 생도들을 상대로 밸린저 군과 어떤 식으로 일대 난투극을 벌였는지 연극배우처럼 떠들었어요. 누가 들으면 헥토르와 아킬레우스의 일전으로 착각하겠더군요. 흥미진진하게도 그는 다시 싸울 일이 생기면 밸린저 군을 죽이고야 말겠다는 선포로 이야기를 마무리 지었단 말이죠. 그 자리에서 들은 사람들이 느끼기에는 그 이상 분명할 수 없는 단어를 써 가며."

그랬겠지. 나는 플레인에서 포가 했던 말을 다시 한 번 떠올렸다. 그의 의도를 착각할 여지가 없었다. **제가 죽여 버릴 테니까요… 제가 죽여 버릴 테니까요….**

"글쎄요. 포가 실없는 협박을 한 게 이번이 처음은 아닐 겁니다. 그에게는… 그에게는 그것이 천성과도 같아서….”

“그가 협박을 하고 24시간도 안 돼서 협박을 당한 피해자가 시신으로 발견이 된 건 이번이 **처음일** 테죠.”

아, 이 친구는 잘 구슬릴 방법이 없었다. 히치콕은 피부가 뼈를 감싸듯 자기 의견을 고수할 위인이었다. 내 말투에서 절박한 느낌이 스멀스멀 풍기기 시작한 이유가 그 때문이었을지 모른다.

“아니, 포를 **보셨**잖습니까, 대위님. 진심으로 그 친구가 밸린저를 **제압**할 수 있다고 생각하십니까?”

“그럴 필요가 없을 수도 있죠. 총기를 쓰면 목적을 달성할 수 있을 테니까요, 안 그렇습니까? 아니면 기습 공격. 헥토르와 아킬레우스가 아니라 다윗과 골리앗을 상상하는 편이 더 나을 수도 있겠네요.”

나는 빙그레 웃으며 머리를 긁었다. **시간. 나는 이 생각을 하는 중이었다. 시간을 벌어야 해.**

“흠, 대위님의 가설을 진지하게 고민하려면 한 가지 맹점이 있다는 걸 인정해야 합니다. 포와 밸린저가 어떤 관계였든 그 친구와 리로이 프라이 사이에는 아무 연결 고리도 없지 않습니까. 둘은 심지어 서로 잘 알지도 못하는 사이였으니까요.”

“아, 그렇지가 않습니다.”

그에게 카드가 한 장뿐일 거라고 생각했다니 내가 바보였다. 그는 그 먼지 한 톨 없는 파란색 재킷 소매 안에 카드를 한 더미 숨기고 있었건만.

“알고 보니 포와 프라이가 지난 하계 야영 훈련 때 서로 충돌한 적이 있다더군요. 프라이 군이 아무래도 상급생이다 보니 다른 동급생 둘과 함께 작정하고 포 군을 놀렸는데, 거기에 분개한 포가 머스 킷총으로 프라이 군을 똑바로 겨누었답니다. 총검을 앞으로 들고서. 4~5센티미터만 더 내밀었어도 프라이 군이 다리에 심한 부상을 입을 뻔했어요. 그러고는 자기를 그런 식으로 괴롭히는 인간은 **누가 됐든** 그냥 지나가지 않겠다고 하는 걸 들은 사람이 여럿입니다."

히치콕은 그 소식이 접수되는 동안 잠깐 기다렸다. 그런 다음 좀 더 부드러워진 목소리로 이렇게 덧붙였다.

"그 친구가 선생께 제 입으로 그 사건에 대해 알리지는 않았겠지 요?"

아, 오늘은 대위를 이길 방법이 없을 듯했다. 무승부가 최선이었다. 나는 이렇게 제안했다.

"룸메이트들을 호출해 밸린저가 살해당하던 날 밤에 포가 숙소를 이탈한 적이 있는지 물어보면 어떨까요?"

"그들이 그런 적 없다고 한들 그걸로 뭐가 입증이 되겠습니까? 그 들이 잠귀가 어둡다는 것 말고는요."

나는 최대한 대수롭지 않게 말했다.

"그럼 그 친구를 체포하죠. 대위님께서 그렇게 확신하신다면 체포 해야죠."

"랜도 씨도 아시겠지만 동기를 입증하는 것만으로는 부족합니다. 범행의 직접적인 증거를 찾아야죠. 제 눈에는 증거가 전혀 보이지 않 습니다만. 랜도 씨는 어떻습니까?"

목련에 쌓여 있던 얼음이 우리 뒤로 겨우 2미터밖에 안 되는 곳에 후두두 떨어졌다. 근처 떡갈나무에 앉아 있던 참새들이 그 소리를 듣고 놀라서, 얼음에 반사된 햇빛에 미쳐 날뛰며 벌떼처럼 우리를 향해 달려들었다.

"대위님. 우리의 이 깜찍한 시인이 범인이라고, 진심으로 그렇게 생각하시는 건 아니겠죠?"

"랜도 씨가 그런 질문을 하다니 이상하네요. 거기에 답을 해야 하는 첫 번째 후보가 **랜도 씨** 아닙니까?"

그는 어떤 표정을 보일락 말락 하게 입가에 띠며 내 쪽으로 한 발 다가왔다.

"대답해 보십시오, 랜도 씨. 랜도 씨의 그 깜찍한 시인이 범인입니까?"

에드거 A. 포가 오거스터스 랜도에게 제출한 보고서

11월 27일

추가 보고서 작성이 지체된 것에 대해 비굴한 변명을 늘어놓습니다, 랜도 씨. 밸린저 살인 사건과 관련해 비상 호출이 난무하고 소문과 유언비어와 이보다 더 비열할 수 없는 추측이 만연하다 보니 그 어느 때보다 심하게 일거수일투족을 감시당하게 돼서요. 제가 좀 더 순진한 성격이었다면 지나가는 저를 묘한 눈빛으로 쳐다보는 몇몇 생도들을 보며, 의혹의 화살이 저에게로—네, 저에게로!—향해 있나 보다고 생각했을 겁니다.

아, 밸린저가 끔찍한 최후를 맞이했다는 소식을 접했을 때 제가 얼마나 경악했는지 인간의 언어로 표현할 방법이 있을까요? 저의 영원한 고문관이었던 무뢰한이 이 땅에서 이렇듯 완전히, 그것도 이렇듯 섬뜩하리만치 갑작스럽게 제거가 되다니요! 저는 이 사건에 내포된 의미를 고민해 보지만… 잘 모르겠습니다. 마퀴스 가족과 그토록 가깝게 지내던 사람을 절멸하다니 이 사악한 살인범이 아티머스나 제 영혼의 샘물을 노리더라도—제가 지금 얼마나 부들부들 떨고 있는지 아십니까!—막을 방법이 없는 것 아니겠습니까? 아, 저희의 수사 속도가 너무 **더디게만** 느껴집니다….

그나저나 랜도 씨, 이 사관생도들 사이에서 시작된 나약한 히스테리가 끝 간 데 모르고 점점 커져가고 있습니다. 머스킷총을 옆에 두고 잔다는 생도들도 많습니다. 더 기상천외한 인간들은 인디언들의 조상이 자기들을 몰살한 유럽인들에게 복수하려고 인간의 모습으로 나타나 프라이와 밸린저를 공격한 거라고 한답니다. 로더릭 군이라고 유난히 심약한 2학년 생도는 플러테이션워크에서 그런 혼령이 황금느릅나무에 대고 도끼를 가는 것을 봤다고 주장하고요.

소문에 따르면 스토더드 군은 생도들이 두려움에 떠느라 정력적으로 끈기 있게 수업에 매진하지 못할 가능성이 농후하니 남은 학사 일정을 취소해 달라고—기말고사까지 포함해서요—세이어 대령님께 간청했다고 합니다.

그 겁쟁이들이 남자답지 못하게 징징대는 걸 보고 있노라면 얼마나 꼴불견인지 모릅니다! 그런 인간들이 **전투**라는 시련은 어찌 감당할까요? 모든 게 **소브 키 푀***고 온 사방이 피바다일 텐데. 그때는 심판을 누구에게 미뤄 달라고 하려는지. 아, 미군의 미래가 어둡습니다, 랜도 씨.

그래도 위에서 한 가지 타협안을 제시하긴 했습니다. 혼자 외부로

---

* 프랑스어로 '재주껏 도망치라'라는 뜻.

나가는 생도가 없도록 초소 근무를 두 명씩 서게 하겠다고 야간 행진 때 공표하더군요. 다른 때 이런 명령이 내려졌다면 다들 속으로 구시렁거렸을 겁니다. 초소 근무 횟수가 두 배 늘어난다는 뜻이니까요. 그런데 생도들 사이에서 공포가 하도 만연하다 보니 다들 부담을 축복으로 여깁니다. 그걸로 좀 더 안전해질 수만 있다면요.

제가 선생님께 이번 보고서를 제출하는 좀 더 큰 목적은 리와 아티머스와 관련해서 달라진 점을 알려드리기 위해섭니다. 오늘 오후에 불안하기도 하거니와 시간도 좀 나기에 밸린저의 소식이 리의 예민한 성정에 지나치게 해가 되지는 않았는지 알아볼 겸 마퀴스 가족의 집을 찾았습니다.

그런데 '컬럼비아의 아들들을 환영합니다'라고 수놓아진 스티치 샘플러가 걸려 있는, 이제는 익숙해진 현관문을 두드렸지만 실망스럽게도 하녀인 외제니 말고는 집에 아무도 없지 뭡니까. 이제 어떻게 할지 고민하고 있는데, 희미하게 사람들 **목소리**가 들리더군요. 좀 더 자세히 살펴보니 마퀴스 가족의 집 뒤편에서 나는 소리였습니다. 제가 잠깐 망설이다가 그 석조 주택 모퉁이를 돌아가 보니 리와 남동생 아티머스가 뒷마당에서 아주 열띤 대화를 나누고 있지 뭡니까.

둘이 워낙 대화에 집중하고 있었기 때문에 잘하면 그들에게 들키지 않고 지나갈 수 있을 것 같더군요. 저는 기회를 틈타 얼른 바로 옆 꽃사과나무 뒤로 숨었습니다. 거기라면 대화 내용이 들릴 수도 있을 것 같았거든요.

오, 랜도 씨, 제가 사랑하는 이를 그런 식으로 비열하게 정찰하면서 전혀 양심의 가책을 느끼지 않았을 거라고 생각하지는 말아 주십시오. 그 둘이 자기들끼리 대화를 나누도록 그냥 자리를 비켜 주어야겠다고 한두 번 작정한 게 아니었습니다. 하지만 그럴 때마다 **선생님**과 이 학교를 향한 저의 의무를 떠올렸습니다. **선생님**을 위해 그 자리를 지켰습니다. 그리고 부적절한 저의 호기심이 아니라 오로지 선생님을 위해, 그 나무가 3미터만 더 가까우면 얼마나 좋을까 하는 생각을 했죠. 마퀴스 남매가 계속 거의 속삭이는 수준으로 대화를 나누려고 했으니 말입니다. 하지만 **그러려고** 했을 뿐이죠. 선생님도 아시다시피 인간의 목소리는 그렇게 제동이 걸린 채로 오래 유지되지 못하니까요. 어떤 타고난 균형 감각 때문에 주기적으로 원래 음역대로 돌아가, 외국인들이 나누는 대화에서 그 언어를 거의 모르는 사람도 화자의 의도를 파악할 수 있게 만드는 한 단어 또는 한 구절이 산발적으로 불쑥 튀어나오듯 알아들을 수 있는 부분이 섬광처럼 등장하지 않습니까. 그렇기에 저는 그들의 대화에서 다양한 실마리를 낚아챌 수 있었지만 일관성 있는 서사로 엮기에는 부족했습니다.

그들이 나누는 대화의 주제가 밸린저 군의 끔찍한 죽음이라는 것은 단박에 알 수 있었습니다. 아트머스가 여러 번 '랜디'를 운운했고 또 "나랑 제일 친했던, 내가 가장 아끼던 친구였어"라고 단언했으니까요. 성격답게 침착하고 자분하게 말하는 리와 다르게 아티머스가 좀 더 흥분한 말투였는데, 한번은 그녀가 남동생이 속닥속닥 털어놓은 비밀을 듣더니 점점 귀에 거슬리게 언성을 높여 가며 상당히 다급한 투로 **"아니면 누구겠어?"**라고 하더군요.

"아니면 누구겠냐고?" 아티머스는 누이와 발맞춰 언성을 높이며 이렇게 반문했습니다.

그 뒤로 대화가 다시 속삭임으로 바뀌었고 그들의 반경 밖으로 흘러나온 단어들마다 너무 희미하게 들리거나 너무 두루뭉술해서 뜻을 파악할 수가 없었습니다. 하지만 중간에 잠깐 둘 다 흥분하다 보니 제 귀에 들릴 정도로 언성이 높아진—너무 홀연히 바뀌기는 했지만!—적이 있었죠.

리가 말했습니다. "네가 네 입으로 그는 힘이 없다고 했잖아. 네 입으로 그는⋯."

아티머스가 받아쳤습니다. "진짜 그럴지 몰라. 하지만 그렇다고 해서⋯."

다시 희미한 몇 마디와⋯ 속삭임과⋯ 뭔지 모를 단어가 이어지다⋯ 아티머스가 듣는 사람이 있거나 말거나 처음으로 신경 쓰지 않는 듯이 이렇게 얘기하는 소리가 들리더군요.

"공주님. 나의 공주님."

그 뒤로 모든 대화가 끊겼습니다. 제가 눈을 들어 서로 뒤엉킨 나뭇가지 사이로 내다보니 둘이 서로 끌어안고 있더군요. 둘 중 어느 사람이 위로하는 쪽이고, 어느 사람이 **위로받는** 쪽인지는 알 수 없었습니다. 고르디우스의 매듭처럼 단단히 부둥켜안은 두 사람 사이에서는 어떤 소리도, 어떤 말도, 어떤 한숨 소리도 들리지 않았습니다. 이들의 포옹은 강도 면에서나 지속 시간 면에서나 이례적이더군요. 2분 아니면 3분 정도 지난 다음에서야 서로 떨어질 조짐을 보였는데, 그것도 다가오는 발소리를 듣고 정신을 차린 덕분이었습니다.

하녀 외제니가 펌프 쪽으로 걸어가는 발소리였습니다. 정탐이 아니라 양동이에 물푸기라는 가볍고 소소한 일을 하려고요. 제가 그녀의 눈에 띄지 않은 건 행운의 여신 덕분이었습니다(아니면 외제니가 마치 동물처럼 멍하니 일을 하러 나온 덕분이었을 수도 있습니다만). 아티머스와 리 쪽에서는 제가 안 보였을지 몰라도 하녀는 흘끗 쳐다보기만 했어도 단박에 수목 장막을 간파할 수 있었을 테니까요. 하지만 외제니는 자기가 해야 하는 일 말고는 어떤 것에도 관심을 두지 않고 계속 걸음을 옮겼습니다. 그녀가 스스로 정한 목적지에 다다랐을 무렵, 아티머스와 리는 사실상 **사라졌**고요. 저 역시 계속 숨어 있을 이유가 없었고 그들의 대화를 다시 엿들을 수 있는 가능성도 없었기에 바로 슬그머니 빠져나와서 막사의 제 방으로 돌아가 그들의 수상한 만남에 대해 고민했지만 답을 찾지 못했습니다.

조만간 '집에 계실' 예정입니까, 랜도 씨? 제가 사방에 만연한 광란에 동참하고 있지는 않지만 제 천성과 전혀 어울리지 않는 신경성 불안증에 굴복하는 것이 느껴져서요. 제 상념들은 곧장 리에게로 향합니다. 리가 아니면 누구겠습니다. 저는 선생님께서 비웃으신 **그 시**를 몇 번이고 다시 살피며 그 안에서 엄청난 위기감을 느낍니다. 저를 자신의 전달자로 선택한 그 혼령이 저를—조만간! 조만간!—스핑크스가 낸 수수께끼를 해결하는 오이디푸스로 만들어 주길 기도합니다. 옅은 파란색 눈을 한 처녀여, 제게 말씀해 주소서!

거스 랜도의 기록

22

11월 28일에서 12월 4일

나는 포의 마지막 보고서를 다 읽자마자 코시치우슈코 정원으로 가서, 일요일 예배 시간이 끝난 뒤에 내 호텔 객실에서 만나자는 쪽지를 비밀의 바위 아래에 숨겼다. 그가 찾아왔지만 나는 아무 인사도 대답도 하지 않고 주변에 정적이 쌓이도록 내버려 두었다. 하지만 결국엔 그가 손가락을 꼼지락거리는 것이 우리 둘 모두에게 더는 견딜 수 없는 지경에 이르렀다.

"11월 23일 밤에 어디 있었는지 알려 줄 수 있겠나?"

"밸린저가 살해되던 날 밤 말씀입니까? 당연히 제 방에 있었죠. 거기가 아니면 어디 있었겠습니까?"

"자고 있었겠지?"

그는 얼굴을 환히 밝히며 삐딱한 미소를 지었다.

"아! 제가 **무슨 수로** 잠을 잘 수가 있었겠습니까, 랜도 씨? 그… 그 귀한 존재를 생각하느라 머릿속이 복잡한데요. 그 어떤 상상속의 천녀

보다 더 뛰어나고… 또….”

내 헛기침 때문이었을까, 냉정해진 눈빛 때문이었을까. 그는 갑자기 말을 멈추고 내 안색을 다시 살폈다.

“화가 나셨군요, 랜도 씨.”

“그렇다고 볼 수 있을 걸세.”

“제가… 도울 일이라도…?”

“있고말고, 포 군. 내게 거짓말을 한 이유를 설명하는 건 어떻겠나?”

그의 뺨이 아가미처럼 부풀었다.

“아니 그게 무슨.”

나는 손을 써 가며 말허리를 잘랐다.

“내가 맨 처음 자네에게 이 일을 맡겼을 때 리로이 프라이와 엮인 적이 없다고 하지 않았나.”

“아, 글쎄요, 엄밀히 따지면 그건….”

“히치콕 대위를 통해서 진실을 들었을 때 내가 얼마나 당황스러웠겠나. 원칙대로라면 내가 **범인**일 가능성이 큰 사람에게 사건 수사를 맡길 리 없지 않겠나.”

“하지만 저는….”

“그러니까 포 군, 자네를 자르기 전에 다시 한 번 자네에게 명예를 회복할 기회를 주겠네. 사실대로 말해 주게. 자네는 리로이 프라이와 알고 지낸 사이였나?”

“네.”

“그와 언쟁을 벌인 적이 있었나?”

371

잠시 정적이 흘렀다.

"네."

"자네가 리로이 프라이를 **살해**했나?"

그 질문이 허공에서 한참 동안 맴돈 다음에서야 그는 무슨 뜻인지 알아들은 듯했다. 그는 멍한 표정으로 고개를 저었다.

나는 집요하게 따지고 들었다.

"자네가 랜돌프 밸린저를 살해했나?"

다시 고개를 저었다.

"그들의 시신이 훼손된 것과 어떤 식으로든 연관이 있나?"

"아뇨! 그랬다면 제가 걷다가 벼락을…."

"묻는 말에 대답만 하게. 두 사람 모두를 **협박**한 적 있다는 건 부인하지 않겠지?"

그의 손이 옆구리 근처에서 움찔거리기 시작했다.

"음… 그게, **밸린저**의 경우에는… **열이 뻗쳐서** 한 말이었습니다. 진심은 아니었어요, 진짜로요. 그리고 리로이 프라이의 경우에는…."

그의 가슴이 비둘기처럼 부풀었다.

"그를 협박한 적은 한 번도 없습니다. 그냥… 남자로서 그리고 군인으로서 제 특권을 행사했을 뿐이죠. 그것으로 끝이었고 그 뒤로는 그를 두 번 다시 생각한 적이 없습니다."

나는 눈을 단춧구멍처럼 작게 떴다.

"포 군, 참으로 심란한 패턴이라는 걸 자네도 인정하는 수밖에 없겠지? 자네와 어떤 식으로든 충돌했던 사람마다 횡사를 했으니 말일세. 게다가 다소 중요한 기관을 제거당했고."

그는 다시 가슴을 내밀었지만 안에서 뭔가가 터졌는지 이번에는 아까만큼 크게 부풀지 않았다. 그는 고개를 모로 꼬고 지친 목소리로 조용히 말했다.

"랜도 씨, 제가 여기서 지낸 짧은 기간 동안 저를 괴롭힌 생도를 모두 죽이면 남는 사관학교 학생 수가 열댓 명도 안 될 겁니다. 그 열댓 명도 간신히 테스트를 통과했을 테고요."

독자 여러분도 어떤 식인지 알 것이다. 내가 어떤 사람을 공격하고 창으로 **내리치려**는데 뜬금없이 그가 **실컷 해보라**는 듯이 모든 갑옷을 벗어던지면 공격의 의미가 없다는 것을 깨닫게 되지 않는가. 그는 이미 고통의 모든 세계를 경험한 사람이라는 뜻이니 말이다.

포는 흔들의자에 털썩 주저앉았다. 자기 손톱을 유심히 들여다보았다. 정적이 다시금 우리 주변에 조금씩 쌓였다.

"궁금해하시니 말씀드리자면 저는 여기 입학한 첫날부터 놀림감이었습니다. 저의 몸놀림, 외모, 심지어… **미적 감각**까지도요, 랜도 씨! 저의 가장 순수하고 진솔한 모든 것이 여기에서는 하나도 예외 없이 비웃음과 조롱거리로 전락했습니다. 천 번을 산들 그로 인해 입은 상처를 누그러뜨릴 방법은 없을 겁니다. 저 같은 남자는…."

그는 말을 잠깐 멈추었다가 다시 이었다.

"저 같은 남자는 이내 복수를 잊고 **야망**으로 만족하게 됩니다. **출세**로요. 오로지 거기에 위안이 있죠."

그는 나를 올려다보며 인상을 썼다.

"저도 압니다, 제가 경솔한 발언을 일삼는 죄를 짓고 있다는 것을요. 그것 말고도 폭음하고 허황된 상상을 하는 등 수많은 죄를 짓고 있을 겁니다. 하지만 **그건** 절대 아닙니다. 살인은 절대 아닙니다."

이제 그는 내 눈을 뚫을 듯이 쳐다보며 전에 없는 눈빛으로 나를 타진했다.

"저를 믿으십니까, 랜도 씨?"

나는 긴 숨을 토했다. 잠깐 천장을 올려다보았다가 다시 그를 보았다. 그런 다음 뒷짐을 지고 방을 한 바퀴 돌았다.

"내 생각을 밝히자면 포 군, 자네가 말과 행동을 좀 더 조심해야 한다고 생각하네. 그래 줄 수 있겠나?"

그는 고개를 끄덕였다. 아주 희미하게 까딱.

"**이번에는** 내가 히치콕 대위와 나머지 사냥개들을 저지할 수 있을 걸세. 하지만 한 번만 더 거짓말을 하면 자네와 나의 인연은 끝인 줄 알게. 저들이 자네 손과 발에 족쇄를 채워도 나는 손 하나 까딱하지 않을 테니. 알겠나?"

그는 다시 고개를 끄덕였고, 나는 눈으로 방 안을 이리저리 훑었다.

"자, 그럼. 성서가 없으니 우리 둘이서 그냥 선서를 해야겠군. **나, 에드거 A. 포는….**"

"나, 에드거 A. 포는…."

"**진실만을 이야기하겠다고….**"

"진실만을 이야기하겠다고…."

"랜도 씨 앞에서 맹세합니다."

"랜도 씨 앞에서…."

그의 입에서 폭소가 나오려다 말았다.

"랜도 씨 앞에서 맹세합니다."

"자, 그럼 됐네. 이제 가도 좋네, 포 군."

그는 의자에서 일어났다. 문을 향해 반걸음 갔다가 뒤로 반걸음 물러났다. 그의 얼굴이 점점 벌게졌고 그 얇은 입술에 소심한 미소가 감돌기 시작했다.

"선생님만 괜찮으시다면 좀 더 있다가 가도 될까요?"

우리의 시선이 1초 동안 만났지만 아주 긴 1초였다. 그에게는 너무 긴 1초였다. 그는 창문 쪽으로 고개를 돌리더니 찬 공기에 대고 더듬거리기 시작했다.

"특별한 **목적**이 있어서 더 있다가 가겠다는 건 아닙니다. 선생님의 수사와 밀접한 연관이 있는 정보를 추가할 것도 아니고요. 다만 선생님과 같이 시간을 보내는 것이 다른 어느 누구하고보다 즐거워서요. 물론 **그녀**는 예외입니다만, **그녀**가 없으니 차선이…."

그는 고개를 저었다.

"오늘따라 자꾸 말문이 막히네요."

나도 잠깐 동안 말문이 막혔다. 이리저리 두리번거리며 시선을 그가 있는 쪽만 피했던 기억이 난다. 잠시 후에 나는 대수롭지 않다는 듯이 말했다.

"뭐, 자네가 좀 더 있고 싶다면 그래도 상관없네. 나도 요즘 들어 말벗이 좀 없기도 했고. 혹시…."

나는 이미 침대 아래에 감추어 둔 것을 꺼내러 가고 있었다.

"머농거힐러 한잔 할 텐가?"

우리는 이렇게 해서 위스키를 통해 전보다 한 걸음 더 가까워졌다. 그가 올 때마다 같이 술을 마셨다. 첫 주에는 그가 매일 밤마다 남쪽 막사를 슬그머니 빠져나와서 플레인을 살금살금 가로질러 내 호텔을 찾아왔다. 경로는 바뀌었을지 몰라도 내 방에 도착했을 때 치르는 의식은 매번 동일했다. 그는 문을 딱 한 번 두드리고, 바위를 어깨로 미는 사람처럼 아주 신중하게 문을 열었다. 나는 술을 따라 놓고 기다리고 있다가 어떨 때는 가구 위에, 또 어떨 때는 바닥에 앉아서 술을 마시며 그와 대화를 나누었다.

몇 시간씩 나누었다. 수사에 대해 얘기한 적은 거의 없었다. 그 부담에서 벗어나자 이리저리 화제가 흘러가는 대로 뭐에 대해서든 토론을 벌일 수 있었다. 앤드루 잭슨이 그 오래전에 디킨슨과 결투를 벌였을 때 총을 재장전한 건 반칙이었을까? 포는 그렇다고 했고 나는 잭슨 편이었다. 진급을 못 하고 있다며 스스로 목숨을 끊은 나폴레옹의 부관은? 포는 고결한 선택이라고 했고 나는 바보짓이라고 생각했다. 갈색 머리 여자에게 가장 잘 어울리는 색은? 나는 빨간색, 포는 가지색 (절대 보라색이라고 하지 않았다). 우리는 이로쿼이족이 나바호족보다 더 사나운지, 드레이크 부인은 희극이 더 어울리는지 비극이 더 어울리는지, 피아노가 클라비코드보다 더 비싼지를 두고 옥신각신했다.

어느 날 밤인가에는 내가 영혼이 없는 내 성격에 대해 변호해야 하는 상황에 몰렸다. 나 스스로 그런 성격이라고 선포하기 전까지는 그런 줄도 몰랐는데, 두 남자가 밤이 이슥해지도록 대화를 나누다 보면 그런 현상이 벌어진다. 노선을 한번 정하면 끝까지 그걸 고집하게 된다. 그렇기 때문에 나는 포에게 인간은 누구나 서로 부딪치며 앞뒤로 움직이다가 결국에는 멈추는 원자 덩어리일 뿐이라고 했다. 그 이상도 그 이하도 아니라고.

그는 온갖 형이상학적인 근거를 들어 가며 반론을 제기했다. 나는 전혀 동요하지 않았다. 마침내 정신이 산만해진 그가 손을 흔들기 시작했다.

"분명히 말씀드리는데, 있어요! 선생님의 영혼, 선생님의 혼은 존재한다고요. 쓰지 않아서 조금 녹이 슬었겠지만 그래도… 보여요, 랜도 씨. 느껴집니다."

그러고 나서 그는 어느 날 그 영혼이 들고일어나 나를 정면으로 들이받으면 그제야 내 실수를 깨닫겠지만 이미 엎질러진 물이 될 거라고 경고했다.

그는 그런 식으로 몇 시간을 아무 소용없이 떠들 수도 있었을 것이다. 하지만 우리는 위스키 때문에 혀가 제법 꼬였다. 나는 시원하면서도 화끈한 술기운에 젖어 가끔은 모든 걸 잊고 조금 안도하며 포의 잡다한 얘기에 귀를 기울일 수 있었다. 아름다운 것과 참된 것, 범주를 초월한 혼종, 생피에르*의 『자연 탐구』. 이제 와 떠올리면 머리가 지끈거리지만 그 당시에는 모두 산들바람처럼 내 머리칼을 스치고 지나갔다.

계기가 뭐였는지는 정확히 모르겠지만 어느 시점부터 우리 사이에 변화가 생겼다. 격식이 사라지고 좀 더 편안한 사이가 되었다. 우리는 마치 바로 옆방에 세 들어 사는 두 명의 나이 많은 독신남 같았다. 남은 가산으로 지내며 이런저런 것들을 두고 끝없이 사색하는, 천진한 미치광이. 나는 이런 사람을 책 속에서만 접했기에 어느 정도 시간이

---

*   프랑스의 소설가이자 박물학자.

지나자 포와 내가 어떤 책을 쓰고 있는 건지 궁금해지기 시작했다. 언제까지 계속 이어질까? 어느 시점에 다다르면 사관학교에서 개입하지 않을까? 포가 남쪽 막사로 살금살금 귀대하다가 상관들에게 들통날 수도 있지 않을까? 밸린저에게 당했던 것처럼 그들이 친 덫에 걸려들 수 있지 않을까? 최소한 심문이라도 당하지 않을까?

그런 얘기가 나오면 포는 항상 허세를 부렸지만 내가 용돈벌이에 열을 올리는 병사가 있다는 얘기를 들려주자 주의 깊게 들었다. 바로 다음 날, 그는 내 축복을 받으며 모아 둔 동전을 들고 코크런 이병을 찾아갔고 그날 밤부터 군인의 호위를 받으며 내 호텔을 안전하게 오갔다. 코크런 이병은 과연 이 일에 천부적인 재능을 보였다. 그는 몸을 웅크릴 때는 검은 표범, 지형을 정찰할 때는 인디언이었고, 한번은 보초가 다가오는 것이 보이자 땅이 움푹 꺼진 바로 옆쪽으로 당장 포를 끌고 가 보초가 지나갈 때까지 악어처럼 납작 엎드려 있게 했다. 포와 나는 항상 감사의 뜻을 표현하려고 했지만 같이 위스키를 한잔 하자고 해도 코크런은 번번이 빨래 핑계를 대며 거절했다.

독자 여러분도 상상이 되겠지만, 우리처럼 그렇게 밤마다 지껄이다 보면 주제가 바닥을 드러내 결국에는 식인종처럼 서로에게 달려들 수밖에 없게 된다. 그래서 나는 그에게 제임스강에서 수영하고, 모건의 소총 부대에서 복무하고, 버지니아 대학교에서 공부하고, 출세의 길을 찾아 바다로 나서고, 그리스독립전쟁에 참전했던 시절에 대해 들려 달라고 했다. 그의 이야기 샘은 마를 날이 없었다. 아니, 그게 아니라 가끔 쉬고 싶다며 **내** 보잘것없는 인생사를 물었을 때가 이야기 샘이 마른 순간이었을까? 어느 날 밤에 그가 내게 이런 질문을 한 것이 그 때문이었다.

"랜도 씨, 하일랜드에 오신 이유가 뭡니까?"

"건강 때문에."

진짜였다. 세인트존스파크의 내과의로 멀쩡한 환자들이 주 수입원이었던 개브리엘 가드 선생이 나더러 폐결핵에 걸렸다며 오염 지역에서 벗어나 하일랜드로 올라가야 6개월이라도 더 살 수 있다고 했다. 그러면서 체임버스스트리트의 부동산 투기업자도 막판에 똑같은 처방을 받았는데, 지금은 칠면조처럼 통통해져서 일요일마다 콜드스프링의 교회에서 무릎을 꿇고 감사 기도를 드린다고 했다.

나는 그냥 거기서 살다가 죽고 싶었지만 아내가 집을 옮기자고 했다. 자기가 계산해 보니 친정에서 물려받은 돈으로 새집을 사고 내가 모아 놓은 돈으로 나머지를 충당하면 되겠다고 했다. 이렇게 해서 우리는 허드슨강가의 오두막집으로 이사했지만 운명의 장난으로 아내가 병에, 그것도 중병에 걸려 3개월도 못 버티고 세상을 떠났다.

"**내** 건강 때문에 여기로 이사를 왔는데 말이지. 뭐, 가드 선생의 처방은 맞았어. 점점 좋아져서 이제는…."

나는 내 가슴을 두드렸다.

"이제는 거의 다 나았거든. 왼쪽 폐에 약간의 부패 찌꺼기가 남아 있을 뿐."

포가 어둡기 짝이 없는 투로 말했다.

"아, 부패 찌꺼기야 어느 인간에게나 있죠."

"이번만큼은 우리 둘 의견이 일치하는구먼."

앞서 밝혔다시피 포는 여러 주제에 대해 장황하게 자기 의견을 피력할 수 있었지만 그에게 궁극의 주제는 딱 하나, 리뿐이었다. 그녀에 대해 이야기하고 싶어 한다고 어찌 그를 비난할 수 있을까? 사랑이 얼마나 **남부끄러울** 수 있는지, 일에 얼마나 방해가 될 수 있는지 알려 준들 무슨 소용일까? 그리고 그녀가 보인 증상의 정체를 폭로한들 무슨 이득이 있을까? 조만간 스스로 터득할 텐데, 그때까지는 환상을 지켜 주는 편이 낫지 않을까? 어떤 경우가 됐든 환상은 잘 깨지지 않는 법이고 포는 사랑에 빠진 젊은이답게 자신이 깨달은 사실과 호응하지 않는 한 남들이 하는 얘기에는 절대적으로 관심이 없었다.

어느 날 밤에 그가 물었다.

"누군가를 **사랑**해 본 적이 있으십니까, 랜도 씨? 그러니까, 제가 리를 사랑하듯이요. 순수하고 그리고 슬픔을 달랠 길이 없고 또…."

그는 이 말을 끝으로 일종의 무아지경에 빠져들었다. 나는 그가 혹시 듣지 못할까 봐 언성을 조금 높이고 위스키 잔 가장자리를 두드리며 말했다.

"글쎄. **남녀 간의** 사랑 말인가? 아니면 아무 사랑이라도?"

그는 딱 잘라 말했다.

"사랑. 모든 형태의 사랑이요."

"내 딸아이를 얘기하려고 했거든."

신기하게도 **그 아이의** 얼굴이 떠올랐다. 어밀리아보다도 먼저. 패치보다도 먼저. 내 자신에게 그 나뭇가지 위로 올라가는 것을 허락하다니 어떤 증거—신뢰가 쌓였다는? 취했다는?—였다. 게다가 그 위에 있어도 불안하지가 않았다! 잠깐 동안이나마.

"두말하면 잔소리지만 아이의 경우에는 느낌이 다르지. 총체적이고 그리고…."

나는 술잔을 들여다보았다.

"속수무책이고, 아득하고…."

포는 나를 얼마 동안 지켜보다 팔꿈치로 무릎을 찌르며 몸을 앞으로 숙여 어둠에 대고 속삭였다.

"랜도 씨."

"음?"

"따님이 돌아오면요? **당장 내일**에요. 그러면 어떻게 하실래요?"

"왔냐고 하겠지."

"아니, 어물쩍 넘어가려고 하지 마세요. 그러기에는 너무 멀리 왔으니까. 용서하시겠어요? 그 자리에서 당장?"

"돌아와 주기만 한다면 그보다 더한 것도 할 수 있지. 나는… 그럼…."

그는 무신경하게 거기서 더 캐묻지 않았다. 밤이 한참 깊어진 다음에서야 다시 그 얘기를 꺼내며 외경심에 숨죽인 목소리로 이렇게 말했다.

"따님은 **돌아올** 거예요. 저는 우리가 사랑하는 사람들을 위해 일종의… 자기장 같은 걸 만든다고 믿거든요. 그러니까 그들이 아무리 멀리 떠났더라도, 우리의 인력을 아무리 거부하더라도 결국에는 우리 곁으로 돌아오게 되어 있어요. 어쩔 수 없이, 달이 지구의 궤도를 돌지 않을 수 없는 것처럼."

나는 "고맙네, 포 군"이라고 말했다. 그것 말고는 생각나는 말이 없었다.

그렇게 수면 시간이 부족했는데 우리가 무슨 수로 버텼는지 아무도 모를 일이다. 나는 그나마 다음 날 아침에 눈이라도 잠깐 붙일 수 있었지만 포는 날이 밝으면 일어나야 했다. 내가 보기에 그는 세 시간 이상 잔 적이 없을 것이다. 안 되겠다 싶으면 잠이 찾아와서 그를 데려갔다. 어떤 날에는 말을 하던 도중에 데려갔다. 그러면 고개가 흔들리고 눈이 감기고 뇌의 기능이 촛불처럼 꺼졌지만… 손에 쥔 술잔은 미동이 없었고 그는 10분 있으면 깨어나 방금 전까지 하던 얘기를 계속 이어 나갔다. 어느 날 밤에는 내가 흔들의자에 앉아 있다가 그가 「종달새에게」를 읊던 도중에 바닥 위에서 그대로 잠이 드는 걸 본 적이 있었다. 입을 벌린 채 고개를 한쪽으로 떨어뜨리더니 그 고개를 내 발 위에 얹어 나를 꼼짝 못 하게 했다. 진퇴양난이었다. 깨워야 할까 그냥 내버려 둬야 할까?

나는 후자를 선택했다.

이제 초는 거의 다 녹아내렸고 장작불은 죽었고 덧문은 닫혔지만… 그 어둠 속은 따뜻했다. 무수한 대화가 땔감이 된 거지. 나는 잠이 든 그의 숱이 없고 헝클어진 머리칼을 내려다보다가 나의 하루가 포를 중심으로, 아니면 이런 순간을 중심으로 돌아가게 됐다는 것을 깨달았다. 그것이 내 머릿속 달력의 일부분이 되었고 나는 그것을 신뢰하기에 이르렀다. 한 계절이 지나면 다음 계절이 올 테고, 뒷문은 떨어져 나가지 않을 테고, 고양이는 매일 오후에 같은 데서 햇볕을 쬘 거라고 신뢰하듯이.

그는 20분 뒤에 눈을 떴다. 일어나 앉아서 눈을 비볐다. 졸린 눈으로 미소를 지으며 방 안을 둘러보았다.

"꿈을 꿨나?"

"아뇨. 생각을 하고 있었습니다."

"자면서도?"

"이 지긋지긋한 곳에서 다 같이 떠나면 얼마나 좋을까 하는 생각을 하고 있었습니다. 선생님과 저와 리가요."

"우리가 왜 그래야 할까?"

"아, 여기 있을 이유가 없으니까요. 저는 이 학교에 별로 애정이 없습니다, 선생님도 그러시겠지만."

"그러면 리는?"

"사랑의 인도를 따르지 않을까요?"

나는 대답하지 않았다. 하지만 떠날까 고민한 적 없는 사람 행세를 할 수는 없었다. 그의 트렁크에서 바이런의 판화를 발견한 순간부터 1학년 생도 포에게는 다른 스승이 낫지 않을까 생각한 적 없는 사람 행세를 할 수는 없었다.

"그럼, 어디로 가는 게 좋겠나?"

"베네치아요."

나는 그 말을 듣고 한쪽 눈썹을 추어올렸다. 포가 말을 이었다.

"베네치아로 가면 **안 될** 이유도 없지 않습니까? 거기서는 시인들이 인정을 받습니다. 시인이 아닌 사람이라도 베네치아에 가면 시인이 되고요. 제가 장담하는데, 선생님도 거기 가면 6개월 만에 페트라르카 소네트와 무운 서사시를 쓰게 될 겁니다."

"나는 근사한 레몬나무로 만족하겠네."

그는 이제 방 안을 성큼성큼 걸으며 자신의 상상을 구체화하려고 했다.

"리와 저는 결혼을 할 겁니다. 안 될 것도 없지 않겠습니까? 근사하게 퇴락해 가는 포부르생제르맹의 그런 집들 비슷한, 오래된 저택을 하나 찾아서 다 같이 살아요. 이렇게 덧문을 달아 놓고 책을 읽고 글을 쓰고… **끝없이** 대화를 나누면서. 밤의 피조물이 되는 거죠!"

"어째 암울하게 들리는군."

"아, 그래도 범죄는 여전할 테니 걱정할 것 없습니다. 베네치아에는 범죄가 차고 넘치는데, **그마저도** 시적이고 열정적이죠! 미국 범죄는 모두 **해부학**인데."

그는 단호하게 손을 모았다.

"네, 여길 떠나야겠어요."

"뭐 하나 깜빡한 거 없나? 우리가 맡은 이 일 말이지."

우리가 아무리 외면하려고 애를 써도 이 사관학교 일은 계속 끼어들 것이었다. 사실 포는 수사라는 훼방꾼을 나보다 더 환영했다. 나는 그가 내게 밸린저의 시신을 보았느냐고 물으며 화사함을 넘어 거의 탐욕에 가까운 눈빛을 띠었던 것을 기억한다. 그는 시신이 어때 보였는지 무척 궁금해했다.

내가 시신을 마지막으로 보았을 때, 그 시신은 웨스트포인트 병원 B-3호 병실의 철제 테이블에 눕혀져 있었다고 말했다. 눈보라가 시신의 부패 속도를 늦췄다. 피부가 아주 희미하게 푸릇푸릇한 게 전부였고, 머리까지만 보았다면 리로이 프라이의 시신보다 훨씬 인상적인,

훌륭한 표본이라고 생각할 수도 있었다. 하지만 어느 모로 보나 죽었고 어느 모로 보나 텅 비었기는 매한가지였다. 오히려 목에 남은 밧줄 자국은 더 깊었고 가슴에 남은 구멍은 더 들쭉날쭉하고 **더** 너덜너덜했다.

그리고 아직 부기가 가라앉지 않은 성기에 거의 가려지기는 했지만 시커먼 피가 들러붙은 사타구니의 살점. 그걸 우회할 방법은 없었다. 그 짓을 저지른 사람은 절대 사심이 없지 않았다. 그에게는 아주 개인적인 뭔가가 있었다.

거스 랜도의 기록

23

12월 4일에서 5일

히치콕 대위가 리로이 프라이의 일기장에 대해 일주일 전부터 캐묻고 있었다. 뭐 찾은 게 있습니까? 의심스러운 생도의 이름이라든지. 파헤쳐 볼 만한 새로운 각도라든지. **뭐라도.**

나는 그를 달래기 위해 매일 아침마다 옮겨 적은 원고를 들고 가기 시작했다.

"여기 있습니다, 대위님."

나는 명랑한 고음으로 말하며 원고 더미를 그의 책상에 내려놓았다. 그는 나를 방에서 내보내지도 않고 당장 달려들어 읽기 시작했다. 내가 날마다 제출하는 해석본에 모든 해답이 있다고 진심으로 믿는 눈치였다. 실상은 해석본마다 대동소이했다. 장황한 투덜거림, 소소한 정보, 성적인 갈망. 나는 생도대장이 가엾어지려고 했다. 어느 생도의 머릿속에 든 생각이 이렇게 빈약하다는 사실을 깨닫는 것이 그에게도 고역이었을 것이다.

포는 토요일 밤에는 숙소에 남았다. 잠 부족이 그조차 모른 체할 수 없을 만큼 심각했던 것이다.

그날 밤 11시 직전부터 눈이 내리기 시작했다. 구부정한 짐승처럼 생긴 굵은 눈이었다. 이런 때 나를 아늑한 호텔 밖으로 끌어내 진창을 철벅철벅 가로지르게 할 수 있는 사람은 패치밖에 없었지만 그녀는 사람을 보내 나를 부르지 않았다. 뭐, 상관없었다. 내 곁에는 스콧 씨의 최신작과 따뜻한 불과 음식과 담배가 있었다. 아, 며칠 동안 그렇게 칩거 생활을 할 수도 있었을 텐데, 바로 다음 날 아침에 초대장이 날아왔다.

랜도 씨께

너무 뒤늦게 전갈을 드려 송구스럽기 그지없습니다만, 오늘 저녁 6시에 누추한 저희 집에서 열리는 소박한 디너파티에 선생님을 모실 수 있을까요? 즐겁게 지내던 저희들 위로 드리워진 밸린저 군의 죽음이라는 짙은 먹구름을 쫓는 데 선생님이 이상적인 강장제가 되리라 믿어요. 부디 참석해 주세요!

희망을 담아서
마퀴스 부인 드림

마퀴스 가족의 울타리 안으로 들어갈 수 있는 이런 기회를 학수고대하지 않았던가? 본가의 '품에 안긴'(포가 썼음 직한 표현이었다) 아티머스를 관찰하면 그간 놓치고 있었던 희미한 빛을, **그림**을 포착할

387

수 있지 않을까?

한마디로 말해서 이건 내가 거절할 수 없는 초대장이었다. 그렇기 때문에 그날 6시 15분 전에 무릎까지 오는 군용 부츠를 신고 외투를 집으려고 하는데, 누가 문을 한 번 두드리는 소리가 들렸다.

두말하면 잔소리지만 포였다. 눈을 맞고 추레해진 그가 종이를 한 묶음 들고 있었다. 그걸 아무 말 없이 내밀고 다시 복도로 나갔는데, 복도의 음향 지원이 그렇게 훌륭하지 않았다면 그가 계단통으로 사라지며 한 말을 나는 놓쳤을 수도 있었다.

"제가 방금 평생을 통틀어 가장 기이한 오후를 보냈습니다."

에드거 A. 포가 오거스터스 랜도에게
제출한 보고서
12월 5일

첫눈이 왔습니다! 눈을 떠 보니 모든 나무와 바위가 눈으로 덮여 있는 건 흔치 않은 축복이죠. 하늘의 구름 지갑에서 동전이 쏟아지듯 눈송이가 계속 날리고 있는 것도요. 오늘 아침에 저와 형제들이 어떤 식으로 무장했는지 선생님도 보셨어야 하는데. 이제 막 수염이 나기 시작한 볼 빨간 애송이들이 학교에서 수업을 마치고 나온 줄 아셨을 겁니다! 몇 명이 눈 뭉치 먼저 날리기 경쟁을 벌였고, 소규모 눈싸움은 이내 테르모필레* 못지않게 잔혹한 전투로 발전했지만, 생도중대장들이 마침 알맞게 개입한 덕분에 질서 비슷한 것이 회복됐습니다.

조식은 꽁꽁 언 수프였고, 일요일 예배 시간에 부른 '거룩한 불꽃 주시려'에는 하얀 눈가루 세례가 동반됐죠. 다들 이렇게 비명을 지르

---

* 그리스 연합군과 페르시아 사이에 벌어진 전투. 그리스 연합군의 전멸로 끝났다.

며 신나게 노는 동안 우리의 그 후끈한 세계 바로 밖에서 흐른 천상의 **정적**을 감지하는 것은 시적인 감수성이 좀 더 발달한 사람들의 몫이었습니다. 우리의 사관학교가 하룻밤 새 요정의 왕국—우레와 같은 군화 소리가 아무것도 아닌 것으로 바뀌는, 보석을 두른 세상—으로 변모해 시끄럽던 욕설이 양털처럼 하얀 품 안에서 잠잠해진 것 같더군요.

예배가 끝나자 저는 숙소로 돌아가 벽난로에 불을 지피고 콜리지의 『묵상에 대한 조언』을 읽는 데 집중했습니다. (다음번 만날 때 칸트가 '오성'과 '이성'을 어떤 식으로 구분했는지에 대해 논의해야겠습니다. 선생님과 제가 각자 이 정반대되는 개념의 전형인 게 분명하거든요.) 1시 10분쯤 됐을 때 예기치 않았던 노크 소리가 들리더군요. 점검 나온 장교인가 보다 하고 금서를 당장 이불 아래에 숨기고 차렷 자세로 일어났죠.

문이 살짝 열리면서 장교가 아니라 **마부**의 얼굴이 보였습니다. 아! 마부라니 노골적으로 기이한 이자의 용모를 표현하기에 이 얼마나 어울리지 않는 단어일까요. 짙은 초록색 외투는 진홍색 안감을 대고 은색 술로 요란하게 장식을 했습니다. 조끼도 진홍색, 반바지도 같은 색인데, 여기에 은색 레이스 멜빵을 맸고요. 이 근엄한 공간에서 여기까지만 해도 충분히 이국적이었을 텐데, 정말 파격적인 모자를 썼지 뭡니까. 상상이 되실지 모르겠지만 풍성하고 까만 머리 위에 무려 **비버 가죽**을 쓰고 있어서 망나니 집시가 지금까지 모시던 5대 버클루 공작을 버리고 대니얼 분[*]에게 충성을 맹세했나 하는 생각이 들 정도였습

---

[*]   미국의 서부 개척자이자 사냥꾼.

니다.

그가 중부 유럽 억양이 드러나는 걸걸한 테너의 음성으로 저를 불렀습니다. "포 씨 맞으시죠? 제가 모시러 왔습니다."

"무슨 일로?" 저는 놀라서 물었고, 그는 장갑 낀 손가락을 들어 콧수염으로 덮인 입술에 대고 눌렀습니다. "저를 따라오시면 됩니다."

저는 망설여졌습니다. 누군들 안 그렇겠습니까? 돌이켜 보면 순전히 호기심 때문에(저는 이것이 고집과 더불어 인간을 움직이는 가장 원초적인 원동력이라고 생각합니다) 그를 따라나섰던 것 같습니다.

이 마부는 저를 데리고 집합소로 나서 계속 북쪽으로 걸음을 옮겼습니다. 뛰어다니며 노는 여러 생도들 사이를 지나가다 보니 무슨 일인지 넘겨짚는 그들의 표정을 모른 척하기란 거의 불가능했습니다. 이 하일랜드의 스텝 지대에서 오전 동안 뒹구느라 완전히 젖어 버린 제 군화의 상태는 더욱 모른 척할 수가 없었고요. (버지니아에서 들고 온 무릎까지 오는 군화는 비교적 멀쩡했는데, 버턴 소령님에게 진 빚을 갚느라 같은 신입생인 더리 군에게 팔아야 했지 뭡니까.) 이러다 동상이 걸릴까 싶어 마부에게 목적지를 알려 달라고 간청했지만, 그는 한마디도 대꾸가 없었습니다.

이 친구는 레이스가 달린 고급 옷을 끌고 30센티미터 높이의 눈밭을 헤치며 나아가더니 양복점 뒤편으로 사라졌습니다. 저는 수천 가지 막연한 상상을 하며 얼른 따라갔지만 제가 맞닥뜨리게 될 현실과는 별 연관이 없는 상상이었죠. 왜냐하면 건물 모퉁이를 돌자 놀랍게도⋯ 썰매가 등장했거든요.

올버니 커터 썰매였고 옆면이 불룩해서 옆모습이 아라베스크 포즈를 취한 거대한 백조처럼 우아하더군요. 수수께끼 같은 마부가 한 손으로 고삐를 당겼습니다. 다른 쪽 손으로는 자기 옆에 타라고 제게 손짓을 했고요. 그의 의뭉스러운 미소, 비정상적으로 스스럼없고 친근한 태도 그리고 가장 중요하게는 장갑을 끼고서 특이하게 해골처럼 움직이는 그 긴 손가락 때문에 왠지 모르게 온몸에 소름이 돋더군요. 플루톤*이 그 끔찍하고 악독한 하계로 데려가려고 직접 찾아왔다고 해도 믿길 것 같았습니다.

도망쳐, 포! 어째서 도망치지 않는 거야? 제 영혼에 스며든 불안의 무게가 앞서 언급한 호기심의 무게와 정확히 일치했기에 저는 마부에게 시선을 고정한 채 사실상 그 자리에서 옴짝달싹도 할 수 없었습니다.

마침내 저는 무뚝뚝하달 수 있는 목소리로 이렇게 말했습니다. "마부, 목적지를 밝히지 않으면 더는 단 한 걸음도 옮기지 않겠소."

대답이 없었습니다. 그게 아니라 **이걸** 대답으로 간주했어야 할까요? 구부려졌다 펴졌다 하는 가늘고 앙상한 손가락을?

"가지 않겠다니까요! 나를 어디로 데리고 가려는 건지 듣기 전에는."

마침내 그는 손가락을 까딱이다 말고 수수께끼 같은 미소를 지으며 손에 끼고 있던 장갑을 잡아당겼습니다. 그러더니 장갑을 썰매 바닥에 떨어뜨리고는 어처구니없을 정도로 격하게 비버 가죽 모자를 휙 벗었습니다. 그러고는 제게 정신 차릴 겨를도 주지 않고, 얼굴에서 콧수염

---

* 저승의 신 하데스.

392

을 뜯어내기 시작하는 겁니다!

그 기괴한 변장으로 교묘하게 숨기고 있던 얼굴과 형체를 드러내는 데에는 그걸로 충분했습니다. 사랑하는 저의 리였으니까요!

그녀의 사랑스러운 얼굴, 빳빳한 털과 고무풀 자국이 귀엽게 남은, 그 남성스러운 잔재에도 불구하고 말로 표현할 수 없이 여성스러운 그 얼굴을 본 순간 제 영혼은 기쁨으로 떨렸습니다. 리가 다시 한 번 제게 손짓했습니다. 그녀의 손가락이 이제는 하데스의 사자에게 달린 해골 같은 발톱이 아니라 성스러운 아스타르테*의 사랑스럽고 부드럽고 더없이 귀한 손과 같았죠.

제가 날을 딛고 썰매 마차로 몸을 세게 던지자 저희 몸이 서로 황홀하게 부딪쳤습니다. 그녀는 명랑하게 웃으며 뒤로 몸을 기댔고 제 손을 잡고 품위를 지키는 선에서 저를 조금씩 가까이 끌어당겼습니다. 그녀의 길고 도드라진 속눈썹이 감겼습니다. 그녀의 입술이, 그 황홀하도록 변칙적인 입술이 벌어졌고….

이번에는 제가 기절하지 않았습니다. 감히 그럴 수가 없었죠! 극히 짧은 순간이라도 그녀와 분리되는 것은, 제아무리 눈부시게 찬란하고 수정같이 맑은 꿈속이라는 동굴이라 할지라도 **그것만큼은** 용납할 수 없었습니다.

"그런데 우리 어디로 가는 거예요, 리?"

눈은 그쳤고, 눈부시게 이글거리는 태양이 고개를 내밀었고, 주변

---

* 고대 근동 지방의 풍요와 다산의 여신.

땅은 황홀하게 반짝이는 귀한 순간이었습니다. 저는 그제야 정신을 제대로 수습하고 리의 재간이 얼마나 대단한지 파악할 수 있었습니다. 이 썰매는 **무슨 수로 확보했고, 이 화려한 분장은 무슨 수로 입수했으며, 이 외딴 벽지에서 더할 나위 없이 이상적인 이 숲속 배경은 무슨 수로** 알아냈는지. 이렇듯 극도로 유연하고 치밀한 작전이라는 것을 알게 됐으니 저로서는 객석으로 물러나 다음 장면이 이어지길 기다리는 것 말고 달리 어쩔 도리가 있었겠습니까?

"그런데 우리 어디로 가는 거예요?" 저는 다시 물었습니다.

그녀의 대답이 '천국'이 됐든 '지옥'이 됐든 전혀 상관없었을 겁니다. 저는 어느 쪽이든 따라갔을 테니까요.

"걱정 말아요, 에드거. 저녁 먹기 전에 돌아올 거예요. 아버지와 어머니가 우리 둘 **모두를** 기다리실 테니까요."

아, 이야말로 금상첨화 아니겠습니까? 오후뿐만 아니라 저녁까지 그녀와 **함께** 보낼 수 있다니요!

이 일탈에 대한 이야기는 이쯤에서 줄이고 딱 한마디만 보태겠습니다. 콘월이 내려다보이는 언덕에서 올버니 커터 썰매가 달리기를 멈추고 마구에 달려 딸랑거리던 종소리가 고요해졌을 때, 리가 고삐를 놓고 저에게 자기 무릎 위에 머리를 얹는 특전을 허락했을 때, 그녀에게서 풍기는 흰붓꽃 향기가 세상에 둘도 없이 성스러운 향처럼 제 주변을 감쌌을 때 저는 상상을 초월하고 믿음을 초월하며 심지어 목숨까지 초월한 새로운 차원의 행복을 느꼈다고요.

제가 최근에 사망한 생도들 쪽으로 어찌어찌 대화를 **유도해 보기는**

했습니다. 그녀에게 밸린저는 아티머스의 친구, 그 이상도 그 이하도 아니었기 때문에 자기보다 동생이 가슴 아파할까 봐 걱정이라고 하더군요. 리로이 프라이 쪽으로 화제를 돌리는 건 문제가 더 복잡했습니다. 썰매의 다음 행선지를 정할 때 제가 그랬죠, 그 신성한 땅에 심리적인 부담이 없다면 공동묘지에 한 번 더 다녀오는 건 어떻겠느냐고. 눈 때문에 자취도 드러나지 않겠지만 새로 생긴 프라이 군의 무덤이 궁금하지 않으냐고 덧붙이면서요.

"하지만 프라이 군에 대해서 신경 쓰는 이유가 뭐예요, 에드거?"

저는 그녀를 안심시키기 위해서 프라이 군도 그녀를 흠모했다고 들었다고, **이나모라토***인 지금 내 정황상 그 지복의 경지를 맛보았다고 자부하는 모든 남자들에게 경의를 표해야 할 것만 같은 의무감을 느낀다고 했죠.

그녀는 발로 카펫을 두드리며 어깨를 으쓱하더니 퉁명스럽게 말했습니다.

"그는 어차피 내 목적에 부합하지 않았을 거예요."

"그럼 **누가** 부합할까요?"

이 단순한 질문에 그녀의 얼굴에서 모든 감정과 생각의 흔적이 지워지고, 그 귀한 캔버스가 저로서는 감히 선 하나 그을 수 없는 명실상부한 백지로 바뀌었습니다.

"아니, 그야 당연히 **당신**이죠." 그녀는 한참 만에 이렇게 대답했습니다.

---

*   이탈리아어로 '사랑에 빠졌다'라는 뜻.

그러더니 고삐를 경쾌하게 흔들고는 길고 명랑하게 웃으며 집으로 먼 길을 달리기 시작했습니다.

아, 선생님. 이제는 그 사건이 아티머스의 소행일지 모른다고 생각하지 못하겠습니다. 리의 피붙이가, 태생적으로 그녀와 많은 것을 공유하고 생김새도 흡사하며 한 이불 아래에서 꾀꼬리 같은 목소리로 같이 기도했던 사람이 그렇게 비인간적이고 상상을 초월할 만큼 잔인한 짓을 저지를 수 있다니 믿기지가 않습니다. 한 나무에서 자라 서로 다정하게 엉켜 있는 두 나뭇가지가 어떻게 그렇게 정반대로 자랄 수 있을까요? 하나는 빛을 향해, 다른 하나는 어둠을 향해⋯. 그럴 수는 없겠죠, 랜도 씨.

그런 것이라면, 하늘이여 저희를 굽어살피시길.

거스 랜도의 기록

24

12월 5일

아, 포는 생각이 짧았다. 사람들이 양쪽으로 왔다 갔다 하는 것이 아니라 빛 아니면 어둠 쪽으로만 향해 간다고 생각하다니. 뭐, 나중에 이걸 주제로 흥미진진한 토론을 벌일 수 있겠지만 지금 당장 초점을 맞춰야 하는 부분은 이거였다. 포와 내가 같은 디너파티에 참석할 예정이라는 것.

나는 마퀴스 선생의 집까지 다다른 다음에서야 잘된 일이라는 결론을 내렸다. 다른 건 몰라도 내 깜찍한 첩보원의 관찰 능력이 얼마나 훌륭한지 확인하는 기회는 될 수 있을 것이었다.

피부도 성격도 까칠한 사팔눈의 여자아이가 문을 열어 주었다. 그녀는 한쪽 팔로 코를 닦으며 다른 손으로 내 외투와 모자를 받더니 옷걸이에 내동댕이치고는 다시 부엌으로 쌩하니 들어갔다. 그녀가 사라지자마자 마퀴스 부인이 소심하게 고개를 내밀었다. 그 순간에는 눈더미에 파묻혔다 끌려나와 얼굴이 딱딱하게 굳은 사람처럼 보였지만,

매트에 대고 부츠를 털고 있는 나를 보자마자 검은색 크레이프로 만든 상복을 입은 채 두 손을 깃발처럼 펄럭이며 정신을 번쩍 차렸다.

"어머, 랜도 씨, 기뻐라! 다들 이 잔인한 날씨를 피해서 들어와 있어요! 네, 어서 이리로 오세요. 그 문 옆에 계시지 말고요."

그녀는 놀라우리만치 세게 내 팔꿈치를 잡고 나를 현관 안으로 안내했지만, 왜소한 체구의 1학년 생도 포가 설핏 미소를 머금은 얼굴로 우리 앞을 가로막았다. 호리호리한 몸에 가장 번듯한 제복을 걸치고 허리를 꼿꼿하게 편 그는 나보다 몇 분 먼저 도착한 듯했지만, 그 순간 다시 새로 온 손님이 되었다. 마퀴스 부인이 한참을 열심히 쳐다본 다음에서야 그의 정체를 알아차렸던 것이다.

"어머, 그렇지! 랜도 씨, 포 군 만난 적 있으신가요? 딱 한 번이요? 아유, 이 청년의 경우라면 **한 번으로는** 부족하죠. 얼굴 붉힐 것 없어요! 포 군은 상당히 용감하고, 좋은 시를 들으면 구분할 줄 아는 아주 섬세한 감각의 소유자예요. 나중에 헬레네에 대해 읊는 걸 한번 들어보세요, 정말이지… 그나저나 아티머스는 어떻게 된 거람? 늦는 게 습관을 넘어 이제는 **범죄** 수준이네요. 이렇게 늠름한 두 신사가 계신데 대접할 사람이 아무도 없다니. 흠, 좋은 방법이 있죠. 저를 따라오세요."

나는 그녀가 밸린저의 죽음을 두고 우울해하고 있을 거라고 생각했을까? 아마 아닐 것이다. 그래도 그녀가 오크 패널 벽에 '주여 이 집을 축복하소서' 아니면 '바쁜 꼬마 꿀벌은 어떻게 지낼까' 기타 등등 스티치 샘플러가 줄줄이 달린 복도를 앞장서서 걸어가 괘종시계에 걸린 거미줄을 치워 가며 응접실 문을 어찌나 씩씩하게 여는지 조금은 놀라웠다. 이 응접실은, 독자 여러분은 이게 무슨 뜻인지 알지 모르겠지만, 이 가족의 모든 희망이 담긴 곳이었다. 발에는 두루마리 무늬가 새겨졌고 다리 대신 풍요의 뿔이 달린 아메리칸 엠파이어 스타일의 단풍나무 안락의자, 자기로 만든 호랑이와 코끼리가 가득 담긴 유리 진열장과 서랍장, 벽난로 선반 위 금어초와 글라디올러스가 담긴 꽃병… 그리고 두말하면 잔소리지만 도시 하나를 태우고도 남을 만큼 커다란 벽난로. 그리고 그 벽난로 옆에 뺨이 발갛게 익은 젊은 여성이 앉아서 수틀에 끼운 천에 수를 놓고 있었다. 리 마퀴스라는 이름의 아가씨였다.

내가 내 소개를 하려는 찰나, 리의 어머니가 내 손을 놓았다.

"어머나! 좌석 배치를 한다는 걸 깜빡했네. 포 군, 부탁 하나만 해도 될까요? 잠깐이면 될 텐데, 포 군이 워낙 그런 데 보는 눈이 있으니까 정말 많은 도움이 될 거예요. 고마워요! 리, 괜찮으면…."

뭐가 괜찮으면이라는 걸까? 그녀는 말문을 맺지 않았다. 그저 포의 팔꿈치를 손으로 감싸고서 응접실 밖으로 끌고 나갔다.

리 마퀴스와 내가 정식으로 인사를 주고받지 않은 게 이 때문이었다. 우리의 대화에 일관성이 없었던 이유도 어쩌면 그 때문이었을지 모른다. 나는 편안한 분위기를 조성하려고 최선을 다했다. 어느 정도 거리를 두고 긴 의자에 앉았고, 그녀가 날씨 이야기는 질색한다는 것을 알았기에 눈에 대해서 일언반구도 하지 않았다. 그러고도 대화가 끊기자 내 부츠에서 올라오는 축축하고 들큰한 냄새를 맡으며 쉭쉭거리는 오크 통나무 소리를 듣고 응접실 창문을 어깨 숄처럼 덮은 눈 사이로 밖을 내다보는 데 만족했다. 그마저 재미없어지면 리를 쳐다보면 됐다.

포가 실물을 그대로 묘사했을 거라고 생각했다니 이 얼마나 어리석은 기대였던가. 그의 눈에 콩깍지가 제대로 씌었는지 그녀는… 음, 등이 살짝 굽었고 입술은 **내가** 보기에는 너무 도톰했다. 그리고 안타깝게도 거의 모든 면에서 남동생과 비슷하지만 그보다 못했다. 그의 턱이 그녀에게는 둔해 보였다. 그의 이목구비에는 참 잘 어울리는 아치 모양의 눈썹이 그녀의 경우에는 너무 뾰족하고 두꺼워 보였다. 그래도 눈은 포의 설명에 걸맞게 참으로 매혹적이었다. 몸매도 훌륭했는데, 그가 제대로 간파하지 못한 것이 하나 있었으니 물 흐르는 듯이 묘한 생동감이었다. 그녀의 움직임은 아주 한가롭고 심지어 나른했지만 어딘지 모르게 기민하고 만반의 준비가 되어 있으며, 제대로 실현되지 못했지만 꺾이지 않는 가능성이 내포된 분위기를 풍겼다. 그러니까 굴복의 기미가 전혀 느껴지지 않았다는 뜻이다.

나는 그녀가 내 시선을 피해도 개의치 않았고 대화가 번번이 끊겨도 상관하지 않았다. 오래전부터 아주 편안하게 서로를 못 본 척하며 지냈던 듯 묘하게 가족적이었다. 포도 아니고 마퀴스 부인도 아니고 아티머스가 끽끽대는 소리를 내 가며 성큼성큼 들어와 분위기를 깨뜨렸을 때 예상외로 오히려 신경에 거슬렸다. 그가 자기 누나를 불렀다.

"아가씨. 파이프 담배 좀 갖다주시오."

"네가 직접 가져와."

그들의 인사는 이런 식이었다. 리가 의자에서 벌떡 일어나더니 동생에게 달려들어 흔들어 꼬집고 때렸다. 하녀가 와서 식사 준비가 다 됐다고 알린 다음에서야 그들은 현실 세상으로 돌아왔다. 그제야 아티머스는 내게 묵례하고 악수를 청했다. 그러고 나서 리는 내가 자기 팔을 잡고 식당까지 에스코트하는 것을 허락했다.

마퀴스 부인이 자리 배치를 도와 달라고 한 이유는 뭐, 아무도 알 수 없었다. 그날 저녁은 손님이 몇 명 되지도 않았던 것이다. 안주인이 식탁 이쪽 끝에, 마퀴스 선생이 (짐수레 끄는 동물처럼 어깨에 힘을 주고서) 저쪽 끝에 앉았다. 리는 내 옆에, 포는 아티머스 옆에 앉았다. 내가 기억하기로 메뉴는 양배추를 곁들인 오리구이, 완두콩, 뭉근히 끓인 사과였다. 마퀴스 선생이 그걸로 자기 접시를 깨끗이 닦은 기억이 나는 걸 보면 빵도 분명 있었고, 식사를 시작하기 전에 마퀴스 부인이 허물에서 빠져나오는 것처럼 장갑을 조금씩 벗었던 기억도 난다.

식사를 하는 내내 포는 내 쪽을 보지 않았다. 잠깐이라도 눈이 마주쳤다가는 들통이 날까 봐 겁을 내는 눈치였다. 두말하면 잔소리지만 리를 대할 때는 그렇게 빈틈없지 않았다. 그녀로 말할 것 같으면 그와 절대 눈을 맞추지 않았지만 고개를 숙이거나 입술을 움직이는 식으로 대답을 대신했다. 아, 내가 **그런 걸** 잊어버렸을 정도로 나이가 많지는 않았다.

두 연인들로서는 다행이었던 것이, 그날 밤에는 불안해하는 다른 사람들 뒤로 숨을 수 있었다. 마퀴스 선생은 양배추와 계속 대화를 나누었고 아티머스는… 베토벤 작품이지 싶은 곡의 같은 부분을 콧노래로 부르고 또 불렀다. 이렇게 어수선한 와중에 쓸 만한 정보가 등장했다. 바로 가족사. 나는 유도 심문을 통해 마퀴스 가족이 웨스트포인트에서 지낸 지 11년이 됐다는 사실을 알아냈다. 아티머스와 리는 이 일대 여러 산을 제집처럼 드나들어서 마음만 먹으면 영국 첩보원으로 활약할 수도 있을 거라고 했다. 마퀴스 선생은 사실 이들 남매가 워낙 붙어 다녀서 얼마나 사이가 끈끈한지 모른다며 감탄했다.

"그거 아십니까, 랜도 씨? 아티머스의 장래를 결정해야 하는 시기가 왔을 때 고민할 필요가 없었다는 거요. 제가 이랬답니다. '아티머스! 아티머스, 내 아들아, 너 사관학교에 들어가야겠다. 네 누나가 다른 건 용납하지 않을 기세야!'"

리가 말했다.

"아티머스는 자기가 원하는 장래를 얼마든지 선택할 수 있었다고 생각하는데요."

"맞아."

그녀의 어머니가 아들의 회색 재킷 소매를 어루만지며 말했다.

"제 아들의 외모가 아주 준수하지 않은가요, 랜도 씨?"

"제가 보기에는… 제가 보기에는 자제분이 **양쪽 다** 그 방면에서는 축복을 타고난 것 같습니다."

내가 발휘한 기지를 그녀는 알아차리지 못했다.

"마퀴스 선생이 젊었을 때 딱 이 아이 얼굴이었어요. 나 때문에 민망해진 거 아니죠, 여보?"

"아주 조금이요, 여사님."

"인물이 얼마나 훤했는지 몰라요, 랜도 씨! 물론 그 당시에 저희 가족은 수많은 장교들과 어울렸죠. 어머니가 입버릇처럼 말씀하셨던 게 생각나요. "이파리하고 춤을 춰도 되고 작대기하고 시시덕거려도 되지만 제일 환한 미소는 독수리와 별을 위해 남겨둬." 뭐, 그게 제 계획이

402

었죠. 소령 이하는 상대하지 않을 작정이었어요. 그런데 이 젊고 늠름한 의사가 등장하지 않았겠어요? 아, 그 청년이 얼마나 매력적이었는지는 말할 필요도 없겠죠. 화이트플레인스에 여자들이 차고 넘쳤는데, 그 청년이 저를 선택한 이유는 사실 잘 모르겠어요. 뭐였어요, 당신?"

"아."

의사는 의기양양하게 폭소를 터뜨렸다. 웃음소리가 어찌나 호탕하던지! 마치 복화술사의 인형처럼 턱이 벌어졌다가 다물어졌다.

마퀴스 부인이 말을 이었다.

"뭐, 저는 부모님한테 설명했죠. "마퀴스 선생이 소령은 아닐지 몰라도 가능성이 그야말로 무궁무진해요." 아니, 이이가 그때 벌써 스콧 장군의 주치의 중 한 명이었다는 거 아세요? 그리고 펜실베이니아 대학교에서 이이를 교수로 초빙하고 싶어 했고요. 그런데 공병감님이 이 사관학교 임명장을 들고 찾아오는 바람에 이렇게 됐죠. 조국의 **부름**을 받고서."

그녀는 칼로 멍하니 자기 접시를 그었다.

"물론 처음에는 임시직이었어요. 길어야 1~2년 정도 있다가 다시 뉴욕으로 돌아가는 걸로. 그런데 영영 돌아가질 못했죠. 안 그래요, 여보?"

마퀴스 선생은 그렇다고 시인했다. 그 말에 마퀴스 부인은 호랑이처럼 씩 웃었다.

"아직 기회는 있을지 몰라요. 불가능하지는 않다고 봐요. 내일 아침에 해가 아니라 달이 뜰 수도 있잖아요. 개가 교향곡을 쓸 수 있을지도 모르고요. 뭐든 가능하죠, 안 그래요, 여보?"

그녀의 미소에 대해 한마디 하자면, 희미해지지 않았지만 그렇다고 고정돼 있지도 않았다. 끝없이 미묘하게 달라졌다. 그녀를 지켜보는 포의 눈이 점점 커졌다. 깔때기 구름을 따라가듯 그녀를 뒤쫓느라 그러는 거였다.

"내가 그런 데 신경 쓰는 건 아니에요, 랜도 씨. 여기가 끔찍한 오지라 페루에 사는 거나 다름없긴 하지만 드물기는 해도 매력적인 사람들을 만날 때가 있거든요. 랜도 씨만 해도 그렇듯이요."

아티머스가 끼어들었다.

"저희 집에서는 선생님 얘기뿐이에요. 노상."

그의 어머니가 외쳤다.

"아! 그야 랜도 씨가 워낙 지적인 분이라 그렇지. 여기는 그런 분이 어처구니없을 정도로 드물고. 물론 교직원은 예외지만 그 **부인들**은 말이죠, 랜도 씨! 재치라고는 눈곱만큼도 없고 취향이라고는 손톱만큼도 없어요. 이보다 숙녀 같지 않은 숙녀들도 없을 거예요."

아티머스도 인정했다.

"매너들이 형편없긴 하죠. 그들이 그나마 비빌 수 있는 곳은 웨스트포인트밖에 없을 거예요. 뉴욕에서는 어느 집에서도 받아 주지 않을 테니까."

리는 자기 접시를 보며 얼굴을 찡그렸다.

"두 사람 다 말이 너무 심한 거 아니에요? 저는 따뜻한 대접을 여러 번 받았고 그분들과 즐거운 시간을 보낸 적이 많은데요."

그녀의 남동생이 물었다.

"뜨개질 말이지? 끝도 없는 뜨개질."

그는 벌떡 일어나 빈손으로 뜨개질하며 남부 사투리를 흉내 내기 시작했다. 내가 듣기에는 제이 부인이라는 교직원 부인의 말투와 상당히 흡사했다.

"저기 있잖아요, 아무래도 올 시월은 작년보다 살짝 추운 것 같지 않아요? 네, 네, 그렇다니까요. 왜냐하면 우리 쿠쿠가… 아조레스에서 건너온 우리 귀여운 앵무새 아시죠? 걔가 딱하게도 자다가 일어난 순간부터 계속 부들부들 떨고 있거든요. 간밤에 바이올린 독주회에 괜히 데리고 갔지 뭐예요, 얘가 바람을 못 견뎌서 아니 글쎄…."

마퀴스 부인이 손으로 입을 막고서 빽 소리를 질렀다.

"그만!"

"그래서 동창에 걸린 게 분명해요."

"이런 장난꾸러기!"

칭찬을 들은 아티머스는 씩 웃으며 자기 자리에 다시 털썩 앉았다. 나는 잠깐 정적이 흐른 뒤에 헛기침을 하고 최대한 부드럽게 말했다.

"제이 부인의 화제에 요즘은 다른 것이 추가되지 않았을까요?"

마퀴스 부인이 계속 소리 없이 웃으며 물었다.

"다른 거라면 어떤 거요?"

"아니, 당연히 프라이 군이 추가됐겠죠. 그리고 이 댁 아드님의 친구였던 밸린저 군도요."

그 뒤로 말이 끊기고 소리만 이어졌다. 포가 조용히 손마디를 꺾는 소리, 아티머스가 자기 접시 옆면에 대고 손가락을 튀기는 소리. 마퀴스 선생이 빵으로 길 잃은 완두콩을 추격해 가며 접시를 한 바퀴 닦는 소리.

잠시 뒤 마퀴스 부인이 쿡쿡 웃으며 고개를 뒤로 홱 넘겼다.

"제이 부인이 **따로** 탐문 수사를 진행하며 선을 넘지는 않았으면 좋겠네요, 랜도 씨. 여자들이 그런 식으로 수사를 방해하면 선생님 입장에서는 전혀 반갑지 않을 테니까요."

"아, 저야 어느 분이든 도와주기만 하면 감사할 따름입니다. 특히 무료 봉사라면 말이죠."

희미한 미소가 포의 얼굴에 언뜻 스치고 지나갔다. 내가 보기에는 너무 희미해서 더 위험했다. 하지만 아티머스 쪽을 흘끗 쳐다보니 그는 자기 재미에 정신이 팔려 있었다. 아티머스가 말했다.

"랜도 씨. 공식 업무가 정리되면 제 수수께끼를 해결하는 것도 좀 도와주시면 좋겠습니다."

"자네 수수께끼?"

"네, 정말 이상한 일이 벌어졌거든요! 제가 월요일에 수업을 듣는 동안 누가 제 방문을 부수려고 했지 뭡니까."

마퀴스 선생이 중얼거렸다.

"도처에 끔찍한 인간들일세."

"그렇게 생각하세요, 아버지? 저는 그냥 예의 없는 인간의 소행이라고 보는 쪽이었는데요."

아티머스는 나를 보며 다시 미소를 지었다.

"물론 그 인간이 누군지는 전혀 모르지만요."

마퀴스 부인이 말했다.

"그래도 조심해라, 아들. 조심해."

"아, 어머니. 그냥 딱히 할 일도 없고 자기 삶이랄 것도 없는, 사는 게 지겨워진 늙은이였을 거예요. 어느 시골 오두막집에 살고… 몰래 술을 홀짝이거나 지저분한 주점에서 노닥거리는 것을 좋아하는 그런 사람. 안 그렇습니까, 랜도 씨?"

마퀴스 부인이 움찔했다. 포는 앉은 자세를 바로잡았다. 식탁 주변의 공기에 금이 가는 것처럼 느껴졌다. 아티머스도 그걸 느꼈는지 눈을 휘둥그레 떴다.

"아, 랜도 씨도 오두막집에 사시죠? 뭐, 그렇다면 제가 어떤 타입을 애기하는지 아시겠네요."

리가 경고하는 투로 말했다.

"아티머스."

"심지어 그 설명에 딱 들어맞는 아주 **가까운** 친척이 있을지도 모르겠고요."

그의 어머니가 외쳤다.

"그만!"

그러자 모든 게 멈추었다. 우리는 이제 그녀의 입가에 생긴 주름과 목에 선 핏대와 조그맣게 주먹을 쥐고 부들부들 떨고 있는 앙상한 손을 하릴없이 바라보았다. 그녀는 악을 썼다.

"질색이야! 네가 이런 식으로 나오는 거 질색이야!"

아티머스는 건조한 호기심이 담긴 눈빛으로 그녀를 빤히 쳐다봤다.

"논리가 왜 그런 식으로 흘러가는지 따라가지 못하겠네요, 어머니."

"그래, 당연히 따라오지 못하겠지. 왜 그런 식으로 **흘러가는지** 따라오지 못하겠다고? 내가 누가 봐도 빤하게 허드슨강 저편으로 흘러가도 아무도…."

처음으로 그녀의 입가가 아래로 처졌다.

"아무도 따라오지 않을 거야. 그렇죠, 여보?"

남편과 아내는 이제 서로를 바라보았다. 어찌나 깊은 감정의 소용돌이가 치는지, 그들을 가른 2미터라는 거리가 0으로 줄어들었다. 잠시 후에 마퀴스 부인은 두 눈을 불길하게 번뜩이며 천천히 자기 접시를 머리 위로 들었다가… 떨어뜨렸다. 오리뼈가 제멋대로 날아올랐고 뭉근하게 끓인 사과는 수직으로 튀었고 접시는 빨간색 리넨 식탁보 위에서 산산조각 났다.

"하! 이것 봐! 사기 접시는 원래 불에 너무 가까이 대지 않는 한 금도 가지 않는 법인데. 외제니하고 얘기를 좀 해야겠네."

그녀는 언성을 높이며 접시 조각을 혼내기라도 하는 것처럼 손으로 내리쳤다.

"나 지금 화가 머리끝까지 났거든. 걔는 어떻게… 자기가 프랑스 출신도 아니면서! 여기서 제대로 된 하녀를 구할 수만 있다면 그런 애를 쓸 일이 없는데 그런 하녀가 있어야 말이지. 유니폼도 입지 않겠다고 하고 모시는 가족을… **주인**으로 제대로 대하지도 않고! 그래, 이제 얘기를 할 때가 됐어. 이런 식으로 일하면 곤란하다고 얘기를 할 때가 됐다고!"

의자가 뒤로 넘어졌고 그녀는 놀랍게도 머리칼을 움켜쥐며 벌떡 일어나 누가 자리에서 엉덩이를 뗄 겨를도 없이 옷에 냅킨을 매단 채 휘청휘청 밖으로 나갔다. 호박단이 바스락거리는 소리, 끙끙대는 소리, 신발이 계단에 부딪혀 덜거덕거리는 소리가 들렸다. 그와 함께 모든 것이 하나씩 잠잠해지자 우리는 접시 쪽으로 고개를 돌렸다. 마퀴스 선생이 딱히 누구에게랄 것 없이 말했다.

"아내를 이해해 주기 바랍니다."

그 문제에 대한 언급은 그것이 처음이자 마지막이었다. 남은 마퀴스 가족은 더 이상의 사과도 설명도 없이 다시 접시에 얼굴을 묻고 식사를 계속했다. 그들은 더 이상 얼떨떨해하지 않았다. 저녁 식탁의 분위기가 이런 식으로 망가진 적이 너무 많았던 것이다.

반면에 포와 나는 입맛이 싹 사라졌다. 우리는 포크를 내려놓고 먼저 리가, 그다음으로는 아티머스가, 마지막으로 마퀴스 선생이 식사를 마칠 때까지 기다렸다. 마퀴스 선생은 자리에서 일어나 주머니칼로 느긋하게 이를 쑤시고 내 쪽으로 고개를 살짝 숙이며 말했다.

"랜도 씨, 저랑 같이 서재로 자리를 옮기실까요?"

거스 랜도의 기록
25

마퀴스 선생은 등 뒤로 식당 문을 닫고 입에서 양파와 위스키 냄새를 풍기며 복잡한 눈빛으로 나를 향해 몸을 숙였다.

"아내가 예민해져요. 이 시기가 되면. 보시다시피 조금 흥분을 잘하죠. 겨울이고 춥고. 워낙 답답하다 보니. 이해하시리라 믿습니다."

그는 할 일을 다했다고 자평하는 듯 고개를 끄덕이고는 서재로 들어가자고 손짓했다. 서재는 아주 좁고 캐러멜 탄내를 풍기며 촛불 하나로 불을 밝혔는데, 촛불은 변색된 금테 거울에 반사돼 두 개가 됐다. 가운데 놓인 책꽂이 위에서 위풍당당한 갈레노스 두상이 인상을 쓰고 우리를 내려다보았다. 다른 두 책꽂이 사이 틈새에는 세로가 60센티미터밖에 안 되는 오래된 유화가 걸려 있었는데 검은색 사제복을 입은 성직자의 초상화였다. 그 바로 아래에 거칠고 퀴퀴한 냄새를 풍기는 회색 쿠션이 있었고 그 위에 마치 자려고 눕기라도 한 듯 카메오로 새긴 초상이 반듯하게 놓여 있었다.

"아니, 선생님, 이 매력적인 처자는 누굽니까?"

"누구긴요. 당연히 사랑하는 저의 신부죠."

그가 더듬거리며 말했다.

그 초상이 맨 처음 상아에 새겨진 지 20여 년이 흘렀지만 마퀴스 부인의 본바탕이나 얼굴은 거의 나이를 먹지 않았다. 오히려 세월의 흐름에 따라 **압축**이 돼서 이 초상 속의 둥그렇고 낙천적이며 촉촉한 눈을 지금의 눈과 비교하면 빵과 반죽의 관계 같았다.

"아내는 자신의 미모를 상당히 과소평가하는 경향이 있어요, 안 그렇습니까? 여자들의 특징이랄 수 있는 **아모르 프로프르***가 전혀 없어요. 아, 그나저나 제 논문을 아직 안 보여드렸죠!"

그는 바로 아래 칸에 손을 넣어 후추처럼 톡 쏘는 냄새를 풍기는 얇고 누레져가는 종이 뭉치를 꺼냈다. 그러고는 빙그레 웃으며 말했다.

"네, 네, 바로 이겁니다! 「취임 논문: 물집에 대하여」. 전문의협회에 초청돼서 낭독한 논문이에요. 치루를 다뤘고 또 다른 대학교에서도 반응이 좋았는데. 아, 하지만 **이거.** 이 논문 덕분에 제가 지금의 위치에 오를 수 있었다고 해도 될 텐데요. 「흑토증이라 불리는 부패 담즙성 황토병의 가장 정평 있는 치료법에 관한 소고」."

"관심사가 아주 다양하시군요, 선생님."

"아, 제 두개골이 그런 식으로 돌아가거든요. 여기, 저기 그리고 그것이 제 **방식**이죠. 하지만 진짜로 보여드려야 할 논문은⋯ 러시 박사의 정신병 연구에 대해 제 의견을 쓴 겁니다. 『뉴잉글랜드 내외과학

---

*   프랑스어로 '자기애', '자존심'이라는 뜻.

411

저널』에 실렸죠."

"한번 읽어 보고 싶은데요."

"그래요?"

그는 반신반의하며 나를 향해 인상을 썼다. 그의 서론에 반응을 보인 사람이 내가 처음이었나 보다.

"아, 뭐… 그게… 아, 어젯밤에 침대에서 읽었던 것 같은데. 가서 들고 올까요?"

"좋지요."

"진심이십니까?"

"당연하죠! 아니, 괜찮으시면 제가 같이 가드릴 수도 있습니다."

그의 입이 떡 벌어지고 손이 앞으로 나왔다.

"그래 주신다면 무한한 영광이겠습니다. 기쁘기 한량없겠습니다."

그렇다, 약간의 친절에 마퀴스 선생은 엄청난 반응을 보였다. 계단을 올라가는 그의 발소리가 얼마나 가벼웠는지 기억이 난다. 그 소리가 온 집 안에 메아리쳤으니 이 공관이 얼마나 작은지 알 수 있는 대목이었다. 한 방에서 벌어지는 일이 **모든** 방에 공유됐다.

그러므로 아티머스는 식당 횃대에 앉아서 우리의 추이를 모조리 파악했기에 우리가 2층 층계참에 다다른 정확한 시점을 알 수 있었다. 하지만 그가 이것도 알았을까? 자기 아버지가 깜빡하고 촛불을 들고 오지 않았다는 것을? 그래서 조그맣고 덧문이 닫힌 어느 방벽에 높이 달린 야간등이 우리를 맨 처음 맞이한 불빛이었다는 것을? 그 방은 보이는 것이라고는 벽시계(3시 12분에 멈춰져 있었다)와 아무 장식도 없이 매트리스 하나 덜렁 놓여 있는 황동 침대의 윤곽선밖에 없는, 이상하고 황량하며 다른 곳과 분리된 공간이었다.

나는 웃는 얼굴로 마퀴스 선생을 돌아보며 물었다.

"아드님 방입니까?"

그는 그렇다고 했다.

"아드님은 좋겠습니다. 시끄러운 생도 생활에서 잠깐 벗어날 수 있는 곳이 있어서."

의사는 뺨을 긁으며 말했다.

"사실… 아티머스는 명절 때만 여기서 지냅니다. 여러모로 대견한 아이지요. 하루는 그 아이가 이러더군요. "아버지, 제가 생도가 되려면 생도처럼 지내야 하지 않겠어요? 매일 밤마다 어머니와 아버지 곁으로 달려오지 말고요. 군인은 그러지 않잖아요. 동기생들과 똑같은 대접을 받아야죠.""

마퀴스 선생은 자기 가슴을 두드리며 미소를 지었다.

"그런 아들을 둔 아버지가 몇이나 되겠습니까, 네?"

"거의 없죠."

그가 다시 한 번 내 쪽으로 몸을 기울였다. 양파 냄새로 다시 한 번 공기가 탁해졌다.

"말씀드릴 필요도 없겠지만 저렇게 잘 자란 아들 녀석을 볼 때마다 제 가슴이 부풀어오릅니다. 저를 닮지는 않았습니다. 절대로. 누구라도 보면 알겠지만 **리더**의 자질을 타고 태어났거든요. 아, 지금 우리는 논문을 찾으러 온 길이었죠? 이쪽으로 오시죠."

복도 맨 끝에 마퀴스 선생의 침실이 있었다. 그는 노크를 하려는 듯이 걸음을 멈추었다가 손을 거두었다. 그가 조그맣게 속삭였다.

"지금에서야 문득 생각이 났습니다. 제 착한 신부가 안에서 쉬고 있다는 걸요. 저만 살짝 들어갔다 올 테니 괜찮으시면 여기서 기다려주시겠습니까?"

"괜찮고말고요. 천천히 들어갔다 오십시오."

그의 뒤에서 문이 닫히자마자 나는 성큼성큼 세 걸음을 걸어 아티머스의 방으로 몰래 들어갔다. 벽에 걸린 등을 집어서 초속으로 침대 프레임을 살피고 매트리스 아래와 헤드보드 뒤편을 더듬었다. 이번에는 바닥에 묘하게 무심한 듯 흩뿌려져 있는 어린 시절의 토템 위로 등불을 비췄다. 썰매에서 떼어 낸 날, 눈 대신 정향을 달고 있는 밀랍인형, 상자연의 잔해, 오래된 수동식 미니 회전목마.

여긴 아니야. 나는 본능적으로 알아차렸다. 여긴 아니야. 그때 등불의 궤적이 내 생각의 동선과 맞아떨어지면서 방 저쪽 구석에 있는 벽장 쪽으로 휙 움직였다.

벽장. 비밀을 숨기기에 이보다 더 알맞은 곳이 있을까?

벽장문을 열었지만 어둠이 워낙 깊어서 등불로는 구멍 하나 내기 쉽지 않았다. 베르가모트와 플루메리아 향기가 풍겼고 다른 모든 것 사이로 달짝지근하면서도 톡 쏘는 좀약 냄새가 났다. 추워서 뻣뻣해진 새틴, 오건디, 호박단이 부스럭거렸다.

아티머스의 벽장이 이제는 다른 방에서 넘친 여자 옷을 거는 용도로 쓰이고 있었다. 젊은 남자가 더 이상 쓰지 않는 벽장을 활용하기에 이보다 좋은 방법이 없었지만 상황이 이렇다 보니 이것 역시 아티머스의 우롱이라고 해석하지 않을 도리가 없었다. (게다가 그는 내가 어떤 패턴으로 움직이는지 천장을 통해 추적하고 있지 않았을까? 내가 지금 정확히 어디 서 있는지 알고 있지 않았을까?) 자존심이 상한 나는 안으로 곧장 팔을 집어넣었는데, 놀랍게도 뒷벽은 물론이고 내 앞을 가로막는 것이 아무것도 없었다. 오직 어둠뿐이었다.

등불을 들고 수많은 옷을 헤치며 들어가 보니 갑자기 거치적거리는 것 하나 없는, 뜨겁고 시커먼 마름모꼴의 공기가 나를 맞았다. 여긴 냄새도 나지 않고 어떤 윤곽선도 보이지 않았다. 하지만 그냥 텅 빈 게 아니었다. 딱 한 발 앞으로 내디뎠을 때 이마에 뭔가가 가만히 부딪히는 것을 느꼈고 그것의 정체를 간파했다. 휑뎅그렁한 봉이었다.

이것도 아주 휑뎅그렁하지는 않았다. 봉을 따라 더듬던 손에 나무 옷걸이가 닿았고… 좀 더 아래로 내리자 칼라에 달린 골이 진 끈과… 어깨의 까칠까칠한 홈… 그리고 그 아래로 넓게 이어지는 눅눅한 모직이 닿았다. 여러 조각으로 재단해 한데 이은 모직이었다.

나는 양손으로 옷을 감싸 쥐고 바닥으로 끌어내려 불빛을 갖다 댔다.

제복이었다. 장교 제복이었다.

정품이든지 아니면 아주 잘 만든 가품이었다. 금색으로 가장자리를 두른 파란색 바지. 파란색 재킷에 달린 화려한 금색 장식. 그리고 어깨에 (확인하느라 등불을 좀 더 가까이 들이대야 했다) 실이 뜯긴 희미한 직사각형 자국. 작대기 계급장이 달려 있던 자리였다.

코크런 이병에게 리로이 프라이의 시신을 두고 나가라고 했다는 정체 모를 장교가 퍼뜩 떠올랐다. 그 생각을 하며 손으로 재킷을 훑는데, 허리 바로 위쪽에서 살짝 볼록한 부분이 만져졌다. 미미하게 끈적끈적하고 미미하게 까칠까칠한 뭔가가 묻어 있었다. 손가락으로 그걸 문지르고 그 손가락을 등불 앞에 갖다 댔을 때 발소리가 들렸다.

누군가가 방 안에 들어온 것이었다.

나는 등불을 불어서 껐다. 어둠으로 자욱하게 덮인 아티머스의 벽장 속에 앉아서, 보이지 않는 문밖의 존재가 한 걸음… 또 한 걸음 옮기는 소리를 들었다.

잠시 후 발소리가 멈췄다.

나는 **기다리는** 수밖에 없었다. 앞으로 닥칠 일을.

맨 처음에는 다시 소리가 들렸다. 내 앞에 걸린 옷들을 헤치는 소리였다. 이 소리가 어떤 **물건**으로 바뀌었을 즈음에는 이 물건이 이미 내 갈비뼈를 쓸고 지나가 프록코트를 뚫고 나를 뒷벽에 꽂은 다음이었다.

아, 맞다. 제복에서 빠진 액세서리가 하나 있었다. 군도.

초반에는 그 물건을 보는 것보다 **느끼는** 것이 훨씬 수월했다. 비스듬한 날이 어찌나 어처구니없을 만큼 예리한지 공기를 가르는 느낌이었다.

아무리 발버둥 쳐도 프록코트에 꽂힌 칼은 꿈쩍하지 않았다. 나는 소매에서 팔을 꺼내 꿈틀거리며 옷을 벗었다. 칼이 느슨해지는가 싶더니… 잠시 후에 좀 전보다 더 **빠른** 속도로 나를 향해 돌진해왔다. 나는 옆으로 몸을 날렸다. 방금 전까지 내 심장이 있었던 자리에 칼이 꽂혀 주인 없는 내 코트에 치명상을 입혔다.

나는 비명을 지를 수도 있었다. 하지만 어두컴컴하고 좁은 이 벽장에서 소리가 밖으로 새어 나갈 리 없다는 것을 알았다. 상대방을 향해 몸을 날릴 수도 있었지만 드레스의 장벽 때문에 그 방법은 하나의 **가능성**에 불과했다. 한 번이라도 삐끗했다가는 지금보다 더 위험해질 따름이었다. 하지만 이건 쌍방이 마찬가지였다. 그도 나에게 달려들려면 자신의 유리한 입장을 포기해야 했다.

그렇다면 규칙이 정해진 셈이었다. 이제 우리의 조그만 게임을 시작할 수 있었다.

칼날이 뒤로 물러났다가… 앞으로 날아와… **휭!** 하는 소리와 함께 내 오른쪽 골반 바로 옆 회반죽에 꽂혔다. 잠시 후에 홱 하니 뒤로 다시 물러나 표적을 찾아서 어둠 속을 더듬거렸다.

나는? 나는 계속 움직였다. 칼날이 날아올 때마다 위아래로, 좌우로 위치를 계속 바꿨다. 암울하나마 이 칼날을 **휘두르는** 사람의 생각을 읽으려고 했다.

다섯 번째 공격이 내 손목을 아슬아슬하게 비껴갔다. 일곱 번째 공격은 머리칼 사이로 부는 산들바람처럼 내 목 옆으로 지나갔다. 열 번째 공격은 내 오른쪽 어깨와 갈비뼈 사이에서 휘어졌다.

번번이 실패할 때마다 **미치겠는지** 상대방의 공격 속도가 점점 더 빨라졌다. 그 칼날은 더 이상 즉살을 노리지 않았다. 치명상이 새로운 목표가 됐다. 내 심장 주변에서 다리 주변으로 눈곱만큼씩 이동했다. 그러면 내 다리는 스코틀랜드 고지대의 경쾌한 춤으로 화답했다.

조만간 그 춤은 끝날 수밖에 없다는 것을 나도 알고 있었다. 내 허파가 계속 펌프질을 하고 있었지만 이 좁은 공간에 남은 산소가 얼마 없었다. 잠시 후에 내가 바닥으로 쓰러진 이유가 바로 탈진했기 때문이었다. 어떤 작전이나 집행유예의 희망이 있어서가 아니라 그냥 **기진맥진**한 결과였다.

나는 그렇게 똑바로 누워서 길쭉한 칼날이 회반죽 위에 내 실루엣을 그리는 것을 지켜보았다. 그 칼날이 점점 다가올수록 내 몸은 식은 땀과 함께 점점 차가워졌다. 그 칼이 내 관 치수를 재는 것처럼 느껴졌다.

내가 눈을 질끈 감았을 때 마지막으로 칼날이 포효하며 달려왔다. 마지막으로 벽이 반항하며 울부짖었다. 그러고는… 정적이 흘렀다.

눈을 억지로 떠 보니 칼날이 내 왼쪽 눈 위에서 정확히 3센티미터 떨어진 곳을 겨누고 있었다. 가만히 있지는 않고… 분노로 이리저리 꿈틀거렸지만… 뒤로 거두어지지도 않았다.

나는 잠시 후에 이유를 파악했다. 돌진하는 힘이 너무 세서 돌 벽에 꽂혀 버린 것이었다.

내 마지막이자 유일한 기회였다. 나는 군도 아래에서 스르르 빠져나와 봉에 걸려 있던 드레스 하나로 날을 감싸고 **잡아당기기** 시작했다. 저쪽을 상대로 젖 먹던 힘을 다했다.

처음에는 기세가 비등했다. 하지만 저쪽은 칼자루를 단단히 쥐고 있었기 때문에 그만큼 더 힘을 쓸 수 있었다. 반면에 나는 맨손으로 있는 힘껏 잡아당기고 있을 따름이었다. 처음 몇 초 동안 우리는 어둠 속에서 그렇게 사투를 벌였다. 서로 보이지는 않았지만 존재감은 충분히 느낄 수 있었다.

이제 칼날이 벽에서 **빠져나왔다.** 포로 상태에서 놓여나자 또다시 맹목적인 살인 도구로 둔갑해 나에게서 점점 멀어졌다. 내 손가락과 손목과 팔에서 힘이 점점 **빠졌지만** 그걸 계속 붙잡을 수 있었던 이유는 딱 하나, 내 머릿속에서 몇 번이고 반복되는 이 생각 덕분이었다. **이걸 놓는 순간 나는 죽은 목숨이다.**

그래서 나는 손이 데인 듯이 아프고 심장이 녹아 허파와 한데 뭉뚱 그려지는 것 같아도 칼날을 놓지 않았다. 절대 놓지 않았다.

잠시 후에 내가 모든 걸 포기하려던 찰나, 칼자루 쪽을 쥐고 있던 사람이 손을 놓았다. 마치 하늘에서 떨어진 공물처럼, 군도가 멍이 든 내 손 위로 내려앉았다.

거스 랜도의 기록
26

나는 제복을 겨드랑이춤에 쑤셔넣고 프록코트와 등을 뒤로 질질 끌
며 드레스의 장벽을 지나 다시 아트머스의 춥고 어두침침한 방으로 나
갔다. 거기 서서 다친 곳이 있는지 내 몸을 살폈다. 없었다. 어디 한
군데 긁힌 곳도 피 한 방울 흘린 곳도 없었다. 들리는 소리라고는 내
가 숨을 헐떡이는 소리와 땀방울이 조용히 바닥으로 떨어지는 소리뿐
이었다.

"랜도 씨."

나는 목소리를 듣고 그가 누군지 알았다. 하지만 촛불도 없이 문 앞
그늘진 곳에 서 있는 그는 아들과 쌍둥이나 진배없었다. 나는 눈을 믿
어야 할지 귀를 믿어야 할지 고민하며 잠깐 머뭇거렸다.

"정말 죄송합니다, 선생님. 제 코트가 찢어지는 바람에…."

나는 멋쩍은 표정으로 바닥의 빛의 삼각지 안에 떨어져 있는 옷을
가리켰다.

"아드님 옷을 한 벌 빌릴 수 있을까 해서요."

"그런데 코트가….'

"네, 아주 처참하게 찢어졌죠?"

나는 웃으며 제복을 펄럭였다.

"그래도 양심상 장교를 사칭하지는 못하겠습니다. 한 번도 사지에서 복무한 적은 없으니 말이죠."

그는 입을 떡 벌리고 내 손에 들린 옷을 쳐다보며 내 쪽으로 다가왔다.

"아니, 이런. 그건 제 동생이 입던 건데요!"

"선생님 동생이요?"

"이름은 조슈아였어요. 마구아가 전투 직전에 죽었죠. 딱하게도 독감으로. 남은 유품이 제복뿐이에요."

그는 무릎을 꿇고 앉아서 제복을 길게 몇 번 쓰다듬다가 손가락을 한데 모아서 코 아래를 문질렀다.

"신기하네요. 파란색과 견장은 빛이 바래고 조금 구닥다리처럼 보이긴 하지만, 그것 말고는 새 옷이라고 해도 다들 믿겠어요."

"제가 보기에도 그렇습니다. 아, 그런데 보세요. 작대기 계급장은 없어졌네요."

그가 눈살을 찌푸리며 말했다.

"아, 원래부터 없었습니다. 조슈아는 소위까지밖에 진급을 하지 못했거든요."

찡그려졌던 미간이 풀리고 눈꼬리가 위로 올라갔다. 콧김이 나지막이 뿜어져 나왔다.

"뭐 재밌는 생각이라도 나셨나요, 선생님?"

"아, 그냥… 아티머스가 예전에 이걸 입고 집 안을 돌아다녔던 게 생각이 나서요."

"아티머스가요?"

"이제 겨우 올챙이가 됐을까 말까 한 시절에요. 랜도 씨도 그걸 봤었어야 하는데. 소매는 50~60센티미터쯤 더 길고 바지는! 뒤로 질질 끌리는데 그보다 더 우스꽝스러울 수가 없었죠."

그는 나를 곁눈질하며 얼굴을 찡그렸다.

"네, 압니다. 군복을 그렇게 함부로 입고 다니면 안 된다고 말렸어야 한다는 거. 그래도 저는 나쁠 것 없다고 생각했습니다. 그 아이는 조슈아를 만난 적 없지만 삼촌의 노고를 항상 마음속 깊이 존경했거든요."

"선생님의 노고도 만만치 않은데요. 어떻게 그걸 모를 수가 있죠?"

"아. 그러게요. 뭐, 모르죠. 아들 녀석은 어렸을 때부터 저를 닮은 구석이 별로 없었어요. 그래서 다행이겠습니다만, 안 그렇습니까?"

"너무 겸손하시네요. 아드님이 선생님의 솜씨를 그 오랜 세월 동안 옆에서 지켜보았는데 그래도 배운 게 조금도 없을 리가요."

그의 입술이 한쪽으로 일그러졌다.

"배웠겠죠. 열 살 때부터 온갖 뼈와 기관의 이름을 알았는걸요. 청진기도 쓸 줄 알았고요. 한두 번 내가 부러진 뼈 맞추는 걸 도와준 적도 있어요. 하지만 별로 관심은…."

"여기서 뭐해요?"

이번에는 문 앞에 서 있는 사람이 누군지 확실했다. 들고 있는 촛불 때문에 마퀴스 부인의 얼굴에서 명암이 도드라져 새 같은 골격이 강조됐고 두 눈은 엄청난 심연으로 바뀌었다. 마퀴스 선생이 말했다.

"아, 여보! 벌써 괜찮아졌소?"

"네, 내가 엄청난 착각을 했나 보더라고요. 또 그 끔찍한 편두통인 줄 알았는데, 잠깐 쉬었더니 다 나았어요. 보아하니 당신이 그 논문으로 랜도 씨를 고문하려는 모양인데, 그거 다시 있던 자리에 가져다 놔요. 그리고 랜도 씨는 그 끔찍한 군복 치워 주시고요. 분명 맞지도 않을 거예요. 그런 다음 두 분 모두 나랑 같이 1층으로 다시 내려가요. 애들이 다들 어디 갔나 궁금해하겠어요. 아, 그리고 여보, 응접실에 불 좀 꺼줘요. 랜도 씨가 더워서 땀을 흘리고 계시네!"

응접실까지 몇 걸음 남았을 때 피아노 선율과 쿵쿵거리는 발소리와 누가 입을 막고 한 번 키득거리는 높은 목소리가 들렸다. 웃음소리였다! 어쩌다 그런 소리가 터졌을까? 하지만 누가 봐도 이유가 분명했다. 리가 피아노로 카드리유* 춤곡을 연주하고, 포와 아티머스가 거기에 맞춰 뒤뚱거리며 응접실을 행군하고 있었다. 그것도 천사처럼 웃으며. 마퀴스 부인이 외쳤다.

"어머, 리, 내가 칠게!"

리는 그 말이 떨어지기가 무섭게 자리에서 일어나 곧장 기둥 뒤편으로 달려가더니 아티머스의 허리를 끌어안고 뒤뚱거리기 시작했다. 마퀴스 부인은 당당하게 피아노 의자에 앉아 최근에 빈에서 수입된 춤

---

* 네 쌍 이상의 사람들이 네모꼴로 추는 프랑스의 춤.

곡을 거의 무서울 정도의 기교를 발휘해 가며 구보하는 속도로 쳤다.

나는 재킷을 벗고 땀범벅인 상태로 앉아서 겉으로는 웃으며 속으로는 자문했다. **이 방에 있는 사람 중에 방금 전에 나를 죽이려고 한 자가 누구일까?**

박자가 빨라지자 발소리가 커졌고 이제는 웃음소리가 모두에게로 번져 심지어 마퀴스 선생마저 쿡쿡거리며 눈물을 닦았다. 지금 이 순간만큼은 30분 전의 그 언짢았던 분위기가 모두 사라져 벽장에서 있었던 일이 꿈이었나 하는 생각이 들 정도였다.

잠시 후에 마퀴스 부인이 좀 전에 피아노를 치기 시작했을 때처럼 갑작스럽게 멈췄다. 건반을 양손으로 내리쳐 허공을 가르는 불협화음으로 모두를 그 자리에서 얼어붙게 했다. 그녀가 자리에서 일어나 치맛자락을 반듯하게 펴며 말했다.

"미안해요. 무슨 안주인이 이래요? 랜도 씨는 나보다 **리**의 피아노 연주를 듣고 싶을 텐데."

그녀는 자기 딸의 이름을 최대한 길게 늘여 가며 발음했다.

"**리이—이이**? 우리 모두를 위해 노래 한 곡 들려주겠니?"

리가 노래는 죽어도 싫다고 아무리 애원해도 마퀴스 부인은 들은 척하지 않았다. 양손으로 딸의 손목을 감싸고 여러 번 거칠게 잡아당겼다.

"우리가 사정해야 되나 보다, 그렇지? 알았어. 여러분, 모두 무릎을 꿇어 주세요. **간청**해야 들어줄 모양이니까."

"어머니."

"우리가 절을 하면…."

리가 자기 신발을 내려다보며 말했다.

"그러실 것 없어요. 저로서는 영광일 따름이니까요."

그 말에 마퀴스 부인은 은쟁반에 옥구슬 굴러가는 듯한 웃음을 터뜨렸다.

"어머, 다행이네! 자, 여러분에게 미리 경고하자면 우리 딸은 좀 촌스럽고 슬픈 노래를 좋아하는 경향이 있어요. 그래서 실례를 무릅쓰고 『레이디스 북』*에서 한 곡 고르자고 제안할게요."

"포 씨는 그런 곡을…."

"아, **좋아할** 거야. 그렇죠, 포 군?"

포는 반쯤 떨면서 말했다.

"마퀴스 양이 선택하는 곡이라면 무엇이든 저의 귀에는 축복이죠."

그녀의 어머니가 외치며 그를 찰싹 때렸다.

"그럴 줄 알았어요! 꾸물거리지 말고 얼른 들려주려무나, 리."

그러고는 반경 6미터 이내의 누구에게라도 들림 직한 목소리로 나지막이 덧붙였다.

"너도 **알잖니**, 이러면 랜도 씨가 좋아할 리 없다는 거."

그 말에 리가 나를 쳐다보았다. 그렇다, 그날 저녁을 통틀어 가장 온전한 관심을 내게 기울였다. 잠시 후에 그녀가 악보를 보면대에 얹었다. 의자에 앉았다. 그러고는 마지막으로 흘끗 어머니를 쳐다보는데, 눈빛을 해석할 수가 없었다. 애원도 아니고 반항도 아니고 **호기심**

---

*　1830년부터 1878년까지 필라델피아에서 발행된 여성 잡지. 에드거 앨런 포가 『레이디스 북』 지면을 통해 여러 단편을 발표했다.

이라고 해야 할까? 그녀는 앞으로 무슨 일이 벌어지려는지 궁금해하고 있었다.

잠시 후에 그녀는 헛기침을 하고 피아노를 치며 노래를 부르기 시작했다.

내 마음속에 있는 이는 군인,
내 마음속에 있는 이는 군인.
우리 여자들은 인정해야 하지, 그의 야단법석이
듣는 사람들의 마음을 움직인다는 것을….

『레이디스 북』에 그런 노래가 있다니 신기한 일이었다. 오래전 올림픽극장에서 숯으로 눈썹을 그린 코미디언과 프랑스 발레리나가 등장하는 공연에 나옴 직한 노래였다. 배우 이름은 매그덜리나 아니면 델릴라일 테고, 파란색 구슬이 달린 타조 깃털 드레스나 좀 더 과감한 경우에는 세일러복을 입었을 테고, 뺨은 입술만큼 빨갛게 칠했을 테고, 무릎은 그보다 더 빨갈 테고, 시커멓게 칠한 눈을 보기 싫게 찡그려 가며 윙크를 날릴 것이다.

델릴라였다면 이 노래를 좀 더 성의 있게 불렀을 것이다. 아니, 갤리선의 노예라도 그 12월 저녁, 의자에 꼿꼿하게 앉아서 팔을 머스킷 총처럼 뻣뻣하게 움직이는 리 마퀴스보다는 더 열심히 불렀을 것이다. 그녀는 한 번, 딱 한 번 그만두기라도 하려는 듯 건반 위로 손을 든 적이 있었다. 하지만 생각을 바꿨는지 손은 내리고 언성은 높였다.

그의 야단,

그의 야단,

그의 야단법석이…

그녀는 포가 보고서에서 썼던 것처럼 타고난 음역대가 알토인데 너무 키를 높여서 불렀다. 그래서 최고음부에 가까워지자 목소리가 탁해지기 시작하다가 꾹 다문 입술 사이로 숨을 토하는 수준에 이르러 거의 들리지 않는데도 묘하게 끊기지는 않았다. 그 무엇으로도 그 소리를 잠잠하게 만들 수 없었다.

야단법석,

야단법석이…

나는 그 순간 새장 안에서 소리 지르는 포포의 새들을 떠올렸던 것 같다. 이 새장의 열쇠를 받을 수 있다면 나는 뭐든 내줄 수 있었을 것이다. 그 자리에 있던 사람 모두 같은 심정이었을 것이다. 하지만 노래는 계속 이어졌고(물결은 막는 것보다 다시 맞이하는 편이 더 쉬운 법이다), 노래가 이어지는 동안 리의 목소리가 무너졌고, 그녀의 손에 이상하게 전과 다르게 힘이 실리면서 건반을 내리치기 시작했고, 건반을 내리칠 때마다 어떤 음이 리듬에서 빙그르르 이탈해 전혀 다른 박자로 내려앉고 피아노 자체도 그녀의 맹타에 놀라서 당장이라도 들고 일어날 것 같은데, 그런데도 리는 계속 노래를 불렀다.

427

그의 야단,

그의 야단…

그날 저녁 들어 처음으로 포가 복도 어딘가로 그녀가 자리를 옮기기라도 한 듯 그녀에게서 시선을 **거두었고**, 아티머스는 손가락으로 뺨을 위에서 아래로 끌어내렸고, 이 모든 사태를 유발한 마퀴스 부인은 희열인지 공포인지 모를 것으로 눈을 이리저리 번뜩이고 목을 울렁거리며 침을 삼켰다.

오, 내 마음속에 있는 이는 군인!

오, 내 마음속에 있는 이는 군인!

그녀는 후렴을 세 번 불렀고 4분 정도 이어지던 노래가 끝나자 우리는 일제히 벌떡 일어나 생사가 걸린 문제라도 되는 듯이 박수를 쳤다. 마퀴스 부인의 박수 소리가 어느 누구보다 우렁찼다. 타란텔라[*] 박자에 맞춰 발로 바닥을 두드리며 어찌나 표독스럽게 외치는지 마퀴스 선생이 손가락으로 귀를 막을 정도였다. 그녀는 이렇게 소리를 질렀다.

"그래, 내 딸, **바로 그거야!** 안 그러니? 나는 말이다, 딸아, 내가 하고 싶은 말은 이것뿐이고, 다시는 이 얘기를 꺼내지 않을게. 하지만 F음과 G음을 앞두고 그렇게 소심해지지 않았으면 좋겠어. 목소리를 말

---

[*]   이탈리아 남부의 템포가 아주 빠른 춤.

이지."

그녀는 긴 검으로 찌르기 공격을 하듯 허공을 찔렀다.

"**밖으로** 내겠다고 생각을 해, 위로 올리겠다고 생각하지 말고. 이건 등산이 아니라 **울림**을 향한 여행이야. 내가 전에도 얘기했잖니, 리."

마퀴스 선생이 말했다.

"그만해요, 앨리스."

"미안하지만, 내가 무슨 기분 나쁜 얘기를 했나요?"

남편에게서 아무런 대답도 듣지 못하자 그녀는 묻는 눈빛으로 우리를 한 명씩 쳐다보다가 다시 딸에게로 고개를 돌렸다.

"리, 딸아, 네가 대답해 줘야겠다. 내가 무슨 **상처**가 될 만한 얘기를 했니?"

리는 냉랭하게 답했다.

"아뇨. 전에도 말씀드렸잖아요. 그 정도로는 저한테 상처를 주실 수 없다고."

"아니 그럼 왜 이렇게 다들 시무룩한 거야? 즐거워하지도 않을 거면 파티는 뭐 하러 열어?"

그녀는 뒤로 한 발 물러났다. 그녀의 눈에 눈물이 고이기 시작했다.

"눈에 비친 달빛이 이렇게 예쁘고 우리는 이렇게 **한자리에** 모였는데 왜 행복하지가 않은 거야?"

아티머스가 끼어들었다.

"행복해요, 어머니."

하지만 그의 목소리는 딱히 명랑하지 않았다. 수천 번의 강요에 의한 의무감만 그 안에서 쩽그랑거렸다. 하지만 마퀴스 부인에게 새로운 기운을 불어넣기에는 충분했는지 그 순간부터 그녀는 가차 없는 파티 주최자로 돌변했다. 체커게임과 제스처 알아맞히기 게임을 여러 판 강요했고, 안대를 하고 케이크를 먹어서 외제니(사랑스러운 외제니!)가 몰래 넣은 향료를 모두 알아맞혀 보라고 했다. 우리가 초콜릿 트러플을 모두 먹고 엉금엉금 응접실로 다시 돌아가 음악적으로 조예가 있는 마퀴스 선생이 블루스풍으로 '올드 콜로니 타임스'를 연주하고, 아티머스와 리는 팔로 서로를 감싸며 서서 듣고, 포는 긴 의자에 앉아서 대머리수리라도 대하는 듯한 눈빛으로 그들을 올려다보고 있을 때가 되어서야 마퀴스 부인은 나에게 다시 관심을 기울였다.

"랜도 씨, 많이 드셨어요? 정말이세요? 아, 그럼 다행이네요. 제 옆에 앉으셔서 불편하신 건 아닌지 모르겠네요. 아, 와 주셔서 정말 감사해요. 리의 상태가 좀 더 괜찮았으면 좋았을 텐데. 다음번에 다시 오시면 절대 실망하실 일 없을 거예요."

"아니… 제가 뭐라고 그런…."

"뭐, 랜도 씨 같은 분이야 당연히 그렇게 말씀하시겠죠. 랜도 씨가 이 학교에 오셔서 은밀한 관계에 여러 번 휘말리지 않은 게 저는 정말 놀라울 따름이에요."

"은밀한 관계요?"

"아유! 제가 여자들 수법을 모를 줄 아세요? 여자들의 간교에 심장을 베인 남자들 숫자가 전 세계 기갑부대에 당한 사상자를 합친 것보다 더 많을걸요? 랜도 씨에게 자기들의 그 끔찍한 딸을 소개한 그 끔찍한 군인 사모가 적어도 한 명은 있지 않아요?"

"글쎄요, 그분들이…."

"리 같은 딸을 둔 집이라면 아무도 말리지 못할 거예요. 랜도 씨도 아시겠지만 리는 전부터 '일등 신붓감'이었거든요. 그렇게 특별하지 않았다면 구혼자들이 아주 많았을 텐데. 뭐, 하지만 워낙 **생각**이 많은 아이라 저는 전부터 저 아이에게는 뭐랄까, 좀 더 성숙한 감성의 소유 자라고 할까요? 그런 남자가 더 어울릴 거라고 생각했어요. 자기에게 걸맞은 위치를 찾아갈 수 있도록 저 아이를 부드럽게 설득하고 인도해 줄, 그런 남자요."

"자기에게 걸맞은 위치는 따님이 가장 잘 알 거라고…."

"아, 그럼요!"

그녀는 메뚜기처럼 쩌렁쩌렁 울리는 높은 목소리로 내 말허리를 잘 랐다.

"그럼요, 저도 저 아이 나이 때는 그렇게 생각했어요. 그런데 지금 의 절 보세요! 아뇨, 랜도 씨, 이런 문제는 엄마가 제일 잘 아는 법이 랍니다. 그래서 제가 기회가 생길 때마다 리에게 이렇게 얘기한답니 다. '너한테는 나이 많은 남자가 제격이야. **홀아비**를 노려야 해.'"

그녀는 이 말과 동시에 손을 내밀어 내 커프스링크를 두 번 토닥 였다.

그 미미한 제스처 하나로 새장에 갇힌 사람은 **내가** 되었고, 문이 쾅 닫혔지만 나는 심지어 노래로 자유를 살 수도 없었다.

최후의 일격은 이거였다. 마퀴스 부인이 늘 그렇듯 그 방 안의 모든 사람들이 들을 수 있게 우렁찬 목소리로 말했다는 것. 그래서 이제 그 들 모두가 새장 밖에서 나를 쳐다보게 됐다는 것. 아티머스는 묘하게 멍한 표정으로, 리는 건조한 눈빛으로 아무 말도 하지 않으며. 그리고

1학년 생도 포는 한 대 얻어맞기라도 한 듯 뺨이 벌게졌고 입술은 분노로 퍼레졌다. 마퀴스 부인이 꽥 하고 외쳤다.

"여보! 샴페인 갖다 줘요! 나 다시 스무 살로 돌아가고 싶으니까!"

이유는 모르겠지만 바로 그 순간에 나는 내 손을 내려다보았고, 아티머스의 벽장에 걸려 있던 장교 재킷에서 닦아 낸 얼룩이 구릿빛 가루로 굳어 있는 것을 발견했다. 곤충을 박제한 호박처럼 내 손가락을 가두고 있었다.

피였다. 피가 아니면 뭐겠는가?

거스 랜도의 기록
27
12월 6일

그러니까 요약하자면 다음과 같았다. 나는 한 개의 미스터리를 해결하고 싶은 마음에 마퀴스의 집에 갔다가 세 개의 미스터리와 함께 돌아왔다.

제일 먼저, 아티머스의 벽장에서 나를 죽이려고 했던 건 누구였을까?

그 정도로 세게 칼을 휘두를 수 있는 사람은 아티머스와 마퀴스 선생뿐이었지만 두 사람 모두 내가 알기로는 알리바이가 있었다. 의사는 아내를 챙기고 있었고, 생도는 1층 응접실에 있었다. 외부인이 아무도 모르게 집 안으로 들어왔을 가능성은 0에 가까웠다. 그렇다면 누구였을까? 누가 그 칼로 내 급소를 겨누었을까?

그리고 두 번째 미스터리는 이거였다. 아티머스의 벽장에 걸린 제복이 코크런 이병이 그날 밤에 B-3호 병실에서 본 제복이라면—나는 그렇다고 확신하고 있었다—누가 그걸 입고 있었을까?

당연히 아티머스가 가장 의심스러운 후보였다. 그렇기에 나는 마퀴스의 집에서 저녁을 먹은 다음 날, 히치콕 대위에게 막사 방문이 부서진 것에 대해 물어본다는 핑계로 아티머스를 그의 사무실로 호출하게 했다. 두 사람은 유쾌한 대화를 나눴고, 그러는 내내 코크런 이병이 바로 옆방에서 문에 귀를 대고 있었다. 면담이 끝나고 아티머스가 나간 뒤에 코크런 이병은 입술을 한쪽으로 비틀며 그게 자기가 들은 목소리였을 수도 있겠다고 하더니 다른 데서 들은 목소리였을 수도 있겠다고 했다가 다시 그 목소리가 아닌 것 같다고 했다.

우리는 한마디로 말해서 오리무중이었다. 아티머스가 여전히 첫 번째 용의자였다. 하지만 마퀴스 선생이 어둠 속에서 자기 아들과 얼마나 똑같게 보일 수 있는지 내 눈으로 똑똑히 확인했지 않은가? 그리고 새롭게 등장한 부분이 하나 있었다. 포의 마지막 보고서를 보면 알 수 있다시피 **리** 마퀴스도 마음을 먹으면 어느 정도 성공적으로 남자 역할을 수행할 수 있었다.

이 모든 것이 한데 어우러지자 불안이 나를 엄습하기 시작했다. 마퀴스 가족에게는 **중심**이, 그러니까 자북극*이 없었다. 내 머릿속의 나침반을 들여다보면 바늘이 아티머스를 가리키고 있겠지만… 그가 어머니의 기분을 마지막까지 얼마나 시기적절하게 맞춰 주었는지, 어머니가 옆에 있으면 얼마나 **순종적**이었는지 기억이 났다.

그렇다면 바늘을 마퀴스 부인에게로 옮겨 보자. 하지만 그녀가 아무리 좌중의 분위기를 좌우하는 능력이 있다 한들 그게 다이지 않을

---

*   나침반이 가리키는 북극.

까? 리는 어머니가 바라는 대로 고분고분 따르는 척하면서 반항하는 데 일가견이 있었다. 그건 어떻게 설명해야 할까?

그렇다면 리. 리라고 가정해 보자. 하지만 바늘이 이번에도 다른 데로 움직였다. 그녀를 떠올릴 때마다 사자들에게 끌려가는 제물이 연상됐다.

여기에서 세 번째 미스터리가 야기됐다. 마퀴스 부인이 나 같은 중늙은이에게 자기 딸을 얼렁뚱땅 넘기려는 이유가 뭘까?

리 마퀴스는 아직 혼기를 완전히 놓친 나이가 아니었다. 생도와 결혼하기에는 과년한 것이 사실이지만 듣자 하니 그녀는 생도와 결혼하고 싶은 마음이 없었던 듯했다. 그리고 미혼인 장교들도 차고 넘치지 않는가? 좁은 숙소에서 하릴없이 빈둥거리는 장교들이. 심지어 히치콕 대위도 그녀 얘기가 나왔을 때 동경하는 기미가 언뜻 느껴지지 않았던가.

모든 미스터리 중에서 이것만 해결의 여지가 있었다. 만약 리가 내가 짐작하는 그 병에 걸린 게 맞는다면 부모님은 그녀를 흠 있는 상품으로 간주하고 맨 먼저 달라는 남자에게 선뜻 내어 줄 생각일지 몰랐다. 이건 나름대로 포에게 기쁜 소식일 수 있지 않을까? 그보다 막강한 후보가 어디 있겠는가. 포야말로 건강할 때도 아플 때도 끝까지 리마퀴스의 곁을 지킬 사람이었다.

내가 이렇듯 생각을 정리하고 있었을 때 그가 호텔로 찾아왔다. 뭐랄까, 마치 자신이 평가받고 있는 줄 알고 있는 사람의 분위기를 풍기면서 말이다. 평소에 그는 셔츠와 조끼 위에 망토를 걸치고 다녔다. 그런데 오늘은 제일 좋은 옷에 칼과 크로스 벨트까지 매고 평소처럼 살금살금 들어오는 것이 아니라 두 걸음 만에 성큼 방 한복판으로 들어와 샤코를 벗고 고개를 숙였다.

"랜도 씨, 사과를 하고 싶어서 왔습니다."

나는 살짝 미소를 지으며 헛기침을 했다.

"흠, 오늘 아주 차림새가 번듯하구먼. 그런데…."

"네?"

"뭐 때문에 사과를 한다는 건가?"

"제가 선생님을 부당하게 비난하는 잘못을 저질렀으니까요."

나는 침대에 앉았다. 눈을 비볐다.

"아. 그래, 리 말이로군."

"변명의 여지가 없습니다만, 선생님에게 그녀를 맡기려는 마퀴스 부인의 태도에 왠지 모르게 혼란을 불러일으키는 측면이 있어서 선생님께서 부인의 계략을 환영하고 심지어… 사주하신 줄 알았습니다. 물론 저의 **착각**이었지만요."

"내가 어찌."

"아뇨, 그러지 마십시오. 선생님께 자기변호라는 굴욕을 강제하지 않겠습니다. 게다가 그러실 필요도 없습니다. 이성이 먼지 한 톨만큼이라도 있는 사람이라면 선생님이 리에게 구애하거나 결혼하는 것은 떠올리기조차 황당한 발상이라는 걸 알 테니까요."

아. 그토록 황당하다? 나도 남자들 특유의 허영심이 있다 보니 하마터면 그의 말에 발끈할 뻔했다. 하지만 나도 방금 전까지 그 생각을 하며 어이없어하지 않았던가.

"정말 죄송합니다, 선생님. 부디…."

"당연하지."

"진심이십니까?"

"그렇고말고."

그는 웃으며 모자를 침대 위로 던지고 한 손으로 이마를 훔쳤다.

"아, 그렇다면 다행입니다. 제 마음의 짐을 덜었으니 이제 훨씬 중요한 문제로 넘어갈 수 있겠습니다."

"좋지. 먼저 리에게 받은 쪽지부터 보여 주는 게 어떻겠나?"

그의 눈꺼풀이 나방의 날개처럼 퍼드덕거렸다. 그가 멍하니 말했다.

"쪽지요?"

"자네가 망토를 입고 있었을 때 그녀가 주머니에 슬쩍 넣어 준 것 말일세. 자네는 막사로 돌아간 다음에서야 그녀가 그랬다는 걸 알아차렸을 수도 있겠네만."

그는 점점 벌게져가는 자기 뺨을 손으로 쓰다듬었다.

"글쎄요, 그걸 **쪽지**라고 해도 될지…."

"명칭이야 아무려면 어떤가. 보여 주게. 너무 부끄러우면 어쩔 수 없네만."

이제는 그의 뺨에서 실제로 열기가 느껴지기 시작했다. 그는 더듬거렸다.

"부… 부끄럽다니요. 저는 이 서신에 무한한 자부심을 느낍니다. 제 앞으로 이런, 이런…."

향수가 밴 종이를 가슴주머니에서 꺼내 침대에 내려놓고 내가 그걸 읽는 동안 고개를 돌린 걸 보면 그는 부끄러워하고 있었다.

그대와 함께 내 기꺼운 마음은 유랑하리니—

얼버무림도 탄식도 저어하며

우리의 마음을 파릇파릇한 환락의 동산에 한데 모아

풍성한 사이프러스 덩굴로 한데 엮으리—

당신이 내 것이라 더 풍성한 그것으로.

"아주 사랑스럽구먼. 그리고 아주 영리하기도 하고."

하지만 그는 남의 생각에는 관심이 없었다. 벌써부터 내 말허리를 끊고 자기 얘기를 하고 있었다.

"이렇게 귀한 보물을 어떻게 해야 좋을지 모르겠습니다. 이건 정말이지, 너무…."

그는 손가락으로 종이 가장자리를 더듬으며 조금 서글픈 미소를 지었다.

"다른 사람에게 시를 선물 받은 게 이번이 처음인 거 아십니까?"

"음, 그렇다면 나보다 하나 더 많이 받은 셈이로군."

그 조그만 이가 나를 밟아 대고 하얗게 반짝거렸다.

"아, 딱한 선생님! 시를 선물 받아본 적이 없으시군요."

그가 한쪽 눈썹을 추어올렸다.

"**써 본** 적도 없으실 것 같은데요."

나는 그의 착각을 바로잡아 주려고 했다. 나도 시를 쓴 적이 있었다. 딸아이가 어렸을 때 유치하게 운율을 맞춰서 쓴 시를 베개 위에 놓아두곤 했다. '나는야 잠 귀신 / 잠을 부르는 잠 귀신 / 잘 자라고 쪽쪽쪽 / 좋은 꿈꾸라고 쪽쪽쪽.' 잘 쓴 시의 훌륭한 사례는 아니었다.

아무튼 딸아이는 금방 그런 시에 환호하지 않는 나이로 자랐다.

"그래도 괜찮아요. 나중에 제가 한 편 써드릴게요. 선생님의 이름이 후대에 기억될 만한 작품으로."

"그것 참 듣던 중 고마운 소리로군. 하지만 자네가 꺼낸 얘기부터 마무리를 지으면 어떨까 하는데."

"제가 꺼낸 얘기라면⋯."

"옅은 파란색 눈의 아가씨와 얽힌 일 말일세."

"네."

그는 말하고 나를 유심히 들여다보았다.

나도 그를 유심히 들여다보다가 끙, 하는 소리를 내며 말했다.

"알았네. 꺼내 봐."

"뭘요?"

"자네의 최신작. 들고 온 게 분명한데. 리에게 받은 쪽지 바로 뒤에 넣어왔을 수도 있고."

그는 씩 웃으며 고개를 저었다.

"선생님은 제 생각을 정말 잘 읽으시네요! 이 세상에 선생님이 그 남다른 통찰력으로 간파하지 못할 비밀이 과연⋯."

"알았네, 알았어. 이리 줘 봐."

나는 그가 마치 예수의 수의라도 되는 듯 그걸 침대 위에 올려놓고 얼마나 조심스럽게 펼쳤는지 기억한다. 주름을 반듯하게 펴고 일어나서 수녀처럼 경건하게 침묵을 지키다 잠시 후에 내게 읽어 보라고 손짓했던 것을 말이다.

아래로 아래로 아래로 뜨겁게 퍼덕이는

볼 수 없을 만큼 희미한 날갯짓.

쓰라린 심장을 달래며 나는 재촉하지만…

"리어노어!" 그녀는 대답을 않는도다.

끝없는 밤이 그녀를 데려가

곤죽으로 감싸고 그 옅은 파란색 눈만 남아

검고 검은 밤, 지옥에 안치된 분노로 어두운 밤은

그 옅은 파란색 눈만 남겼도다.

내가 미처 다 읽기도 전부터 그는 해설을 늘어놓았다.

"저희는 이미 두 이름이 얼마나 비슷한지에 대해서 이야기를 나누었습니다. **리… 리어노어.** 그리고 파란색 눈이라는 공통점도 찾았고요. 이루 말할 수 없는 고통이 언뜻 비치는 대목은 리가 공동묘지에서 보인 행동과 일맥상통하지요. 이제 저희 눈에는…."

그는 말을 멈추고 벌벌 떨리는 손으로 종이를 눌렀다.

"저희 눈에는 결론이 보입니다, 랜도 씨. 임박한 죽음이요. 그보다 더 다급한 일이 세상에 어디 있겠습니까? 이 시는 저희에게 **얘기하고** 있어요. 선생님도 아시겠죠? 종말이 멀지 않았다고 **선포하고** 있어요."

"그럼 어떻게 해야 하나? 그 아가씨를 수녀원으로 보내야 하나?"

"그게 문제입니다!"

그는 외치며 천장을 향해 두 손을 던졌다.

"그걸 모르겠다는 것이요. 저는 이 시의 전달자일 뿐이라 깊은 뜻은 잘 모릅니다."

"아, '전달자'라고? 내가 뭐 하나 알려 줘도 되겠나, 포? 이 시를 쓴 사람은 **자네**야. 자네 어머니가 아니라. 어떤 초자연적인 저자가 아니라 **자네**라고."

나는 으르렁거렸고, 그는 팔짱을 끼고 흔들의자에 털썩 앉았다.

"자네의 그 엄정한 분석력을 동원해 보게. 자네는 밤낮으로 리 생각 뿐이지. 두 사람의 역사가 오래되지는 않았지만 자네에게는 그녀의 안위를 걱정할 이유가 있어. 거기에 대한 공포가 너무나 자연스럽게 자네가 가장 좋아하는 표현 방식 속으로 스며든 거야. 시 속으로 말일세. 그걸 다르게 포장하려는 이유가 뭔가?"

"그럼 제가 아무 때나 시상을 소환할 수 없는 이유가 뭡니까? 바로 지금 여기서 네 번째 연을 쓸 수 없는 이유가요."

나는 어깨를 으쓱했다.

"자네 같은 이들에게는 **뮤즈**가 있는 걸로 아네만. 뮤즈가 원래 변덕스럽다고 하더군."

그는 고개를 움찔움찔 돌리며 말했다.

"아, 랜도 씨. 제가 뮤즈를 믿을 사람이 아니라는 걸 아시잖습니까."

"그럼 자네는 뭘 믿나?"

"제가 이 시를 쓴 사람이 **아니라는** 것이요."

이로써 우리는 교착상태에 돌입했다. 그는 바위처럼 단단하게 그 자리에 앉아 있었고, 나는 내 얼굴 위에서 너울대는 빛과 그림자를 느끼고 왜 빛이 그림자보다 따뜻하지 않은지 궁금해하며 방 안을 빙글빙글 돌았다. 하지만 사실 결론을 내린 참이었다.

"알겠네. 자네가 그렇게 진지하게 주장한다면 전체적으로 살펴보세. 처음 두 연을 기억할 수 있을 것 같나?"

"그럼요. 제 기억 속에 각인됐는걸요."

"그럼 적어 보겠나? 이 바로 위에?"

그는 당장 내가 시키는 대로 했다. 그 종이의 윗부분 절반이 잉크로 뒤덮일 때까지 한 번의 망설임도 없이 써 내려간 뒤 다시 의자에 앉았다.

나는 종이를 잠깐 쳐다보았다. 그런 다음 **그를** 한참 더 쳐다보았다. 그가 눈을 점점 휘둥그레 뜨며 물었다.

"왜 그러십니까?"

"내가 예상했던 대로일세. 처음부터 끝까지 죄다 자네 생각을 상징으로 표현하고 있어. 악몽이 운율의 옷을 입었을 따름이지."

나는 종이를 잡고 있던 손을 놓았다. 종이는 홈통을 떠가는 장난감 배처럼 허공에서 좌우로 왔다 갔다 했고 침대 위로 떨어진 뒤에도 잠깐 더 펄떡거리는 것처럼 보였다. 나는 다시 말을 이었다.

"물론 이건 철저하게 독자의 시각이긴 하지만 몇 군데만 수정하면 작품이 훨씬 괜찮아질 것 같은데. 자네 어머님께서 반대하지 않으신다면 말일세."

그는 반쯤 웃으며 되물었다.

"수정이요?"

"음, 예를 들어 '쓰라린 심장을 달래며'라는 부분만 해도 그래. 그게 무슨 뜻인가? 속이 쓰리다는 건가? 소화불량이라는 건가?"

"직해하자면… 그렇겠죠."

"그리고 자네의 시 가운데 '처절하게 괴로워하며'라는 구절도. 내가 보기에는 힘을 너무 많이 준 것 같은데. 그게 무슨 뜻인지 알 거라고 보네만."

"힘을 너무 많이 줬다고요?"

"아, 그리고 이 이름에 대한 변명이나 들어 보세. 이 **리어노어** 말일세. 솔직히 무슨 이름이 그런가?"

"이름이… 감미롭지 않습니까? 운율도 단단장격이고요."

"아니. 내가 보기에는 오직 시에서만 쓰이는 그런 이름일세. 나 같은 작자가 빌어먹을 시를 왜 그렇게 읽지 않는가 하면 **리어노어** 같은 이름들 때문이지."

그는 턱을 내밀고 침대에서 종이를 낚아채 재킷 주머니에 쑤셔넣었다. 건조기가 젖은 바지에 닿기라도 한 것처럼 이제 그에게서 김이 뿜어져 나왔다.

"계속 저를 놀라게 하시네요, 랜도 씨. 그 정도로 언어의 권위자일 줄은 꿈에도 몰랐는데 말이죠."

"이런, 이런."

"선생님은 이런 사소한 문제에 할애할 시간이 없으실 줄 알았는데, 이제 보니 다방면에 모르시는 게 없네요. 선생님 옆에 있으면 배움이 **무궁무진**하겠어요."

"나는 그저 충고를 몇 개…."

"몇 개가 아니라 상당히 많이 하셨습니다, 감사하게도."

그는 시가 들어 있는 자기 가슴을 토닥였다.

"더는 선생님을 괴롭히지 않겠습니다. 앞으로 제가 쓴 시는 저 혼자만 알고 있을 테니 그리 믿으셔도 좋습니다."

그는 당장 자리를 박차고 나가지는 않았다. 내 기억이 맞는다면 한 시간쯤 더 있다가 갔다. 하지만 거의 **나간** 거나 다름없었다. 이제 와 생각해 보면 내가 아티머스의 벽장에서 무슨 일이 있었는지 그에게 얘기하지 않은 이유가 그 때문이었던 것 같다. 귀를 막아 버린 사람에게 뭐 하러 그런 소식을 전하겠는가. (그리고 또 다른 이유도 있었다. 그가 어둠 속에 조금 더 머물러 있어 주길 바라는 마음이 있었기 때문이었다.)

우리는 이내 짙고 깊은 정적 속으로 빨려 들어갔다. 내가 혼자 있으려고 여기 이 웨스트포인트까지 왔나, 그냥 버터밀크폴스에 있을 걸 그랬다는 생각을 하며 치솟는 짜증을 달래고 있었을 때 그가 난데없이 자리에서 일어나더니 한마디 말도 없이 뚜벅뚜벅 방에서 나갔다.

그는 나가면서 문을 쾅 닫지 않고, 반쯤 열어놓았다. 그가 한 시간쯤 뒤에 다시 돌아올 때까지 그 문은 계속 그렇게 열려 있었다. 그는 가슴을 벌벌 떨었고, 코는 꽉 막혀서 훌쩍거렸고, 모자를 벗은 머리는 진눈깨비로 반짝거렸다. 나를 깨울까 봐 걱정이라도 하는 것처럼 거의 까치발로 조용히 들어왔다. 그러고는 특유의 찡그린 미소를 짓고 손가락을 잘난 척 빙글빙글 돌리며 말했다.

"분하지만 오늘 저녁에만 두 번째 사과를 드려야 할 것 같네요, 랜도 씨."

나는 그에게 그럴 필요 없다고 했다. 내가 실수했다고, 더할 나위 없이 유쾌한 시를 두고 왈가왈부할 권리도 없는데. 음, **유쾌하다니** 그건 아니고… 가능성이 충분하다면 모를까… 아, 내 말이 무슨 뜻인지 자네도 알 거라고 보는데….

그는 내가 주절주절 말을 잇도록 내버려 두었다. 듣기에 기분 나쁘
지는 않은 말이라 그랬을 텐데, (놀랍게도) 그가 다시 들어온 이유는
그것 때문이 아니었다. 머놓거힐러를 한 잔 더 마시러 온 것도 아니었
다. 내가 그걸 권하자 보일락 말락 하게 손목을 휙 튀기며 거절했다.
그는 바닥에 앉아서 손으로 무릎을 감쌌다. 금색 소용돌이와 초록색
백합 무늬로 이루어진 코튼 러그를 물끄러미 바라보며 더할 나위 없이
부드러운 목소리로 말했다.

"망할 노릇이지만 선생님을 잃으면 모든 걸 잃을 수도 있겠더군요."

"글쎄. 그래도 살아가야 할 이유가 많이 남을 텐데? 자네를 추종하
는 사람들도 많고."

"하지만 선생님만큼 저에게 잘해 준 사람은 없었죠. 아뇨, 진짜 그
렇습니다! 선생님처럼 유명하고 능력도 있는 분이 제가 온갖 주제로
몇 시간씩 떠들어대도 가만히 들어 주셨잖습니까! 제가 가슴과 머리
와 영혼으로부터 한 톨도 남김없이 쏟아 낸 얘기를 선생님은…."

그는 두 손을 컵처럼 동그랗게 모아 쥐었다.

"안전하게 **보관**해 주셨고요. 선생님은 그 어떤 아버지보다 다정했
고 저를 **남자**로 대해 주셨죠. 그건 절대 잊지 못할 겁니다."

그는 무릎을 마지막으로 한 번 감싸고는 벌떡 일어나 창가로 걸어
갔다.

"감상적인 멘트는 이쯤에서 접겠습니다. 선생님이 그런 걸 좋아하
시지 않는다는 걸 아니까요. 딱 하나만 맹세하겠습니다. 다시는 질투
나 **자존심**으로 선생님과의 우정에 금이 가게 하지 않겠다고요. 정말

소중한 선물이거든요. 이 지긋지긋한 곳으로 온 뒤에 리의 사랑 다음으로 값진 선물이었죠."

이것이 바로 친절을 베푼 대가로군. 나는 생각했다. 나에게서 그를 떼어 내려면 그의 어머니가 쓴 시를 비평하는 것보다 훨씬 못된 짓을 저질러야 한다는 것을 알 수 있었다. 용서받을 수 없는 짓을 찾아야 했다.

그날 밤, 그가 객실을 나서기 전에 내가 말했다.

"하나 더 궁금한 게 있는데, 포."

"네?"

"내가 마퀴스 선생과 2층에 있는 동안 아티머스가 응접실에서 나간 적이 있었나?"

그는 느릿느릿 대답했다.

"네. 어머니가 괜찮으신지 확인하겠다고요."

"얼마나 나가 있었나?"

"몇 분밖에 안 됐습니다. 선생님이 그를 보지 못하셨다니 의외네요."

"나갔다가 다시 들어왔을 때 전과 달라 보이던가?"

"네, 조금 흥분한 것 같았습니다. 어머니에게 험한 소리를 들었다며 나가서 머리를 좀 식히고 왔다고 하더군요. 네, 맞아요. 다시 들어왔을 때 계속 이마에 묻은 눈을 닦고 있었어요."

"그의 몸에 눈이 묻은 걸 자네가 봤나?"

"음, **뭔가**를 닦고 있었는데. 그런데… 그러게요, **신기**하네요…."

"뭐가?"

"신발에는 눈이 묻어 있지 않았거든요. 생각해 보니까 선생님이 응접실로 다시 내려오셨을 때하고 분위기가 비슷했습니다."

거스 랜도의 기록

28

12월 7일

너무 많은 시간을 한 호텔 객실에 갇혀서 보내던 어느 날 밤, 포와 나는 무모한 짓을 저질러 보기로 의기투합했다. 어둠을 틈타 베니 해이븐스에서 만나기로 한 것이다. 마지막으로 베니의 가게에 다녀온 지도 몇 주가 지났지만, 거기가 워낙 그런 곳이다 보니 누군가가 아주 오랜만에 들르더라도 아무도 별로 놀라지 않는다. 베니의 턱 근육이 미세하게 떨릴지 모르고, 재스퍼 머군이 『뉴욕 가제트 & 제너럴 애드버타이저』를 읽어 달라고 할지 모르며, 잭 드윈트가 북서항로를 공격할 계획을 세우다 말고 오랜만에 찾아온 손님 쪽으로 턱을 들겠지만, 그것 말고는 아무도 야단법석을 떨거나 뭘 묻지 않고 어세 오게, 랜도, 자네 어디 다녀왔나? 이런 식이다.

나의 부재를 느낀 사람은 아마 나뿐이었을 것이다. 익숙했던 모든 것들이 다시금 생소하게 느껴졌다. 다트 판 바로 옆 벽감에 모여 사는 쥐들이 그렇게 시끄러운 줄 몰랐다. 판석 바닥에 놓인 거룻배 선장의 축축한 부츠가 전에도 저렇게 긁힌 자국이 심했었나? 그리고 쓰이지 않는 우물 속에 머리를 담그기라도 한 것처럼 나를 향해 달려드는 이 눅눅한 냄새. 곰팡이와 양초, 바닥과 벽에서 몰래 발효되고 있는 것들의 냄새였다.

패치는 돼지 뒷다리살 부스러기를 쓸어 모아서 앞치마에 담고 어느 정비공이 남긴 사과술을 말없이 비우고 있었다. 나는 하마터면 그녀를 처음 만난 사람으로 착각할 뻔했다. 그녀가 차분한 목소리로 말했다.

"오랜만이에요, 거스."

"오랜만이에요, 패치."

베니가 바 카운터 너머로 몸을 기울이며 외쳤다.

"랜도 씨, 제가 파리 얘기 들려준 적 있었나요? 세 남자의 술잔에 파리가 들어간 얘기? 첫 번째 남자는 **영국인**이라 깐깐해서 술잔을 옆으로 치워 버렸고…."

베니의 목소리도 생소하게 느껴졌다. 그게 아니라 전과 다르게 귀가 아니라 피부를 통해, 간질간질한 깔끄러움으로 받아들여지는 걸까?

"다음으로 **아일랜드** 남자는 어깨를 으쓱하더니 그냥 맥주를 마셨죠. 안에 파리가 들어갔거나 말거나 무슨 상관이냐면서."

나는 그와 눈을 맞추려고 했지만 너무 뜨거워서 그럴 수가 없었다. 그래서 바 카운터를 내려다보며 꾹 참고 기다렸다.

"하지만 **스코틀랜드** 남자는."

베니가 특유의 심각하고 걸걸한 목소리로 말했다.

"파리를 집고 소리를 질렀어요. '뱉어 내라, 이 나쁜 놈아!'"

재스퍼 머군은 너무 껄껄대고 웃느라 진을 손가락 한 마디쯤 토해 냈고, 거룻배 선장이 그 웃음을 받아서 술집 가장자리로 던지자 애셔 리파드 목사가 받아서 마부에서부터 수레꾼에 이르기까지 모두에게 돌렸다. 양철 천장과 판석 바닥이 울렸고 점점 퍼진 웃음소리는 소리의 옷감이 되었는데, 거기에 색이 어울리지 않는 실이 하나 있었다. 쫄쫄 굶은 칠면조 울음소리처럼 남들 목소리를 가르는, 높고 가늘고 비뚤배뚤한 웃음소리였다. 나는 그 소리의 주인이 누군지 한참 찾다가 나라는 걸 깨달았다.

포와 나는 우연히 만난 척하기로 약속했기 때문에 그가 자정 20분쯤 전에 등장했을 때 "아니, 포 군!"과 "아니, 랜도 씨!"로 인사했지만, 이제 와 생각해 보면 뭐 하러 그랬는지 모르겠다. 패치는 그가 내 밑에서 일한다는 걸 이미 알고 있었고, 다른 사람들은 관심도 없었을 것이다. 사실 그들은 술에 취해 눈이 벌게진 채로 밤이면 밤마다 기어들어오는 다른 생도들과 포를 구분하지도 못했을 것이다. 다른 생도가 있었다면 유일하게 골치가 아팠겠지만 다행히 그날 밤에는 그 가게에 들른 생도가 포밖에 없었다. 덕분에 그와 나는 등불을 꺼 놓고 어두컴컴한 구석자리에 숨는 것이 아니라 난롯가에 앉아서 베니의 플립을 마시며, 내 호텔 객실에서 느꼈던 것과 똑같은 기분을 느꼈다. 제 입맛대로 사는 나이 많은 독신남 둘이 같은 공간에서 서로 편안하게 시간을 보내는 기분 말이다.

그날 밤에 포는 앨런 씨 얘기를 꺼냈다. 얼마 전에 앨런 씨가 보낸 편지에서 한번 들르라고 했던 것 때문일 텐데, 물론 그를 여기까지 태워다 줄 배와 그에게 바가지를 씌우지 않을 선장을 찾는 것이 우선이었다. 포가 외쳤다.

"이제 아시겠죠? 제가 어렸을 때부터 늘 이런 식이었어요. **어떻게든** 한푼이라도 아끼려고 벌벌 떨었죠. 그렇지 않더라도 끝까지 묻고 따지며 **아까워**했고요."

앨런은 포를 자기 집으로 들인 그날부터 그에게 신사답게 입히지도 교육을 시키지도 않았다. 크고 작은 방식으로 숱하게 그를 거부했다. 포가 첫 시집을 출간하느라 지원을 요청했을 때 "천재들은 내 도움을 받을 필요가 없지"라고 한 사람이 앨런이었고, 군 복무를 대신할 사람을 구하느라 50달러가 필요했을 때도 앨런이 미적거리고 얼버무리는 바람에 그는 이날까지도 불리 그레이브스 병장(빚쟁이처럼 아주 집요했다)의 빚 독촉에 시달리고 있었다. 감성이 예민한 청년이 이런 식으로 괴롭힘을 당하다니 부당하고 옳지 못한 처사였다.

포는 플립을 한 모금 더 마시며 말했다.

"그 인간은 일관성이 없어요. 저더러 꿈을 크게 가지라더니 발전의 희망을 모조리 꺾어 버리지 뭡니까. 아, 네, 말로는 항상 자립을 해야 한다는 둥, 의무를 게을리하면 안 된다는 둥 하지만 사실은 말입니다, **사실은** '나는 못 누린 걸 네가 왜 누려야 하냐', 이거예요. 저를 버지니아 대학교에 입학시켜 놓고 지원을 끊는 바람에 제가 고작 8개월 만에 그만둘 수밖에 없었던 거 아십니까?"

나는 희미하게 웃으며 말했다.

"8개월이라니. 예전에는 거기서 3년 동안 공부했다고 하지 않았나?"

"그런 적 없습니다."

"그랬어."

"제발요, 선생님! 입학한 그 순간부터 그 인간이 그렇게 쪼아 대는
데, 무슨 수로 거기서 3년을 버틸 수 있었겠습니까? 제가 들고 있는
이 술 보이시죠? 만약 이 술을 산 사람이 앨런 씨였다면 지금쯤 오줌
으로 돌려 달라고 요구하고 있을 겁니다."

나는 파리에게 맥주를 내놓으라고 했다던 스코틀랜드 남자 이야기
가 생각나서 베니에게 들은 그 우스갯소리를 포에게 들려주려고 했지
만 그는 이미 자리에서 일어나 어린애처럼 히죽거리며 잠깐 실례하겠
다고 선포하고 있었다.

"강물에 제 물 좀 보태주려고요."

그는 키득거리며 성큼성큼 문 쪽으로 걸어가다 하마터면 패치와 부
딪칠 뻔했다. 그는 장황하게 사과하며 모자를 들어 보이려다 자기가
모자를 쓰고 있지 않다는 사실을 기억해 냈다. 패치는 그를 무시하고
는 곧장 우리 테이블로 다가왔고, 잠시 망설이다가 포와 내가 그 짧은
시간 동안 쌓은 수천 개의 부스러기와 물 자국을 치우기 시작했다. 내
집 주방에서 그랬듯이 기계처럼 정확하게, 길고 차분하게 테이블을 닦
았다. 나는 그 동작이 얼마나 매혹적인지 잊고 있었다. 내가 말했다.

"오늘 밤은 말이 없네요?"

"그래야 더 잘 들을 수가 있거든요."

"아. 뭐 하러 들으려고 해요…."

나는 테이블 아래로 손을 넣어서 더듬었다.

"**느낄** 수가 있는데…."

나는 그녀의 팔에 가로막혔다. 내가 찾던 부위는 아니었지만 그래도 그 살갗 한 조각이면 나를 머리끝에서부터 발끝까지 찌릿찌릿하게 자극하기 충분했다. 우리가 마지막으로 함께 보낸 시간의 기억이 물밀 듯 밀려왔다. 그녀의 하얗고 원숙한 풍만함… 절대 헷갈릴 일 없는 삼나무 향. 내게 코만 남겨 준다면 앞으로 천년이 지나도 알 수 있을 것이다. 나는 가끔 포 같은 사람들이 영혼이라고 하는 것이 결국에는 이런 것에 불과하지 않나 하는 생각이 들 때가 있다. 냄새. 원자 덩어리.

나는 들릴락 말락 하게 중얼거렸다.

"맙소사."

"미안해요, 거스. 나 여기 계속 못 있어요. 오늘 밤에는 주방이… 난리라…."

"최소한 날 **쳐다봐 줄** 수는 있지 않아요?"

그녀는 그 사랑스러운 초콜릿색 눈동자를 들어 내 눈을 들여다보고는 바로 다시 돌렸다. 내가 물었다.

"왜 그래요?"

그녀의 어깨가 목 뒤에서 산등성이처럼 솟았다.

"당신, 그 일을 맡지 말걸 그랬어요."

"말도 안 되는 소리. 그냥 일이에요. 지금까지 했던 다른 일과 똑같은."

그녀는 반쯤 몸을 돌리며 말했다.

"아니에요. 그렇지 않아요."

그녀는 이렇게 얘기하고 바 카운터 쪽을 흘끗 쳐다봤다.

"이 일 때문에 당신이 달라졌어요. 당신 눈을 보면 알아요. 이제는 거기에 당신이 없어요."

정적이 바람처럼 우리를 덮쳤고 우리는 거기 그렇게 가만히 있었다. 어떻게 그럴 수가 있었는지 독자 여러분도 알 거라고 본다. 어떤 게 어떤 곳에 자리를 잡았다고 생각했는데 알고 보니 전혀 그렇지가 않았을 때….

"뭐, 그렇다면. 달라진 쪽은 내가 아니라 패치 **당신**일 거예요. 내가 이해하는 척할 생각은 없지만."

그녀는 고집을 꺾지 않았다.

"아뇨. 내가 아니에요."

나는 반대편으로 돌린 그녀의 머리를 빤히 쳐다보았다.

"그래서 나한테 기별을 보내지 않았던 거로군요."

"언니 때문에 바빴어요. 당신도 알잖아요."

"그리고 **생도들** 때문에도 그랬을 테고. 그들도 바빴겠죠?"

그녀는 움찔하지 않았다. 거의 들리지도 않을 만큼 나지막한 목소리로 이렇게 말했다.

"당신이 너무 바쁜 줄 알았죠."

나는 의자에서 반쯤 일어났다.

"그 정도로 바쁠 일은…."

거기까지 얘기했을 때 포가 우리를 덮쳤다. 그는 불쾌해진 얼굴로 추워서 킬킬거렸고 자기 말고는 그 무엇도, 어느 누구도 안중에 없었다. 그는 의자 등받이 위로 다리를 넘기고 손을 비비며 꿍꿍거렸다.

"맙소사! 저 같은 버지니아 출신은 피가 너무 묽어서 이런 겨울을 못 버티겠어요. 플립을 주신 하느님께 찬양을. 그리고… 그냥 한두 모금만 주세요, 고맙습니다. 패치, 당신을 주신 하느님께 찬양을! 이 암울하고 헛된 시간들이 당신 덕분에 얼마나 밝아지는지 알아요? 나중에 내가 시 한 편 써서 줄게요."

"**아무라도** 한 편 써서 줘야지."

내가 말하자 그녀는 맞장구쳤다.

"아무라도. 그러게. 그럼 진짜 기분 좋겠어요, 포 씨."

그는 휘파람 소리와 함께 긴 한숨을 토하며 멀어져가는 그녀의 뒷모습을 바라보았다. 그러더니 술잔 위로 고개를 숙이고 중얼거렸다.

"소용없어요. 어떤 여자를 만나도, 그 여자가 아무리 아리따워도 리생각만 날 뿐이에요. 그녀 말고는 아무도 생각할 수가 없고, 그녀가 아니면 어느 누구를 위해서도 살 수 없어요."

그는 술을 입에 잠깐 머금었다.

"아, 선생님. 그녀를 만나기 전에 몽매했던 그 시절의 저를 떠올리니 죽어 있는 사람이 보이더군요. 올바른 방향으로 행진하고 묻는 말에 대답하며 정해진 임무를 완수하지만 그래도 **죽어 있는** 사람이요. 그리고 저를 깨운 이 여인 덕분에 제가 드디어 살 수 있게 되었는데 그 대가를 보십시오! 살아 있는 사람들의 세상은 이 얼마나 고통스러운가요!"

그는 손에 고개를 묻었다.

"하지만 선생님, 제가 돌아갈 생각을 한 적이 있을까요? 절대로요! 죽은 자들의 세상으로 끌려서 돌아가느니 이 고통의 천배를 감수하겠습니다. 저는 돌아갈 수 없어요, 돌아가지 않을 겁니다. 그리고… 아, 선생님, 어쩌면 좋을까요?"

나는 잔을 비웠다. 테이블 위에 내려놓고 옆으로 치웠다.

"사랑을 멈추게. 아무도 사랑하지 마."

그는 정신이 좀 더 멀쩡했거나 대꾸할 겨를이 있었다면 발끈했을 것이다. 하지만 바로 그때 애셔 리파드 목사가 뒷문으로 들이닥쳤다.

"장교 등장! 육지 쪽에서!"

그 말이 떨어지자마자 베니 해이븐스는… 나는 원래 '폭발했다'고 표현하려고 했지만 그 단어로는 그 질서정연함을 담을 수 없을 것이다. 베니의 술집에서는 이것이 매주 최소 한 번씩 벌어지는 행사였다. 세이어 휘하의 '장교'가 지나가던 길에 기습을 감행할 경우를 대비해 문을 지키고 있던 사람이—오늘 밤은 애셔였다—경보를 울리고, 그러면 하필이면 그날 밤에 여기서 '달리기로' 작정한 생도들은 앞장선 베니를 따라서 우르르 앞문으로 빠져나가 곧장 강둑으로 도망쳤다. 따라서 이날 밤은 포가 그럴 차례였다. 패치가 그에게 망토를 입히고 일으켜 세우자 베니가 벽난로에서 문 쪽으로 끌고 갔고 해이븐스 부인이 마지막으로 그를 힘껏 떠밀어 내보낸 뒤에 문을 쾅 닫았다. 그는 물수제비를 뜨는 돌멩이처럼 운반됐다.

남은 손님들은 교본상의 맡은 역할에 충실했다. 장교가 등장할 때까지 그 자리에 앉아 있다가 생도들이 여기 있다 가지 않았느냐고 그가 물으면 바보 같은 표정을 짓는 것이었다. 그러면 장교는 우리를 향해 협박조로 중얼거리다 빈손으로 여길 떠날 것이었다. (술을 한잔 마시고 갈 수도 있었다.)

그렇기에 우리는 **오늘 밤의** 장교를 기다렸지만… 문이 꿈쩍하지도 않았다. 결국 베니가 그 문을 안에서 밖으로 열고, 고개를 길게 **빼며**

어두컴컴한 밖으로 한 발 나섰다. 그가 미간을 찌푸리며 말했다.

"아무도 없네?"

잭 드원트가 외쳤다.

"아까 그 친구가 강가에서 붙들린 건 아니겠지?"

"아, 그랬다면 무슨 소리가 들렸겠지. 애셔, 어째서 장교를 봤다고 생각했나?"

애셔의 생쥐 같은 눈이 날카로워졌다.

"왜 그렇게 **생각**했느냐고? 아니, 날 뭘로 보고 하는 소리야, 베니? 내가 작대기랑 다른 것도 구분하지 못하겠어?"

"작대기였단 말이지."

"그렇다니까. 그 친구가 등불을 이렇게 들고 있어서 여드름처럼 훤히 보였어. 그자의 어깨에 달려 있었다고."

내가 물었다.

"다른 것도 뭐 본 거 있나? 어깨 말고 다른 부분도?"

애셔의 표정에서 자신감이 사라지기 시작했다. 그는 눈을 좌우로 움직였다.

"아니. 등불 때문에. 등불을 그렇게 들고 있어서 작대기 말고는 아무것도 보이지가 않았어…."

잘 드는 면도날 같은, 얼음 섞인 비가 내리기 시작했다. 밸린저가 죽던 날 밤에도 내린 비였다. 벌써 베니의 술집 문고리를 감싸고 솔송나무 가지에 구슬처럼 맺혔고… 대로로 가는 계단을 반질반질하게 덮었다.

나는 첫 계단에 발을 올려놓고 기다렸다. 아니, 소리가 낭랑하게 울리는 밤이었기 때문에 어쩌면 그냥 귀를 기울이고 있었을지도 모르겠다. 바람이 키질하는 소리, 사탕단풍이 박쥐처럼 부스럭거리는 소리, 그리고 내 머리 바로 위쪽으로 반대머리가 된 자작나무 안에서 까마귀 한 마리가—흑과 흑의 조화였다—덜거덕거리고 삐걱거리는 소리.

어두컴컴했다! 보이는 불빛이라고는 베니의 가게 문 앞에 달린 횃불과, 향나무 숲에 갇혀 얼어붙은 물웅덩이에 반사된 횃불뿐이었다. 그 웅덩이는 거의 완벽에 가까운 거울이었다. 나는 거기서 랜도를 금세 찾을 수 있었다. 내가 아직 그를 지켜보고 있었을 때 구슬 굴러가듯 계단을 요란하게 내려오는 소리가 들렸다.

자연이 냄 직한 소리가 아니었다. 너무 인간적이었다. 누군가가 도망치는 소리 같았다.

내가 다른 직종에서 근무했었다면, 반평생 경찰로 일하지 않았다면 추격전을 벌이지 않았을 것이다. 하지만 **나와** 같은 전직의 소유자는 누군가가 도망치는 소리가 들리면 쫓아가지 않을 재간이 없다.

나는 얼음으로 덮인 계단을 엉금엉금 기어올라가 웨스트포인트로 향하는 길 위에서 다시 몸을 일으켜 세웠다. 북쪽의 어둠 속에서 어떤 움직임이, 어떤 **부스럭림**이 보였다. 아니, 보였다기보다 **느껴**졌다. 다리와 팔과 머리였다. 일종의 예감에 불과했지만 나는 살금살금 다가가 이내 필요한 증거를 확보했다. 부츠가 쩍쩍거리는 소리였다.

등불을 들고 나오지 않았기 때문에 소리가 들리는 대로 따라가는 수밖에 없었지만 충분하고도 남았다. 나는 그 시커먼 그림자에 시야를 고정하고 그와 애써 발소리를 맞춰 가며 살며시 움직였다. 거리가 가까워졌는지 발소리가 점점 커졌고… 잠시 후에 그 소리 위로 채 6미터 도 안 되는 곳에서 말이 힝힝거리는 소리가 들렸다.

그 소리 하나로 모든 게 달라졌다. 그가 그 말 위에 올라타 버리면 끌어내릴 방법이 없었다.

하지만 지금 그에게 달려드는 건 바보짓이었다. 그가 말 위에 올라 타는 바로 그 순간, 모든 기수들이 공격에 가장 취약해지는 그 순간을 노려야 승산이 있었다.

그래도 이번에는 아티머스의 벽장에서처럼 눈 뜬 장님 신세가 아니 었다. 눈이 몇 초 동안 어둠에 적응했기 때문에 돈등마루에 묻은 얼음 을 털어 내는 말의 보라색 옆구리와, 안장 머리에 기대고 있는, 인간 인가 싶은 또 다른 형체가 보였다.

그리고 또 다른 것도 보였다. 어둠을 번쩍 가르는 흰색 줄무늬였다.

이 그림에서 가장 결정적인 부분이 이것이었기에 나는 이 줄무늬를 향해 몸을 던져 두 손으로 감쌌다. 누군지 모를 인간의 몸이 내 아래 에서 쓰러지는 게 느껴졌고 이제는 이 흰색 줄무늬가 내 의지 가지가 되었다.

왜냐하면 이제 우리가 가파른 언덕을 데굴데굴 굴러가고 있었다. 길이 하필이면 바로 그 지점에서 끊겨 우리가 그 영향 안에 있었다. 진창이 나를 아래로 빨아들였고, 얼음 결정이 얼굴로 날아들었고, 돌 이 등을 긁었다. 헉헉대는 신음 소리―내가 내는 소리가 아니었다―가 들렸고 내 눈을 누르는 손바닥이 느껴졌다. 내 눈앞에서 별이 번쩍거 렸고 뒤에서 돌이 떨어지는 것처럼 가볍게 후두둑거리는 소리가 들렸 다. 마침내 언덕 기슭에 다다라 데굴데굴 구르던 것이 멈췄을 때 나는 다시 더듬거리며 흰색 줄무늬를 찾았지만 어둠뿐이었다.

하지만 밤과는 전혀 다른 어둠이라 그 안으로 빨려 들어가지 않을 수 없었다. 거기에서 다시 빠져나와 보니 내가 도로에 가로로 누워 있고 머리는 어디에 갇힌 파리처럼 사납게 윙윙거렸다. 멀리서 북쪽으로 달려가는 말발굽 소리가 들렸다.

축하해. 나는 생각했다. **다시 한번 실패한 것을.**

상대가 한 명뿐이라고 생각했다니 내 실수였다. 누군가가 처음부터 거기 있었다. 머리를 가격하는 데 재주가 있는 사람이.

나는 비틀비틀 베니의 술집으로 돌아가 헤이븐스 부인에게 머리를 보여 주고 나를 딱하게 여긴 친구들에게 술을 한 잔씩 얻어 마신 다음에서야 나도 모르는 새 내 외투 소매에 감겨 있던 그것을 발견했다. 내가 몸싸움에서 쟁취한 유일한 전리품, 빳빳하게 풀을 먹인 길쭉한 천이었다. 흙먼지와 나뭇가지로 더럽혀진 로만 칼라*였다.

---

* 검은 사제복에 다는 흰색 칼라.

에드거 A. 포가 오거스터스 랜도에게
제출한 보고서
12월 8일

선생님, 간밤에 헤이븐스 씨의 술집에서 어떤 식으로 탈출했는지 알고 싶어 하실 것 같아서요. 선생님도 짐작하셨겠지만 저의 탈출 경로는 오로지 강둑이었습니다. 하지만 얼음 때문에 이 좁은 길이 얼마나 위험했는지 모릅니다. 미끄러져서 하마터면 차디찬 허드슨의 품속으로 거꾸러질 뻔했던 게 한두 번이 아니었습니다. 넘어지지 않고 계속 움직이려면 체력과 민첩성과 기지를 총동원해야 했죠.

솔직히 좀 더 주의를 기울여 가며 갈 수도 있었지만, 흥분한 나머지 '들통'이 났다고 넘겨짚은 것이 화근이었습니다. 물론 평소처럼 이부자리 아래에 예방 조치를 취해 놓았지만 이불을 한번 젖히기만 하면 어설픈 위조 행각은 금세 탄로가 나지 않겠습니까. 그러면 체포돼 당장 세이어 대령님에게 끌려갈 테고, 대령님은 저의 다양한 비행을 단조로운 말투로 장황하게 늘어놓은 뒤 쩌렁쩌렁 울리는 우레와 같은 목소리로 형을 선포하겠죠.

퇴학!

아, 선생님, 제가 생도라는 신분에 집착하는 건 아닙니다. 제 **이력** 이요? 그것도 헌신짝처럼 내동댕이칠 수 있습니다. 하지만 제 마음의 북극성이 있는 곳에서 영원히 내쫓기다니! 그녀의 광채에 두 번 다시 몸을 담글 수 없다니! 아뇨, 아뇨! 그건 안 될 일이었습니다!

그렇기 때문에 저는 보폭을 늘리고 속도를 두 배로 높였습니다. 짐 작건대 새벽 1시 반 내지는 2시가 됐을 때 드디어 지스포인트가 보였 습니다. 너무 진력을 다하느라 기진맥진의 궁지에 몰렸기에 저는 잠깐 숨을 돌리고 교정까지 가파른 비탈길을 올라갔습니다. 별다른 사건 없 이 남쪽 막사 입구에 도착해서는 저의 행운에 자축했고요.

저는 마지막으로 잠깐 걸음을 멈춰 교정을 둘러보고 계단통으로 들 어섰습니다. 제 등 뒤로 문이 황급히 닫혔습니다. 칠흑 같은 어둠이 사방에서 밀려들어 밤을 한층 깊어지게 했고, 인간의 심장박동과 흡사 하지만 또 한편으로는 차이가 있는 그 나지막하고 둔중하며 날렵한 소 리가 또다시! 들리는 것 같았습니다. 내 심장 소리인가? 하는 생각이 들더군요. 아니면 드러머의 스틱이 고막의 평평한 거죽 속에서 상응하 는 반향을 찾듯, 아직까지 휘히 들리는 저의 헐떡거림이 팽팽히 당겨 진 공기 안에서 부합하는 리듬을 찾았나 싶기도 했고요.

움직이는 게 아무것도 없었지만 온 사방에서 **목격자**를 느낄 수 있 었습니다, 선생님. 불경스럽게 이글거리며 저를 빤히 쳐다보는 **시선** 을요.

제가 말없이 분노하며 저 자신을 얼마나 타일렀는지 모릅니다! 반 항하는 몸을 얼마나 가차 없이 재촉해 움직이게 했는지 모릅니다! 한 발… 또 한 발… 다시 한 발. 바로 그때 다른 세상의 호출처럼 누군가 제 이름을 부르는 소리가 들렸습니다.

"포."

그가 언제부터 숨어서 기다리고 있었는지는 모릅니다. 제게로 다가오는 나지막하고 리드미컬하게 **헐떡**거리는 소리를 듣고, 그도 저에 버금가는 속도로 이동했음을 짐작할 수 있었다는 말씀은 드릴 수 있겠습니다만.

저는 서로 충돌하는 수백 개의 감각에 포위됐지만 그럼에도 그에게 이 늦은 시각에 남의 막사를 찾은 이유가 뭐냐고 묻지 못할 만큼 정신이 없지는 않았습니다. 그는 아무 대답도 하지 않았고 더 이상 다가오지도 않았지만 숨 가쁘게 달려온 그로 인해 이 어두컴컴한 공간의 분자들이 요동치는 것을 **느낄** 수 있었습니다. 저는 오로지 이것을 통해 그가 차갑고 사악한 달처럼 저의 주변을 맴돌고 있었다는 것을 짐작할 수 있었는데, 얼마나 **전율**이 일 정도로 두려웠을지 선생님도 상상이 되시리라 봅니다.

저는 최대한 정중하게 무슨 볼일이 있었기에 아침까지 기다리지 않고 찾아왔느냐고 다시 한 번 물었습니다. 마침내 그가 냉랭하고 건조하며 의뭉스러운 투로 이렇게 묻더군요.

"그녀에게 잘해 줄 거지, 포?"

그 단순한 명사 하나에 제 심장이 얼마나 쿵쾅거렸는지 아십니까? **그녀.** 제 가슴속의 그 빛을 두고 묻는 말일 수밖에 없었죠! 제 안에서 놀치는 감정에 대담해진 저는 그의 누이의 가슴에 고통을 유발하느니 차라리 제 **사지**를 자르겠다고—하마터면 차라리 "심장을 찢어발기겠다"라고 할 뻔했지 뭡니까!—분명하게 선언했지요.

그는 짜증을 참으며 말했습니다.

"아니, 그게 아니라 너는 여자를 부당하게 이용하는 그런 인간이 아니길 바란다는 뜻이야. 네 안에 설마 **비열한** 구석은 없겠지? 그 슬퍼 보이는 눈 속에 말이지."

저는 저처럼 감수성이 풍부한 사람에게는 어떤 여성이 육체적으로 아무리 매력적이라 하더라도 형언할 수 없을 만큼 매혹적인 **정신적인** 매력에 비교하면 빛을 잃는다고, 정신적인 매력이야말로 여성적인 마력의 진정한 핵심이며 양성 간의 영원한 화합에 더욱 효과적이라고 설명했죠.

이 진심 어린 선포에도 아티머스는 건조한 웃음을 터뜨리고는 그만이었습니다.

"그럴 줄 알았어. 너는 아마… 물론 너를 난처하게 만들려고 묻는 건 아니야, 포. 하지만 내 느낌상 너는 아직, 뭐랄까, **경험**이 없지? 여자 경험이 말이야."

어둠이 얼마나 고맙던지요! 제 얼굴이 태양신의 황금마차를 무색하게 할 정도로 격하게, 불이라도 난 듯 벌게졌으니 말입니다. 아티머스가 말했습니다.

"포, 내 뜻을 오해하지는 말아 줘. 내가 네 성격 중에서 가장 귀하게 여기는 부분이니까. 너를 아끼는 사람들에게는 너의 그… 타협 없는 **순진함**이 좋게 다가오거든. 그리고 나도 그런 사람들 중 한 명이고."

저는 그때 처음으로 그의 입술이 떨리고, 떨군 시선은 그의 앞쪽에

464

못 박혀 있고, 고개는 가끔 한쪽으로 갸우뚱한다는 것을 알아차릴 수 있었습니다. 제가 도대체 무얼 두려워했을까요? 그의 얼굴에는 온화하고 상냥한 표정만 있을 따름인걸요.

"포."

그가 다시 한 번 저를 부르더니 제 몸에 손을 댔습니다. 그런데 제 예상과는 다르게 전우 대 전우로서가 아니라, 제 손을 잡더니 자기 앞에 대고 제 손가락을 몇 개 펼치더군요. 그러고는 구슬프게 놀라워하는 투로 중얼거렸습니다.

"포, 손이 참 예쁘네. 아니, 여자 손으로도 손색이 없겠어." 그는 제 손을 자기 얼굴 가까이 가져갔습니다. "성직자의 손이야." 그러고는—아, 이 순간에도 소름이 끼칩니다! 소름이!—자기 입술을 제 손에 갖다 대지 뭡니까.

아, 선생님, 이로써 아티머스에게 새로운 의혹이 제기되겠지만 그래도 묻지 않을 수가 없겠습니다. 혹시 사망 당일에 리로이 프라이는, 이런 얘기를 꺼내는 것만으로도 펜 끝이 다시 떨립니다만, 저희 짐작과는 다르게 여자가 아니라 **남자**를 만나러 무단이탈을 감행한 건 아닐까요?

거스 랜도의 기록

29

12월 8일

포가 제기한 질문은 당분간 접어두기로 하자. 내가 독자 여러분에게 던질 다른 질문이 있으니. 내가 히치콕 대위에게 연민을 기대한 이유가 뭐였을까?

아티머스의 벽장과 베니 해이븐스의 술집 앞에서 하마터면 죽을 뻔한 사연을 들려주고 그가 내 안부를 물어봐 주길 기대한 이유가 뭐였을까? 내 안위를 걱정해 주길 기대한 이유는? 그는 메시지의 내용에 집착하느라 그 메시지를 전한 사람에 대해서는 과도하게 걱정할 여유가 없다는 걸 진작 알았어야 하는 건데. 그는 주먹으로 책상을 쿵쿵 두드리며 말문을 열었다.

"제가 이해가 안 되는 부분은. 우리 학교 관계자가, 우리 학교 관계자가 맞는다면 말이죠, 왜 교정 밖에서 선생의 뒤를 밟았느냐는 겁니다. 무슨 목적으로 그랬을까요?"

"저를 뒤쫓기 위해서였겠죠. 제가 그를 뒤쫓고 있었듯이."

466

이렇게 대답을 하는 와중에, 또 하나의 가능성이 내 머릿속에서 스멀스멀 고개를 들었다. 이 정체불명의 남자가 **내** 뒤를 밟고 있었던 게 아니라면? 포의 뒤를 밟고 있었던 거라면?

그랬다면 그는 포가 술집에 들어가는 것을 보았을 것이다. 나도 같은 시각에 술집에 있었다는 것을 알았을 것이다. 여기에서 그는 취침 신호 이후에 포 생도가 뭘 하고 다니는지 흥미진진한 결론을 도출해 냈을지 몰랐다.

물론 이런 생각들을 히치콕과 공유할 수는 없었다. 그러면 내가 그의 생도 중 한 명을 교정 밖으로 데리고 나갔고, 거기서 한 걸음 더 나아가 그와 함께 술을 마셨다고 고백하는 꼴이 될 테니까. 안 그래도 히치콕의 눈 밖에 난 마당에 그럴 수는 없었다.

대위가 이렇게 얘기하고 있었다.

"그래도 말이 안 되는데요. 그자가 마퀴스의 집에서 맞닥뜨린 자와 동일인이라면, 전에는 선생을 죽이려고 했다가 그다음에는 기절만 시킨 채로 두고 간 이유가 뭐겠습니까?"

"바로 그 지점에서 제2의 인물이 등장하는 거죠. 그가 자기 동지를 **진정**시켰을지 모릅니다. 아니면 저에게 잔뜩 겁을 주는 것이 그들의 목적이었을 수도 있고요."

"하지만 아티머스가 이 모든 일에 연루되어 있다면 지체 없이 체포해야 하는 거 아닙니까?"

"대위님, 군대는 어떤 식인지 잘 모르겠습니다만 뉴욕에서는 분명한 증거가 있지 않는 한 아무도 체포할 수가 없습니다. 그런데 죄송하지만 그런 증거가 아직 없잖습니까."

467

나는 손가락으로 하나씩 꼽았다.

"로만 칼라가 있지만 그건 성직자가 없으면 아무 의미가 없고. 조슈아 마퀴스의 군복에 묻은 피도 누구 피일지 전혀 모르죠. 심지어 마구아가 전투 때 묻은 것일 수도 있어요. 그리고 코크런 이병은 제복을 알아보지 못할 겁니다. 애셔 리파드도 마찬가지일 테고. 그 두 사람이 본 건 **작대기**뿐이었거든요."

히치콕은 그 말을 듣고 내가 그때까지 본 적 없는 행동을 했다. 셰리를 따라서 마신 것이다. 그걸로 사실상 입 안을 헹구다시피 했다. 그러고 나서 그가 말했다.

"어쩌면 아티머스를 불러서 직접적으로 물어볼 때가 된 걸지도 모릅니다."

"대위님…."

"충분히 압력을 가하면…."

그 무렵에 나는 군장교의 제안은 그 자리에서 당장 일축하면 안 된다는 것을 이미 터득하고 있었다. 고급 광석이라도 되는 듯이 꼼꼼히 체로 거르다 내가 찾던 광석이 아니라며 무척 아쉬워해야 한다는 것을 말이다. 그래서 나는 꼼꼼히 체로 거르는 시늉을 했다.

"뭐, 그야 대위님께서 결정하실 일이죠. 제 생각을 밝히자면 아티머스는 냉철한 성격이라 그런 전략에 넘어오지 않을 것 같지만요. 그는 우리에게 꼬투리 잡힐 만한 구석이 전혀 없다는 걸 잘 알고 있습니다. 그가 점잖게 몇 번이고 계속해서 부인해 버리면 우리 쪽에서는 그의 털끝 하나 건드릴 수가 없죠. 적어도 제가 보기에는 그렇습니다만. 그를 공개적으로 호출하면 그의 패만 더 좋게 만드는 역효과를 낳지 않을까요?"

나도 노력하면 얼마나 요령 있는 인간이 될 수 있는지 보이지 않는가. 하지만 결과는 조금도 달라지지 않았다. 히치콕은 실눈을 뜨고 턱을 내밀며 빈 잔을 책상에 내려놓았다.

"그게 그를 당장 호출하지 않는 유일한 이유입니까, 랜도 씨?"

"그게 아니면 또 무슨 이유가 있겠습니까?"

"다른 사람이 연루될까 봐 걱정하는 것일 수도 있죠."

이 뒤로 한참 동안 정적이 이어졌고, 해묵은 긴장감으로 그 안에서 불똥이 튀었다. 나는 고개를 뒤로 젖혔을 때 내 목구멍에서 나지막이 으르렁거리는 소리가 쏟아져 나오는 것을 들었다.

"포요?"

"선생의 얘기를 들어 보면 그날 밤에 두 사람이 등장하잖습니까."

"하지만 포는⋯."

포는 웨스트포인트로 달려가고 있었습니다.

그렇다. 나는 다시 구석으로 뒷걸음치고 있었다. 나는 포의 알리바이를 제공할 수가 없었다. 일단은 그가 내 옆에 있었다는 걸 실토할수 없기 때문이었다. 그리고 엉뚱한 생각 하나가 슬금슬금 고개를 들어 나를 왹 낚아챘기 때문이기도 했다.

그사이 포가 어디 있었는지 내가 무슨 수로 장담할 수 있을까?

나는 허파에서 숨을 토했다. 고개를 저었다.

"아직까지도 그 친구의 머릿가죽에 집착하시다니 믿기지가 않네요, 대위님."

히치콕은 내 쪽으로 몸을 숙였다.

"하나만 말씀드릴게요, 랜도 씨. 내가 집착하는 머릿가죽은 두 명의 생도를 살해한 범인 또는 범인들의 머릿가죽뿐입니다. 그리고 저 혼자만 그런 게 아니라 수뇌부의 모두가 공유하는 목표입니다. 총사령관님까지도요."

지금은 항복하는 척 두 손을 올리는 것 말고는 할 수 있는 게 아무것도 없었다.

"왜 이러십니까, 대위님. 저도 같은 생각입니다. 진심으로요."

그의 분노가 누그러졌을까? 하지만 그는 꼬박 1분 동안 아무 말도 하지 않았고 나는 그동안 뭉친 허리를 풀었다. 마침내 내가 말했다.

"제가 아직 움직이지 않는 건 빠진 조각이 하나 있기 때문입니다. 그 조각을 찾는 순간 모든 게 한꺼번에 제자리를 찾고 우리에게 필요한 모든 게 갖추어질 겁니다. 그걸 찾기 전까지는 모든 게 앞뒤가 안 맞고 말이 안 돼서 아무도 받아들이지 못할 테고요. 대위님도 저도 세이어 대령님도 대통령 각하도요."

한참 동안 실랑이가 벌어졌지만 결국 우리는 합의안을 도출했다. 히치콕이 사람을 붙여서 (같은 생도가 아닌 다른 사람으로) 아티머스의 행적을 최대한 은밀하게 추적하기로 말이다. 그래야 내 수사에 지장을 주지 않는 한편으로 사관후보생들의 안전을 도모할 수 있었다. 그는 무슨 목적으로 사람을 붙이려는 건지 설명하지 않았고 나도 알고 싶지 않았기에 묻지 않았다. 합의안 도출이 끝나자 내가 더 이상 쓸모없어진 히치콕은 다음과 같은 말로 사실상 나를 내보냈다.

"내일 아침에 프라이 군의 일기장을 다시 얼마간 읽을 수 있길 기대하겠습니다."

나는 알겠다고 대답하는 수밖에 없었다.

"실은 대위님, 내일 조금 느지막이 읽으실 수 있을 겁니다. 제가 오늘 저녁에 약속이 있어서요."

"그렇습니까? 약속 장소가 어딘데요?"

"구버너 쳄블의 집이요."

그는 속으로 감탄했더라도 티를 내지 않았다. 그리고 솔직히 속으로 감탄하지도 않았을 것이다. 그가 느릿느릿 말했다.

"나도 그 집에 한 번 간 적이 있지요. 그분, 감리교 신자보다 말이 더 많아요."

반면에 포는 누가 그에게 구버너 쳄블이 어떤 사람이냐고 물으면 신화 보따리를 주섬주섬 풀어헤칠 것이다. 대장장이 불카누스* 아니면 번개를 쓰는 주피터** 어쩌고 하며. 나로 말할 것 같으면 신화에 대해서는 아는 게 거의 없고 쳄블에 대해서는 아는 게 너무 많은데, 그런 내가 보기에 그는 이보다 더 신화와 거리가 멀 수 없다. 그는 비밀과 돈을 대략 비슷한 비율로 쟁여 놓고 이걸 뿌려서 저걸 거둘 방법을 고민하는 인간이다.

그는 먼저 카디스***에서 대포 만드는 법에 대해 배우며 요령을 터득했다. 그런 다음 귀국하자마자 콜드스프링으로 직행해 마거릿브룩

---

* 로마신화에서 대장장이 신. 그리스신화의 헤파이스토스에 해당한다.

** 로마신화에서 최고 신. 그리스신화의 제우스에 해당한다.

*** 스페인의 항구도시.

강변에 공장을 건설했다. 물레방아와 밀펌프와 주조장이 이를 갈고 소리를 지르며 비명을 뽑어내는 마법의 공간이었다. 돈이 쏟아져 들어왔고, 대포와 포탄, 포도탄과 구형포탄, 샤프트, 크랭크, 파이프, 기어가 끊임없이 쏟아져 나왔다. 펜실베이니아와 캐나다 사이에서 쓰인 쇳덩이 중에 구버너 켐블의 공장에서 만들어지지 않은 건 못 미더운 제품이었다. 웨스트포인트 파운드리의 직인이 찍혀 있지 않으면 이 신성한 계곡에서 내다버려야 하는 제품이라는 뜻이었다.

그의 공장이 이곳을 지킨 세월이 하도 오래라 이제는 별로 눈에 띄지도 않았다. 아니, 눈에 띄는 정도가 돌멩이의 희끗희끗한 무늬 수준이라고 해야 할까. 그곳은 이 도시를 떠올리면 생각나는 건물이 되었다. 그 용광로의 굉음, 구버너 켐블의 8톤짜리 스프링해머에서 나는 엄청난 종소리. 아니, 이건 수백 년 전부터 들린 소리일 수밖에 없었다. 날이면 날마다 켐블의 숯가마 땔감으로 쓰이는 숲도—어찌나 많은 나무가 어찌나 순식간에 베어지는지 껄쭉껄쭉한 씨앗 털어내듯 산비탈이 나무를 털어 내는 것처럼 보일 정도다—태곳적부터 그래 왔을 것이다.

그런데 바로 이 구버너 켐블은 나이가 많은 독신남이다 보니 인간에 굶주려 있다. 그래서 매주 친구들을 집으로 초대해 선심을 맛보게 한다. 초대받는 친구들은 대개 같은 독신남이지만 주요 인물들은 모두 언젠가는 반드시 마시무어에 다녀와야 한다. 두말하면 잔소리지만 세이어는 단골손님이다. 세이어 휘하의 장교들과 사관학교 이사진과 자문위원들도 마찬가지다. 지나가는 혜성들도 많았는데, 풍경화가, 뉴욕의 작가, 배우, 가끔은 관료들이었으며, 또 가끔은 보나파르트 집안사

472

람들도 있었다.

그리고 나. 나는 오래전에 쳄블의 형이 복스홀 가든스* 토지 사기에 연루됐을 때 풀려날 수 있게 도운 인연으로 하일랜드에 왔을 때 대여섯 번 초대를 받았지만 지금까지 초대에 응한 적은 딱 한 번뿐이었다. 아, 불러 줘서 기쁘기는 했지만 나는 그렇게 인간에 굶주리지 않았고 마시무어로 초대받은 영광보다는 사람들을 향한 공포가 더 컸다. 하지만 그건 어마어마하게 깨끗한 코젠스 씨의 호텔방 안에서 썩어 가기 전의 얘기였다. 까칠까칠한 모직 제복을 입은 남자들과 밤낮으로 만나기 전의 얘기였다. 리로이 프라이와 랜돌프 밸린저의 환영이 내 머릿속에서 춤을 추기 전의 얘기였다. 여기 이 끔찍한 사관학교에 비하면 낯선 사람들에 대한 공포는 빛을 잃었기에 쳄블의 호출이 왔을 때 나는 거의 엎어지다시피 수락했다.

내가 리로이 프라이의 일기장을 들여다보고 있어야 할 시각에 빙판이 된 비탈길을 엉덩이 썰매로 내려간 이유가 이 때문이었고, 선착장에 다다르자 일어나 물살을 살피며 보초 당번인 이병에게 날씨 때문에 쳄블이 파티를 취소했느냐고 물은 이유도 이 때문이었다. 우박이 계속 일정하게 내리고 있었던 것이다.

걱정할 필요가 없었다. 약 20미터 멀리에서 쳄블의 거룻배가 약속 시간보다 겨우 몇 분 늦게 등장했다. 그 조그만 배에 노가 여섯 개라니! 쳄블은 뭐든 소박하게 하는 법이 없었다. 그러니 그 축축한 벤치에 내 축축한 엉덩이를 앉히고 실려 가는 수밖에.

---

* 런던의 공원.

473

나는 잠깐 눈을 감고 누군가 다른 사람도 같이 타고 있다고 상상했다. 그러자 유황 냄새를 풍기며 요동치는 강물의 리듬이 좀 더 피부로 느껴졌다. 그날 밤에는 파도가 심해서 배가 걷잡을 수 없이 흔들렸다. 두 달만 지나면 강이 얼어붙을 테고 그러면 마차를 타고 건널 수 있을 것이다. 안개 사이로 점처럼 깜빡이는 횃불 말고는 아무것도 보이지 않아서, 물살이 잔잔해지고 강기슭이 둥그스름하니 멀어지고 사공들이 노를 아까처럼 깊숙이 꽂지 않는 걸 보고서야 목적지에 점점 가까워지고 있다는 걸 알았다. 그래도 사공들은 쌓인 토사와 조류, 뱀장어 통발, 담배 상자 뚜껑을 계속 건져 냈고 배는 거친 파도 때문에 사전 경고도 없이 흔들리곤 했다.

미명 속의 흐릿한 한 점처럼 어디에선가 불쑥 등장한 선착장이 안개처럼 비현실적으로 느껴지다가 누군가가 내민 장갑 덕분에 분명해졌다.

장갑을 내민 사람은 쳄블이 보낸 마부였다. 그는 동전처럼 광이 나는 바닐라색 제복을 입고 지붕 없는 큼지막한 이륜마차를 몰고 왔다. 마차에 매달린 두 마리 백마는 자기들 입김 속에 둘러싸인 채 대리석처럼 가만히 서 있었다.

"이쪽으로 오십시오, 랜도 씨."

하인들이 부두에서부터 올라오는 길의 얼음을 이미 치워 놨기 때문에 마차는 요동 없이, **당연하다**는 듯이 그 길을 달렸다. 현관 지붕이 나오자 그 아래로 들어가 덜커덩 멈춰 섰다. 그 계단 꼭대기에 구버너 쳄블이 서 있었다.

커다랗고 뻣뻣하게 수염을 기른 머리를 꼿꼿하게 들고 다리로 구부정하니 몸을 받치고, 마치 말을 타고 있는 사람처럼 서 있었다. 발은 호박처럼 컸다. 커다랗고 턱살이 늘어진 못생긴 얼굴은 기분 좋은 듯 벌겠다. 그는 나를 본 순간부터 킬킬거렸다. 두 손으로 내 한 손을 감쌌을 때는 이러다 내가 그 안으로 사라져 버릴 수도 있겠다 싶었다.

"랜도! 너무 오랜만이잖아. 얼른 들어오게, 이 날씨가 개들한테는 안 좋아. 아니 그런데 흠뻑 젖었구먼? 게다가 이 **코트**는! 구멍이 숭숭하네. 괜찮아, 이럴 때를 대비해서 여분의 코트를 준비해 놓았으니. 내 사이즈가 아니라 아주 인간적인 사이즈고, 이런 말하긴 뭣하지만 **세련미**도 약간 갖추었으니 걱정할 건 없네. **세련미**라니 별 시답잖은 단어가 다 있지만, 각설하고 어디 한번 보세. 너무 **말랐군**, 랜도. 사관학교에서 주는 멀건 죽이 입에 맞지 않는 모양이야. 하긴 그건 생쥐들 입맛에나 맞겠지. 됐네, 오늘은 배불리 먹을 수 있을 테니. 내 코트 솔기가 다 뜯어질 때까지!"

20분 뒤에 나는 반짝거리는 새 프록코트와 유쾌한 롤칼라가 달린 조끼를 입고, 그가 숯가마 땔감으로 쓰는 바로 그 나무로 벽을 댄 켐블의 서재에 섰다. 포포의 서재보다 네 배 더 넓었다. 하인 하나가 불을 다시 잘 살렸고, 두 번째 하인은 마데이라 와인이 담긴 디캔터를, 세 번째 하인은 잔을 들고 왔다. 내가 낭비한 시간을 보상하기 위해 잔을 두 개 받아 들고 여유롭게 홀짝이고 있을 때 켐블이 자기 잔을 들고 전망창 앞으로 다가가 잔디밭을 지나 어슴푸레하게 빛나는 허드슨 평원을 내다보았다. 이 정도 거리에서 보면 너무 고요해서 호수로 착각할 수도 있을 것 같은, **그의** 허드슨이었다.

"코담배 하겠나, 랜도?"

구버너 켐블의 저택에서 파이프는 반입금지였지만 코담뱃갑은 여러 개 있었다. 근사하기로는 이 담뱃갑이 최고였다. 조그만 금갑의 옆면에 인간의 타락이 새겨졌고 금색 대포가 뚜껑을 반으로 갈랐다.

켐블은 작업에 착수하는 나를 보고 미소를 지었다.

"세이어는 항상 사양하는데 말이지."

"뭐, 그게 그자의 천성 아닌가. 튕기고 보는 것이."

"그래도 **자네는** 튕기지 않은 모양이지?"

"조만간 튕길지 몰라. 수사가 길어지고 있으니. 언제 끝날지 아무도 알 수가 없으니 말이지."

"이렇게 오래 걸리다니 자네답지 않군그래."

나는 힘없이 미소를 지었다.

"그러게. 어째 능력 발휘가 안 되네. 나는 군 생활이 안 맞는 모양이야."

"아, 하지만 문제는 이거지. **자네는** 실패하면 직업적인 명성에 금이 갈 따름이야. 언제든 그 매력적인 오두막집으로 돌아가서 마데이라를 한잔 더 마시면 그만이지. 아니, 자네는 **위스키**던가?"

"응, 위스키지."

"반면에 **세이어는** 실패하면 온 국민이 함께 추락하게 돼."

그는 거대한 엄지손가락을 귓속에 넣었다가 뽁 하는 소리와 함께 다시 꺼냈다.

"요즘 분위기가 민감하다네, 랜도. 사우스캐롤라이나 의회에서 사관학교 폐지를 요청하는 결의안을 통과시킨 거 아나? 국회에 동조자가 없는 게 아니야. 백악관도 마찬가지고."

그는 구리를 입힌 등불을 향해 마데이라 잔을 들었다.

"잭슨은 세이어가 퇴학시킨 생도를 재입학시키면서 즐거워할 위인이지. 지금 세이어의 목을 칠 기회를 **노리고** 있는데, 이 사건을 해결하지 못하면 그의 뜻대로 될 걸세. 나는 사관학교의 앞날이 심히 걱정된다네."

"그리고 자네 공장의 앞날도."

희한하게도 속으로 하려던 말이 입 밖으로 튀어나오고 말았다. 하지만 켐블은 발끈하지 않았다. 옆으로 한 발 비켜나 허리를 꼿꼿하게 펴고는 이렇게 말했다.

"사관학교가 튼튼한 나라가 강대국이 되는 것 아니겠나, 랜도."

"물론이지."

"정황이 기괴하기는 하지만 큰 틀에서 보면 한 사람의 죽음은 그리 중요한 문제가 아니라고 생각하네. 하지만 **둘이면** 얘기가 달라지지."

내가 무슨 말을 할 수 있었을까? 둘이면 얘기가 달라지는 게 맞았다. 셋이라도 얘기가 달라질 것이었다.

켐블은 미간을 찌푸리고 마데이라로 입 안을 헹궜다.

"뭐, 우리 모두를 위해서 자네가 범인을 잡고 이 끔찍한 사건을 해결해 주길 바랄 뿐일세. 아, 그런데 이게 뭔가. 랜도, 자네 손을 떨고 있구먼. 불 옆으로 좀 더 바짝 다가가고 마데이라 한 잔 더 마시면… 아, 자네도 보이나? 다른 손님들이 부두로 들어오고 있군그래. 랜도, 내가 워낙 오랫동안 칩거하고 있다 보니, 자네만 괜찮다면 직접 나가서 손님들을 맞이할까 하는데… 괜찮겠나? 그래? 알겠네, 자네가 그렇다면야. 하지만 따뜻하게 뭐 좀 더 걸치게. 전 국민이 자네를 믿고 있는데, 폐렴에 걸리면 되겠나…."

배에서 내린 사람들을 맞이하기 위해 두 대의 마차가 파견됐다. 켐블과 나는 옷을 몇 겹 껴입고 술기운에 살짝 불콰해진 얼굴로 두 번째 마차에 타고 있었다. 말없이. 아니, 그가 말을 하고 있었을지도 모르지만 나는 듣고 있지 않았다. 실패의 대가에 대해 전과 다르게 진지하게 고민하느라 그럴 여력이 없었다.

"아! 도착했네그려."

켐블이 한 발로 땅을 딛고 어느 누구보다 먼저 마차에서 내렸다. 그런데 하인들이 얼음을 완전히 치우지 못한 모양이었다. 90킬로그램이 넘는 거한이 땅바닥에 세게 부딪혔으니 장관이었다. 그는 그 눈 깜빡할 동안에 하나의 지형이 되었다. 배라는 고지대가 점점 낮아져 머리라는 조그만 마을로 연결됐고 열심히 끔뻑이는 두 눈은 호수였다. 네 명의 하인이 달려갔다. 그는 웃으며 손사래를 쳤다. 조물주에게 받은 자기 발을 딛고 요란하게 몸을 일으켰다. 그러고는 실크해트를 다시 쓰고 어깨와 팔꿈치에 묻은 얼음덩어리를 털어 내고 숱이 많은 한쪽 눈썹을 추어올리며 말했다.

"나는 희극은 질색인데 말이지, 랜도."

맨 처음 배에서 내린 사람은 리 마퀴스였다. 뜻밖의 등장이었지만 그보다 더 놀라운 건 그녀의 달라진 미모였다. 마퀴스 가족의 집 응접실에서는 노처녀였던 그녀가 머리를 아폴로노트로 단장하고, 이보다 더 풍성할 수 없는 라일락색 호박단 드레스를 입고, 온 얼굴에 분을 발랐는데, 강을 건너오는 동안에도 분칠은 거의 지워지지 않았지만 추

478

워서 발개진 뺨은 고스란히 드러났다.

쳄블은 얼굴을 환히 빛내며 두 팔을 벌렸다.

"내 사랑, 리!"

"구브 삼촌."

그녀는 웃으며 대답하고 그에게로 한 걸음 내디뎠다가… 그의 시선이 그녀의 바로 뒤에 서 있는 인물에게로 옮아가는 것을 느끼고 그대로 멈추어 섰다.

이 정도 거리에서 알 수 있는 건 그가 장교라는 것뿐이었다. 계급은 확실치 않았다. 얼굴은 돌리고 있었다. 두말하면 잔소리지만 이제 나는 웨스트포인트의 장교를 모두 알았고 내 쪽에서 그들을 먼저 알아본다는 데 자부심을 느끼고 있었는데, 이자는 어떤 까닭에서인지 자신의 정체를 숨기려고 했다. 그가 선착장으로 발을 내디딘 순간 한 마부의 등불이 그쪽을 비추자 그제야 나는 그가 누군지 알아차릴 수 있었다.

한눈에 알아차릴 수 있었다. 남의 옷을 입고 평소와 다른 분위기를 풍기고 얼굴에 뭘 붙였지만 1학년 생도 포였다. 그가 죽은 조슈아 마퀴스의 제복을 입고 있었다.

거스 랜도의 기록
30

음, 내가 지금 너무 앞서 나가고 있는 것 같다. 처음에는 누구 제복인지 나도 몰랐다. 그런데 포가 망토를 벗어 리에게 둘러 주고 등불 불빛이 고인 웅덩이 앞에 서자 당장 알아볼 수 있었다. 내가 마지막으로 본 시점과 비교했을 때 달라진 부분은 딱 한 군데였다. 어깨에 노란색 작대기가 하나 달려 있다는 것.

리가 눈을 휘둥그레 뜨며 외쳤다.

"랜도 씨! 저희 가족과 가깝게 지내는 친구를 소개할게요. 르레네 소위예요. **앙리** 르레네."

처음에 나는 이름을 거의 듣지 못했다. 내 눈에는 그 제복밖에 안 보였다. 좀 더 정확히 말하면 포에게 아주 잘 맞는다는 것밖에 안 보였다. 마치 맞춤복 같았다.

게다가 그 제복을 입었을 얼굴과 몸을 상상하는 데 이미 너무 많은 시간을 쓴 뒤라 그 제복을 입은 **포의** 얼굴과 몸을 보자 마치 긴 나선

형을 그리며 굴러떨어지는 심정이었다. 포가 쓴 **글**, 내가 너무나 많은 것을 걸었던 그 애정 어린 보고서로 이루어진 나선형이었다. 이제 어떻게 그 글을 믿을 수 있을까? 히치콕의 의심은 둘째 치고 포가 내게 진실을 이야기하고 있었다고 무슨 수로 장담할 수 있을까? 그가 자기 스스로 밝힌 시점보다 몇 달 전에 아티머스와 리 마퀴스와 엮였을 수도 있지 않을까? 생각해 보면 그날 밤에 연병장에서 리로이 프라이의 시신을 가르고 심장을 꺼낸 사람이 포가 아니란 법도 없었다.

말도 안 되는 생각이라는 건 나도 알았다. 나도 나 자신을 설득하려 했다. 저 친구는 그냥 변장을 한 거야, 랜도. 저 옷에 특별한 의미가 있는 줄 전혀 모르고. 그냥 장난삼아 입은 거야.

그럼에도 나는 계속 그 얼굴을 쳐다보며, 1분 새 아주 많이 달라질 수 있는 건 세상에 아무것도 없다고 나 자신을 안심시키려고 했다. 그는 제복을 입고 있을 뿐, 그게 다였다.

나는 침을 꿀꺽 삼키고 말했다.

"만나서 반갑습니다, 소위님."

포가 맞받아쳤다.

"저도 반갑습니다."

그는 지중해 느낌에 무슈 베라르의 흔적이 희미하게 섞인 억양을 살짝 썼다. 하지만 무엇보다 충격적이었던 것은 그의 달라진 얼굴이었다. 리(아니면 다른 누군가)가 구두약 칠한 말총 수염을 원래는 매끈하던 입술 바로 위에 붙여 놓았다. 어설프기는 했지만 기발했던 것이, 덕분에 포가 서른 아니면 서른둘로 보였다. 게다가 잘생겨 보였다. 수염이 아주 잘 어울렸다.

두 번째 배에는 더 많은 손님이 타고 있었고 마차를 타고 온 사람들은 그보다 더 많았다. 그들의 이름을 모두 기억하지 못하는 것이 아쉬울 따름이다. 『뉴욕 미러』 발행인도 있었다. 성이 콜인 화가와 셰이커교도*인 목공, 찬송가를 작곡하는 여자도 있었다. 켐블은 남자건 여자건 똑같이 대했다. 팔꿈치를 때리고 자기 공장 밀펌프처럼 그들의 손을 잡고 흔든 다음 커피와 마데이라를 권하며, 원하면 포도주 창고를 비워도 좋다고(그게 가능한 얘기라도 되는 듯이!), 비상용 망토와 프록코트도 있다고 그들에게 대고 풀무처럼 바람을 불며, 그들을 중앙홀에서 응접실로 **몰고** 갔다.

나 혼자 뒤에 남겨졌다. 항상 맨 마지막으로 불려가는 사람이 나였다. 나는 중앙홀에 서서 켐블의 으리으리한 오크 바닥을 디디는 발소리, 째깍- 째깍- 째깍 하는 괘종시계 소리(내가 그때까지 본 괘종시계 중에서 제일 컸다), 내 발이 쪽매널마루를 두드리는 소리에 귀를 기울였다. 1분도 지나기 전에 또 다른 리듬이 포착되는데, 생쥐가 춤을 추는 것처럼 가볍게 타닥타닥거리는 소리였다. 고개를 들어 보니 3미터쯤 되는 거리에서 리 마퀴스가 내 발소리에 맞춰 자기 발을 두드리고 있었다. 웃는 얼굴로.

"마퀴스 양, 내가…."

그녀가 애원하는 투로 물었다:

"저희를 폭로하실 건 아니죠? 저희 가면극으로 피해를 보는 사람은

---

* 18세기 영국의 한 교파. 신도들이 종교적인 무아지경에 빠져 몸을 떠는 모습 때문에 이런 명칭으로 불렸다.

없을 거예요. 제가 장담해요."

나는 정색하며 말했다.

"포 군만 예외겠지요. 사관학교 장교들이 여기서 정기적으로 식사를 한다는 걸 마퀴스 양도 알 텐데요."

"아, 그럼요. 저희도 만일의 사태에 대비해서 준비를 하고 있어요. 그때까지…."

그러면 안 된다는 걸 아는데도 내 뜻과 상관없이 입이 간질간질했다.

"그때까지 방해는 전혀 하지 않겠습니다. 그리고 여기서 이렇게 만나니 반갑네요, 마퀴스 양. 또 남자들만 있는 저녁 시간을 보내나 했거든요."

"네, 연중행사로 여자들도 안전하게 마시무어를 걸어다닐 수 있는 날이 있는데, 그날이 오늘인가 봐요. 1년에 딱 하루, 저희에게 참정권이 부여되는 역사적인 날이죠."

"하지만 그 친구의 조카니…."

"아, '삼촌'은 그냥 애칭이에요. 어렸을 때부터 알고 지낸 사이거든요. 저희 집안의 오랜 친구분이라."

"그럼 다른 가족들은요?"

그녀는 명랑하게 말했다.

"뭐. 놀랄 일도 아니겠지만 어머니는 다시 몸져누우셨어요."

"편두통 때문에요?"

"수요일은 **대퇴신경통**이에요, 랜도 씨. 아버지는 어머니 곁을 지키고 계시고 동생은 기하학에 붙들려서 저 혼자 가족 대표로 왔어요."

"그 결과 모두가 더 행복해졌네요."

내 입에서 그 말이 떨어진 순간, 내 뺨이 화끈거리기 시작하는 것을 느낄 수 있었다. 이건 구애자가 할 법한 대사 아닌가? 나는 뒤로 한 발 물러났다. 팔짱을 꼈다.

"마퀴스 양, 내가 전부터 궁금했던 건데 왜 이 집에는 초대되는 여자들이 별로 없을까요? 웬만큼 있을 법도 한데 말이죠."

"구브 삼촌은 우리를 싫어하거든요."

그녀는 딱 잘라 말했다.

"아니, 그런 눈빛으로 보지 마세요. 삼촌이 여자들을 **이해하지 못하겠다**고 주장한다는 건 저도 알지만 그보다 더 결정적인 고백이 어디 있겠어요? 인간은 오로지 자신이 존중하지 못하는 것들만 이해하지 못하지요."

"주변에 마퀴스 양을 흠모하는 남자들이 많은 걸로 아는데요. 그들은 모두 마퀴스 양을 이해합니까?"

그녀의 시선이 나에게서 떠났다. 그녀는 잠시 후에 가벼우면서도 무거운 목소리로 말문을 열었다.

"오래전에 구브 삼촌에게 상처를 안긴 여자가 있었다고 듣긴 했어요. 하지만 저는 삼촌이 상처 따위 받은 적 없다고 생각할래요."

그녀는 잠시 후에 웃으며 고개를 갸우뚱했다.

"우리는 버림받았나 봐요. 안에 들어가서 다른 사람들과 운명을 같이할까요?"

저녁 테이블에 관한 한 구버너 켐블은 아주 확실한 원칙이 있었다.

여자들은 (초대되는 아주 드문 경우) 이쪽 끝에, 남자들은 반대쪽 끝에 앉아야 했다. 두말하면 잔소리지만 그런 식으로 자리를 배치하다 보면 항상 각 성별로 두 명씩 서로 환담을 나누게 됐다. 그렇기 때문에 그 여류 찬송가 작곡가가 셰이커 교도인 목공 옆에 앉고, 내가 에 멀린 크롭시라는 여자와 나란히 앉게 됐다.

정서적으로 불안정한 콘윌의 준남작과 결혼한 크롭시 부인은 얼마 안 되는 돈과 함께 미국으로 쫓겨나 이 주에서 저 주로 옮겨 다니며 구경한 것을 모두 폄하하는 일종의 유랑평론가가 되었다. 나이아가라 는 재미없었고 올버니는 오싹했으며, 하일랜드 여행이 거의 끝나가는 지금은 혐오할 지방을 더 찾을 수 있게 남편이 돈을 좀 더 보내 주길 기다리는 중이었다. 그녀는 우리가 포크를 집기도 전에 책을 한 권 쓰 고 있는데, 제목이 『미국: 실패한 실험』이라고 알렸다.

"랜도 씨는 이 끔찍한 나라에 만연한 풍조에 동의하지 않는다는 가 정 아래, 담배를 뱉어 대는 이 나라 동포들 앞에서는 고백하지 않을 얘기 하나를 솔직하게 공언할게요. 웨스트포인트가 내 소송자 명단의 첫 번째 이름이 될 거라고요."

"흥미롭군요."

그녀는 거기서 한 걸음 더 나아가 카드모스*의 신화를 운운하는가 하면, 리로이 프라이와 랜돌프 밸린저는 미국의 신격화된 인간들의 제 단에 바쳐진 희생양이라며 어쩌고저쩌고했다. 포가 하는 얘기를 듣는 것과 조금 비슷했다. 편안하지 않다는 차이가 있을 뿐. 정확히 언제부

---

*   그리스신화에서 테베를 건설하고 알파벳을 그리스에 전했다는 인물.

터였는지는 잘 모르겠지만, 크롭시 부인의 지루한 웅얼거림과 구버너 켐블의 식탁을 종횡으로 난무하던 온갖 억양들이 어느 시점부터 한 목소리에 밀리기 시작했다. 남들보다 목청이 크지는 않지만 천 개의 나팔만큼 권위가 실린 목소리로 앙리 르레네 소위가, 그 황당한 콧수염을 달고 남의 옷을 빌려 입은 그가 대화를 장악하기 시작한 것이다.

"네, 맞습니다. 프랑스가 **페이 나탈**[*]이죠. 하지만 이 나라의 군인으로 복무한 시간이 워낙 길다 보니 영어권 문학을 웬만큼은 알고 있습니다. 그런데 이런 말씀을 드리기 송구스럽지만 상태가 심각합니다. 네, 심각하고말고요!"

화가가 조심스럽게 물었다.

"그래도 스콧 씨는 대체로 괜찮지 않습니까?"

포는 순무를 포크로 찌르며 어깨를 으쓱했다.

"기대치가 현저하게 낮은 사람이 보기에는 그렇죠."

다른 누군가가 물었다.

"워즈워스 씨는요?"

"그도 다른 호반시인들^{**}과 똑같은 한계가 있습니다. 독자를 교화하려 한다는 것이요. 사실…."

그는 말을 하다 말고 횃불이라도 되는 양 순무를 치켜들었다.

"사실 시의 목적은 운율이 살아 있는 아름다움을 창조하는 것이 되

---

*   프랑스어로 '고향'이라는 뜻.

**   19세기 초 영국의 호수 지방에 머물며 영감을 얻었던 콜리지, 사우디, 워즈워스, 이 세 명의 시인을 말한다.

어야 합니다. 아름다움과 즐거움, 이것이 시의 가장 으뜸가는 소명이라 아름다운 여인의 죽음이야말로 시의 가장 고귀한 주제가 되죠."

한 사람이 반론을 시도했다.

"하지만 이 나라의 다른 작가들은 어떤가요? 예를 들어 브라이언트 씨는요?"

"그가 대다수 현대시의 발목을 잡는 시적인 가식의 함정에 빠지지 않은 건 인정합니다. 그래도 그의 작품에서 **긍정적으로** 탁월한 점은 하나도 찾을 수가 없죠."

"그럼 어빙 씨는요?"

포는 딱 잘라 말했다.

"지나치게 과대평가됐습니다. 미국이 **진정한** 예술 공화국이라면 어빙 씨는 산간벽지의 지류에 불과한 존재로 간주되어야 할 겁니다."

여기에서 그는 선을 넘었다. 어빙은 이 일대에서는 신이나 다름없었다. 게다가 그는 구버너 켐블의 절친한 친구였다. 그걸 몰랐더라도 파도치듯 손님들이 한 명씩 고개를 들고 켐블 씨의 표정을 살피며 불쾌한 표정을 짓고 있는지 궁금해하는 것까지 모를 수는 없었을 것이다. 하지만 포라면 가능했다. 켐블은 절대 고개를 들지 않고 『뉴욕 미러』 발행인에게 할 일을 맡겼다. 발행인이 말했다.

"소위님. 그렇게 울분을 스스럼없이 분출하다니 이 댁 주인의 호의를 악용하는 건 아닌지 걱정이 되기 시작하는데요. 소위님이 즐겁게 감상하신 문학계의 한 줄기 빛이 최소 한 명은 있지 않을까요?"

"**한 명** 있지요."

그는 여기서 말을 멈췄다. 그들에게 공개할 만한 가치가 있는지 확인이라도 하려는 듯 참석자들의 면면을 살폈다. 그러고는 눈을 가늘게 뜨며 극적인 효과를 위해 언성을 낮췄다.

"혹시… 포라고 들어 보셨습니까?"

크롭시 부인이 귀머거리처럼 외쳤다.

"포요? 포라고 하셨나요?"

"네, **볼티모어**의 포요."

포도 그렇고 볼티모어의 포도 그렇고 아는 사람이 아무도 없었다. 이에 우리의 소위는 깊고 우울한 시름에 잠겼다. 그가 조용히 말했다.

"어떻게 이럴 수가 있습니까?"

그는 고개를 겸손하게 숙이며 이렇게 덧붙였다.

"아, 여러분, 제가 선지자는 아니지만 아직은 모르더라도 조만간 그의 이름을 아시게 될 거라고 예견할 수 있습니다. 물론 저도 이 친구를 만나 본 적은 없습니다만, 프랑크족장의 까마득한 후손이라고 하더군요. 저도 그렇습니다만."

목공이 물었다.

"그리고 시인이고요?"

"그를 단순히 시인이라고 지칭하는 것은, 제가 보기에는 낙인을 찍는 행위입니다. 아, 이 포라는 친구는 젊습니다. 그것만큼은 의심의 여지가 없죠. 그의 천재성이 완전히 꽃을 피우려면 아직 기다려야 하겠지만, 지금까지의 작품만으로도 그 어떤 고상한 취향까지 만족시키기에는 충분할 겁니다."

이때 크롭시 부인이 외쳤다.

"켐블 씨! 어디서 이렇게 매력적인 **솔다**[*]를 찾으셨어요? 이 나라에서 지능이 달리거나 누가 봐도 분명하게 정신이 이상하지 않은 사람은 처음 만나는 느낌이에요."

어빙에 대한 모욕이 생각보다 깊은 상처를 남겼기 때문에 그녀의 발언은 켐블을 그대로 스치고 지나갔다. 그는 화가 나서 딱딱해진 말투로 소위의 출처는 **마퀴스** 양이 알고 있을 거라고 대답했다.

리가 앉아 있던 테이블에서 외쳤다.

"맞아요! 르레네 소위님은 저희 아버님의 예전 전우세요. 두 분이서 나란히 오그던스버그를 지켜 내셨죠."

긍정적인 수군거림이 물결처럼 번지다 크롭시 부인의 차례에서 딱 멈췄다. 그녀는 미간을 찌푸리며 말했다.

"아니, 소위님. 1812년에 벌어진 전투에 참전했다고 하기에는 너무 젊으신데요."

포는 그녀를 보며 웃었다.

"제가 그 당시에는 한낱 **가르송**[**]이었습니다. 부인. 저의 양부이셨던 발타자르 르레네 소위님 옆에서 싸웠죠. 어머니는 당연히 저를 말리려고 하셨지만 "하! 치러야 하는 전투가 있는데 여인네의 말은 듣지 않겠습니다"라고 하고 나선 전투였어요."

그는 샹들리에를 올려다보았다.

"그랬기에 아버지께서 흉골에 포탄을 맞으셨을 때 그 자리에 제가

---

[*]   프랑스어로 '군인'이라는 뜻.

[**]   프랑스어로 '소년'이라는 뜻.

있었죠. 쓰러지는 아버지를 잡은 사람이 저였습니다. 그분을 결국에는 장지가 되어 버린 땅바닥에 눕힌 사람도, 허리를 숙여 그분이 속삭이신 유언을 들은 사람도 저였고요. **"일 포 콩바트르, 몽 피스. 투주르 콩바트르."**[*]"

그러고는 긴 한숨을 토했다.

"그 순간 저는 제 운명을 깨달았습니다. 아버지처럼 용맹한 군인이 되는 것. 미군장교가 되어 저에게… 저에게… **제2의** 아버지가 된 나라를 위해 싸우는 것."

그가 두 손에 얼굴을 묻자 정적이 테이블을 감쌌다. 그의 이야기를 들은 켐블의 손님들은 마치 떨어진 손수건을 앞에 두고 서서 가져야 할지 돌려줘야 할지 고민하는 사람들 같은 표정을 짓고 있었다. 리가 말을 이었다.

"저는 그 생각을 할 때마다 눈물이 나더라고요."

그녀는 눈물을 흘리지는 않았지만 포에게 유리한 쪽으로 분위기를 유도하는 역할을 했다. 찬송가 작곡가는 눈에서 뭔가를 닦아 냈고, 화가는 헛기침을 했고, 뉴버그의 여교장은 너무 감동을 받아서 옆에 앉은 목공의 소매 위에 자기 손을 잠깐 올려놓았다.

켐블이 뚱한 목소리로 말했다.

"뭐, 소위님의 이력이 아버님 영전에 바칠 수 있는 가장 고귀한 선물이 될 수 있겠군요. 그리고 소위님의 제2의 조국을 위해서도요."

그는 화를 가라앉히고 찡그렸던 미간을 반듯하게 폈다.

---

[*] 프랑스어로 '싸워야 한다, 아들아. 계속 싸워야 한다'라는 뜻.

"자, 소위님을 위해 건배를 제안할까요?"

다들 잔을 들었다. 미소를 지었다. 쨍그랑-쨍그랑 잔 부딪치는 소리와 "옳소! 옳소!"와 "공감이요, 켐블 씨"가 오가는 와중에 나는 뿌듯해하는 르레네 소위의 창백한 뺨 위로 고급 레드 와인과 색이 비슷한 홍조가 슬그머니 번지는 것을 보았다.

미천한 웨스트포인트 신입생은 이와 같이 미국에서 손꼽히는 거물의 미움을 샀다가 금세 축배의 주인공이 되었다. 그가 거둔 승리는 완벽했지만 완벽한 승리가 원래 그렇듯 종말을 맞이할 운명이었다. 얼굴을 숙이다가 수염 거의 절반이 떨어져 버린 것이었다. 나도 처음에는 그런 줄 몰랐다. 경보를 울린 사람은 리였다. 그녀가 내 쪽을 보며 미친 듯이 수신호를 보냈다. 포가 자기 눈앞에서 바스러지고 있기라도 한 듯 충격을 받은 표정으로 그를 빤히 쳐다보고 있는 크롭시 부인이 그제야 내 눈에 들어왔다. 그녀의 시선을 따라가 보니 시커먼 말총 타래가 그의 입술에 대롱대롱 매달려 그가 숨을 쉴 때마다 스컹크 꼬리처럼 흔들리고 있었다. 나는 당장 자리에서 일어났다.

"르레네 소위님? 잠깐 얘기 좀 나눌 수 있을까요? 괜찮으시면 단둘이서 **따로**요."

포는 살짝 아쉬워하며 말했다.

"좋지요."

나는 그를 데리고 이 방, 저 방 옮겨 다니며 하인이 없는 곳을 찾았다. 구버너 켐블의 집에서는 쉽지 않은 일이었다. 결국에는 그를 데리고 서재를 지나 앞 베란다로 나가는 수밖에 없었다.

"선생님, 왜 그러세요?"

"왜 그러느냐고?"

나는 대롱거리는 검은색 타래를 뜯어서 엄지와 검지로 높이 들어 보였다.

"다음번에는 풀칠에 좀 더 신경 쓰도록 하게, 소위."

하마터면 그의 눈알이 튀어나올 뻔했다.

"이런 맙소사! 본 사람이 있을까요?"

"리밖에 없을 거야. 그리고 크롭시 부인도 봤지만 그녀의 말에는 아무도 귀를 기울이지 않을 테니 다행이지."

그는 더듬더듬 주머니를 뒤졌다.

"여기 어딘가에…."

"뭘 찾나?"

"남은 코담배가…."

"코담배?"

"그 즙에 점성이 있지 않습니까?"

"타구 냄새 풍길 일 있나. 공연은 그쯤 했으면 됐네, 포. 이제 막을 내리고…."

그는 늑대처럼 눈을 번뜩였다.

"그리고 리를 버리고 가라고요? 단둘이 보내는 첫 저녁 시간인데요? 차라리 이 자리에서 선생님께 사직서를 제출하라고 하세요. 아뇨, 저는 계속 여기 있을 겁니다. 선생님이 도와주시거나 말거나 상관없습니다."

"그럼 나는 빠지는 걸로 하지. 그리고 더 흥분하기 전에 하나만 묻겠는데 그 제복은 어디서 났나?"

그는 이제 막 입기라도 한 듯 제복을 내려다보았다.

"**이거**요? 당연히 리가 주었죠. 돌아가신 삼촌 거라던가 그러던데요. 저한테 딱 맞지 않습니까?"

내 안색을 살피는 동안 그의 함박웃음이 점점 희미해졌다.

"왜 그러십니까, 선생님?"

나는 재킷 밑자락을 잡고 예전에 아티머스의 벽장에서 찾았을 때 피가 묻어 있었던 부분을 손가락으로 훑었다. 손가락에 아무것도 묻어나지 않았다.

"왜 그러세요?"

나는 금방이라도 폭발할 것 같은 목소리로 물었다.

"자네가 닦아 냈나? 길을 나서기 전에 살짝 **비벼서** 세탁한 모양이지?"

"제가 뭐 하러 그랬겠습니까? 안 그래도 충분히 깨끗한걸요."

"아, 그럼 **리**가 대신 닦아 준 모양이로군."

그의 입이 열리기 시작했다가 다시 닫혔다.

"그게… 그게 도대체 무슨 말씀이신지… 선생님, 도대체 왜 그러세요?"

나는 대답하려고 입을 열었지만 뒤에서 들린 목소리에 가로막혔다. 그 목소리의 주인공은 포도 아니고 나도 아니었지만, 그래도 귀에 익었다.

"랜도 씨."

그 불청객은 아직 망토도 벗지 않고 부츠에 얼음이 묻은 채로 문 앞에 서 있었는데, 서재 불빛 때문에 형체가 실루엣으로 드러나는 동시에 완전히 가려졌다.

이선 앨런 히치콕이 그런 식으로 등장할 줄이야.

"여기서 선생을 찾을 수 있길 바랐는데, 다행입니다."

아, 그의 표정이 그렇게 음산할 수가 없었다.

"네, 소원 성취하셨네요."

나는 내 등 뒤에 서 있는 포를 향해 손을 내저었다.

"이렇게 저를 찾으셨으니 말이죠."

"좀 더 기쁜 소식을 들고 왔어야…."

그는 여기까지 말을 하다 말고 멈추었다. 미간을 찌푸리며 강 쪽으로 몸을 홱 돌려서 밤의 품속으로 숨으려 애를 쓰는 왜소하고 비쩍 마른 인간을 물끄러미 바라보았다. 생도대장이 말했다.

"포 군."

아마 포는 베란다에서 허드슨강으로 뛰어내릴 수 있었다면 그렇게 했을 것이다. 가장 가까운 산으로 날아갈 수 있었더라도 그렇게 했을 것이다. 그가 그 순간만큼 자기 자신이 초라하게 느껴진 적은 없지 않았을까? 그렇게 초인과 거리가 멀게 느껴진 적은?

그의 어깨가 흔들렸다. 고개가 푹 숙여졌다. 그는 그런 채로 천천히 몸을 돌렸다.

히치콕이 우리 둘 모두를 아우를 수 있도록 시선의 폭을 넓히며 말했다.

"제복이 아주 잘 어울리는군그래. 자네와 랜도 씨가 아주 기발한 여흥을 고안한 것 같고."

포가 앞으로 걸어 나와—나는 이 광경을 영원히 기억할 것이다—영주를 대하는 봉신처럼 허리를 숙였다.

"대위님, 제 명예를 걸고 말씀드리지만 랜도 씨는 이 일과 아무 상관없습니다. 저를 보고 랜도 씨도 대위님처럼 놀라고 또 경악하셨죠. 이건… 믿어 주십시오, 대위님. 이건 전적으로 저 혼자 저지른 일이고 얼마든지 대가를…."

히치콕의 턱에 점점 힘이 들어갔다.

"포 군. 나는 지금 자네를 상대할 기분이 전혀 아닐세. 그보다 훨씬 중요한 일을 처리해야 하다 보니."

그는 이 말을 마치고 내 쪽으로 다가왔다. 생기 없이 멍한 얼굴은 알 수 없는 표정을 짓고 있었고, 작은 두 눈만 뜨겁게 이글거렸다.

"선생이 여기서 쳄블 씨의 환대를 즐기는 동안 생도 한 명이 더 사라진 것 같습니다."

나는 그가 하는 말에 귀를 기울이지 않았다. 그보다는 그가 손사래 한 번이면 내보낼 수 있는 포를 그냥 세워 놓고 그 말을 했다는 데 촉각을 곤두세웠다. 뭔가 달라졌다는 것을 누가 봐도 알 수 있었다. 히치콕이 아침에 일어나 밤에 잠이 드는 순간까지 지키던 예법을 한편으로 내동댕이쳤다. 나는 묘하게 침착한 목소리로 말했다.

"설마요. 농담이시죠?"

"저도 농담이면 좋겠습니다."

포가 다시 고개를 들었다. 머리끝에서 발끝까지 부르르 떨며 물었다.

"하지만 누가요?"

히치콕이 한참 만에 대답했다.

"스토더드 군일세."

나는 멍하니 그의 말을 따라 했다.

"스토더드요."

"네. 아이러니하지 않습니까, 랜도 씨? 리로이 프라이의 마지막을 목격한 생도가 이번에는 똑같은 운명을 맞이하게 됐으니 말입니다."

그때 문 앞에서 누군가가 비명을 질렀다.

"아!"

이번에는 히치콕이 놀랄 차례였다. 그는 몸을 빙글 돌려 그 소리를 낸 주인공의 실루엣을 마주했다. 리 마퀴스였다.

그녀가 기절까지 한 건 아니었지만 쓰러진 건 맞았다. 한쪽 무릎을 꿇으며 주저앉았다. 풍성한 치맛자락이 그녀를 감싸며 출렁거렸지만, 그녀의 시선은… 그녀의 시선은 한곳에 꽂혀 움직일 줄 몰랐다. 심지어 눈을 깜빡거리지도 않았다.

맨 먼저 달려간 사람은 포였고 그다음은 나였다. 그다음으로 달려온 히치콕은 내가 그때까지 본 적 없을 만큼 당황스러워했다.

"마퀴스 양, 부디 내 사과를… 마퀴스 양이 여기 있을 줄은 전혀 모르고… 조심했어야 하는데…."

"그들은 계속 죽을 거예요."

그녀는 이렇게 말했다. 속삭이듯 하지만 또렷하게, 파란 눈을 이글거리며 이렇게 말했다. 그 베란다에 자기 혼자 있는 것처럼 이렇게 말했다.

"한 명씩 차례대로. 아무도 남지 않을 때까지 계속 죽을 거예요."

거스 랜도의 기록

31

12월 8일에서 9일

그날 밤 취침 신호가 울렸을 즈음에는 스토더드가 사라졌다는 소식이 모든 생도와 포병과 교관에게 전해졌다. 온갖 추측이 반딧불이처럼 난무했다. 커트부시 부인은 계속 드루이드교도들의 소행이라고 주장했다. 킨즐리 소위는 별자리에 해답이 있다고 했다. 하숙집 주인인 톰프슨 부인은 범인이 민주당원이라는 데 돈을 걸었고, 앙심을 품은 인디언 혼령의 짓이라는 데 한 표 던지는 생도들이 점점 많아졌다. 아무도 편히 침대에 눕지 못했다. 일부 교직원 부인들은 연말연시를 뉴욕에서 보내겠다고 선포했다(누구는 심지어 새벽까지 자지 않고 짐을 쌌다). 그날 보초를 선 생도들은 기습 공격을 당하지 않게 서로 등을 맞대고 섰고, 자다가 겁에 질려 비명을 지르며 일어나 벽에 걸린 머스킷총을 집으려고 한 상급생이 한두 명이 아니었다.

그렇다. 이렇듯 공포가 만연했지만 웨스트포인트 생도대장을 보면 아무도 그런 줄 몰랐을 것이다. 내가 다음 날 아침 10시 직후에 그의 방에 들렀을 때 히치콕은 평온하고, 크로스 벨트를 어디 뒀는지 기억을 더듬는 사람처럼, 어찌 보면 조금 건망증 환자 같은 표정으로 책상에 앉아 있었다. 뭔가 평소와 달라 보이는 건, 머리를 계속해서 빗어 넘기고 있는 그의 오른손뿐이었다. 그가 말했다.

"새벽에 수색조를 다시 한 팀 파견했습니다. 앞 팀이 찾지 못한 걸 이 팀은 찾을 수 있을지 잘은 모르겠지만요."

그의 손이 멈췄다. 눈이 감겼다.

"아뇨. 아뇨, 모를 리 있겠습니까. 아, 왜 이러십니까, 대위님. 저라면 아직 희망을 버리지 않겠습니다."

그는 좀 더 낮은 목소리로 내 말을 따라 했다.

"희망이요? 희망을 품기에는 이미 늦은 것 아닐까요, 랜도 씨. 저라면 차라리 마음 편하게 자는 쪽을 택하겠습니다."

"그럼 제발 좀 주무세요. 방금 전에 스토더드 군의 방에 다녀오는 길입니다."

"그래요?"

"거기서 흥미진진한 사실을 하나 발견했죠."

"그래요?"

"스토더드 군의 트렁크에 아무것도 없더군요."

그는 뒤로 이어질 후반부를 기다리기라도 하는듯 반응을 유예하는 표정으로 나를 쳐다봤다.

"안에 옷이 한 벌도 없었습니다. 평복이요."

"그걸 어떻게 해석하면 되겠습니까?"

"뭐, 일단 시신이 한 구 더 추가될 것 같지는 않습니다, 대위님. 제가 보기에 스토더드 군은 제 발로 도망치지 않았나 싶거든요."

그는 허리를 꼿꼿하게 폈다. 머리에서 손을 거두었다.

"말씀 계속하십시오."

"음, 대위님도 기억하실 거라고 봅니다만 스토더드 군이 생도 중에서 유일하게 학기를 조기 종료하자고 건의하지 않았습니까?"

그는 고개를 끄덕였다.

"이 학교에는 겁 많은 친구들이 더러 있죠. 아니, 숲속에서 이로쿼이족을 봤다는 청년도 있고 말입니다! 하지만 집으로 보내 달라고 한 생도는 스토더드뿐이었습니다. 왜 그랬을까요?"

히치콕은 나를 잠깐 유심히 들여다보았다.

"자기 안위를 걱정할 특별한 이유가 있었기 때문이겠죠."

"네, 제 생각도 그렇습니다. 대위님도 기억하시겠지만 수사 초기에 스토더드 군을 면담한 적이 있지 않습니까? 계단에서 리로이 프라이와 마주쳤다고 한 생도가 스토더드 군이었죠. 그 수상했던 분위기 하며, 프라이가 **처리해야 하는 일** 어쩌고 했다는 것 하며."

"그러니까 그가 그날 밤에 뭔가를 봤을지 모른다는 겁니까? 그 밖의 **다른 것을**?"

"뭐, 그럴 수도 있지 않겠느냐. 제가 말씀드릴 수 있는 건 거기까집니다."

"하지만 우리가 여러 번 기회를 주었는데 왜 얘기를 하지 않고 숨겼을까요?"

"얘기하고 난 **뒤가** 더 두렵지 않았을까요?"

히치콕은 의자에 뒤로 기댔다. 그의 시선이 납 창틀을 씌운 창문 쪽으로 움직였다.

"스토더드가 다른 죽음과도 연관이 있을지 모른다고 생각하십니까?"

"글쎄요, 그 친구가 뭔가에 깊숙이 연루되어 있었던 것만큼은 분명합니다. 뭔지 몰라도 자백하느니 도망치는 편이 낫다고 생각할 만큼 깊숙이요."

히치콕이 벌떡 일어났다. 뭔가 생각난 책이라도 있는 듯 책꽂이 앞으로 직행하더니 1미터 앞에서 걸음을 멈췄다. 그리고 말했다.

"스토더드는 프라이와 친하게 지낸 친구였죠."

"네."

"하지만 스토더드와 밸린저는 어떤 사이였는지 우리가 모르지 않습니까."

"아, 사실 압니다. 프라이의 일기장을 필사한 다음번 사본을 드릴게요. 2년 전 여름에는 스토더드와 밸린저가 리로이 프라이와 함께 친하게 지냈더군요."

그의 눈빛이 축축하고 탐욕스럽게 변했다.

"하지만 스토더드와 아티머스 마퀴스와의 관계는요?"

"그건 아직 확실하지 않습니다. 한 번에 하나씩 수수께끼를 해결해 나가기로 하죠. 아무튼 스토더드 군을 찾는 게 급선무입니다. 그건 아무리 강조해도 부족합니다, 대위님. 어디로 갔는지 반드시 알아내야 합니다."

그는 나를 잠깐 쳐다보다가 결연한 목소리로 나지막이 말했다.

"스토더드 군이 교내에 숨어 있다면 금방 찾을 수 있을 겁니다."

나는 망토를 입으려다 생각을 바꿨다. 다시 갈고리에 걸고 내 자리에 앉아서 하나뿐인 촛불을 바라보며 말했다.

"대위님, 괜찮으시다면…."

"네?"

"포 군의 선처를 부탁드립니다."

그의 한쪽 입꼬리가 처졌다. 눈이 번뜩거리기 시작했다. 그가 반문했다.

"선처요? 어젯밤의 그 깜찍한 **쿠 드 테아트르**[*] 말씀입니까? 어째 해괴한 부탁이로군요. 그가 어떤 교칙을 위반했는지 랜도 씨야말로 누구보다 더 잘 아실 텐데. 먼저 일과 시간 후에 사관학교 교정을 이탈한 것. 알코올을 지속적으로 섭취한 것. 보아하니 상당히 마신 모양이던데, 제삼자 행세를 한 것도 잊지 말아야 하지 않겠습니까?"

"그런 생도가 처음은 아닐…."

"**내** 재직 기간 중에는 처음입니다, 생도가 미군장교를 사칭하는 만용을 부린 것은. 내가 그런 사기극을 어떻게 생각하는지 랜도 씨도 아실 텐데요."

이상했다. 히치콕과 같이 있으면 늘 그렇듯 이번에도 내가 시험을 당하는 듯한 느낌이 들었다. 나는 손 위로 고개를 숙이고 발악하듯 이런 말을 토했다.

"제가 보기에는… 제가 보기에는 그 친구가 착각을 했던 것 같습니다."

---

*   프랑스어로 연극에서의 '극적인 사건'을 뜻한다.

501

"어떤 착각을요?"

"저를 돕고 있다는 착각을요."

히치콕은 냉랭하게 나를 쳐다보았다.

"아뇨, 랜도 씨. 나는 그가 그런 착각을 하고 있었다고 생각하지 않습니다. 어떤 착각을 하고 있었는지 나는 알 것 같은데요."

나는 사랑이 젊은 남자에게 어떤 영향을 미치는지 알지 않느냐고 그에게 통사정할 수도 있었을지 모른다. 하지만 상대는 이선 앨런 히치콕이었다. 큐피드가 화살 한 통을 다 써도 **그의** 거죽에는 자국 하나 남기지 못할 것이었다. 그가 말을 이었다.

"아시다시피 포가 이번에 처음으로 교칙을 위반한 것도 아닙니다. 지난 몇 주 동안 취침 신호가 떨어진 이후에 수십 번 자기 방에서 빠져나가… 아니, 들어나 봅시다, 랜도 씨. 그가 밤이면 밤마다 코젠스 씨의 호텔을 찾는 이유가 뭘까요?"

이런.

결국에는 나도 미소를 짓는 수밖에 없었다. 포와 나는 병사를 매수해 호위를 부탁하고 폐쇄된 공간에서 새벽까지 술을 마시며 수다를 떨면 아무도 모를 거라는 착각에 젖었던 것이다. 포도 자기 뒤를 밟는 사람은 본 적 없다고 하지 않았던가. 그래서 우리는 세이어와 히치콕의 전적을 믿어야 하는 상황에서 우리의 직감을 믿고 말았다. 이들은 모든 걸 알아야 직성이 풀리는 성격이었고 그랬기에 기어코 모든 걸 알아냈다.

히치콕은 두 손을 책상 위에 내려놓고 내 쪽으로 몸을 내밀었다.

"나는 그를 한 번도 가로막은 적이 없습니다. 랜도 씨와 그, 두 사람 **모두**에게 그만큼의 자유를 허락하고 단 한 번도 부당하다고 외치거나 설명을 요구하지 않았어요. 선생이 해이븐스 씨의 가게를 수시로 드나드는 것에 대해서도 책임을 묻지 않았고요. 이래도 내가 얼마나 보기보다 유한 사람인지 모르겠습니까? 그래도 굳이 확답이 필요하다면 기꺼이 알려드리죠. 간밤의 그 촌극으로 징계를 받게 된 사람은 킨즐리 소위, 한 명뿐이라고."

"킨즐리요?"

"당연하죠. 간밤에 북쪽 막사의 감시를 맡은 책임자가 킨즐리였으니까요. 그가 직무를 게을리한 건 명백하지 않습니까."

"하지만 포가…."

"맞습니다. 하지만 그가 나와 맞닥뜨린 건 불운의 영역이었으니까요. 내가 그 사건에 정신이 팔려 있지 않았다면 그의 건강을 위해 건배하고 그의 용기를 치하했을지도 모릅니다. 지금 생각해도 단순히 운명의 여신에게 배신을 당했다고 해서 처벌하는 건 양심상 허락하지 않으니까요."

나는 어깨와 가슴에서 힘이 풀리고 심장박동이 가벼워지는 등 안도의 육체적인 징후가 느껴지길 기다렸지만 아무 변화가 없었다. 그의 말을 믿을 수가 없었던 것이다. 우리가 처벌을 면했다니 믿을 수가 없었던 것인데, 사실 우리는 처벌을 면한 게 아니었다. 히치콕의 목소리가 어둠을 가르고 일직선으로 우리 뒤를 슬금슬금 따라왔다.

"하지만 랜도 씨, 이제 더는 포에게 이 사건의 첩보원 역할을 맡기는 데 동의할 수 없습니다."

나는 그를 빤히 쳐다봤다.

"어째서, 그 친구 덕분에… 대위님, 그 친구 덕분에 지금까지 엄청난 진전을 이뤄 냈는데요. 저에게 많은 도움이 되었습니다."

"그건 의심의 여지가 없다고 봅니다. 하지만 생도 둘이 죽었고 한 명이 실종된 마당에 또 다른 청년을 위험에 빠뜨릴 수는 없지 않겠습니까."

그때 나는 아주 묘한 기분을 느꼈다. 얼굴과 목이 불에 그슬리는 듯한 기분이었다. 이제 와 생각해 보면 부끄러워서 그랬던 것 같다. 불과 얼마 전까지만 해도 포의 안위는 내 안중에도 없었던 것이다! 나는 리와 아티머스와의 만남을 상술한 그의 보고서를 **독자**의 관점에서 읽었을 뿐, 그 이면에 실질적인 피와 살로 이루어진 실제 사람이 있다는 생각은, 그가 언제라도 그걸 박탈당할 수 있다는 생각은 한 번도 해본 적이 없었다.

"그것 때문만은 아니죠?"

"맞습니다. 전에도 말씀드렸다시피 랜도 씨가 포와 가까워짐으로써 객관성을 잃으신 것 같아서요. 그와 더 이상 정기적으로 만나지 않으면 좀 더…."

그는 말을 맺지 않았다. 그럴 필요가 없었다. 나는 앉은 자리에서 허리를 펴고 숨을 크게 한 번 들이마신 뒤에 말했다.

"잘 알겠습니다. 약속드리죠. 포는 앞으로 수사에서 배제될 겁니다."

히치콕은 의기양양하게 굴지 않았다. 눈을 안으로 모으고 손으로 책상을 쓸며 있지도 않은 것들을 치웠다.

"그나저나 세이어 대령님께서 스토더드 군이 실종됐다고 공병감님에게 보고드렸습니다."

"공병감님께서 언짢아하시겠군요. 밸린저가 사망하자마자…."

"네, 언짢아하실 거라고 보아도 무방할 겁니다. 그리고 앞날을 예언하자면 이 사건을 변칙적인 방식으로 해결하려 했다는 이유로 세이어 대령님이 추궁을 당하실 거라고 보아도 무방할 테고요."

"그렇다고 대령님을 질책하는 건…."

"애초에 민간인이 아니라 **장교**에게 수사를 맡겼어야 했다고 추궁을 당하실 겁니다."

여러 번 연습한 것 같은 딱딱한 그의 말투가 왠지 모르게 내 마음속에 긴 메아리를 남겼다. 며칠 전에 비공개적인 자리에서 오간 대화를 내가 엿듣고 있는 듯한 느낌이었다. 나는 침착하게 말했다.

"대위님도 대령님께 같은 말씀을 드렸겠죠. 대위님이야 애초부터 저를 탐탁지 않게 여기셨으니까요. 저를 택한 건 세이어 대령님의 뜻이었죠."

그는 굳이 부인하지 않고 지평선처럼 높낮이가 없는 목소리로 말했다.

"이제 와서 그게 무슨 상관이겠습니까, 랜도 씨. 세이어 대령님과 저, 두 사람 모두 판단 부족으로 간주될 이 일의 책임을 져야 할 겁니다. 마음의 준비를 하고 있고, 공병감님이 직접 선별한 수사관을 최대한 이른 시일 안에 여기로 보내실 겁니다. 이 사건을 마무리 짓도록 전권을 위임받은 수사관을요."

그는 다시 손을 올려 책상을 쓸고 또 쓸었다.

"공병감님이 평소처럼 신속하게 조치를 취한다면 수사관이… 음,

3일 안으로 도착할 겁니다."

그는 입술을 달싹이며 숫자를 셌다.

"그러니까 우리에게 기존에 없던 것이 생기겠네요. 데드라인. 이제 랜도 씨는 이 사건의 범인을 3일 안으로 찾아야 합니다."

그는 말을 잠깐 멈추었다가 덧붙였다.

"범인을 찾고 싶은 생각이 **아직** 있으시다면 말이죠."

나는 앉은 자세를 바꾸며 대꾸했다.

"제 생각이 왜 필요합니까. 제가 이 일을 맡겠다고 하지 않았습니까. 그러기로 서로 얘기를 끝냈고요. 중요한 건 그뿐이지 않은가요?"

그는 고개를 끄덕였지만 눈썹 끝이 뾰족해졌다. 그가 손깍지를 끼고 다시 한 번 책상 위로 몸을 내밀었을 때 나는 그가 여전히 못마땅해하고 있다는 것을 알았다.

"랜도 씨. 제가 보기에 선생은 이 학교에 대해 속으로 반감을 품고 있는 것 같다고 말씀드리면 지나치게 무례한 추측일까요? 아뇨, 잠시만요."

그는 한 손가락을 들어 보였다.

"이 적대감은 선생을 맨 처음 만난 자리에서 느낀 겁니다. 지금까지 그걸 물어볼 생각을 한 번도 한 적 없었을 뿐."

"그런데 지금 물어보시는 까닭은요?"

"그것이 선생의 수사에 또 다른 장애물이 아닌가 싶어서요."

아, 그 말에 나는 폭발해 버렸다. 잉크병이나 서진 같은, 집어서 던질 만한 물건을 진심으로 찾았던 기억이 나지만 내 분노에 상응할 만한 물건이 없었다. 따라서 나는 말로 공격하는 수밖에 없었다. 나는 으르렁거리며 자리에서 벌떡 일어났다.

"도대체 왜 그러십니까? 제게 이 이상 뭘 원하십니까, 대위님? 여기서 보수도 없이…."

"그건 랜도 씨가 자처한 일이죠."

"보수도 없이 **개처럼** 일을 하고 있잖습니까. 나는 여태껏 대위님 덕분에… 폭행을 당했고 하마터면 칼로 **난도질당할** 뻔했어요. 대위님의 이 잘난 학교를 위해 내 **목숨**을 걸었단 말입니다."

그는 건조하게 대답했다.

"선생의 희생은 익히 아는 바입니다. 이제 제 질문에 대답해 주시죠. 선생은 이 학교에 대해 기본적으로 반감을 품고 있습니까?"

나는 손으로 이마를 쓸었다. 숨을 한 움큼 토했다.

"대위님. 나는 대위님에게 불만 없습니다. 대위님과 여기 생도들이 번창하고 성공하고 또… 잘 **죽이고** 또 군인이 해야 하는 일을 모두 잘 수행할 수 있길 바랄 따름이에요. 다만…."

"네?"

나는 그의 눈을 똑바로 쳐다보며 말했다.

"대위님의 이 깜찍한 수도원에서는… 성인을 배출하지 않아요."

"누가 여기서 성인을 배출한답니까?"

"훌륭한 군인을 배출하는 것도 아니고요. 내가 대통령이나 이 학교를 반대하는 사람들에게 동조하는 건 아니지만, 젊은 청년에게서 의지를 박탈하고 교칙과 벌점 안에 가두어 놓는 건, 이성을 쓸 수 없게 박탈해 버리는 건 모자란 인간으로 만드는 거라고 생각합니다. 그리고 좀 더 극단적인 인간으로요."

이 말에 히치콕의 콧구멍이 보일락 말락 하게 벌름거렸다.

"저를 좀 도와주셔야겠습니다, 랜도 씨. 논리의 흐름을 잘 따라갈수가 없어서요. 그러니까 이 살인 사건들이 **사관학교**의 책임이라는 겁니까?"

"사관학교와 연관이 있는 사람이 저지른 짓이니 사관학교의 책임이지요."

"말도 안 되는 소리! 선생의 논리대로라면 기독교도가 저지른 범죄는 모두 예수의 오점이 되겠군요."

"결국 그런 거죠."

내가 그의 허를 찌른 게 그때가 처음이었을 것이다. 그는 고개를 뒤로 젖히고 손을 다시 한데 모으고 잠깐 동안 아무 말도 하지 못했다. 그렇게 정적이 우리 위로 쏟아졌을 때 나는 선명한 결론에 도달했다.

히치콕 대위와 나는 절대 친구가 될 수 없을 것이다.

우리는 구버너 켐블의 서재에서 같이 마데이라를 마실 일이 없을 것이다. 같이 체스를 두거나 악기 연주를 들을 일도, 포트퍼트넘까지 설렁설렁 걸어갈 일도, 자몽을 먹으며 신문을 읽을 일도 없을 것이다. 지금 이 순간부터 철저하게 업무상 필요한 경우가 아닌 이상 단 1분도 둘이 같이 있지 않을 것이다. 우리가 서로를 절대 용서할 수 없다는 단순한 이유 때문에.

"3일입니다. 3일이면 선생과 우리의 관계는 끝입니다, 랜도 씨."

내가 문지방을 막 넘었을 때 그는 생각났다는 듯이 덧붙였다.

"아, 우리와 선생의 관계도요."

거스 랜도의 기록

32

12월 10일

히치콕 대위가 나를 두고 별의별 소리를 할 수 있겠지만 스토더드 생도에 대한 내 짐작이 틀렸다고는 하지 못할 것이다. 바로 다음 날 아침에 앰브로즈 파이크라는 동네 어부가 학교를 찾아와 젊은 생도에게 1달러를 받고 강어귀까지 태워다 주었다고 보고를 했으니 말이다. 파이크는 그 생도를 피크스킬까지 태워다주고, 그가 가죽 주머니에서 다시 몇 달러를 꺼내 뉴욕으로 가는 가장 빠른 증기선 표를 사는 것을 지켜보았다고 했다. 거기서 더는 신경을 쓰지 않았을 텐데, 아내가 말하길 그 생도가 도주범이라면 범죄자를 방조한 죄로 오시닝*에 끌려갈 수도 있으니 앰브로즈 파이크는 방조범이 아니라는 것을 알리기 위해 찾아왔노라고 했다.

---

* 허드슨강가 오시닝 마을에 자리한 최대 보안 등급 교도소. 지금은 싱싱교도소라 불린다.

배에 태워 달라고 한 사람이 생도인 걸 파이크는 무슨 수로 알았을까?

그야 그가 아직 제복을 입고 있었기 때문이었다. 그는 강어귀에 도착한 다음에서야 평범한 셔츠로 갈아입고 네커치프를 두르고 털모자를 써서 강변 마을의 시골뜨기로 변신했다. 그 청년은 무슨 이유에서 웨스트포인트를 그렇게 다급하게 떠나는 거라고 했을까?

집에 큰일이 생겨서 학교에서 운행하는 대형 보트를 기다릴 수 없다고 했다. 피크스킬에 갈 때까지 그가 한 얘기는 이게 전부였다. 그는 심지어 작별 인사조차 하지 않았다.

그 청년에 대해서 더 할 얘기가 있을까?

얼굴이 아주 창백했다는 것만큼은 파이크도 알 수 있었다. 그리고 해가 쨍쨍하고 옷을 겨입었는데도 어쩌다 한 번씩 발작처럼 몸을 떨었다.

그걸 보고 파이크는 뭣 때문이라고 생각했을까?

글쎄, 잘은 모르겠지만 그 청년이 악마에게 쫓기는 것처럼 굴긴 했다.

같은 날에 나는 뉴욕에 사는 특파원 헨리 커크 리드가 보낸 흥미진진한 소포를 수령했다.

거스에게

자네 소식은 언제 들어도 반갑군그래. 업무가 그 추악한 고개를 삐죽 내밀고 있더라도 말이지. 간청하네만 다음에 일을 맡길 때는 4주 말고 조금 더 넉넉하게 시간을 주게. 리치먼드에서 발송된 우편물이 이제 막 도착했는데, 1~2주만 더 여유가 있었다면 자네가 부탁한 인물에 대해 훨씬 더 많은 정보를 알아낼 수 있었을 걸세. 아무튼 보스턴, 뉴욕, 볼티모어에 문의한 결과를 비롯해 내가 입수한 모든 정보를 동봉하네.

포라는 청년은 참으로 다채로운 인물이더군. 그중 무엇이 진짜인지는 자네의 판단에 맡기도록 하겠네. 그의 과거는 여느 사람들 못지않게 죽음으로 얼룩져 있지만, 세상을 떠난 영혼이 일어나 그에게 죄를 따져 물은 적은 없어. 그의 이름으로 체포 영장이 발부된 적도 없고. 자네도 알다시피 이 모든 게 별 의미 없지만.

자네가 보낸 편지에서 보상에 대해 언급했었지? 부탁인데 없던 얘기로 해 주겠나? 뭐 그리 고생스러운 일도 아니었고 내 나름대로 이렇게 어밀리아를 추억하고 싶으니까. 제대로 된 조의도 전하지 못하지 않았나.

자네가 없으니 뉴욕 생활이 별로 즐겁지가 않아. 다음에 다시 만날 때까지 살아 있기만을 바랄 수밖에. 달리 어쩌겠나?

사랑을 담아서

H. K. R.

그날 밤에 나는 자리를 잡고 앉아서 헨리가 보낸 자료를 읽었다. 읽고 또 읽으며 점점 차오르는 슬픔을 달랬다. 상황의 균열을 느낄 수 있었기 때문이었다. 호텔 방문을 두드리는 귀에 익은 소리가 들렸을 때 나는 잠금장치를 돌려놓은 나의 치밀함을 치하했다. 문고리가 처음에는 살그머니, 뒤로 갈수록 점점 격하게 덜거덕거리다 마침내 잠잠해졌다. 점점 멀어지는 발소리가 들렸다. 나는 다시 혼자가 됐다.

에드거 A. 포가 오거스터스 랜도에게
보낸 보고서
12월 11일

선생님, 어젯밤에 어디 계셨습니까? 찾아가 보니 방문이 뜻밖에도 잠겨 있고 두드려도 대답이 없길래요. 창문으로 불빛이 언뜻 보였다고 거의 장담할 수 있었기 때문에 더욱 영문을 알 수가 없더군요. 외출하실 때는 촛불을 끄는 데 좀 더 주의를 기울이셔야 하겠습니다. 지어진 지 얼마 되지도 않은 코젠스 씨의 으리으리한 호텔이 전소되면 안 될 테니까요.

오늘 밤에는 '댁에 계실지' 궁금합니다. 리 때문에 어찌할 바를 모르겠습니다. 아무리 갖은 애를 써도 만나 주질 않아서요. 스토더드 군의 실종 사건에서 비롯된 공포 때문에 안 그래도 예민한 성정이 와르르 무너진 건가 저 혼자 추측하고 있을 따름입니다. 여성의 나약함을 드러내는 증거를 저에게는 감추고 싶어서 그러는 걸까요? 아아! 만일 그런 거라면 어찌 이렇게 저를 모를 수가 있을까요, 선생님? 저는 그녀가 강할 때보다 약할 때 더 사랑하는 것을요. 사랑의 탄생 앞에서보

513

다 죽음 앞에서 더 귀히 여기는 것을요. 왜 그걸 모를까요? 왜 그걸 모를까요?

선생님, 어디 계십니까?

거스 랜도의 기록

33

12월 11일

그는 그날 밤에 다시 찾아왔다. 혹한의 밤이었던 걸로 기억한다. 나는 리로이 프라이의 일기장을 펼쳐 들었지만 암호들이 멀리, 멀리 날아가 버리는 것처럼 느껴졌고 결국 일기장은 잠이 든 고양이처럼 내무릎을 얌전히 지키는 신세로 전락했다. 벽난로 안에서 잉걸불이 꺼져가고 있었고, 나는 추워서 손끝이 하얘지도록 장작을 넣지 못한 채 버티고 있었다.

그리고 또 하나 하지 못한 게 있었으니 문을 잠그는 것이었다. 11시가 지난 직후에 조심스럽게 문을 두드리는 소리에 이어… 문이 열리고… 눈에 익은 그 머리가 슬그머니 등장하더니… 포가 예전처럼 인사를 건넸다.

"안녕하세요."

하지만 우리는 전과 다른 환경 속에 놓여 있었다. 뭐가 어떻게 다른지는 정확히 설명할 수 없었지만 우리 둘 다 그걸 느끼고 있었다. 예컨대 포는 앉지도 서지도 못했다. 어두컴컴한 그림자 속을 드나들며 방 안을 서성이고 창밖을 흘끗 내다보고 자기 옆구리를 박자에 맞춰 두드렸다. 내가 평소처럼 머농거힐러를 권해 주길 기다리고 있을지도 몰랐다. 한참 만에 그가 말했다.

"오늘 밤에는 코크런 이병이 나와 있지 않더군요."

"그래, 아마 코크런 이병에게는 이제 다른 주인이 생겼을 거야."

그는 고개를 끄덕였지만 내 말을 귀담아듣는 건 아니었다.

"뭐, 상관없습니다. 이제는 지형을 저도 잘 알고 있으니 들킬 일 없을 겁니다."

"**이미** 들켰네, 포. 우리 둘 다. 그리고 그 여파가 들이닥쳤고."

서로 잠깐 동안 쳐다보고 있다가 내가 말했다.

"좀 앉지 그래."

그는 평소에 앉던 흔들의자 대신 침대가에 걸터앉아 침대보 위에서 손가락을 꼼지락거렸다.

"포. 히치콕 대위가 켐블 씨의 댁에서 자네가 저지른 짓을 눈감아 줄 테니 그 대신 자네를 더는 조수로 쓰지 말아 달라고 하더군."

"말도 안 되는 소리를 하셨군요."

"왜 말이 안 되나. 그리고 나는 알겠다고 했네."

그의 손가락이 이제는 발레리나처럼 턴을 돌았다. 나방처럼 큼지막하게 원을 그리며 빙글빙글 돌았다.

"음, 선생님. 제가 선생님께… 선생님께 **무수히** 많은 도움이 되었다고 대위님께 말씀드리셨습니까?"

"했지."

"그런데도 꿈쩍 않으시던가요?"

"대위는 자네의 안위를 상당히 걱정하고 있다네. 당연히 그래야지. 나도 그랬어야 했는데 말일세."

"세이어 대령님께 호소하면…."

"대령도 대위와 같은 생각이라네."

그러자 그가 나를 보며 아주 당차게 미소를 지었다. 바이런의 미소였다.

"뭐, 무슨 상관입니까, 선생님? 전처럼 계속 만나면 그만이죠. 저들이야 뭐라 하건 간에."

"그러다 퇴학당할 수도 있어."

"마음대로 하라고 하세요! 그러면 리를 데리고 이 빌어먹을 곳을 박차고 나가 버리면 됩니다."

나는 말하며 팔짱을 꼈다.

"알겠네, 그럼. **내가** 자네를 자르도록 하지."

그는 눈을 아주 살짝 번뜩거리며 나를 빤히 쳐다봤다. 하지만 아무 말도 하지는 않았다. 아직은.

"뭐 하나만 물어보세. 자네가 나한테 뭐라고 맹세했나? 이 방에서. 기억하나?"

"그때, 진실만을 이야기하기로 맹세했죠."

"**진실**만을, 그래. 그 단어의 뜻이 뭔지 자네에게 제대로 가르쳐 준 사람이 없는 모양인데, 그 때문에 내가 좀 곤란해졌단 말이지. 나는 시인하고는 얼마든지 일을 할 수 있어. 하지만 거짓말쟁이하고는 아닐세."

그는 천천히 침대에서 일어나 자기 손을 잠깐 쳐다보다가 나지막이 말했다.

"무슨 말씀인지 제대로 해명해 주시죠, 선생님. 안 그러면 제가 결투를 신청하는 수밖에 없습니다."

나는 냉랭하게 말했다.

"내가 해명할 필요는 없다고 보네만. 자네가 이걸 직접 살펴보지 그러나."

나는 사이드테이블 서랍에서 헨리 커크 리드에게 받은, 끈으로 묶인 누런 종이 뭉치를 꺼내 침대 중간으로 던졌다. 그는 경계하는 눈빛으로 이게 뭐냐고 물었다.

"내가 친구를 통해 자네 뒷조사를 좀 했지."

"왜요?"

나는 어깨를 으쓱했다.

"내가 자네에게 일을 맡기지 않았나. 그러니 어떤 친구인지 알아 두어야지. 특히 살인을 운운하는 친구라면. 물론 급하게 찾은 자료라 완전치 않을 수 있어. 하지만 이 정도면 충분하니 이것으로 되겠지.*"

그는 주머니에 손을 넣고 방 안을 한 번 더 돌았다. 그가 다시 말문을 열었을 때 나는 불안해하는 기미를 느낄 수 있었다. 카드게임에서 공갈을 치려고 하는 사람 같은 말투였다.

"음, 선생님께 셰익스피어를 인용할 수 있는 기회를 드린 것을 기쁘게 생각합니다. 원래 인용을 잘 하지 않으시는데 말입니다."

"아, 내가 예전에 극장을 자주 다녔거든. 자네도 알다시피."

---

* 셰익스피어의 『로미오와 줄리엣』에 나오는 말이다.

나는 침대 위로 손을 뻗어 종이 뭉치를 다시 정리했다.

"그런데 뭘 망설이나, 포? 읽고 싶지 않은 건가? 누군가 이렇게 고생해 가며 준비했다는데, 나라면 뭐가 들었는지 읽어 보고 싶겠구먼."

그는 아주 커다랗게 어깨를 으쓱했다. 모음을 길게 늘여 가며 느릿느릿 말했다.

"늘 보아 왔던 거짓말투성이겠죠, 분명히."

"거짓말투성이라, 그래. 나도 이걸 읽는 동안 그 단어가 떠오르더군."

나는 보란 듯이 보고서를 획획 넘겼다.

"다 읽었을 때 남은 궁금증은 이거 하나였어. 포 자네가 거짓말을 하지 않은 부분은 무엇일까?"

나는 그와 아주 잠깐 동안 눈을 맞추고 다시 종이 뭉치를 넘겼다.

"어디에서부터 시작하면 좋을지도 모르겠군."

"그럼 시작하지 마십시오."

"그럼 사소한 데서부터 출발해 볼까? 자네가 버지니아 대학교를 중퇴한 것은 앨런 씨가 경제적인 지원을 중단해서가 아니라 자네가… 어디 보자, 헨리가 정확히 뭐라고 했더라? …**감당할 수 없을 만큼 어마어마한 도박 빚을 졌기** 때문이라던데. 이제 좀 기억이 환기되는지 궁금하네만."

대답이 없었다.

"자네가 그 학교를 8개월이 아니라 3년 동안 다녔다고 얘기하고 다니는 이유도 이제 알겠네. 그런데 부풀려진 부분이 그게 전부가 아니야. 예전에 수영 솜씨를 뽐냈다고? 제임스강을 12킬로미터 헤엄쳤다고? 8킬로미터에 가까웠던 모양인데."

그는 이제 자리에 앉았다. 흔들의자 맨 끝에 걸터앉아서 꼼짝하지 않았다. 나는 말을 이었다.

"괜찮아, 그 정도야 조금 숫자를 늘린 것에 불과하니까. 악의도 없고. 그런데…."

내 손가락이 유성처럼 종이 위로 떨어졌다.

"**이 부분**에 다다르면 흥미진진해진단 말이지. 유럽 여행 말일세. 자네가 이걸 다 어떤 식으로 짜 맞출지 궁금해지는데. 왜냐하면 자네의 이력을 보면 앨런 씨와 함께 살거나 학교에 다니거나 육군에서 복무한 게 전부일 뿐, 그 중간에 빈 시간이 없거든. 그러면 어떤 결론이 내려질까? 그리스를 위해 참전한 것, 거짓말. 상트페테르부르크에 다녀온 것, 거짓말. 자네는 영국 말고는 다른 데 간 적이 없었으니 외교관의 도움을 받을 필요도 없었지. 그리고 항해기는 자네 형한테서 들은 얘기인 것 같은데. 이름이 헨리일 걸로 알고 있네만. 헨리 레너드. 아니면 **앙리**인가?"

그는 내가 예상했던 대로 움직였다. 손을 들어 얼마 전에 말총 수염을 붙였던 코와 윗입술 사이를 문질렀다. 나는 계속 말했다.

"요즘은 헨리가 다른 데 빠져 있지. 대개는 술. 그래서 요절 말고는 그에게서 아무것도 기대할 수가 없게 되었어. 훌륭한 혈통을 자랑하는 자네 같은 집안사람들로서는 무척 실망스러운 노릇이지. 조상이 프랑크족장이라고 했던가? 아, 슈발리에* 르포 아니면 영국 제독도 한두 명 넣으면 좋겠지."

---

* 프랑스어로 '기사'라는 뜻.

나는 미소를 지었다.

"실은 가난한 아일랜드 출신에 더 가깝지만. 뭐, 나는 뉴욕에서 자네 같은 부류를 수도 없이 보았어. 대개는 반듯하게 누워 있는 모습으로. 그들은 항상 반듯하게 누워 있거든. 헨리처럼."

객실 안 불빛이 어두침침했는데도 나는 포의 뺨이 벌게지는 것을 볼 수 있었다. 아니면 벽난로 열기와도 같은 그의 홍조를 **느낀** 것일 수도 있겠다.

"그런데 재밌는 건 뭔가 하면 자네 집안에 정말로 유명한 위인이 있었는데, 정작 자네는 그분을 언급하지 않는다는 거야. 자네 할아버지 말일세, 포. 실제로 참전 용사였는데! 병참부의 충실한 일꾼. 내가 읽어 줄까, 포? **독립군의 의복과 군수품 징발에 혁혁한 공로를 세워 훈훈한 평가를 받았음.** 보아하니 라파예트 후작*과 가까운 사이였던 것 같은데. 자네가 왜 이분에 대해 언급하지 않는지 나로서는 이유를 모르겠는데, 다만…."

나는 보고서 위로 다시 얼굴을 들이밀었다.

"흠, 이제 보니 전쟁 이후 그의 행적이 별로 으리으리하지 않았군. 포목점을 비롯해 여러 사업을 하셨단 말이지. 어떤 사업으로도 크게 성공하지 못했고. 그러다 어디 보자… **1805년에 파산 신고. 1816년에 무일푼으로 사망.** 안타깝기도 하지."

나는 미간을 찌푸리며 고개를 들었다.

"이런 사람을 **파산자**라고 하지 않나? 그러니 부끄러워서 베니딕트

---

* 미국독립전쟁에 참전한 프랑스의 사상가이자 장교.

아널드가 자네 할아버지인 척할 수밖에."

그가 고개를 저으며 말했다.

"그건 농담이었습니다. 그냥 재미 삼아 장난 좀 친 거예요."

"진실을 감추기 위한 수작이기도 했지. 참전 용사 데이비드 포와 **볼티모어** 포 집안에 얽힌 진실을. 내가 알기로 그는 빈털터리였거든."

그의 머리가 조금씩 떨구어지기 시작했고 나는 언성을 높였다.

"이로써 마지막 거짓말이 남는데, 바로 자네 부모님."

이 시점에서 나는 보고서를 들여다보지 않고 눈을 들었다. 이 부분은 외우고 있기 때문이었다.

"두 분은 1811년 리치먼드극장 화재 사건으로 돌아가시지 않았어. 거기에 불이 났을 때 자네 어머님은 이미 돌아가신 지 2주가 지났지. 사인에 대해서는 남은 기록이 불분명하지만 일종의 감염성 열병으로."

나는 이제 자리에서 일어났다. 보고서를 단검처럼 휘두르며 그에게로 다가갔다.

"그리고 자네 아버지는 현장에 있지도 않았지. 그 2년 전에 도망쳤으니. 기댈 곳 하나 없는 딱한 자네 어머니에게 어린 두 아이를 내팽개치고, 나쁜 인간. 그 뒤로 그를 다시 보았다는 사람은 없었어. 그를 그리워하는 사람도 없었고. 듣자 하니 아내처럼 주목받은 적 없는 형편없는 배우였다고 하더군. 벌써부터 요절이 걱정될 정도로 술을 마시고 있었고. 그런데 자네 집안에는 그게 흔한 증상인가 보더군. 아, 포 자네는 그걸 **병증**이라고 했던가? 여러 저명한 의사들에 의해 입증된 일종의 **병증**이라고?"

"선생님, 제발 그만하세요."

"자네의 그 딱한 어머니를 생각하면 안타까울 따름이지. 혈혈단신이었으니. 첫 번째 남편은 죽고, 두 번째 남편은 떠나고, 먹여살려야 하는 아이는 둘이나 되고. 아니, 미안, 내가 '**둘**'이라고 했나? **셋**이라고 한다는 걸 그만."

나는 보고서를 뒤적였다.

"그래. 그래, 맞네. 세 번째 아이가 있었지, 이름은 로절리. 현재 이름은 **로즈**. 다소 **애매한** 아이로 자랐다고 들었네만. 그다지⋯ 그다지⋯ 아, 그런데 이상하구먼."

나는 눈썹을 한데 모았다.

"1810년 12월에 태어난 모양인데 그렇다면, 곰곰이 따져 보니⋯ 자네 아버지가 사라진 지 1년도 넘게 지난 다음 아닌가. 흠."

나는 웃으며 고개를 저었다.

"희한하지 않나? 아이가 배 속에서 **1년**을 채우고 태어나는 경우도 있다니 나는 금시초문인데. 자네 생각은 어떤가, 포?"

그는 흔들의자 팔걸이를 감싸 쥐었다. 그런 채로 천천히 길게 숨을 토했다. 나는 대수롭지 않다는 투로 말했다.

"아, 뭐. 이런 부분들도 세련되게 받아들여야겠지. **여배우**에게 뭘 바라겠나? 자네도 예전부터 전해 내려온 우스갯소리 알지? 여배우와 매춘부의 차이점은 매춘부의 일은 단 5분 만에 끝난다는 것이라는 우스갯소리 말일세."

이 말에 그는 자리에서 벌떡 일어났다. 손을 발톱처럼 세우고 험상궂은 눈빛으로 나를 향해 다가왔다.

"앉게. 자리에 앉게, **시인** 양반."

그는 걸음을 멈추었다. 손을 양옆으로 떨어뜨렸다. 뒤로 몇 걸음 돌아가 흔들의자에 다시 앉았다.

이제 위협에서 벗어난 나는 창가로 걸어가 커튼을 젖히고 밤하늘을 똑바로 내다보았다. 맑고 평온하며 보랏빛이 도는 검은색 바탕에 점점이 별이 수놓아져 있었다. 동쪽 산비탈 사이 움푹한 골짜기에 납작하고 하얀 달이 걸려 있었다. 달빛이 처음에는 뜨겁게, 그다음에는 차갑게 천천히 물결치며 나를 비췄다.

"이제 남은 문제는 딱 하나뿐일세. 뒷조사로 해결하지 못한 한 가지. 자네가 범인인가, 포?"

놀랍게도 내 손가락이 떨리고 있었다. 아마 내가 꺼뜨린 장작불 때문일 것이다. 나는 말을 이었다.

"자네는 확실히 다채로운 인물이야. 하지만 **그 정도**까지일까? 나는 아닐 거라고 보았네. 히치콕 대위가 뭐라고 하건 간에."

나는 몸을 돌려 그의 흙빛 얼굴을 바라보았다.

"그러다 자네가 리와 포트퍼트넘에서 나눈 대화를 떠올렸지. 자네가 뭐라고 했는지 들려줄까? 내가 다 외운 것 같거든."

그는 멍하니 대답했다.

"좋으실 대로 하십시오."

나는 입술을 축이고 헛기침을 했다.

"1학년 생도 에드거 A. 포가 리 마퀴스 양에게 한 말. **망자들이 우리 곁을 떠나지 않는 이유는 그들을 향한 우리의 사랑이 너무 부족하기 때문이지 않을까 하는 생각이 들 때가 있어요. 우리는 그들을 잊어버리잖아요. 의도적으로는 아니더라도 아무튼…. 그래서 우리를 향해 외치**

는 거예요. 자기들을 기억해 달라고. 두 번 죽이지 말아 달라고."

포는 으르렁거렸다.

"그런데요?"

"아니, 이보다 더 결정적인 자백이 어디 있나. 남은 게 딱 하나 있다면 자네에게 당한 피해자를 찾는 거였는데, 그것도 몇 분 만에 해결됐지."

나는 이제 그의 의자 주변을 돌기 시작했다. 뉴욕에서 용의자를 심문할 때 그랬듯이 이런 식으로 그를 옭아맸다. 나는 그의 어깨 너머로 허리를 숙이고 그의 귀에 대고 속삭였다.

"자네 어머니지, 그렇지? 자네 어머니 말이야, 포. 자네가 어머니를 잊을 때마다… **다른** 여자의 품에 안길 때마다 어머니를 다시 죽이는 셈이잖은가. 존속살인. 모든 범죄를 통틀어 가장 심각한 범죄지."

나는 다시 허리를 펴고 걷기 시작했다. 마지막 한 바퀴를 마저 돌았다. 그러고 나서 그를 정면으로 응시했다.

"뭐, 걱정할 건 없네, 포. 누군가를 잊어버리는 게 교수형감은 아니니까. 그러니까 자네는 무죄일세. 알고 보니 자네는 살인범이 아니었어. 엄마를 사랑하지 않을 수 없는 꼬맹이라면 모를까."

그는 다시 벌떡 일어섰다가, 다시 머뭇거렸다. 이유는 나도 알 수 없었다. 체급 차이 때문이었을까? (그럴 마음이 있었다면 나는 얼마든지 그를 납작하게 때려눕힐 수 있었다.) 아마도 그보다는 힘의 차이 때문이었을 것이다. 체급과 힘은 전혀 차원이 다른 문제다. 남자들은 누구나 살아가는 동안 완벽한 무력감을 느낄 수밖에 없는 시점을 경험한다. 술을 사는 데 마지막 남은 동전 한 닢을 썼을 때, 사랑하는 여자에게 깨끗하게 차였을 때, 철두철미하게 신뢰했던 인간이 자신에게 못된 마음을 품고 있었다는 것을 알았을 때. 그런 순간에 **벌거벗은** 몸이 된다.

포가 호텔 객실 한복판에 그렇게 서 있었다. 모든 살갗이 벗겨진 사람처럼. 뼈가 안에서 와들와들 흔들렸다. 그가 한참 만에 입을 열었다.

"말씀 다 끝나신 거 맞죠?"

"오늘 당장은. 맞네."

"그럼 안녕히 주무십시오."

자존심이 그의 마지막 보루였다. 그는 고개를 꼿꼿하게 치켜들고 마지막으로 이 방문을 나설 것이다. 복도와 그 너머까지 그 자세를 유지할 것이다.

무슨 일이 있더라도 그러기 위해 노력할 것이다. 하지만 무슨 이유에서인지 그가 막판에 고개를 돌렸다. 무슨 이유에서인지 뜨거운 데 데인 듯한 투로 이렇게 말했다.

"오늘 선생님이 저에게 무슨 짓을 저질렀는지 언젠가 **느낄** 날이 있을 겁니다."

거스 랜도의 기록

34

12월 12일

나는 기상 신호가 들릴 때까지 깨어 있었다. 깨어 있었지만 감각이 뒤죽박죽으로 섞인 듯한 묘한 상태였다. 일어나 앉는데, 창밖으로 보이는 새벽의 잿더미에서는 구두약 비슷한 **냄새**가 나고 침대보에서는 버섯 맛이 나고 나를 감싼 공기 자체가 찰흙의 밀도로 느껴졌다. 한마디로 말해서 정신이 말짱한 상태와 피곤한 상태의 중간 어디쯤이었고, 어느 정도 시간이 지나자 피곤이 우위를 점했다. 나는 앉은 채로 잠이 들었다가 정오가 조금 지났을 때 일어났다.

얼른 옷을 갈아입고 허둥지둥 식당으로 건너가 짐승 같은 생도들이 걸신들린 듯 식사하는 광경을 잠깐 지켜보며 이런저런 생각을 하느라 급사 시저가 다가오는 줄도 몰랐다. 그는 오랜 친구처럼 인사를 건네고는 2층 식당에서 장교들과 함께 식사하지 않겠느냐고 물었다. 나 같은 신사에게는 2층이 훨씬 낫다며…. 나는 웃으며 그에게 말했다.

"그럼 나야 고맙지. 그런데 나는 지금 포 군을 찾고 있다네. 그 친구 소식 못 들었나?"

아, 포 군은 학생 식당 급사장에게 몸이 좋지 않아서 식사를 건너뛰고 병원에 가봐야겠다고 했다. 그게 30분 전 얘기였다.

병원에 가봐야겠다고? 흠. 그건 전에도 쓴 적 있는 수법이었다. 반별 훈련을 받을 준비가 안 됐나? 아니면 리의 집으로 찾아가 자기 얘기를 들어 달라고 애원하고 있을지도 모를 일이었다.

아니면….

그렇다, 이건 포 부인이 출연한 신파극에나 등장함 직한 발상이었다. 하지만 변명을 하자면 나는 누군가에게 마음의 상처를 준 적이 거의 없어서 머릿속이 뒤죽박죽이었던 것 같다. 포가 사랑의 도피 행각을 벌였나 보다는 생각을 하다니. 내가 시저에게 고맙다는 인사와 함께 얼른 동전을 한 닢 쥐여 주고 몸을 돌리려는데, 그가 이렇게 얘기하는 소리가 들렸다.

"안색이 안 좋으세요, 랜도 씨."

나는 왈가왈부하느라 지체하지 않았다. 이미 남쪽 막사로 달려가 2층 계단을 올라가서 성큼성큼 열 걸음 만에 복도를 지났는데….

포의 방 바로 앞에 생면부지의 남자가 서 있었다. 나이가 어느 정도 있어 보이고 180센티미터에서 5~6센티미터 모자란 키에 호리호리한데, 길고 당당한 매부리코와 나이가 아주 많은 사람에게 어울림 직한 텁수룩한 눈썹이 특징이었다. 총검을 교차하듯 팔짱을 끼고… **편하게 서 있었다**고 표현하고 싶지만, 벽 쪽으로 기울여진 몸이 눈곱만큼도 구부정하지 않았다. 마치 구석에 세워 놓은 사다리 같았다.

그는 나를 보더니 수직으로 몸을 세우고 고개를 돌려서 물었다.

"어딜 가면 포 군을 만날 수 있는지 아십니까?"

r 발음을 할 때마다 목젖을 울리는 스코틀랜드 억양이 희미하게 느껴지는, 높고 무감정한 목소리였다. 나는 그를 빤히 쳐다보았던 것 같다. 그는 여기 사람이 아니었다! 제복도 입지 않았고 사관학교 일과에 대해서도 전혀 몰랐다. 그리고 악령이 자기 앞길에 던진 미로 대하듯 이곳을 짜증스러워했다.

나는 한참 만에 이렇게 대답했다.

"저도 똑같은 걸 궁금해하던 중입니다."

선생님은 무슨 일로 포 군을 찾으십니까? 그 창백하고 골격이 도드라진 얼굴의 소유자가 내뱉은 질문이었다. 어쨌거나 질문을 받았으니 나는 평가위원회를 마주한 신입생처럼 열심히 답변했다.

"그 친구는… 사관학교에 **기여하고** 있다고 할 수 있겠는데요, 제가 진행 중인 수사를 돕는 것으로요. 아니, 기여하고 **있었다고** 해야 할지…."

"선생님은 장교이신가요?"

"아뇨! 아뇨, 저는… 저는 이 학교에 파견 나와 있는 사람입니다. 임시로요."

나는 더 이상 할 말이 없었기에 손을 내밀었다.

"거스 랜도입니다."

"안녕하십니까? 저는 존 앨런이라고 합니다."

이때 느낌을 어떤 식으로 표현하면 좋을지 모르겠다. 마치 동화 속 인물이 책에서 걸어 나온 느낌이었다고 할까. 나는 오로지 포라는 매개체를 통해 그를 접했고 포의 과거 이야기 속에 등장하는 인물들이 모두 환상적인 요소를 갖추고 있었기에, 그를 직접 대면할 확률이 길거리에서 켄타우로스를 만날 확률과 비슷할 거라고 생각하고 있었던 것이다.

나는 속삭이다시피 말했다.

"앨런 씨라고요. 리치먼드의 앨런 씨요?"

매처럼 생긴 눈이 번뜩거렸다. 숱 많은 눈썹이 한데로 모아졌다.

"그 아이에게 제 얘기를 들으신 모양이로군요."

"아주… 존경스럽고 훌륭한 분이라고…."

그 말에 그는 손을 치웠다. 몸을 살짝 돌리며 딱딱한 투로 얘기했다.

"그렇게 말씀해 주시다니 감사합니다. 하지만 그 아이가 저를 어떻게 얘기하고 다니는지는 잘 알고 있습니다."

묘하게도 그 말에 나는 그를 좋아하게 됐다, 조금. 동화 속 등장인물로 지내는 게 항상 좋을 수만은 없지, 이런 생각을 하면서. 그래서 나는 포의 방문을 열고 같이 들어가서 기다리자고 했다. 그에게 외투를 달라고 해서 벽난로 선반에 걸쳤다. 이제 막 뉴욕에서 오는 길이냐고 물었다.

그는 조금 자부심이 깃든 표정으로 고개를 끄덕였다.

"올겨울에 거의 마지막으로 출항하는 증기선을 어찌어찌 타고 왔죠. 요금을 깎는 건 당연한 수순이었고요. 일이 다 잘 해결되면 다음 배를 타고 내려갈 생각입니다. 호텔에서 지내면 된다는 얘기를 들었지만 정부에서 이미 잘 준비해 놓은 게 있는데, 군 식품 조달업자에게 주머니를 털릴 이유가 없지 않습니까."

그의 말투에는 징징거리는 기미가 전혀 없었다. 한 마디, 한 마디가 서판에 확실하게 새겨진 원리 원칙을 낭독하는 느낌이었다. 그는 어느 면으로 보나 세이어와 닮은 구석이 많았다. 딱 하나 차이점이 있다면 세이어가 중요하게 여기는 것은 금액이 아니라 이상이라는 것이었다.

"그나저나… 얼마 전에 재혼하셨다고 들었습니다."

"그렇습니다."

그는 축하한다는 내 말에 고맙다고 했고 그 뒤로 우리 사이에는 침묵이 흘렀다. 내가 어떤 식으로 작별 인사를 건네면 좋을지 고민하고 있었을 때 앨런의 얼굴 위로 미세한 떨림이 번지고 있는 것이 내 눈에 포착됐다. 이제 보니 그가 **내** 안색을 살피고 있었다.

"저기, 랜도 씨라고 하셨죠?"

"네."

"제가 좋은 뜻에서 충고 한 말씀 드려도 되겠습니까?"

"그럼요."

"아까 이 학교에서 어떤… 어떤 수사를 하는 데 에드거의 도움을 받고 있다고 하신 걸로 기억하는데요."

"말하자면 그렇습니다만."

"아무리 강조해도 지나치지 않는 얘기입니다만, 이 아이는 중책을 맡길 만한 인물이 못 됩니다."

"아."

나는 말을 하다 말고 멈췄다. 눈을 깜빡였다.

"음, 글쎄요, 앨런 씨. 제가 보기에는 포 군이 아주 성실하고 협조적이며…"

나는 말을 맺을 수가 없었다. 이 남자가 만난 이래 처음으로 나를 보며 미소를 짓고 있는데 그 미소가 종기를 째고도 남을 듯해 보였기 때문이었다.

"그럼 그 아이를 잘 모르시는군요, 랜도 씨. 유감스러운 말씀이지만, 저는 여태껏 그 아이보다 불성실하고 못 미더운 인간을 본 적이 없거든요. 사실 저는 그 아이가 하는 말이라면 뭐든 안 믿고 보는 게 습관이 됐을 정돕니다."

나는 이 말을 끝으로 그가 이 문제에 관한 한 더는 얘기를 하지 않을 줄 알았다. 나라면 그랬을 것이었다. 하지만 그건 앨런이 이 문제에 대해 왈가왈부하는 것을 얼마나 좋아하는지 모르고 한 생각이었다. 그가 허공을 찌르며 다시 말했다.

"그거 아십니까? 그 아이가 이 사관학교에 입학하기 전에 내가 군 복무를 대신할 사람을 구하라고 100달러를 줬어요. 무려 100달러를! 그래야 군에서 빠져나와 여기 입학할 수 있다고 해서. 그런데 두 달 뒤에 불리 그레이브스 병장이라는 그 복무대리인에게서 무시무시한 협박 편지를 받았지 뭡니까."

존 앨런이 그 이름을 어떤 식으로 발음했는지 독자 여러분도 들었어야 하는데. 지나가다 들으면 누가 그의 응접실로 내장을 질질 끌고 들어온 줄 알았을 것이다.

"불리 그레이브스 병장이 말하길 자기는 돈을 못 받았다고 하더군요. 에드거에게 따졌더니 '앨런 씨가 돈을 주지 않으려고 한다'라고 들었다면서. **앨런 씨가 돈을 주지 않으려고 한다니.**"

그는 한 마디마다 주먹으로 손바닥을 때려 가며 같은 말을 반복했다.

"아, 그게 전부도 아닙니다. 우리 에드거는 그레이브스 병장에게 내가 '술이 깨서 정신이 멀쩡할 때가 별로 없다'라고 했답니다."

그는 그 말이 내 입에서 나오기라도 한 것처럼 내 앞으로 다가왔다. 나와 반걸음 거리를 두고 서서 미소를 지었다.

"랜도 씨가 보기에는 내가 지금 정신이 충분히 멀쩡한 것 같습니까?"

나는 그렇다고 대답했다. 그는 여기에 만족하지 않고 창문과 대화를 나누기 시작했다.

"죽은 아내는 그 아이를 좋아했어요. 나는 아내를 생각해서 그 아이의 방탕한 행실과 속물근성과 **허세**를 참고 견뎠죠. 그 아이는 고마워할 줄 전혀 모른다는 걸 알면서도. 이제 더는 안 되겠습니다. 은행 문을 닫으려고요, 랜도 씨. 그 아이는 이제 독립하든지 완전히 굽히고 들어오든지 둘 중 하납니다."

바로 그 순간 포와 나는 하나가 되었다. 우리 둘 다 살아오면서 한 번쯤은 백만 년이 지나도 절대 구부러지지 않을 대쪽 같은 아버지를 구부러뜨려 보겠다고 애를 써 본 적이 있기 때문이었다.

"글쎄요. 그 친구가 아직 너무 **어리지** 않습니까. 그리고 달리 손 벌릴 데도 없고요. 들자 하니 포 집안은 몰락했다면서요."

"미육군이 있지 않습니까. 정해진 복무 기간을 마치면, 그나저나 그 자리도 **내가** 알아봐 준 겁니다. 4년 동안 복무하면 미래를 보장받을 수 있어요. 그렇지 않으면 뭐…."

그는 손바닥을 펼쳐 위로 들었다.

"실패가 하나 더 추가되겠죠. 나는 눈물 한 방울 흘리지 않을 테고요."

"하지만 앨런 씨, 댁의 아드님은…."

나는 여기까지밖에 말하지 못했다. 그가 고개를 휙 돌리더니 바늘처럼 가늘게 눈을 떴기 때문이었다.

"방금 뭐라고 하셨습니까?"

나는 소심하게 아까 했던 말을 되풀이했다.

"댁의 아드님이라고요."

"그 아이가 그 얘기도 한 모양이로군요?"

그의 말투가 바뀌었다. 천천히 타오르는, 모든 걸 겪은 말투였다.

"그 아이는 내 아들이 아닙니다, 랜도 씨. 그건 분명히 짚고 넘어가고 싶네요. 그 아이는 내 친척도 뭣도 아닙니다. 죽은 아내와 내가 불쌍히 여겨서 집에 데리고 있었던 거예요. 주인 잃은 개나 다친 새를 보호하듯. 한 번도 입양한 적 없고, 한 번도 입양할지 모른다고 오해를 살 만한 행동을 한 적도 없습니다. 그 아이가 나를 아버지라고 하는 건 기독교도들이 하는 말과 다를 바 없어요. 그 이상도 그 이하도 아닙니다."

아주 청산유수였다. 전에도 똑같은 말을 한 적 있다는 뜻이었다. 앨런이 말을 이었다.

"그 아이는 성년이 된 순간부터 계속 내 신경을 건드렸어요. 이제 나도 재혼을 하고 진짜 가족이 생겼으니, 피와 살을 나눈 사이 말이죠… 더는 그 아이를 데리고 있을 이유가 없어요. 오늘부터 그 아이는 자기 길을 가야 합니다. 오늘 그 말을 하려고 온 겁니다."

어련하실까. 나는 생각했다. **그리고 이건 마지막 리허설에 불과할 테고.**

"제가 아까 앨런 씨에게 말씀드리려고 했던 건 뭔가 하면, 댁의… 댁의 **에드거**가 요즘 들어 힘든 일을 좀 겪었다는 겁니다. 그래서 그런 말씀을 꺼내기에 지금은 좀…."

그는 딱 잘라 말했다.

"지금이나 나중이나 매한가지죠. 그 아이의 응석은 받아 줄 만큼 받아 주었다고 봅니다. 남자가 되고 싶으면 어린애 같은 종속 관계는 버려야 하지 않겠습니까?"

가끔 그럴 때가 있다. 어떤 사람이 말을 하고 있는데, 갑자기 그 위로 그가 아닌 제삼자의 목소리가 들리면서 그 제삼자가 아주 오래전에 이 사람을 상대로, 지금 이 사람이 하고 있는 말을 철퇴처럼 휘두른 적이 있다는 사실을 알게 되는 때가. 그러면 이보다 더 정확하고 이보다 더 끔찍한 가족의 유산은 없겠다는 걸 깨닫게 되지만, **이 모든 걸** 알면서도 여전히 그 말이 싫고 그 말을 하는 사람이 싫다.

그리고 그걸 깨닫는다는 것은 자유로워진다는 것과 같은 말이었다. 나는 이 장사꾼, 이 스코틀랜드 출신, 이 기독교도의 비위를 더는 맞춰 줄 필요가 없었다. 더는 그를 나보다 대단한 위인인 척 대접할 필요가 없었다. 나도 제대로 서서 그의 염소 같은 눈을 똑바로 들여다보며 이렇게 말할 수 있었다.

"그럼, 앨런 씨! 이 청년을 호되게 나무라고 그에게서 손을 떼고 지난 20년 세월을 음, 5분 만에… 아니, 그가 말대꾸를 하지 않으면 4분 만에 정리하고 다음 배를 타고 내려가면 되겠네요. 아, 알뜰하기도 하시지."

그가 고개를 옆으로 몇 센티미터 기울였다.

"아니, 랜도 씨. 어째 말투가 영 그렇습니다?"

"저는 앨런 씨 눈빛이 영 그렇습니다만."

이 말은 우리 두 사람 모두를 놀라게 했던 것 같다. 내가 그의 마르세유 무명 조끼를 잡고 온 체중을 실어서 그를 벽에 대고 납작하게 누른 것도 마찬가지였고. 뒤에서 창문이 덜커덩거리는 소리가 들렸다. 그의 조끼 아래로 단단하고 투실한 살이 느껴졌다. 그의 얼굴에 닿는 내 입 냄새가 느껴졌다.

"이 나쁜 놈아. 너 같은 인간 백 명을 더해 봐라, 그 아이보다 낫나."

가장 최근에 이 자크* 앨런의 몸에 아무라도 감히 손을 댄 게 언제였을까? 한참 전이었을 것이다. 그가 반항을 거의 하지 않은 것도 그래서였을 것이다.

하지만 나도 전의를 상실했다. 나는 그의 조끼를 놓고 뒤로 한 걸음 물러서며 말했다.

"이게 위로가 될지 모르겠지만 나 같은 인간은 천 명을 더해도 그 친구보다 못합니다, 앨런 씨."

남쪽 막사를 나섰을 무렵에는 눈이 따끔거렸고, 차가운 북풍이 불어와 내 온 얼굴에 불을 지르는 것이 솔직히 다행스럽게 느껴졌다. 나

---

* 스코틀랜드 사람을 지칭하는 단어. 모욕적으로 들릴 수도 있다.

는 발걸음을 재촉해 장교 숙소에 다다른 다음에서야 뒤를 돌아보았다. 그때 찢어진 망토에 가죽 샤코를 쓴 왜소한 인물이 자기 막사를 향해 천천히, 일직선으로 움직이고 있는 것이 내 눈에 들어왔다. 그는 맞바람에 고개를 숙이고 있었다. 그런 채로 자기 운명을 향해 걸어가고 있었다.

거스 랜도의 기록

35

12월 12일

기운 내게

그에게 마지막으로 할 수 있는 말이 이것뿐이었다. 나는 상업어음 뒷면에 이렇게 휘갈겨 쓰고는 그에게 전달될 수 있을 만한 유일한 장소에 두었다. 코시치우슈코 정원의, 우리만 아는 바위 아래에.

그런 다음에도 거기서 얼쩡거린 이유는 나도 모르겠다. 아마 그곳에 나밖에 없었기 때문이었을 것이다. 나는 돌 벤치에 앉아서 허드슨 강 건너편을 물끄러미 바라보고 졸졸 흐르는 샘물 소리를 들으며 자문했다. 내가 그런 쪽지를 남긴 의도가 뭐였을까? 포가 내 말을 경청해야 하는 이유는 뭘까? 내가 양심의 가책을 덜기 위해서 그랬던 거라면 어떻게 단 두 마디로 그런 중책을 완수할 수 있다고 생각했을까?

꼬리에 꼬리를 무는 질문들 그리고 그 질문들 사이로 콕콕 박혀 있는 내 발치의 풍경 조각들. 얼굴을 붉힌 장석, 대리석 무늬 물결, 수염

그림자 속으로 사라진 귀 모양의 봉우리.

"안녕하세요."

리 마퀴스가 내 앞에 서 있었다. 걸어오느라 얼굴이 발그스름했다. 지나가는 사람이 그녀에게 던진 듯 망토가 대충 걸쳐져 있었다. 머리에는 한쪽으로 쏟아진 아주 옅은 장미색 보닛 말고는 아무것도 쓰고 있지 않았다.

나는 놀란 바람에 잠깐 매너를 챙기지 못했지만 너무 늦지 않게 일어나 벤치를 손으로 가리켰다.

"앉으세요. 여기 앉으세요."

그녀는 조심스럽게 나와 1미터 거리를 두고 앉았고, 처음에는 신발끼리 서로 맞대고 비비는 것 말고는 아무것도 하지 않았다.

"오늘은 별로 춥지가 않네요. 어제에 비하면 덜 추운 것 같아요."

나는 이렇게 말해 놓고, 딱한 포가 날씨를 운운했다가 어떤 공격을 당했는지 뒤늦게 기억해 냈다. 나는 힐난에 대비해 마음의 준비를 했지만 그녀는 아무 말도 하지 않았다. 다시 내가 말했다.

"음. 동행이 있어서 좋네요. 이런 명당을 독차지하고 있으려니 마음에 걸렸는데."

그녀는 내 말을 듣고 있다고 안심이라도 시키려는 듯 잠깐 고개를 끄덕였다. 그러고 나서 잠시 후에 찡그린 얼굴로 자기 무릎을 쳐다보며 말했다.

"에드거와 제가 구브 삼촌댁에서 벌인 **촌극**에 선생님까지 끌어들여서 죄송했어요. 그냥 장난칠 궁리만 했지… 여파는 미처 생각 못했어요. 그러니까, **다른 분들께** 미칠 여파에 대해서는요."

"나는 아무 여파도 없었어요, 마퀴스 양. 그리고 듣자 하니 포 군도 처벌을 면했다고…."

"네, 저도 알아요."

"그러니까, 뭐 그리… 그래도 걱정해 줘서…."

"별말씀을요."

해야 할 인사를 마치자 그녀는 다시 고개를 들고 적극적으로 나와 시선을 맞췄다. 그 옅은 색 눈동자에 흐르는 묘한 윤기가 그녀의 온몸에 활기를 불어넣는지, 여느 때와 다른 느낌으로 다가왔다.

"랜도 씨, 괜히 수줍은 척하거나 시치미를 떼지 않을게요. 저는 일부러 여기까지 선생님의 뒤를 밟았어요."

"그럼 어떤 이유에서 그랬는지 말씀해 주시죠."

그녀는 잠시 말을 골랐다.

"저는…."

다시 또 잠깐 말을 멈췄다.

"저는 선생님께서 좀 오래전부터 제 동생을 용의선상에 두고 계셨다는 걸 알아요. 제 동생이 끔찍한 짓을 저질렀다고 의심하고 계신다는 것도. 증거만 있으면 제 동생을 체포할 생각이시라는 것도."

나는 남학생처럼 얼굴을 붉혔다.

"마퀴스 양. 이해해 주셔야 하는 것이, 그건, 그건 함부로 논할 수 없는…."

"그럼 제가 선생님 몫까지 대신해서 **분명히** 말씀드릴게요. 제 동생은 결백해요."

"진정한 누나답게 말씀하시는군요. 그러고도 남을 거라고 생각했습니다만."

"진짜예요."

"그럼 그렇게 밝혀지겠죠."

"아뇨. 그렇게 될지 자신이 없어서요."

그녀는 갑자기 자리에서 일어났다. 강 쪽으로 다가가 절벽을 내려다보았다. 그녀가 여전히 나를 등진 채 말했다.

"랜도 씨, 어떻게 하면 수사를 중단하시겠어요?"

"이런, 마퀴스 양, 저를 놀라게 하시는군요. 우리가 서로 매수할 만큼 잘 아는 사이는 아니지 않습니까?"

그녀는 몸을 휙 돌려서 벤치 쪽으로 한 걸음 다가와 외쳤다.

"그리길 원하세요? 저와 잘 아는 사이가 되고 싶으세요?"

이렇게 외치는 그녀의 모습이 얼마나 가관이었는지 모른다. 입술은 사납고 눈빛은 잔혹했다. 콧구멍은 아주 점잖지 못하게 벌렁거렸다. 겉은 얼음장이었고 속에서는 화산이 꿈틀거렸다. 모든 면에서 인상적이었다.

"사실 저는 지금 먼저 일어나고 싶은데요."

나의 이 말 한마디로 모든 불덩이가, 모든 얼음이 사그라들었다. 그녀는 양팔을 힘없이 늘어뜨리고 그 자리에 가만히 서 있었다.

그녀가 누그러진 투로 말했다.

"아, 그럼 제 짐작이 맞았군요. 선생님이 원하는 건 그게 아니었어요."

그녀는 웃음을 터뜨렸다.

"저는 선생님이 실패로 돌아갈 게 뻔한 저희 어머니의 음모에 말려

541

드신 줄 알고 걱정했지 뭐예요. 잘 알겠습니다. 그럼 제가 선생님은 저와 결혼할 필요가 없을 거라고 약속드리면 어떨까요? 또는 저를 두 번 다시 만날 일이 없을 거라고 약속드리면요?"

"실성하지 않은 이상 세상에 어떤 남자가 그런 조건을 요구하겠습니까?"

"하지만 선생님은 다른 남자들과 다르잖아요. 선생님의 인생 목표는 사랑을… 다시… 찾는 것이 아니라는 점에서요."

내 시선이 그녀를 지나 강물 쪽으로 향했다. 파란색 거룻배가 뒤덮인 연무를 가르며 남쪽으로 떠내려가고 있었다. 우는 비둘기 한 마리가 그 배의 항적 위를 물수제비 돌멩이처럼 폴짝폴짝 뛰고 있었다.

이윽고 패치 생각이 났다. 마지막으로 만났을 때 그녀가 어떤 식으로 움찔하며 내게서 멀어졌는지. 그리고 그걸 보며 내가 한편으로는 얼마나 슬퍼했고 또 한편으로는… 전부터 바라왔던 목적을 달성했다는 데 얼마나 기뻐했는지.

나는 인정했다.

"맞아요. 나는 그 사냥터에서 빠져나온 것 같습니다."

"오로지 무기를 들고 **다른** 사냥터로 나서기 위해서 말이죠. 제 남동생을 사냥하고 저희 온 가족을 전리품으로 삼는 게 선생님의 목표인가요?"

나는 차분하게 말했다.

"제 목표는 정의 구현입니다."

"**누구를 위한** 정의 구현인데요, 랜도 씨?"

나는 대답을 하려다 말고 멈췄다. 그녀에게서 변화가 느껴졌기 때문이었다. 갑작스러운 변화는 아니었다. 맨 처음에는 두 눈이 부글거렸다. 그다음에는 뺨이 설탕처럼 하얘졌고 입이 덫처럼 벌어졌다. 나는 애써 아무렇지 않은 듯이 말했다.

"흠, 아주 엄청난 질문인데요. 나중에 포 군과 함께 그걸 주제로 대화를 나눠보세요. 그 친구가 그런 방면에 아주 소질이 있거든요. 저는 해야 할 일이 있어서 이제 그만."

"이러지 마!"

아직 준비가 덜 된 것처럼 보이던 그녀의 입에서 이 말이 터져 나와 공기를 산산이 부수고 그 조각들을 사방으로 빙글빙글 날렸다.

"안 돼!"

그녀가 구버너 켐블의 서재에서 지른 비명과는 차원이 달랐다. 그건 그녀가 낸 소리, 인간의 소리였다. **이 소리는** 출처를 알 수가 없었다.

그리고 나는 이때 안도했던 것 같다. 그녀를 괴롭히고 있는 것이 뭔지 몰라도 나와는 상관없는 문제라는 사실을 알 수 있었던 것이다.

"마퀴스 양…."

하지만 그녀는 내 말을 듣지 못했다. 자신의 행동이 민망하게 느껴졌는지, 비틀거리며 나에게서 **멀어지기** 시작했다. 마치 자기만 아는 자괴감에 내몰리고 있는 사람 같았다. 나는 크게 외쳤다.

"마퀴스 양!"

처음에 내가 왜 그렇게 조심스럽게 그녀에게 다가갔을까? 그녀의 몸이 뭘 어쩌려는 건지 알면서도 내 팔다리로 부름에 응할 준비를 하지 못했다.

하지만 그녀의 팔다리는 뻣뻣해지는 와중에도 부름에 응하고 있었다. 우뚝한 지점으로 어찌어찌 자기 몸을 끌고 가… 휘청거리고 벌벌 떨며 그 끝에 서 있다가… 그 너머로 몸을 던졌다. 나는 고함을 질렀다.

"안 돼!"

팔을 붙잡았지만 그녀의 다른 부분이 이미 사라지려는 순간이라 너무 늦었다. 목전의 다른 모든 것과 더불어 나까지 데려가는 것이 그녀의 몸이 가진 **의도**였기 때문에 우리 둘은 쏟아지는 돌멩이와 타는 듯한 바람 사이로 함께 떨어졌다. 디딘 땅으로부터 점점 멀어지는 것이 느껴졌지만 그래도 나는 잡은 손을 놓지 않았다.

잠시 후 어딘가에서 느닷없이 다시 등장한 땅이 우리를 붙잡았다.

나는 눈을 떴다. 등과 무릎이 찢어진 것이 느껴지자 하마터면 웃음이 터질 뻔했다. 이 정도면 양호하지 않은가! 우리는 2미터를 가르고 튀어나온 화강암 시렁 위로 떨어졌지만 목숨을 구했다. 인간 사슬로 여전히 묶여 있었지만 그래도 목숨을 구했다.

하지만 이건 나의 엄청난 착각이었다. 우리는 아까보다 더 위험한 상태였다.

리는 화강암 위로 착지하지 못하고 완전히 넘어가—그걸 뒤늦게야 알아차리다니!—허공에 그야말로 대롱대롱 매달려 있었다. 그리고 그 화강암 가장자리에 걸쳐져 그녀를 붙잡고 있는 내가, 이 한심한 내가 그녀의 유일한 생명줄이었다.

그리고 우리의 아래는 넘쳐 나는 공기뿐이었고, 물에 부딪혀 반질반질해진 바위들이 우리를 박살 내기 위해 수백 미터 아래에서 벼르고 있었다. 나는 헉헉대며 그녀의 이름을 불렀다.

"리, 리!"

정신 차려요! 나는 이렇게 외치고 싶었다. 하지만 그녀의 상태를 알기에 얼마나 부질없는 소리가 될지 알았다. 그녀는 이제 격한 발작 상태로 접어들어 온몸이 책상처럼 딱딱했고, 인정사정없는 경련으로 걷잡을 수 없을 만큼 흔들렸기 때문에 잡고 있기가 거의 불가능한 지경이었다. 손은 주먹을 쥐었고, 눈동자는 안으로 돌아갔고, 거품이 가느다랗게 치아를 타고 흘렀다. 그러니 그녀를 불러 봐야 소용없었다.

게다가 아주 조금씩, 조금씩 그녀가 내 손에서 빠져나가는 게 느껴졌다.

"리!"

나는 도와 달라고 외치지 않았다. 그녀의 이름만 불렀다. 결국 나를 도울 수 있는 사람은 그녀뿐이라는 것을 알기 때문이었다. 우리가 추락한 지점이 너무 외진 곳이라 누군가에게 발견될 가능성이 없었다. 심지어 강물을 따라 흘러가는 통나무배와 소형 보트도 자기들 볼일에 열중하며 우리 곁을 아무 생각 없이 지나갔다.

사실 아티머스의 벽장에서만큼 난감한 순간이었다. 이번에도 나는 오로지 나의 기지와 패기로 해결해야 하는 개인적인 도전에 직면했다. 하지만 손가락 몇 개에 **두 사람**의 목숨이 달린 상황과 비교했을 때 나의 능력은 턱없이 부족하게 느껴졌다.

그녀가 점점 내 손에서 빠져나갔고 그럴수록 나도 점점 따라갔다. 아래에서 끈질기게 기다리고 있는 그 축축하고 시커먼 바위 쪽으로 내 몸이 조금씩 끌려갔다.

하지만 잠시 후에 내 손으로 그녀의 손목을 단단히 감싸 쥐는 데 성공했다. 미끄러짐이 멈추고 고요가 찾아오자 나는 어둑어둑해 오는 주변을 미친 듯이 두리번거리며 **뭐든**··· 뭐든 붙잡을 만한 것을 찾았지만, 아무것도 보이지 않다가···.

마침내 내 손가락이 뭔지 모를 단단하고 건조하며 울퉁불퉁한 것에 닿았다. 앞 못 보는 맹인처럼 촉감으로 정체를 파악했다. 뿌리였다. 바위 표면을 비집고 나온 나무뿌리였다.

내가 얼마나 와락 달려들었는지 모른다. 내가 그걸 얼마나 세게 움켜쥐고··· 다른 손으로는 리를 끌어올리기 시작했는지 모른다.

나를 양쪽에서 잡아당기는 힘이 너무 세서 이러다 내 몸이 찢어지는 게 아닌가 싶기도 했다. 하지만 이내 깨달았다시피 양쪽 힘이 균등하지 않았다. 우리 둘이 한데 합쳐져서 끌어당기자 뿌리가 구부러지기 시작했다.

제발. 나는 뿌리를 향해 간청했다. **제발 좀만 버텨줘.** 하지만 뿌리는 아랑곳하지 않고 점점 더 심하게 휘다가 책등처럼 **쩍** 하고 갈라지기 시작했고, 내 무언의 애원은 다른 것으로 바뀌었다. 똑같은 말을 계속해서 외치는 것으로 바뀌었다. 나는 며칠이 지난 다음에서야 이때 내가 반복했던 말이 뭐였는지 기억해 냈다.

"안 돼요. 안 돼요."

참으로 성스러운 간청 아닌가. 그것도 내 입에서 나온 소리라니! 기도하다 들킬 일은 전혀 없는 인간의 입에서. 그 뿌리가 마침내 부러졌을 때 내 손은 이미 다른 뿌리를 향해 본능적으로, 기적적으로 움직이고 있었고, 이 뿌리는 버텨 주었고, 정신을 차리고 보니 나는 바위

시렁에 다리를 벌리고 걸터앉았고, 리 마퀴스는 내 앞에 누워서 계속 벌벌 떨고 있었다. 숨이 붙은 채로.

나는 잠시 다음 행보를 고민하는 호사를 누렸다. 폴짝 뛰어서 올라 갈 수 없는 것만큼은 분명했다. 꼭대기까지 거리가 2미터가 넘었고 리 는 아까처럼 격하게 몸을 떨지는 않았지만 여전히 의식이 없었다.

그나마 한 가지 다행스러운 부분이 있다면 노출된 뿌리가 꼭대기까 지 지그재그로 이어져 있다는 것이었다. 어떻게 하면 우리 둘이서 **같 이** 올라갈 수 있을까, 그게 문제긴 했다. 나는 시행착오 끝에 낭떠러 지를 등지고 다리로 리의 허리를 감싸면 한 몸이 돼서 그녀를 바위로 내동댕이치지 않고 낭떠러지 옆면을 타고 올라갈 수 있겠다는 것을 알 아냈다.

아, 하지만 젠장, 얼마나 힘들었는지 모른다. 얼마나 더디고 땀이 나고 뜻대로 되지 않았는지 모른다. 여러 번 쉴 만한 곳을 찾아서 숨 을 돌리며 다시 올라갈 준비를 해야 했다.

너무 늙었어. 중간에 이런 생각을 했던 기억이 난다. **이런 일을 하 기에는 네가 너무 늙었어.**

절반을 올라가는 데 족히 15분은 걸렸을 것이다. 하지만 나는 몇 센티미터씩 끊어서 생각했고 1센티미터를 어찌어찌 이동하면 다음 1센티미터를 이동할 수 있었다. 바위 표면에 내 살이 아무리 베여도, 리의 몸무게 때문에 내 다리가 아무리 떨려도 다시 1센티미터는 올라 갈 수 있지 않을까?

이렇게 1센티미터, 1센티미터가 더해져 마침내 꼭대기에 다다랐을 때 우리는 한데 뒤엉켜 쓰러졌다. 나는 잠시 쉬며 숨을 고른 뒤에 그녀를 안아서 돌 벤치로 옮겼다. 여기저기서 욱신대고 피가 나는 몸을 하고서 숨을 헐떡이며 잠깐 동안 서서 그녀를 내려다보다가 그녀를 품에 안았다. 그녀의 움찔거림이 잦아들고 팔이 풀리고 몸이 서서히 정상으로 돌아오자 내 안의 공포가 애정 비슷한 것으로 서서히 바뀌었다.

이제 나는 그녀를 좀 더 이해할 수 있었다. 적어도 가장 명랑한 순간에조차 약간의 슬픔이 그녀의 표정에 맴도는 이유를 이해할 수 있었다. 그리고 이것도 이해할 수 있었다. 나는 그녀를 거의 몰랐다는 것. 또한 앞으로도 거의 알 수 없을 거라는 것.

잠시 후에 다시 내려다보니 그녀의 눈동자가 제자리로 돌아왔고 눈꺼풀이 저절로 깜빡이기 시작했다. 하지만 그녀의 몸은 내 품에 안긴 채 계속 부들부들 떨었고, 내가 보기에는 어둠에서 빠져나오는 이 순간이 최악이지 않을까 싶었다. 어둠에서 빛으로 빠져나오는 것이 아니라 어느 쪽으로든 되돌아갈 수 있는 하계로 빠져나오는 이 순간이.

그녀가 더듬더듬 말했다.

"왜 그러셨어요…."

"뭘요?"

그녀는 꼬박 1분이 지난 다음에서야 그다음 문장을 완성할 수 있었다.

"저를 그냥 놓으셨어야죠."

나도 뭐라고 대답하기까지 꼬박 1분이 걸렸다. 말이 계속 목에 걸렸다.

"그러면 뭐가 해결이 되는데요?"

나는 한참 만에 가까스로 이렇게 물었다.

내가 손가락으로 그녀의 이마를 쓰다듬자 그녀의 얼굴이 희미하게 되살아나기 시작했다. 눈이 다시 반짝거렸고 그녀는 그 눈을 들어 한없는 연민의 눈빛으로 나를 물끄러미 바라보았다. 이내 그녀가 속삭였다.

"걱정 마세요. 그가 그랬어요. 전부 해결될 거라고. 모든 게 해결될 거라고."

누가 그랬다는 걸까? 그것이 내 다음 질문이었어야 하는데, 나는 그 말을 듣고 너무 놀라서 아무 생각도 하지 못했다.

어느 정도 시간이 지나자 그녀는 고개를 들었고, 다시 어느 정도 시간이 지나자 일어나 앉았다. 그녀는 한 손으로 이마를 훔치며 희미하게 말했다.

"물 좀 부탁드려도 될까요?"

나는 샘물을 떠올 작정이었다. 모자를 쓰려는데 뒤에서 아까보다 조금 더 기운을 차린 그녀의 목소리가 들렸다.

"그리고 괜찮으시면 먹을 것도 조금만요."

"당장 다녀올게요."

나는 한 번에 두 계단씩 올라갔다. 다시 일어나 움직이고 일을 할 수 있다는 데 기뻐하며 이 시각에 어디서 먹을 것을 구할 수 있을지 고민했다. 호텔에 거의 도착했을 때 주머니에 손을 넣어 보니 조그맣고 네모나고 단단한 페미컨*이 있었다. 갈색으로 굳었고 쭈글쭈글했

---

* 쇠고기 가루에 지방·건포도 등을 섞어 굳힌 식품.

지만 아무것도 없는 것보다는 낫다는 생각을 하며 나는 왔던 길을 되짚어 정원으로 계단을 내려갔다.

그녀가 사라지고 없었다. 흔적도 없었다.

나는 덤불과 나무 뒤편을 뒤지고, 자갈길을 따라 배터리녹스와 랜턴배터리를 지나 체인배터리까지 갔다. 심지어 또다시 뛰어내렸나 싶어 절벽 아래까지 내려다보았다. 하지만 그녀는 아무 데도 없었고, 내게 남은 건 몸을 돌릴 때마다 들리는 그녀의 목소리뿐이었다.

전부 해결될 거예요.

내 딸아이가 했던 말이었다.

거스 랜도의 기록

36

포포 교수는 누군가에게 깜짝 선물 받는 것을 좋아하지 않는다. 아마도 자기 쪽에서 깜짝 선물을 준비할 틈이 없기 때문인 것 같다. 그리고 깜짝 선물이 빠진 포포 교수는⋯ 음, 그가 문을 열어 주었을 때 나는 하마터면 못 알아볼 뻔했다고만 해두자. 리를 찾으려다 실패하자 나는 호스를 잡아타고 곧장 교수의 집으로 달려가 떵거미가 지기 직전에 도착했다. 재스민과 인동은 말라서 죽었다. 개구리 뼈도 없었다. 배나무에 걸려 있던 새장도 사라졌다. 문 앞에 걸려 있던 죽은 방울뱀도 사라졌다.

그리고 포포도 사라졌다. 나는 후줄근한 판탈롱에 희미한 줄무늬 타이츠를 신고 문 앞에 서 있는 남자를 보았을 때 그런 줄 알았다. 그의 목에는 아무 장식 없는 상아 십자가 하나만 걸려 있었다.

이게 원래 모습이로군. 나는 생각했다. 옆에 아무도 없을 때는 은퇴한 교회지기처럼 지내는군.

교수가 딱딱거렸다.

"랜도, 지금은 좀 곤란한데."

나도 알다시피 우리는 아무 때고 불쑥 만날 수 있는 그런 사이가 아니었다. 그럼에도 그가 결국 물러난 것은 나에게서 풍기는 간절함의 악취가 진동했기 때문이었을 것이다. 그는 문에서 한 발 뒤로 물러나 꼼짝하지 않는 것으로 들어오라는 말을 대신했다.

"랜도, 어제 왔더라면 커스터드애플을 먹을 수 있었을 텐데…."

"감사합니다, 교수님. 시간 많이 뺏지 않겠습니다."

"그럼 무슨 일인지 얘기해 보게."

나는 여기까지 달려오는 동안 일시적인 변덕에 불과한 일로 시간과 수고를 낭비하는 건 아닌지 여러 번 고민했었다.

"교수님, 제가 지난번에 왔을 때 교수님께서 반대편으로 넘어간 마녀사냥꾼 얘기를 하신 적이 있는데요. 화형을 당하고… 자기 책을 불길 속에 던진…."

그는 짜증 섞인 몸짓으로 손을 흔들며 말했다.

"그랬지. 르클레르. 앙리 르클레르."

"성직자였다고 하신 걸로 기억하는데요."

"맞네."

"음, 그럼 혹시 어딘가에 초상화 가지고 계십니까? 판화라도요."

그는 나를 유심히 들여다보았다.

"원하는 게 고작 그건가? 초상화?"

"지금 당장은 그렇습니다."

그는 나를 자기 서재로 데려갔다. 원하는 책꽂이 앞으로 직행해 내가 아래에서 받쳐주지 않아도 다람쥐처럼 사다리를 타고 올라가 바스러지기 일보 직전인 12절판 책을 들고 내려왔다.

그가 책을 펼쳐 보였다.

"여기, 자네가 보고 싶다는 악마 숭배자."

나는 로만 칼라를 달고 주름이 풍성한 검은색 사제복을 입은 남자를 내려다보았다. 부드럽게 깎은 듯한 골격, 온화하게 생긴 두 눈, 도톰한 일자 입술. 인상이 좋고 이목구비가 남자답게 시원시원했다. 고해성사를 잘 듣게 생긴 얼굴이었다.

늙은 여우 같은 포포는 내 눈이 반짝거리는 것을 보았고 딱 잘라 말했다.

"전에 이 남자를 본 적 있는 게로군."

"네, 다른 그림으로요."

우리는 서로 쳐다보았다. 우리 둘 사이에 아무 말도 오가지 않았지만, 잠시 뒤 그가 뒷덜미로 손을 가져가 상아 십자가 체인을 풀었다. 그걸 내 손바닥에 떨어뜨리고 손을 오므려 주었다.

"랜도, 나는 원래 미신을 믿지 않아. 하지만 한 달에 한 번 정도는 그걸 사탕처럼 먹지."

나는 살짝 웃었다. 십자가를 다시 그의 손에 쥐여 주었다.

"제가 이미 폐를 너무 많이 끼쳤는걸요, 교수님. 그래도 감사합니다."

그날 밤에 호텔로 돌아가 보니 봉투 하나가 객실 문에 기대고서 나를 기다리고 있었다. 누가 보낸 건지 한순간도 의심의 여지가 없었다.

화려한 필기체와 글씨의 각도(딱 45도였다)가 서명이나 다름없었다.

나는 잠깐 그걸 내려다보며 서서, 그냥 무시할 수 있을지 고민했다. 그러다 그럴 수 없을 거라는 서글픈 결론을 내렸다.

랜도 씨께

더는 선생님께 아무 의무도 없지만, 그래도 한때는 선생님이 저의 일에 유익한 관심을 보여 주셨으니—그러셨다고 믿습니다!—제가 결심한 새로운 행보에 대해 궁금해하실까 싶어 알려드립니다. 불과 5분 전에 리와 저는 혼인 서약을 했습니다. 저는 조만간 사관학교를 자퇴하고 아내—이제 곧 저의 아내가 될 테지요—와 함께 이 황야에서 멀리, 멀리 떠날 겁니다.

선생님께 축하도 위로도 바라지 않습니다. 선생님께 **아무것도** 바라지 않습니다. 선생님의 영혼을 훼손한 그 증오와 비난으로부터 벗어나실 수 있기만을 바랍니다. 안녕히 계십시오, 선생님. 저는 사랑하는 이에게로 갑니다.

E. A. P.

이렇게 됐군! 나는 생각했다. **리가 시간을 지체하지 않았네.**

사실 내가 불안해진 이유는 너무 갑작스러운 소식이기 때문이었다. 왜 이렇게 급속도로 일이 진행됐을까? 리가 죽음을 일별한 직후에. 물론 포야 애인에게서 신호가 떨어지면 당장 반응할 준비가 되어 있었겠지만 리는 야반도주로 얻는 게 뭘까? 도움이 가장 필요로 하는 시기에 남동생과 가족을 저버리는 이유가 뭘까?

어쩌면 이건 결혼과 전혀 상관없는 문제일 수 있었다. 어쩌면 그보다 훨씬 긴급한 요인으로 인해 모든 일이 전보다 급속도로 돌아가게 된 것일 수 있었다.

그때 내 시선이 "안녕히 계십시오, 선생님."에 닿자 그 구절이 포도탄처럼 내게 날아와 복도를 내달리고 계단을 뛰어 내려가게 했다.

포가 위험했다. 나는 지금까지 알아 온 그 어떤 사실보다 더 확신할 수 있었다. 그리고 그를 살리려면 내 질문에 대답할 수 있는 사람, 아니 제대로 압력을 가하면 대답해 줄 사람을 찾아야 했다.

나는 자정 30분 전에 마퀴스 선생의 집에 도착했다. 술집에서 곤드레만드레 취한 남편처럼 문을 두드리자 외제니가 나이트가운을 걸치고 게슴츠레한 눈으로 나와 잔소리를 하려고 입을 벌렸지만 내 표정을 보고 하려던 말을 삼켰다. 그녀는 군소리 없이 나를 안으로 들였고 집주인이 어디 있느냐는 내 말에 서재 쪽을 애매하게 가리켰다.

촛불 하나가 켜져 있었다. 마퀴스 선생은 논문을 무릎 위에 펼쳐 놓고 큼지막한 벨벳 안락의자에 앉아 있었다. 눈을 감고 가볍게 코를 골고 있었지만 팔은 쭉 뻗어서 브랜디 잔을 감싸 쥔 채 그대로 그 자리를 지키고 있었다. 그런데도 브랜디에 일말의 요동조차 없었다(포도 그런 식으로 잠이 들곤 했다).

나는 아무 말도 할 필요가 없었다. 그가 눈을 부르르 뜨고서 잔을 놓더니 어둠을 향해 움찔거렸다. 그는 자리에서 일어나려고 했다.

"랜도 씨! 이 무슨 반가운 뜻밖의 손님인가요! 제가 지금 산욕열을 다룬 아주 흥미진진한 논문을 읽고 있었다는 거 아닙니까? 특히 선생님이라면 그… 그 탁월한 상론의 진가를 알아보실 거라는 생각을 하고 있었는데… 아, 그게 어디 있지?"

그는 방금 전까지 앉아 있다가 엉덩이를 뗀 의자를 쳐다보고 몽롱한 얼굴로 몸을 홱 돌렸다가 아직까지 자기 무릎에 얹혀 있던 논문을 발견했다.

"아, 여기 있군요!"

그는 기대에 찬 눈빛으로 올려다보았지만 나는 이미 거울 쪽으로 다가가고 있었다. 구레나룻을 살피고 뺨에 묻은 보푸라기를 털어내며… 마음의 준비가 됐는지 확인했다.

"다른 가족들은 어디 있습니까, 마퀴스 선생님?"

"아, 숙녀들이 깨어 있기에는 너무 늦은 시각 아닙니까. 다들 자러 들어갔지요."

"아, 그렇군요. 그럼 아드님은요?"

그는 나를 보며 눈을 깜빡였다.

"아니, 그 아이야 당연히 막사에 있겠죠."

"당연히 그렇겠죠?"

나는 그의 옆을 지날 때마다 부드럽게 몸을 스쳐 가며(방이 워낙 좁았다) 방을 일직선으로 천천히 가로질렀다. 내가 걸음을 옮길 때마다 그의 시선이 따라 움직이는 것을 느낄 수 있었다.

"뭐 마실 거라도 드릴까요, 랜도 씨? 브랜디라도?"

"아뇨."

"그럼 위스키요? 선생이 위스키를 좋아한다는 걸…."

"아뇨, 괜찮습니다."

나는 한 걸음 앞에서 걸음을 멈추고 촛불에 비친 그의 얼굴을 보며 씩 웃었다.

"선생님, 저는 선생님께 조금 화가 났습니다."

"네?"

"아주 걸출한 선조를 두셨던데요."

미소 비슷한 것이 멍하니 벌린 그의 입가를 스치고 지나갔다.

"아니, 그게 무슨… 누굴 말씀하시는 건지."

"앙리 르클레르 신부님이요."

그는 날개를 다친 자고새처럼 의자에 털썩 주저앉았다.

"뭐, 지금은 그 이름을 들어도 아는 사람이 별로 없겠죠. 하지만 그 시절에는 가장 탁월한 마녀사냥꾼이었다고 들었습니다. 정작 본인이 사냥을 당하기 전까지는. 불 좀 빌려도 되겠습니까?"

그는 대답이 없었다. 나는 양초를 들고 오래된 유화가 있는 책꽂이 사이 벽감 쪽으로 다가갔다. 맨 처음엔 그냥 흘끗 보고 지나갔던 초상화인데, 포포의 책에 실린 판화와 거의 똑같았다.

"이분이 르클레르죠, 맞지 않습니까, 선생님? 아, 인물이 훤하시네요. 저라도 이런 분은 내 편으로 두고 싶겠습니다."

나는 양초를 아래로 내려 젊은 시절 마퀴스 부인의 카메오를 비췄다. 카메오를 한쪽 옆으로 치우고 그 아래의 까칠까칠한 무광택 표면에 손을 얹었다. 전에 쿠션으로 착각했던, 퀴퀴한 녹색 커버였다.

"이게 그 책이죠? 부끄럽게도 저는 이게 책인 줄도 몰랐습니다. 질감이 참 특이하네요. 제가 기억하는 게 맞다면 늑대 가죽이라던데요."

나는 잠깐 망설이다가 그 아래로 손가락을 집어넣어 책을 들었다.

어찌나 무겁던지! 마치 매 페이지마다 납으로 줄을 긋고 금으로 장식한 것 같았다. 나는 맨 앞장을 펼치며 말했다.

"『악마론』. 선생님, 이 책을 팔면 거금을 주겠다는 사람들이 있답니다. 선생님은 내일 날이 저물기 전에 부자가 될 수도 있어요."

나는 책장을 덮고 조심스럽게 원래 있던 자리에 돌려놓은 다음 마퀴스 부인의 초상화를 그 위에 얹었다.

"선생님 가족은 제게 상당히 난해한 수수께끼였습니다. 누가 **지휘관**인지, 누가 분위기를 결정하는지 파악할 수가 없더군요. 가족 모두이지 않을까 중간부터 의심하긴 했습니다만, 거기에 외부인이 있을 줄은 전혀 몰랐습니다. 살아 있지도 않은 사람이 있을 줄은요."

나는 그의 앞으로 가서 섰다.

"따님은 간질을 앓고 있죠. 아뇨, 아니라고 하지 마십시오, 제가 두 눈으로 직접 봤으니까요. 발작이 일어나면 따님은 자기가 누군가와 접촉을 하고 있다고 생각합니다. 어쩌면 따님에게 이런저런 얘기를 하고 지시를 내리는 사람과."

나는 벽에 걸린 초상화를 가리켰다.

"**저분**이죠, 맞죠?"

마퀴스 선생은 시치미를 떼지 못했다. 능력이 부족한 게 아니라 그럴 수 있는 성격이 아니었다. 세상에는 비밀을 이판암처럼 쌓을 수 있는 사람들이 있다. 조금씩, 조금씩 쌓아서 절대 금이 가지 않도록 말이다. 그런가 하면 아주 살짝 건드리기만 해도 그냥 와르르 무너지는 사람들도 있다. 이런 사람들에게는 르클레르 신부 같은 얼굴도 필요 없다. 그냥 그 순간에 옆에 있기만 하면 된다.

마퀴스 선생이 후자였다. 그는 속을 털어놓을 준비가 되어 있었고, 과연 촛불이 퍼드덕거리다 꺼지고 밤이 새벽이 될 때까지 얘기를 이어 나갔다. 말길이 약해질 때마다 내가 브랜디를 한 잔 더 부어 주면 그는 고마운 천사 대하듯 나를 쳐다보았고 그러면 말길이 다시 뚫렸다.

그는 아리따웠던 여자아이 이야기를 들려주었다. 결혼, 지위, 혈통, 이 모든 항목에서 여자로서 최고의 조건을 갖춘 아이였다. 그런데 그 조건과 함께 딸려온 병이 있었다. 옆에 아무도 없을 때 그녀를 덮쳐 뇌를 멈추게 하고 그녀를 조롱박처럼 뒤흔드는 **무시무시한** 병이었다.

그녀의 아버지는 아는 한도 안에서 모든 치료법을 써 보았지만 소용이 없었다. 심지어 신앙요법까지 동원했지만 끔찍한 증상을 막지 못했다. 이 끔찍한 증상은 서서히 온 가족을 잠식하고 그들 모두를 바꾸어 놓았다. 그래서 그들은 안락한 뉴욕을 버리고 웨스트포인트라는 외딴 곳으로 거처를 옮겼다. 모임을 끊고 대체로 가족들끼리만 지냈다. 아버지는 큰 꿈을 포기했고, 어머니는 점점 모질고 괴팍해졌으며, 자기들끼리 자란 아이들은 사이가 비정상적으로 각별해졌다. 그들은 모두 각자의 방식대로 이 병에 얽매여 있었다.

"맙소사! 왜 아무한테도 알리지 않은 겁니까? 세이어라면 이해를 했을 텐데요."

"용기가 나질 않았습니다. 따돌림을 당하기는 싫었으니까요. 랜도 씨도 이해해 주셔야 할 것이 그때가 저희로서는 힘든 시기였습니다. 열두 살이 되면서 리의 증상이 훨씬 심각해졌거든요. 이러다 죽겠구나 하고 포기한 적이 한두 번이 아니었습니다. 그런데 어느 날, 칠월의 어느 날 오후였는데요, 정신을 차린 그 아이가…"

그는 말을 하다 말고 멈췄다.

"그 아이가요?"

"그 아이가 누굴 **만났다**고 하는 겁니다. 어떤 남자를요."

"그 남자가 르클레르 신부였다?"

"네."

"고조부나 뭐 그쯤 됐겠죠."

"네."

"그런데 그와 **대화를** 나눴다는 겁니까?"

"네."

"프랑스어로요?"

나는 물으며 눈을 부라렸다.

"네, 프랑스어가 유창했거든요."

그답지 않게 반항하는 말투였다.

"궁금한데요, 선생님. 이 신비로운 인물의 정체를 어떻게 알았답니까? 그 남자가 자기소개를 했다던가요?"

"초상화를 봤으니까요. 당시에는 다락방에 두었는데, 아티머스와 둘이서 어쩌다 본 모양입니다."

"다락방이요? 선조가 부끄러웠던 겁니까?"

그는 양손을 흔들었다.

"아닙니다, 아닙니다. 그래서 그랬던 게 아니에요. 르클레르 신부님은… 세간에 알려진 그런 분이 아닙니다. 부도덕하기는커녕 **치료사**였어요."

"세간의 오해를 샀다?"

"네, 바로 그거죠."

"그래서 세간의 오해를 산 이 딱한 치료사가, 따님의 상상으로 빚어낸 이 인물이 그녀에게 지시를 내리기 시작했군요. 그러면 그녀는 그 지시 사항을 아티머스에게 전달했죠. 그러다 어느 시점부터는 부인과 선생님까지 학생이 되었고요."

솔직히 나의 일방적인 추측이었다. 마퀴스 부인을 지목하는 근거 따위는 없었고 나의 직감이 유일한 증거였다. 이렇게 촘촘하게 지어져 방음이 안 되는 집에서는 어떤 비밀이든 오랫동안 유지될 수가 없었다. 그러니 넘겨짚은 것에 불과했지만 의사의 표정이 어두워지는 걸 보면, 계속 어두워지는 걸 보면 내 짐작이 적중했음을 알 수 있었다.

"아주 흥미진진한 교육과정이었겠습니다, 선생님. 주제는 제물이었겠죠. **동물**을 바치는 것. 그러다 동물로는 더 이상 효과를 볼 수 없는 지점에 이르렀겠죠."

그의 머리가 시계추처럼 양옆으로 움직였다.

"선생님이 떠받드는 갈레노스는 뭐라고 하겠습니까? 히포크라테스는 젊은 남자를 제물로 바치는 것에 대해 뭐라고 할까요?"

"아닙니다, 아니에요. 아이들이 프라이 군은 이미 죽어 있었다고 했어요. 사람을 죽이지는 않겠다고 했어요. 절대."

"그리고 선생님은 당연히 아이들의 말을 믿었겠죠. 뭐, 죽은 사람이 부활해 선생님의 딸과 대화를 나눌 수도 있다고 믿었으니."

"내게는 선택권이…."

"선택권이 없었다고요?"

나는 고함을 지르며 주먹으로 그의 의자 등받이를 내리쳤다.

"다른 사람이면 몰라도! 선생님은 의사, 과학도잖습니까. 어떻게 그런 미친 짓을 믿을 수가 있습니까?"

"왜냐하면….'

그가 손으로 얼굴을 덮었다. 그 사이로 여자아이 넋두리 같은 고음의 목소리가 흘러나왔다.

"안 들립니다!"

그는 고개를 들고 자기 목소리로 외쳤다.

"왜냐하면 내 힘으로는 그 아이를 구하지 못했으니까요!"

그는 눈가의 물기를 닦았다. 마지막으로 한 번 흐느낌을 터뜨리고 말없이 간청하는 투로 양손을 내밀었다.

"내 능력으로는 소용이 없었어요, 랜도 씨. 그러니 다른 데서 치료법을 찾겠다는 아이를 무슨 수로 말릴 수 있겠습니까?"

"치료법이요?"

"그가 약속한 게 그거였어요. 자기가 시키는 대로 하면 치료해 주겠다고. 그리고 딸아이는 정말로 상태가 **호전**됐어요, 랜도 씨. 그건 아무도 부인하지 못할 겁니다. 전처럼 자주 발작을 일으키지 않았고 발작을 일으키더라도 전처럼 심하지 않았어요. 상태가 호전됐다고요!"

나는 서재에 몸을 기댔다. 갑자기 피곤이 몰려왔다. 가늠할 수 없을 만큼 피곤해졌다.

"건강이 회복되고 있다면서 따님이 인간의 심장에 연연하는 이유가 뭡니까?"

"아, 그 아이는 전혀 연연하지 않아요. 하지만 풀려날 수 있는 방법이 그것밖에 없다고 그가 말했어요. 완전히 풀려날 수 있는 방법이."

"풀려나다니 어디서요?"

"저주. 선물. 그 아이도 지긋지긋해하고 있어요. 이제는 온전한 모습으로 돌아가 다른 여자들처럼 살고 싶어 해요. **사랑**을 나누면서."

"인간의… **장기**를 바치면 그럴 수 있다는 겁니까?"

"나도 모릅니다! 리하고 아티머스에게 뭘 하는지 나한테는 말하지 말라고 했어요. 그래야, 그래야 내가 가만있을 수 있다고."

그는 두 팔로 자기 몸을 감싸고 고개를 떨구었다. 인간의 약점을 옆에서 지켜보는 것이 가끔 힘겨울 때도 있다. 내 경험상 대부분의 부패는 그것에서부터 비롯된다. 약점. 강점으로 그걸 감추려는 시도.

"문제는 선생님의 자녀들이 이 깜찍한 악마 사관학교에 다른 사람들을 계속 끌어들이고 있다는 겁니다."

"아이들은 맹세했어요. 그 사건은 자기들이 저지른 짓이…."

"프라이 얘기를 하는 게 아닙니다. 밸린저나 스토더드 얘기를 하는 것도 아니고요. 아직 우리 곁에 남아 있는 사람 얘기를 하는 거죠. 따님이 포 군과 약혼한 걸 모르시는 모양이로군요?"

그가 외쳤다.

"**포** 군이요?"

그의 반응은 연극이라고 하기에는 너무 단편적이었다. 너무 이해가 안 되는 말이다 보니 단계별로 받아들이려고 하는데, 한 단계 한 단계가 딸꾹질처럼 그의 온몸을 흔들었다. 그는 더듬거리며 말했다.

"하지만 포 군은 여기 왔었는데요. 오늘 저녁에. 약혼에 대해서 아무도 얘기를 꺼내지 않았어요."

"포가 여기 왔었다고요?"

"네! 우리와 재밌는 대화를 나눈 뒤에 아티머스와 함께 한잔 하겠다고 응접실로 갔어요. 아, 교칙 위반이라는 건 압니다."

그가 인상적인 치아를 반짝이며 말했다.

"하지만 어쩌다 한 번 한 잔씩 마시는 거야 뭐 어떻습니까."

"아티머스도 있었단 말씀입니까?"

"네, 상당히, 상당히 즐거운 파티 분위기였고⋯."

"그럼 포는 언제쯤 갔습니까?"

"글쎄요, 잘 모르겠네요. 오래 있지는 못했습니다, 아티머스처럼 막사로 복귀해야 했으니까요."

내가 처음부터 능력을 제대로 발휘했다면 상황이 다르게 전개됐을지 궁금해질 때가 많다. 예를 들어 그 초상화를 처음 봤을 때 어떤 초상화인지 물어볼 생각을 했더라면. 또는 리 마퀴스의 병에 대해 맨 처음 들었을 때 그게 얼마나 중요한 역할을 하는지 파악했더라면.

또는 그날 밤 마퀴스의 집에 들어섰을 때 목격한 것의 정체를 한눈에 알아차렸더라면.

하지만 나는 30분이 지난 다음에서야 그것의 정체를 알아차렸고, 알아차리자마자 마퀴스 선생에게로 몸을 기울여 속에 담아 두었어야 하는 말을 그의 귀에 대고 날카롭게 속삭이는 실수를 저질렀다.

"그런데 선생님, 포가 이 집에서 나갔다는데 그의 망토가 현관홀에 걸려 있는 이유가 뭘까요?"

옷걸이에 걸려 있는 옷은 그것뿐이었다. 어딜 봐도 관급품인 검은색 모직, 다만 한 가지 특징이 있다면⋯. 내가 망토를 들어 보이며 말했다.

"이렇게 찢어졌다는 거죠. 보이십니까, 선생님? 어깨가 거의 이 끝에서 저 끝까지 찢어졌죠. 목재 작업장을 하도 몰래 드나들어서 이렇게 됐겠습니다만."

의사는 나를 빤히 쳐다봤다. 그의 입술이 부글거리다 아래로 처졌다.

"제가 여기서 배운 게 하나 있다면 생도들은 망토 없이는 아무 데도 가지 않는다는 겁니다, 선생님. 겨울에 기상 신호가 울렸을 때 방한복 없이 뛰쳐나가는 것보다 더 싫은 게 있을까요?"

나는 망토를 다시 옷걸이에 걸었다. 망토를 두어 번 손으로 쓸고, 최대한 아무렇지 않은 척 물었다.

"포 군이 이 집에서 나가지 않았다면 어디 갔을까요?"

뭔가가 그의 눈을 스치고 지나갔다. 아주 조그만 불똥이었다.

"뭡니까, 선생님?"

그는 이제 정신을 차리고 사태를 파악하려고 했다.

"애들이… 애들이 트렁크를 들고 나갔어요."

"트렁크요?"

"안 입는 옷이라고 했어요. 안 입는 옷을 정리하는 중이라고."

"애들이라면…?"

"아티머스요. 그리고 리가 돕고 있었고요. 둘 다 문을 열 손이 없길래 내가 문을 열어 줬죠. 그리고…."

그는 문을 열고 밖으로 한 걸음 나가서 아이들이 아직 거기 있기라도 한 것처럼 어둠을 응시했다.

다시 몸을 돌렸을 때 나와 눈이 마주치자 그는 하얗게 질린 얼굴로 귀를 막았다. 예전에 코시치우슈코 정원에서 그의 아내와 함께 있던 날 하고 있던 바로 그 자세였다. 아무것도 보거나 듣지 않으려는 사람의 자세였다.

나는 그의 손을 잡아서 옆구리로 끌어내리고 단단히 붙잡았다.

"아이들이 포를 어디로 데려갔습니까?"

그는 내게 반항했다. 나보다 더 힘이 센 사람이라도 되는 듯 그랬다. 나는 애써 침착하게 말했다.

"멀리 가지는 못했을 겁니다. 트렁크가 있으니까요. 걸어갈 만한 곳에 갔을 겁니다."

"나는 모르…."

"어디입니까?"

원래는 그의 귀에 대고 이렇게 고함을 지르려고 했는데, 막판에 목에서 뭔가가 걸리는 바람에 속삭임이 되고 말았다. 하지만 그 기세에 그의 얼굴이 뒤로 밀려났으니 고함을 지른 거나 진배없었다. 그는 눈을 감았다. 이 말이 그의 입에서 흘러나왔다.

"얼음창고요."

거스 랜도의 기록

37

12월 13일

마퀴스 선생과 나는 살을 에는 서풍을 가르며 연병장을 돌진했다. 나무들은 휘파람 소리를 냈고, 소쩍새는 거의 공중제비를 돌며 머리 위 하늘을 날았고, 여새는 미치광이 수도승처럼 조잘거렸고… 마퀴스 선생도 달리면서 조잘거렸다.

"**다른**… **다른** 사람을… 부를 필요는 없겠지요? 우리 가족의 문제니까요. 내가… 그 아이들에게 **얘기**할게요, 랜도 씨… 그러면 아무도 다칠 일 없을 거예요…."

나는 말허리를 끊지 않았다. 히치콕과 병력이 총출동할 수도 있다는 것이 그의 가장 큰 걱정거리라는 사실을 알았고, 나도 문제를 조용히 해결해야 하는 나름의 이유가 있었기에 묵묵히 듣고만 있었다. 하지만 그것도 멀리서 젊은 생도 둘이 우리를 향해 성큼성큼 걸어오기 전까지였다.

그 둘이 거의 한목소리로 외쳤다.

"거기 누구냐?"

히치콕이 최근에 지시한 것처럼 2인으로 구성된 초소 근무조였다. 벨트와 탄약통과 온갖 무기를 완전히 장착하고 있었다.

의사선생이 마치 기도하듯 내 팔에 손을 얹는 것이 느껴졌다. 나는 숨을 헐떡이며 최대한 침착하게 말했다.

"랜도다. 그리고 이쪽은 마퀴스 선생. 둘이서 느지막이 운동을 하러 나왔다."

"일보전진 후 암구호를 대라."

나는 이 무렵 초소 근무가 어떤 식인지 꿰뚫고 있었기 때문에 이것이 평소에는 형식적인 절차에 불과하다는 것을 알았다. 하지만 상황이 상황이다 보니 두 보초 중에서 나이가 많은 쪽이 바짝 긴장한 얼굴로 턱을 내밀고, 이제 막 어린애 티를 벗은 갈라지는 목소리로 명령을 반복했다.

"일보전진 후 암구호를 대라!"

나는 한 발 앞으로 다가가 말했다.

"타이콘데로가."

보초병은 잠깐 그 자세를 유지하다가 옆에서 동료가 헛기침하는 소리를 들은 다음에서야 내밀었던 턱을 거두며 퉁명스럽게 말했다.

"통과."

마퀴스 선생이 나와 함께 쏜살같이 달리며 뒤를 향해 외쳤다.

"훌륭하네, 제군! 자네들이 이렇게 근무하는 모습을 보니 든든하구 먼."

그날 밤에 우리가 야외에서 추가로 만난 사람은 학생 식당에서 급사로 일하는 시저뿐이었다. 그가 웬일로 언덕 꼭대기에 등장해 소풍 나온 어린애처럼 우리를 향해 손을 흔들었다. 우리는 달리느라 너무 정신이 없어서 마주 손을 흔들어 주지 못했다. 2분 뒤에 우리는 얼음 창고에 도착해 돌벽에 초가지붕이 얹어진 그 조그맣고 아늑한 건물을 올려다보았다. 포가 그 꼭대기에 올라가 내려다보며 시키는 대로 풀밭 위에 돌멩이를 놓았던 때가 문득 생각이 났다. 그때는 우리가 찾는 리로이 프라이의 심장이 바로 눈앞에 있는 줄 상상도 하지 못했건만.

"아이들이 어디 있습니까?"

속삭이는 수준에 불과했는데도 마퀴스 선생은 움찔하며 뒤로 한 발 물러났다. 그도 조그맣게 속삭였다.

"그게, 잘 모르겠네요."

"잘 **모르겠다**니요?"

"나는 가 본 적이 없어요. 아이들이 오래전에 놀다가 찾은 곳이라. 지하실 아니면… 지하 묘지, 뭐 그 비슷한 곳이라고 했어요."

나는 좀 더 큰 소리로 물었다.

"그러니까 **위치**가 어딥니까?"

그는 어깨를 으쓱했다.

"안이겠죠."

"선생님, 이 얼음창고는 어느 면이든 5미터가 안 됩니다. 그런데 이 안에 **지하실**이 있다고요?"

그가 희미하게 웃었다.

"미안합니다. 내가 아는 건 그게 전부예요."

그래도 등불을 챙겨왔고 내 주머니 안에 성냥이 있었다. 그랬음에도 우리는 양가죽으로 덮인 문을 열고, 그 냉기를 품은 어둠의 첫 숨결이 느껴지는 문지방 위에서 잠깐 머뭇거렸다. 조금 더 오래 미적거렸을 수도 있었겠지만 어렸을 때 이 안에서 길을 잘 찾은 아티머스와 리의 전례를 떠올렸다. 우리도 그 아이들처럼 할 수 있지 않을까?

하지만 시작부터 하마터면 큰일 날 뻔했다. 방심하고 있다가 우리 둘다 1미터 아래로 떨어졌기 때문인데, 다시 자세를 가다듬고 등불을 들어 보니 놀랍게도… 온 사방에 보이는 것이라고는 우리 모습뿐이었다.

우리는 반짝거리는 얼음 기둥 앞에 서 있었다. 길고 긴 한 해를 앞두고 지난겨울에 근처 호수에서 베어 내 한 덩어리씩 쌓아 놓은 것이었다. 그것이 미끈미끈하게 일렁이는 우리 모습과 묵은 태양과 같이 침침해진 등불을 일그러진 거울처럼 비추고 있었다.

물론 이건 얼음일 따름이었다. 그 덕분에 코젠스 씨의 버터가 녹지 않고, 다음번 자문위원회가 소집될 때 실베이너스 세이어의 디저트테이블을 빛낼 수 있고… 가끔은 흙으로 돌아가기 전까지 시신의 부패 속도를 조금이나마 늦출 수 있었다. 물이 언 것, 그뿐이었다. 하지만 얼마나 섬뜩했는지 모른다! 왜 그렇게 느껴졌는지 이유는 나도 모르겠다. 사방에서 풍기는 축축한 톱밥 냄새 때문이었을까? 아니면 구멍마다 끼워져 있는 짚에서 희미하게 삐걱거리는 소리가 났기 때문이었을까? 아니면 복벽 안에서 쥐들이 찍찍거렸기 때문일까 아니면 얼음에서 뿜어져 나온 성에가 제2의 피부처럼 내 몸에 들러붙었기 때문일까?

아니면 결국 이것 때문이었을까? 겨울용으로 따로 마련된 공간에 발을 들이는 데 따르는 불길함?

"멀지는 않을 겁니다."

570

의사선생은 중얼거리며 자기 등불로 도끼와 기중 집게들이 놓인 선반을 비췄다.

그의 숨소리가 아까보다 거칠었다. 아마 생각보다 더 따뜻하고 답답한 이곳의 공기 때문이었을 것이다. 내 등불은 이미 얼음 절단기의 단단한 금속선과 날카로운 톱날을 비추고 있었다. 순간 우리가 이빨이 달린 거대한 입천장에 매달려 그 입김에 이리저리 흔들리고 있는 듯한 착각이 들었다.

천장에 달린 통풍구도 숨을 쉬었다. 별빛에 물든 밤공기가 가만가만히 흘러나왔다. 나는 풍경을 감상하려고 뒤로 한 발 물러났다가 한쪽 발뒤꿈치가 뒤로 무너지는 것을 느꼈다. 다른 쪽 발이 그걸 막으려고 움직였다가 같이 무너졌다. 내 몸이 아래로 떨어졌다. 아니, 길고 느린 탄젠트곡선을 그리며 비스듬히 추락했다. 뭐라도 잡으려고 했지만 가까이 있는 것이 얼음뿐이라 손이 페인트칠처럼 떨어져 나왔고, 나는 그때 알아차렸다. 내가 배수관을 타고 내려가고 있다는 것을. 등불이 벽에 부딪혀 박살 난 순간, 마퀴스 선생의 표정이 내 눈에 언뜻 들어왔다. 그는 놀라며 걱정하는 한편 속절없는 표정을 짓고 있었다. 손을 내밀었지만 자기가 할 수 있는 일은 아무것도 없다는 것을 알기 때문이었을 것이다. 나는 계속 아래로, 아래로 떨어졌다.

우습게도 나는 끝까지 완전히 넘어지지는 않았고 막판에 고꾸라진 것도 오로지 지면과 충돌한 충격 때문이었다. 고개를 들었다. 양옆은 돌벽이었다. 바닥도 돌이었다. 내가 떨어진 곳은 얼음창고에서 5~6미터쯤 내려온 지하의 어떤 통로였다. 아무것도 없이 퀴퀴한 냄새를 풍겼고 포트클린턴을 건설하던 시기의 잔재일 수도 있었다.

앞으로 한 발 내디뎌 보았다. 딱 한 걸음이었을 뿐인데, 화답하는 소리가 들렸다. 가늘게 우두둑하는 소리였다.

나는 주머니에서 성냥을 꺼내 불을 켰다.

내가 뼛조각을 밟고 서 있었다. 온 바닥이 뼈로 뒤덮여 있었다.

대부분 포포의 집에서 본 개구리 뼈만큼 작았다. 다람쥐와 들쥐, 주머니쥐도 한두 마리 있었고, 새는 어마어마하게 많았다. 뼛조각들이 대충 아무렇게나 흩뿌려져 있었기 때문에 뭐가 뭔지는 알 수 없었다. 그걸 밟지 않고는 한 발도 내디딜 수 없었기 때문에 사실상 경보장치의 역할만 하는 것 같았다.

그래서 나는 다시 바닥에 엎드려 한 손에 성냥을 들고 다른 손으로는 뼈를 쓸어 가며 복도를 기어가기 시작했다. 다리나 조그만 머리뼈가 손가락 사이에 낀 적도 여러 번이었다. 그럴 때마다 손을 흔들어서 털어 가며, 쓸고 기고 쓸고 기기를 되풀이했다.

첫 번째 성냥불이 꺼지자 다시 한 개를 켜서 천장 쪽으로 들어 보니 박쥐 떼가 앙증맞은 검은 핸드백처럼 매달려 벌떡거리며 숨을 쉬고 있었다. 벽을 타고 처음으로 소리의 물결이 들려오는데 정체는 알 수 없었고, 웅얼거림이 비명 소리로 바뀌었다가 나지막이 쏘아붙이는 소리가 울부짖는 소리 때문에 끊기곤 했다. 소리가 절대 크지는 않았다. 어쩌면 진짜가 아닐 수도 있었다. 그래도 바위처럼 켜켜이 쌓인 소리라도 되는 듯 설득력 있게 들렸다.

나는 좀 더 속력을 높였다. 그렇게 복도를 기어가는 동안 손에 들린 성냥 불빛이 점점 희미해져가는 것을 느꼈다. 뭔가가 그것과 **싸우고**

있었다.

나는 성냥불을 끄고 부글거리는 어둠 속을 실눈으로 응시했다. 3미터쯤 앞에서 벽 틈새로 손바닥만 한 빛이 새어 나오고 있었다.

내 평생 그렇게 희한한 빛은 처음이었다. 크림처럼 차갑고 그물처럼 가닥가닥 꼬아져 있었다. 거리가 가까워질수록 그물은 줄무늬로, 줄무늬는 네모반듯한 면으로 바뀌었고, 갑자기 어떤 방이 내 앞에 등장했다. 사방에 불을 지핀 방이었다.

벽을 보면 줄줄이 이어지는 촛대에서 가는 양초가 활활 타고 있었다. 바닥에는 횃불이 동그랗게 놓여 있었고 그 동그라미 안에 삼각형 모양으로 촛불이 놓여 있었다. 천장 근처에서도 불길이 이글거렸다. 숯 화로를 어찌나 세게 지펴 놓았는지 불길이 천장에 닿을 정도였고, 화로 옆에 돌로 받쳐 놓은 소나무도 화염을 뿜어내고 있었다. **너무** 뜨겁고 너무 환해서 작정하지 않는 이상, 필사적으로 덤비지 않는 이상 다른 뭔가를 볼 수가 없었다. 예컨대 누군가가 삼각형의 밑변에 새겨 놓은 글씨만 해도 그랬다.

ƧHT

이 세 글자가 횃불과 촛불 사이에서 조용히, 어떤 목적을 가지고 어른거렸다. 회색 홈스펀 가운을 입은 왜소한 수도승, 수단*과 중백의

---

*   그리스도교 성직자가 입는 긴 사제복.

[*]를 입은 사제 그리고⋯ 조슈아 마퀴스의 것으로 보이는 제복을 입은 미육군장교.

내가 마침 알맞은 때 도착했다. 마퀴스 가족의 전용 극장에서 이제 막 연극이 시작된 참이었다.

하지만 이건 무슨 연극일까? 내가 포포의 책에서 본 야만적인 의식은 어디로 갔을까? 갓난아이를 끌고 가는 날개 달린 악마는? 빗자루에 걸터앉은 할망구와 보닛을 쓴 해골과 춤추는 괴물 석상은? 나는 엄연한 죄악의 현장을 예상했건만—그걸 '바랐던' 것 같다—이건⋯ 가장 무도회였다.

파티 참석자 중에서 수도승이 내 쪽으로 고개를 돌렸다. 나는 벽 뒤로 얼른 숨었지만 수도승 두건 아래 감추어져 있던, 토끼처럼 생긴 마퀴스 부인의 냉랭한 민낯을 횃불로 확인한 뒤였다.

내가 보았던 그 정서적으로 불안하고 함박웃음을 남발하던 여자가 아니었다. 여기에서는 멍하니 다음번 명령을 기다리는 종자로 전락했다. 1분도 지나지 않았을 때 명령이 떨어졌다. 아니나 다를까, 미군장교가 그녀 쪽으로 고개를 숙이고 조심스럽게 건네는 소리가 그대로 내귀에 날아와 꽂혔다.

"조만간 준비하세요."

두말하면 잔소리지만 아티머스였다. 그는 죽은 삼촌의 제복을 입고 있었다. 포처럼 딱 맞지는 않았지만 그래도 그는 8번 테이블 조장다운 자부심으로 똘똘 뭉쳐져 있었다.

---

* 소매가 넓은 흰색 사제복.

장교가 아티머스라면 제3의 인물, 그러니까 고개를 숙이고 어깨를 오므린 채 우둘투둘한 돌 제단을 향해 천천히 걷고 있는 사제가 리일 수밖에 없었다.

과연 리 마퀴스였다. 베니 해이븐스의 술집 앞에서 내 손에 뜯긴 로만 칼라만 없었다.

그녀는 평소와 다르게 낭랑한 목소리로 말을 하고 있었다. 내 비록 외국어 전문가는 아니더라도 그 말이 라틴어도 프랑스어도 독일어도, 인간의 그 어떤 언어도 아니라고 장담할 수 있었다. 즉석에서 리 마퀴스와 앙리 르클레르가 만든 언어였다.

어떤 식이었는지 내가 여기에 옮겨 적고 싶지만 **스크랄리코나파헤에레노브**, 이런 식이라 헛소리, 그 자체로 보일 것이다. 사실상 그렇긴 했지만 한 가지 특이점이 있었다. 그걸 듣고 나면 **모든** 언어가 헛소리로 전락해 거의 반세기 동안 썼던 말조차 먼지 덩어리처럼 두서없게 느껴진다는 것이었다.

하지만 이 언어가 리의 동지들에게는 의미 전달이 되었는지, 잠시 후에 그녀가 억양을 높이자 셋이 하나가 되어 마법의 동그라미 바로 바깥쪽에 천을 덮고 눕혀져 있는 물건을 응시했다. 그들의 주술이 이 정도였다. 횃불이 그 물건을 계속 은은하게 비치고 있었음에도 나는 그제야 그 물건의 존재를 알아차렸다. 그리고 아무리 빤히 쳐다보아도 마퀴스 선생이 그랬던 것처럼 내 눈에는 옷더미로 보였다. 거기서 맨 손 하나가 삐져나와 있었음에도.

아티머스가 무릎을 꿇고 앉았다. 그가 옷을 하나씩 걷어 내자… 엎드린 포 생도가 드러났다.

그는 망토는 없었지만 다른 제복을 입고 있었고, 누워 있는 모습이 마치 다섯 발의 예포와 함께 땅에 묻히려는 시신 같았다. 얼굴은 핏기 하나 없고 손가락이 뻣뻣하게 굳어서 글렀나 보다는 생각이 들 정도였다. 하지만 잠시 후에 그가 감전이라도 된 것처럼 전신을 부르르 떨었다. 내 평생 그때처럼 냉기가 고마웠던 적이 없었다.

아, 거기가 정말 춥긴 했다. 얼음창고보다 훨씬 춥고, 극지방보다도 추웠다. 심장을 한참 동안 멀쩡하게 보관할 수 있을 만큼 추웠다.

아티머스가 포의 셔츠 소매를 걷어 올리고… 그의 아버지가 들고 다님 직한 왕진 가방에서 지혈대와… 조그만 대리석 양념통과… 좁은 유리관과… 메스를 차례대로 꺼냈다.

나는 아무 소리도 내지 않았지만 리는 내가 거기 있는 걸 알기라도 하는 듯 달래려고 했다. 딱히 누구에게라고 할 것 없이 "쉬이이이이잇"이라고 속삭였다.

그렇다. 그녀는 내게 **다 해결될 거**라고 얘기하고 있었다. 그리고 나는 그 말을 믿지 않았지만 이의를 제기하지도 않았다. 아티머스가 포의 가늘고 파란 팔뚝 혈관에 메스를 갖다 댔을 때도. 피가 관을 타고 옆에 놓인 양념통으로 똑똑 떨어지기 시작했을 때도.

이 모든 게 5초 만에 끝났지만—아티머스가 아주 제대로 배웠다— 메스에 찔리면서 포의 몸속에서 뭔가가 깨어난 모양이었다. 그가 다리와 어깨를 부르르 떨었다. "리"라고 웅얼거렸다. 적갈색 눈을 번쩍 뜨고 **자기 자신**이 그릇 속으로 사라지는 광경을 지켜보았다.

"이상하네."

그는 이렇게 중얼거리며 일어나려고 하는 듯이 움직였지만 얼마

남지도 않은 기운이 이미 빠져나가기 시작했다. 심지어 들보 사이로 새는 빗물처럼 내 귀에 그 소리가 들리는 것만도 같았다. 똑… 똑… 똑…. 그리고 핏줄기가 약해질 때마다 아티머스가 지혈대를 눌렀다.

이러다 죽겠네. 나는 생각했다.

포가 팔꿈치를 딛고 몸을 일으켰다.

"리."

잠시 후에 한 번 더 그녀의 이름을 불렀다. 이글거리는 횃불과 촛불 사이로, 그녀가 입은 제의 사이로 어찌어찌 그녀를 찾기라도 한 것처럼 좀 더 단호하게 불렀다.

그리고 그녀는 준비하고 있었다. 어깨 위로 머리칼을 쏟으며 그의 옆에 무릎을 꿇고 앉아 꿈결 같은 미소를 지었다. 축복이었어야 할 그 미소가 세상에서 가장 끔찍한 고통처럼 그를 덮쳤다. 그는 반대편으로 피하려다 잘되지 않자 다시 한 번 몸을 일으키려고 했지만 이번에도 힘이 받쳐주지 못했다. 게다가 아티머스가 어찌나 잘 절개해 놓았는지 피가 끊임없이 흘러나왔다. 똑… 똑….

리가 손으로 그의 떡 진 머리를 쓸어 올리고—아내 같은 애정이 담긴 손길이었다—그의 턱을 길고 다정하게 어루만졌다.

"금방 끝날 거예요."

그는 더듬더듬 물었다.

"뭐가요? 뭔지 모르… 뭐가요?"

그녀는 한 손가락을 그의 입술에 갖다 댔다.

"쉬이이이이잇! 몇 분만 있으면 모두 끝날 테고 그러면 나는 자유로운 몸이 될 거예요, 에드거."

포가 희미하게 되물었다.

"자유로운 몸이요?"

"자유로운 몸으로 당신의 아내가 되는 거죠. 이보다 더 좋을 순 없 겠죠?"

그녀는 이내 깔깔대고 웃으며 자기 옷을 잡아당겼다.

"먼저 이 사제 노릇부터 때려치워야겠지만!"

그는 말을 한 마디씩 내뱉을 때마다 변신하는 사람 대하듯 그녀를 빤히 쳐다보았다. 그러다 자기 팔을 들어 유리관을 가리키며 어린애 같은 목소리로 물었다.

"하지만 **이건**요. 리. 이건 뭐예요?"

하마터면 내가 대답할 뻔했다. 얼음장처럼 차가운 그 지하실이 쩌 렁쩌렁 울리도록 외치고 싶었다. 박쥐들에게 대고 고함을 지르고 싶 었다.

포, 아직도 그걸 모르겠단 말인가? 저들이 원하는 건 동정남이야.

거스 랜도의 기록

38

솔직히 **나도** 그 직전에서야 퍼뜩 깨달았다. 아티머스가 어두컴컴한 계단통에서 포에게 했다는 이상한 말이 힌트였다. **"하지만 내 느낌상 너는 아직, 뭐랄까, 경험이 없지? 여자 경험이 말이야."** 나는 이 말을 며칠째 곱씹으며 서광이 비치길 기다렸고 마침내 서광이 비치자 아티머스가 그런 질문을 한 이유가 음탕한 호기심 때문이 아니라는 것을 알 수 있었다. 그는 다른 이를 대신해 그렇게 물은 것이었다. 위대한 마법사들이 원래 그렇듯 더욱 장대한 의식을 위해 가장 훌륭한 피를 요구하는 앙리 르클레르를 대신해서.

리가 포의 턱 아래에 손을 넣어 그의 얼굴을 자기 쪽으로 돌리며 말했다.

"내 말 잘 들어요. 이건 **반드시** 거쳐야 하는 과정이에요. 알겠어요?"

그는 고개를 끄덕였다. 그의 의지인지 그녀의 손가락이 저지른 농간인지 모르겠지만, 아무튼 고개를 끄덕였다. 그러고는 그의 피가 담긴 양념통을 두 손으로 감싸는 그녀를 가만히 지켜보았다.

통이 이제 거의 다 찼다. 그녀는 뜨거운 수프가 담긴 그릇이라도 되는 것처럼 조심스럽게 그걸 들고 돌 제단 앞으로 갔다. 그러고는 몸을 돌려 모든 사람과 한 명씩 차례대로 눈을 맞췄다. 양념통을 머리 위로 들어… 침착하게 뒤집었다.

서서히 쏟아진 피가 그녀의 정수리에 고였다가 옆으로 넘쳐 반짝이는 띠처럼 그녀의 얼굴을 타고 흘러내렸다. 그래서 그녀는 가장자리에 술 장식이 달린 전등갓을 쓴 것처럼 우스꽝스러워졌지만 그 장식은 죄처럼 그녀에게 들러붙었고, 그녀가 피의 베일 사이로 내다보며 말문을 열었을 때 그 입에서 흘러나온 말은 놀랍게도 영어였다. 그리고 완벽하게 알아들을 수 있었다.

"위대한 아버지시여. 당신의 선물에서 저를 놓아주소서. 놓아주소서, 자비로운 아버지시여."

그녀는 돌 제단 뒤편으로 손을 뻗어… 돌벽 사이 조그만 틈새에서 작은 나무상자를 꺼냈다. 그녀의 아버지가 쓰는 시가 상자인 것 같았다. 그녀는 뚜껑을 열고 안에 든 내용물을 꼼짝 않고 쳐다보더니 훌륭한 선생답게 상자를 내밀어 동지들에게 보여 주었다.

그 작은 상자 안에 담겨 있으니 어찌나 시시해 보이던지! 마퀴스 선생의 말마따나 주먹보다 조금 큰 정도였다. 이만한 수고를 들일 가치가 없어 보였다.

하지만 저 심장이 모든 사태의 시작이었다. 그리고 모든 사태의 대미를 장식할 것이었다.

이제 리의 입에서… **욕설**이라고 할 수밖에 없는 말들이 낭랑하게 쏟아져 나왔다. 다시 생경한 언어를 쓰고 있었지만 자음으로 입술을 후려치고 각각의 발음을 잔인하게 음미해 가며 아주 음탕하기 그지없게 쏟아 냈다. 그러다 잠시 후에 그녀의 목소리가 잦아들었고, 그녀가 천장을 향해 심장을 들어 올리자 지하실이 정적에 휩싸였다.

나는 그때 뭔가가 시작되려고 한다는 것을 알았다. 이제 더는 기다려봐야 아무 소득이 없다는 것을 알았다. 포를 구하려면 **행동**을 취해야 했다, 그것도 지금 당장.

이상하게 들릴지 모르지만 내가 멈칫거린 이유는 위험해서가 아니라 **자존심**이라는 묘한 감정 때문이었다. 나는 마퀴스 가족 극장에 추가되는 또 한 명의 출연자가 되고 싶지 않았다. 자기 대사도 모르고 어떤 내용의 작품인지 거의 알지도 못하는 그런 출연자라면….

그래도 내가 파악한 정보가 있었다. 이 가족 안에는 약한 연결 고리가 있다는 것. 거길 잽싸게 공략하고 정신을 똑바로 차리면 이 상황을 타개하고 포를 구하고… 하루를 더 살 수 있을지 몰랐다.

아, 하지만 복도에서 꾸물거리던 그때 그 순간만큼 내 나이를 실감한 적이 없었다. 대타를 구할 수만 있다면 뒤도 안 돌아보고 그 사람을 저 안으로 밀어넣고 싶었다. 하지만 대타는 없었고, 리 마퀴스는 높은 선반에 리넨을 쌓는 사람처럼 고개를 위로 들고 있었고, 그 동작하나만으로도—그리고 그 동작이 암시하는 것만으로도—나를 자극하기에 충분했다.

나는 방 안으로 성큼성큼 세 걸음 걸어갔다. 횃불의 열기가 내 얼굴을 할퀴는 그곳에 서서 그들이 나를 발견해 주길 기다렸다.

오래 걸리지는 않았다. 5초도 안 돼서 두건을 쓴 마퀴스 부인이 내쪽으로 고개를 홱 돌렸다. 두 아이도 차례대로 그녀를 따라 했다. 심지어 약물에 취했고 생기가 빨간 피를 통해 천천히 흘러나가고 있었던 포마저 어찌어찌 나와 눈을 맞췄다. 그가 속삭였다.

"랜도 씨."

횃불이 아무리 뜨겁다 한들 내게 꽂힌 그 시선의 열기에 비하면 아무것도 아니었다. 그 눈빛에 담긴 요구 사항은 동일했다. 내가 여기 등장한 이유를 설명하라는 것. 그전에는 아무것도 진행할 수 없었다.

"좋은 밤입니다."

나는 이렇게 말해 놓고 회중시계를 확인했다.

"미안합니다, **새벽**이라고 해야겠군요."

나는 나의 인간적인 한계 안에서 최대한 명랑하게 말했다. 그래도 초대받지 않은 **아웃사이더**의 목소리를 듣고 리 마퀴스는 움찔했다. 그녀는 시가 상자를 바닥에 내려놓고 나를 향해 한 걸음 다가와 두 팔을 벌렸다. 처음에는 환영의 제스처로 보였지만 반항조로 바뀌었다.

"여기는 당신이 있을 곳이 못 되는데요."

하지만 나는 이미 그녀를 무시한 채, 수도승의 두건을 뒤집어쓰고 그 옆에 서서 입술을 떨고 있는 여자에게로 고개를 돌렸다. 나는 온화하게 말을 건넸다.

"마퀴스 부인."

자기 이름이 불리자 그녀의 안에서 변화 같은 것이 일어났다. 그녀는 두건을 벗어서 곱슬머리를 드러냈다. 심지어 나를 보며 **미소**를 지었다. 자기 스스로도 어쩔 수가 없었던 것이다! 마치 교수마을의 자기 집에서 휘스트*를 치자고 우리를 구슬리려는 사람 같았다.

"마퀴스 부인. 뭐 하나만 여쭤봐도 되겠습니까? 둘 중 어느 자제분에게 교수형 신세를 면하게 하고 싶으신가요?"

그녀의 눈빛이 어두워졌다. 당황스러움에 미소가 흔들렸다. **그럴 리가.** 그녀는 이렇게 생각하는 듯했다. **내가 잘못 들었겠지.**

아티머스가 외쳤다.

"안 돼요, 어머니!"

리도 거들었다.

"저 작자는 공갈을 치는 거예요."

나는 계속 그들을 무시했다. 그들의 어머니에게 모든 신경을, 모든 **기운**을 집중했다.

"선택의 여지가 과연 있을까요, 마퀴스 부인? 누군가는 이 사태의 책임을 지고 처형을 당해야 할 텐데. 부인도 그렇다는 걸 아시죠?"

그녀의 눈이 양옆으로 왔다 갔다 했다. 입이 아래로 접혔다.

"생도를 살해하고 시신에 칼을 댄 사람들이 처벌을 면하면 되겠습니까, 마퀴스 부인? 다른 건 둘째 치더라도 나쁜 선례를 남길 텐데요."

이제 미소는 깨끗하게 사라졌고 미소가 없는 그녀의 얼굴은 이보다 더 횅뎅그렁할 수가 없었다. 어느 구석에서도 기쁨이나 희망의 흔적을 찾을 수 없었다.

리가 외쳤다.

---

* 카드게임의 일종.

"당신은 여기 있을 이유가 없어. 여긴 **우리** 성소야!"

나는 손을 펼쳐서 내밀었다.

"글쎄요, 부인. 따님의 논리에 반론을 제기하기는 싫지만 저 심장, 네, 따님이 지금 들고 계신 저 심장 때문에 제가 여기 있을 이유가 생기는데요."

나는 손끝으로 내 입술을 두드렸다.

"**사관학교**의 입장에서도 그렇고요."

나는 이제 걷기 시작했다. 두려워하는 기미 없이 이리저리 정처 없이 천천히 설렁설렁 걸었다. 하지만 그 소리가 계속 나를 따라왔다. 포의 피가 **똑, 똑, 똑** 하고 돌바닥 위로 떨어지는 소리가. 나는 계속 말했다.

"슬픈 일입니다. 참으로 슬픈 일이에요, 마퀴스 부인. 특히 너무나도, 너무나도 전도유망한 부인의 **아드님**을 생각하면요. 하지만 보십시오, 여기 이렇게 인간의 심장이 있지 않습니까. 한 생도에게서 꺼냈을 가능성이 농후한 심장이요. 그런가 하면 이 생도는 약물에 취해 납치당하고, 괴롭힘을 당했다고 표현해도 무방할 것 같은데. 안 그런가, 포 군?"

그는 전혀 다른 사람의 얘기를 듣는 것 같은 표정으로 나를 멍하니 바라보았다. 이제 보니 그의 숨소리가 갈급하고 받았다.

"이것저것 감안해 보면 선택의 여지가 거의 없습니다, 부인. 부인도 그렇다는 걸 깨달으셨으면 합니다만."

그때 아티머스가 턱 근육을 불끈거리며 말했다.

"당신이 한 가지 잊은 게 있어. 우리가 수적으로 우세하다는 거."

"그런가?"

나는 그에게로 한 발 다가가 참새처럼 고개를 모로 꼬았지만… 시선은 절대 그의 어머니에게서 옮기지 않았다.

"아드님이 정말로 저를 **죽이려는** 생각일까요, 부인? 지금까지 죽인 다른 사람들에다 한 명을 더 추가하려는 걸까요? 부인은 그걸 **감당**할 수 있으시겠습니까?"

그녀는 이제 예전의 교태가 희미하게 남은 손길로 곱슬곱슬한 머리를 반듯하게 정리하는 데 집중했다. 그러다 마침내 입을 열었을 때 그녀는 댄스카드에 누군가의 이름을 깜빡하고 적지 않았을 때 씀 직한 말투로 이렇게 말했다.

"왜 이러세요. 누가 누굴 죽였다고 그러세요. 저 아이들은 그랬어요, 그렇다고 **장담**했어요, 아무도…."

아티머스가 나지막이 쏘아붙였다.

"그만하세요."

"아뇨, 안 됩니다. 그러지 마시고 계속 말씀해 보세요, 부인. 아드님과 따님, 둘 중 누굴 구할 건지 아직 결정을 내리지 못했거든요."

이때 그녀가 처음으로 어떤 반응을 보였다. 둘을 저울에 얹고 무게를 재보는 것처럼 먼저 이 아이를, 다음으로 다른 아이를 쳐다보았다가 자신이 둘을 저울질했다는 충격이 감당할 수 없을 만큼 커지자 손을 쇄골에 얹고 더듬더듬 이렇게 토했다.

"그게, 그게 무슨 말씀이신지…."

"아, 그럼요. 결정하기가 정말 어렵지 않습니까? 만약 아티머스의 앞날이 걱정되신다면 그의 **누이**가 이 모든 걸 주동했고 그는 그냥 **꼭**

두각시에 불과했길 바랄 수도 있겠습니다. 부인이 그랬던 것처럼 말이지요. 저희가 리를 죄인으로 확실하게 몰고 가면 아티머스는 뭐, 영창에 며칠 있다가 풀려나 내년 봄에 무사히 임관할 수 있을 겁니다. 자, 그럼 좋습니다."

나는 손뼉을 쳤다.

"**리 마퀴스를 향한 반론.** 먼저 사라진 심장. 자문해 봅시다, 인간의 심장을 필요로 하는 사람이 **누구인지**. 당연히 부인의 따님이죠! 사랑하는 조상님을 만족시키고 자신의 끔찍한 병을 고쳐야 하니까요."

"아니에요. 리는 그럴…."

"따님은 **심장**이 필요한데, 그 동생은 음… 뭐라고 표현하면 좋을까요? **배짱**이 없다고 하면 될까요? 그래서 동생과 가장 가까운 사이인 밸린저 군을 설득하고, 10월 25일 프라이 군에게 쪽지를 보내 막사 밖으로 꾀어냅니다. 프라이 군은 얼마나 흥분이 됐을까요? 아리따운 아가씨와 밀회를 나누다니. 언감생심이었던 꿈이 이루어진 것 같았겠죠! 그런데 밸린저가 거기 나와 있는 걸 보고 얼마나 실망했을까요? 게다가 올가미 밧줄까지 들고 있었으니. 아, 맞다."

나는 포가 있는 쪽을 흘끗 쳐다봤다.

"저는 밸린저 군이 상대방을 얼마나 손쉽게 제압하는지 목격한 적이 있어서 잘 압니다."

마퀴스 부인이 손가락으로 자기 손바닥을 후벼 파며 말했다.

"리, 네가 말씀드려."

나는 하던 얘기를 계속했다.

"밸린저는 이 가족의 정말 절친한 친구였죠. 따님을 위해서라면 뭐

든 기꺼이 할 수 있을 만큼. 사람을 목매달고… 리가 시키는 대로 그
의 가슴에서 심장을 도려낼 수 있을 만큼. 그가 하지 않을 한 가지가
있다면 입을 다무는 것이었을 겁니다. 그래서 그를 제거해야 했죠."

계속 움직여, 랜도. 이것이 내가 포의 피가 뚝뚝 떨어지는 소리를
듣고… 마퀴스 부인의 하얗게 일그러진 얼굴을 향해 미소를 지으며 그
햇불 사이를 이리저리 걸었을 때 최우선적으로 생각한 부분이었다. **움
직여, 랜도!**

"저는 스토더드 군이 등장한 게 이 지점이라고 봅니다. 따님을 흠모
하는 **또 한 사람**으로서. 아, 너무 많아서 고르기가 힘들 정도죠. 그래
서 밸린저를 처리한 겁니다. 한 가지 차이가 있다면 그는 누군가에게
처리당할 때까지 넋 놓고 있지 않았다는 거죠."

이번에는 심지어 포마저 없는 기운을 짜내며 반론을 제기했다. 그
는 중얼거렸다.

"아니에요. 아닙니다, 랜도 씨."

하지만 그가 한 말은 찬바람이 쌩쌩 부는 아티머스의 목소리에 이
미 묻혀 버렸다.

"정말 혐오스러운 분이로군요."

나는 나이 많은 삼촌처럼 마퀴스 부인을 향해 웃어 보였다.

"자, 보시는 바와 같습니다. **리 마퀴스를 향한 반론.** 솔직히 제법 괜
찮지 않습니까? 그리고 스토더드 군이 발견되기 전까지는 가장 그럴
듯한 설명으로 간주될 수밖에 없을 테고요. 물론…."

나는 이 시점에서 더욱 명랑하게 목소리 톤을 높였다.

"물론, 정정은 얼마든지 환영합니다. 그러니까 틀린 부분이 있으

면…."

나는 이때 처음으로 아티머스와 눈을 맞추고 끝까지 시선을 돌리지 않았다.

"틀린 부분이 있으면 꼭 말씀해 주시기 바랍니다. **한 명만** 당국에 넘기면 되니까요. 나머지 분들은 좋으실 대로 하세요. 왜냐하면 내가 보기에는…."

나는 햇불과 타고 있는 나무와 불길이 천장까지 치솟은 숯 화로를 얼른 눈에 담았다.

"내가 보기에는… 댁들 모두 지옥에 갈 수도 있을 것 같으니까."

이제 이 연극에서 내가 좌우할 수 없는 부분으로 접어들었다. **시간이 등장하는 순간이다.**

이제 시간이 젊은 아티머스 마퀴스의 위로 쌓여 그 무게 때문에 자기 앞에 놓인 선택의 길 말고는 아무것도 볼 수 없게 만들어야 했다. 그 과정을 극적으로 표현하기라도 하는 것처럼 그의 어깨가 점점 수그러들고 그 당당했던 뺨이 처지기 시작했고… 그가 다시 입을 열었을 때는 목소리마저 평소보다 낮아져 있었다. 그의 목소리가 떨렸다.

"누나 생각이 아니었어요. 내 생각이었지."

"아니야!"

리 마퀴스가 눈에서 김을 뿜고 양날의 검처럼 손가락질을 하며 우리를 향해 돌진했다.

"내가 용납하지 않겠어!"

그녀는 수단을 획 젖히고 구부린 팔로 아티머스의 머리를 감싸고 그를 뒤로 멀찌감치 끌고 가 햇불 사이에서 단둘이 회의를 열었다. 포가 둘의 대화를 엿들었다는 그날도 이런 식이었을 것이다. 웅얼거리는 소리가 일정하게 이어지다가 열띤 속삭임으로 가끔 균열이 생겼다.

"잠깐… 저자의 수법… 우리를 **이간질**하려는….'

아, 이런 식의 대화가 이어지도록 내버려 둘 수도 있었겠지만 시간이 퇴장했고 연극은 다시 내 것이 되었다(그렇다는 것이 느껴지자 살짝 흥분이 됐다). 나는 큰 소리로 외쳤다.

"마퀴스 양! 동생 대사는 동생에게 맡겨요. 그래 봬도 4학년 생도인데.'

솔직히 그들 귀에 내 말이 들렸을 것 같지는 않다. 결국 그들을 갈라놓은 것은 그의 **침묵**이었다. 어느 정도 시간이 지난 뒤부터 옹송그린 그들에게서 들리는 목소리라고는 그녀의 음성뿐이었고, 그녀가 말을 하면 할수록 점점 더 분명해졌다. 그는 이미 자신이 선택한 길로 걸음을 옮기고 있었다. 그렇다면 지켜보는 수밖에 없었다.

그렇기에 그녀가 구부린 팔로 그의 목을 더욱 세게 끌어안은 순간, 다시없이 다급한 투로 언성을 높인 순간, 그는 그녀에게서 떨어져 나와 살인마처럼 이글거리는 화롯불 옆에 섰다. 그의 얼굴이 단단히 결심한 표정으로 굳어졌다. 드디어 아티머스가 말했다.

"내가 프라이를 죽였어요.'

그의 어머니가 칼에 찔린 사람처럼 몸을 반으로 접고 신음을 토했다. 그가 덧붙였다.

"랜디도 내가 죽였고요.'

하지만 리는… 리는 아무 소리도 내지 않았다. 기세도 죽고 표정도 죽었다. 새하얀 얼굴 위로 눈물 한 방울만 떨구고 그만이었다. 내가 캐물었다.

"스토더드는? 그는 어떤 식으로 연루됐나?"

순간 아티머스가 전에 없이 무력한 표정을 지었다. 그는 실력 없는 마술사처럼 허공에 대고 팔을 흔들며 말했다.

"스토더드는 제 공범이었다고 하죠. 그래서 겁에 질렸다고. 겁에 질려서 도망쳤다고."

그의 목소리에는 여러 감정이 섞여 있었고 그 감정들이 서로 끔찍하게 충돌했다. 나는 여러 날 동안 고민하며 그 불협화음을 정리할 수도 있었지만 그럴 만한 여유가 없었다.

나는 손을 마주 비비며 말했다.

"흠, 그렇게 설명하면 되겠네요. 어떻게 생각하십니까?"

나는 확인 차 무릎을 꿇고 앉아 있는 마퀴스 부인을 돌아보았다. 그녀는 모자를 다시 덮어서 온몸이 그 굵게 짠 갈색의 우글쭈글한 옷으로 덮였다. 남은 거라고는 희미하게 갈라지는 목소리뿐이었다. 그녀가 조그맣게 연거푸 속삭였다.

"안 돼요… 안 돼요…."

나도 자비를 베풀고 싶은 마음이 없었던 건 아니다. 나도 그러고 싶었지만 핏방울 소리가 내 귓전을 때렸다. 포의 피가 계속 돌바닥으로 떨어지고 있었던 것이다. 나는 그걸 멈출 수만 있다면 뭐든 할 수 있었다.

"이제 남은 건… 네, 이제 남은 건 증거 확보뿐인 것 같네요. 마퀴스 양, 그 조그만 물건을 넘겨주면 정말 고맙겠군요."

하지만 그녀는 상자를 어디에 두었는지 잊어버렸다! 그녀가 어둠과 불빛 속을 번갈아 미친 듯이 두리번거린 끝에 상자를 발견한 곳은 가장 있을 법하지 않았던 곳, 그녀의 발치였다.

그녀는 상자를 다시 열고 안에 든 내용물을 경이로워하는 눈빛으로 꼼짝 않고 바라보았다. 그러다 시선을 내게로 옮겼다. 그때 그녀의 눈빛을 나는 오래도록 잊지 못할 것이다. 온 사방에서 사냥개들이 짖어대는 가운데 **궁지에 몰린** 사람의 눈빛이었지만 한 가지 차이점이 있었다. 손이 닿을까 말까 한 곳에 탈주로가 있기라도 한 것처럼 일말의 희망으로 반짝였다. 그녀가 말했다.

"부탁드릴게요. 그냥 넘어가 주세요. 거의 다 끝났어요. 거의 다…."

나는 조용히 응수했다.

"이제 끝났습니다."

그녀는 뒤로 한 발, 두 발 물러났다. 나도 한 발, 두 발 다가갔다. 이제 그녀는 나에 대한 설득을 포기했다. 그녀의 머릿속에 남은 생각은 오로지 '도망치자'는 것뿐이었다.

그래서 그녀는 그것을 실행에 옮겼다. 상자를 들고 돌 제단으로 돌진했다.

처음에 나는 그녀가 마지막 남은 증거를 없애 버릴 줄 알았다. 화로에 던지거나 바위 뒤편이나 아무도 모를 곳에 숨길 줄 알았다. 하지만 내가 뒤따라가려고 하자 아티머스가 가로막고 체중을 실어서 나를 밀었다.

이렇게 해서 우리는 완벽한 정적 속에 교전을 펼쳤다. 그날 그 벽장에서 조슈아 마퀴스의 군도를 두고 교전을 펼쳤을 때와 비슷했지만,

이번에는 누가 우위에 있는지 의심의 여지가 없었다.

나이 앞에는 장사가 없는 법이라 내가 계속 뒤로 밀렸다. 그냥 밀리는 것이 아니라 특정한 방향으로 밀렸다. 언제 그가 그런 묘안을 생각해 냈는지 모르겠지만, 나는 척추를 찌르는 열기를 처음 느꼈을 때 내가 어디로 밀리고 있는지 알아차렸다. 그 숯 화로 쪽이었다.

묘하게도 아티머스의 눈에서는 아무 표정도 읽을 수가 없었다. 그 이글거리는 불기둥만 비쳐 보일 따름이었다. 근처 어딘가에서 마퀴스 부인이 나지막이 흐느끼고 리가 장황하게 웅얼거리는 소리가 들렸지만, 내 귀에 가장 크게 와닿은 것은 그 불기둥이 탁탁거리며 내 등을 어루만지고 내 살갗 속으로 파고드는 소리였다.

다리도 뜨거워졌다. 근육이 익어 가며 저항했지만 **무력한** 저항이었다. 나와 화로 사이의 간격이 사라져 불길이 내 견갑골에 입을 맞추고 내 뒷덜미 털을 핥고 있었다. 그것을 아티머스의 눈동자를 통해 보았고, 그가 최후의 일격을 준비하고 있다는 것을 느꼈다.

그때 아무 이유 없이 그의 고개가 뒤로 홱 젖혀졌다. 그가 고함을 지르는 소리가 들렸다. 아래를 내려다보니 1학년 생도 포가 몸을 동그랗게 말고 아티머스의 바짓가랑이에 진드기처럼 매달려 있었다.

약물에 취하고 피를 줄줄 흘렸어도 여기까지 기어와 아티머스 마퀴스의 왼쪽 장딴지를 물어 버린 것이었다. 그것도 상당히 넓고 깊게. 포는 자기가 할 수 있는 한 가지 일을 시도하고 있었다. 아티머스에 단단히 들러붙어 그를 바닥으로 쓰러뜨리는 것.

아티머스가 열심히 흔들어 떼어 내려고 했지만 포가 허약해 보이는 외모에 비해 의지가 대단한지 꿈쩍도 하지 않았다. 아티머스는 우리 둘 모두를 상대할 수 없다는 것을 알았기에 약한 쪽을 공략하기로 결심하고 주먹을 들어 잠깐 조준하며 포의 정수리를 으스러뜨릴 준비를 했다.

그는 소기의 목적을 달성하지 못했다. 그가 공격을 준비하는 동안 내가 이미 주먹을 날렸기 때문이었다. 내 오른쪽 주먹이 먼저 그의 턱을 강타했고, 연달아 왼쪽 주먹이 그의 턱 아래를 꽂았다.

아티머스가 쓰러지자 다리를 계속 붙들고 있던 포도 쓰러졌고, 아티머스가 다시 일어나려고 하자 포가 자기 체중으로 계속 붙잡아 놓았다. 그사이 내가 횃불 하나를 집어 아티머스의 얼굴에 대고 그의 이마에 땀이 줄줄이 맺힐 때까지 꼼짝하지 않았다. 나는 이를 악 물고서 말했다.

"이제 끝이다!"

그가 뭐라고 반박의 말을 하려던 것 같은데, 나는 듣지 못했다. 뭔가 아주 끔찍하게 잘못된 소리가 들렸기 때문이었다.

리 마퀴스가 돌 제단 앞에 서 있었다. 두 눈은 접시만 했고 뺨에 진흙인가 싶은 것이 묻어 있었다. 그녀가 거기 그렇게 서서 벌건 손으로 자기 목을 움켜쥐고 있었다.

그녀가 무슨 짓을 저질렀는지 단박에 알 수 있었다. 마지막 승부수를 띄운 것이었다. 새 삶을 얻고 싶은 욕심에 앙리 르클레르의 지시를 곧이곧대로 따른 것인데, 그건 내가 전혀 예상하지 못한 일이었지만 어쩌면 가장 먼저 예상했어야 하는 일이었을지 몰랐다. 그녀는 제물을 바치는 대신 자기가 먹어 버렸다. 그걸 통째로 삼켜 버렸다.

거스 랜도의 기록

39

결국 간단하게 요약하자면 이렇게 된 거였다. 그녀는 앙리 르클레르에 대한 믿음을 끝까지 고수하지 못했다. 속에서 뭔가가 발끈 고개를 들었다. 그랬기 때문에 그의 지시에 따라서 삼킨 심장이 중간에서 걸려 숨통을 막아 버렸다. 무릎이 꺾이고 몸이 안으로 웅크러들면서… 그녀는 불쏘시개처럼 바닥으로 **철퍼덕** 쓰러졌다.

20초 전까지만 해도 서로 죽이지 못해 안달이었던 아티머스와 내가 그녀의 곁으로 달려갔고, 마퀴스 부인이 실내화로 바닥을 질질 끌며 포를 뒤에 매달고서 뒤따라왔다. 우리는 대자로 쓰러진 리 마퀴스를 에워싸고, 심장 조직으로 볼연지를 찍은 창백한 얼굴과 금방이라도 튀어나올 것 같은 눈을 내려다보았다.

마퀴스 부인이 헉 하고 숨을 토했다.

"아이가 숨을… 숨을…."

숨을 쉬지 못한다고 말하고 싶은 것이리라. 과연 리 마퀴스는 말은

커녕 기침조차 하지 못했다. 그저 굴뚝에 갇힌 새처럼 높고 쓸쓸한 휘파람 소리만 낼 수 있을 따름이었다. 그녀가 그렇게 우리가 보는 앞에서 죽어 가고 있었다.

포가 두 손으로 리의 머리를 감싸 쥐었다.

"제발! 제발 신이시여, 어찌하면 되는지 가르쳐 주소서!"

신이 없으니 우리가 최선을 다했다. 나는 그녀의 상반신을 들어 올렸고, 마퀴스 부인은 등을 쳤고, 포는 도와줄 사람이 오고 있으니 조금만 버티라고 그녀의 귀에 대고 속삭였다. 그러다 내가 고개를 들어 보니 아티머스가 포의 혈관을 절개할 때 썼던 그 메스를 들고 서 있었다.

그는 아무 제안도 아무 설명도 하지 않았지만, 나는 그것으로 뭘 어쩌려는 건지 단박에 알 수 있었다. 누이의 목을 절개해 기도를 확보하려는 것이었다.

그가 얼마나 무시무시한 눈빛으로 리의 가슴 위에 걸터앉았던가. 그 칼날이 얼마나 끔찍하게 번쩍거렸던가. 마퀴스 부인이 그 메스를 빼앗으려고 했던 이유를 나도 알 수 있었다. 그가 으르렁거렸다.

"이것 말고는 방법이 없어요."

우리가 뭐라고 왈가왈부하겠는가? 리 마퀴스도 토를 달지 못했다. 입 주변과 손톱뿌리 주변이 파랗게 질리기 시작했고, 그녀의 몸 중에서 움직이는 곳이라고는 세찬 바람에 흔들리는 차양처럼 위아래로 펄럭이는 눈꺼풀뿐이었다. 나는 조그맣게 속삭였다.

"어서."

아티머스는 손을 벌벌 떨며 절개할 부위를 가늠했다. 아버지의 교과서에서 본 단어를 중얼중얼 소환하는 그의 목소리도 같이 떨렸다.

"방패연골, 반지연골… 윤상갑상막…."

마침내 그의 손가락이 멈췄다. 어쩌면 메스를 꽂기 직전에 그의 심장도 멈췄을지 몰랐다. 그는 끙끙거렸다.

"오, 주여, 도와주소서."

그가 손에 아주 살짝 힘을 주었다. 그것만으로도 수심을 측정하는 막대처럼 그의 누이의 목에 그 칼을 꽂기에 충분했다.

"수평 절개."

그가 조그맣게 속삭였다.

"4센티미터."

칼 주변으로 피가 눈동자처럼 고였다.

"깊이는… 4센티미터…."

아티머스는 빛의 속도로 칼을 빼내고 리의 목을 절개한 부위에 집게손가락을 밀어넣었다. 물이 관을 통과하는 것처럼 그녀의 안에서 꾸르륵거리는 묘한 소리가 났다. 잠시 후에 아티머스가 두리번거리며 삽입할 관을 찾는데, 눈동자만 했던 피가 번져 웅덩이가 됐다.

그 웅덩이가 잦아들기는커녕 점점 **넓어**졌다. 상처 사이로 흘러나와 리의 대리석 같은 피부 위로 줄줄 흘렀다. 아티머스가 나지막이 쏘아붙였다.

"피가 이렇게 많이 나면 안 되는데."

하지만 피는 아랑곳하지 않고 다시금 출렁이며 쏟아져 리의 목을 적셨다. 꾸르륵 소리가 커지고 점점 커져서….

아티머스가 헉 하고 숨을 토했다.

"동맥. 내가 설마…?"

온 사방으로 피가 졸졸 흘렀다. 다급해진 아티머스가 구멍에 꽂았던 손가락을 끄집어내자 뿍 하는 소리가 났고 그의 손에서 핏방울이 조그만 진주처럼 이리저리 흩뿌려졌다.

"혹시…."

흐느낌이 터지는 바람에 그가 하려던 말이 끊겼다.

"혹시… 묶을 만한 게… 뭐라도 있으면…."

포가 벌써부터 자기 셔츠를 찢고 있었다. 나도 똑같이 하고 있었고 마퀴스 부인은 입고 있던 가운을 찢어발기는 이 혼란스러운 와중에도 리는 미동도 없이 누워 있었다. 안에서 부글거리며 흘러나오는 피는 멈출 줄도 모르고 소진될 줄도 모르고 점점 늘어나기만 했다.

그때 뜻밖에도 그녀가 입을 벌렸다. 입을 벌려 또렷하게 세 마디를 내뱉었다.

사… 랑… 해.

우리 각자가 자신을 향해 한 말이라고 생각할 수 있었으니 리 마퀴스가 어떤 여자였는지 알려 주는 대목이라 하겠다. 하지만 그녀는 **우리**를 보고 있지 않았다. 마침내 탈출구를 찾았기에 떠나는 자신의 모습을 바라보며 미소를 지었고, 그사이 그 옅은 눈은 점점 빛을 잃었다.

우리는 외국의 바닷가에 상륙한 선교사처럼 아무 말 없이 무릎을 꿇고 앉았다. 포가 손바닥으로 관자놀이를 누르는 것이 보였고… 그 순간 나는 그를 위로하기보다 내 머릿속에 돌처럼 박혀 있던 질문을 던지고 싶은 충동을 느꼈다. 나는 당장 그의 귀에 대고 으르렁거렸다.

"그래도 이것이 시의 가장 장엄한 주제라고 할 텐가?"

그는 아무것도 보이지 않는 눈으로 나를 쳐다봤다. 나는 딱딱거렸다.

"아리따운 여인의 죽음. 지금도 그것이 시의 가장 숭고한 주제라고 생각하느냐 말이지."

"네."

그는 이렇게 대답하고 내 어깨 위로 쓰러졌다.

"아, 선생님. 저는 계속 그녀를 놓칠 수밖에 없는 운명인가 봅니다. 몇 번이고 자꾸만."

나는 그때는 그게 무슨 말인지 알아듣지 못했다. 하지만 이내 그의 갈비뼈가 박자에 맞춰서 부르르 떨리는 것은 느꼈다. 내가 손을 그의 목덜미에 얹고 몇 초… 다시 또 몇 초 동안 잡아 주었지만 그는 눈물도 없이, 흐느낌도 없이 안에 있던 모든 것이 쏟아져 나올 때까지 울었다.

반면에 마퀴스 부인은 어느 누구보다 뛰어난 통제력을 발휘하며 침착하고 태평한 목소리로 그 공간을 울렸다.

"이런 식으로 끝날 일이 아니었는데. 이 아이는 결혼도 하고… 엄마도 됐어야 했는데."

아마 **엄마**였을 것이다. 그 단어가 그녀의 안에 있던 무언가를 솟구치게 했을 것이다. 그녀는 입을 틀어막으려고 했지만, 그 무언가가 손가락 사이로 터져 나왔다. 바로 울부짖음이었다.

"엄마도 됐어야 했는데! 나처럼!"

그녀는 메아리가 모두 잦아들 때까지 듣고 있다가 목젖 깊은 데서
부터 나지막이 신음을 터뜨리며 딸의 시신 위로 자기 몸을 던졌다. 그
작은 주먹으로 시신을 때리고 또 때렸다.

"그만하세요!"

아티머스가 외치며 그녀를 잡아당겼다. 하지만 그녀는 그 시신을
때려 곤죽으로 만들기 전에는 직성이 풀리지 않았다. 만약 아들이 말
리지 않았다면 그러고도 남았을지 몰랐다.

"어머니. 어머니, 그만하세요."

그녀는 비명을 지르며 꼼짝 않고 누워 있는 딸을 향해 달려들었다.

"이게 다 **이 아이**를 위한 거였는데! 다 **이 아이**를 위한 거였는데!
그런데 이렇게 가 버리다니! 이 끔찍하고 끔찍한 것 같으니라고, 우리
가 **뭐 하러** 그런 거니? 이럴 거면… 우리가 뭐 하러 그런 거냐고!"

그녀는 그 지경까지 갔다가 애도라는 과정이 원래 그렇듯 얼른 제
자리로 돌아왔다. 리의 얼굴에 묻은 머리카락을 치워 주고 그 하얀 목
에서 피를 닦아내고 그 하얀 손에 입을 맞췄다. 그런 다음 눈물의 바
닷속으로 주저앉았다.

가눌 수 없는 슬픔보다 더 가슴 저미는 광경이 어디 있을까? 나도
그 속에 몸을 맡겼다. 위에서 먼지처럼 우리 머리 위로 내려앉는 소리
를 한참 뒤에서야 알아차린 이유가 아마 그 때문이었을 것이다.

"**랜도 씨!**"

나는 소리가 들리는 쪽으로 고개를 돌렸다.

"**랜도 씨!**"

내가 맨 처음 든 생각은 웃고 싶다는 것이었다. 웃음을 터뜨리고 싶

은 생각밖에 없었다. 구세주가 등장했는데… 하, 그의 정체가 히치콕 대위라니.

나는 큰 소리로 외쳤다.

"여깁니다!"

내 목소리가 구불구불 통로를 타고 그 위로 올라가기까지 잠깐 시간이 걸렸다. 그리고 잠시 후에 위에서 다시 소리가 들렸다.

"어디로 가면 되겠습니까?"

나는 마주 외쳤다.

"거기 그냥 계세요! 우리가 **그쪽**으로 갈게요!"

나는 포의 어깨를 손으로 감싸고 일으켜 세웠다.

"준비됐나?"

그는 아파서 정신이 없고 거기가 어딘지 거의 기억하지 못하는 눈빛으로 번들거리는 자기 팔을 내려다보았다. 그가 중얼거렸다.

"선생님. 어디 붕대 없을까요?"

나는 실 몇 가닥으로 대롱대롱 매달려 있는 내 셔츠 소매를 내려다보았다. 리에게 쓰려고 했지만 그에게도 효과 만점일 것이다. 나는 그걸로 그의 상처를 있는 힘껏 동여맸다. 그런 다음 그의 다른 쪽 팔을 내 어깨로 받치고 문 쪽으로 같이 걸어갔다. 그때 그 부드러운 애원조의 **목소리**가 우리의 발목을 잡았다.

"저기 혹시…."

마퀴스 부인이었다. 그녀가 극도로 비굴하게 아티머스가 앉아 있는 돌 제단 쪽을 손가락으로 가리키고 있었다.

그 혼자 있는 건 아니었다. 리의 시신을 거기까지 끌고 가 머리를 자기 무릎 위에 올려놓은 채 손으로 감싸고, 입 밖으로 내지 않아서 더 무서운 반항이 담긴 눈빛으로 우리를 쳐다보고 있었다. 그의 어머니는 말없이 간청하는 눈빛으로 나를 돌아보았다.

"나중에 와서 리를 옮길게요. 지금은 포 군을…."

의사에게 데려가야 한다는 말이 무슨 농담의 첫마디처럼 내 목에서 걸렸지만, 마퀴스 부인이 미소로 단박에 그 농담의 뒷부분을 완성했다. 그렇게 환한 그녀의 미소를 나는 한 번도 본 적이 없었다. 인간의 수많은 감정에 의해 불이 지펴졌기 때문에 그렇게 환했을 텐데, 그런 감정의 폭발로 이가 녹아 버린대도 놀랍지 않을 것 같았다.

그녀가 나와 포를 따라 복도로 나서며 말했다.

"가자, 아티머스."

그는 텅 빈 눈으로 누이를 지켜보았다.

그녀는 했던 말을 반복했다.

"가자, 아들. 우리가… 우리가 이제는 개를 위해서 할 수 있는 일이 없다는 걸 너도 알잖아. 우린 **할 만큼** 했잖니, 응?"

그녀도 자기 말이 얼마나 설득력 없는지 느꼈겠지만 아무리 어르고 달래도 그는 묵묵부답이었다.

"아들, 엄마 말 들어 봐. 네가 걱정이 돼서 그러나 본데 세이어 대령님한테 얘기하자, 알겠니? **전부** 설명하자, 응? 대령님은 모두 이해하실 거야. 그, 오해가 빚어졌던 그 부분들을. 아니, 우리 가족이랑 아주 오래전부터 아주 가깝게 지낸 사이잖니. 너를 꼬맹이 때부터 보아 온 그분이 **절대**… 내 말 들리니? 너는 졸업할 수 있어, 아들. 졸업할 수 있다고!"

그가 대답했다.

"바로 뒤따라갈게요."

목소리가 이상하게 가벼웠다는 것이 첫 번째 신호가 아니었을까 싶다. 두 번째 신호는 이거였다. 일어날 준비를 하는 게 아니라 거기에 더욱 깊숙이 자리를 잡고 앉았다는 것. 리의 머리를 자기 가슴 쪽으로 좀 더 끌어당겼다는 것. 그제야 나는 그가 무엇을 숨기고 있었는지 알아차렸다. 방금 전에 누이의 목을 딸 때 썼던 메스가 바로 옆에 놓여 있었다.

그가 언제 그랬는지 누가 알 수 있을까? 그에게서 난 소리는 "끙"이 전부였다. 연설을 늘어놓지도 요란하게 팔을 흔들지도 대놓고 목을 긋지도 않았다. 전혀 호들갑이 없었다. 그는 그냥 떠나고 싶었던 것 같다. 최대한 천천히 그리고 조용히.

잠시 후에 우리의 시선이 만났고, 오가는 동지애 속에서 무슨 일이 벌어지고 있는지 서로 눈빛으로 알은체했다. 그가 아까보다 힘이 **빠진** 목소리로 말했다.

"바로 갈게요."

인간은 마지막 순간에 맞닥뜨리면 주변에 좀 더 세심한 주의를 기울이게 되는지도 모른다. 내가 이런 얘기를 하는 이유는, 우리들 가운데 제일 먼저 눈을 들어 천장을 본 사람이 그 고통 속에 놓인 아티머스였기 때문이다. 나는 그의 시선을 따라가기 전부터 **냄새**로 알았다. 틀림없이 나무 타는 냄새였다.

이건 어떻게 보면 가장 뜻밖의 부분이었다. 돌을 깎아서 만든 그런 공간에 시시하게 나무 천장이라니. 예전에는 이곳이 어떤 용도로 쓰였을까? 영창? 채소 저장실? 바? 지금까지는 여기서 마퀴스 가족처럼 커다랗고 으리으리하게 불을 지필 일이 없었던 게 분명했다. 불과 나무는 친구가 될 수 없다는 것을 만든 사람들도 알았을 테니까.

화로의 불길에 고문당한 나무 천장이 이제 시커멓게 그을어 딱 소리와 함께 부러지며 무너지기 시작했다. 들보가 쩍하고 벌어지자 하늘에서 이보다 더 신기할 수 없는 기상 현상이 벌어졌다. 눈이 아니라 얼음이 내렸다. 웨스트포인트 얼음창고에 보관돼 있던 얼음이 죄다 쏟아져 내렸다.

세이어 대령의 레모네이드에 넣는 그런 땡그랑거리는 각 얼음이 아니라 20킬로그램짜리 **덩어리**가 대리석과 같은 무게와 소리를 자랑하며 처음에는 천천히, 하지만 이내 작정하고 돌바닥을 후벼 팠다.

안전한 복도에 서서 지켜보던 마퀴스 부인의 목소리가 다시 아주 조금 날카로워졌다.

"아티머스, **지금** 나가야 해!"

무슨 일이 벌어지고 있는지 그녀가 이해는 했을까 싶다. 그녀가 방 안으로 한 걸음 들어가 아들의 발꿈치를 잡고서라도 끌고 나올 듯이 움직였을 때 커다란 얼음덩어리가 그녀 근처에 떨어졌다. 파편이 그녀의 얼굴 쪽으로 날아와 잠시 시야를 가렸고, 잠시 후에 이번에는 아까보다 더 가까운 곳에 얼음덩어리가 떨어지자 그녀는 뒤로 한 발 물러났다. 내가 그녀의 팔을 잡고 방 밖으로 끌어내는 동안 그녀는 거의 체념한 투로 아들의 이름만 중얼거렸다.

"아티머스."

그녀는 얼음 폭탄이 그칠 거라고 생각했을지 모른다. 아들이 있는 곳은 안전하다고 생각했을지 모른다. 하지만 파도처럼 쏟아진 다음번 얼음 폭탄이 그녀의 착각을 무너뜨렸다. 첫 번째 덩어리가 그의 옆통수를 후려갈겨―짧고 둔중한 충격이었다―그를 옆으로 쓰러뜨렸다. 그 다음번 덩어리는 그의 복부를 강타했고, 그 다음번은 발을 으스러뜨렸다. 그는 그때까지 아직 숨이 붙어 있었기 때문에 울부짖었지만, 다음번에 떨어진 얼음이 그의 머리를 정통으로 맞혔다. 3~4미터 떨어져 있는 우리에게까지 두개골이 돌에 부딪쳐 갈라지는 소리가 전해졌다. 이후로 더는 그에게서 아무 소리도 들리지 않았다.

하지만 그의 어머니는 바로 그 순간 자기 목소리를 되찾았다. 나는 그런 그녀를 보며 상심은 이미 바닥을 드러냈고 마음속에 비워야 하는 방이 워낙 많았을 뿐이라는 생각을 했다. 그런 그녀를 멈추게 할 수 있는 것은 어떤 상심도 비교가 되지 않을 만큼 예기치 못했던 광경뿐이지 않을까. 떨어지는 얼음 사이로 천천히 일어서는 어떤 형체가 보였다.

아티머스. 나는 그가 마지막으로 한 번 몸을 일으키려나 보다고 생각했던 기억이 난다. 하지만 아티머스는 쓰러진 그 자리에 누워 있었다. 그리고 술집 바닥에 쓰러져 있던 주정뱅이처럼 몸을 일으킨 그 형체는 제복이 아니라 사제용 수단을 입고 있었다.

그것이 두 발로 돌바닥을 디뎠다. 두 다리로 비틀비틀 우리를 향해 걸어왔다. 핏기 없는 팔과 밤색 머리가 보였고, 빨갛게 피 칠한 뺨과 빛에 놀란 파란 눈도 보였다. 리 마퀴스가 일어나 걸어오고 있었다.

유령이 아니었다. 살과 피로 이루어진 진짜였다. 한 손은 우리를 향해 내밀었고 다른 손은 목의 베인 상처를 감싸 쥐었다. 그 찢기고 목이 졸린 몸에서 그 어떤 인간도 짐승도 낼 수 없는 울부짖음이 터져 나왔다.

하지만 그 소리에 호응한 건 포였다. 그들 둘이서 완벽한 공포의 하모니를 연출했다. 벽에 매달려 자고 있던 박쥐들이 깨어나 우리 다리 사이를 지나고 머리칼을 헤집으며 도망갈 정도로 점점 고음을 향해 치닫는 쇳소리였다.

"리!"

포는 기운이 다하긴 했어도 그녀에게 돌아가기 위해 최선을 다했다. 나를 옆으로 밀치려다 실패하자 나를 돌아가려고 했고 그마저 실패하자 나를 **타고 넘으려고** 했다. 그렇다, 내 위로 **기어오르려고** 했다! 그녀에게 가려고 죽을힘을 썼다. 그녀와 함께 죽으려고 갖은 애를 썼다.

마퀴스 부인도 마찬가지였다. 그녀도 위험은 아랑곳하지 않고 포와 똑같이 하려고 했다. **내가** 두 사람을 잡았다. 무작정 팔로 두 사람의 허리를 끌어안고 반대편으로 끌고 갔다. 그 둘은 체력이 고갈된 상태라 내 상대가 되지 못했지만 버둥거리며 끌려가는 속도를 늦추긴 했다. 그래서 그 저주받은 방으로부터 멀어져 통로를 지나는 동안에도 우리가 버리고 온 여인이 문을 등지고 있는 것을 볼 수 있었다.

"리!"

그녀는 무슨 일이 벌어지고 있는지 알았을까? 무엇이 그녀를 단단한 돌 위로 쓰러뜨려 그녀의 몸 위로 잔인하게 쌓여 갔는지, 부활의 순간에 무엇이 그녀에게 고통을 안겼는지 알았을까? 그녀의 소리 없는 비명에서 그걸 알아차린 기미는 느껴지지 않았다. 그녀는 그저 **으**

스러지고 있을 뿐이었다. 꽥꽥거리며 그녀를 지나서 날아가다 얼음과 돌에 맞아서 비명을 지르며 죽음의 문전으로 끌려가는 수십 마리의 박쥐들처럼.

아직까지도 얼음은 번개처럼 계속 떨어져 횃불과 촛불을 삼키고… 리의 머리를 쪼개고 얇은 수단 위로 망치질하며 그녀를 치고 또 치는데… 그녀는 그 차갑고 단단한 분노를 연약한 맨몸으로 받아들이는 수밖에 없었다.

어찌나 세차고 빠르게 퍼붓는지 1분이 채 지나기도 전에 문이 막히고 얼음이 밖으로 쏟아지기 시작했다. 그럼에도 우리는 그 지독한 기세를 믿을 수가 없어서 그 자리에서 움직이지 못했다. 얼음이 계속 쏟아졌다. 합창단처럼 묵직하게 쏟아졌다. 몸서리치는 안개처럼 쏟아졌다. 마퀴스 집안의 유산 위로 쏟아졌다. 죽음처럼 쏟아졌다.

거스 랜도의 기록

40

12월 14일에서 19일

마지막 기적은 이거였던 것 같다. 지상은 거의 흔들리지도 않았다는 것. 경보가 울리지도 않았고 자다가 깬 생도도 없었다는 것. 사관학교의 일과에 일말의 삐끗함도 없었다는 것. 다른 날처럼 동이 트려는 기미가 보이자마자 군악대 드러머가 북쪽과 남쪽 막사 사이 집합소로 입장했고 부관생도의 수신호가 떨어지자 스틱으로 북을 내리쳤다. 그 리듬이 점점 자라나고 꽃을 피워 연병장에 메아리치고 모든 생도와 장교와 병사들의 귀를 두드렸다.

나는 그 소리가 어떤 식으로 만들어지는지 목격하기 전까지는 인간의 창조물로 여기지 않았던 것 같다. 코젠스 씨의 호텔 객실에서 그 소리를 들으면 항상 내면에서 뭔가가 고개를 들고 양심이 꿈틀거렸다. 나는 그 양심의 소리에 따라 **여기 이** 북쪽 막사의 위병소에서 밤새도록 히치콕 대위에게 간단하게 전후 상황을 알린 뒤 그간에 있었던 일을 모두 다, 아니 **거의** 모두 다 최대한 자세하게 기록으로 남겼다.

내가 그에게 제출하는 마지막 서류가 될 것이었기에 그는 거기에 걸맞은 자세로 수령했다. 때가 되면 세이어 대령에게 전달할 수 있게 반으로 접어서 가죽 주머니에 넣었다. 그런 다음 나를 보며 엄숙한 표정으로 천천히 고개를 끄덕였다. 내가 그때까지 본 중에서 **수고했다**는 뜻에 가장 가까운 몸짓이었다. 인사까지 끝났으니 나는 호텔로 돌아가는 것 말고는 남은 일이 없었다.

하지만 하나 묻고 싶은 게 있었다. 딱 하나였고 대답을 들어야 했다.

"마퀴스 선생이었지요?"

히치콕은 예의 바른 무표정으로 나를 쳐다봤다.

"무슨 말씀이신지."

"우리가 어디 있는지 대위님에게 알린 사람이요. 마퀴스 선생 아니었습니까?"

그는 가만히 고개를 저었다.

"아닙니다. 우리가 도착했을 때 그 의사선생은 얼음창고 옆에 앉아 있었어요. 울부짖으며 이를 갈기만 했을 뿐, 아는 건 거의 없었고요."

"그럼 누가…?"

아주 희미한 미소가 그의 얼굴을 스치고 지나갔다.

"시저요."

내가 그때 그렇게 정신이 없지 않았다면 스스로 알아차렸을 것이다. 생도 식당 급사가 그 늦은 시각에 연병장을 돌아다닌 까닭을 궁금해했을 것이다. 하지만 그렇게 친절하고 공손하던 시저가 아티머스 마퀴스를 감시하는 첩보원인 줄 상상할 수 있었을까? 그가 사냥감을 따라 얼음창고까지 왔다가 나와 의사선생이 바로 뒤따라온 것을 보고 생도대장에게 달려가 위급 상황이라고 알릴 줄은?

나는 빙그레 웃으며 머리를 긁었다.

"이런, 대위님도 참 엉큼한 분이로군요."

"감사합니다."

그는 특유의 건조하고 빈정거리는 투로 말했다. 그래도 속에서는 빈정거림과는 거리가 먼 감정이 샘솟고 있었던 모양이다.

"랜도 씨."

"네, 대위님."

그는 다른 데를 보고 있으면 말을 꺼내기가 더 쉬울 거라고 생각한 모양이지만 그래도 괴롭기는 마찬가지였을 것이다.

"이… 이 사건의 급박함으로 인해 제가 랜도 씨의… 뭐랄까, **진실성**이나 능력에 과도하게… 의문을 제기했다면 무척… 무척…."

"감사합니다, 대위님. 저도 죄송했습니다."

서로 민망해지지 않는 선에서 최대한 갈 수 있는 지점이 여기까지였다. 우리는 고개를 숙여서 인사를 했다. 마지막으로 악수를 나누었다. 그리고 헤어졌다.

내가 위병소를 나서는 순간 드러머가 기상 신호를 울렸다. 막사 안에서 처음으로 생의 소음이 들렸다. 청년들이 이불을 박차고 엉금엉금 기어 나와 제복을 집어 들고 있었다. 다시 하루를 시작하고 있었다.

마퀴스 부인은 얼음창고에서 나온 뒤로 침대 속으로 들어가지 **않는** 특이한 반응을 보였다. 상심의 무게로 인해 자리에 눕질 못했다. 모두의 에스코트를 거절한 채 가슴속에 사명을 품고 집합소를 서성였다. 2학년 생도 둘이 초소 임무를 마치고 귀대하던 길에 회색의 수도승 가운을 입고 어색하게 활짝 웃으며 자기 아이들을 깨우려는 데 도와줄 수 있겠느냐고, 잠깐이면 된다고 하는 여자를 맞닥뜨린 것도 그 때문이었다.

사실 학교 측에서는 시신을 조만간 수습할 계획이 없었다. 한참을 투자해야 하는 작업이었다. 그리고 먼저 해야 일이 있었다. **일**, 그것이 마퀴스 선생이 상심을 달래는 방법이었다. 그는 사직서를 제출하기 전에 마지막으로 공식적인 업무를 수행하며 1학년 생도 포의 상처까지 치료해 주었다. 그의 맥박을 측정하고는 출혈량이 일반적인 사혈 치료 때 피를 뽑는 수준이었다고 했다. "어쩌면 가장 훌륭한 치료가 됐을 수도 있다"라고 선포했다.

마퀴스 선생 자체는 건강에 전혀 문제가 없어 보였다. 안색이 그보다 더 좋을 수가 없었다. 나는 그 얼굴에서 핏기가 가시는 것을 딱 한 번 보았다. 집합소를 서성이는 자기 아내 옆을 지나칠 때였다. 그들은 움찔하며 피했지만 또 한편으로는 서로를 **확인**했다. 시선이 마주치자 오랫동안 한 동네에 사는 주민 둘이 길을 가다 만나기라도 한 것처럼 살짝 고개를 숙였다. 나는 그렇게 스쳐 지나치는 두 사람을 보며 그들의 미래를 직감했다. 밝은 미래는 아니었다. 마퀴스 선생은 전적으로 인해 군 복무가 불가능해질 테고 (기존의 공로 덕분에) 군법회의는 피할 수 있을지 몰라도 과거의 오점이 민간인의 세상에까지 꼬리표처럼 따라다닐 것이다. 뉴욕으로 돌아가겠다는 마퀴스 부인의 꿈은 이루지 못하겠지만—일리노이 변방에서 개업이나 할 수 있으면 다행이었다—

그들은 살아남을 테고, 남들 앞에서나 단둘이 있을 때나 죽은 아이들 얘기를 거의 하지 않을 테고, 서로를 아주 깍듯하게 대하며 아주 침착하게 삶의 장부가 마감되는 순간을 기다릴 것이다. 내가 짐작하기로는 그랬다.

포는 리로이 프라이와 랜돌프 밸린저도 거쳐간 B-3호 병실에 입원했다. 다른 때 같았으면 혼령들과 소통할 수 있을지 모른다는 데 흥분했겠지만, 심지어 영혼의 환생을 주제로 시를 한 편 끼적거렸을 수도 있었겠지만, 이날은 나중에 들어 보니 오후 수업이 반쯤 끝났을 때까지 죽은 듯이 자다가 일어났다고 했다.

나도 몇 시간 잠이 들었다가 세이어가 보낸 종자들이 문을 두드리는 소리에 깼다.

"세이어 대령님께서 면담을 요청하십니다."

우리는 포병창에서 만났다. 박격포와 공성포와 야포 사이에 섰다. 대부분 영국군으로부터 탈취해 전장 이름을 새긴 전리품이었다. 그걸 한꺼번에 발포하면 얼마나 시끄러울까 하는 생각이 들었다. 하지만 모두 가만히 제자리를 지켰고 들리는 소리라고는 조기가 바람에 나부끼는 소리뿐이었다.

"제 보고서 읽으셨습니까?"

그는 고개를 끄덕였다.

"혹시… 궁금한 게 있으신지….

그는 나지막하고 딱딱하게 말했다.

"그중에 랜도 씨가 대답할 수 있는 건 없을 겁니다. 그 오랜 세월 동안 식사를 같이하고 친목을 도모하며 내 가족만큼이나 그의 가족을 잘 알고 있다고 생각했는데, 어떻게 그 가족의 고충을 짐작조차 하지 못했는지 그게 궁금할 따름이니까요."

"그들이 의도적으로 감추었으니까요, 대령님."

"네. 그렇죠."

우리는 북쪽을 바라보았다. 구버너 켐블의 주물공장에서 뿜어져 나오는 증기 사이로 콜드스프링이 동화처럼 아른거리는 쪽이었다. 크로네스트와 불힐, 그 너머로는 샤완겅크산맥의 희미한 이음새가 보이는 쪽이었다. 그 모든 것을 한데 아우르는 평평한 강물이 겨울 햇살을 맞고 일렁거렸다. 실베이너스 세이어가 말했다.

"그 아이들은 죽었죠? 리하고 아티머스요."

"네."

"그 아이들이 왜 그런 짓을 저질렀는지 우리는 절대 알 수 없겠죠. **어떤** 짓을 저질렀는지도. 하나의 범행이 끝나고 다른 범행이 시작된 지점이 어디인지도."

"맞습니다. 저는 어렴풋이 짐작은 하고 있습니다만."

그는 고개를 살짝 숙였다.

"경청하겠습니다, 랜도 씨."

나는 뜸을 들였다. 솔직히 나도 이제 막 슬슬 파악하기 시작한 참이었다.

"절개를 담당한 사람은 아티머스였죠. 그건 분명합니다. 제가 바로 옆에서 보았으니까요. 천부적인 외과의사라는 게 있다면 그 아이가 아닐까 싶었는데, 물론… 뭐, 누이를 상대로는 힘이 너무 들어갔죠…."

"네."

"장교인 척한 사람도 아티머스였을 겁니다. 리로이 프라이의 시신을 지키던 코크런 이병을 내보낸 사람 말입니다."

"그러면 리는요?"

리. 그녀의 이름이 나오자 나는 망설여졌다.

"음. 그녀가 그날 밤에 베니 해이븐스 근처에 있었던 건 분명합니다. 아티머스와 함께요. 포가 저와 한 패거리인지 알아내려고 포의 뒤를 밟았다가 한 패거리인 것으로 밝혀지자⋯."

그러자 어떻게 했을까? 그건 여전히 알 수가 없었다. 그를 제거하기로 결심했을 수도 있었다. 그러기 위해 자기가 세운 계획에 박차를 가했을지 모른다. 아니면 그를 사랑하기로 결심했을 수도 있었다. 그녀를 배신했기에 더 사랑하기로 말이다.

"아티머스의 방문 앞에 폭탄을 설치한 사람이 리였을 겁니다. 자기 남동생에게 쏠리는 의심을 분산시키려고요. 저희를 혼란스럽게 하려고 그의 트렁크에 심장을 넣었을 수도 있고요."

"그럼, 그 어머니와 아버지는요?"

"아, 마퀴스 선생은 아무 쓸모가 없었을 겁니다. 그저 침묵해 주기만을 바랐을 뿐. 그리고 마퀴스 부인은 음, 문을 잡아주거나 촛불을 켜 준 정도라면 모를까, 부인이 끈으로 묶인 생도를 누르고 있거나 그의 목에 올가미를 매는 광경은 상상이 되지 않네요."

세이어는 한 손가락으로 턱을 쓰다듬었다.

"그렇죠, 그건 밸린저 군과 스토더드 군이 맡은 일이었겠죠."

"그랬을 것 같습니다."

"그렇다면 아티머스가 관계 당국에 신고하지 못하도록 밸린저 군을 살해했다고 볼 수밖에 없겠군요. 스토더드 군은 다음번 제물이 되기 전에 도망친 거고요."

"그렇게 보시면 맞을 겁니다."

그는 저녁 하늘을 대하는 듯한 눈빛으로 나를 유심히 들여다보았다.

"랜도 씨는 끝까지 빈틈이 없군요."

"오래된 습관입니다, 대령님. 죄송합니다."

나는 팔을 흔들었다. 부츠끼리 서로 부딪쳤다.

"그나저나 스토더드 군은 이 문제에 대해 뭐라고 하는지 들어 보려면 기다려야겠네요. 찾을 수 있을지 모르겠지만."

그는 이 말이 비난조로 들렸는지 수세를 취했다.

"공병감님이 보낸 특사가 조만간 도착할 텐데 선생께서 같이 만나 주시면 대단히 감사하겠습니다."

"물론입니다."

"그리고 정식으로 사문위원회가 열리면 전말을 보고해 주시고요."

"당연하죠."

"그 외에는 저희와 약정한 임무를 정확하게 완수하셨으니 이로써 약정 종료를 선언할까 합니다."

그는 이마를 찡그렸다.

"이제 속이 후련하시겠습니다."

히치콕 대위도 그렇겠죠. 나는 생각했다. 하지만 이 말을 입 밖으로 내지는 않았다.

"적어도 저희가 드리는 감사 인사는 받아 주시기 바랍니다."

나는 옆통수를 문질렀다.

"아, 제가 감사 인사를 받을 자격이 있을까요, 대령님? 제가… 제가 좀 더 예리했거나 좀 더 빨랐다면 인명 피해를 줄일 수 있었을 텐데. 아니면 좀 더 젊었든지요."

"그래도 한 명은 살리셨잖습니까. 포 군이요."

"네."

"그 친구가 고맙다고 할는지는 잘 모르겠습니다만."

나는 주머니에 손을 넣고 발을 딛고 몸을 흔들었다.

"그러게요. 뭐, 그건 됐습니다. 위에서 기뻐하시겠습니다, 대령님. 워싱턴의 승냥이들이 조만간 후퇴할 테니까요."

그는 나를 유심히 들여다보았다. 진심인지 아닌지 판단하려는 것일 터였다.

"집행유예된 거라고 봅니다. 아예 사면된 게 아니라."

"이런 일로 사관학교를 없애지는…."

"네. 하지만 **나를** 없앨 수는 있죠."

반발하는 기미는 전혀 없었다. 그 어떤 감정도 한 방울 섞여 있지 않았다. 그날 조간신문에 실린 기사를 읽듯 덤덤한 말투였다.

그가 그러고 나서 한 행동을 나는 죽을 때까지 잊지 못할 것이다. 황동으로 만든 8킬로그램 포의 종 모양 포구 위로 얼굴을 갖다 대더니… 족히 30초 동안 그걸 붙잡고 있었던 것이다. 어디 한번 덤벼 보라는 거지. 나는 이런 생각이 들었다.

잠시 뒤 그가 가볍게 손을 마주 비볐다.

"랜도 씨에게 이런 고백을 하려니 민망하지만 예전에는 사관학교의 사활이 내게 달려 있다는 오만한 착각을 한 적이 있었습니다."

"지금은요?"

그는 천천히 고개를 끄덕이고 허리를 좀 더 폈다.

"지금은 내가 없어야 이 사관학교가 살 수 있다고 생각합니다. 그리고 계속 명맥을 유지할 거라고 생각하고요."

나는 손을 내밀며 말했다.

"글쎄요, 대령님. 첫 번째 부분에 대해서는 대령님의 생각이 틀렸길 바랍니다."

그는 내 손을 잡았다. 그리고 웃음기를 띠지는 않았지만 입가를 삐딱하게 실룩거렸다.

"내 생각이 전에도 틀린 적이 있었죠. 하지만 랜도 씨에 대해서는 아니었습니다."

우리는 베니의 술집 동쪽 출입문 앞에 섰다. 서로 1미터 거리를 두고 강 저편을 바라보았다.

"이제 다 끝났다고 얘기하러 왔어요, 패치. 일이 다 끝났다고요."

"그래서요?"

"음, 그래서 우리 둘이⋯ 우리 둘이 계속 이렇게 지낼 수 있다고요. 예전처럼. 중요한 건 그뿐이에요. 다 **끝났**으니까, 모두."

"아니, 거스. 그만해요. 나는 당신 일은 어떻게 되든 관심 없어요. 빌어먹을 사관학교도 관심 없고."

"그럼요?"

그녀는 아무 말 없이 잠깐 동안 나를 바라보았다.

"거스, 당신에게도 관심 없었을 수 있어요. 당신 심장이 돌로 변해 버렸으니까."

"돌이라도… 돌이라도 얼마든지 살아갈 수 있어요."

"그럼 나를 만져 봐요. 딱 한 번만, 예전에 그랬던 것처럼."

예전에 그랬던 것처럼. 음, 그건 불가능한 요구였다. 그녀도 그걸 알아차렸는지 막판에 몸을 돌렸을 때 안타까워하는 눈빛을 짓고 있었다. 나를 혼란스럽게 해서 미안해하고 있었다.

"잘 가요, 거스."

다시 하루가 더 지나기 전에 코크런 이병이 내 옷과 모든 소지품을 버터밀크폴스의 오두막집으로 가져다주었다. 나는 그가 내게 경례하는 것을 보고 살짝 웃었다. 랜도 소위님이라는 건가? 그가 검은 말의 고삐를 잡아당겼고 사관학교에서 보낸 사륜 쌍두마차는 1분 만에 언덕 너머로 사라졌다.

이후 며칠 동안 나는 혼자였다. 암소 헤이거는 아직 돌아오지 않았고 그 집은 전처럼 내게 살갑게 다가오지 않았다. 베니션블라인드, 줄에 매달아서 말린 복숭아, 타조알. 이들 모두가 누구인지 기억을 더듬는 것처럼 나를 빤히 쳐다보았다. 나는 아무것도 자극하지 않으려고 주의를 기울이며 이 방, 저 방을 조심스럽게 걸어다녔고, 앉아 있기보다 서 있었고, 걸으러 나갔다가도 바람이 부는 기미가 보이기만 해도 총총히 돌아왔다. 나는 혼자였다.

그러던 중 12월 19일 일요일 오후에 손님이 찾아왔다. 1학년 생도 포였다.

그는 비구름처럼 들이닥쳐 내 집 문턱에 어두컴컴하니 섰다. 이제와 생각해 보면 내 집 문턱이 **상징적인** 의미의 문턱이기도 했다. 포가 입을 열었다.

"알아냈습니다. 매티에 대해서 알아냈어요."

거스 랜도의 기록
41

이제 독자 여러분에게 이야기를 하나 들려줄까 한다.

하일랜드에 나이가 열일곱밖에 되지 않는 젊은 처자가 살았다. 키가 크고 어여쁘며 몸 선은 우아하고 몸가짐은 사랑스러운 아가씨였다. 그녀는 아버지를 살리려고 이 머나먼 땅까지 따라왔다가 대신 어머니가 세상을 떠나는 것을 지켜보았다. 이후로 이들 부녀는 허드슨강이 내려다보이는 오두막집에서 단둘이 지내게 되었는데, 그곳에는 시간 가는 줄 모르게 만드는 고된 일이 없었다. 아버지와 딸은 서로에게 책을 읽어 주고 암호와 퍼즐을 풀고 언덕을 한참 동안 걸으며—딸이 튼튼한 체질이었다—안온하게 살았다. 어느 누구도 뚫을 수 없는 단단한 침묵을 주머니 안에 담고 있는 아가씨에게 그 정도의 안온함으로는 부족했지만.

아버지는 딸을 사랑했다. 마음속으로는 감히 신에게서 받은 위로라고 생각했다.

하지만 이 세상에는 위로 말고도 할 일이 얼마나 많은가. 그 아가씨는 타고난 성격답게 조용히 동무를 그리워하기 시작했다. 아버지가 뉴욕에서 오랫동안 일을 하다가 은둔자가 되었으니 그건 헛된 그리움일 수도 있었지만 은행 간부와 결혼해 근처 해버스트로에서 살던, 돌아가신 어머니의 돈 많은 사촌이 그녀를 딱하게 여겼다. 딸이 없었던 그 여자는 이 아가씨를 통해 대리 만족을 했다. 타고난 우아함이 있었기에 좀 더 훌륭한 숙녀, 자신에게 찬란함을 더할 그런 존재로 만들 수 있었다.

그래서 그 여자는 아버지의 반대에도 불구하고 이 아가씨를 마차에 태워 이런저런 디너파티에 데리고 다녔다. 그리고 때가 무르익자 이 아가씨를 정식 무도회에 처음으로 초대했다.

무도회라니! 풍성한 실크와 모슬린과 메리노 드레스를 입은 여자들. 로마황제 헤어스타일을 하고 프록코트를 입은 남자들. 케이크와 커스터드와 반짝이는 와인 잔으로 넘쳐 나는 테이블. 바이올린 연주자와 코티용*! 여자들 드레스가 부스럭거리고 부채가 윙윙대는 소리. 구리 단추 달린 옷을 입고 춤 한 번에 목숨을 내놓을 준비가 된 미

---

* 동작이 빠르고 격한 프랑스의 사교춤.

남들.

그 아가씨는 이런 걸 탐낸 적이 없었지만—이런 게 있다는 걸 몰라서였지 않을까?—그래도 즐겁게 드레스를 가봉하고 예절 수업을 듣고 프랑스인 선생에게 춤을 배웠다. 그리고 아버지가 새로 맞춰 입은 옷을 보고 인상을 쓸 때마다 그녀는 웃으며 드레스를 찢는 척했고, 하루가 가기 전에 그녀에게 남자는 아버지뿐이라고 다시 한 번 맹세했다.

무도회 날이 찾아왔다. 아버지는 뉴욕에서도 가장 번듯한 집안에서 귀하게 자란 아가씨처럼 란다우 마차에 오르는 딸을 보며 흡족함을 느꼈다. 그녀는 창문 너머로 짧게 손을 흔들고 해버스트로에 있는 이모의 집으로 휙 하니 사라졌다. 그는 저녁 내내 쪽마루 바닥 위를 빙글빙글 도느라 점점 어지러워지고 입 안이 바짝 마를 그녀를 상상했다. 돌아온 그녀를 붙잡고 무얼 하고 무얼 보았는지 꼬치꼬치 캐묻고 거기다 건조한 경멸을 잔뜩 얹을 순간을 상상했다. 이런 바보 같은 짓을 언제쯤 그만둘 생각이냐고 최대한 점잖게 묻는 순간을 상상했다.

여러 시간이 지났다. 그녀는 돌아오지 않았다. 자정, 1시, 2시. 아버지는 철렁 내려앉는 심장을 달래며 등불을 들고 온 동네 샛길을 찾아다녔다. 그녀의 코빼기도 보이지 않자 말을 타고 해버스트로까지 가려고 등자에 발을 얹었을 때 그녀가 실내화 차림으로 절뚝거리며 길을 걸어왔다. 상심, 그 자체의 모습으로. 앙증맞게 곱슬곱슬 말아서 위로 틀어 올렸던 머리는 축 늘어지고 헝클어졌고. 찢긴 연보라색 호박단 드레스 사이로 페티코트의 긴 솔기가 보였고. 가봉할 때 그렇게 좋아

621

했던 양 다리 모양 소매는 어깨가 뜯겼다.

그리고 피가 보였다. 손목에서, 머리칼에서. **그곳**에서…. 그녀에게 치욕의 도화선이 됐겠다 싶을 만큼 많았다. 그녀는 그가 씻겨 주겠다고 해도 거부했다. 무슨 일인지 물어도 대답하지 않았다. 며칠 동안 아예 입을 닫았다.

그녀의 침묵에 상처를 받고 속이 상해 이성을 잃은 아버지는 (이미 절연한) 아내의 사촌을 찾아가 그날 밤에 무슨 일이 있었는지 따져 물었다. 그녀는 그제야 세 남자에 대해 알려 주었다.

느닷없이 등장한, 젊고 허리가 꼿꼿하며 매력적인 세 남자였다. 아무도 그들을 초대하거나 심지어 만난 기억조차 없었다. 교양 있는 언어를 썼고 매너가 좋았고 차림새가 나무랄 데 없었지만, 남의 옷을 빌려 입은 듯 어쩐지 잘 맞지 않았다. 그래도 한 가지 사실만큼은 분명했으니 수많은 여자들을 보고 좋아했다는 것이었다. 한 손님의 표현을 빌리자면 수도원에 갇혀 있다가 해방된 사람처럼 좋아했다.

한 여자가 유난히 그들의 시선을 사로잡았다. 버터밀크폴스에서 왔다는 젊은 아가씨였다. 그녀는 닳고 닳은 아가씨들과 다르게 간계가 없었고 처음에는 그들의 관심에 고마워했다. 하지만 그 관심의 지향점을 파악한 뒤에는 익숙한 침묵 속으로 후퇴했다. 세 남자는 전혀 아랑곳하지 않고 계속 흥겨운 분위기를 유지하며 방마다 그녀를 따라다녔다. 아가씨가 바람을 쐬러 밖으로 나가자 그들은 작별 인사를 하고 곧

바로 따라나갔다.

세 남자는 돌아오지 않았다. 아가씨도 마찬가지였다. 찢기고 피를 흘리는 모습을 안주인에게 보이느니 집까지 먼 길을 걸어왔다.

몸의 상처는 금세 나았다. 다른 상처는 낫지 않았다. 아니, 어쩌면 단순히 **더 깊은** 침묵으로 변형됐을 수도 있었다. 길을 달려오는 바퀴 소리에 귀를 기울이는 사람처럼 몹시 조심스러운 침묵이었다.

그녀는 표정이 맑고 평온했고 아버지에게 변함없이 헌신하면서도 전과 다름없이 세심하게 살폈지만, 그 모든 이면에 어떤 기다림이 있었다. 뭘 기다리고 있었을까? 그는 인파 속을 들락거리는 낯익은 얼굴처럼 그 편린을 언뜻언뜻 포착했지만 정체를 파악하지는 못했다.

어떤 날은 그가 집에 들어와 보면 그녀가 눈을 감고 응접실에 무릎을 꿇고 앉아서 소리 없이 입술을 달싹이고 있었다. 기도를 한 건 아니었다고 했지만—할아버지의 신앙이 아버지에게 얼마나 쓸모가 없었는지 알기 때문이었다—그러고 나면 항상 전보다 더 말이 없어졌고, 그는 그녀가 누군가와 대화를 나누던 도중이었던 것만 같은 불길한 예감을 느꼈다.

어느 날 오후에 그녀가 뜻밖에도 소풍을 가자고 했다. 그는 그녀를 몽상에서 끄집어내기에 소풍이 안성맞춤이라고 생각했다. 게다가 날은 또 얼마나 좋았던가! 구름 한 점 없이 화창했고 산 너머에서 향긋

623

한 산들바람이 불어왔다. 그들은 햄과 굴과 콘밀죽과 복숭아와 호스먼의 농장에서 딴 산딸기를 싸가지고 가서 조용히 먹었다. 그는 강이 내려다보이는 절벽에 그렇게 앉아 있는 동안 망령들에게서 조금 벗어난 것 같다는 생각을 했다.

그녀는 접시와 식사 도구를 하나씩 바구니에 넣었다. 어렸을 때부터 깔끔한 아이였다. 그런 다음 그를 붙잡아 앉히고 얼굴을 들여다보다가 그를 끌어안았다.

그는 너무 놀라서 마주 안아 주지 못했다. 그는 그녀가 절벽 가장자리로 걸어가는 것을 지켜보았다. 그녀는 북쪽과 동쪽과 남쪽을 물끄러미 바라보았다. 몸을 돌려서 자유로워진 표정으로 웃으며 이렇게 말했다. **다 잘될 거예요. 전부 해결될 거예요.**

그러고는 다이빙 선수처럼 두 팔을 머리 위로 들고 몸을 뒤로 젖혔다. 그에게 시선을 고정한 채 아래로 몸을 던졌다. 맹목적으로, 자기가 어디로 떨어지는지 확인하지도 않고.

시신은 강물에 휩쓸려 떠내려갔다. 나중에 그는 동네 주민들에게 딸아이가 어떤 남자와 도망쳤다고 말하고 다녔다. 진실을 감춘 거짓말이었다. 도망친 건 맞았으니까. 그녀는 그의 품에 몸을 던졌다. 이것이 진정한 생의 마지막이라도 되는 듯이 평온한 마음으로. 그녀는 그가 그녀를 기다릴 거라는 걸 알면서 떠났다.

그 아가씨의 죽음에 대해 할 얘기는 여기까지다. 이로써 그녀의 아버지는 자신도 모르는 새 머릿속에서 빚어지고 있던 계획을 자유롭게 구상할 수 있게 됐다.

어느 날 아침에 그는 바이런의 시집을 펼쳐들었다가—펼쳐든 이유도 오로지 예전에 딸아이가 좋아했던 책이라서였다—안에 체인이 있는 것을 발견했다. 그녀가 무도회장에서 돌아오던 날 밤에 손에 움켜쥐고 있던 체인이었다. 자기를 덮친 한 남자에게서 뜯어낸 그것을 어찌나 세게 움켜쥐고 있었던지 손바닥에 동그란 자국이 남았을 정도였다. 그랬음에도 아버지가 다른 곳을 보고 있었을 때 손에서 놓았다.

이 음울한 징표를 가장 아끼던 책 속에 숨겨 놓은 이유가 뭐였을까? 아버지에게 찾아 달라는 게 아닌 이상. 그걸 써 달라는 게 아닌 이상.

이 체인에는 마름모 모양의 놋쇠 표찰이 달려 있었고 이 표찰에는 문장이 새겨져 있었다. 공병단 문장이었다.

그들이 생도가 아니라는 법도 없지 않은가? 몸에 잘 맞지도 않는 옷을 입고 느닷없이 등장한, 여자에 굶주린 세 명의 젊은 남자. 누군가가 탐문을 한다 한들 그들에게는 완벽한 알리바이가 있었다. 밤새 막사에 있었다고. 어느 생도도 허락 없이는 사관학교에서 나갈 수 없다고.

이 생도는 자기 무덤을 팠다. 놋쇠 표찰에 L. E. F.라는 이니셜이 새겨져 있었다.

주인을 찾는 건 식은 죽 먹기였다. 사관학교 생도들의 명단은 공개돼 있었고, 거기에 이 이니셜에 부합하는 이름은 하나뿐이었다. 리로이 에버렛 프라이.

바로 그 주에 이 아버지는 우연히 베니 해이븐스의 술집 근처에서 그 이름이 언급되는 것을 들었다. 이 리로이 프라이가 술집 여종업원을 흠모하는 생도들 중 한 명이었다. 가장 눈에 덜 띄는 축에 속했지만. 그 아버지는 그의 얼굴을 언뜻이나마 볼 수 있길 바라며 밤이면 밤마다 술집을 찾았다. 그러다 그를 만났다.

작달막한 녀석이었다. 온순하고 안색은 창백하며 다리가 가늘고 길었고 빨간 머리였다. 그를 위험인물로 간주하는 사람은 없음 직했다.

그 아버지는 끝까지 자리를 지키며 정체를 숨기고서 최대한 유심히 그를 관찰했다. 집으로 돌아갔을 무렵에는 어떻게 해야 할지 계획을 세웠다.

그는 도중에 결심이 흔들릴 때마다, 자신의 영혼이 걱정될 때마다 그에게는 걱정할 게 아무것도 남아 있지 않다는 사실을 깨달았다. 하느님이 **그 아이를** 데려갔다. 이제 그에게서 더는 앗아갈 게 없었다.

그녀의 이름은 매틸드였다. 줄여서 매티. 머리는 밤색이었고 두 눈은 가끔 그늘이 지면 회색으로 보이기도 하는 아주 옅은 파란색이었다.

거스 랜도의 기록
42

1학년 생도 포는 예전에 이 집에 왔을 때는 꼭 미술관을 찾은 손님 같았다. 모든 감각을 활짝 열고 베니션블라인드에서 타조알을 거쳐 복숭아까지 일직선으로 움직이며 모든 것을 일일이 해석했다.

이번에는 사령관처럼 찾아왔다. 성큼성큼 바닥을 가로질러 떨어지거나 말거나 상관없다는 듯이 벽난로 선반 위에 망토를 던지고는 전부터 별로 좋아하지 않았던 그리스 판화를 등지고 팔짱을 끼더니… 내게 얘기해 보라고 했다.

나는 얘기했다. 나조차 놀랄 정도로 침착하게.

"그래, 매티에 대해서 알아냈군. 그런데 그게 무슨 상관인가?"

"아, 많은 상관이 있죠. 선생님도 아시겠지만."

그는 그 어떤 것에도 시선을 두지 않고 훑어보기만 하며 방 안을 천천히 한 바퀴 돌았다. 그런 다음 헛기침을 하고 허리를 꼿꼿하게 펴며 말했다.

"제가 어떻게 알아냈는지 궁금하십니까? 저의 추론이 어떤 궤적을 그렸는지 관심 있으신가요?"

"물론. 당연하지."

그는 못 믿겠다는 듯이 나를 유심히 들여다보다가 다시 방 안을 걷기 시작했다.

"먼저 다소 특이한 사실부터 짚고 넘어갈까 합니다. 그 얼음창고에는 심장이 하나밖에 없었다는 거요."

그는 말을 하다 말고 멈췄다. 아마도 극적인 효과를 노리며 내 반응을 기대하고 그랬을 텐데, 내가 아무 반응도 보이지 않자 하던 얘기를 계속했다.

"처음에는 그 지옥과도 같던 곳에서 무슨 일이 벌어졌는지 전혀 기억이 나지 않았습니다. 모든 게 기억상실이라는 은총으로 덮여 있었죠. 하지만 시간이 지날수록 그 기묘했던 의식이 아주 고운 가루처럼 세세하게 조금씩 떠오르더군요. 그 끔찍했던 순간을 생각하면 아직도 몸이 움츠러들지만요…."

이 대목에서 또다시 몸이 움츠러들자 그는 말을 멈추고 마음을 가라앉혔다.

"**그 순간**을 똑바로 쳐다보지는 못하더라도 관광객처럼 그 주변을 돌며 목격한 모든 것에 예리하게 정신을 집중할 수는 있었습니다. 그래서 이런 식으로 정찰을 하다 보니 번번이 그 수수께끼에 봉착하게 되더란 말이죠. 심장이… **하나**뿐이었던 것 말입니다. 그게 리로이 프라이의 심장이었다고 칩시다. 좋아요, 하지만 다른 심장은 어디 있었을까요? 그 가축들의 심장은? **밸린저**의 심장은? 그리고 밸린저의 그

다른 부분은 어디 있었을까요? 모두 보이지가 않았는데 말입니다."

"어디 다른 데 뒀겠지. 나중에 쓰려고."

천천히 음울한 미소가 번졌다. 그가 교수가 된다면 얼마나 잘 어울렸을까.

"아, 하지만 그들이 나중을 염두에 두었을까요? 누가 봐도 그게 마지막 의식이었잖습니까. 따라서 이 성가신 문제가 계속 남는 겁니다. 사라진 심장들은 어디 있을까? 그러다 잠시 후에 저는 이와 전혀 무관한 두 번째 사실을 발견하게 되었습니다. 그러니까⋯."

그는 잠깐 말을 멈추고 속에서 울컥 치밀어 오르던 것이 가라앉길 기다렸다.

"리에게 받은 편지를 훑어보던 도중에요. 그녀의 장례식에 참석하는 영광을 거부했기에 제게는 그 편지가 그녀와의 추억을 회상할 수 있는 가장 소중한 유품이었죠. 그 애정이 담긴 글귀를 뒤적이다가 그녀가 저를 위해 쓴 시를 맞닥뜨렸습니다. 그녀가 쓴 시 중에서 남은 게 이것 하나뿐이지 않을까 싶은데요. 선생님도 기억하실 겁니다, 제가 적어드렸으니까요. 그 시를 다시 한 번 읽다가 그것이 아크로스틱*이라는 것을 부끄럽게도 그때 처음 알아차렸습니다. 선생님은 아셨습니까?"

그가 주머니에서 돌돌 말린 종이를 꺼내 테이블 위로 펼치자 흰붓꽃 향기가 아주 희미하게 풍겨 나왔다. 각 행의 첫 글자를 굵게 표시했다는 것을 한눈에 알 수 있었다.

---

*　　각 행의 첫 글자를 연결하면 특정한 어구가 되게 쓴 시.

그대와 함께 내 기꺼운 마음은 유랑하리니—

얼버무림도 탄식도 저어하며

우리의 마음을 파릇파릇한 환락의 동산에 한데 모아

풍성한 사이프러스 덩굴로 한데 엮으리—

당신이 내 것이라 더 풍성한 그것으로.

Ever with thee shall my glad heart roam—

Dreading to blanch or repine.

Gather our hearts in a green pleasure-dome,

All wreathed in a rich cypress vine—

Richer still for that you are mine.

"제 이름이에요. 그걸 눈앞에 두고도 전혀 몰랐지 뭡니까."

그는 한 손을 그 편지 위에 올려놓았다가 편지를 다시 조심스럽게 말아서 심장 옆 주머니에 넣었다.

"제 다음 행보를 선생님도 짐작하시리라 보는데요. 알아맞혀 보시겠습니까? 다른 시를 꺼내 보았죠. 선생님이 저주를 퍼부었던, **추상적으로** 제게 전달됐던 그 시를요. 그걸 새로운 시각에서 읽어 보았습니다. 선생님도 직접 한번 보세요."

그가 내 호텔방에서 끼적였던 풀스캡판 종이가 등장했다. 리의 편지와 비교했을 때 크기가 거의 두 배였다. 포가 실토했다.

"한눈에 간파하지는 못했습니다. 들여 쓴 행까지 계산에 넣었거든요. 하지만 그걸 배제하자 담긴 메시지가 한낮의 태양처럼 훤하게 드러나더군요. **보십시오**, 그렇지 않습니까, 선생님?"

"볼 필요가 없다고 생각하네만."

"그래도 보십시오."

나는 종이 위로 고개를 숙였다. 그 위로 **숨을** 토했다. 내가 좀 더 상상력이 풍부한 성격이었다면 그 종이도 나를 향해 숨을 토했다고 했을지 모른다.

웅장한 시르카시아 숲 한복판에서
하늘로 검게 얼룩진 개울 안에서
하늘에 할퀴어 달빛이 산산이 부서진 개울 안에서
아테나의 나긋나긋한 처녀들은
살랑거리며 순종을 표하고
그곳에서 나는 외롭고 다정한 리어노어를 만났노니
구름을 찢어발기는 울부짖음의 손아귀 안에서
처절하게 괴로워하며 나는 굴복하는 수밖에 없었도다.
옅은 파란색 눈을 한 처녀에게
옅은 파란색 눈을 한 악귀에게.

그 꿈의 그늘이 진 강둑의 그림자 안에서
나는 밤의 염증 나는 솔 아래에서 떨었도다.
"리어노어, 어찌하여 그대가 이곳에 왔는가.
이 황량하고 영문 모를 여울에
이 눅눅하고 마땅치 않은 여울에."

"제가 감히 대답하리이까?" 그녀는 두려움으로 떨며 외쳤도다.

"제가 감히 지옥의 끔찍한 대가를 속삭이리이까?

새날이 밝을 때마다 그 기억은 더 음울해져

내 영혼을 능욕한 악마들의 기억

내 영혼을 유린한 악령들의 기억."

아래로 아래로 아래로 뜨겁게 퍼덕이는

볼 수 없을 만큼 희미한 날갯짓.

쓰라린 심장을 달래며 나는 재촉하지만…

"리어노어!" 그녀는 대답을 않는도다.

끝없는 밤이 그녀를 데려가

곤죽으로 감싸고 그 옅은 파란색 눈만 남아

검고 검은 밤, 지옥에 안치된 분노로 어두운 밤은

그 죽음 같은 파란색 눈만 남겼도다.

Mid the groves of Circassian splendor,

      In a brook darkly dappled with sky,

      In a moon-shattered brook raked with sky,

Athene's lissome maidens did render

      Obeisances lisping and shy.

There I found Leonore, lorn and tender

      In the clutch of a cloud-rending cry.

Harrowed hard, I could aught but surrender

To the maid with the pale blue eye

To the ghoul with the pale blue eye.

In the shades of that dream—shadowed weir,

I trembled'neath Night's loathsome stole.

"Leonore, tell me how cam'st thou here

To this bleak unaccountable shoal

To this dank undesirable shoal."

"Dare I speak?" cried she, cracking with fear.

"Dare I whisper Hell's terrible toll?

Each new dawn brings the memory drear

Of the devils who ravished my soul

Of the demons who ravaged my soul."

Down—down—down came the hot thrashing flurry

Of wings too obscure to descry.

Ill at heart, I beseeched her to hurry···

"Leonore!"—she forbore to reply.

Endless Night caught her then in its slurry—

Shrouding all but her pale blue eye.

Darkest Night, black with hell—charneled fury,

Leaving only that deathly blue eye.

포가 중얼거렸다.

"매틸드는 죽었다."

침묵이 쌓이길 기다렸다가 그가 덧붙였다.

"확실한 메시지가 또다시 목전에 감추어져 있었습니다."

나는 어렴풋한 미소가 내 입가에 떠오르는 것을 느꼈다.

"매티가 원래 아크로스틱을 좋아했지."

이제 내게로 향한 그의 시선이 느껴졌다. 애써 평정을 유지하려는 그의 목소리가 들렸다.

"선생님은 보고 아셨지요? 그래서 문구를 바꾸라고 저를 설득하려고 하셨던 거죠? 각 행의 **첫 소절**만이라도. 이 엘리시움*에서 건너온 메시지가 간파당하기 전에 제가 고쳐 쓰길 바라셨죠?"

나는 그에게 손바닥을 보여 주었다. 대답은 하지 않았다. 그는 하던 얘기를 계속했다.

"물론 제게 있는 건 이름과 술부뿐입니다. 하지만 저는 바로 추가로 발견했습니다. 글이 두 개 더 추가됐지요. 보여드릴게요."

그는 주머니에서 쪽지 두 개를 꺼내 테이블 위에 나란히 두었다.

"**이건** 리로이 프라이가 손에 쥐고 있었던 겁니다. 선생님께서 방심하고 저한테 맡기셨죠. 그리고 **이건** 선생님이 저 보라고 남기신 쪽지입니다. 기억하십니까?"

그렇다. 내가 양심의 가책을 덜고 싶어서 쓴 쪽지였다. 그런다고 덜

---

*   그리스신화에서 선량한 사람들이 사후에 가는 곳.

어질 리 없었지만.

TAKE COURAGE(기운 내게)

"요전 날 발견한 쪽지입니다. 저희가 약속한 코시치우슈코 정원의 그 바위 아래에서요. 칭송받아 마땅한 고귀한 정서지만 **가장** 놀라웠던 부분은 선생님의 글씨체였습니다. 선생님도 아시겠지만 대문자도 어느 모로 보나 소문자만큼 고유하고 결정적이잖습니까."

그는 집게손가락으로 두 쪽지를 번갈아 가리켰다.

"보이십니까? A, R, G 그리고 E. 리로이 프라이의 쪽지에 적혀 있는 글씨체와 그야말로 동일하지요."

그는 이걸 이제 처음 발견한 사람처럼 놀라워하며 눈썹을 한데 모았다.

"제가 얼마나 놀랐는지 선생님도 짐작하실 거라고 봅니다. **이 두 개의 쪽지를 쓴 사람이 한 명일 수도 있을까? 어떻게 그럴 수 있을까?** 랜도 씨에게 **리로이 프라이와 소통할 일이 뭐가 있었을까? 이것이 랜도 씨의 딸과는 무슨 상관일까?**"

그는 고개를 저으며 나지막이 혀를 찼다.

"공교롭게도 제가 그날 밤에 베니 해이븐스의 가게에 있었습니다. 그날 밤에도 **우리 훌륭한** 패치가 손님들 시중을 들고 있었고 그녀가 천성적으로 거짓말을 하지 못한다는 것을 알기에 매티에 대해서 아는 게 있느냐고 물었죠."

그는 내 의자 옆에서 걸음을 멈추었다. 한 손을 내 어깨 위에 얹었다.

"그 질문 하나로 충분했습니다. 선생님. 패치가 전말을 들려주더군요. 자기가 아는 선에서 최대한 자세히. 이름 모를 세 명의 불한당…리로이 프라이가 예전에 얘기했던 '질이 안 좋은 무리'죠."

그는 손을 치웠다.

"선생님은 그녀를 찾아갔죠? 매티가 죽던 날. 그녀에게 비밀을 지키겠다는 다짐을 받고 그 끔찍했던 사건의 전말을 폭로했죠. 그녀는 비밀을 지켰어요, 선생님. 그건 인정해 주셔야 합니다. 다만 그 비밀 때문에 선생님이 죽을 수도 있겠다는 결론을 내렸을 뿐이에요."

이제 나는 반대편의 심정을 알 수 있었다. 감췄던 인생이 한 꺼풀씩 벗겨졌을 때 마퀴스 선생의 심정이 어땠을지 알 수 있었다. 생각보다 끔찍하지 않았다. 오히려 달콤한 쪽에 가까웠다.

포는 단풍나무 소파에 앉아서 자기 부츠 끝을 내려다보았다.

"왜 저한테는 얘기하지 않으셨습니까?"

나는 어깨를 으쓱했다.

"별로 좋아하는 얘기가 아니라."

"하지만 제가… 제가 **위로**해드렸을 수도 있잖습니까. 선생님이 저를 도와주셨던 것처럼 제가 도와드릴 수 있었을지도 모르고요."

"그 어떤 것도 내게는 위로가 될 수 없지 않을까? 그 문제에 관한 한은. 그래도 고맙구먼."

그의 마음속에서 말랑해졌던 어딘지 모를 곳이 다시 단단해졌다. 그는 자리에서 일어났다. 손깍지를 껴 뒷짐을 지고 장황한 설명을 재개했다.

"이 사건이 얼마나 희한한 방향으로 흘러갔는지 선생님도 아실 거라고 봅니다. **선생님이** 사랑했던 아가씨가 시라는 매개체를 통해 메시지를 전달했어요. 왜 그랬을까요? 저는 자문해 보았습니다. 그녀는 어째서 제게 자신의 존재를 알리려 했을까요? 범행을 폭로하기 위해? 자기 아버지가 가장 깊숙이 연루되어 있는 범행을? 그래서 저는 선생님을 따라 해 보았습니다. 저의 가설을 맨 처음부터 하나씩 점검하기 시작했죠. 선생님이 이걸 저보다 더 훌륭하게 표현하셨던 걸로 기억하는데요. 이렇게 물으셨죠? 두 사람이 같은 날 밤에 한 생도를 상대로 어떤 계획을 세웠을 가능성이 얼마나 되겠느냐고."

그는 내 쪽으로 고개를 숙이고 내 대답을 아주 끈질기게 기다렸다. 내가 아무 대답도 하지 않자 그는 짜증의 기미가 아주 미미하게 느껴지는 한숨을 내쉬고는 나 대신 대답했다.

"**적죠.** 그럴 가능성은 사실상 적죠. 논리적으로 분석할 때 그런 식의 우연의 일치는 감안하면 안 됩니다. 하지만….'

그는 천장에 대고 손가락을 흔들었다.

"한쪽이 다른 쪽에 종속적인 관계라면 얘기가 달라지죠."

"좀 더 알아듣기 쉽게 설명해 주겠나, 포 군? 나는 자네만큼 많이 배운 사람이 못 돼놔서."

그는 미소를 지었다.

"역시 자기 비하에는 일가견이 있으시네요. 그걸 참 가차 없이 동원하세요. 그럼 이런 식으로 표현하겠습니다. 한쪽은 단순히 시신만 기다리고 있는 거라면요? 아직 아주 급하지는 않고, 기회가 저절로 생길 때까지 얼마든지 기다릴 수 있는 상황이었다면요? 그런데 10월 25일에 그런 기회가 기적적으로 찾아온 겁니다. 이 첫 번째 일당, 일단 아티머스와 리라고 하겠습니다. 이 일당에게 시신의 **신원**은 전혀 상관이 없습니다. 리로이 프라이 그 자체로는 그들에게 아무 의미가 없는 거죠. 칠촌일지라도 알 바 없다고 할까요. 그들은 심장만 있으면 어떤 시신이든 유용할 작정이었습니다. 딱 하나 그들이 하지 않을 게 있다면 살인이었죠. 아뇨, 살인을 저지를 용의가 있고 마음의 준비도 된 쪽은 다른 일당이었습니다. 그것도 콕 집어서 이자를 죽일 작정이었죠. 이유가 뭐였을까요? 혹시 복수를 하기 위해서였을까요, 선생님? 복수로 치자면 살인 동기 중에서도 가장 오래된 역사를 자랑하고, 저도 솔직히 고백하자면 지난 몇 주밖에 안 되는 기간 동안 최소 두 명의 유명 인사를 죽이고 싶었는데요."

그는 나를 가운데 두고 돌며―내가 호텔방에서 그를 가운데 두고 그랬듯이, 또한 지난 수십 년 동안 수없이 그랬듯이―용의자를 고리로 감쌌다. 심지어 목소리조차 나와 비슷해져서 경쾌하게 오르내리며 진술을 부드럽게 강조했다. 나를 향한 오마주로군! 나는 생각했다.

"이렇게 해서 논의의 초점은 리로이 프라이를 노린 다른 일당 쪽으로 넘어갑니다. 그는 일단 아, 오거스터스라고 하죠. 이 **두 번째** 일당은 치명적인 용건을 처리하다가 도중에 방해를 받지만 계획대로 완수하는 데에는 성공하고 즐겁게 자기 집으로 돌아갑니다. 일단 버터밀크 폴스의 아담한 오두막집이라고 할까요? 그는 범행 도중에 돌발 사태가 발생하기는 했지만 아무도 모르게 도망쳤다는 데서 일말의 위안을 느낍니다. 그렇기 때문에 바로 다음 날 웨스트포인트로 소환됐을 때 더욱 충격을 받죠. 그는 사실 들통났나 보다고 결론을 내릴 근거가 있었습니다. 안 그렇습니까, 랜도 씨?"

그렇지. 나는 이렇게 대답하고 싶었다. 그렇지, 그는 그렇게 믿었겠지. 웨스트포인트로 가는 내내 믿지도 않는 하느님에게 기도했겠지.

"그새 죽은 남자의 시신이 끔찍하게 훼손당했다는 사실을 알게 되었을 때 일단 오거스터스라고 부르기로 한 이 두 번째 일당이 얼마나 충격을 받았을지 저희로서는 상상이 되지 않을 따름입니다. 이 부차적인 범죄 덕분에 오거스터스의 범행이 기상천외하게 은폐된 데다 웨스트포인트 당국에서 흉악범을 잡아 달라며 그에게 도움을 청하게 됐으니 무슨 이런 반전이 있을까요! 그는 하느님이 자기편이라고 생각했을 겁니다."

"그가 그런 착각을 했을 것 같지는 않은데?"

"뭐, 하느님이 됐건 악마가 됐건 운명이 그에게 유리한 쪽으로 작용했던 건 맞습니다. 그에게 실베이너스 세이어를 선물했으니까요, 안 그렇습니까? 우리의 오거스터스는 당장 리로이 프라이 사건의 수석수사관으로 임명됩니다. 웨스트포인트를 마음대로 돌아다닐 수 있는 전권을 위임받은 거죠. 정식 책봉식을 거쳐 암호도 건네받고요. 그는 어디든 갈 수 있고 아무하고나 대화를 나눌 수 있었습니다. 말하자면 다른 표적의 목에 올가미를 걸어 놓았다가 기회가 생기면 바로 조일 수 있게 된 거죠. 그동안 이 두 번째 일당은, 이 오거스터스는 확실한 직감과 천부적인 지능으로 **자기 자신이 저지른 범행을 해결하는** 훌륭한 수사관 역할에 충실했을 겁니다."

그는 원을 그리다 말고 멈췄다. 그의 두 눈이 비늘처럼 반짝거렸다.

"그리고 그의 간계 덕분에 그 불운한 **첫 번째** 일당, 우리가 일단 리와 아티머스 마퀴스라고 부르기로 한 그 일당은 영원히 살인범으로 낙인이 찍히겠죠."

나는 태평하게 말했다.

"아! 거기에 '영원히'라는 건 없네. 우리처럼 그들도 언젠가는 잊힐 테니까."

모든 헛치레와 모든 간접화법이 그 순간에 사라졌다. 그는 주먹 쥔 손을 옆구리에 두고 나를 향해 똑바로 다가왔다. 나를 한 대 치려고 했던 게 분명하지만 막판에 그가 가장 애용하는 말이라는 무기로 바꿨다. 내 쪽으로 허리를 숙여 내 귀에 대고 그 말을 쏟아 냈다.

"**저는** 그들을 잊지 않을 겁니다."

그는 날카롭게 속삭였다.

"선생님이 그들의 이름을 시궁창에 처박았다는 사실을 잊지 않을 겁니다."

"그 둘은 자기들끼리도 할 만큼 했어."

그는 진짜로 주먹을 날리기라도 한 것처럼 손을 펴며 뒤로 한 발 물러났다.

"선생님이 우리를 어떤 식으로 바보로 만들었는지도 잊지 않을 겁니다. 특히 **저한테** 어떤 식이었는지요. 저는 선생님이 점찍은 특급 바보였지요, 그렇지요?"

나는 그를 똑바로 쳐다봤다.

"아니, 나는 내 자백을 들어 줄 상대로 처음부터 자네를 점찍었다네. 자네를 본 순간 한눈에 알 수 있었거든. 그리고 보시다시피 이렇게 됐고."

그 대답에 포는 할 말이 없었기에 장황한 설명은 종말을 고했다. 그는 소파에 주저앉아 두 팔을 양옆으로 털썩 늘어뜨리고 허공을 응시했다.

"아, 내 매너 좀 보게! 위스키 한잔 할 텐가, 포?"

그의 온몸 마디마디에 아주 희미하게 힘이 들어갔다. 나는 말을 이었다.

"걱정은 말고. 내가 따르는 걸 옆에서 보고 있어도 돼. 심지어 첫 모금은 내가 마시도록 하지, 어떤가?"

"그러실 필요 없습니다."

나는 그의 몫으로 손마디 두어 개 정도의 양을 따르고 내 몫으로도 또 그만큼 따랐다. 내가 약간의 호기심을 가지고 내 모습을 관찰했던 기억이 난다. 술을 따르는데 손이 떨리지도 않았다. 술을 한 방울도 흘리지 않았다.

나는 그에게 잔을 건네고 내 잔을 들고 앉아 정적 속에서 몸을 살짝 녹였다. 호텔방에서 모든 이야깃거리가 떨어지고 술병도 거의 바닥을 드러내고 할 말도 할 일도 더는 남지 않았을 때 가끔 우리를 덮치던 그런 정적이었다.

하지만 이번에는 그냥 내버려 둘 수 없었다. 내가 그걸 깨뜨려야 했다.

"내 사과를 바란다면 사과하겠네, 포. 미안하다는 말로는 턱없이 부족할 테지만."

그가 뻣뻣하게 말했다.

"사과는 필요 없습니다."

그는 손에 든 잔을 천천히 돌리며 창문 너머로 쏟아진 빛이 거기에 부딪히고 흩어지는 것을 바라보았다.

"몇 가지 궁금한 부분에 대해 설명을 부탁드리고 싶은데요. 괜찮으시다면."

"괜찮고말고."

그는 곁눈으로 나를 살폈다. 어디까지 물어봐야 할지 고민이 됐을 것이다. 그가 조심스럽게 말을 꺼냈다.

"프라이가 손에 쥐고 있었던 쪽지요. 프라이는 그걸 누가 보냈다고 생각했을까요?"

"당연히 패치라고 생각했겠지. 전부터 그녀에게 마음이 좀 있었거든. 그 쪽지를 수거하지 않다니 내가 경솔했지만 자네도 얘기했다시피 급히 움직이느라."

"양과 소, 그것도 선생님의 소행이었습니까?"

"당연하지. 다른 두 녀석을 죽이면 그 녀석들의 심장도 꺼내야 할 테니까. 그래야 사탄 숭배자들의 소행으로 보일 거 아닌가."

"그리고 선생님의 범행을 은폐할 수도 있고요."

"그렇지. 그리고 나는 아티머스처럼 수련을 쌓은 적이 없으니 다른 표본으로 먼저 연습도 해야 했고."

나는 위스키를 한 모금 마시고 여러 차례로 나눠서 삼켰다.

"이제야 말하는 거지만, 자기 종족을 저미는 것은 어떤 방법으로도 준비가 되는 일이 아니더군."

톱이 인간의 살을 가르는 소리 말이다. 뼈가 쪼개지고 죽은 피가 느릿느릿 움직이고. 흉곽 안에 단단히 감싸여 있는 그 작은 덩어리. 그건 절대 쉬운 일이 아니고 **깔끔한** 일도 아니다.

"그리고 두말하면 잔소리지만 아티머스의 트렁크에 소 심장을 넣은 사람도 선생님이었을 테고요."

"그렇다네. 하지만 리가 나보다 한 수 위였어. 그의 문 바로 앞에 폭탄을 두고 갔지 않은가. 남동생에게 아주 근사한 알리바이를 제공했지."

"아, 하지만 그래도 결국에는 아티머스에게 자백을 받아 냈지 않았습니까? 누이를 건드리지 않는 조건으로. 그래서 히치콕 대위님에게 연락하지 않고 얼음창고에 선생님 혼자 가신 거 아닙니까? 선생님이 원한 건 진실이 아니라 유죄판결이었으니까요."

"글쎄? 내가 히치콕을 찾아갔다면 **자네**를 살릴 수 없었을지 몰라."

그는 그 부분에 대해 잠시 생각했다. 자기 잔을 들여다보았다. 잇새를 혀로 핥았다.

"아티머스에게 선생님의 죄를 뒤집어씌워서 처형장으로 보낼 생각이셨습니까?"

"음, 그건 아니었다고 보네. 스토더드까지 처리한 뒤에 무슨 수를 만들어 냈겠지. 적어도 내가 생각하기에는 그렇다네."

포는 남은 위스키를 마저 마셨다. 내가 좀 더 마시겠느냐고 묻자 놀랍게도 그는 사양했다. 이번만큼은 자신의 능력을 최대한 발휘하고 싶은 것이었다. 그가 다시 물었다.

"프라이의 일기장을 보고 밸린저가 공범이었다는 걸 알게 되셨습니까?"

"물론이지."

"그럼 선생님이 매일 아침마다 히치콕 대위님에게 제출한 문건은…."

"아, 실제로 일기장에 적힌 내용이었다네. 몇 군데만 빠져 있었을 뿐."

"그 빠진 부분 중에 밸린저의 이름과 스토더드의 이름이 있었군요."

"그렇지."

"밸린저."

그는 다시 심란해져서 그의 이름을 말했다.

"그가… 자백을 하던가요?"

"음, 협박하에. 프라이도 마찬가지였고. 둘 다 딸아이의 이름을 기억하더군. 그날 밤 무도회를 주최한 안주인 이름도. 심지어 매티가 어떤 옷을 입고 있었는지까지. 내게 재미난 얘기를 많이 들려줬지만 끝까지 동지를 배신하지는 않았어. 어떤 수단을 동원해도 그건 알아내지 못했다네."

"그건 밝힐 수 없습니다."

그들은 이런 경우에 대비해 미리 연습이라도 한 것처럼 이렇게 말했다.

"그건 밝힐 수 없습니다."

나는 콧방귀로 그때의 기억을 날려 버렸다.

"흠, 그들이 얘기를 해 줬더라면 내가 시간과 수고를 상당히 아낄 수 있었겠지만 **신사**의 도리상 그건 용납할 수 없다고 생각하는 모양이더군."

창백한 포의 얼굴이 아래로 처졌다. 그리고 중얼거렸다.

"스토더드만 선생님이 내린 정의의 심판을 모면한 것 같네요."

그건 내 실수였다고 말하고 싶었지만 하지 않았다. 독자 여러분은 믿지 않을지 모르지만 내가 사랑과 증오의 이름으로 저지른 모든 짓 중에, 저지른 것을 후회하는 모든 짓 중에 가장 **멋쩍은** 일이 하나 있다. 그건 바로 내가 의도를 드러내고 만 것이다. 나는 스토더드의 이름을 프라이의 일기장에서 발견했을 때 조만간 처치할 녀석을 감시할 심산으로 학생 식당으로 직행하는 실수를 저지르고 말았다. 오래전에 술집에서 프라이를 상대로 그랬듯이 그를 유심히 관찰했다. 한 가지 차이가 있었다면 전처럼 감정을 자제하지 못했다는 것. 스토더드는 눈을 들었다가 내 눈과 마주쳤을 때 그 눈빛을 보고 자신은 끝장났다는 사실을 알아차렸다. 그래서 도망쳤다.

"그렇다네. 스토더드는 도망쳤고 나는 그 녀석을 쫓을 의지도 기운도 없으니까. 그 녀석이 죽을 때까지 불안에 떨며 지내기만을 바랄 따름이지."

그제야 그는 나를 보았다. 자신이 예전에 알았던 사람의 모습을 찾으려고 그랬던 것 같다.

"그들이 끔찍한 짓을 저지르긴 했죠."

그는 헐거운 마룻장이라도 되는 듯 한 마디, 한 마디 신중하게 골라가며 원래 위치로 돌아갔다.

"섬뜩하고 야만적인 짓을요. 하지만 선생님은… **선생님은** 법의 수호자 아닙니까."

나는 차분히 말했다.

"법 따위는 집어치우라 그래. 그걸로는 매티를 구하지 못했어. 그 아이를 되살리지도 못했고. 법은 이제 내게 아무 의미도 없어, 하느님의 법이 됐든 인간의 법이 됐든."

포는 손으로 허공을 가르기 시작했다.

"하지만 따님이 다친 그 순간에 당장 웨스트포인트 당국을 찾아갔으면 됐잖습니까. 세이어에게 고소의 정당성을 입증하고 자백을 받아내고…."

"내가 바란 건 그들의 자백이 아니라네. 그들의 죽음이지."

그는 잔을 들어 입으로 가져갔다가 남은 술이 없다는 사실을 깨닫고 다시 내려놓았다. 의자에 몸을 기댔다.

그가 조심스럽게 말했다.

"어쨌거나 설명 감사합니다. 괜찮으시면 딱 한 가지만 더 묻고 싶은데요."

"뭐든."

그는 뜸을 들였다. 나는 이 침묵을 통해 우리가 결정적인 순간에 도달했음을 알 수 있었다.

"왜 **저를** 선택하셨습니까? 하고 많은 사람들 중에 왜 저를요?"

나는 잔을 들여다보며 얼굴을 찡그렸다.

"자네는 나를 좋아하게 되면 진실을 절대 간파하지 못할 테니까."

그는 고개를 여러 번 연달아 끄덕였다. 고개를 끄덕일 때마다 턱이 점점 더 내려갔다.

"이제는 진실을 알게 됐는데, 어떻게 하면 될까요?"

"그야 자네가 결정할 문제지. 혼자 온 걸 보니 아직 아무에게도 얘기를 하지 않은 모양이네만."

그가 음침한 목소리로 되물었다.

"얘기를 했다면요? 선생님은 꼬리를 너무 잘 자르셨어요. 제게 있는 거라고는 누가 끼적였을지 모르는 쪽지 두 장과 황당한 시 한 편뿐이고요."

그 황당한 시는 여전히 테이블 위에 놓여 있었다. 가운데에 주름이 갔고 거뭇거뭇해진 종이 가장자리가 말려들었다. 나는 가장자리를 천천히 손으로 훑었다.

"나 때문에 자네가 이 시를 싫어하게 됐다면 미안하네. 매티는 분명 좋아했을 걸세."

그는 씁쓸한 웃음을 터뜨리며 말했다.

"좋아할 **수밖에** 없죠. 자기가 쓴 시니까요."

나도 미소를 짓는 수밖에 없었다.

"무도회가 열린 그날 밤에 그 아이가 거기서 **자네를** 만났더라면 얼마나 좋았을까 생각할 때가 많다네. 그 아이도 바이런을 좋아했거든. 자네가 끝도 없이 늘어놓는 이야기를 재밌게 들었을 텐데. 아, 자네 때문에 그 아이의 귀에 **딱지가** 앉을 수는 있겠지만 그것 말고는 자네 손에 맡기면 안전했겠지. 그리고 누가 아나? 우리가 정말로 가족이 됐을지도."

"그런데 그게 아니라 이렇게 되었네요."

"그러게."

포는 이마에 양손을 대고 눌렀다. 축 처진 입에서 어떤 소리가 새어

나왔다.

"아, 선생님. 선생님 때문에 제 가슴이 그 어느 때보다 **포괄적으로**
무너진 것 같습니다."

나는 고개를 끄덕였다. 잔을 내려놓고 자리에서 일어났다.

"그럼 복수를 하는 게 좋겠군."

벽난로 앞으로 다가가 대리석 꽃병 안에서 오래된 수발식 권총을
꺼내는 동안 나를 따라오는 그의 시선을 느낄 수 있었다. 나는 반질반
질한 총신을 손으로 쓰다듬었다.

포는 자리에서 일어나려다 다시 앉았다. 그러고는 경계하는 투로
물었다.

"장전이 안 되어 있죠? 지난번에 그러셨잖습니까, 그냥 소리만 날
뿐이라고."

"그 이후에 웨스트포인트 무기고에서 슬쩍한 탄환을 채워 놨지. 아
직 멀쩡하게 작동된다고 기쁜 마음으로 알리는 바일세."

나는 선물이라도 되는 것처럼 그 총을 그에게 내밀었다.

"부탁하네."

그의 눈동자가 이리저리 흔들렸다.

"선생님."

"결투라 생각하고."

"싫습니다."

"가만히 서 있을 테니 자네는 걱정할 것 하나 없어. 끝나면 그냥 총
을 떨어뜨리고 문을 닫고 나가면 돼."

"선생님, 싫습니다."

나는 권총을 옆구리 아래쪽으로 내렸다. 애써 미소를 지었다.

"사실 교수형은 당하고 싶지 않아서 그래. 일을 하는 동안 교수형을 너무 많이 봤거든. 발판이 금세 열리는 것도 아니고 밧줄은 끊기기 일쑤야. 목은 절대 뚝 하고 부러지지 않아. 예전에 어떤 친구는 죽기 전까지 몇 시간 동안 대롱대롱 매달린 적도 있다니까? 자네만 괜찮다면 나는⋯."

나는 다시 한 번 그에게 총을 내밀었다.

"이게 나의 마지막 부탁일세."

그는 이제 몇십 센티미터 앞에 서서 총신 바로 아래에 달린 꽂을대를 손으로 건드렸다가⋯.

그 순간을 이미 떠올리기라도 하는 듯 아주 천천히 고개를 저었다.

"선생님. 그건 비겁한 행동이라는 걸 아시잖습니까."

"내가 비겁한 인간이거든."

"아뇨, 선생님에게는 아주 여러 면모가 있지만 그건 아닙니다."

이제 내 목소리가 떨렸다. 그 목소리가 목구멍을 타고 간신히 올라왔다. 나는 조그맣게 속삭였다.

"내게 자비를 베풀어 주게."

그가 다정하기 그지없는 눈빛으로 나를 쳐다봤던 것을 나는 영원히 기억할 것이다. 그는 나를 실망시키기 싫었던 것이다.

"하지만 선생님, 저는 자비를 베풀 수 있는 천사가 아니라서요. 이 문제는 다른 책임자하고 의논하세요."

그는 한 손을 내 팔 위에 얹었다.

"정말 죄송합니다."

그는 무거운 발걸음으로 망토(여전히 어깨가 찢겨 있는)를 챙겨 들고 문 쪽으로 걸어갔다. 그 앞에서 마지막으로 고개를 돌려, 아무짝에도 쓸모없는 권총을 늘어뜨려 쥐고 있는 나를 바라보았다.

"선생님과의 추억은⋯."

하지만 그는 말을 맺지 못했다. 그 청산유수 포가 말문이 막히다니! 그가 결국 한 말은 이거였다.

"안녕히 계십시오, 선생님."

거스 랜도의 기록

43

1830년 12월에서 1831년 4월까지

사실 나는 비겁한 인간이었다. 그랬기에 포가 문을 닫고 나가자마자 해치우지 못했다. 그리스와 로마의 선조들이 그랬던 것처럼 치욕을 당할 기미가 보이자마자 촛불을 불어서 껐어야 하는데 그러지 못했다.

내가 목숨을 건진 **이유**가 있지 않을까 하는 생각이 들기 시작했다. 그래서 몇 단계를 거쳐, 내 범행을 최대한 낱낱이 기록하고 정의의 심판을 기다리자는 결론을 내리기에 이르렀다.

일단 글을 쓰기 시작하자 멈출 방법이 없었다. 나는 구버너 켐블의 주물공장처럼 밤낮으로 일에 매달렸고 나를 피하는 사람들에 대해 더는 신경 쓰지 않았다. 손님이 찾아와 봐야 번거로울 뿐이었다.

아, 그래도 가끔 외출을 하긴 했다. 주로 베니의 술집이었고 생도들과 마주치지 않게 낮에 갔다. 하지만 패치를 피할 방법은 없었다. 그녀는 예전에도 사람들 앞에서는 늘 그랬듯이 냉랭하고 깍듯하게 나를 맞이했고, 모든 걸 감안했을 때 그것이 내가 바랄 수 있는 최선이었다.

내가 포의 소식을 들은 것도 그를 특별히 예뻐한 이 술집 단골들을 통해서였다. 크리스마스가 어느 정도 지났을 때 그들이 얘기하길 포가 웨스트포인트를 상대로 마지막 전투를 치렀다고 했다. 출석 거부라는 조용한 전투였다. 그는 프랑스어 수업이나 수학 수업을 듣지 않았다. 예배도 반별 도열도 불참했다. 불참할 수 있는 모든 것을 불참하고, 주어진 모든 명령을 무시하고⋯ 불복종의 완벽한 귀감이 되었다.

2주 만에 포는 군법회의 회부라는 소기의 목적을 달성했다. 그는 항변을 거의 하지 않았고 바로 그날 미육군에서 퇴소 처리됐다.

그는 베니에게 곧장 파리로 건너가 폴란드군에 입소시켜 달라고 라파예트 후작에게 간청할 계획이라고 말했다. 무슨 수로 파리에 갈 수 있을지는 몰랐다. 그의 수중에는 24센트뿐이었고 마지막 남은 담요와 대부분의 옷가지도 외상을 갚느라 베니에게 넘겼다. 마지막으로 목격됐을 때 그는 용커스까지 태워 달라고 트럭운전수에게 조르고 있었다.

하지만 그는 성공했다. 그리고 조그만 마을의 전설이라는 형식으로 유산을 남겼다.

베니의 단골 중 어느 누구도 직접 본 적이 없으니 나도 장담은 못 하겠지만, 소문에 따르면 포는 막판에 사관학교에서 무기와 크로스 벨트를 소지하고 훈련에 참가하라는 명령이 내려지자⋯ 무기와 크로스 벨트만 걸치고 등장했다고 한다. 알몸으로 연병장에 나선 것이다. 베니는 그 친구가 자기 **사우스**포인트를 자랑하고 싶어서 그랬던 거 아니냐고 했다. 내가 보기에는 부정확한 표현을 짚고 넘어가려는 의도가 아니었을까 싶다. 실제로 그랬다는 전제 아래. 하지만 그건 아니었을 것 같다. 포는 추운 걸 절대 견디지 못했다.

그의 소식을 직접적으로는 두 번 다시 듣지 못했다. 하지만 겉면에 그의 친필로 주소가 적혔고 안에는 『뉴욕 아메리칸』에서 오려 낸 기사가 동봉된 봉투가 2월 말에 내 앞으로 배달됐다. 기사의 내용은 다음과 같았다.

우울한 사건. 지난 목요일 저녁, 앤서니가의 자택 본인의 방에서 줄리어스 스토더드 씨가 목을 맨 채 발견됐다. 수중에 유서는 없었고, 그 집을 출입하다가 목격된 제삼자도 없었다. 하지만 옆집에 사는 레이첼 걸리 부인의 증언에 따르면 스토더드 씨가 신원을 알 수 없는 다른 남자와 격한 대화를 나누는 소리가 들렸다고 한다. 비운을 맞이한 스토더드 씨는 상당히 명망 있는 집안 출신으로 알려져 있으며, 개인 유품 상으로는 최근까지 미육군사관학교 생도였던 것으로 보인다.

나는 이후로 이 기사를 수도 없이 읽었고 읽을 때마다 새로운 의문이 나를 감싸고 버글거렸다. 그 집을 찾아간 남자가 **포**였을까? 그 마지막 순간에 스토더드와 격한 대화를 나눈 사람이? 포가 그의 목에 올가미를 걸고 서까래에 매단 다음 그 집에서 슬그머니 빠져나왔을까? 내 친구 포가 아무리 과거의 동맹을 위해서라지만 그런 짓을 저지를 수 있었을까?

알 수 없었다.

그로부터 얼마 되지 않아 그의 친필로 주소가 적힌 소포가 내 앞으로 배달됐다. 이번에도 편지도 쪽지도 없었다. 누런 회색 천으로 감싼 얇은 책 한 권이 전부였다. 에드거 A. 포가 쓴 『시』였다.

미육군사관학교 생도들에게 바친다고 되어 있길래 농담인 줄 알았건만 맹인 재스퍼가 말하길 포가 그들을 어찌어찌 설득해 그 절반을 구독자로 영입했다고 했다. 그렇다면 약 131명의 생도가 책으로 출간된 포의 시를 볼 수 있는 특권을 위해 각자 1달러 25센트 넘게 부담했다는 뜻이었다.

월급을 탕진할 기회를 놓치는 생도는 없다더니 그 말이 사실이었다. 하지만 그들은 분명 실망했을 것이다. 로크 하사를 풍자한 시는 한 편도 없었으니 말이다. 잭 드윈트는 생도들 여럿이 지스포인트에서 자기가 산 책을 던지는 것을 보았다고 했다. 이 책들은 앞으로 수백 년이 지난 뒤에도 허드슨강 밑바닥에 쌓인 흙과 선원들의 유골 사이에서 독자 여러분을 기다리고 있을 것이다.

또 한 가지 내 눈에 띈 부분이 있었으니 권두에 실은 인용구였다. 라로슈푸코인가 뭔가 하는 사람이 말했다는 **Tout le monde a raison**이었다. 매티가 예전에 쓰던 프랑스어 사전을 찾느라 애를 먹었지만 해석 자체는 식은 죽 먹기였다.

모두에게 이유가 있다.

그렇게 근사한 문구는 처음이었다고 해야 할지, 그렇게 끔찍한 문구는 처음이었다고 해야 할지 잘 모르겠다. 곱씹으면 씹을수록 나에게서 멀어진다. 하지만 그가 내게 보내는 메시지라고 생각하지 않을 수 없다. 무슨 뜻인지는 알 수 없어도.

3월 언제쯤 오랜만에 손님이 찾아왔다. 토미 코리건이라는 친구였다. 1818년의 어느 날 밤에 태머니 회관을 공격한 200명의 아일랜드 패거리 중 한 명이었다. 계속된 낙선으로 넌더리가 난 이들은 "원주민을 타도하라!"와 "에밋을 의회로!"를 외치며 가구를 박살 내고 집기를 부수는 등 난장판을 만들었다. 안타깝게도 토미는 이때 어쩌다 보니 같은 편의 칼에 찔렸고 그날 밤이 다 가기도 전에 숨을 거두었다. 하지만 나는 그가 어떤 식으로 의자를 던져 창문을 하나 박살 내고 새끼손가락으로 유리 조각을 하나씩 끄집어냈는지 기억한다. 아주 우아하기 그지없었다. 그 오랜 세월이 흐른 이후에도 내가 무슨 수로 그걸 기억하는지 신기하기 그지없지만 그가 그렇게 밀려드는 추억의 파도를 타고 찾아와 최소 3주 동안 머물다 갔다. 샌디*를 달라고 나를 계속 괴롭히면서.

그 직후에는 의학계 증진 복권으로 수만 달러를 착복해 내게 자기가 입던 램스울 코트를 주었던 나프탈리 주다 추장이 찾아와 자기 부인의 안감이 떨어졌다며 그 코트를 돌려 달라고 했다.

그 하루 뒤에는 죽은 지 7년 된 올더먼 헌트가, 또 그 하루 뒤에는 돌아가신 어머니가 자기 집이라도 되는 양 성큼성큼 들어와 패치가 하다 만 청소를 시작했다. 그다음 날은 예전에 키웠던 뉴펀들랜드리트리버의 차례였다. 그다음 날에 등장한 아내는 튤립을 챙기느라 바빠서 내게는 별로 신경을 쓰지 않았다.

이런 사람들을 상대해야 했으니 심란해야 마땅했겠지만 나는 새로

---

* 맥주와 레모네이드를 섞은 술.

운 관점에서 시간을 바라보게 됐다. 시간은 우리 생각과 다르게 단단하게 고정돼 있는 것이 아니라 말랑말랑하고 쭈글쭈글하며 엄청난 압력이 가해지면 접혀서… 몇 세대를 건너뛴 사람들이 한데 뭉뚱그려져 같은 땅에 서고 같은 공기를 마시게 되니 '산' 사람과 '죽은' 사람을 논하는 것이 더 이상 의미가 없어진다. 어느 누구도 완전히 살았다고 또는 완전히 죽었다고 할 수 없으니 말이다. 리는 앙리 르클레르의 발치에서 공부를 하고, 포는 매티 랜도와 함께 시를 쓰며, 나는… 나는 올더먼 헌트와 나프탈리 주다. 자기가 훔친 건 **로체스터** 우편물이 아니라 빌어먹을 **볼티모어** 우편물이었다고 계속 강조하는 클로디어스 풋과 한참 동안 담소를 나눈다.

내 손님들은 자리를 많이 차지하지도 않고 대개는 내가 일을 하는 동안 방해하지 않는다. 사실 그들이 살아생전에 하던 일을 계속하고 있는 걸 보면 가슴이 뭉클해진다. 천사들의 합창도 지옥의 화염도 그들의 것이 아니다. 할 일이 너무 많으니까. 내가 떠나는 순간에도 그들이 여기 있을지 궁금해진다. 내가 그들에게 합류할 수 있을지 모른다. 그러면 우리는 계속 이렇게 살 수 있을지 모른다.

그리고 어쩌면 매티도 거기 있을지 모른다. 가능한 얘기다. 아무튼 마지막을 생각하면 마음이 가벼워진다. 그 마지막이 바로 지금이다.

에필로그
1831년 4월 19일

일이 끝났다. 글로 남길 수 있는 걸 모두 적었고 이제 심판만 남았다.

나는 펜을 내려놓는다. 원고를 책상 서랍 깊숙이 넣는다. 일렬로 줄 세운 잉크병 뒤편이라 무심코 서랍을 연 사람의 눈에는 보이지 않을 것이다. 좀 더 호기심이 많은 사람이라야 찾을 수 있을 것이다. 결국에는 발견되겠지만.

나는 벽난로 옆에서 재를 쑤시고 있는 아내에게 손을 흔든다. 올더먼 헌트와 클로디어스 풋에게도 작별 인사를 한다. 뉴펀들랜드리트리버의 귓등을 한번 긁어 준다.

밖은 날씨가 좋다. 올해 들어 처음으로 따뜻한 날이다. 겨울 햇살이 꽃가루로 노래졌다. 튤립나무는 분홍색을 뿜어대고 벌판에서는 개똥지빠귀가 떼를 지어 날아다닌다. 세상이 가장 눈부실 때가 떠나기에 적기 아닐까. 그래야 맑은 정신으로 내린 결정이라 자신할 수 있을 테니.

나는 예전에 매티와 함께 갔던 그 길을 따라 걷는다. 그 절벽에 서서 강을 내려다본다. 이 높이에 있어도 허드슨강이 어떤 식으로 흐르는지 보인다. 겨우내 떠다녔던 얼음 조각을 떨쳐 버리고 잇몸 위로 거품을 부글거리며 북쪽에서 돌진해온다.

이렇게 가야겠다는 생각이 든다. 처음부터 끝까지 눈을 뜨고 똑바로 아래를 쳐다보며. 왜냐하면 나는 너처럼 믿음이 없거든, 매티. 그가 기다리고 있을지… **누군가가** 기다리고 있을지 잘 모르겠는데 그의 품으로 날아갈 수는 없어. 내가 늘 주장하던 바였잖니? 우리는 가게와 같아서 문을 닫으면 아무도 찾아오지 않는다고. 심지어 그 앞 길거리조차 아무도 기억하지 않는다고.

그래서 내가 여기 이렇게 서 있다. 이제 얘기해 주려무나, 딸아. 너의 목소리로. 얘기해 줘. 너도 기다리고 있겠다고. 다 잘될 거라고. 얘기해 줘.

감사의 글

이 자리에서 역사적인 진실을 공개하자면 실베이너스 세이어가 교장으로 재직하는 기간 동안 미육군사관학교에서 살해는커녕 중상을 입은 생도도 없었다. 이 작품에는 세이어, 히치콕, 켐블과 기타 등등 실존 인물이 등장하지만 모두 가공의 목적으로 차출되었고, 내가 아는 한 에드거 앨런 포 역시 지면 속에서만 살인을 자행했다.

많은 자료를 참고했지만 그중에서도 가장 도움이 됐던 것은 제임스 애그뉴의 『에그노그 폭동』이었다. 19세기 웨스트포인트를 배경으로 집필된 기존의 소설은 이것이 유일했던 것으로 아는데, 애그뉴 대령의 기백에 경의를 표하는 바이다. 국회도서관의 애비 요컬슨과 미육군사관학교 소속 사학자 스티브 그로브, 그리고 육군 소속 사학자 월터 브래드퍼드에게도 도움을 많이 받았다. 역사적으로 오류가 있다면 전적으로 내 잘못이다.

끝으로 나보다 이 작품을 훨씬 더 잘 이해했던 탁월한 편집자 마저

리 브레이먼, 연예계의 가장 성실한 일꾼이자 내 홍보를 맡고 있는 마이클 매켄지, 그리고 최소 일주일에 한 번씩 내 웃음보를 터뜨리는 에이전트 크리스토퍼 셀링, 무료로 의료 자문을 맡아 준 내 동생 폴 베이어드 박사, 편집적인 측면에서 조언을 아끼지 않은 어머니 에설 베이어드, 퇴직 중령으로(미육군사관학교 1949년 졸업생이다) 내게 축복을 아끼지 않은 아버지 루이스 베이어드, 그리고 그 나머지를 도맡은 돈에게 이 자리를 빌려 감사의 뜻을 전한다.

옮긴이 이은선

연세대학교에서 중어중문학을, 국제학대학원에서 동아시아학을 전공했다. 편집자, 저작권 담당자를 거쳐 전문 번역가로 활동 중이다. 스티븐 킹의 『페어리 테일』『빌리 서머스』『11/22/63』『미스터 메르세데스』『파인더스 키퍼스』『엔드 오브 왓치』, 앤서니 호로비츠의 『중요한 건 살인』『맥파이 살인 사건』『셜록 홈즈: 모리어티의 죽음』『셜록 홈즈: 실크 하우스의 비밀』, 매들린 밀러의 『키르케』『아킬레우스의 노래』『갈라테이아』, 마거릿 애트우드의 『그레이스』『먹을 수 있는 여자』『도둑 신부』, 프레드릭 배크만의 『할머니가 미안하다고 전해달랬어요』『베어타운』『불안한 사람들』『하루하루가 이별의 날』 등 다양한 소설을 번역했다.

페일 블루 아이

초판 1쇄 인쇄 2023년 11월 20일
초판 1쇄 발행 2023년 12월 15일

지은이 루이스 베이어드
옮긴이 이은선
펴낸이 정은선

펴낸곳 ㈜오렌지디
출판등록 제2020-000013호
주소 서울특별시 강남구 선릉로 428
전화 02-6196-0380
팩스 02-6499-0323

ISBN 979-11-7095-091-2 03840

www.oranged.co.kr